중국
고전문학사
강해

中國古典文學史講解

홍 상 훈 지음

明文堂

본서는 필자가 그동안 진행해 온 중국고전문학사에 대한 강의를 정리하는 데에서 출발하여 이루어진 것이다. 여기서 필자가 보여주고자 하는 것은 중국고전문학의 개략적인 역사와 그 사이에 담긴 몇 가지 중요한 변화 및 성과들인데, 주요 대상은 중국고전문학에 입문하고자 하는 학부 수준의 독자들이다. 다만 여기에는 몇 가지 덧붙여야 할 사실이 있다.

첫째, 본서의 서술 관점에는 다분히 필자의 주관적 인식이 반영되어 있다. 중국고전문학의 발생과 변천에 관한 필자의 지식과 관점은 20여 년 동안의 강의 경험을 통해 축적되고 형성되어 왔다. 이 과정에서 필자는 중국고전문학의 성격과 변천 과정을 설명하는 데에 중요한 요소들을 나름대로 판단하여 일련의 맥락에 따라 설명해 보고자 했다. 이 때문에 본서에서 제시하는 중국고전문학의 변천 단계는 시대별 내지 왕조별 구분법보다는 문학작품의 창작과 감상에 관여하는 주요 계층의 언어와 사상, 문예관 등을 중심으로 설정되어 있다. 또한 서정적 운문과 서사적 산문, 문언과 백화 등의 문체와 작품을 이루는 중심 언어도 반영되어 있기 때문에, 필자가 제시하는 역사적 변천의 단계는 직선적인 시간의 흐름에 그대로 대입되지 않는 경우도 있다.

둘째, 이와 같은 맥락에서 본서에서 제시하는 중국고전문학의 주요 작가와 작품들도 그 선별 기준에서 필자의 주관적 선호가 많이 반영되어 있다. 다시 말해서 필자와는 다른 관점에서 고전문학의 변천 과정을 볼 경우 중요하다고 판단될 수 있는 작가나 작품에 대해 본서에서는 소략하게 언급하거나 심지어 생략된 경우도 있다는 것이다. 이것은 필자의 좁고 얇은 지식 때문이기도 하지만, 굳이 변명하자면 본서의 서술이 개별 사실들보다는 좀 더 거시적인 '흐름'을 파악하여 제시하는 데에 더 치중했기 때문이다. 특히 고대 중국의 희곡과 같은 공연문학에 대한 본서의 서술은 소략하다는 말조차 부끄러울 정도로 부족하기 때문에 이 분야는 전문가들이 참여한 좀 더 자세한 서술—예를 들어서 김영구 등의 공저로 나온 ≪중국공연예술≫(KNOU Press, 2009)과 같은—을 참고하도록 추천하는 수밖에 없겠다. 각 장의 말미에 첨부한 "함께 참고할 만한 책들"은 본서의 이러한 부족한 점들을 메우는 데에 도움이 될 수 있을 것으로 판단하여 제시한 것들이며, 이 때문에 본서의 서술에서는 내용이 언급되지 않은 저작들도 이 목록에 포함되어 있기도 하다.

셋째, 본서에서 제시한 주요 작품들은 소설을 제외한 모든 작품의 원문과 주석, 해석을 함께 실었다. 이것은 작품 본래의 면모를 조금이나마 감상하게 하려는 의도에서 시도한 것이지만, 고대 중국어 즉 한문에 익숙하지 않은 독자들에게 조금이나마 편의를 제공하려는 뜻이 반영된 결과이다. 당연히 고급 수준의 독자들에게 이런 배려는 거추장스러운 것이겠지만, 오늘날 학부 수준의 독자들 가운데는 한문의 독해에 익숙한 이가 드문 것이 현실이라는 점도 인정할 수밖에 없을 터이다.

이상의 보충 설명을 통해 필자가 의도하는 바는 이것이다. 즉 본서는 비교적 가벼운 입문서 수준이기 때문에 좀 더 전문적인 공부를 하기 위해서는, 그리고 중국고전문학의 역사에 대해 좀 더 객관적으로 이해하기 위해서는 본서와 함께 시대별로 대표적인 의미를 지닌 여러 작가와 작품에 포괄적으로 소개한 다른 저작—예를 들면 김학주 선생의 ≪중국문학사≫(신아사, 2013)나 서경호 선생의 ≪중국소설사≫(서울대학교출판부, 2004)와 같은—을 한두 편 놓고 나란히 읽는 것이 필요하다는 것이다. 달리 말하자면 본서는 중국고전문학의 역사에 담긴 구체적인 사실들 자체보다 역사적 변천 속에서 각각의 사실들이 가지는 의미를 연결함으로써 어떤 흐름을 파악하고자 하는 실험적인 시도이자, 전문적인 연구자를 꿈꾸는 독자를 위해 제공하는 나름의 예시例示이다. 그러므로 본서가 제시하는 설명은 어떤 '정답'과는 거리가 있는 것이기 때문에, 독자는 누구나 얼마든지 자신의 관점에서 중국고전문학의 역사적 흐름을 새롭게 구성할 수 있고, 또 본서의 기획역시 그렇게 되기를 바라는 데에서 시작되었다.

　사실 본서의 핵심적인 내용 가운데 상당 부분은 한국방송통신대학교의 ≪중국고전문학의 전통≫이라는 교재에서 축약 또는 변용의 형식으로 활용된 바 있다. 이 과정에서 필자는 본서의 서술 관점을 지지해 주고 여러 가지 조언을 통해 결함들을 보완하거나 수정해 준 김영구 선생에게서 많은 도움을 받았다. 본서는 그런 조언을 반영하고 이후의 강의를 통해 보충된 자료들과 관점을 반영하여 좀 더 충실하게 다듬은 것이다. 또한 좀 더 진지하게 중국고전문학을 공부하고자하는 이들을 위한 가벼운 안내 내지 '맛보기'로서 약간은 전문적인 주석을 덧붙이기도 했다. 그러나 이 경우도 가능하면 본문의 독서에 방해가 되지 않도록 각주로 처리했다.

　마지막으로 반드시 밝혀야 할 한 가지가 있다. 그것은 바로 본서가 해당 주제에 대한 필자의 최종본이 아니라는 점이다. 이후로도 필자는 이 주제에 관한 연구와 강의를 지속해 나아갈 것이고, 그 과정에서 본서의 내용은 끊임없이 수정되고 보완될 것이다. 이런 의미에서 독자들의 냉철한 지적과 조언이 큰 도움이 될 것이다. 어쩌면 그 결과물은 좀 더 전문적인 공부와 연구를 지향하는 후배들을 위한 참고서로서 질적 수준이 높아진 형태로 나올 수 있을 것으로 기대한다.

2018년 8월
백운재에서

목 차

중국고전문학사 강해

프롤로그 – 중국고전문학의 특수성

> 어떤 개념의 중요성을 설명하기 위해서 우리가 언급해야 하
> 는 것은 종종 지극히 일반적인 자연의 사실, 너무나 일반적
> 이어서 거의 언급된 바가 없는 그런 사실이다.[1]
>
> — 비트겐슈타인

중국고전문학은 대단히 넓은 외연을 지니고 있으며 기능도 다원적이다. 아이러니하게도 그것은 서구의 가장 현대적인 문학 개념과 유사한 측면이 있어서 문학과 학술 사이의 경계도 뚜렷하지 않고, 특히 고급한 식자층의 경우에는 작가와 독자, 비평가의 지위와 역할이 자주 중첩된다. 이처럼 '미분화未分化'되고 '전문적'이지 않은 특징으로 인해 그것은 한때 서구문학에 비해 미숙하다는 평가를 받기도 했지만, 그것은 사실 한 시대에 잠깐 두각을 나타냈던 서구의 오리엔탈리즘으로 인한 편견이었을 뿐이다. 오히려

---

1) "What we have to mention in order to explain the significance, I mean the importance, of a concept, are often extremely general facts of nature: such facts as are hardly ever mentioned because of their great generality."(Ludwig Wittgenstein, Trans., G.E.M. Anscombe, *Philosophical Investigations*, Oxford: Basil Blackwell, 1986, p.56.)

종합과 통섭을 중시하는 21세기의 관점에서 보면 중국문학은 발생 초기부터 대단히 높은 수준의 '현대성'을 확보하고 있었다고 얘기할 수도 있다.

그러나 어쨌든 중국고전문학은 서구문학의 영향이 뚜렷한 현대문학과는 연속성보다는 차별성이 더 뚜렷한 것이 사실이기 때문에, 그 자체의 독립적인 역사성과 가치를 발견하고 확인할 필요가 있다. 특히 고대 중국의 문화와 지리, 역사에 내재된 특유의 이중적 구조와 그에 따른 갈등 및 계발을 포함한 상호작용은 시대를 넘어선 보편적 관점에서 주목할 만한 현상이었다. 그런 의미에서 3,500년에 달하는 긴 시대를 특유의 역사 변천 단계에 따라 정리하여 살펴보기 위해서는 적절한 관점과 시대 구분의 방법 등이 포괄적으로 고려되어야 할 것이다.

1. 현대의 문학 개념과 중국고전문학

오늘날 우리에게 '문학Literature'이란 대단히 친숙한 단어이다. 누구에게 물어도 몇 가지 문학 '작품'들과 몇몇 '작가'의 이름을 쉽게 얘기할 수 있다. 그러나 이 단어가 가지는 시대적·문화적 특수성에 대해서는 몇몇 전문가들을 제외하고는 별로 관심을 두지 않으며, 심지어 그 단어의 역사성에 대해서는 생각조차 못해본 이들이 많을 것이다. 그러나 적어도 '문학가'란 '문학을 직업으로 삼는 사람'이라는 뜻을 되새겨보고, 그때의 문학이란 무엇인가를 생각해보면 문제가 그리 단순하지 않다는 것을 알게 된다. 그렇다면 우선 상당히 대중적인 인터넷 매체에 올라와 있는 백과사전에 정의된 문학은 다음과 같다.

옛날에는 동서양을 막론하고 문학이라는 말을 대체적으로 학문이라는 뜻으로 사용하는 경우가 많았다. 그런데 그것이 학문의 발달과 더불어 점차 의미가 한정되어 자연과학이나 정치, 법률, 경제 등과 같은 학문 이외의 학문 즉 순수문학, 철학, 역사학, 사회학, 언어학 등을 총칭하는 언어가 되었으나, 오늘날에는 그 의미가 더욱 한정되어 단순히 순수문학만을 가리킨다. 따라서 문학이란 문예와 같은 의미가 되어 다른 예술 즉 음악, 회화, 무용 등의 예술과 구별하고, **언어 또는 문자에 의한 예술 작품**, 곧 종류별로는 시, 소설, 희곡, 평론, 수필, 일기, 르포르타주 등을 가리킨다.(네이버 백과사전)

이 정의에 따르면 문학은 간단히 말해서 '언어 또는 문자에 의한 예술 작품'이다. 문학이란 결국 예술의 하위 개념이며, 다만 그것을 구현하는 수단이 '언어 또는 문자'로 한정된다는 것이다. 그렇다면 여기서 다시 '예술'이란 무엇인가가 문제가 된다. 설명의 범위가 너무 확대될 우려가 있긴 하지만, '문학'의 의미를 이해하기 위해서 간략하게 현대의 예술 개념에 대해서 살펴보도록 하자. 다행이라고 해야 할지는 모르지만, 일반적으로 문학을 포함한 현대의 예술 개념은 서양 문화로부터 많은 영향을 받아 형성된 것이며, 통신과 매체 등 기술 발전의 결과로 인해 상당 정도 세계적 보편성을 띠고 있다. 앞서 인용한 인터넷 백과사전의 '예술' 항목에서는 다음과 같이 설명하고 있다.

예술에 해당하는 그리스어 테크네$^{techn\bar{e}}$, 라틴어 아르스^{ars}, 영어 아트^{art}, 독일어 쿤스트^{Kunst}, 프랑스어 아르^{art} 등도 일반적으로 일정한 과제를 해결해 낼 수 있는 숙련된 능력 또는 활동으로서의 '기술'을 의미하였던 말로서, 오늘날 미적^{美的} 의미에서의 예술이라는 뜻과 함께 '수공^{手工}' 또는 '효용적 기술'의 의미를 포괄한 말이었다. 이러한 기술로서의 예술의 의미가 예술 활동의 특수성 때문에 미적 의미로 한정되어 기술 일반과 예술을 구별해서 **'미적 기술**$^{fine\ art}$'이라는 뜻을 지니게 된 것은 18세기에 이르러서이다.

현대의 예술이 이처럼 '미적 기술^{fine art}'을 가리키는 것이라면, 그 하위 범주인 문학은 다시 이렇게 규정될 수 있다. 문학이란 언어 또는 문자를 이용한 미적 기술이며, 그것이 일반적인 기술이나 여타 학문과 구별되는 순수한 분야로 독립된 것은 적어도 18세기 이후라고 할 수 있다. 아울러 '미적^{aesthetic}'이라는 말은 종종 '학문적^{scientific}'이라는 개념과 상대되는 의미로 자주 사용된다. 즉 '미적'인 것을 추구하는 예술은 이성적이고 논리적인 방식으로 객관적이고 실증적인 지식을 토대로 '진리^{truth}'를 탐구하는 '학문'과는 다른 것이라는 뜻이다. 그러니까 문학을 포함한 '예술'은 감성적이고 비논리적인 방식으로 주관적이고 직관적인 느낌을 토대로 '아름다움^{beauty}'을 추구하는 활동과 그 산물을 가리킨다고 할 수 있다.

그러나 예술의 한 분야로서 문학에 대한, 일견 명쾌해 보이는 이 정의를 조금만 더 생각해보면 허술하기 짝이 없다는 것을 쉽게 발견하게 된다. 도대체 '진리'와 '아름다움'은 구별이 가능한 개념인가? 바꾸어 말하자면, "진리는 아름답다." 혹은 "아름다운 것은 진리이다."라는 말은 성립되지 않는 것인가? 아마도 완고한 이성주의자나 지나친 감성 우월주의에 빠진 사람이 아니라면 이 질문에 어느 한 쪽으로 단호한 대답을 하기 어려울 것이다. 심지어 아도르노와 같은 미학자는 "예술에 관한 한 이제는 아무것도 자명한 것이 없다는 사실이 자명해졌다.²⁾"라고 극단적으로 선언하기도 했다. 그렇기 때문에 현대의 학자들은 종종 예술 개념을 명확한 범주와 공식을 가진 개념으로 규정하기보다는 일종의 탄력적인 '관습^{custom}'

---

2) 이어서 그는 이렇게 썼다. "즉 예술 자체로서도, 사회 전체에 대한 예술의 관계에 있어서도, 심지어 그 존재 근거에 있어서조차 자명한 것은 아무것도 없게 되었다. 무반성적으로, 혹은 아무런 문제가 없는 듯이 다루어지던 것들이 사라지게 되었는데, 그렇다 해서 그것이 반성을 통해 가능해진 무한한 것들을 통해 보상되지는 않고 있다. 여러 차원에서 이루어진 확장이 오히려 축소로 나타나고 있다."(T. W. 아도르노, 홍승용 역, 《미학이론》, 문학과지성사, 1984, 11쪽.)

이나 '제도system'로 간주하려는 경향이 있다.3) 예를 들어서 문학의 하위 장르 가운데 하나인 '시poem'는 기본적으로 운율rhythm과 각운end rime을 가진 짧은 글을 가리키지만, 현대에 들어서는 산문에 가까운 장편의 작품들도 종종 '시'로 간주되곤 한다. 그렇기 때문에 어떤 글이 '시'인지 여부를 그 글의 형식적 요소를 엄격히 따지기란 생각보다 어렵다. 그렇기 때문에 오히려 전문 연구자들은 어떤 작품이 시인지 여부는 무엇보다도 대다수의 사람들이 "그것은 시라고 할 수 있다."라고 인정하는, 일종의 관습에 입각한 합의 내지 자격 부여Conferring status에 의해 결정된다고 설명하고 있다.

현대의 문학 개념이 이처럼 모호해지게 된 것은 그것이 사회 안에서 독립적이고 가치 있는 문화 활동의 하나로서 인정받기 위해 노력해야만 했던 과거의 역사와 관련이 있다. 고대 서양에서 '철학philosophy'이 이성 활동의 지고한 산물로 자리를 확보한 이후 시와 연극, 회화와 조각과 같이 '기술적'이면서 논리에는 그다지 영향을 받지 않는 일에 종사하는 이들은 새로운 측면에서 자신들의 존재 가치를 사회적으로 인정받으려고 부단히 노력해왔다. 그 과정에서 그들은 철학이 추구하는 진리와는 다른 가치, 즉 '아름다움'이야말로 자신들이 추구하는 궁극적인 목표이며, 어떤 의미에서는 그것이 이성적 논리를 내세우는 철학보다 '신God'에게 더 직접적이고 즉각적으로 다가갈 수 있는 길이라고 주장했다. 그 결과 그들은 철학과 차별화된 가치를 확보한 '예술'이란 개념을 창조해냈고, 예술가들은 신학자나 과학자 못지않은 사회적 위상을 차지하게 된 것 같이 보였다.

---

3) 이러한 입장을 간략히 정의하자면 다음과 같다. "분류적인 의미로서의 예술 작품이란 1) 어떤 사회제도(예술계)를 대신해서 활동하는 한 사람 내지는 여러 사람이 감상을 위한 후보의 자격을 수여한 그러한 2) 인공품을 말한다."(조지 딕키 저, 오병남·황유경 역, 《미학입문: 분석철학과 미학》, 서울: 서광사, 1982 3판, 142쪽.)

그러나 얼마 지나지 않아 예술가들은 그러한 차별화를 바탕으로 한 독립이 불완전한 것이라는 것을 깨닫게 되었다. 게다가 시대와 사조思潮의 변화도 기존의 예술계에 위기의식을 부추겼다. 18세기 중엽부터 유럽에 몰아친 산업혁명과 계몽주의Enlightenment 사상의 대두로 인해 인간의 지성 혹은 이성의 위상이 전례 없이 높아지고, 뒤이어 19세기에 들어서는 합리적이면서 현실적 실용성을 가진 것들의 가치가 추상적이고 관념적인 것들의 가치를 더욱 위협하게 되었기 때문이다. 철학으로부터 예술의 독립이 진행되는 과정에서 급속도로 발전하기 시작한 예술 비평은 이 문제에 대해 민감하고 신속하게 반응했다. 그들은 이제 '아름다움'이 단순히 관념적이고 비실용적인 것이 아니라 궁극적으로 '진리'를 탐구하려는 인간 정신활동의 하나이며, 예술 작품은 근대의 과학적 학문에 못지않은 사회적 효용성을 담보하고 있다고 주장하기 시작했다. 다시 말하자면 예술이 추구하는 '아름다움'은 그 방법만 다를 뿐이지 학문이 이성적 논리를 이용해서 추구하는 '진리'와 본질적으로 다를 게 없다는 것이다. 결국 차별화를 통해서 사회 안에서 자기 자리를 확보하려 했던 예술의 전략이 다시 방향을 바꾸어 동질화를 추구하는 쪽으로 나아가기 시작한 것이다.[4]

그런데 현대의 문학 개념과 예술의 역사에 대한 이상의 간략한 설명을 듣고 나면, 이른바 '중국문학'이라는 개념에 대해 적지 않은

---

4) 필자의 이와 같은 서술은 제롬 스톨니쯔의 ≪미학과 비평철학≫(오병남 역, 서울: 이론과 실천, 1994와 버질 C. 올드리치의 ≪예술철학≫(오병남 역, 서울: 종로서적: 1985 2쇄), 페터 V. 지마의 ≪문예미학≫(허창운 역, 서울: 을유문화사, 1993), 하인츠 슐라퍼의 ≪시와 인식: 미적 의식과 문헌학적 인식의 기원≫(변학수 역, 서울: 문학과지성사, 1992), 아놀드 하우저의 ≪예술의 사회학≫(최성만·이병진 역, 서울: 한길사, 1985 3쇄)과 ≪예술과 사회≫(한석종 역, 서울: 홍익사, 1986 10쇄), 그리고 T. W. 아도르노의 ≪미학이론≫(홍승용 역, 서울: 문학과지성사, 1984) 등등의 독서를 통해 생각을 정리한 것이다.

혼란을 느끼게 된다. 앞서 설명한 대로 현대의 문학 개념이 18세기 이후의 서양 현대사 속에서 '차별화' 전략을 통해 형성된 것이라면, 여러 가지 측면에서 이질적인 중국에서, 특히 서양의 문명과 문화와는 거의 고립적으로 독자적인 역사를 유지해온 고대 중국에서 그와 유사한 문학의 존재를 찾는다는 것은 얼른 생각하기에 거의 불가능한 일처럼 보이기 때문이다.

중국에서는 아주 오랜 옛날부터 시가詩歌라는, 다분히 현대적 의미의 문학예술의 한 분야와 유사한 형식이 있었다. 그러나 당시 중국인들은 시가의 형식적 측면에 못지않게 내용의 측면을 중시함으로써 그것을 예술이라는 미적 유희의 수단이라기보다는 좀 더 진지한 지적 활동의 하나로 간주하려는 경향이 있었다. 무엇보다도 고대 중국에서는 학문과 예술을 차별화하려는 어떤 시도가 행해졌다는 뚜렷한 증거를 찾기 어렵다. 물론 17세기 이후 소설의 발전과 더불어 진행된 '사실과 허구의 관계와 가치'를 둘러싼 일련의 논쟁들은 관점에 따라서는 문학과 학문을 차별화하려는 시도로 간주될 수도 있다. 그러나 당시의 소설 옹호론자들은 대부분 허구적 서사가 역사적 진실을 설명하기 위한 하나의 효율적인 수단이라는 점을 강조함으로써, 거꾸로 소설이 역사와 같은 진지하고 사실에 입각한 서사와 본질적으로 다르지 않다고 주장하려는 경향을 보였다. 허구 자체가 미적이고 유희적인 가치를 지닌 독자적인 서사 양식이므로 역사 서사와 같은 진지한 학문과는 다른 기준으로 평가되어야 한다는 급진적인 주장이 없지는 않았지만, 그런 주장을 펼친 이들조차 모든 서사의 궁극적인 목표는 삶의 진실을 규명하는 데에 있으므로 사실적인 역사 서사와 다르지 않다는 점을 강조했던 것이다.

그런데 흥미롭게도 이런 현상에는 서양에서 차별화와 독립을 거쳐서 다시 통섭統涉을 추구하고 있는 현대 문학이론의 결론과 유사한 특성이 내재해 있는 듯하다. 애초부터 중국인들은 진지한 학문과 일종의 '유희'이자 수신修身의 수단으로서 문학을 차별화하려는 어떤 시도도 하지 않았지만, 그렇다고 현대의 문학이 중시하는 미적인 측면을 소홀히 취급하지도 않았던 것이다. 중국에서는 오랜 옛날부터 글쓰기와 관련된 모든 행위들을 미적이면서도 동시에 학문적인 차원에서 융합하려고 노력해왔다. "무늬(=형식)와 바탕(=내용)의 아름다운 조화[文質彬彬]"를 추구하는 사대부의 대표적인 문장관은 고대 중국인들이 추구하던 이상적인 글쓰기가 무엇인지를 한마디로 웅변한다. 나아가 그들은 그렇게 조화를 이룬 글쓰기가 사회의 문화제도 안에서 어떤 역할을 수행해야 하는가라는 좀 더 현실적인 문제에 관심을 기울였다.

이런 관점에서 본다면 '중국문학'이라는 개념은 오히려 가장 현대적인 문학 개념 안에서 성립 가능하다는 것을 알게 된다. 이 경우 '문학'은 '아름다움'과 '진리' 혹은 '선함'이라는 경계선이 허물어진 통합체로서, 특정한 문화 환경 안에서 이루어진 언어 또는 문자를 매개로 한 일체의 미적이면서도 동시에 지성적이고 도덕적인 활동을 의미하게 된다. 이런 맥락에서 오늘날 우리가 규범적 혹은 관습적으로 문학의 범주에 포함시키는 제반 양식들과 유사한, 그러나 고대 중국이라는 특수한 문화적 환경을 반영한 양식들이 시대에 따라 변화하는 문화제도 안에서 어떤 역할을 수행했는지를 고찰하는 일은 그 자체로 중요한 의미를 담지하게 된다. 특히 지리적으로 인접해 있으면서 중국과 오랜 문화 교유의 역사를 지닌 우리나라에서 중국문학의 역사를 돌이켜보는 것은 우리 문학사를 폭넓게 이해하는 데에도 꼭 필요한 일일 뿐만 아니라, 인간의 감수성과 지적 활동에 내재되어 있을지도 모르는 어떤 보편성을 파악하는 데에도 훌륭한 밑거름이 되어 줄 것이다.

2. 중국고전문학의 특성

1) 중국고전문학의 범주와 기본 특성

'중국문학'이란 말 그대로 중국의 문학을 의미한다. 그러나 일반적으로 그것은 고대와 현대라는 시대 환경에 따라 매우 성격이 다른 두 가지 문학을 아우르는 개념이다. 이 가운데 본 교재에서 다루고 있는 '중국고전문학'은 서양의 문학 개념이 도입되기 전의, 중국의 사회 문화와 문학 관념에서 고유한 '전통성'이 두드러진 시기의 문학을 의미한다. 상^商나라 때부터 지속된 왕조 지배의 정치체제와 농업 중심의 경제체제가 유지된 그 시기는 1840년에 일어난 아편전쟁^{阿片戰爭}을 기점으로 중국이 세계 자본주의 질서에 편입되기 전까지 약 3,500여 년 동안 지속되었다. 물론 그 사이에 도시경제의 발전과 소규모 공장제 생산 방식의 등장으로 대표되는 이른바 '중국식 자본주의 맹아'를 근거로 제기되는 당^唐·송^宋 교체기의 변혁이 포함되어 있기는 하지만, 그 변혁이 본질적으로 '전통성' 자체를 바꿀 정도까지는 아니었다고 평가된다. 아울러 그것은 종종 현대 중국의 지리적 판도에 포함되는 모든 지역의 문학을 가리키기도 한다.

그러니까 '중국고전문학'이란 현대 서양의 문학 개념이 도입되기 이전까지, 오늘날 중국의 영토 안에서 오랜 시간 동안 발생하여 변천한 문학을 모두 아우르는 개념이라고 할 수 있다. 바로 이런 이유에서 같은 한자 문화권에서 이루어진 한국과 일본, 베트남의 문학 유산은 중국고전문학의 범주에 포함되지 않는다. 또한 명나라 때에 중국사에 편입된 타이완^[臺灣]의 문학은 실질적으로 국민당 정부가 옮겨간 1949년 이후에나 본격적인 중국인의 문학 활동이 이루어지지만 이념과 정치체제의 차이 때문에 대륙과는 현격하게 다른 양상을 보여준다. 그리고 100년 동안 영국의 식민 지배를 받았던 홍콩의 경우는 고대의 문학에 대한 실질적인 기록이 거의 전무하다고 할 수 있다. 이 때문에 현대 중화인민공화국의 학자들뿐만 아니라 외국 학자가 내놓은 일반적인 중국고전문학사에서는 타이완과 홍콩의 문학이 배제되는 경우가 많다.

그런데 방대한 중국 영토를 고려하면 이와 같은 개념 정의는 지나치게 포괄적이라는 것을 알 수 있다. 오늘날 문화인류학과 지역학의 연구를 통해 밝혀진 바에 따르면, 중국의 역사는 황허[黃河]와 양쯔 강[揚子江] 유역을 중심으로 발달한 수많은 이질적인 문화들이 '통합統合'―'융합融合'이 아니라―된 결과물이다. 오늘날 중국 영토 안에는 56개의 공인된 민족으로 이루어진 15억에 가까운 인구가 살고 있다. 그 가운데 스스로 '한족漢族'임을 자처하는 이들은 91%가 넘지만, 실질적으로 유전자를 검사해보면 한족 자체는 최소한 두 개 이상의 다른 혈통으로 구성되어 있다고 한다. 이렇게 생물학적으로 다른 혈통임에도 문화적으로 '한족'임을 내세우는 다수들이야말로 중국 전통문화의 특성을 규정하는 중요한 원동력이 되었다.

그들은 '한자漢字'라는 강력한 문자와 탄력적이면서 포용적인 유가儒家사상의 힘을 빌려 고유한 문자를 갖지 못한 소수민족 문화뿐만 아니라, 설령 고유한 문자를 가졌다 할지라도 물리적으로 열세에 처한 소수민족의 문화를 '중국'이라는 이름 아래 강제로 통합시켰던 것이다. 이 때문에 시간이 지날수록 소수민족의 고유한 문화와 문학은 변질되어 '중국화'되거나 다수의 힘 앞에 무력해져서, 심지어 오랜 세월이 흐른 지금에는 그 흔적조차 희미해진 부분이 많아졌다. 그러므로 중국고전문학은 순수한 한족의 문학이라기보다는 한자와 유가사상의 중력장 안에 포섭된 다종다양한 문학의 종합이라고 할 수 있다. 최근 들어서 활발해진 소수민족의 구비문학에 대한 발굴과 보존 작업도 기본적으로 한자에 기반을 둔 보통화^{普通話}를 매개로 진행되고 있어서 여전히 '중국화'의 영향에서 자유롭지 못하다. 그러나 이 경우에도 과거 몽골 사람들과 만주족들이 자신들의 언어로 쓴 문학작품과, 지금도 세계 각지에 널리 퍼져 있는 화교^{華僑}들의 문학작품을 중국문학 안에 포함시켜야 하는지는 여전히 논란거리이다.

어쨌거나 이와 같은 한자와 유가사상의 힘은 중국문학에서 가장 두드러진 특징 가운데 하나로 꼽히는 '수천 년 동안의 연속성'을 만들어 냈다. 세계 문학사에서 매우 보기 드문 이런 연속성은 문학작품에 사용된 문자나 문장 형태뿐만 아니라 문학 이념까지 포함된 문화 전반에서 보편적으로 확인된다. 이런 연속성은 전통의 계승과 발전이라는 측면에서는 상당히 긍정적으로 평가될 수 있지만, 동시에 중국고전문학의 역사에 복고적이고 보수적인 경향을 각인시켰다는 단점을 노출하기도 했다.

독특한 체계를 가진 표의문자^{表意文字}인 한자는 고대의 상형문자^{象形文字}에서 시작된 체계가 가지는 본질을 거의 그대로 유지하면서 중국고전문학 자체의 성격이 규정되는 데에도 대단히 큰 영향을 끼쳤다. 한자는 그 특성상 수식성이 강하고 시각적 형태미를 중시하는 경향이 있는데, 이것은 그 자체가 상형문자이고 또한 필기수단으로 일찍부터 붓이 사용되어왔다는 사실과도 연관이 있다. 또한 한자는 하나의 음절로 발음되며 글자마다 고유한 성조가 있기 때문에 음성의 청각적 조화를 중시하는 경향을 만들어내기도 했다. 무엇보다도 한자는 복잡하고 익히기 어려운 문자였기 때문에, 문학을 포함해서 한자를 이용한 미적이면서 지적인 활동은 오랫동안 소수의 식자층에게만 허용되는 일종의 특권이었다. 또한 글자 자체의 특성으로 인한 정형화^{定型化}와 간략화^{簡略化}의 경향은 일상용어와는 다른 집약적이고 간략한 용어를 활성화시켰으며, 이로 인해 시가와 같은 함축적인 문학 양식이 발전하는 데에 큰 영향을 주었다.

한편, 앞서 우리는 중국문학의 개념이 가장 현대적인 문학 개념 즉, "문학은 언어 또는 문자를 매개로 한 일체의 미적이면서도 동시에 지성적이고 도덕적인 활동"이라는 포괄적인 범주 안에서 규정 가능하다고 설명한 바 있다. 이것은 무엇보다도 중국고전문학은 문학 주변의 연관 분야들 및 현실의 삶 자체와 경계선이 뚜렷하지 않고, 문학작품이 다루는 주제의 폭이 상대적으로 넓으며, 그 기능 또한 예술의 하위 분야로서 현대의 문학작품보다 훨씬 다양하고 포괄적이었기 때문이다. 실제로 중국고전문학은 개인적 감성이나 상상력뿐만 아니라 정치와 경제, 사회의 거의 모든 분야를 포괄하는 경우가 많았다. 심지어 시^詩, 서^書, 화^畵를 한데 묶어서 이야기하는 오랜 관행 때문에 문학에 대한 논의가 언어와 문자의 차원을 넘어서는 경우도 종종 발견되곤 한다.

남북조 시대의 ≪문선^{文選}≫부터 청나라 때의 ≪고문사류찬^{古文辭類纂}≫에 이르는 고전문학의 선집^{選集}들은 물론이고, 심지어 오늘날 출간된 각종 중국고전문학 선집들에도 현대의 학문 분과에서 종종 철학을 포함한 인문학이나 사회과학, 정치학, 심지어 자연과학 등으로 구분되는 내용들이 자주 포함되어 있다. 시와 같은 문학작품에서는 정치적 사건을 직접 언급하거나 작가의 정치적 견해를 피력하는 일도 흔히 보인다. 이런 현상은 고대 중국 사회에서 언어와 문자를 이용한 미적이면서도 지성적인 활동에 종사한 이들이 추구한 궁극적 가치가 개인의 독특한 개성의 표현보다는 보편성과 사회성에 치우쳐 있었기 때문이라고 할 수 있다. 이후의 서술에서 좀 더 자세히 살펴보겠지만, 고대 중국에서 문자와 관련된 일에 종사하는 이들은 대개 정치적 혹은 문화적으로 사회의 상류계층에 속해 있었다. 이 때문에 그들의 글쓰기는 대개 사회의 질서를 유지하고 보편적인 윤리 규범을 전파하려는 일종의 사명의식을 표현하는 수단으로 활용되는 일이 많았다.

심지어 당·송 시대에는 과거시험에서 시 짓는 것을 통해 관료를 선발하기도 했기 때문에, 고대 중국 사회에서 문학은 '순수한' 예술과는 상당한 거리가 있는 분야였다고 할 수 있다. 더욱이 글쓰기가 사회의 지배계층으로서 사대부들이 행해야 할 사명의식을 발휘하는 주요 통로 가운데 하나였고, 유가적 사유 체계 안에서는 직업인으로서 작가라는 것이 원천적으로 성립 불가능한 개념이었기 때문에 문학작품의 생산과 유통의 구조적·제도적 특성도 현대의 문학과는 확연히 다른 바가 많았다. 고대 중국에서 직업인으로서 작가에 근접한 이들은 17세기의 민간문학 특히 소설의 발전과 더불어 등장하지만, 실리보다는 대의명분을 중시하는 유가의 문장관 때문에 직업작가들이 사회적으로 정당한 위상을 확보하기 어려웠다. 물론 고대 중국에서도 매문賣文 행위가 이루어지지 않은 것은 아니었지만, 사대부 계층에서 그것은 일종의 비열한 뒷거래로 취급되었다. 심지어 민간의 민간문학 작가들조차도 전통 시대가 끝날 때까지 글을 팔아 이익을 챙기는 행위를 떳떳하게 내세우기 어려웠다.

2) 중국고전문학의 이중성

중국고전문학은 이중적인 계층구조에 따라 형성된 이중적 구조를 가지고 있다. 때로는 그 경계가 모호한 경우도 있지만 대체로 중국고전문학은 상류 사대부들이 주도한 정통 사대부문학과 특별한 소수 사대부들의 도움을 받아 발전하면서 하층의 민간에서 유행한 민간문학으로 나뉘어 발전해왔다. 이 두 가지 문학 형태는 사용된 언어가 달라서 사대부문학에서는 서면어^{書面語}인 문언^{文言} 즉 한문을 쓰고, 민간문학에서는 역시 서면어이기는 하지만 그래도 입말^[口頭語]에 좀 더 가까운 백화^{白話}를 주로 썼다. 이에 따라 정통 사대부문학은 우아하고 절제된 분위기의 시와 산문이 중심을 이루는 반면, 민간문학은 자유로운 서술과 소탈한 노래를 통해 구성한 통속적인 이야기를 다루는 소설과 희곡이 중심을 이루었다. 또한 두 계층 사이에 문자언어를 대하는 관점이 달랐기 때문에, 양자 사이에는 형식의 고정성 – 유동성, 내용의 함축성 – 서술성, 문학작품의 사회적 기능에 대한 기대 – 오락성 등등의 다양한 차이가 나타난다. (당연히 이런 대비에서 전자는 사대부문학의 특징에 해당하고 후자는 민간문학의 특징에 해당한다.) 다만 백화는 당·송 이후 도시경제가 발달하고 시민계층이 등장하면서 비로소 본격화되었기 때문에, 본격적인 형성 시기가 상대적으로 늦다. 그러나 이런 이중적 구조가 일단 형성된 뒤로는 전통적인 왕조 지배의 정치체제가 끝날 때까지도 줄곧 평행한 상태로 유지되었다.

근대 이전의 중국 역사에서는 봉건적 신분이 삶의 질과 내용을 결정짓는 가장 중요한 요인이었다. 특히 한^漢나라 이래로 지배계층의 중심 사상으로 자리 잡은 유가사상은 차별화된 계층구조의 안정을 국가의 안녕과 직결시켜 이른바 '정명^{正名}'을 강조했으며, 이에 따라 두 계층 사이에는 정치적·사회적 권리는 물론 생활방식과 의식구조, 언어와 문화 등의 토대에 근본적인 차이가 상존했다. 바로 이런 이유로 문학 현상의 이중성을 설명할 때에도 그 이면에 내재하는 계층구조의 미세한 변화에 유의하지 않을 수 없다. 그러나 당·송 이후로 대두한 시민계층이 사대부 계층에 의한 전통적인 지배구조를 바꾸지 못함으로써 민간문학이 전통 시대가 끝날 때까지 이른바 '대아지당^{大雅之堂}'의 지위를 획득하지 못하는 결과로 이어졌다는 점은 부정할 수 없다.

한편 좀 더 면밀히 살펴보면, 사대부 계층과 시민계층 내부에서도 중국고전문학의 또 다른 이중성이 발견된다. 정통 사대부문학의 경우에는 시가나 소설 같은 문학 양식의 차이에 상관없이 언제나 미적 감수성과 현실적 효용성[功用性] 사이에서 저울추가 진동하면서 아슬아슬한 균형을 유지해왔다. 또한 악부시樂府詩와 송나라의 사詞, 명·청 시대의 희곡인 전기傳奇와 같은 예에서 알 수 있듯이, 정통 사대부문학은 종종 이전까지 속된 것으로 치부하며 경시하던 민간문학 형식을 사대부 문화의 품격에 맞도록 세련되게 변형하여 자신들의 감수성과 지성을 표현하는 양식으로 활용해왔다. 이른바 '전아典雅'한 것을 특징으로 내세우는 상류계층의 정통 사대부문학이 실은 저속한 민간문학으로부터 자양분을 흡수해서 형성되었던 것이다.

민간문학의 경우에는 작품의 가치를 판단하는 기준이 농민이나 시민계층의 현실적이고 실용적인 관점에 의해 결정되었기 때문에, 신분질서의 유지를 강조하는 사대부 계층의 가치관과는 거의 상반된 관점에서 문학 양식을 형성시켰다. 그러나 견고한 계층구조 속에서 민간문학이 누릴 수 있는 자유는 상당히 제한적일 수밖에 없었다. 또한 기본적으로 상류문화에 대한 동경과 추수追隨의 속성을 지닐 수밖에 없는 하층문화의 한계로 인해, 민간문학은 종종 시간이 지날수록 정통 사대부문학의 제반 규범에 순응하며 스스로 변질되는 양상을 보여주었다.

예를 들어서 17세기부터 본격적으로 발전하기 시작한 소설과 희곡은 글쓰기를 생업生業과 연관시키는 시민계층의 새로운 가치관과 세계관이 반영되어 형성된 문학 양식이지만, 시간이 지날수록 정통 사대부문학의 규범에 맞추어 자체의 내용과 형식을 변화시켰다. 봉건적 지배체제와 비인간적 윤리 규범에 대한 저항의식이 담긴 작품들이 사대부 계층과 친연성이 있는 평론가나 개작자^{改作者}의 손을 거치면서 반항적 내용이 희석되고, 거칠고 자유로운 형식은 일정한 틀을 갖추어 '세련된' 형태로 변해갔던 것이다. 물론 이것은 사회와 문화 전반을 강력하게 구속하는 사대부 계층의 패권 안에서 민간문학이 택할 수밖에 없는 일종의 생존 전략이기도 했다. 그러나 그로 인해 민간문학은 종종 자체의 신선한 생명력과 자유를 희생하는 대가를 치러야 했다.

어떤 의미에서는 이런 이중적 구조와 양자 사이의 교류가 전반적인 문학의 발전을 추동^{推動}했다고도 할 수 있다. 그러나 견고한 이중구조의 지속은 결국 '아^{雅} - 속^{俗}'의 차별화된 구조의 고착화를 초래했다는 점에서 부정적인 비판을 면치 못한다. 물론 16세기부터 강력하게 대두하기 시작한 새로운 사조 즉 양명학좌파^{陽明學左派}라든가 경세치용^{經世致用}의 사상으로 인해 민간문학의 옹호자들이 갈수록 세를 넓혀가고 있었던 것은 분명하다. 그러나 19세기 후반까지도 동성파^{桐城派}와 같은 정통 사대부문학의 세력은 여전히 강력한 권위를 누리고 있었으며, 이로 인해 '아 - 속'의 진정한 융합은 자체적인 성과를 이루지 못한 채 새롭게 도입된 서양 문학의 흐름에 휩쓸리게 되었다.

또한 언어와 계층 외에도 대체적으로 양쯔 강을 경계로 하여 남북으로 나뉘는 거의 상반된 자연적, 지리적 환경 또한 중국문학의 이중성—다양성이라고 하는 편이 더 정확하겠지만— 을 형성하는 중요한 요인이 되었다는 점도 자주 거론되었다. 즉 양쯔 강 북방의 주민들이 한랭한 기후와 거친 황토고원, 그리고 잦은 전쟁과 자연재해에 시달렸던 데에 비해 남방의 주민들은 온화한 기후와 비옥한 토지에서 생산되는 풍부한 물산을 누리며 살 수 있었는데, 이로 인해 북방의 문화는 현실적이고 적극적인 데에 비해 남방의 문화는 상대적으로 낭만적이고 소극적인 경향을 띠게 되었다는 것이다. 이것은 문화 전반에도 영향을 미칠 수밖에 없어서 사상적으로도 북방의 유가儒家와 남방의 도가道家라는 거의 상반된 경향의 철학과 북방의 ≪시경詩經≫과 남방의 ≪초사楚辭≫라는 이질적인 문학이 형성되게 만들었다. 물론 위魏·진晉·남북조 이후로 중국 전역의 정치적 격변과 교통과 물류 환경의 대대적인 발전에 힘입어 남북의 문화가 신속하게 융합되기 시작하면서 사상과 문학의 이러한 상반성 내지 이질성은 신속하게 융합되기 시작했고, 불교라는 이국의 문화를 수용하면서 문화 전반에 걸친 거대한 변화가 일어났기 때문에, 이러한 특징은 주로 중국문학이 형성되는 초기 단계에서만 그 차이가 두드러질 뿐이라는 점은 지적해 둘 필요가 있다.

한편 중국고전문학에 내재한 이러한 이중성은 이른바 '고전'이란 무엇인가를 규정하는 데에도 적지 않은 문제를 야기한다. 일반적으로 문학과 예술에서 고전이란 개념은 특정한 문화 환경과 역사 속에서 오랜 세월 동안 보존되어 온 작품이라는 뜻과 더불어 그렇게 보존될 수 있을 만한 가치를 지닌 명작이라는 뜻을 아울러 내포하고 있다. 다만 그 의미 가운데 후자는 사실 전자의 원인이 되기 때문에 둘은 결국 같은 뜻이라고도 할 수 있다. 그러나 문제는 보존할 만한 '가치'를 판단하는 기준이다. 실제로 고대 중국에서 사대부들이 골라 뽑은 명작 선집들, 예를 들어서 ≪문선≫에서부터 ≪고문사류찬≫에 이르는 여러 선집들에는 소설과 희곡 같은 민간 문학이 철저히 배제되어 있다. 그런데 현대 사회에서 서사 문학과 공연 문학이 차지하는 중요성을 감안하면 그와 같은 편협한 기준을 고수하는 것은 당연히 시대착오적이라는 비판을 면하기 어렵다. 그러므로 오늘날 우리가 중국고전문학의 흐름을 이해하기 위해서는 고전을 결정하는 가치 판단의 기준을 좀 더 넓힐 필요가 있다. 다시 말해서 사대부의 고아한 문학이건, 민간의 통속문학이건 간에 어떤 작품이 역사의 풍파를 이겨내고 살아남은 것 자체를 중시할 필요가 있다는 것이다.

3. 중국고전문학사 서술에 관하여

1) 중국고전문학사 서술의 관점

문학사란 문자 그대로 문학의 역사이다. 그런데 여기에는 '문학'
의 개념뿐만 아니라 '역사'의 개념도 포함되어 있다. 필자가 이 책
에서 다루고자 하는 '문학'의 개념은 앞서 간략하게 설명한 바 있
기 때문에, 여기서는 주로 '역사' 서술과 관련된 몇 가지 문제를 언
급하고자 한다.

역사 서술이란 대개 과거에 일어났던 일련의 사건들과 그 과정
에서 축적되어 남겨진 유산들에 대해 일정한 관점에 입각해 사건
의 경위와 남겨진 유산들의 시대적 의미 등을 논리적으로 서술하
는 일이다. 그러나 역사 서술에 관한 현대의 논의들은 근대 실증
주의 역사학자들이 꿈꾸던 객관적이고 완전한 역사 서술이란 사실
상 불가능하다는 것을 다양한 각도에서 확인시켜준다. 근본적으로
역사가가 사료史料를 선별하고 거기에 가치를 부여하는 일 자체에
역사가 자신의 주관적 견해가 개입될 수밖에 없기 때문이다. 게다
가 역사가가 시대의 흐름을 관찰하고 분석할 때에는 거의 필연적
으로 '현재 원리Modernistic Principle'가 작동하기 십상이다. 일찍이 하
이젠베르크W. Heisenberg가 "우리가 관찰하는 것은 자연 그 자체가
아니라 우리의 질문 방식에 따라 도출된 자연5)"이라고 설파했듯

---

5) F. 카프라, 이성범·김용정 역, 《현대물리학과 동양사상》, 서울: 범양사출판
부, 1986년 7판, 162쪽 재인용.

34

이, 역사에 대해서도 역사가가 과거에 대해 던지는 질문 방식에 따라 서술이 도출되기 마련인 것이다. 특히 문학사의 서술에서는 예술사학자 아놀드 하우저의 다음 지적을 늘 염두에 두어야 할 것이다.

> 역사를 왜곡하는 가장 잘 알려진 방법 중의 하나는 주장자 자신의 철학의 예상 관념과 딱 들어맞는 것처럼 보이는 그런 문화 형식을 가장 오래되고 가장 초기의 것으로 표현하는 것이다. 그래서 혁명의 반동기와 낭만주의 시대에 민중예술이, 그 보수주의와 비합리주의와 더불어, 인류의 모국어라고 주장되었던 것은 지극히 당연한 일이다.[6]

19세기 진화론의 잘못된 영향으로 한동안 문학사 서술에서는 문학의 기원 내지 장르의 기원을 찾으려는 무의미한 작업에 지나치게 많은 힘을 쏟아왔다. 그 결과 시대와 공간을 초월하여 인간의 지성적 인식 위에서 끊임없이 진동하며 의미망을 확장함으로써 생명력을 유지해 왔던 문학은 무감無感한 고고학적 연구 대상으로 변질되어 버렸다. 더욱이 쉽게 극단으로 치달릴 수 있는 이러한 진화론적 관점은 마치 우주물리학에서 극단적인 '인간 원리Anthropic Principle'가 저지른 것과 동일한 오류에 빠질 위험을 항상 안고 있다. 즉, 우주의 역사가 궁극적으로 지구와 인간을 존재하게 만들기 위한 과정이라고 보는 것과 마찬가지로, 현재의 문학이야말로 인간 지성의 필연적인 발전이 낳은 최고의 산물—적어도 현재까지는—이므로 과거의 모든 문학은 현재의 문학을 이루기 위한 일종의 '시행착오'로 간주하려는 경향이 나타날 수 있다는 것이다. 게다가 문학 이론의 구축과 연구라는 형식이 근본적으로 현대 서양에서 비롯된 것이라는 점 때문에, 종종 중국을 비롯한 제3세계 문학은 상대적으로 미개하고 저열한 것이라는 편견이 개입될 여지도

---

6) 아놀드 하우저, 황지우 역, 《예술사의 철학》, 돌베개, 1989, 310쪽.

많았다.

그러므로 본질적인 한계에도 불구하고 그나마 '최선의' 문학사를 서술하기 위해서는 원칙적으로 최대한 객관적인 문제를 제기하고, 편협한 진화론과 서양 우월주의에서 자유로운 관점과 서술 방법을 개발하지 않으면 안 될 것이다. 또한 '순수한' 예술로서 문학이란 사실상 관념적인 창조물일 뿐 실제의 문학은 특정 시대의 정치와 경제, 사상, 문화가 어우러진 사회의 산물이기 때문에 문학 현상에 대한 서술도 장르와 작품, 작가, 독자라는 협소한 틀을 깨고 일종의 총체적인 관점을 견지할 필요가 있다.

물론 이를 위해서는 공시성共時性과 통시성通時性을 고려한 다양한 서술 방법이 시도될 수 있을 것이다. 다만 한 가지 분명한 사실은 어떤 관점에서 어떤 방법을 이용하더라도 문학사의 서술이 과거의 문학 현상을 있는 그대로 재현하기란 사실상 불가능하며, 불가피하게 서술자의 '질문 방식'에 영향을 받을 수밖에 없다는 것이다. 이에 따라 본서에서도 고대 중국의 문학 현상들 가운데 필자의 관점에서 중요하다고 판단되는 몇 가지 특징적인 변화들을 중심으로 당시의 시대상 속에서 문학 및 문학가의 위상을 전후 시대와의 연관성 속에서 설명해 보고자 한다. 이하의 서술에서 필자는 고대 중국 문화의 한 부분으로서 중국고전문학의 중요한 흐름과 변화에 주목할 예정이며, 이 때문에 몇몇 중요할 수도 있는 작가나 문학 유파들에 대해서는 언급이 소략하거나 생략될 수도 있음을 미리 밝혀둔다. 아울러 필자가 선택한 작가와 작품들이 중국고전문학의 보편성을 대표할 수 있는 '특수자7)'들이 될 수 있기를 희망한다.

───────────────

7) 예술이란 역사적 조건들에 의해 규정된 사람들에 의해 만들어진다. 그리고 예술이 성취하고 있는 보편성이란 관념을 논하는 미학자들이 예술과 이데올로기, 혹은 예술과 사회 간에 심연을 파 놓은 후 말하고 있는 것과 같은 방식의 추상적이고 무시간적인 보편성이 아니라, 특수자 '속에서(in)' 그리고 특수자를 '통하여(through)' 발현되는 인간적 보편성이다.(앙리 아르봉, 오병남·이욱환 역, ≪마르크스주의와 예술≫, 서광사, 1991, 146쪽 참조.)

2) 중국고전문학사의 시기 구분

일반적으로 문학사를 서술할 때에는 역사 서술의 관행에 따라 '고대 → 중세 → 현대'로 이어지는 시기를 설정하곤 한다. 앞서 언급한 것처럼 중국고전문학의 경우는 1840년의 아편전쟁까지를 포함하는 3,500여 년의 시기를 고대로 설정하며, 경우에 따라서는 이 시기를 전통 시기 또는 고전 시기라고 부르기도 한다. 다만 왕조 지배의 정치체제와 농업 위주의 경제체제로 대표되는 중국 고유의 '전통tradition'이라는 말은, 서양학자들의 입장에서 가끔 발전된 서양 문명의 세례를 받지 못한 미개한 시기라는 폄하의 의미가 내포된 경우가 있기 때문에 주의를 요한다. 또한 고전이라는 말에는 단순히 지난 시대의 작품뿐만 아니라 오랜 시기를 두고 여러 평가를 거치면서 한 시대 혹은 시대를 관통하는 하나의 전범典範으로 확립된 작품을 가리키는 일종의 가치 개념이 담겨 있기 때문에 문학사의 한 시기를 지칭하는 용어로는 적절치 않은 면이 있다. 그럼에도 불구하고 문학사의 서술은 결국 오랜 역사를 견뎌 낸 문학작품이나 이론을 다룰 수밖에 없기 때문에, 어떤 의미에서는 문학적 고전의 역사8)라고도 할 수 있을 것이다.

한편 중국고전문학은 3,500여 년의 긴 시기를 포괄하기 때문에, 종종 이해의 편의를 위해서 왕조 변천과 같은 특정한 역사적

---

8) "문학사에서 강조점을 바꾸는 과정은 매우 중요하다. 모든 시대는 나름대로 청춘 같던 과거의 작품들의 억양을 변화시킨다. 근본적으로 고전적인 작품들의 역사적 생명은 그 사회 이데올로기적인 강조점이 부단히 바뀌어 왔다는 데 있다. 모든 시대에는 작품들을 대화화하는 새로운 배경에 의해, 작품들 속에 있는 지향적인 가능성들 덕택으로 언제나 새로운 의미 계기들이 작품 속에 나타난다. 문자 그대로 작품들의 전체 의미는 점점 더 커지고, 가공되어 간다."(미하일 바흐찐, 이득재 역, ≪바흐찐의 소설미학≫, 열린책들, 1988, 279쪽.)

현상을 기준으로 다시 세부적인 시기를 구분하곤 한다. 그런데 이 왕조 구분법은 각 왕조별로 그 왕조를 대표하는 문학 양식의 형성과 변천을 설명하는 데에는 편리하지만, 시가와 산문같이 여러 왕조를 관통하는 문학 양식의 변천을 한눈에 보여주는 데에는 취약하다. 또한 남북조 시기나 수^隋나라처럼 현재 중국 대륙의 판도 위에 여러 왕조가 난립해 있던 시기나 수명이 짧은 왕조의 문학은 따로 떼어서 설명하기 곤란해지기도 한다. 이를 위해서 수·당 시기를 통합하여 시대를 구분하기도 하지만, 사실 당나라와 이어지는 오대^{五代}, 그리고 북송^{北宋}의 전반기를 따로 구분하는 것도 현실적인 어려움이 있다.

이런 문제점을 감안하여 필자는 중국문학의 흐름과 변화에 초점을 맞추어 새로운 시기 구분을 시도해 보고자 한다. 물론 필자의 시기 구분 역시 경계선이 모호하거나 중첩된 부분이 없지 않지만, 중국문학의 발생과 변천 과정을 일관되게 살펴보는 데에는 나름대로 유용한 측면이 있을 것으로 생각한다. 필자가 설정한 시기 구분을 기존의 왕조 구분법과 연관시켜서 단계별로 간략하게 설명하면 다음과 같다.

(1) 제1단계 : 중국문학의 출발점

이 시기는 한자의 원형인 갑골문자가 발생되어 민간으로 전파되고, 그에 따라 지식이 축적되고 재생산되기 시작하는 시기로서, 왕조 구분법으로 보자면 상고 시대부터 춘추·전국 시대에 이르는 시기가 여기에 해당한다. 이 시기에는 중국 지식인 집단의 원류가 되는 사림^{士林}이 형성되어 학문적·문화적 기틀을 다지게 된다. 이 시기의 중요한 문학적 유산으로는 흔히 ≪시경^{詩經}≫과 ≪서경^{書經}≫, 초사^{楚辭}, 그리고 제자백가^{諸子百家}의 산문들이 거론된다. 그러나 사실상 ≪시경≫과 ≪서경≫, 그리고 초사를 이 시기의 문학에 포함시켜야 하는지 아니면 한^漢나라의 문학에 포함시켜야 하는지에 대해서는 이론의 여지가 많다.

(2) 제2단계 : 문인 집단의 성립과 분화

이 시기는 중앙집권적인 통일제국이 성립되고, 그 안에서 글쓰기와 학문적 지식을 내세워 벼슬길에 오름으로써 사회적 특권을 누리게 되는 '문인' 집단이 형성되는 시기이다. 왕조 구분법에 따르면 이 시기는 진^秦·한^漢 왕조부터 남북조에 이르는 기간에 해당한다. 이 시기 동안에는 중국 대륙 곳곳에 개별적으로 존재하던 이질적인 문화들이 황제의 전제정권 아래 강제로 통합되고, 유가 경학^{經學}의 토대가 갖춰지고, 아름다운 글을 쓰는 방법과 의의에 대한 문인들의 자각이 이루어지며, 무엇보다도 5언과 7언을 위주로 한 고시^{古詩}의 양식이 성립된다. 이에 따라 '작가 – 작품 – 독자'라는 문학제도의 초보적인 틀이 완성되면서, 그와 더불어 문학이 단순한 개인적 감성을 토로하는 수단이 아닌 사대부의 사회적 사명감을 표현하는 통로로서 기본적인 성격을 확립하게 된다.

(3) 제3단계 : 사대부문학의 정립

이 시기는 왕조 구분법에 따르면 대체로 수·당 시기부터 남송^{南末} 초기에 해당한다. 물론 과거제도는 수나라 때에 처음 시행된 이후 청나라가 끝날 때까지 지속되지만, 이 단계에서 우리가 주목하는 점은 중국 사회의 상류계층이 문벌^{門閥} 계층에서 사대부 계층으로 전환되는 변화와 이에 따른 문학 의식의 확대 및 정립 과정이다. 이 단계에서 우리는 유가와 불교, 도교의 사상이 어떤 식으로 사대부 계층에 흡수되어 융합되며, 이른바 경험적 합리성에 입각한 '도학적^{道學的}' 사유방식이 문학 의식에 어떤 영향을 주는지에 대해 고찰하게 될 것이다. 여기서는 '근체시^{近體詩}'와 같은 중요한 문학 양식이 형식적 규율을 정립해 가는 과정과 그것의 사회적·문학적 의미를 이해하게 되고, 특히 과거제도와 문학 사이의 관계를 통해 더욱 강화된 문학의 사회적 효용성을 확인하게 될 것이다.

(4) 제4단계 : 민간문학의 흥성과 전통적 문학관의 동요

이 단계는 도시문화의 발전과 시민계층의 대두에 따른 민간문학의 흥성, 그리고 그에 따른 정통 사대부문학관의 동요를 다루게 될 것이다. 고대 중국에서 도시문화는 이미 당나라 때부터 상당한 규모로 발전하기 시작하지만, 강남 지역을 비롯한 여러 지역에서 도시들이 본격적으로 발전하고 그에 따라 시민 문화가 대두하게 된 것은 대체로 남송 이후라고 할 수 있다. 그러므로 이 시기는 왕조 구분법에 따르면 대체로 남송 중엽부터 청나라 중엽까지에 해당한다. 이 단계에서 우리는 소설과 희곡을 비롯한 민간문학의 흥성 원인과 특징적 형식의 형성이 가지는 전반적인 의미를 포괄적으로 고찰하면서 아울러 대표적인 몇몇 작품들을 조금 더 구체적으로 분석해 볼 것이다. 이를 통해 우리는 그런 작품들에 표현된 시민의식, 그리고 전통적인 '도학적' 사유 체계에 대한 저항과 반성으로서 양명학陽明學 및 경세치용經世致用의 사상 등이 문학 의식의 변화에 미친 영향과 그로 인해 생겨난 새로운 시대의식, 문제의식 등을 살펴보게 될 것이다.

(5) 제5단계 : 서세동점西勢東漸과 근대적 모색

이 단계는 1840년 아편전쟁을 전후로 한 중국 사회의 변동에 따른 문학 의식의 변화가 진행된 시기에 해당한다. 여기서 우리는 청 왕조의 보수화와 가혹한 문자옥文字獄, 관료제도 및 상류 문인사회의 부패 등의 영향으로 사회 전반의 침체가 진행되고, 그에 따른 민간문학의 아화雅化 현상과 그것이 지니는 (긍정적인 것과 부정적인 것을 포괄한) 의의, 문학 의식의 퇴보 등을 살펴보게 될 것이다. 또한 아편전쟁의 패배 이후 거세게 밀려들어오는 서양 제국주의와 그에 수반된 근대적 문화, 새로운 문학 의식 등을 번역 작품의 성행과 신문학新文學의 등장이라는 현상을 통해 고찰해 볼 것이다.

　이상의 시기 구분은 각 단계별로 주도적인 문학 양식의 창작 및 향유 주체, 그것을 야기한 시대 변화에 초점을 맞추어 설정된 것이다. 구체적으로 그것은 사대부 계층을 중심으로 한 정통 사대부 문학의 확립과 변화, 민간문학의 흥성과 쇠퇴, 서세동점에 따른 불가피한 변화의 모색 등의 몇 가지 중심적인 흐름 등을 포함한다. 앞서 지적했듯이 이와 같은 시기 구분은 경계선이 모호하고 시기적으로 중첩되는 단점이 있긴 하지만, 중국고전문학의 역사적 변천에서 발견되는 몇 가지 중요한 현상들을 일목요연하게 파악할 수 있는 장점을 갖고 있기도 하다. 아울러 이것은 중국고전문학사의 세세한 사항들을 백과사전식으로 전부 늘어놓기보다는 그 내부를 관통하는 일련의 흐름과, 그 흐름의 원인을 규명하는 데에 초점을 두려는 본서의 의도를 반영한 장치이기도 하다. 다만 본서의 목차는 각 시기별로 등장했던 중요한 문학 현상들을 강조하기 위하여 좀 더 세부적으로 나누어 제시했음을 미리 밝혀둔다.

함께 참고할 만한 자료

김영구, 《중국문학사강의》, 한국방송통신대학교출판부, 2005.
김학주, 《중국고대문학사(개정판)》, 신아사, 2013.
니콜라 디코스모 저, 이재정 역, 《오랑캐의 탄생》, 황금가지, 2005.
발레리 한센 저, 신성곤 역, 《열린 제국: 중국(고대~1600)》, 까치, 2005.

볼프강 울리히 저, 조이한·김정근 역, ≪예술이란 무엇인가: 패러다임을 뒤흔든 11가지 개념≫, 휴머니스트, 2013.

서경호, ≪중국문학의 발생과 그 변화의 궤적≫, 문학과지성사, 2003.

에드워드 윌슨 저, 최재천 외 역, ≪지식의 대통합 통섭≫, 사이언스북스, 2005.

원행패 저, 김해명 역, ≪중국문학개론≫, 연세대학교 대학출판문화원, 2010.

전야직빈 저, 김양수 외 역, ≪중국문학서설(개정증보판)≫, 토마토, 1999.

제1부

중국고전문학의 출발점

문학은 기본적으로 언어와 문자에 의한 예술이기 때문에 그 출발점 또한 언어와 문자의 발생 시점에서 찾는 것이 당연해 보인다. 그러나 엄격하게 말하자면 언어와 문자의 확실한 기원을 찾는다는 것은 사실상 거의 불가능하며, 더욱이 문학은 언어와 문자를 활용한 예술이기 때문에 굳이 그것들의 발생 시점에 연연할 필요가 없다. 그보다는 고대 중국문학에서 사용한 언어와 문자의 주요한 특징과 사용 방식에 주목할 필요가 있다. 달리 말하자면 언어와 문자를 활용하는 주체들의 신분과 생각, 관점, 활용의 목적 등등에 대한 포괄적인 검토가 필요하다는 뜻이다.

　독특한 방식의 글자체 변천을 겪기는 했지만 한자는 기본적으로 표의문자 체계를 기반으로 고유의 복잡한 기록 방식을 발전시켜왔다. 특히 고대 중국에서 그것은 발생 단계에서부터 폐쇄된 집단만이 소유한 권위적인 문화의 상징이었으며, 폐쇄가 해제된 이후에도 여전히 정치성을 담지한 채 권위적인 상부계층의 신분을 보장하는 표지가 되었다. 쓰고 읽기가 난해한 이 문자 체계는 지식의 자유로운 보존과 전파, 지식 사이의 대화를 방해하는 선험적 장애로 작용하기도 했지만, 다른 한 편에서는 문자를 활용하는 모든 행위가 궁극적으로 넓은 의미의 통치 행위를 전제로 한 다양한 사유들과 깊은 관련을 맺을 수밖에 없도록 그 성격을 규정했다. 이에 따라 중국 최초의 지식인 집단이라고 할 만한 춘추·전국 시대의 '사림士林'이 이룩해 낸 사회문화적 성과를 아울러 일컫는 '제자백가諸子百家'의 저작들은 현대 분과학문의 의미에서 역사와 철학, 과학, 문학을 아우르는 독특한 성격을 지니게 되었다. 봉건왕조 통치라는 독특한 정치제도 속에서 권력과 거리를 두려는 자유 의지 내지 욕망은 항상 권력에 기생할 수밖에 없는 현실적 상황으로 인해 개인의 내적 갈등과 학파 간의 경쟁을 야기했다. 또한 이런 복잡한 상황으로 인해 그들이 이루어낸 중국 최초의 문자언어를 통한 성과는 대단히 복합적이면서도 특유한 성격을 지니게 되었다.

　중요한 것은 이들 '사림'과 '제자백가'의 성격이 고대 중국에서 지식인과 '문학'의 본질적 특성을 규정하기도 했다는 사실이다. 왕조가 바뀌고 황제에 의한 중앙집권이 강화되는 통일제국의 시대는 물론 대륙 분열의 시기에도 지식인과 그들이 이룩해낸 '문학적' 성과는 가장 기본적인 측면에서는 오래도록 변하지 않는 '사림'과 '제자백가'의 전통을 유지하고 있었던 것이다. 물론 한漢나라 이후 '독존유가獨尊儒家'의 명분 아래 유·불·도 삼가三家의 활발한 상호작용으로 인한 통섭이 진행되고 아름다운 글쓰기에 대한 인식이 더욱 심화되면서 다양한 창작 방법론이 계발되고 발전되었던 것도 사실이다. 그러나 유가의 복고주의 경향에 따른 현상일 수도 있겠지만, 고대 중국인들의 문학 창작과 감상은 대부분 '옛날'을 지향하거나 적어도 '옛날'과 밀접하게 연관을 지으려는 경향을 보였다. 바로 이런 의미에서 고대 중국의 문자와 지식인 집단의 발생, 그리고 그들이 이루어 낸 성과는 종합적이고 심도 깊게 이해되어야 할 것이다.

제1장 문자와 지식의 생산과 전파

1. 한자의 발생과 전파

1) 권력으로서 한자의 특성

중국의 전설에서는 황제黃帝가 사관史官인 창힐倉頡을 시켜 글자를 만들었다고 하지만, 사실 그것은 오랜 기간에 걸쳐서 수많은 사람들이 참여하여 발명하고 다듬은 결과로 완성되었다고 보는 편이 더 타당하다. 현재까지의 연구에 따르면, 한자의 최초 형태는 상商 나라 때에 만들어진 갑골문甲骨文이라고 한다. 상나라는 제정일치祭政 一致의 노예제 사회로서 건축과 농업, 도자기 생산이나 제련製鍊 같은 수공업이 발달해 있었다. 당시의 통치는 주로 점복占卜을 통해 신의 뜻을 물어서 실행되었는데, 갑골문은 바로 그 점복의 내용을 거북의 배 껍질이나 큰 짐승의 뼈에 새겨 기록하는 데에 이용되었던 것이다. 상나라가 망한 후 땅 속에 묻혀 있던 이 뼛조각들은 서기 500년 무렵부터 중국 허난성[河南省] 안양현[安陽縣] 샤오툰촌[小屯村]에서 밭가는 농민들에 의해 발견되기 시작했으나, 당시에는 그것을 '용골龍骨'이라고 부르며 가루로 갈아 칼에 베인 상처를 치유하는 데 사용했다고 한다. 그러다가 1899년에 류어劉鶚 : 1857~1909와 왕

46

이롱王懿榮 : 1845~1900이 그 문자의 가치를 알아보고 갑골을 수집하여 정리함으로써, 당시까지 전설로만 여겨지고 있던 상 왕조의 실체가 증명되었다.

시대가 흘러 B.C. 9세기 중엽에 주周나라가 성립하면서 갑골문에 원형을 둔 글자들은 좀 더 상징적이고 단순화된 기호로 바뀌었는데, 그것들은 대개 청동기 등의 각종 기물器物에 새겨지거나 주조鑄造된 형태로 오늘날까지 일부가 보존되어 있다. 이것을 이른바 '금문金文'이라고 한다. 당시까지만 하더라도 문자는 주로 왕실과 제후국에서만 활용되었으며, 비록 훗날 복원된 것이긴 하지만 ≪시경詩經≫과 ≪상서尙書≫ 등의 서적은 기본적으로 그와 같은 환경에서 기록된 것들이었다.

서주西周 시기까지 문자는 주로 왕실과 제후국에서만 사용되던 특수한 기록 수단이었다. 이미 상나라의 예에서 알 수 있듯이 그것은 통치의 중요한 수단이었고, 그 때문에 문자를 안다는 것은 곧 신성한 권력을 지닌다는 것과 동일한 의미를 나타냈다. 또한 상나라 때의 문자는 신과의 소통을 기록하는 비밀스러운 수단이었기 때문에 함부로 공개할 수 없는 것이었다.

주나라가 성립한 뒤에도 문자에 대한 지식은 이전 상나라 제사장들이 새 왕조에서 자신들의 가치를 인정받아 생존하며 어느 정도의 특권을 유지할 수 있는 중요한 자산이자 담보물이었다. 그 결과 이 시기에 이르면 제반 중요한 문화적 지식들은 왕실이 장악하여 주도하고 있었기 때문에學在官府 각종 지식들은 모두 '무巫', '사史', '축祝', '복卜' 등 왕실의 전문 관료로 변신한 옛 상 왕조의 제사장들에 의해 비밀리에 보존되게 되었다. 이러한 현상은 토지를 국가가 소유하고, 종법제도宗法制度를 시행한 것과도 밀접한 관련이 있을 것이다. 즉 천하의 땅을 소유하고 천하의 '대종大宗'임을 자임하는 천자는 또한 일체의 관념 세계를 주도하는 존재였다는 것이다. 이런 상황에서 그들 전문 관료들은 문자에 대한 지식을 내세워 왕실과 제후국의 행정 문서를 관장하고, 문자를 통해 축적된 지식을 이용하여 왕과 제후의 통치를 보조하고 자문에 응해 줄 수 있었다.

훗날 사관史官으로 통칭되는 이 전문 관료들은 그 탄생의 단계에서부터 천문과 술수術數, 그리고 제사와 같이 하늘과 관련된 직무를 담당하는 '천관天官'의 직책을 수행했으며, 아울러 그들의 업무에서 왕의 언행과 사건을 기록하는 역사가라는 직능이 파생되었다. 결국 ≪주례周禮≫ <천관天官>의 기록처럼, 사관들은 "관청 즉 왕실의 글을 관장함으로써 정치를 보좌하는[掌官書以贊治]" 사람이었던 것이다. 어떻게 보면 지식이란 것의 속성이 곧 지배의 권력과 통한다는 것은 오늘날 널리 알려진 견해이니, 그 지식을 보존하고 축적하며 재생산하는 데에 중요한 역할을 하는 문자에 대한 지식이 이처럼 권력과 연관되었다는 것 또한 자연스러운 일이라 하겠다.

2) 한자의 전파와 그 의미

동주東周 시기 즉, 춘추 시기와 전국 시기를 거치면서 왕실의 권력이 약화됨에 따라 궁정의 담에 갇혀 있던 문자에 대한 지식도 민간으로 풀려나오게 되었다. 제후국 사이에 패권을 장악하기 위한 전쟁이 자주 발발하면서 위기감을 느낀 식자층들이 민간으로 도피하면서 문자에 대한 지식도 자연스럽게 따라 나오게 된 것이다. 주나라 왕실의 도서관을 관장하던 노자老子가 은거하면서 ≪도덕경道德經≫을 구술해 준 일은 그런 현상을 상징적으로 보여주는 예라고 할 수 있다. ≪논어論語≫에는 이러한 상황이 다음과 같이 구체적으로 서술되어 있다.

태사^{大師}였던 지^摯는 제^齊로 가고, 아반^{亞飯}이었던 간^干은 초^楚로 가고, 삼반^{三飯}이었던 요^繚는 채^蔡로 가고, 사반^{四飯}이었던 결^缺은 진^秦으로 가고, 북을 치던 방숙^{方叔}은 하내^{河內}로 들어가고, 소고^{小鼓}를 흔들던 무^武는 한중^{漢中}으로 들어가고, 소사^{少師}였던 양^陽과 경쇠를 치던 양^襄은 해도^{海島}로 들어갔다.

大師摯適齊, 亞飯¹⁾干適楚, 三飯繚適蔡, 四飯缺適秦, 鼓方叔入於河, 播鼗武入於漢, 少師²⁾陽擊磬襄入於海. (≪論語≫ <微子>)

1) 아반^{亞飯}은 고대에 천자나 제후에게 두 번째로 식사가 바쳐질 때 음악을 연주하여 먹기를 권하던 악사^{樂師}이다. 뒤에 언급된 삼반^{三飯}과 사반^{四飯} 역시 비슷한 직무를 수행하던 이들이다. ≪주례^{周禮}≫ <대사악^{大司樂}>에 따르면 당시의 천자는 하루에 네 끼의 밥을 먹었으며, 처음을 제외한 나머지 세 번의 식사에는 악사가 음악으로 먹기를 권했다고 한다.
2) 소사^{少師}는 악사를 보조하는 사람을 가리킨다. 한편, 춘추 시대 초^楚나라에서는 군주를 보필하는 관료를 '소사'라고 불렀으며, 북주^{北周} 이후로 역대 왕조에서도 비슷한 역할을 수행했던 소사는 소부^{少傅}, 소보^{少保}와 더불어 '삼고^{三孤}'라고 불렸다.

그 외에도 춘추 시기에는 노^魯나라의 악사^{樂師}였던 사양^{師襄}과 정^鄭나라의 등석^{鄧析}, 장홍^{萇弘}과 왕태^{王駘} 등이 제자를 거둬들여 학문을 가르쳤다. 그런 과정에서 공자^{孔子}의 존재는 이러한 분위기의 정점을 보여준다고 하겠다.

중요한 것은 이처럼 문자에 대한 지식이 민간으로 퍼져 나오게 된 뒤에도 거기에 내재되어 있던 권력과의 관계가 끊어지지 않았다는 사실이다. 다시 말하자면 민간의 '선비^[士]'들이 문자와 그것을 통해 축적된 지식을 배우고 새로운 지식을 재생산하는 목적이 결국 벼슬살이를 하는 데에 있었다는 것이다. '시'를 교육하면서 공자가 한 언급들은 당시의 교육이 궁극적으로 무엇을 지향했는지를 잘 보여준다.

너희들은 왜 시를 공부하지 않는 것이냐? 시는 감흥을 불러일으킬 수 있고, 사물을 관찰할 수 있고, 무리와 어울릴 수 있으며, 원망을 표현할 수 있다. 가까이는 어버이를 섬기고 멀리는 군주를 섬기는 데에 도움이 되며, 날짐승과 들짐승, 초목의 이름들을 많이 알 수 있게 해 준다.

小子何莫學夫詩? 詩可以興,[1] 可以觀,[2] 可以羣,[3] 可以怨.[4] 邇之事父, 遠之事君, 多識於鳥獸草木之名. (≪논어≫ <陽貨>)

1) 공안국孔安國의 주석에 따르면, '흥興'은 "유사한 다른 사물을 끌어들여 비유하는 것[引譬連類]"을 의미한다.
2) 정현鄭玄의 주석에 따르면 '관觀'은 "풍속風俗 성쇠盛衰를 살피는 것"이다.
3) 공안국의 주석에 따르면 '군羣'은 "함께 지내면서 학문과 인격을 연마하는 것[居相切磋]"이다.
4) 공안국의 주석에 따르면 '원怨'은 "윗사람의 정치를 풍자하는 것[刺上政]"이다.

시 300편을 외우고도 그에게 정치를 맡겼을 때 잘 해내지 못하고, 사방 제후국에 사신으로 나갔을 때 혼자 응대하지 못한다면, 많이 외운다 한들 무슨 소용 있겠느냐?

誦詩三百, 授之以政不達, 使於四方不能專[1]對, 雖多亦奚以爲哉.[2] (≪논어≫ <子路>)

1) '전專'은 '독獨'의 뜻이다.
2) ≪한서漢書≫ <예문지藝文志>에는 다음과 같은 내용이 기록되어 있다: 옛날 제후와 경대부들이 이웃 나라와 외교하며 접대할 때에는 '은밀한 말[微言]'로 서로의 의중을 감지했고, 서로 인사를 나눌 때에는 반드시 ≪시경≫의 시를 읊어 자신의 뜻을 나타냈으니, 그것을 통해 상대가 현명한 사람인지 못난 사람인지를 판별하고 상대 나라 풍속의 성쇠를 살필 수 있었기 때문이다. 그렇기 때문에 공자는 (≪논어≫ <계씨季氏>에서) "시를 배우지 않으면 말을 할 수 없다."고 했다.[古者諸侯卿大夫交接鄰國, 以微言相感, 當揖讓之時, 必稱詩以諭其志, 蓋以別賢不肖而觀盛衰焉. 故孔子曰: 不學詩, 無以言也.]

이로 보건대 민간으로 퍼져 나온 문자와 그것을 통해 축적된 지식은 결국 평범한 선비를 상류 지배계층으로 연결시켜 주는 중요한 고리였던 것이다. 이처럼 초기 단계에서 형성된 문자와 지식의 권력 지향적 속성은 이후로 줄곧 고대 중국의 문학의식의 본질을 결정하는 데에도 큰 영향을 미쳤다.

한편 문자의 사용이 민간에까지 확대된 춘추·전국 시대에는 각 지역별로 독특한 문화 환경을 반영한 글자들이 지속적으로 만들어지고, 아울러 글자의 모양에도 많은 변화가 생겼다. 그러나 제대로 된 필기도구가 아직 만들어지지 않은 상황에서 만들어진 이 글자들은 최근에 고고학적 발굴을 통해 모습을 드러낸 청동기나 죽간竹簡 등에서만 희미하게 남아 있을 뿐이다. 그나마 전국 시기 말엽과 진秦나라 때의 문자들에 대해서는 어느 정도의 자료가 남아 있는데, 진나라 시황제始皇帝 때에 승상丞相 이사李斯의 주도로 진행된 문자 통일 작업의 결과로 만들어진 전서篆書─특히 '소전체小篆體'─는 지금까지도 서예에서 널리 활용되고 있다. 한漢나라 때에 이르면 한자는 더욱 간략하고 규격화된 형태를 갖추게 된다.

한나라 초기에는 예서隸書가 널리 사용되었으며, 다시 한나라 후기인 4세기 무렵에 이르면 오늘날까지 한자의 정식 형태로 인식되고 있는 해서楷書가 만들어진다. 이 과정에서 종이와 붓, 벼루, 먹이라는 필기도구가 발명되어 정착되면서 문자 활용의 폭이 급속도로 확장되고, 아울러 ≪설문해자說文解字≫와 같은 자전字典이 만들어진 사실에서 알 수 있듯이 한자를 이용한 글쓰기의 규칙도 점차 체계를 갖추기 시작했다. 예서 역시 오늘날에도 서예에서 널리 사용되고 있다. 이 외에 글자의 모양을 가리키는 말로 행서行書와 초서草書가 있는데, 이것들은 사실상 해서를 흘려 쓰는 형식들이면서 예술적 변형이 곁들여진 것이라고 할 수 있다.

이처럼 갑골문에서 시작해서 해서로 이어지는 글자체의 변화와 통일 과정은 한자를 중국 전체의 공식적인 공통 언어로 만드는 데에 크게 기여했고, 점획點劃이 비교적 단순해지면서 쓰고 읽는 데에 편의성이 상대적으로 늘어났다는 점은 긍정적으로 평가할 만하다. 그러나 이러한 글자체의 변화로 인해 이전 시대의 텍스트들은 불가피하게 새로운 문자로 '번역'되는 과정을 거쳐서 후세로 전승될 수밖에 없었고, 이 때문에 이미 한나라 때부터 유가의 학문이 경전 텍스트의 원래 의미를 복원하기 위해 특수한 문자학적 방법에 치중한 훈고학訓詁學으로 출발하게 되었고, 나아가 텍스트 자체의 진위와 관련된 '금고문논쟁今古文論爭'이 벌어지기도 했다. 무엇보다도 일반적인 중국문학사에서 현존하는 가장 오래된 문헌으로 꼽아 거론하는 ≪시경≫과 ≪서경≫은 텍스트 자체가 이런 번역의 산물이기 때문에 실질적으로 주나라 때의 문헌으로 간주할 수 있는지에 관한 논쟁이 야기될 수 있다.

2. 지식인 집단의 성립과 특성

1) 지식인 집단의 성립

'문자의 해방'이라고 표현할 수 있는 이런 변화로 인해 나타난 가장 극적인 결과는 이후 전통시기 중국의 지성사의 실질적인 주인공으로 대두하는 지식인 집단 즉, '사림士林'의 등장이라고 할 수 있다. 고대의 문헌에 나타난 '사士'는 대개 어떤 작은 직무[事]를 담당하는 사람이라는 뜻이었다. 다시 말해서 그것은 각 분야에서 일을 관장하던 하층의 관리에 대한 광범한 호칭이었다. 그들의 지위는 대부大夫와 서인庶人의 중간으로서 경대부卿大夫의 가신家臣이 되었지만, 대개는 서인과 그다지 큰 차이가 없이 여겨진 듯하다. 그러나 개중에는 귀족의 그늘에서 벗어나 봉록俸祿으로만 생활하는 사람도 생겼다. 그들은 예禮·악樂·사射·어御·서書·수數의 '육예六藝'를 익혔는데, 대부분 '활쏘기[射]'와 '말 타기[御]'에 편중해서 하급의 군리軍吏로 채용되었다. 그러나 노자나 공자처럼 문리文吏로 채용되는 경우도 있었다. 그리고 춘추 말기 이후 '사'는 점차 지식인을 가리키는 통상적인 칭호가 되었으며, 평민도 "문학을 공부하고 몸가짐과 행실을 바르게《荀子》 <王制> : 積文學, 正身行)" 함으로써 '사'로 신분 상승하는 경우가 적지 않았다. 여기서 '문학'은 '문화 또는 경학經學에 관한 지식'을 가리킨다. 이렇게 신분상승에 성공한 예는 하급 관리에서 궁정의 학자로 명성을 날린 순우곤淳于髡1)이나 평민에서 조趙나라의 상경上卿이 된 우경虞卿2) 등에게서 찾아볼 수 있다. 결국 전국 시대에 이르면 이전의 제사장이나 주 왕조의 전문 관리들과도 전혀 다른, 다양한 지식인 집단으로서 '사림'이 등장하게 되는 것이다.

그런데 이처럼 독특한 환경에서 형성된 까닭에 춘추·전국 시대의 '사'들은 그들만의 아주 특별한 계급적 성격을 지니고 있었다.

---

1) 춘추 시대 齊나라의 稷下 사람으로서, 박학다식하고 滑稽와 辯論을 잘 하기로 유명했다. 그는 제나라 威王이 직하에서 학자들을 초빙할 때 임용되어 대부가 되었다. 그는 위왕에게 諷諫하여 호화 방탕한 생활을 그만두고 정치 개혁에 힘 쓰도록 했으며, 여러 차례 다른 제후국에 사신으로 가서 굽히지 않고 당당한 태도로 임무를 완수한 일이 전해진다.

2) 전국 시대 사람으로 趙나라의 孝成王에게 유세하여 上卿으로 임용되면서 재상의 직인을 받았기 때문에 虞卿이라고 불렸다. 그는 조나라를 중심으로 合縱의 외교 정책을 펴서 秦나라에 대항할 것을 주장했다. 나중에 魏나라의 재상인 魏齊의 목숨을 구하기 위해 재상의 신분을 버리고 그와 함께 도망쳐서 梁나라에서 곤궁한 생활을 했다고 한다. 그리고 그 와중에 역사적 사건을 통해 나라의 정치적 성패를 평가하는 내용의 《虞氏春秋》를 지었다고 하나 지금은 이미 없어져버렸고, 청나라 때 馬國翰이 새롭게 편집한 책만이 남아 있다. 그의 일생에 관해서는 《사기》 권76 <平原君虞卿列傳>에 비교적 자세히 수록되어 있다.

한마디로 '자유로움'이라고 말할 수 있는 그들의 성격은 우선 어느 특정한 나라나 관직에 얽매이지 않는 데에서 두드러지게 나타난다. 대표적인 예로, 전국 시기의 소진蘇秦 : ?~B.C. 317을 들 수 있다. 그는 처음에 진秦 혜왕惠王에게 천하를 집어삼킬 수 있는 계책을 가지고 유세했으나 채용되지 않자 절치부심 끝에 연燕·조趙·한韓·위魏·제齊·초楚 등 여섯 나라를 돌아다니며 유세하여 결국 이들 여섯 나라로 하여금 합종合縱의 맹약을 맺어 진秦나라에 대항하게 하고, 스스로 그 우두머리가 되어서 여섯 나라의 재상을 겸임했다.

또한 공자가 ≪춘추≫를 지어 이른바 '왕도王道'를 밝힌 뒤로 군주의 가치에 대한 새로운 인식들이 생겨나면서, '사'들은 군주의 자격으로서 세습적 혈통보다는 천하를 올바로 다스릴 수 있는 지혜와 방략方略을 갖춘 인격체의 형성을 더 중시하게 되었다. 그 결과 심지어 순자荀子의 문하생들은 도덕적 품격과 뛰어난 방략을 갖추고 도리에 따라 올바로 행동하는 순자야말로 제왕이 되어야 마땅하다는 파격적인 주장을 펼치기도 했다. 이것은 바로 그들이 "'사'는 뜻이 크고 의지가 굳셀 수밖에 없으니, 임무가 무겁고 갈 길이 멀기 때문(≪논어≫ <泰伯> : 士不可不弘毅, 任重道遠)"이라는 강렬한 주체 의식과, "군자는 의에 밝고, 소인은 이득에 밝다(≪논어≫ <里仁> : 君子喩於義, 小人喩於利)"는 신념 아래 이른바 '대장부'의 정신을 추구하는 엄격한 도덕적 자율을 바탕으로 삼고 있었기에 가능한 일이었다고 하겠다. 맹자孟子는 대장부에 대해 다음과 같이 정의했다.

> 천하라는 넓은 집에 살면서 천하의 올바른 위치에 서서 천하의 위대한 도리를 행한다. 뜻을 이루면 백성과 더불어 누리고, 뜻을 이루지 못하면 홀로 그 도리를 실천한다. 부귀해지더라도 도를 넘어선 지나친 행실을 하지 않고, 빈천하더라도 자신의 올바른 행실을 바꾸지 않으며, 권위와 무력 앞에서도 굴복하지 않는다. 이것을 일컬어 대장부라고 한다.

居天下之廣居, 立天下之正位, 行天下之大道. 得志與民由之, 不得志獨行其
道. 富貴不能淫, 貧賤不能移, 威武不能屈. 此之謂大丈夫. (≪孟子≫ <滕
文公下>)

　이와 같이 '사'은 각기 변화된 시대 환경 속에서 새로운 방식
으로 자신들의 존재 가치를 찾았다. 다시 말해서, 이제 그들은 정
치적 권력 그 자체가 아니라 정치를 포함한 인간의 제반 삶을 가
장 바람직한 방향으로, 그리고 가장 효율적으로 개선하는 데에 필
요한 지식을 개발하고 설파하는 유일한 계층으로서 새로운 권위를
획득하고자 노력했던 것이다. 바로 이런 이유로 인해 대부분의 '사'
들은 그들 스스로 장차 하늘이 내릴 천하 경영의 큰 임무를 담당
할 사람으로 자임했다. 예를 들어서, 공자는 "만약 나를 등용한다
면 한 달만 되더라도 대략적인 기강을 잡을 수 있고, 3년이면 완
성할 수 있을 것^(≪論語≫ <子路>: 苟有用我者, 期月而已可也, 三年有成.)"이라고
자부한 바 있으며, 심지어 맹자는 "[하늘이] 천하를 평안히 다스릴
생각이 있다면 오늘날의 세상에 내가 아니고 누구를 쓴단 말인가!
^(≪맹자≫ <公孫丑下>: 如欲平治天下, 當今之世舍我其誰.)"라고 호언하기까지 했던
것이다.

2) 지식인 집단의 기생적^{寄生的} 속성

　이처럼 춘추·전국 시대의 '사'들이 여러 경로로 정치에 참여하고
자 하는 강렬한 의지를 내비친 점도 어쩌면 그들의 계층적 연원에
내재된 일종의 선험적 속성과 밀접한 관련이 있을 것이다. 그리고
그들이 추구했던 방대한 학문 분야를 여기서 일일이 거론할 수는
없겠지만, 그 가운데 특히 유가와 종횡가^{縱橫家}, 법가^{法家} 등의 실용
적 학문들 역시 자신들의 잃어버린 권위를 되살리기 위한 강렬한
정치 참여의식에서 비롯된 산물이라고 할 수 있다. 또한 후세에

유가 중심의 학술계에서 종종 비정통적인 학문으로 치부되었던 도가道家와 묵가墨家, 음양가陰陽家, 명가名家 등의 사상도 구체적인 방식과 주안점에서 정도의 차이는 있을지라도 결국 새로운 지식인 계층으로서 '사'의 존엄한 위상과 가치를 확립함과 동시에 우주적 관계 속에서 인간의 삶이 지니는 의미를 탐구하여 밝히고 그것을 전하려는 일관된 노력의 결과물이었다는 사실은 부정할 수 없다. '사'들의 내면의식에 자리 잡은 이러한 정치 지향적 속성과 자존적 성격은 후세의 문인文人들과 사대부들에게도 면면히 계승되었다.

　그런데 중국 최초의 지식인 집단이라고 할 수 있는 이들 '사림'은 그들의 강한 자부심에도 불구하고 원천적으로 권력에 의지할 수밖에 없는 기생성寄生性을 지니고 있었다는 점은 지적하지 않을 수 없다. 앞서 언급한 순자 문하의 일부 '사'들이 가졌던 파격적인 생각과 같은 것은 대단히 드문 예일 뿐이고, 전국 시대까지 '사림'들은 대부분 '유세遊說'라는 형식을 통해 통치자에게 의존할 수밖에 없는 원천적 한계를 지니고 있었다. 그들의 정치적 이상은 독자적인 힘으로 실현될 수 있는 것이 아니었고, 통치자의 통치수단으로 이용될 수 있는 것에 지나지 않았기 때문이다. 이 때문에 제齊 환공桓公 : ?~B.C. 643이나 진晉 문공文公 : ?~B.C. 637처럼 패자를 꿈꾸는 제후는 물론이거니와, 제나라의 맹상군孟嘗君과 조趙나라의 평원군平原君, 위魏나라의 신릉군信陵君, 초楚나라의 춘신군春申君과 같이 경대부卿大夫의 신분을 가진 사람들도 이른바 '인재를 양성〔養士〕'하는 일에 열중하게 되었던 것이다.

　결국 '제자백가'로 통칭되는 '사림'들은 '길러져서' 통치의 수단으로 활용되고, 그런 수고의 대가로 경제적 풍요와 사회적 명성, 정치적 특권을 보장받는 존재라는 점에서 근본적인 한계를 가진 집단이었던 것이다. 또한 이런 한계는 진·한 이후 통일제국에서도 본질적으로는 변화 없이 이어졌다. 실제로 진·한 이후부터 몇 가지 새로운 특성으로 인해 '문인^{文人}'으로 불리게 되는 새로운 지식인 집단 역시 그러한 기생성에서 완전히 자유롭지는 못했다. 오히려 '문인'들의 경우는 기생의 대상이 전제적인 황제 한 사람으로 한정됨으로 인해 자부심에 입각한 '자유'의 폭이 상대적으로 훨씬 좁아진 상황에 처하게 되었다. 더욱이 한나라 이후로는 '충효'를 강조하는 유가사상이 사회의 지배 이데올로기로 위상이 확립됨에 따라 지식인 집단의 운신의 폭은 더욱 큰 제약을 받게 되었다. 이로 인해서 지식인들의 지적^{知的}·도덕적 자부심과 통치자에 기생할 수밖에 없는 현실적 제약 사이의 모순은 이후 그들의 문학 활동에도 일종의 실존적 고민으로 작용하게 된다. 훗날 사대부의 시 등에서 흔히 보이는 벼슬살이$^{〔出仕〕}$와 은거^{隱居} 사이의 고민이랄지, 시대의 혼란으로 야기된 정신적 고뇌, 심지어 유종원^{柳宗元} 등의 산수시^{山水詩}에 담긴 비극적 정서 같은 것들은 본질적으로 그런 고뇌의 산물이라고 할 수 있는 것이다.

3. 제자백가^{諸子百家}의 산문

1) 논리와 수사 — 학파 간 논쟁의 산물

춘추·전국 시대는 민간에 전파된 문자를 활용하여 다양한 지식이 축적되고 그것을 통해 다시 새로운 지식이 재생산되기 시작하는, 중국 역사상 최초의 지식의 황금기였다고 할 수 있다. 이 시기는 우주 안에서 인간의 존재 의의뿐만 아니라 현실적 삶의 행복을 위한 다양한 생각들이 우후죽순처럼 쏟아져 나왔다. 본래 그런 생각들은 다분히 이질적인 지리환경 속에서 이질적인 역사를 이어온 다양한 문화권으로부터 자생적으로 발전된 것들이었으나, 제후국 간의 활발한 교류와 그것을 매개하는 지식인 계층의 성장으로 인해 융합과 배제의 과정을 겪으면서 이른바 학파의 성향이 나뉘고 내적인 발전과 경쟁이 진행되었다. 지식인 계층의 생존이 걸린 이 과정에서 각각의 학파들은 격렬한 논쟁을 통해 자신들의 우월성과 정당성을 입증하려 했고, 이를 위해서는 비슷한 생각을 가진 학파 내부에서 심도 깊은 토론을 통한 자기반성 및 변신이 불가피해졌다. 앞서 지적했듯이 중국 최초의 지식인 집단이라고 할 수 있는 이들 '사림'은 순수한 지적 욕망에 따른 탐구에도 열중했지만, 그와 더불어 유세를 통해 권력자에게 인정을 받을 필요도 있었기 때문이다.

특히 형이상학으로서 유학의 기틀을 다진 것으로 평가되는 맹자와 그의 제자들은 여러 나라를 주유하며 군주에게 인의도덕에 입각한 정치의 필요성을 역설하면서, 아울러 당시 많은 민중들로부터 호응을 얻고 있던 묵가墨家나 혜시惠施를 중심으로 한 명가名家, 그리고 노장학파老莊學派 등과 좌충우돌하며 격론을 벌였다. 그런 상황에서는 일체의 인위적인 것을 부정하며 현실 정치로부터 벗어나려고 했던 노장학파의 사상가들조차 논쟁에 휘말릴 수밖에 없었고, 어떤 의미에서 이들은 더욱 격렬하고 냉소적인 비판의 논리와 수사법을 개발해 자신들의 주장을 방어하고 상대를 공격하는 데에 열중했다. ≪장자莊子≫ <잡편雜篇> <외물外物>에 들어 있는 다음의 허구적 일화는 그런 논쟁의 일면을 잘 보여준다.

노래자의 제자가 땔나무를 구하러 갔다가 공자를 만나고 돌아와서 스승에게 말했다.
"저기 어떤 사람이 있는데 상체는 길고 하체는 짧으며, 등은 구부정하게 튀어나왔고 귀는 머리 뒤쪽으로 붙었습니다. 시선은 온 세상의 일을 다

처리하는 이처럼 피곤해 보이는데, 대체 뉘 집 자손인지 모르겠습니다."
노래자가 말했다.

"공구^{孔丘}로구나. 가서 불러오너라."

공자가 오자 노래자가 이렇게 말했다.

"구야, 네 몸을 꾸민 긍지와 얼굴에 나타난 지혜를 버려야 올바른 사람^[君子]이 될 것이다!"

공자가 공손히 절하고 물러나 놀라고 두려워하는 표정을 지으며 물었다.

"그러면 제가 배워서 하고 있는 일에 진척이 있겠습니까?"

"한 시대의 아픔을 차마 보지 못하여 만세의 화근이 될 일에 힘쓰니 본래 속에 들어 있는 게 없어 꽉 막힌 것이냐, 아니면 재주와 지혜가 미치지 못하는 것이냐? 은혜를 베풀어 환심을 사고 거들먹거리는 것은 평생의 추악한 오점이라 보통의 용렬한 이들이나 쉽게 하는 짓일 뿐이다. 이런 것들은 명성으로 서로를 끌어들이고, 사사로운 은혜로 서로 결탁하지. 요 임금을 칭송하고 걸^桀을 비난하는 것은 둘 다 잊어버리고 칭찬하는 것을 막아버리는 것만 못하다. 도리를 거스르면 해를 입을 수밖에 없고, 마음 이 흔들리면 사악한 생각이 일어날 수밖에 없느니라. 위대한 깨달음을 얻은 이^[聖人]는 침착하고 여유롭게 도리에 따라 일을 일으키기 때문에 항상 큰 업적을 이룬다. 그런데 어쩐단 말이냐? 너는 고집스럽게 그걸 행하면서 끝내 긍지를 느끼고 있으니 말이다!"

老萊子¹⁾之弟子出薪, 遇仲尼, 反以告曰: 有人於彼, 脩上而趨下,²⁾ 末僂而後 耳,³⁾ 視若營⁴⁾四海, 不知其誰氏之子. 老萊子曰: 是丘也. 召而來. 仲尼至. 曰: 丘, 去汝躬矜與汝容知,⁵⁾ 斯爲君子矣. 仲尼揖⁶⁾而退, 蹙然⁷⁾改容而問曰: 業⁸⁾可得進乎. 老萊子曰: 夫不忍一世之傷而驁⁹⁾萬世之患, 抑固窶邪, 亡其略 弗及邪.¹⁰⁾ 惠以歡爲驁, 終身之醜, 中民¹¹⁾之行進焉¹²⁾耳, 相引以名, 相結以 隱.¹³⁾ 與其譽堯而非桀,¹⁴⁾ 不如兩忘而閉其所譽. 反無非¹⁵⁾傷也. 動無非邪也. 聖人躊躇¹⁶⁾以興事, 以每成功. 奈何哉其載焉¹⁷⁾終矜爾.

1) 老萊子(노래자): 옛날 초^楚나라의 현명한 은자^{隱者}이다. 전설에 따르면 그는 몽산^{蒙山}에 은거하고 있었는데 초나라 왕이 그를 불러 재상으로 삼으려 하자 아내와 상의하여 함께 도망쳐서 종적이 사라져버렸다고 한다.

2) 脩上而趨下(수상이추하): 상체는 길고^[脩] 하체는 짧다^[趨].

3) 末僂而後耳(말루이후이): 이마^[末]는 앞으로 나오고 등이 굽었으며^[僂],

귀는 뒤로 붙었다[後]는 뜻이다.

4) 營(영): 꾀하다. 처리하다. 여기서는 온 세상의 일을 다 처리하려고 고심하느라 피곤해진 눈빛을 의미한다.

5) 知(지): 여기서는 마음속의 지혜[智]를 가리킨다.

6) 揖(읍): 두 손을 맞잡은[拱手] 채 얼굴 앞으로 들고 허리를 앞으로 공손히 숙였다가 펴며 손을 다시 내리는 인사이다.

7) 蹙然(척연): 놀라고 두려워서 불안한 모양

8) 業(업): 학업. 하는 일. 여기서는 공자가 배워서 추진하고자 하는, 세상에 인의[仁義]를 퍼뜨려 질서를 바로잡으려고 시도하는 일을 가리킨다.

9) 鶩(오): '鶩(무)'로 쓰기도 하며, 의미는 바삐 '뛰어다니다'는 뜻이다. 일설에는 이 글자가 '傲(오)'와 통한다고 하여 '거드름을 피우다'라고 풀이하기도 한다.

10) "抑……邪, 亡其~~邪"는 현대 중국어에서 "抑或……, 還是~~"와 같이 선택 의문을 나타내는 구절이다. '固窶(고구)'는 마음이 꽉 막혀 있고 가난뱅이처럼 들어 있는 것이 없다는 뜻이고, '略(략)'은 지략, 계책, 재주 등을 나타낸다.

11) 中民(중민): 평범하고 뛰어난 게 없는 사람 혹은 용렬庸劣한 사람.

12) 焉(언): 여기서는 '於之'의 뜻이다. '之'는 위에서 공자가 언급한 '업業'을 의미한다.

13) 隱(은): 여기서는 '私(사)' 즉, 사사로운 은혜를 가리킨다.

14) 非桀(비걸): '非'는 '비난하다[誹]'는 뜻이고, '桀'은 하夏나라의 마지막 왕으로서 포악하고 음탕하여 정치를 그르친 인물로 평가된다.

15) 無非(무비): '~하지 않은 게 없다'는 뜻의 이중부정으로서, 강한 긍정의 뜻이다.

16) 躊躇(주저): 여기서는 '침착하고 여유롭다[從容]'는 뜻이다.

17) 載焉(재언): '載'는 고집스럽게 행한다는 뜻이다. '焉'은 위에서와 마찬가지로 '於之'의 뜻으로서, '之'는 위에서 공자가 언급한 '업業'을 의미한다.

위 이야기에서 공자는 세상의 진정한 도리를 모른 채 어리석은 미망에 빠진, 소심하고 초라한 인물로 묘사되어 있다. 이것은 유가에서 떠받드는 성인 공자의 위상과는 정반대의 모습이다. 그러나 해학적으로 묘사된 공자를 가련히 여기며 가르침을 내리는 노래자의 모습을 통해 《장자》의 저자들은 유가사상가들이 내세우는 인의도덕의 이면에 내재된 명예욕과 이기적 속성을 신랄하게 폭로하면서, 자연의 도리에 순응하여 '무위無爲'의 삶을 추구하는 자신들의 생각에 정당성을 부여하고자 한다.

이처럼 객관적인 시시비비를 떠나서 제자백가들의 논쟁은 자기가 속한 학파의 사상을 교묘한 수사법으로 치장한 논리로 다지기 위해 다양한 노력을 기울였다. 그리고 그것은 각 학파가 추구하는 궁극적인 목표에 따라 다양한 양상을 보여주는데, 이에 대해서는 다음 절에서 대표적인 몇 가지 저작을 들어 간략하게 다시 살펴보겠다.

2) 주요 저작의 특성

앞서 살펴보았던 《시경》과 《서경》은 텍스트의 성격상 선진先秦 시기의 문학이라고 말하기 어려운 부분이 적지 않았다. 이에 비해 제자백가의 산문들은 성립 시기가 상대적으로 분명하기 때문에 진정한 선진 문학의 유산이라고 간주할 수 있다. 다만 전국 시대 후기에 초사楚辭라는 운문이 나타나기도 했지만, 전반적으로 《시경》 이후 전국 시대까지 운문은 산문에 비해 그 비중이 현저하게 떨어진다는 점이 특징적이다.

한편, 《한서》 <예문지>에서 '구류십가九流十家'라고 통칭한 각종 학술과 문학의 원류가 되는 이 시기의 산문들은 일반적으로 사건을 객관적으로 기록한다는 뜻의 '기사紀事'와 자신의 경륜과 생각을 명분과 조리에 맞춰 설명한다는 뜻의 '입언立言'으로 구분하곤 한다. 그러나 제자백가의 저작들은 대부분 오늘날 특정한 분과학문이나 예술 분야에 맞춰 재단하기 어려울 정도로 대단히 포괄적인 내용을 담고 있다. 다만 여기서는 서술의 편의를 위해 '기사'의 성격이 상대적으로 강한 '역사 산문'과 그 외의 철학과 정치, 문학 등의 내용이 뒤섞인 글들을 임시로 '철학적 문장'으로 분류하여 설명하고자 한다.

(1) 역사 산문

춘추·전국 시대의 역사 산문 가운데 춘추 시대의 역사적 사실에 대해 기록한 것으로는 공자가 편찬했다고 하는 ≪춘추≫와 그에 대한 3편의 해설서(≪좌전左傳≫, ≪공양전公羊傳≫, ≪곡량전穀梁傳≫), 그리고 각 제후국에서 흘러나온 사관史官들의 기록을 모은 것으로 추측되는 ≪국어國語≫가 있다.

먼저 ≪춘추≫는 노魯나라에서 전해오던 사관의 기록을 토대로 공자가 은공隱公 1년B.C. 722에서 애공哀公 14년B.C. 481까지의 중요한 사건들을 편년체編年體로 엮어놓은 것이라고 전해진다. 그러나 공자가 정말 ≪춘추≫를 지었는가 하는 문제에 대해서는 아직 정론을 내리기는 어려운 여러 가지 문제가 남아 있다. 그럼에도 전국 시대와 진·한 시대에 이 책의 저자를 공자로 여기는 문화적 공감대가 널리 퍼져 있었다는 사실은 충분히 중시할 만하다. 왜냐하면 이른바 '천자의 일'을 기록한 공자의 업적이 한때 끊어졌던 '삼대三代의 정통'을 계승한다는 인식은 역사 기술의 중요성에 대한 광범한 자각을 일깨웠기 때문이다. 예를 들어서 맹자는 이렇게 말하고 있다.

> 왕 노릇 하는 이의 흔적이 없어지자 ≪시경≫이 사라졌고, ≪시경≫이 사라진 뒤에 ≪춘추≫가 나타났다. 진晉나라의 ≪승乘≫과 초楚나라의 ≪도올檮杌≫, 노魯나라의 ≪춘추≫는 한가지이다. 거기에 기록된 사건은 제齊 환공桓公과 진晉 문공文公의 일이요, 그 문장은 사관의 것이다. 공자께서는, "그 뜻은 내가 나름대로 취한 것이다."라고 말씀하셨다.

> 王者之迹熄, 而詩亡. 詩亡, 然後春秋作. 晉之乘, 楚之檮杌, 魯之春秋, 一也. 其事則齊桓晉文, 其文則史. 孔子曰: 其義, 則丘竊取之矣. (≪孟子≫ <離婁下>)

여기서 맹자는 공자의 ≪춘추≫가 이전의 역사서들과는 달리 공자가 '나름대로 취한' 뜻[義]을 담고 있다는 점에서 특별한 중요성을 갖는다고 강조하고 있다. 그런데 한 왕조 이후 왕실의 학문을 주도한 것이 유가이고 맹자가 실질적인 공자의 계승자임을 고려할 때, 맹자의 이러한 설명은 매우 중대한 의의를 지닌다. 왜냐하면, 후세의 유가들이 견지한 ≪춘추≫의 '미언대의微言大義'와 '춘추필법春秋筆法'에 대한 신념은 그 뿌리가 바로 맹자의 이 설명에서 비롯된다고 할 수 있기 때문이다. 예를 들어서 ≪공양전≫과 ≪곡량전≫은 ≪춘추≫의 '미언대의'를 해석하는 데에 중점을 두고 있는데, 그 가운데 한나라 사회에 큰 영향력을 발휘했던 ≪공양전≫에서는 맹자의 견해를 받아들여서, 공자가 ≪춘추≫를 저술한 것은 문란한 왕의 기강을 바로잡아 나라를 어지럽히는 신하들과 도적들이 두려워하도록 만들기 위해서라고 주장했던 것이다.

그러나 실질적으로 ≪춘추≫는 원문 자체보다 해설서인 ≪좌전≫으로 인해 후세에 널리 읽혀졌다고 할 수 있다. 이 책은 춘추 말엽의 사관史官인 좌구명左丘明이 편찬했다고 해서 ≪좌씨춘추左氏春秋≫ 또는 ≪춘추좌씨전春秋左氏傳≫이라고도 부른다. ≪공양전≫과 ≪곡량전≫이 '미언대의'를 풀이하며 교의에 대해 문답식으로 설교를 늘어놓는 것과는 달리, ≪좌전≫은 ≪춘추≫에 기록된 사건의 배경과 진행과정, 결과 등을 상세히 보충설명하면서 극적이고 소설적인 형태로 재구성하여 생생한 현장감을 느낄 수 있게 서술되어 있는 점이 특장으로 평가된다.

> 초나라 제후가 높은 수레에 올라 진나라 군대의 진영을 바라보니, 자중이 태재인 백주리로 하여금 임금 뒤에서 시중을 들게 했다. 임금이 말했다.
> "좌우로 달려가고 있는데 무얼 하는 거지?"
> "장교들을 불러 모으는 것입니다."
> "모두 중군으로 모이는군."
> "함께 계책을 세우는 것입니다."

"장막을 치는데?"

"돌아가신 군주에게 경건히 점을 치는 것입니다."

"장막을 걷었어."

"곧 명령을 내리려는 모양입니다."

"무척 시끄럽고 먼지가 피어오르는군."

"우물을 메우고 아궁이를 평평히 고르면서 행군을 준비하는 것입니다."

"모두 수레에 탔는데, 좌우의 장교들이 무기를 들고 내리는군."

"군령이 내려지길 기다리는 것입니다."

"싸움이 시작될까?"

"아직 모르겠습니다."

"수레에 탔는데, 좌우의 장교는 모두 내린 채 있구먼."

"전쟁을 앞두고 귀신에게 기도하는 것입니다."

楚子登巢車,[1] 以望晉軍. 子重[2]使大宰伯州犁[3]侍于王後.

王曰: 騁而左右, 何也? 曰: 召軍吏也.

皆聚於中軍[4]矣. 曰: 合謀也.

張幕矣. 曰: 虔卜於先君[5]也.

徹幕矣. 曰: 將發命也.

甚囂,[6] 且塵上矣. 曰: 將塞井夷竈[7]而爲行也.

皆乘矣, 左右[8]執兵而下矣. 曰: 聽誓[9]也.

戰乎? 曰: 未可知也.

乘而左右皆下矣. 曰: 戰禱也.

1) 巢車(소거): 새 둥지처럼 높아서 적군을 멀리서 살펴볼 수 있는 전쟁 용 수레의 일종이다.

2) 子重(자중): 초나라 장왕莊王의 아들 영제嬰齊를 가리킨다. 흔히 영윤令尹 자중 또는 장군 자중이라고 불린다.

3) 大宰伯州犁(태재백주리): '大宰'는 '太宰'와 같다. 이것은 원래 은殷나 라 때 설치한 관직이라고 하며 주나라 때에는 총재冢宰라고 불렀다. 이 관직은 천관天官의 우두머리로서 제후국의 법령을 관장하면서 천자 의 정치를 보좌했다. 춘추 시대 제후국들에서도 이 관직을 설치한 나 라가 많았으나 맡은 임무는 각기 달랐다.

4) 中軍(중군): 옛날 군대가 출정할 때에는 좌, 중, 우 혹은 상, 중, 하 세 개의 부대로 나누었는데, 전군을 지휘하는 총사령관은 중군에서 명령을 내렸다.

5) 옛날에는 군대가 출정할 때 반드시 선대^{先代} 군왕의 위패를 수레에 싣고 함께 갔다. 다만 여기서 말하는 진나라의 선대 군왕의 위패가 누구의 것인지는 확실하지 않다.

6) 囂(효): 왁자지껄 시끄럽다.

7) 夷竈(이조): '夷'는 '평평하게 고르다'는 뜻이고 '竈'는 부뚜막을 가리킨다.

8) 옛날 병거^{兵車} 가운데 원수가 타는 수레는 원수의 자리가 중앙에 있고, 좌우에는 수레를 모는 이와 원수를 보조하는 장수가 탔다. 그에 비해 일반 병거는 수레를 모는 이가 가운데 타고 장수들은 좌우에 탔다.

9) 誓(서): 군대를 향해 명령을 선포하는 것을 가리킨다.

이뿐 아니라 ≪좌전≫에는 춘추 시대를 빛낸 여러 현인들의 훌륭한 언행이 위 인용문처럼 간결하면서도 생동적으로 묘사되어 있어서 후세의 독자들이 생동적으로 제시되는 역사를 통해 삶의 교훈을 얻을 수 있는 좋은 교재가 되어주기도 한다. 무엇보다도 어떤 사건의 배경과 발단, 전개 과정, 결과를 묘사하는 이 책의 서술 방법은 훗날 나오게 되는 문언으로 된 서사의 문장들을 위해 풍부한 소재와 더불어 모범적인 서술 방식을 제시해 주기도 했다. 이후 고대 중국의 기전체^{紀傳體} 역사 서술의 전범이 된 사마천^{司馬遷}의 ≪사기≫ 또한 ≪좌전≫의 서술 방식에서 많은 영향을 받았다고 할 수 있다.

한편 <주어^{周語}>, <노어^{魯語}>, <제어^{齊語}> 등 각 나라별로 중요한 사건을 기록하는 형태를 취하고 있는 ≪국어≫는 텍스트 자체가 이루어진 시기가 실제로는 전국 시대였을 것으로 추정되고 있다. 이 책은 유가적 도덕관념이나 예를 중시하면서도 현실적 욕망을 추구하고 속임수를 써서라도 이득을 챙기려는 다양한 인물들과 사건들을 흥미롭게 서술하고 있는 것으로 평가된다.

다음으로 전국 시대라는 명칭의 유래가 되는 저작인 ≪전국책^{戰國策}≫은 주나라 정왕^{定王} 16년^{B.C. 453}부터 진시황이 등장할 무렵

^(B.C. 246)까지 12개의 제후국에서 일어난 사건을 나라별로 기록한 형식을 취하고 있다. 그러나 지금 우리에게 전해지는 이 책의 텍스트는 원본이 아니라 한나라 때의 학자 유향^{劉向 : B.C. 77~B.C. 6}이 정리하여 제목을 붙인 것이다. 이 책에는 ≪좌전≫이나 ≪국어≫에 비해 실제의 역사적 사실이 아닌 민간의 설화나 허구적인 이야기들이 많이 들어 있다. 그리고 이 이야기들은 대개 유가의 윤리의식에 구애되지 않고 이해관계에 따라 수단과 방법을 가리지 않는 여러 인물들의 일화를 허구적이면서도 생동감 있게 묘사하면서도, 문장의 성격은 서술적이고 논리적인 측면이 강화되었다고 평가되고 있다.

(2) 철학적 문장

'제자백가'라는 말 그대로 춘추·전국 시대에는 수많은 학파가 난립하여 저마다 주장을 담은 저작을 발표했다. 저술의 개념이 아직 제대로 정립되지 않은데다가 필기도구를 비롯한 저작 환경도 열악한 상태였기 때문에, 이들의 저작은 대체로 체계성이 떨어지고 번잡한 내용을 많이 담고 있는 것이 특징이다. 그 저작들은 대개 한 사람이 처음부터 끝까지 기획하여 쓴 것이 아니라, 비슷한 생각을 가진 학파의 성원들이 공동으로 참여하여 이룩해놓은 것이기 때문이다. 그러나 오늘날 우리는 편의상 그 학파를 대표하는 인물의 이름을 대표 저자로 삼거나 책의 제목으로 삼아 구별하는 경우가 많다. 다만 여기서 당시의 모든 저작을 전부 언급할 수는 없기 때문에, 주요 학파별로 대표적인 몇몇 저작에 대해서만 간략히 그 특성을 살펴보도록 하겠다.

가. 유가의 문장

춘추·전국 시대에 나온 유가의 문장 가운데 문체나 내용의 측면에서 주목할 만한 것으로는 ≪논어≫와 ≪맹자≫, ≪순자≫ 등을 꼽을 수 있겠다.

　먼저 ≪논어≫는 공자가 주변 사람들이나 제자들과 나눈 대화들과 보여준 행동거지를 공자가 죽은 후에 주변 사람들이 정리해서 엮은 것이기 때문에, 다른 제자백가의 저작들에 비해 비교적 빠른 시기에 만들어진 것으로 여겨진다. 이 때문에 이 책은 짤막한 대화들과 행동거지가 전후의 연관 없이 나열되어 있으며, 간혹 그 대화의 배경에 대한 지극히 간략한 설명이 포함되어 있는 경우도 있다. 특히 이 책의 문장은 가능한 한 공자의 언행과 당시의 사실을 있는 그대로 기록하려고 애쓴 흔적이 뚜렷하며, 이 때문에 다른 어떤 책들보다 당시의 현실적인 언어체계에 가까운 문장이라고 평가되고 있다. 이렇게 직접화법의 성격이 강하기 때문에 이 책의 문장에는 말하는 사람의 개성과 당시의 분위기가 비교적 생생하게 반영되어 있으며, 수사법도 소박하고 긴 논설문도 거의 들어 있지 않다. 그 대신 여기에 기록된 공자의 대화는 지나치다 싶을 정도로 간결하고 함축적이어서 한 구절 한 구절에 풍부한 뜻이 담겨 있는 것으로 유명하다.

　≪논어≫보다 약 200년 후에 나온 것으로 여겨지는 ≪맹자≫는 양자 사이의 시간만큼이나 발전된 문장 형태를 보여주는 것으로 평가되고 있다. ≪맹자≫도 기본적으로 대화체를 위주로 하고 있으나 그 길이와 대화 내용의 복잡성은 ≪논어≫를 훨씬 뛰어넘는다. 그뿐 아니라 유세와 논쟁에서 단련된 치밀한 논리와 웅변적 어투, 비교적 쉬우면서도 모범적인 문법을 구현한 문장, 그리고 독서의 재미를 더해주는 갖가지 비유와 해학적인 표현들 때문에 이 책은 종종 중국 고대 산문을 익히는 데에 중요한 교재로 활용되기도 한다.

제나라 선왕이 경卿에 대해 묻자 맹자가 말했다.

"전하, 어느 경에 대해 물으시는 겁니까?"

"경도 다른 것이 있단 말이오?"

"그렇습니다. 신분이 높고 왕과 인척지간인 경이 있고, 성씨가 다른 경이 있습니다."

"신분이 높고 왕과 인척지간인 경에 대해 여쭙겠습니다."

"군주가 큰 잘못이 있으면 간언을 하고, 그걸 반복해서 해도 듣지 않으면 왕을 바꿔버립니다."

선왕의 안색이 확 바뀌자 맹자가 말했다.

"전하, 이상하게 생각하지 마시옵소서. 전하께서 물으시니 저는 감히 똑바로 대답하지 않을 수 없었사옵니다."

선왕의 안색이 차분해지고 나서 다시 다른 성씨의 경에 대해 물었다. 맹자가 대답했다.

"군주에게 잘못이 있으면 간언을 하고, 그걸 반복해도 듣지 않으면 그 나라를 떠나 버립니다."

齊宣王問卿. 孟子曰: 王何卿之問也.

王曰: 卿不同乎. 曰: 不同. 有貴戚之卿, 有異姓之卿.

王曰: 請問貴戚之卿. 曰: 君有大過則諫, 反覆之而不聽, 則易位.

王勃然[1]變乎色.[2] 曰: 王勿異[3]也. 王問臣, 臣不敢不以正對.

王色定, 然後請問異姓之卿. 曰: 君有過則諫, 反覆之而不聽, 則去.

1) 勃然(발연): 안색顔色이 변하는 모양을 나타내는 의태어이다.
2) 色(색): 여기서는 안색을 의미한다.
3) 勿異(물이): '勿'은 금지의 뜻을 나타내는 부정어이고, '異'는 동사로 쓰여서 '이상하게 여기다'라는 뜻이다.

나라를 망칠만 한 큰 잘못을 저질러서 신하가 간언하는데도 고치지 않으면 신하들이 왕을 바꿔 버릴 수 있다거나, 왕과 혈육의 정이 없는 신하는 왕과 뜻이 맞지 않으면 그 나라를 떠나 버린다는 맹자의 발칙한 발언과, 자신이 정중하게 던진 질문이라 함부로 화를 내지도 못하는 선왕의 해학적인 모습이 매우 생동적으로 묘사되어 있다. 그야말로 '대장부'의 자부심으로 똘똘 뭉친 전형적인 선비로서 맹자의 마음가짐과, 침착하고 논리적인 화법이 독자의 시선을 끄는 문장이라고 할 수 있다. 다만 후세에는 '성선설性善說'로 대표되는 맹자의 사상은 논리의 비약이 조금 심하고 이상주의적인 형이상학을 추구했다는 비판을 받기도 했다.

한편 맹자보다 한 세대 뒤인 전국 시대 말엽의 순경荀卿 : B.C. 298?~B.C. 238과 그의 제자들에 의해 이루어진 ≪순자≫는 현실적인 성향의 학파인 법가法家의 영향을 받아 변화하는 유가의 흐름을 반영하는 저작으로 평가된다. '성악설性惡說'에 입각한 냉정한 현실주의로 예교禮教의 중요성을 강조한 ≪순자≫의 문장은 화려한 수사가 없이 치밀한 논리를 바탕으로 짜임새 있게 구성되었다고 정평이 나 있다.

> 인간의 본성은 악한데, 그것이 선하게 되는 것은 인위적인 결과이다. 이제 인간의 본성은 태어나면서부터 이익을 좋아하기 마련인데, 그것을 따르기 때문에 다투어 빼앗는 일이 일어나고 사양하는 일은 없어지는 것이다. 태어나면서부터 질투하고 미워하기 마련인데, 그것을 따르기 때문에 남을 해치는 일이 일어나며 마음을 다해 믿는 일은 없어지는 것이다. 태어나면서부터 좋은 것을 보고 들으려는 욕망과 좋은 소리와 아름다운 용모를 좋아하기 마련인데, 그것을 따르기 때문에 음란한 일이 생겨나고 예의에 맞고 점잖게 대하는 일이 없어지는 것이다. 그렇기 때문에 인간의 타고난 본성을 따르고 인간의 타고난 감정을 따르면 반드시 다투어 빼앗는 일을 야기할 것이고, 신분에 맞지 않는 일을 저지르거나 질서를 어지럽혀 결국 폭동으로 귀결될 것이다. 그러므로 반드시 스승과 법의 교화를 통하고 예의의 인도를 받은 뒤에야 사양하는 일이 생겨나 점잖게 대하게 되어서 결국 평온한 다스림으로 귀결될 것이다. 이렇게 보면 인간의 성품이 악하다는 것은 분명하며, 그것이 선하게 되는 것은 인위적인 결과이다.

> 人之性惡, 其善者僞¹⁾也. 今人之性, 生而有好利焉, 順是, 故爭奪生而辭讓亡²⁾焉. 生而有疾惡³⁾焉, 順是, 故殘賊⁴⁾生而忠信亡焉. 生而有耳目之欲, 有好聲色焉, 順是, 故淫亂生而禮義⁵⁾文理⁶⁾亡焉. 然則從人之性, 順人之情, 必出於

爭奪, 合於犯分⁷⁾亂理,⁸⁾ 而歸於暴. 故必將有師法⁹⁾之化,¹⁰⁾ 禮義之道,¹¹⁾ 然
後出於辭讓, 合於文理, 而歸於治. 用此觀之, 人之性惡明矣, 其善者僞也.
(≪순자≫ <性惡>)

1) 僞(위): '爲(위)'와 통한다. 여기서는 사람이 태어나 후천적으로 하는
   인위적인 행위를 가리킨다.
2) 亡(무): '無(무)'와 같이 '없다' 또는 '없어지다'는 뜻이다.
3) 疾惡(질오): '疾'은 '嫉(질)'과 통하여 시기하고 미워한다는 뜻이고,
   '惡' 역시 미워한다는 뜻이다.
4) 殘賊(잔적): 마음을 다하고 선량한^[忠良] 사람을 해친다.
5) 禮義(예의): '禮儀(예의)'와 같다.
6) 文理(문리): 세련되고 우아하게 상대를 대하거나 다스리는 것을 가리
   킨다.
7) 犯分(범분): 제도적으로 규정된 신분과 명분을 거스르거나 위배하는
   것이다.
8) 亂理(난리): 평온하게 다스려지는 것^[理]을 어지럽힌다는 뜻이다. 여기
   서 '理'는 '治(치)'의 뜻이다.
9) 師法(사법): 올바른 도리를 가르치는 군주와 스승, 그리고 제도와 법
   을 아우르는 말이다.
10) 化(화): 교화^{敎化}하다.
11) 道(도): '導(도)'와 통하여 '인도하다', '이끌다'는 뜻이다.

　한편 중국문학사에서 ≪순자≫는 당시로서는 보기 드문 운문 형
식이 들어 있는 <성상^{成相}>편과 <부^賦>를 포함하고 있어서 특별
한 의미를 지닌다. 이 가운데 전자는 민간가요 형식을 빌려 자신
의 정치사상을 노래한 것으로, 3언과 4언을 위주로 한 운문 형식
이다. 후자는 운문 형식을 빌려 표현한 '스무고개'와 비슷한 수수께
끼이다.

나. 도가의 산문

　춘추·전국 시대 도가의 대표적인 산문으로는 ≪노자^{老子}≫와 ≪장
자≫, ≪열자^{列子}≫를 꼽을 수 있다.

≪노자≫는 상편인 <도경道經>과 하편인 <덕경德經>으로 나뉘어 있어서 흔히 ≪도덕경≫으로도 불리며, 중국 도교에서 가장 중요한 경전으로 꼽힌다. ≪사기≫의 기록에 따르면 이 책은 노자 본인의 구술을 받아 적은 것이라고 하지만, 사실상 그 본문은 짤막한 구절에 각운脚韻까지 상당히 잘 맞춰진 운문의 형태로 되어 있기 때문에 이전부터 어떤 경로를 통해 구전口傳되어왔던 내용을 기록한 것이라고 설명하는 이도 있다.

≪노자≫의 내용은 우주의 궁극적 진리로서 '도道'와 그것이 구체적으로 발현되는 양태인 '덕德'에 대해서 대단히 상징적으로 묘사한 것인데, 이 때문에 그것을 풀이하는 데에도 거기에 신선이 되는 비결이 담겨 있다고 여기는 이른바 '하상공파河上公派'와 우주와 인생에 대한 심오한 관념철학을 담은 것이라고 풀이하는 '왕필파王弼派'라는 두 개의 큰 유파로 나뉘어 있다. 하지만 어느 경우든지 간에 텍스트의 표현 자체가 대단히 모호하기 때문에 각 학파 안에서도 다양한 이견이 존재하고 있다.

> 길은 (임시로) 길로 삼을 수 있지만 항상 그런 것은 아니고, 이름은 (임시로) 지어 부를 수 있지만 항상 그런 것은 아니다. 없음[無]은 천지의 시작을 일컫는[名] 것이요, 있음[有]은 만물의 어머니를 일컫는 것이다. (그러므로) 언제나 없음을 통해 그 오묘함을 보려 하고, 언제나 있음을 통해 그 밝게 드러난 가장자리를 보려 한다. 이 둘은 한 곳에서 나왔지만 이름을 달리하며, 둘 다 현묘하다고 한다. 현묘한 것 가운데 또 현묘하니, 모든 현묘함으로 들어가는 문이다.

> 道可道, 非常道, 名可名, 非常名. 無名天地之始, 有名萬物之母. (故)常無欲以觀其妙, 常有欲以觀其徼. 此兩者同出而異名, 同謂之玄. 玄之又玄, 衆妙之門. (≪老子≫ <道經> 제1장)

위 예문의 해석은 다양한 해석 가운데 하나일 뿐이며, '이름이 없음[無名]'과 '이름이 있음[有名]'을 하나의 대립된 개념의 짝으로 간주하기도 하고, '언제나 없음[常無]'과 '언제나 있음[常有]' 대신에 '무욕無慾'과 '유욕有慾'을 중시하여 달리 해석하기도 하며, '요徼'에 대해서도 '밝게 드러남[曒]'이 아니라 '종극終極'이나 다른 뜻으로 풀이하는 경우도 있다. 이 때문에 여기에서도 각 개념에 대한 자세한 주석은 생략했다. 조금이라도 상세하게 주석을 붙이려고 해도 그 자체로 지나치게 많은 분량을 차지하기 때문이다. 다만 이 예문은 각 구절의 끝 글자가 도道 – 도道, 명名 – 명名, 시始 – 모母, 묘妙 – 요徼, 현玄 – 문門과 같이 고대의 발음을 고려할 때 하나의 운韻에 속한다고 할 수 있는 글자들로 안배되어 있어서 낭송하거나 외우기에 편하게 되어 있다는 것을 잘 보여준다.

≪장자≫는 장주莊周 : B.C. 369?~B.C. 286?와 그의 제자들이 엮은 것으로, <내편內篇> 7편과 <외편外篇> 15편, 그리고 <잡편雜篇> 11편으로 구성되어 있다. 이 가운데 <내편>은 장자 본인의 저작임이 거의 분명하며, 나머지는 대부분 그의 제자들 및 후학들이 엮은 것으로 여겨지고 있다. 무엇보다도 이 책은 풍부한 상상력과 다양한 표현 방식을 이용해 상대론적 세계관과 회의적 인식론을 제기한 것으로 유명하다. 특히 이 책은 거의 전체가 기발하면서도 난해하기 그지없는 화법을 동원한 서술로 채워져 있는데, 그것은 바로 '치언卮言'과 '중언重言' '우언寓言'이다. 명칭조차 아리송한 이 화법의 의미에 대해 저자들이 직접 제시한 설명은 다음과 같다.

천하가 침체하고 혼탁하여 똑바로 대놓고 큰소리로 말할 수 없다. 그래서 치언으로 변화를 거듭하며 뜻이 널리 퍼지도록 했고, 중언으로 반복해서 얘기함으로써 진실을 알아차리게 했고, 우언으로 다른 사람이나 사물에 기탁해 말함으로써 사람들의 마음을 넓혀 주려 했다.

以天下爲沈濁, 不可與莊語.[1] 以卮言爲曼衍,[2] 以重言爲眞, 以寓言爲廣.
(≪장자≫ <잡편> <天下>)

1) 莊語(장어): 여기서 '莊'은 대개 '壯(장)' 또는 '正(정)'의 뜻으로 풀이한다.
2) 曼衍(만연): 대개 '널리 퍼지다^{散漫流衍}' 또는 '꼬리를 이어가며 계속 변화하다^{延伸變化}'라는 뜻으로 풀이한다. 일설에는 이 단어가 '蔓延(만연)'과 통한다고 보고, 덩굴이 뻗어가듯 사물의 이치를 더듬어 길고 잡다하게 설명하는 것이라고 풀이하기도 한다.

사실 이 구절 자체도 난해하기 그지없고 해석상의 이설도 많다. 대표적으로 '중언'에 대해서 일부 주석에서는 '사람들의 존중을 받는 현명한 사람이나 나이 많은 사람의 입을 빌려 하는 말'이라고 풀이하면서 그렇기 때문에 듣는 사람들이 '진실로 여기게^[爲眞]' 된다고 설명하기도 한다. 또한 우언을 쓴 목적이 자신의 생각을 '널리 퍼지게 만드는^[爲廣]' 데에 있다고 풀이하기도 한다. 이 외에도 다양한 해석들이 있지만, 어쨌든 이 세 가지는 모두 '에둘러 말하기'라고 규정할 수 있는 화법임은 분명하다. 그리고 그 안에는 이미 언어 자체의 객관성과 효용성을 부정하는 저자들 특유의 사유가 깃들어 있다.

> 옛날에 장주가 꿈에 나비가 되었는데 훨훨 나는 것이 영락없는 나비인지라 스스로 편안하고 마음에 들어서 자신이 장주인 줄 알지 못했다. 잠시 후 깨어보니 놀랍게도 장주 자신임을 깨달았다. 그러니 자신이 꿈에 나비가 된 것인지 나비가 꿈을 꾸어 자신이 된 것인지 알 수 없었다. 장주와 나비는 분명 다른 존재일 텐데 말이다. 이것을 일컬어 '물화'라고 한다.

昔者莊周夢爲蝴蝶,¹⁾ 栩栩然²⁾蝴蝶也, 自喩³⁾適志⁴⁾與. 不知周也. 俄然⁵⁾覺, 則蘧蘧然⁶⁾周也. 不知周之夢爲蝴蝶與, 蝴蝶之夢爲周與. 周與蝴蝶, 則必有分矣. 此之謂物化.⁷⁾ (≪장자≫ <내편> <齊物論>)

1) 蝴蝶(호접): 나비.
2) 栩栩然(허허연): 즐겁고 상쾌한 모양.
3) 喩(유): 깨닫다(=曉).
4) 適志(적지): 편안하고 마음에 들다.

5) 俄然(아연): 잠시 후, 갑자기.
6) 蘧蘧然(거거연): 깜짝 놀라는 모양 또는 편안하게 깨닫는 모양.
7) 物化(물화): 사물의 변화 혹은 사물에 따라 변화하는 것.

북쪽 바다의 거대한 물고기 '곤鯤'이 엄청난 크기의 새인 '붕鵬'으로 변해 구만 리 창공을 날아 유유히 남쪽 바다로 간다는 <내편> <소요유逍遙遊>의 유명한 이야기처럼 ≪장자≫에는 장대한 스케일과 현란한 상상이 어우러진 다양한 이야기들이 수없이 등장한다. 이런 이야기들은 모두 위에 인용된 '호접몽蝴蝶夢'의 일화처럼 가없는 우주 속에서 변화하는 하나의 보잘것없는 사물로서 인간의 존재에 대한 인식을 일깨우기 위한 상대적 관점의 깨우침을 은유적이고 우회적인 화법을 이용해서 반복적으로 변주變奏한다. 이처럼 추상적이고 초현실적인 상상과 상식을 뒤집는 관점이 풍부하게 활용된 ≪장자≫의 문장은 세상 밖의 신선세계에 대한 묘사를 통해 독자의 사유 지평을 넓혀 주는 ≪열자≫와 더불어 고대 중국의 철학과 문학을 포함한 여러 분야에서 진지하면서도 미적 감수성이 풍부한 글쓰기의 새로운 세계를 제시해 주었다.

다. 법가의 산문

법가사상과 관련된 대표적인 저작은 유가를 비롯한 기존의 다양한 현실주의적 사상과 심지어 노장사상까지 아울러 집대성한 한비韓非 : B.C. 280?~B.C. 233?의 저작인 ≪한비자韓非子≫를 꼽을 수 있다. 전국 시대를 대표하는 7개 나라 가운데 가장 국세가 약한 한韓나라의 왕족〔公子〕으로서 진시황 밑에서 승상을 지낸 이사李斯와 함께 순황荀況에게서 공부한 그는 선천적인 말더듬이여서 변론에 서툴렀으나 저술은 잘 했다. 그는 쇠약해진 한나라의 운명을 염려하여 부강한 나라를 만들기 위한 방책을 제시하기 위해 이 책을 썼다고 한다. 그러나 정작 그의 사상은 조국인 한나라에서 빛을 발휘하지 못하고 대륙 통일의 야망을 품고 있던 진秦나라 왕 영정嬴政, 훗날의 진시황의 눈에 들었다. 이에 볼모로 잡혀가듯이 진나라에 불려간 그는 질투에 눈이 먼 동문同門 이사의 모략에 의해 옥에 갇힌 채 비참한 생을 마치고 말았다. 그러나 그의 사상은 오히려 이사에 의해 진나라의 기본 통치이념으로 광범하게 활용되어, 결국 진나라는 중국 최초의 중앙집권적 통일제국을 건설하게 된다.

한비의 법가사상은 상앙商鞅이 제시한 기본적으로 '법法'과 신불해申不害가 제시한 '술수[術]', 그리고 신도慎到가 제시한 '권세[勢]'의 개념을 집대성하여 완성된 것으로 알려져 있다. 이를 통해 그는 인간이 천성적으로 악하고 이기적인 존재라는 전제 아래 군주가 자신과 이해관계가 상반된 신하와 백성들을 효율적으로 통제하여 강력한 나라를 건설하는 원칙과 방법을 제시하고자 했다. 이처럼 법령에 입각한 '신상필벌信賞必罰'을 강조했기 때문에 그는 우선적으로 군주의 권위를 위협하는 '다섯 종류의 좀[五蠹]'을 없애야 한다고 주장했다. 이 '좀'들이란 바로 교묘한 말재주로 법령의 권위를 무시하고 자신들의 이익을 챙기는 학자—특히 묵가와 유가, 그리고 종횡가縱橫家—들과 무력을 앞세우는 협객, 군주의 눈을 가리고 제 무리의 이익을 챙기는 측근, 매점매석買占賣惜으로 나라 경제의 기반이 되는 농민의 이익을 부당하게 가로채는 상인들을 가리킨다. '신상필벌'과 같은 통치 방법은 그러한 법령의 원칙을 바탕으로 군주가 신하와 백성을 통제하고 부리는 기술에 해당한다. 이러한 그의 생각에 기반이 되는 '법'의 개념은 노장사상의 '도道' 개념에서 신비적 색채를 씻고 좀 더 현실적이고 실증적으로 변용한 것으로서, 자연계의 모든 사물에 내재된 본래의 모습이자 나아가 인간 사회를 다스리는 총체적 규범을 가리킨다.

이러한 생각을 통치자인 군주에게 효과적으로 전달하기 위해 그는 효율적이고 설득력 있는 유세 방법에 대해 고심했고, 그 결과

그의 문장은 도가적 상상력과 우언적인 표현 방식들이 총동원되어
주제가 명쾌하면서도 흥미와 조리를 두루 갖추게 되었다.

위나라의 대신 방공이 태자와 함께 인질이 되어 조趙나라 수도 한단으로
가면서, 위나라 왕에게 물었다.
"지금 어떤 사람이 저자에 범이 나왔다고 하면 믿으시겠습니까?"
"아니."
"그럼, 두 사람이 잇달아 얘기하면 믿으시겠습니까?"
"아니."
"그럼, 세 사람이 말하면요?"
"그러면 당연히 믿어야지."
"저자에 범이 없다는 것은 분명한 사실입니다. 그런데 여러 사람이 그렇
게 말하니까 범이 있는 것으로 되어 버렸습니다. 이제 한단 땅은 위나라
에서 저자보다 멀리 떨어져 있고, 저에 대해 이러쿵저러쿵 말하는 신하들
이 셋보다 많을 것입니다. 전하께서는 부디 그 점을 잘 헤아려 주십시오."
하지만 방공은 돌아오고 나서 결국 위나라 왕을 다시 만날 수 없었다.

龐恭與太子質於邯鄲, 謂魏王曰: 今一人言市有虎, 王信之乎. 曰: 不信. 二
人言市有虎, 王信之乎. 曰: 不信. 三人言市有虎, 王信之乎. 王曰: 寡人信
之. 龐恭曰: 夫市之無虎也明矣, 然而三人言而成虎. 今邯鄲之去[1]魏也遠於
市, 議臣者[2]過於三人, 願王察之. 龐恭從邯鄲反, 竟不得見. (≪한비자≫
<內儲說上>)

1) 去(거): 거리. 떨어져 있다.
2) 議臣者(의신자): 저에 대해 이런저런 말을 하는 사람. '議'는 여기서
   '비방하다' 또는 '논의하다' '거짓말하다' 등의 뜻으로 쓰였다. '臣'은
   신하가 군주 앞에서 자신을 칭할 때 쓰는 말이다.

이 이야기는 다수의 의견일지라도 사리에 맞춰 들어야 올바른
판단을 내릴 수 있으며, 그렇지 않으면 다수의 농간에 휘둘리게
된다는 교훈을 담고 있다. 한비는 자신의 견해를 개진할 때 이와
같은 다양한 일화와 역사적 사실, 전설 등을 적절히 활용했다. 무
엇보다도 그는 이런 논의의 전개에 필요한 소재들을 두루 모아 정

리해 놓음으로써 자신의 주장을 뒷받침하는 증거로 제시할 뿐만 아니라, 동시에 독자들이 대화나 글쓰기에서 활용할 수 있는 훌륭한 자료 창고를 제공하고 있다. 이 책의 <내저설^{內儲說}>과 <외저설^{外儲說}>, 그리고 <설림^{說林}>이 바로 그런 자료 창고에 해당하는데, 좀 더 적극적인 의미에서 보자면 이 부분들은 바로 훗날에 등장하는 백과사전적인 종합 저작물인 '유서^{類書}'의 원류로 간주할 만하다고 할 수 있다.

초^楚나라 왕의 애첩 가운데 정수^{鄭袖}라는 이가 있었다. 초나라 왕이 새로 미녀를 얻자, 정수는 미녀에게 이렇게 말해 주었다.

"왕께서는 사람들이 코를 가리는 걸 아주 좋아하시니까, 왕과 가까이 있을 때는 꼭 코를 가리도록 해요."

미녀가 들어가 왕을 알현하고, 왕에게 다가갈 때 코를 가렸다. 왕이 그 까닭을 묻자 정수가 말했다.

"이 사람은 자꾸 전하에게서 냄새가 나서 싫다고 하더군요."

왕과 정수, 미녀가 함께 앉아 있게 되었는데, 정수는 미리 마부에게 이렇게 일러두었다.

"전하께서 무슨 말씀을 하시면 반드시 신속하게 따르도록 해라!"

왕이 미녀더러 다가오라 하자, 미녀는 왕 가까이 이르자 연신 코를 가렸다. 그러자 왕이 버럭 화를 내며 소리쳤다.

"저 코를 베어 버려라!"

그러자 마부가 칼을 휘둘러 미녀의 코를 베어 버렸다.

荊王所愛妾有鄭袖者. 荊王新得美女, 鄭袖因敎之曰: 王甚喜人之掩鼻也, 爲近王, 必掩鼻. 美女入見, 近王, 因掩鼻, 王問其故, 鄭袖曰: 此固¹⁾言惡²⁾王之臭. 及王與鄭袖美女三人坐, 袖因先誡御者曰: 王適³⁾有言, 必亟⁴⁾聽從. 王言美女前, 近王, 甚數掩鼻, 王悖然怒曰: 劓⁵⁾之. 御因揄⁶⁾刀而劓美人. (≪한비자≫ <內儲說下>)

1) 固(고): 여기서는 부사로 쓰여서 '굳이' '원래' '틀림없이' 등의 의미로 쓰였다.
2) 惡(오): 싫어하다.

3) 適(적): 여기서는 가정의 뜻을 나타내는 '만약에'라는 뜻으로 쓰였다.
4) 亟(극): 빨리, 신속하게.
5) 劓(의): 코를 베어 버리는 형벌로서, 옛날의 다섯 가지 대표적인 극형[五刑] 가운데 하나이다.
6) 揄(유): 휘두르다, 빼내다.

　　이런 이야기들에는 또한 풍부한 해학과 풍자가 담겨 있는데, 다음 이야기 역시 그런 예 가운데 하나일 것이다.

　　어떤 사람이 초나라 왕에게 불사약을 바쳤다. 관리가 그것을 쟁반에 받쳐 들고 궁궐로 들어가는데, 호위병이 물었다.
"그거 먹을 수 있는 거요?"
"그렇소."
　　그러자 호위병이 냉큼 낚아채 먹어버렸다. 왕이 진노하여 사람을 시켜 그를 죽이려 하자, 호위병이 사람을 통해 이렇게 말했다.
"제가 관리에게 먹을 수 있는 거냐고 물었더니 그렇다고 하기에 먹었습니다. 그러니 제게는 죄가 없고 그 관리에게 죄가 있습니다. 그리고 그 약을 바친 이가 그게 불사약이라고 했는데, 지금 제가 그걸 먹었다고 전하께서 저를 죽이시면 이건 '죽는 약[死藥]'이 아닙니까? 그러니 그걸 바친 자가 전하를 속인 것입니다. 죄 없는 저를 죽여서 그 사람이 전하를 속였다는 것을 밝히느니, 차라리 절 풀어주시는 게 낫지 않겠습니까?"
　　이에 왕은 그를 죽이지 않았다.

　　有獻不死之藥於荆王者, 謁者[1]操之以入, 中射之士[2]問曰: 可食乎. 曰: 可. 因奪而食之, 王大怒, 使人殺中射之士, 中射之士使人說王曰: 臣問謁者, 曰可食, 臣故食之, 是臣無罪, 而罪在謁者也. 且客獻不死之藥, 臣食之而王殺臣, 是死藥也, 是客欺王也. 夫殺無罪之臣, 而明[3]人之欺王也, 不如[4]釋臣. 王乃不殺. (≪한비자≫ <說林上>)

1) 謁者(알자): 춘추·전국 시대의 벼슬 이름으로 손님을 접대하고 선물 등을 받아 왕에게 전달하는 임무를 맡았다. 옛날에는 흔히 물건을 전달하거나 소식을 알리는 하인을 가리키는 뜻으로 쓰이기도 했다.
2) 中射之士(중사지사): '中射' 또는 '中射士(중사사)'라고 하는 궁정의 호위병[侍衛官]을 가리킨다.

3) 明(명): 밝히다. 증명하다.
4) A不如B: A가 B보다 못하다. A하느니 차라리 B하는 게 낫다.

라. 묵가의 산문

전국 시대 말엽에 묵가의 사상은 맹자가 가장 중요한 논쟁 대상으로 삼았을 만큼 널리 퍼져 있었고, 실제로 '공묵孔墨' 또는 '유묵儒墨'으로 아울러 칭해질 정도로 위상이 높았다고 한다. 묵가는 모든 사람에 대한 공평한 대우를 주장하는 '겸애설兼愛說'과 전쟁에 반대하는 '비전론非戰論,' 그리고 위선적인 유가의 도덕관과 예악을 빙자한 사치를 반대하고 근검과 절약을 강조함으로써 많은 서민들의 지지를 받았던 것으로 보인다. 진晉나라 때의 노승魯勝은 ≪묵변주墨辯註≫ 서문에서 이렇게 썼다.

이름은 그것으로 같고 다름을 구별하고, 옳고 그름을 밝히려는 것이고, 도의道義를 실천하는 관문이며, 정치적 교화를 이루는 기준이다. 공자는 "반드시 이름을 바로잡아야 한다. 이름이 바로잡히지 않으면 만사는 이루어지지 않는다."고 했다. 묵자가 책을 쓴 것은 '변경辯經'을 만들어서 이름의 근본을 세우고자 한 것이었고, 혜시惠施와 공손룡公孫龍은 그 학문을 이어받아 정묵正墨, 별묵別墨으로 세상에 이름이 알려졌다. 맹자는 묵자를 비난했으나 맹자의 뛰어난 언변과 올바른 어휘는 묵가와 동일했다. 순경荀卿과 장주莊周 등은 모두 명가名家들을 헐뜯었으나 그 논리를 바꾸지는 못했다.

名者所以別同異, 明是非, 道義之門, 政化之準繩也. 孔子曰, 必也正名, 名不正則事不成. 墨子著書, 作辯經以立名本, 惠施公孫龍祖述其學, 以正別名顯於世. 孟子非墨子, 其辯言正辭則與墨同. 荀卿莊周等皆非毀名家, 而不能易其論也.

특히 묵가는 뜻을 같이하는 이들끼리 공동체를 만들어 성원 모두가 노동으로 생계를 도모하고, 생산된 물품을 공동으로 관리하고 균등하게 나눠 쓰면서 사적인 재산 축적을 용납하지 않았다. 아울러 그들은 공동체의 안정을 위해 강한 전투력을 기르는 데에 노력을 기울인 것으로 유명하며, 그 결과 ≪묵자≫에는 다른 제자백가의 서적들에서는 보기 드물게 전투기술과 관련된 체계적인 내용이 많이 담겨 있다. 예를 들자면 <성문을 지키는 법[備城門]>이랄지 <사다리 공격 대비법[備梯]>, <물로 적을 막는 법[備水]>, <땅굴 공격 대비법[備穴]>, <깃발을 이용한 신호법[旗幟]>, <군령[號令]> 등등이 그것이다.

그러나 예악[禮樂]을 중시하는 유가의 입장과는 정반대의 입장에 서 있으면서 차별적 신분제도에 기반을 둔 봉건적 왕조 체제 안에서 그런 발칙한 사상이 용납되기는 어려웠을 것이다. 특히 진나라가 천하를 통일한 이후 묵가는 왕조 통치자들에 의해 철저히 배격당해, 이후로 거의 2,000년 가까이 탄압에서 벗어나지 못했다. 그 결과 그들의 저작 또한 제대로 보전되지 못하다가 청나라 때에 들어서 고증학[考證學]의 흥성으로 그나마 텍스트 자체가 그런대로 복원되었다. 오늘날 우리가 볼 수 있는 ≪묵자≫ 판본은 1783년에 필원[畢沅 : 1730~1797]에 의해 정리되고 이후 손이양[孫詒讓 : 1848~1908]을 비롯한 여러 학자들의 주석과 교정을 거쳐 이루어진 것이다. 그러다가 청나라 말엽 서구 문명의 침탈 앞에 노쇠한 왕조가 속절없이 허물어져갈 때, 위기의식을 느낀 중국 사상가들에 의해 묵가사상의 가치가 잠시 동안 새롭게 조명되었다.

하지만 현대 중국이 대륙과 타이완에서 각기 안정적인 정권을 수립하고 나자 다시 묵가사상은 사람들의 관심사에서 멀어졌다. 그 대신 현대에 들어서 이 책에 대한 관심을 다시 촉발시킨 것은 흥미롭게도 서양의 학자들이었다. 물론 19세기 중엽에 서구의 학문에 영향을 받은 추백기[鄒伯奇 : 1819~1869]로부터 시작해서 20세기 초의 량치차오[梁啓超 : 1873~1929]에 이르기까지 일부 학자들이 중국의 근대화와 관련해서 이 책에 주목하기는 했지만, 그것이 본격적으로 전 세계적인 주목을 받기 시작한 것은 니덤^{Joseph Needham}이 ≪중국의 과학과 문명^{Science and Civilization in China}≫(1956)에서 이 책에 담긴 자연과학적 통찰과 귀납적 사유방식에 주목하면서부터라고 할 수 있다. 그러나 이 책에 담긴 논리학과 인식론, 물리학, 광학 등을 서양의 철학과 과학 등에 비교하는 것은 중국문명의 정체성과 관련하여 많은 문제가 제기되고 있다.

≪묵자≫ 텍스트 가운데 <경^經>과 <경설^{經說}> 등 형식논리학과 같은 난해한 내용을 다룬 부분은 대개 후기 묵가 사상가들의 글로 여겨지고 있다. 그러나 하층 서민들의 동반자였던 묵적^{墨翟} 본인을 비롯한 초기의 묵가 사상가들의 문장은 대단히 쉬운 언어로 설득력 있게 주장을 전개한다는 특징이 있다. 다음은 그런 예 가운데 하나이다.

> 지금 여기 한 사람이 있는데 검은 것을 조금 보고 검다고 하고 검은 것을 많이 보고는 희다고 한다면 이 사람은 흰 것과 검은 것을 구별하지 못한다고 여길 것이다. 쓴 것을 조금 맛보고 쓰다고 하고 쓴 것을 많이 맛보고는 달다고 한다면 틀림없이 이 사람은 단맛과 쓴맛을 구별하지 못한다고 여길 것이다. 이제 작은 잘못을 저지르면 그것이 잘못된 줄 알고 비난한다. 그런데 큰 잘못을 저질러 다른 나라를 공격하면 잘못된 일인지 모르고 따라서 칭송하며 그것을 의롭다고 한다. 이런 이들을 두고 의로움과 불의를 구별할 줄 안다고 할 수 있겠는가? 그러므로 천하의 군자라는 이들은 의로움과 불의를 구별하는 데에 혼란을 일으키고 있다는 것을 알 수 있다.

> 今有人於此, 少見黑曰黑, 多見黑曰白, 則以此人不知白黑之辯¹⁾矣. 少嘗苦曰苦, 多嘗苦曰甘, 則必以此人爲不知甘苦之辯矣. 今小爲非, 則知而非之. 大爲非攻國, 則不知非, 從而譽之, 謂之義. 此可謂知義與不義之辯乎. 是以知天下之君子²⁾也, 辯義與不義之亂也. (≪묵자≫ <非攻上>)

1) 辯(변): 여기서는 '辨(변)'과 통해서 '구별하다'라는 뜻이다.

2) 큠子(군자): 여기서는 주로 유가에서 내세우는 훌륭한 지식인을 겨냥
   하고 있다.

한편 묵자는 언어의 본질과 체계에 대해서도 대단히 선구적인
인식을 갖고 있었던 것으로도 유명하다. 이 때문에 이른바 '명료한
언어'에 대한 그들의 관심은 서양의 언어학으로 설명할 수 없는 한
문 및 중국어의 고유한 특징을 설명하는 데에 유용할 것으로 여겨
지고 있다.

함께 참고할 만한 자료

강신주 외, ≪동양의 고전을 읽는다(사상)≫2, 휴머니스트, 2006.
김경일, ≪한자의 역사를 따라 걷다≫, 바다출판사, 2005.
김근, ≪한자의 역설: 한자는 중국을 이렇게 지배했다≫, 삼인, 2009.
김월회, ≪살아 움직이는 동양의 고전들≫, 안티쿠스, 2007.
묵자 저, 염정삼 주해, ≪묵경≫1·2, 한길사, 2012.
벤자민 슈워츠 저, 나성 역, ≪중국 고대 사상의 세계≫, 살림, 1996.
시라카와 시즈카 저, 고인덕 역, ≪한자의 세계 — 중국문화의 원점≫,
   솔출판사, 2008.
신동준, ≪공자와 천하를 논하다: 공자와 그의 제자들 1≫, 한길사, 2007.
신동준, ≪제자백가 사상을 논하다: 공자와 그의 제자들 2≫, 한길사, 2007.
유향 편, 임동석 역주, ≪전국책≫(1~4), 동서문화사, 2009.
조지프 니덤 저, 과학세대 역, ≪그림으로 보는 중국의 과학과 문명≫,
   까치, 2009.
좌구명 찬, 임동석 역주, ≪국어≫(1~3), 동서문화사, 2009.

제2장 통일제국의 문단

1. 대륙 통일과 지식 통제

1) 진나라의 '분서갱유^{焚書坑儒}'

춘추·전국 시대는 사회제도와 문명, 사상의 측면에서 다양한 모색이 이루어지고 그에 따라 대륙 전체의 문화 수준을 상당히 높여 놓았다. 그러나 당시의 중국 대륙은 정치적·문화적으로 통일되지 않은 상태였으며, 무엇보다도 대륙의 판도 안에 있는 각 나라들이 동일한 민족의식이나 공통된 종교, 이념, 문화를 공유하지 않은 채 개별적으로 존재하고 있었다.

이런 상황은 B.C. 221년 진나라에 의해 최초로 중국 대륙이 통일됨으로써 근본적인 변혁이 이루어졌다. 진시황과 그의 추진력 있고 유능한 보조자였던 승상 이사는 강력한 법령과 물리력을 내세워 중앙집권을 강화시키고, 이전에 각 나라마다 달리 쓰던 문자와 도량형을 개혁하여 통일했다. 특히 진나라는 만리장성을 축조하기 시작하면서 북방의 이민족과 중원의 차별화 및 분리를 시도했으며, 이것은 그 거대한 경계선 안쪽에 있는 여러 문화 요소와 민족들이 하나의 테두리 안에서 융합될 수 있는 기초를 마련해 주었다.

그와 같은 초기의 시도는 폭력적일 수밖에 없었다. 왜냐하면 주나라 원왕元王 : B.C. 475~B.C. 469 재위 때부터 시작된 본격적인 전국시대의 분열이 이미 250년 가까이 유지되면서 나름대로 관성慣性을 지니고 있던 상황이었기 때문이다. 흔히 진나라가 시도한 폭력적인 강제 융합의 대표적인 예로 거론되는 '분서갱유焚書坑儒' 역시 그런 맥락에서 이해될 수 있다. 그러나 진나라는 불과 15년 만에 멸망하고, B.C. 206년에 들어선 한나라는 진나라의 폭정을 되돌려 인의도덕에 입각한 정치를 복원하려는 하늘의 뜻을 구현하려 한다는 명분을 내세웠다. 이 때문에 진시황이 시도했던 강제적 융합의 시도는 그 폭력성이 실제보다 과장되어 후세의 비난을 받게 되었다. 물론 그 폭력성 자체는 비난받아 마땅한 부분이 있으나, 사실 통일제국의 수립이라는 측면에서 보면 불가피한 부분이 없지 않았다.

이 점을 좀 더 명확히 하기 위해 ≪사기≫ <진시황본기秦始皇本紀>의 관련 내용을 살펴보자. 진시황이 천하를 통일하고 7년 후 함양궁咸陽宮에서 생일잔치를 할 때 당시 박사 직위에 있던 제齊나라 출신의 순우월淳于越은 진나라가 오래도록 유지되려면 옛 성왕의 통치 방법을 본받아야 한다고 간언했다. 이에 진시황이 신하들에게 그 문제를 논의하게 하자 승상 이사가 다음과 같이 아뢰었다.

오제는 옛 제도를 만족하지 않았고 삼대 시기에도 옛것을 답습하지 않았으니, 그들이 서로 반대되어서가 아니라 시대가 달라졌기 때문입니다. ……이제 천하가 이미 평정되어서 법령이 폐하 한 분에게서 일관되게 나오니 백성은 집에서 농사와 수공업에 힘쓰고, 선비들은 법령을 배워서 금지된 것을 피하려 합니다. 지금 유생들은 지금의 것을 따르지 않고 옛것을 배우면서 지금 세상을 비난하고 백성들을 속여 혼란스럽게 하고 있습니다. 승상인 저 이사는 죽을 각오로 말씀드립니다. ……이제 황제 폐하께서 천하를 병탄하시고 흑백을 가려 유일하게 존엄한 지위를 확정하셨습니다. 그런데 사사로이 배우는 이들은 서로 어울려 법령의 가르침을 비난하고, 법령이 하달되면 각기 자신들이 배운 것을 가지고 이러쿵저러쿵 따지면서, 집에 들어가서는 마음으로 비난하고 밖에 나와서는 거리에서 비방합니다. 그들은 군주의 법도를 넘어서는 것을 명예로 여기고 군주와 다른 태도를 취하는 것을 고상하다고 여기면서 여러 백성을 선동하여 비방을 조성해 냅니다. 이런 것들을 금하지 않으면 위로 군주의 위세가 떨어질 것이요 아래로 뜻을 같이하는 이들이 무리를 이룰 것이니, 금지하셔야 하옵니다. 청하옵건대 사관에 소장된 것들 가운데 진나라의 역사 기록이 아닌 것들은 모두 불태우시고, 박사관의 관리가 아니면서 천하 백성들 가운데 감히 ≪시경≫이나 ≪서경≫, 제자백가의 책을 소장한 이들은 모두 지방관들에게 바쳐서 모조리 태워 버리게 하시옵소서. 그리고 감히 ≪시경≫이나 ≪서경≫에 관한 이야기를 나누는 자들이 있으면 죽여서 시체를 저자에 전시하시고, 옛것을 가지고 지금 시대를 비난하는 자들은 일족을 처단하시고, 관리 가운데 그 사실을 알고 있으면서도 문책하지 않은 자도 같이 죄를 물으시옵소서. 명령이 내려지고 30일이 지나도 불태우지 않는 자들은 묵형墨刑에 처하고 4년 동안 성 쌓는 곳에서 노역하게 하시옵소서. 없애지 않을 책은 의약과 점복, 농사일에 관한 것으로 한정하시고, 법령을 배우고자 하는 이는 관리를 스승으로 삼도록 하시옵소서.

五帝不相復, 三代不相襲, 各以治, 非其相反, 時變異也. ……今天下已定, 法令出一, 百姓當家則力農工, 士則學習法令辟¹⁾禁. 今諸生不師今而學古, 以非當世, 惑亂黔首.²⁾ 丞相臣斯³⁾昧³⁾死言. ……今皇帝幷有天下, 別黑白而定一尊. 私學而相與非⁴⁾法敎, 人聞令下, 則各以其學議之, 入則心非, 出則巷議, 夸⁵⁾主以爲名, 異取以爲高, 率群下以造謗. 如此弗禁, 則主勢降乎上, 黨與成乎下. 禁之便. 臣請史官非秦記皆燒之. 非博士官所職, 天下敢有藏詩書百家語者, 悉詣守尉⁶⁾雜燒之. 有敢偶語詩書者棄市.⁷⁾ 以古非今者族.⁸⁾ 吏見知不擧⁹⁾者與同罪. 令下三十日不燒, 黥¹⁰⁾爲城旦.¹¹⁾ 所不去者, 醫藥卜筮種樹之書. 若欲有學法令, 以吏爲師.

1) 辟(피): '避(피)'와 통해서 '피하다'는 뜻이다.
2) 黔首(검수): 백성.
3) 昧(매): 여기서는 '冒(모)'와 같이 '무릅쓰다'는 뜻이다.
4) 非(비): 여기서는 '誹(비)'와 같이 '비방하다'는 뜻이다.
5) 夸(과): (법도나 한계를) 넘어서다.

6) 守尉(수위): 태수太守와 현위縣尉. 이들 모두 지방의 행정과 치안을 담당하는 관리들이다.
7) 棄市(기시): 죄수를 저자에서 백성들이 보는 앞에서 죽여 시체를 그 자리에 놓아두는 것으로서, 훗날에는 흔히 사형死刑을 가리키는 말로도 쓰였다.
8) 族(족): 씨를 말리다. 주살誅殺하다.
9) 擧(거): 여기서는 '문책하다' 또는 '검거하다'는 뜻으로 쓰였다.
10) 黥(경): 묵형墨刑. 옛날 노비나 병사들의 얼굴이나 몸에 먹물로 글자나 기호를 새겨 넣어 도망치는 것을 방지했던 것을 가리킨다.
11) 城旦(성단): 옛날 형벌의 명칭으로, 4년 동안 성 쌓는 곳에서 노역하는 것이다.

이사의 이 건의는 진시황에 의해 받아들여져 그대로 시행되었다. 그 내용을 보면 일단 진나라의 역사와 관련된 기록이 아닌 전국 시대 제후국들의 역사 기록은 모두 불태워졌다는 것을 알 수 있다. 이것은 그런 기록들이 장기적으로 분열의 불씨가 될 수 있기 때문에 수긍이 가는 조치라고 할 수 있다. 다음으로 중앙집권의 강화를 위해 황제와 법령의 권위에 위협이나 장애가 될 만한 일체의 논의들, 특히 유학과 관련된 서적들을 집중적으로 제한한 사실을 알 수 있다. (물론 앞서 언급한 묵가에 대한 탄압은 여기에 명시되지 않았지만, 같이 금지된 '제자백가'의 저작에 묵가의 서적도 중요한 비중을 차지했으리라는 것은 자명하다.) 그리고 비록 의학과 점복, 농업 등 당시 일반 대중들의 실생활과 생계에 관련된 책들은 금지하지 않았고, 금지된 책들도 완전히 폐기된 것이 아니라 조정의 박사들은 볼 수 있는 여지를 남겨 놓았지만, 이른바 사상과 언론의 자유가 엄격하게 제한되었다는 것은 분명하다. (그러나 당시 궁정에 소장되었던 책들은 훗날 항우項羽의 군대가 함양궁을 불태우면서 모두 소실되었다.) 이후로 7년 가까이 이런 조치가 계속되었기 때문에 진나라 때에 민간의 학술과 문학이 극도로 위축될 수밖에 없었을 것임은 충분히 짐작할 수 있겠다. 당연

86

히 이런 분위기 속에서는 전국 시대에 흥성했던 제자백가와 같은 지식인들의 활동도 많은 제약을 받을 수밖에 없었을 것이다. 관리가 되지 않으면 법령조차 공부하지 못하고, 심지어 제자백가를 비롯한 폭넓은 학문의 세계는 '박사관'과 같은 특수한 기관에 들어가지 않으면 거의 불가능했기 때문이다.

2) 한나라의 지식인 통제

그나마 비교적 짧은 진나라의 폭정이 막을 내리고 한나라가 들어선 뒤로는 이런 제약이 크게 완화된 것처럼 보인다. 물론 한나라도 진나라의 실정失政을 극복한다는 대의명분 아래 건립되었으면서도, 실제로는 통일국가를 유지하는 방법과 체제는 진나라의 경험을 발전적으로 계승한 면이 많았다. 그러나 진나라를 멸망으로 이끈 상징적 사건 가운데 하나로서 '분서갱유'의 의미에 대해 분명하게 인식하고 있던 한나라 초기의 황제들은 진나라와 똑같은 중앙집권의 정치 체제를 유지하면서도 지식인들을 탄압하기보다는 적극적으로 수용하는 정책을 지향했다. 이에 따라 양효왕梁孝王 유무劉武 : ?~B.C. 144나 회남왕淮南王 유안劉安 : B.C. 179~B.C. 122, 하간헌왕河間獻王 유덕劉德 : ?~B.C. 130처럼 지식인을 우대한 제후들의 명망이 높아지기도 했다.

그러나 문제文帝 : B.C. 179~B.C. 157 재위와 경제景帝 : B.C. 156~B.C. 141 재위 이후로 황제의 중앙집권이 강화되고 제후와 공신功臣들의 세력에 대한 견제가 심해지면서 이런 사정은 크게 달라졌다. 건국 초기에 봉건제의 이상에 입각하여 특권적 지위를 보장받아 한동안 왕성하게 정치에 참여하며 권위를 누리던 제후들은 점차 그 영지와 정치적 영향력이 줄어들었고, 이에 따라 공신 집단이 주축을 이루던 조정의 관료계도 점차 새롭게 등장한 지식인층에게 주도권이 넘어가게 되었다. 이러한 정치적 상황의 변화로 인해, 한때 '자유로움'을 그 신분적 특성으로 내세우던 '사'들도 제후국 사이를 오가며 유세 하던 오랜 관행을 버리고 자의적이건 타의적이건 점차 황제의 조 정에서 관료로서 새로운 생존의 길을 모색하게 된다. 그리고 그런 양상은 황제의 중앙집권이 자리를 굳혀갈수록 점점 더 적극적인 형태로 변화한다. 그 결과 특히 무제^{武帝 : B.C. 140~B.C. 87 재위}와 같 이 문예에 대해 개인적인 애호를 가진 황제의 치하에서는 공손홍^{公 孫弘 : B.C. 200~B.C. 121}과 동중서^{董仲舒 : B.C. 179~104}, 사마상여^{司馬相如 : B.C. 179~B.C. 117}, 사마천^{司馬遷 : B.C. 145?~B.C. 90} 등의 수많은 지식인 들이 황제의 개인적인 빈객이자 관료로서 궁정에 운집하게 되 었다.

이처럼 새롭게 등장한 지식인 집단은 '찰거제도^{察擧制度}'로 대표되 는 '구현^{求賢}'의 혜택 속에서 집합적 정치세력이 되어 갔다. '구현'이 란 말 그대로 '현량^{賢良}'한 인재를 구한다는 뜻인데, 서한 무렵에 '현 명하다^[賢]'라는 말의 개념은 그 이전과는 상당히 다른 의미를 포함 하고 있었다. 주나라 이래 전국 시대까지 '현명하다'는 것은 대개 특정한 개인의 '능력'과 관계된 표현이었으며, 전국 시대 말엽과 서 한 초기까지만 하더라도 그것은 주로 '협객의 기질을 가진 민간의 실력자 및 그를 중심으로 한 세력'을 수식하는 의미로 사용되었다. 그러나 문제와 경제 이후로는 점차 '학문적 수양을 통해 정론^{政論}에 대해 광범하고 능숙한 지적 능력을 지니게 된 개인'을 가리키는 말 이 되었다.

특히 주목할 만한 점은 황제의 '구현'에 의해 선발된 지식인들의 출신 성분이 대개 과거의 기득권층이 아니라 미천한 신분에서 학 문을 닦아 일정한 명망을 얻은 사람들이었다는 사실이다. 이것은 황제가 그런 인재 선발제도를 시행한 궁극적인 목적이 자신을 중 심으로 강화된 권력 구도를 유지할 수 있는 잠재적 인력을 확보하는 데에 있었다는 점을 고려하면 당연한 일이다. 다만 그 경우에도 단순하게 문자를 읽고 쓰는 기능만을 익혀 자잘한 행정 실무를 처리하는 하급 관료들은 실질적으로 '현량'한 인재의 범주에 포함되지 못했다.

어쨌든 무제가 동중서의 건의를 받아들여 태학太學을 일으키고 '현명한 스승[明師]'을 초빙하여 세상의 선비들을 양성하는 등 본격적인 '문치文治'의 시대가 열리자, 지식인들의 활동 무대도 더욱 넓어졌다. 그들은 간대부諫大夫 또는 박사의 신분으로 조정에 참여하여 공신 및 옛 관료세력을 견제하며 황제의 권력을 옹호했고, '분서갱유'로 소멸된 문헌을 복원하여 새로운 제국의 문물과 제도를 창제하거나 정비했다. 또한 그들은 황제의 명을 받고 천하를 돌면서 풍속과 백성들의 정서를 살피고, 국가 정책을 홍보하며, 지방 호족을 억제하고, '현량'한 인재를 찾아 천거하는 등 황제의 수족과 같은 역할을 활발히 수행했다.

그러나 이런 현상이 반드시 지식인 계층의 홍성을 의미하는 것만은 아니었다. 관점을 달리해서 보면, 이것은 곧 당시 지식인 집단 전체가 황제 한 사람에게 부속되었다는 것을 의미하기 때문이다. 어떤 의미에서 그것은 그나마 유세할 제후를 자기 취향대로 고르며 나름대로 '자유'를 누릴 수 있었던 전국 시대에 비해 상황이 더 악화되었다고 할 수도 있는 것이다. 무엇보다도 이로 인해 이후 중국 지식인들의 삶과 학문, 문학은 어느 정도 원천적으로 황제에게 예속될 수밖에 없게 되었다. 물론 당장 동한 시대부터 지식인의 자존심을 세우려는 시도들이 계속되고 나름대로 성과를 거두기도 하지만, 청나라 말까지 이어지는 왕조 사회에서 지식인들의 잠재의식 속에는 그 정도만 다를 뿐이지 이런 예속적 성격이 계속 남아 있을 수밖에 없었다.

2. 문인 계층의 성립과 작가의 탄생

1) 문인 계층의 성립

한나라에 들어서 본격적으로 성립한 '문인'이란 그 이전의 '사'들과는 다른 차원에서 글쓰기의 능력을 발휘하고, 그것을 자신들의 계층적 특성으로 자각하여 활발히 활용한 이들을 가리킨다. 그런데 궁극적으로 '문인' 계층의 출발점이라고 간주할 수 있는 한나라 지식인 계층의 내재적 성격을 탐구하려면, 먼저 그 명칭의 주요 성분인 '문文'이라는 것의 의미를 파악해 볼 필요가 있다.

일찍이 주나라 때의 갑골문으로 된 복사卜辭나 금문金文에서부터 '문'은 사람의 도덕적·윤리적 행위를 찬미하는 칭호 가운데 하나로 사용되었다. 여기서 '문'이란 인간의 내재적 '덕'이 외부로 표현된 것을 의미하는데, 춘추·전국 시대에 이르면 그와 같은 추상적 함의가 더욱 분명해졌다. 즉 그것은 '무력'과는 상대적인 성격을 가지는 도덕과 정교政教, 예악제도, 경전 및 문헌을 주체로 삼아 하늘과 땅을 관통하여 연결하는 매개체라는 지고한 상징성을 내포한 표현이었다. 아울러 형식적으로 그것은 "말에 '문'이 없으면 멀리 가지 못한다(《좌전》 襄公 25년 : 言之無文, 行之不遠.)"라는 용례에서 나타나듯이, 점과 획으로 이루어진 문자나 수식이 풍부한 언어를 엮어 만든 책 등을 가리키기도 했다. 특히 공자 이후 춘추·전국 시대까지 나름대로 확고한 사회적 위상을 확립하고 문예 부흥을 주도했던 '사'들에 의해 '문'은 이른바 경세經世와 수신修身을 추구하는 그들의 이상이 기대는 '도道'가 체현되는 형식 내지 '도'를 실현하는 방식으로서 그 중요성이 대단히 강화되었다. 다른 측면에서 보자면, 이것은 곧 '문'과 정치의 관계가 갈수록 밀접해지고 있었다는 것을 의미하는데, 이 관계는 서한을 거치면서 마침내 제도적으로 완전히 정착되기에 이른다.

'문학' 즉, (포괄적인 의미의) '문(文)'에 대한 배움이라는 말은 바로 이런 배경 하에서 만들어졌다. 그러나 공자 시대의 '문학'은 실질적으로 ≪시경≫, ≪서경≫, ≪예기≫, ≪악기樂記≫, ≪주역≫과 여러 왕실 관리의 전적들에 대한 배움을 뜻하는 개념이었고, 전국 시대에는 거의 '유술儒術'에 대한 배움 내지 '도예道藝'에 대한 배움을 가리키는 개념이었다.1) 그러다가 진나라 때와 한나라 설립 초기에는 형벌과 정치 및 법률과 관련된 학문을 존중하여 '문' 또는 '학'으로 불렸고, 그 이후로는 대체로 모호하긴 하지만 예의와 장정章程 등을 포함한 '문헌에 대한 지식'을 습득하는 것을 가리키는 의미로 사용되기도 했다. 한나라 무제 이후로는 국가적으로 유학을 존중한 결과 '문학'의 개념도 유가의 경학과 관련된 학문 즉 '유학'과 거의 동일한 의미로 정착되었다.

이처럼 비록 그 경계선이 모호하고 지나치게 넓다는 결함이 있긴 하지만, 서한의 '문학' 개념에는 이미 후세의 '문인' 집단에서 그 것을 자신들의 계층적 속성에 알맞게 변용할 수 있도록 해준 단서로 간주할 만한 중요한 특징이 내재되어 있었다. 그것은 다름 아닌 문사文辭나 학문과 같은 정적인 사유 및 감수성과 관련된 것이었다. 다만, '문학'이 추구하는 사유 방식은 자잘한 실무보다는 어떤 '대의大義'를 추구했기 때문에 행정 실무에 종사하는 하급 관리들의 실용적 지식을 추구하는 사유 방식과는 달랐다. 그들이 생각한 진정한 문학이란 경전에 대한 공부를 통해 고금을 관통하는 '대의'를

---

1) '文學' 개념의 이러한 변천에 대한 좀 더 자세한 설명은 于迎春, ≪漢代文人與文學觀念的演進≫, 北京: 東方出版社, 1997, 16~20쪽을 참조하기 바란다.

파악하는 행위였기 때문이다. 사실 서한의 지식인들이 간대부諫大夫나 박사에 임명되어 담당했던 일들 가운데 가장 중요한 것이 황제의 책문策問에 대답하는 일이 될 수밖에 없었던 이유도 바로 여기서 비롯되었다고 할 수 있다. 전쟁에서 공을 세운 공신과 옛 관료들이 일반적으로 강직하고 직설적인 성격으로 즉흥적인 '직언'을 하는 경우가 많은 데에 비해, 이들 새로운 지식인들은 유려하게 다듬어진 언어로 자신들의 정치관을 우회적이면서도 적절하게 잘 표현했던 것이다.

물론 이들 신진 지식인들 가운데도 구체적으로 두 부류가 있었다. 하나는 가의賈誼 : B.C. 200~B.C. 168나 동중서, 사마천처럼 대대로 학자 집안 출신의 지식인들이고, 다른 하나는 매승枚乘 : ?~B.C. 140과 사마상여 등으로 대표되는 '빈객賓客' 성향의 지식인들이었다. 전자가 대개 유가와 법가, 묵가 등의 사상이나 학문 그 자체에 깊은 소양을 갖추고 있었던 데에 비해, 후자는 주로 화려한 수식과 백과사전적인 자잘한 지식의 나열을 내세운 글쓰기의 재능으로 인정받았다.

재미있는 사실은 '빈객' 성향의 지식인들이 비록 관직의 서열은 학자 출신의 대신들에 비해 훨씬 낮았지만, 황제의 측근에서 모시는 시중侍中이나 낭관郎官에 임용되어 황제의 처소에서 직접 황제와 함께 정사를 논의하는 특권을 누렸기 때문에 실제 권력은 오히려 재상보다 강력했다는 점이다. 그리고 그런 상황을 이용해서 그들은 황제에게 '충간忠諫'함으로써 학자 출신의 대신들과는 다른 자신들의 가치와 존재의 정당성을 개발하고자 노력했다. 그들이 택한 '충간'의 방법은 화려한 수사와 포진鋪陳이라는 특유의 재능을 충분히 살릴 수 있는 '풍간諷諫'이라는 것이었다. 풍자를 통해 자신의 뜻을 우회적으로 전달하는 '풍간'은 사상이나 학문에 관해 직설적으로 논의하는 것과는 달리, 황제 권력과의 충돌을 최대한 피하여 자신의 '명철보신明哲保身'을 꾀함과 동시에 학자 출신들과는 다르게 독서의 '재미'를 제공한다는 그 나름대로의 장점을 지니고 있었다. 서한의 문학을 대표하는 '부賦'는 바로 이런 상황에서 형성되었다.

그러나 이들 두 부류 지식인들은 경쟁과 상호 학습을 통해 점차 서로의 장점을 흡수하려고 했고, 이에 따라 이미 서한 후기부터는 양자 사이의 경계선이 희미해지기 시작했다. 그 결과 그들은 학문적 지식과 유려한 글쓰기의 재능을 겸비한 새로운 지식인 집단으로 통합되게 되었으니, 이들이 바로 '문인' 집단인 것이다. 이에 따라 춘추 시대 이전에 '아름다운 덕[文德]을 갖춘 사람'을 가리키다가 전국 시대에 이르러 '훌륭한 변론[文辯]의 재능을 갖춘 사람'을 가리키던 '문인'이라는 말의 뜻이 한나라 때에는 '문자를 이용한 글쓰기에 능숙한 사람'을 가리키게 되었다.

또한 이런 문인들의 적극적인 활동으로 인해 한나라 때부터는 글쓰기를 통한 서면언어書面言語가 급속하게 발전함으로써 글에 대한 인식이 크게 변화하게 되었다. 즉 "말은 몸의 무늬(《좌전》 <僖公 24년> : 言, 身之文.)"라는 선진 시기의 전통 관념은 점차 희석되고, 그 대신 문자로 쓰인 글의 권위가 크게 높아지기 시작했다는 것이다. 특히 동한 시대에 이르면 원래 하늘과 땅과 사람을 두루 아우르면서 도덕과 정치적 교화를 포함한 혼합적인 의미였던 '문'이라는 지고무상한 개념이 학술 및 문장과 더불어 '글 쓰는 사람' 즉, '문인'의 올바른 자격을 규정하는 하나의 요건으로서 그 의미가 변하게 되었다.

2) 한부漢賦의 성격과 의의

(1) 부賦의 기원

한부는 대개 경제景帝 : B.C. 157~B.C. 141 재위 때에 양효왕梁孝王의 정원인 양원梁園에서 지어지기 시작하여 무제B.C. 141~B.C. 87 재위와 선제宣帝 : B.C. 74~B.C. 49 재위 때에 본격적으로 성행한 것으로 알려져 있다. 그런데 오늘날 우리가 한부의 기원을 얘기할 때 가장 문제가 되는 것은 당시 사람들이 <이소離騷>로 대표되는 초사와 한나라 때 지어진 부에 대해 특별히 명칭을 구별하지 않았다는 사실이다. 물론 현대의 엄격한 양식 분류를 기준으로 이들 문체 사이의 미묘한 차이를 규정하여 운문의 성격이 강한 부賦와 산문의 성격이 많고 시적 성분이 적은 사辭, 그리고 양자가 결합된 형태인 사부辭賦 등으로 나누는 것이 불가능한 것은 아니지만, 동시대적 관점에서는 오히려 분화되지 않은 명칭 자체의 의미를 고려하는 것이 더 중요할 것이다.2)

사실 ≪사기≫에서는 굴원屈原의 ≪구장九章≫ 가운데 한 편인 <회사懷沙>를 '부'라고 칭했고, 응소應劭의 ≪풍속통의風俗通義≫ <육국六國>에서도 <이소>를 '부'라고 칭했으며, ≪한서≫ <예문지> <시부략詩賦略>3) 등에서도 초사와 한부를 구별하지 않고 있다. 심

---

2) 이에 대해서는 程章燦, ≪魏晉南北朝賦史≫, 江蘇古籍出版社, 1992, 5~7쪽을 참조하기 바란다.

3) "전하는 바에 따르면, 노래하지 않고 읊조리는 것을 '부'라고 하는데, 높은 곳에 올라 읊조릴 수 있으면 대부 노릇을 할 수 있다고 했다. …옛날에 제후와 경, 대부들은 이웃 나라와 교류하여 만날 때 먼저 隱微한 말로 느낌을 전하고, 직접 만나 인사할 때에는 반드시 (≪시경≫의) 시를 거론하여 자기의 뜻을 비유했으니, 이것을 통해 현명한 이와 못난 사람을 구별하고 나라의 성쇠를 살필

지어 한나라 때에는 송頌, 송誦, 부賦라는 명칭이 혼용되었기 때문에, '사'와 '부,' '송'이 하나의 실체를 가리키는 다른 표현이었을 뿐이라고 여기는 이도 있다. 다만 동한 이후로 문체 분류가 점차 세밀해지면서 이들 가운데 '송頌'이 비교적 명확하게 독립적인 문체로 자리를 잡았고, 나머지는 '사부'라는 포괄적인 명칭 아래 아울러졌던 것이다. 이런 맥락에서 보면, 초사와 초가楚歌, 한부의 문체를 구별하고 그 기원으로 설명하는 논의는 의미가 없어진다.

일반적으로 부는 기발한 상상과 화려한 수식, 허구적으로 설정된 인물을 이용한 대화체, 그리고 박학에 기반을 둔 '포진鋪陳' 등의 기법을 이용하여 '풍간'을 행하는 양식이라고 설명된다. 이런 특징에 따라 이 문체의 기원도 ≪시경≫과 초사, 제자백가, 은어隱語 등으로 다양하게 거론되어 왔다. 그런데 사실 이것들은 문체와 작자, 효용 등 다양한 측면에서 논자의 편의에 따라 자의적으로 선택된 기원인 경우가 많다.

부가 ≪시경≫에서 비롯되었다는 논의는 반고班固가 <양도부兩都賦>의 서문에서, "부란 옛날 시의 아류〔賦者, 古詩之流也〕"라고 규정하고, 나아가 ≪한서≫ <예문지>에서 그 역사적 배경을 상당히 구체적으로 설명한 데에서 비롯된다. 여기서 반고는 우국충정의 마음을 풍자한 <이소> 등의 양식이 ≪시경≫의 풍자의식을 계승한 것임

수 있었기 때문이다. 그러므로 공자도 (伯魚에게) "시를 배우지 않으면 말을 할 수 없다"고 한 것이다. 춘추 이후에 周나라의 도가 점차 무너지면서 초빙하고 문안할 때 시를 읊조리는 일이 제후국에서 행해지지 않게 됨에 따라 시를 배운 선비가 벼슬살이를 하지 못하게 되자, 현명한 이들이 뜻을 잃은 마음을 담은 부가 지어지기 시작했다. 위대한 유학자 孫卿과 楚나라의 신하 屈原이 참소를 당해 나라를 걱정하며 모두 부를 지어 풍자했으니, 모두 옛날 시의 의미를 측은하게 여기는 마음이 담겨 있다.〔傳曰, 不歌而誦謂之賦, 登高能賦可以爲大夫. …古者諸侯卿大夫交接鄰國, 以微言相感, 當揖讓之時, 必稱詩以諭其志, 蓋以別賢不肖而觀盛衰焉. 故孔子曰"不學詩, 無以言"也. 春秋之後, 周道寢壞, 聘問歌詠不行於列國, 學詩之士逸在布衣, 而賢人失志之賦作矣. 大儒孫卿及楚臣屈原離讒憂國, 皆作賦以風, 咸有惻隱古詩之義.〕"

을 강조하고 있는데, 이것은 사실 유학이 국교國教로 떠받들어진 당시 상황 하에서 모든 학자들이 공통적으로 가지고 있던 생각을 반영한 것이다. 그러나 엄밀한 의미에서 부와 ≪시경≫을 연결시키는 것은 실제 사실이라기보다는 경학과 정치를 얼마나 효율적으로 결합시킬 수 있느냐에 따라 벼슬길의 성패가 갈리던 당시의 시대적 조건이 만들어 낸 결과물이라 할 수 있다.

이미 경학 분야에서 동중서가 ≪춘추≫를 활용해서 이뤄 냈던 것과 유사하게 ≪시경≫ 연구자들은 ≪모시毛詩≫와 '삼가시三家詩'로 대표되는 특수한 시학을 탄생시킨 바 있다. 그리고 입론의 각도는 다르지만 이 해설자들은 공통적으로 ≪시경≫을 근거로 '풍유諷諭'와 '미자美刺'라는 득의의 논리를 만들어 냈다. 다만 ≪시경≫이 이미 경전으로서 지고한 경지에 올라 버린 후 마땅한 후계자가 없어 고심하던 차에, 사마상여와 같은 특출한 작자의 등장은 그들에게 신선한 활력소를 제공했을 것임이 분명하다.

이에 길일을 택해 재계하고 조의를 입고 수레에 올라, 화려한 깃발을 세우고 수레의 옥 장식을 짤랑이며 '육예'의 동산으로 놀러가, '인의'의 길을 치달리며 ≪춘추≫의 숲을 구경하고, '살쾡이 머리'와 '추우'를 쏘고, '현학'을 쏘고, '도끼[干戚]'를 세우고, 구름 같은 그물을 펼쳐 까마귀[雅] 떼를 잡는다. 불우한 인재의 노래[伐檀]를 슬피 부르고, 인재를 얻은 왕의 기쁨[樂胥]을 노래한다. ≪예기≫의 정원에서 몸가짐을 닦고, ≪상서≫의 밭에서 날갯짓한다. ≪주역≫의 도리를 서술하고, 괴이한 짐승을 놓아 보내며, 명당에 올라 '청묘'에 앉아서 신하들을 모아 놓고 정치의 득실에 대한 상소를 들으니, 천하 백성들 가운데 은택을 입지 않은 이가 없도다.

於是曆吉日以齊戒, 襲朝衣, 乘法駕,[1)] 建華旗, 鳴玉鸞,[2)] 游乎六藝之囿, 馳騖乎仁義之塗, 覽觀春秋之林, 射狸首, 兼騶虞,[3)] 弋玄鶴,[4)] 建干戚,[5)] 載雲罘, 揜[6)]群雅, 悲伐檀,[7)] 樂樂胥,[8)] 修容乎禮園, 翱翔乎書圃, 述易道, 放怪獸, 登明堂, 坐清廟,[9)] 恣[10)]群臣, 奏得失, 四海之內, 靡不受獲. (司馬相如, <上林賦>)

1) 法駕(법가): 옛날 천자의 수레는 그 형식에 따라 대가^{大駕}와 법가, 소가^{小駕}로 나뉘는데, ≪사기≫ <여태후본기^{呂太后本紀}>의 배인^{裴駰}의 집해^{集解}에서는 채옹^{蔡邕}의 말을 인용해서, 법가는 '금근거^{金根車}'라고도 하며 6마리의 말이 끄는데, 여기에 시중^{侍中}들이 탄 5대의 보조 수레^[副車]와 36대의 속거^{屬車}가 딸려 있다고 했다.

2) 玉鸞(옥란): 수레에 달린 옥 방울.

3) 騶虞(추우): ≪시경≫ <소남^{召南}>에 수록된 노래 제목이다. ≪모시≫의 주석에 따르면 '추우'는 의로운 짐승의 이름이며, 그 생김새는 검은 무늬가 있는 하얀 호랑이처럼 생겼는데, 살아 있는 생물을 먹지 않고 지극히 성실한 덕을 갖춘 이에게 영험을 보여준다고 했다.

4) 玄鶴(현학): 진^晉나라 때 최표^{崔豹}의 ≪고금주^{古今注}≫ <조수^{鳥獸}>에 따르면, 학이 천년을 살면 색깔이 푸르게 변하고, 2천 년을 살면 검게 변하는데, 이것을 '현학'이라 한다고 했다.

5) 干戚(간척): 순 임금 때 음악의 명칭으로, 제목으로 보아 방패^[干]와 도끼^[戚]를 들고 추는 춤이 수반되었을 것으로 여겨진다.

6) 揜(엄): 붙잡다. 덮다.

7) 伐檀(벌단): ≪시경≫ <위풍^{魏風}>에 수록된 노래 제목이다. 그 서문에 따르면 이 노래는 지위 높은 관리의 탐욕을 풍자하는 것이라고 했기 때문에, 훗날 비천한 사람은 호사를 누리는 데에 비해 현명한 사람은 벼슬길에 나아가지 못하는 상황을 풍자하는 뜻의 전고^{典故}로 종종 활용되었다.

8) 樂胥(낙서): 즐겁다. ≪시경≫ <소아> <상호^{桑扈}>에는 "군주가 즐거워하니 하늘의 복을 받았기 때문일세.^[君子樂胥, 受天之祜.]"라는 구절이 들어 있는데, 이에 대한 주희^{朱熹}의 해설에서는 '胥'가 뜻이 없는 어조사라고 했다.

9) 淸廟(청묘): ≪시경≫ <주송^{周頌}>에 수록된 노래 제목이다. 서문에 따르면 이 노래는 문왕^{文王}에게 제사를 올릴 때 연주하던 것이라고 한다.

10) 恣(자): 마음대로 하게 하다. 여기서는 모든 신하들에게 마음껏 의견을 펼치게 해 준다는 뜻이다.

위에 인용한 <상림부^{上林賦}>에는 수렵을 비유로 삼아 황제가 문교^{文敎}를 기르고 예악을 흥성시킨 일을 칭송하고 있다. 여기에는 유가의 경전인 '육예'와 유가의 정치적 지향점인 '인의'와 같은 어휘,

<추우>와 <벌단> 같은 ≪시경≫의 노래 구절, 그리고 순임금의 음악으로 알려진 <간척>의 명칭 등이 두루 거론되어 있다. 왕실의 학문으로서 시학의 요구를 충실히 반영한 이런 부는 이미 제도적인 옹호를 얻어낼 만한 충분한 준비를 갖춘 상태였고, 사마상여의 성공을 계기로 많은 유가 학자들이 부의 창작에 관여하게 되었다. 이러한 상황은 동한에 이르러 더욱 강화되었으니, 왕일王逸: ?~?과 환담桓譚: B.C. 23~서기 56, 장형張衡: 78~139, 왕찬王粲: 177~217 등 저명한 유학자들뿐만 아니라, 마융馬融: 79~166을 대표로 하는 경학자들 및 반고 같은 역사가들도 적지 않은 부 작품을 남겼다.

그러나 이처럼 유학자들이 대부분 부 작가였다는 사실이 곧 부의 직접적인 연원이 전국 시대의 유가학파라는 것을 의미하지는 않는다. 오히려 한나라의 유가가 이전까지의 모든 문화적 성취를 자기 학파의 테두리 안으로 끌어들여 재해석하는 데에 많은 노력을 경주함으로써 새로운 국가 이데올로기로서 유학의 내실을 다졌다는 점을 고려하면, 한부 역시 그러한 '집대성'의 산물일 가능성이 크다고 하겠다. 무엇보다도 유가가 독존의 지위를 확보하기 전인 전국 시대부터 초楚나라와 제齊나라에서 부 형식의 읊조림이 이미 성행하기 시작하고 있었다는 역사적 증거들이 적지 않고, <이소>만 하더라도 작품의 언어와 구성이 모두 ≪시경≫이나 기타 유가 경전들과는 그다지 깊은 관련이 없다.

실제로 4언과 6언의 혼용을 기본으로 하는 부의 리듬은 정형화된 4언을 위주로 하는 ≪시경≫의 리듬과는 전혀 다르다. 또한 부에 널리 사용되는 어조사 '혜兮'와 같은 초 지방 방언도 그것이 기본적으로 북방의 노래인 ≪시경≫과는 뿌리가 다르다는 것을 명확히 보여준다. 또한 부의 형식적 원류 가운데 하나로 꼽을 수 있는 초가는 기본적으로 초 지역의 무가巫歌에서 비롯된 상상력을 발휘하는 것이었고, 허구적으로 설정된 인물의 대화를 통해 줄거리를 전개해 나가는 부의 서사 방식은 유가의 어떤 경전보다는 차라리 ≪장자≫의 서술 기법과 유사하다.

　오히려 실제 작품에서 구현된 뛰어난 언어구사 능력을 감안하면, 부는 전국 시대 종횡가의 후손들이 만들어 낸 문체일 가능성도 있어 보인다. 제후국을 돌아다니며 유세하던 선비들은 진·한 통일제국이 성립하면서 국론을 분열시킨다는 이유로 탄압을 받았고, 또한 중앙집권이 강화되면서 유세객들이 설 자리가 없어져 버렸다. 이런 상황에서 종횡가의 기풍을 계승한 이들은 더 이상 정치적 주제로 유세하는 일을 계속할 수 없었다. 그 대신 그들은 자신들을 우대해주는 데에 대한 보답으로 양효왕과 같은 주군의 풍류 생활에 도움이 되는 오락의 제공자가 되었다. 그러다가 '문학'을 좋아하는 무제가 등장하면서 그들은 "아침저녁으로 논의하고 구상하여 날마다 달마다 부를 바치는^(班固, <兩都賦序>: 朝夕論思, 日月獻納)" 이른바 '언어시종^{言語侍從}'으로 변신한다. 이들이 바로 앞서 설명한 바 있는 '빈객' 성향의 새로운 지식인이었던 것이다.

(2) 초보적 문학 양식으로서 한부

　외형적으로 드러난 부 문체의 특징 가운데 4·6을 위주로 한 글자 수의 리듬을 제외하면 가장 눈에 띄는 것이 바로 '위자^{瑋字}'이다. 여기서 말하는 '위자'란 예서 이전의 옛 글자에서 사용되던 특이한 글자들로 구성된 단어로서 가차^{假借}의 원리를 잘 알지 못하면 그 의미를 파악하기 어려운 것을 가리킨다. 대개 의성어^{擬聲語}나 의태어^{擬態語}, 그리고 특별한 사물을 가리키는 고유명사들이 큰 비중을 차지하는 이러한 위자로 인한 부의 난독성^{難讀性}은 이미 남북조 시대 때부터 지적되어 왔다. 그리고 부에 이런 위자가 많이 섞이게 된 이유는 그 작가들이 대부분 문자에 대한 뛰어난 지식을 바탕으로 자신의 박식함을 자랑하려 했기 때문이라고 설명하기도 한다.

물론 이들의 작품에 포함된 난해한 위자들은 동한 후기로 가면서 그 정도가 심해져서, 그렇지 않아도 쇠퇴해 가던 부의 운명을 재촉한 결과를 야기하기도 했다. 그러나 적어도 서한 시기의 부에 등장하는 위자는 단순한 현학衒學의 목적 이상의 의미를 담고 있는 듯하다. 왜냐하면 한부의 위자는 입에서 나오는 소리를 그대로 기록하기 위해 사용한 가차자였을 가능성이 있으며, 그런 맥락에서 보면 부는 구어 기록의 시대에서 서면 문자 저작의 시대로 넘어가는 과도기를 대표하는 양식이었다는 의미를 갖기 때문이다. 실제로 조정에서는 유세객의 즉흥적인 유세보다는 엄격한 형식을 갖춘 상소문을 올리는 것이 주류를 이루었고, 그런 문서들은 정밀하게 분류되어 황실의 문서 보관소에 보관하고 엄격하게 관리되었다. 또한 문인들 사이에서도 편지를 주고받는 일이 점차 늘어나면서, 문자의 활용 기회가 점차 확대되고 있었다. 그러므로 이런 추세를 감안하면 서한 시기를 본격적인 서면어의 정착을 위한 시험 단계로 간주한다고 해도 그다지 이상할 것이 없다. 무엇보다도 부에 들어 있는 위자를 사용한 단어들 가운데는 쌍성雙聲이나 첩운疊韻으로 이루어진 복음절어가 많이 사용되고 있는데, 이 또한 구어의 특징을 반영한 것이라고 할 수 있다. 특히 부처럼 "노래하지 않고 읊조리는不歌而誦" 양식에서는 일찍이 <이소>에서부터 구어의 흔적이 적지 않게 발견된다.4)

---

4) (元)祝堯, 《古賦辨體》 권4: "내 생각에는 <이소>에서부터 이미 連綿字와 雙字를 많이 사용했는데, 司馬相如의 부에서는 그것을 더욱 많이 사용했다. 揚雄에 이르면 그가 奇字를 좋아하여 사람들이 항상 술을 들고 찾아가 묻곤 했다고 한다. 그러므로 부에서 모두가 奇字를 쓰기 좋아해서, 열 구절 가운데 여덟아홉 구절이나 되었다. 그 후로 <靈光賦>, <江賦>, <海賦> 등에서는 여기저기서 두루 수집하여 모두 이런 글자로 부를 써 놓으니, 독자들이 괴로워했다.〔愚謂, 自楚騷已多用連綿字及雙字, 長卿賦用之尤多. 至子雲好奇字, 人每載酒從問. 故賦中全喜用奇字, 十句而八九矣. 厥後靈光·江·海等賦, 旁搜遍索, 皆以用此等字以賦體, 讀者苦之.〕"

그러나 앞서 언급한 것처럼, 위자의 사용이 늘어날수록 부의 전체적인 내용은 더욱 난삽해질 수밖에 없다. 더구나 양웅揚雄 : B.C. 53~서기 18 이후로 부의 '풍간' 기능에 대한 회의가 점차 증대되면서, 그리고 가벼운 오락이 아닌 진지한 간언으로 변질된 부에 대한 제왕들의 흥미가 떨어지면서 부의 인기는 급속도로 시들어가게 되었다. 이것은 황제 한 사람만을 독자로 설정한 한부의 선험적인 운명이었을 수도 있다. 게다가 이미 한나라 때에는 황제가 신하의 간언을 듣는 형태는 말이 아닌 문서의 형태로 바뀌어 가고 있었다. 무엇보다도 허구적 상황 설정을 전제로 하는 부의 내용이 동한 후기부터 점차 합리적 사고와 실질적인 것을 중시하게 되는 유학의 전반적인 흐름에 역행하는 것이었다는 점도 부의 몰락을 독촉했을 것으로 여겨진다.5) 그러므로 결과론적인 얘기이긴 하지만, 구어 기록과 완전한 서면 문학의 과도기에 있던 부는 '기록의 사실성實錄' 을 중시하는 시대적 흐름에 적응하기 위해 필요한 뭔가 획기적인 다른 대안을 마련하지 못함으로써 비극적 운명을 맞이할 수밖에

---

5) 唐나라 때의 劉知幾는 ≪史通≫ <載文>에서 이렇게 적었다: "또한 漢代의 詞賦는 비록 허구적인 거짓이라 하지만 다른 글들에 비하면 대체로 오히려 사실적인데, 魏·晉 이후에 이르러 잘못되게 따라했다. 따져 논하자면 그 잘못은 다섯 가지인데, 첫째는 허구적으로 설정한 것〔虛設〕이요, 둘째는 양심을 속인 것을 부끄러워하지 않는 낯 두꺼움〔厚顏〕이요, 셋째는 실제 사실을 그럴 듯하게 꾸미는 거짓 글쓰기〔假手〕요, 넷째는 그 자체로 논리가 어긋나는 것〔自戾〕이요, 다섯째는 잘잘못과 실상의 선악을 무시한 채 싸잡아 칭송하는 것〔一槩〕이다. …이에 이 다섯 가지 잘못을 헤아리고 문장의 의미를 따져보면, 비록 기록한 사건의 외형은 비슷하지만 언어는 반드시 허구에 의지하고 있다. 그런데 얼음을 깎아 벽을 만든다 한들 쓸모가 없으며, 땅바닥에 떡을 그린다 한들 먹을 수가 없는 법이다. 그러므로 그런 글을 세상에 나돌게 하면 위아래 사람들이 서로 지혜를 가리게 되고, 후세에 전하여 사람들에게 보여줘도 믿지 않을 것이다.〔且漢代詞賦, 雖云虛矯, 自餘它文, 大抵猶實. 至於魏晉已下, 則訛繆雷同. 權而論之, 其失有五: 一曰虛設, 二曰厚顏, 三曰假手, 四曰自戾, 五曰一槩. …於是考茲五失, 以尋文義, 雖事皆形似, 而言必憑虛. 夫鏤冰爲璧, 不可得而用也. 晝地爲餠, 不可得而食也. 是以行之於世, 則上下相蒙. 傳之於後, 則世人不信.〕"

없었던 것이다.

또한 한부는 거의 유일한 독자인 황제를 설득하여 깨우치려는 분명한 목적의식 아래 풍자와 해학의 요소를 활용하여 다양한 상황 속에서 허구적 방식을 통해 이야기를 전개하고 있는데, 바로 이 점 때문에 그것은 어느 정도 서사적 성격을 내포한 문체이기도 했다. 현대적인 의미로 말하자면 그것은 소설과 시가 문학의 중간 정도의 성격을 띠고 있었던 것이다. 이러한 한부의 서사적 성격은 앞서 인용한 바 있는 사마상여의 <자허부子虛賦>와 <상림부>의 내용을 살펴보면 명확히 확인할 수 있다. (이 두 작품은 모두 ≪문선文選≫ 권7에 수록되어 있는데, ≪사기≫ 권117과 ≪한서≫ 권57에 수록된 사마상여의 전기에서는 이 두 작품을 <자허부>로 합쳐서 인용하고 있다. 이 때문에 이것들이 본래 별개의 두 작품인가, 아니면 하나의 작품이었는가에 대해서는 논란이 많지만, 그 내용상 일관된 점이 있는 것만은 분명하다.)

① 초楚나라의 자허子虛라는 사람이 제齊나라에 사신으로 가서 제나라 왕의 수렵을 따라간다.
② 수렵이 끝난 후 제나라 왕이 그 규모의 성대함을 자랑하며 자허에게 소감을 묻는다.
③ 자허는 초나라 왕이 수렵하는 운몽택雲夢澤이 더 호화롭다고 응대한다.
④ 이에 오유선생烏有先生이 나서서 제나라를 멸시하는 자허의 태도가 결국 초나라에 해를 끼칠 것이라고 경고한다. (이상, <상림부>)
⑤ 이들의 대화를 듣고 있던 무시공亡是公이 두 사람을 비웃으며 천자가 수렵을 하는 상림上林의 웅대한 규모와 그 안에 갖추어진 온갖 사물들을 자세히 묘사한다.
⑥ 이어서 그는 천자가 이러한 사치를 반성하고 성현의 가르침에 따라 정치에 충실하여 천하의 백성들에게 은택이 두루 미쳤다는 사실을 지적하면서 초나라와 제나라 왕의 사치를 비판한다.
⑦ 자허와 오유선생은 자신들의 무지를 깨닫고 반성한다. (이상, <자허부>)

이렇게 요약된 두 작품의 줄거리를 보면, 이 두 작품이 하나의 일관된 줄거리를 가지고 있음을 알 수 있다. 현대의 소설과 같은 서사문학에 비해서는 작가의 존재와 그 의도가 상대적으로 직접 드러나 있긴 하지만, '자허'와 '오유선생', '무시공'과 같이 허구적으로 설정된 이름임을 분명히 밝힌 주인공들을 통해서도 알 수 있듯이, 위의 줄거리는 분명히 작가에 의해 의도적으로 구성된 허구이다. 다만 위 줄거리 요약에서 생략된, 운문에 가까운 절제된 사건 서술과 화려한 수식어의 사용, 그리고 지나치게 번잡한 사물의 나열 등은 산문을 통해 전개하는 이야기의 짜임새를 중시하는 현대의 일반적인 서사 문학작품들과 차이가 있다. 바로 이처럼 한부는 형식적으로 보면 서정적이고 압축적인 운문과 서술적인 산문의 중간에 놓을 만한 어정쩡한 상태에 놓여 있었고, 또 부의 작자들도 이야기의 완결성을 통해 진지한 담론을 전개하는 데에 관심을 두기보다는 지식의 나열과 화려한 묘사에 치중했다. 그 결과 시간이 지날수록 한부의 서사적 성격은 점차 약화되어 버렸다. 사실상 동한 시기에 들어서 한부는 단순한 오락이나 수사력 내지 박학을 과시하는 수단으로 전락했기 때문에, 거기에 내재된 서사적 성격은 오히려 비효율적이고 거추장스러운 짐으로 여겨질 수밖에 없었다.

물론 남북조 시대의 '소부小賦'들 가운데는 조식曹植의 <낙신부洛神賦>와 왕찬의 <등루부登樓賦>, 도잠陶潛 : 365~427의 <귀거래사歸去來辭>, 유신庾信 : 513~581의 <애강남부哀江南賦> 등은 적어도 서정과 풍자를 포함한 묘사 기법의 측면에서는 오히려 한부보다 뛰어나다고 평가를 받고 있다. 또한 <수산부囚山賦>와 <우부牛賦> 등의 걸작을 남긴 당나라 때의 유종원柳宗元 : 773~819을 거쳐 송나라 때의 구양수歐陽修 : 1007~1072와 소식蘇軾 : 1037~1101에 의해 평이한 언어로 개혁된 '문부文賦', 그리고 명·청 시대에 이르기까지 부 문체의 맥은 끊임없이 이어지고 있었다. 심지어 예술적으로 보면 부의 실질적인 전성기는 당나라 때였고, 이백李白 : 701~762의 문장들이 그 걸 증명한다고 주장하는 이도 있다.6) 그러나 오언시의 등장 이후로 유가 지식인들의 논의에서 부가 이미 문학적 글쓰기 양식 가운데 '비주류'로 간주되기 시작했다는 것은 부인할 수 없는 사실이다. 그나마 이들 뛰어난 서정적인 '소부'들에 의해 개발된 주제와 예술적 기교들도 당나라 이후로는 시라는 새로운 양식에 흡수되어 발전의 자양분이 되어 주었다는 점에서 일정한 의의를 찾을 수 있다.

사실 문학사적 관점에서 보면 한부는 문학 제도라는 측면에서 특별한 의의를 부여할 수 있는 문체였다. 즉 그것은 이름을 밝힌 작가에 의해 '창작'된 어느 정도 형식적 원칙이 갖춰진 작품이었다는 점에서 현대적 의미의 문학 양식에 매우 근접한 최초의 문체였다고 할 수 있기 때문이다. 그러나 정작 한부의 작자들은 자신들이 써낸 것을 예술적 작품으로 인식하지 못했다. 당시로서는 학문적 진리[眞]나 도덕적 선함[善]과는 다른 의미에서 예술적 '아름다움[美]'의 가치에 대해 특별히 주목하는 사회적 공감대가 형성되지 않았기 때문이다. 게다가 한나라 때까지만 하더라도 글쓰기라는 행위 자체가 이제 막 보편적 관행으로 정착된 상황이었기 때문에, 그 행위의 세부 분야를 나누어 생각하고 별도로 가치를 부여할 여유도 없었을 것이다. 그 결과 한부는 서정적 운문과 서사적 산문의 어디에도 들지 못한 채 문인들의 관심 밖으로 밀려나고 말았고, '작가-작품'이라는 문학적 제도에 대한 본격적인 인식은 글의 아름다움에 대한 자각이 이루어진 남북조 시대를 기다릴 수밖에 없었다.

---

6) 이에 대해서는 馬積高, ≪賦史≫, 上海古籍出版社, 1987을 참조하기 바란다.

3. 문단의 탄생

1) 저작 의식의 변화

무제 때부터 본격적으로 발달하기 시작한 경학은 소제^{昭帝}의 원시^{元始} 연간^{B.C. 86~B.C. 81}에 이르면 상당히 체계적인 지식을 갖춘 수많은 전문가들과 그들이 내놓은 해설서가 나올 정도로 번성했다. 이것은 무엇보다도 유가 경전을 연구하는 것이 벼슬살이의 기본 조건으로 굳어진 당시의 정치적 상황이 낳은 결과일 것이다. 그러나 서한 말엽에 들어서면서 유가만을 배타적으로 떠받드는 경향도 점차 강화되었다. 그 결과 '오경^{五經}'과 위대한 성인 공자는 '도^道'로 통하는 유일한 수단이요 길이 되었다. 동한에 이르면 이런 추세는 상부 지식인 사회에 절대적인 영향력을 행사하게 되었고, 특히 이 무렵부터 본격적으로 주도권을 장악하기 시작하는 '고문경학'의 여파로 복고 풍조가 나날이 만연하게 되었다.

그러나 학문의 발전과 더불어 이러한 시대적 유행에 휩쓸리지 않고 독자적으로 '진리'를 추구하려는 사람들이 나타나기 시작했다. 애초에 신생 제국의 체제를 정비하고 새로운 국가 이데올로기를 창출하기 위해 시작되었던 경학은 '훈고^{訓詁}'로 대표되는 실증적 방법이 기반을 확보해 감에 따라 황제로서는 미처 예기치 못했던 결과 즉, 개인적 이성에 대한 자각의 촉발이라는 현상을 낳았다. 성인 공자가 남긴―적어도 당시 지식인들이 믿고 있는 한―경전에 대한 탐구는 필연적으로 역사에 대한 통찰력 있는 안목의 필요성을 깨닫게 했고, 그럼으로써 경학자들 가운데 일부는 자신들이 봉사해야 할 대상이 동시대의 한나라 왕조나 황제가 아니라 불변의 진리로서 '도'이어야 한다는 인식의 전환을 경험하게 되었다.

이러한 인식의 전환을 보여주는 가장 극적인 예는 이른바 '술작述作'에 대한 혁신적인 생각의 탄생을 들 수 있다. 이미 무제 때의 사마천은 "어지러운 세상을 바로잡아 올바름으로 되돌아가게 하는 〔撥亂世反之正〕" 위대하고 올바른 왕도王道를 밝힌 공자의 ≪춘추≫를 계승하여, "하늘과 사람의 경계를 탐구하고 고금의 변화를 통달함으로써 일가의 언론을 이루고자 하는(司馬遷. <報任安序>)", 다시 말하자면 당당한 한 명의 저작자가 되고자 하는 의지를 분명히 밝힌 바 있다. 이것은 "짓는 사람을 일컬어 성인이라 하고, 서술하는 사람을 일컬어 현명하다고 한다.(≪禮記≫ <樂記> : 作者之謂聖, 述者之謂明.)"라는 유가의 일반적인 원칙에 비춰보면 대단히 파격적이라고 할 수 있다.

이런 생각은 양웅과 환담, 그리고 왕충王充 : 27~97?을 거치면서 더욱 적극적이고 구체적으로 표명된다. 성인의 신분도 아니면서 ≪태현경太玄經≫을 지은 양웅은 참람하게 왕을 자칭한 제후처럼 주살되어야 마땅한 죄를 지었다고 비판 받자, 거기에 기록된 "사건은 서술한 것이고, 글은 지은 것이다.(≪法言≫ <問神> : 其事則述, 其書則作.)"라고 교묘하게 둘러댔다. 또한 환담은 공자가 다시 태어나도 똑같은 ≪춘추≫를 지을 것이라는 생각은 잘못이라고 지적하면서 앞선 시대를 살았던 성인과 후세의 성인이 반드시 답습되는 것이 아니라고 강조했다. 그리고 왕충에 이르면, 이런 혁신적인 생각은 더욱 분명한 어조로 발휘된다. 그는 다음과 같이 선언한다.

> 공자는 왕이 되지 못했기 때문에 '소왕'의 과업을 ≪춘추≫에 실었다. 그렇다면 환담은 재상 벼슬을 하지 못했기 때문에 '소승상'의 치적을 ≪신론≫에 남겨둔 사람인 셈이다.
>
> 孔子不王, 素王¹⁾之業, 在於春秋. 然則桓君山²⁾不相, 素丞相之跡, 存於新論者也. (≪論衡≫ <定賢>)

책을 저술하는 일에 대한 이와 같은 인식의 전환은 본격적인 '문
인' 의식에 대한 자각과 위상의 변화를 촉진했다. 특히 왕충은 '문
인'—그는 종종 '문유^{文儒} 또는 '홍유^{鴻儒}라는 표현을 썼는데—이
경전을 해설하는 능력을 가진 일반 유학자나 실무에 필요한 지식
을 갖춘 하급 관료들에게 필수적인 재능과 학식, 지혜를 겸하고
있으며, 나아가 창조적 논저를 스스로 저술하여 상주할 수 있는
자격을 갖춘 사람을 가리킨다고 강조했다.

> 그러므로 하나의 경서를 해설할 수 있는 사람은 '유생'이고, 고금의 전적
> 을 널리 읽은 사람은 '통인'이며, 다양한 해설서들 가운데 가려 뽑은 내용
> 을 엮어 황제에게 올리는 글들을 쓰는 사람은 '문인'이고, 정밀하게 생각
> 하고 글을 저술하여 문장을 연결할 수 있는 사람은 '홍유'이다. 그러므로
> '유생'은 세속의 평범한 사람보다 낫고, '통인'은 '유생'보다 낫고, '문인'
> 은 '통인'보다 뛰어나며, '홍유'는 '문인'을 초월한다.
>
> 故夫能說一經者爲儒生, 博覽古今者爲通人, 采掇¹⁾傳書以上書奏記者爲文人,
> 能精思著文連結篇章者爲鴻儒. 故儒生過俗人, 通人勝儒生, 文人踰²⁾通人,
> 鴻儒超文人. (≪論衡≫ <超奇>)
>
> 1) 采掇(채철): 여기서 '采'는 '採(채)'와 통하여 '캐다' '뽑다' '가려내다'
>   라는 뜻이다. '掇' 역시 '주워 모으다' '골라 뽑다'라는 뜻이 있다.
> 2) 踰(유): 뛰어나다. 넘어서다.

이에 따르면 '유생'과 '통인'은 경서에 대한 학식의 넓이 및 깊이
에 따라 구분되고, '문인'과 '홍유'는 저작 능력의 우열에 따라 나뉜
다는 것을 알 수 있다. 그러나 왕충은 종종 '문인'과 '홍유'를 하나
로 묶어서 거론하고 있기 때문에 이들 사이의 구별은 그다지 중요

하지 않다. 어쨌든 이들은 단순히 경전에 대한 해설의 수준을 넘어서서 천하의 진리에 대한 자신의 통찰을 저술할 수 있는 능력을 지닌 이들을 아우르는 표현이었던 것이다. 다만 왕충의 시대는 경학이 극성으로 치달리던 시대였기 때문에, 그의 이와 같은 주장은 오히려 전체적인 시대사조 속에서 예외적인 소수의 의견에 불과했다고 보는 편이 타당하다. 그 대신 그의 선구적인 견해들은 그가 죽고 약 70년의 세월이 흐른 후, 환관宦官들의 전횡으로 인해 정치적 분열과 혼란이 온 나라를 휩쓴 동한 후기에 이르면 급속하게 영향력이 증대되어, 중국 역사에서 본격적으로 '문인' 계층이 자신들의 독자적인 자리를 모색하는 튼튼한 기반 가운데 하나를 제공하게 되었다.

특히 환관들의 전횡을 비판하고 저항 운동을 벌였던 상당수의 문인들은 정치적·사상적으로 혁신적인 자각을 경험했다. 이런 자각은 본질적으로 한나라의 국가 이데올로기로서 유가의 권위에 대한 회의를 부추겼고, 그에 따라 지식인들도 자신들의 존재 의의에 대해 심각하게 되물을 수밖에 없는 상황에 처했다. 왜냐하면 학문을 바탕으로 천하를 경영하는 대업에 참여하여 이른바 '태평성대'를 추구하는 것을 자신들의 소명으로 여기던 그들에게 무능한 황제와 탐욕스러운 환관들에 의해 어지럽혀진 조정의 현실은 자신들의 존재 기반이 상실되는 것과 마찬가지로 여겨졌기 때문이다. 그리고 이런 내적 성찰은 필연적으로 사회 집단보다 개인의 자아에 대한 관심의 증폭으로 연결되었다. 그 결과, 이런 자각을 가진 지식인들은 더 이상 유학만을 떠받들며 덕행의 수련을 통해 벼슬길에 나아가는 기존의 관행에 얽매이지 않고, 다양한 학문을 섭렵하여 올바른 삶의 이상과 원칙을 제시할 능력을 갖춤으로써 '다른 사람의 스승'이 되거나 혹은 왕충이 제시한 '문인'이나 '홍유'의 경지에 도달하려는 새로운 목표를 정하게 되었다. 이 때문에 이 시대에는 훌륭한 학문과 덕행을 지니고 있으면서도 벼슬살이에 뜻을 두지 않고 유유자적한 은사隱士의 삶을 살아가는 이들이 이상적인 지식인의 모델로 여겨지기도 했다.

특히 중국문학사에서 현대적 의미의 '문단'에 가까운 문인들의 활동 무대가 만들어진 때가 바로 조조曹操 : 155~220가 정치를 주도했던 건안建安 : 196~219 연간이라는 사실은 주목할 만하다. 이 시기에는 시문詩文과 사부辭賦에 모두 뛰어난 재능이 있었던 조조와 그의 두 아들 조비曹丕 : 187~226와 조식曹植, 그리고 '건안칠자建安七子'로 불리는 공융孔融 : 153~208, 왕찬, 유정劉楨 : ?~217 등의 많은 '문인'이 활동하면서 본격적으로 '오언시'를 이용하여 자신들의 개인적인 삶의 양태와 거기에서 느낀 감정을 노래했던 것이다. 이를 통해 그들은 "나라를 경영하는 위대한 사업이자 영원히 사라지지 않을 성대한 일(曹丕, ≪典論≫ <論文> : 蓋文章, 經國之大業, 不朽之盛事)"로서 '문장'의 가치를 끌어올림과 동시에, 이른바 '건안풍골建安風骨'이라고 일컬어지는 '강개慷慨와 격정'을 담은 작품들을 생산함으로써 글쓰기의 새로운 경지를 개척했다. 또한 '황건黃巾의 반란' 이후 동한 말엽의 정치를 주도했던 조조가 인품보다는 개인적 재능을 기준으로 인재를 채용하기 시작하고, 그 뒤를 이은 위魏나라 문제文帝 조비가 그것을 '구품관인법九品官人法'이라는 제도로 정착시킨 점도 중요한 계기로 작용했다.

남조의 유의경劉義慶 : 403~444이 주도하여 편찬한 ≪세설신어世說新語≫에 수록되어 있는 1,200여 개의 일화에는 당시의 이른바 '명사名士'들의 다양한 개성과 재능, 그리고 그것을 중시하는 사회적 기풍을 생생하게 보여준다. 이것은 '문인' 집단 내부에 문학작품을 창작하고 향수하는 독특한 집단이 자신들만의 문화적으로도 일반 백성들과 차별되는 고유한 영역을 확보하기 시작했다는 것을 의미한다. 이 결과 범엽范曄 : 398~445의 ≪후한서後漢書≫에서는 학자 집단인 '유림儒林'과 구별되는 작가들만의 전기傳記인 <문원전文苑傳>이 따로 설정되었다. 특히 남조 송^宋나라 문제^{文帝 : 424~453 재위} 때에는 유학과 현학^{玄學}, 사학^{史學}의 '삼관^{三館}' 외에 문학관^{文學館}을 따로 세웠고, 명제^{明帝 : 465~472 재위} 때에는 총명관^{總明館} 안에 유^儒·도^道·문^文·사^史·음양^{陰陽}의 5부^部를 나눔으로써 '문인'의 위상이 사회적으로 확립되었음을 보여주었다.

2) 서사 의식의 정립

(1) ≪서경^{書經}≫ ─ 산문 문학과 역사 서사의 효시

가. ≪서경≫의 성립 과정과 그 특징

≪서경≫은 흔히 중국 운문문학의 시원인 ≪시경≫과 더불어 산문문학의 시원으로 꼽힌다. 이 책은 원래 ≪서^書≫라고만 불렸으나 한나라 이후 유가의 지위가 높아짐에 따라 경전이라는 칭호가 덧붙여졌고, '오래되었다' 또는 '상서롭다'라는 의미를 부여하여 ≪상서^{尙書}≫라고도 불리게 되었다.

고대 사관^{史官}들의 기록을 모아 놓은 역사서라고 하지만 실제로는 공문서를 모아 놓은 책이라는 성격이 강한 이 책은 그러나 ≪시경≫과 마찬가지로 텍스트 자체는 주나라 당시의 원본이 아니다. 이 책도 진시황^{秦始皇}의 분서갱유^{焚書坑儒}로 소실된 수많은 유가 경전들과 함께 소실되어, 한나라가 건립된 이후 복잡한 복구 과정을 거쳐서 다시 만들어졌기 때문이다. 특히 ≪시경≫이나 ≪춘추^{春秋}≫, ≪주역^{周易}≫과는 달리 이 책은 원본 자체가 많이 유실된 상태였고, 이에 따라 B.C. 2세기 중반에 옛날 진^秦나라에서 박사^{博士}를 지낸 복생^{伏生}의 기억을 토대로 복원이 이루어졌다. 더욱이 복생은 당시에 이미 연로하여 거동이 부자연스러운 상태였기 때문에, 한나라 문제^{文帝}：B.C. 180~B.C. 157 재위는 조조^{晁錯}：B.C. 200~B.C. 154를 시켜서 복생에게 전수받은 ≪서경≫의 내용을 당시의 문자체^[今文]인 예서^{隸書}로 받아 써 오게 했던 것이다.

이렇게 복생에게서 조조에게 전해진 29편을 일컬어 ≪금문상서^{今文尚書}≫라고 부르는데, 경제^{景帝}：B.C. 156~B.C. 141 재위 때에 노^魯 공왕^{恭王}이 공자가 살던 옛 집의 벽을 헐다가 ≪예기^{禮記}≫와 ≪논어≫, ≪효경^{孝經}≫ 등과 함께 발견했다는 춘추 시대의 문자체로 되어 있는 ≪서경≫의 옛 판본은 따로 구별해서 ≪고문상서^{古文尚書}≫라고 불렀다. 그러나 이미 한나라 당시부터 이들 고문으로 된 경전들은 위조된 것이라고 의심을 받아 남북조 시대를 거치면서 ≪고문상서≫는 거의 사라져 버렸다. 그 대신 오늘날 전해지는 58편의 ≪서경≫은 동진^{東晉} 때에 매색^{梅賾}：?~?이라는 학자가 조정에 바쳤다는 ≪금문상서≫에 기초하고 있는데, 그 내용은 <우서^{虞書}> 5편, <상서^{商書}> 17편, <주서^{周書}> 32편으로 이루어져 있다. 다만 이 책 역시 대체적으로 매색이 위조해 낸 것으로 추정되고 있지만, 매색의 위조본은 조조가 복생에게 전수받은 29편의 ≪금문상서≫를 기초로 한 것이기 때문에 완전히 근거가 없는 위조본은 아닐 것으로 여겨지고 있다. 그러므로 현대적 관점에서 본다면 ≪서경≫은 ≪시경≫보다도 더 주나라 문학의 유산으로 간주하기 어려운 결함을 안고 있다고 할 수 있다.

다만 이처럼 그 진위 여부를 놓고 역대로 많은 논쟁이 있어 왔지만, ≪서경≫ 역시 근대 이전의 중국에서는 줄곧 유가의 최고 경전 가운데 하나로서 권위를 누려왔다. 더욱이 ≪시경≫과 마찬가지로 이 책 역시 근대 이전의 중국인들은 그 원본이 공자의 손을 거쳐 편집된 것으로 믿어왔다. 이런 믿음은 ≪사기≫ <공자세가^{孔子世家}> 등의 기록을 토대로 다져진 것이지만, 현대의 학자들은 대부분 그것이 사실과는 상당한 차이가 있을 것으로 생각하고 있다. 어쨌든 글의 내용으로 보건대 ≪서경≫의 금문 29편 가운데 <주서>의 <대고大誥>에서 <고명顧命>에 이르는 12편 정도는 서주 시대에 이루어진 것으로 판단되고, 나머지는 대부분 공자 이후 전국 시대까지의 기간 동안에 만들어진 것으로 여겨지고 있다.

나. ≪서경≫의 내용과 문체상의 특징

비록 번역된 텍스트이고 진위 여부가 문제시되긴 하지만 ≪서경≫의 일부 문장들은 초기 단계에서 나온 중국의 글이 어떤 형태였는지를 어느 정도 추측 가능하게 해 준다. 이 책에 수록된 글들은 모두 쓰인 시기와 장소, 기록자가 다르고 당연히 서로 연속성도 없다. 게다가 이 책은 오랜 기간 동안 공자의 이름으로 대표되는 여러 익명의 편집자들의 손을 거쳐 다듬어졌을 것으로 여겨진다.

이 책에 수록된 글들 가운데 시기적으로 가장 앞선 것으로 여겨지는 12편의 글들 가운데 <대고>의 일부를 살펴보자. <대고>는 주나라 무왕武王이 죽은 후 이른바 '삼감三監' 즉, 관숙管叔과 채숙蔡叔, 상商나라 주왕紂王의 아들인 무이武夷, 그리고 회이淮夷가 반란을 일으키자 주공周公이 어린 성왕成王을 보좌하며 은殷·상商의 후예들을 소멸하기 위해 지은 것이다.

> 아! 나 소자는 감히 상제의 명을 어기지 못하겠소. 하늘은 문왕을 훌륭히 여기시어 우리 작은 나라 주를 일으키셨소. 무왕께서는 오직 점복을 따르시어 이 명을 편안히 받으실 수 있었소. 지금 하늘은 백성을 돕고 계시니 더욱이 점복을 따라야 할 것이오. 아아! 하늘이 위엄을 밝히심은 우리의 크나큰 기업基業을 도우시려는 것이오.

> 已,[1] 予惟小子, 不敢替上帝命. 天休[2]于寧王,[3] 興我小邦周. 寧王惟卜用, 克[4]綏[5]受茲命. 今天其相民, 矧[6]亦惟卜用. 嗚呼, 天明畏,[7] 弼[8]我丕丕[9]基.

1) 己(이): 여기서는 감탄사로 쓰였다.
2) 休(휴): 여기서는 동사로 쓰여서 '훌륭하고 가상하게 여기다[嘉惠]'라는 뜻이다.
3) 寧王(영왕): 주나라 문왕文王 희창姬昌을 가리킨다. 옛날에는 '녕寧'자와 '문文'자의 모양이 비슷해서 혼동하기 쉬웠다고 한다.
4) 克(극): 여기서는 조동사로 쓰여서 '~할 수 있다[能]'라는 뜻이다.
5) 綏(수): '편안하다'는 뜻으로 '安(안)'과 같다.
6) 矧(신): 하물며, 더욱이
7) 天明畏(천명외): "畏天明"과 같다. 여기서 '天明'은 '天命(천명)'을 의미한다.
8) 弼(필): 돕다. 보좌하다.
9) 조조(비비): 아주 큰 모양.

이 <대고>를 포함한 12편의 문장들은 대부분 이와 같은 직접 화법을 이용한 훈시訓示의 형태를 취하고 있으니, 이것은 아마 초기 중국 문장의 대체적인 공통 특징이었을 것으로 추측된다. 다만 대화체를 쓰고 있긴 하지만 이것이 당시의 일상용어와는 전혀 다른, 표의문자를 이용한 수사적이고 세련된 문언이었을 것이라는 점은 분명하다. 그러나 비교적 나중에 이루어진 것으로 여겨지는 글들일수록 길이가 길어지고, 수사기교가 더욱 폭넓게 동원되며, 대화체보다는 논설적인 서술문 형태를 띠어 간다는 특징을 보여준다.

또한 《서경》은 기본적으로 사실의 기록을 표방하는 역사서이지만 허구적인 구성 방식을 적절하게 활용하고 있다. 이러한 허구는 귀신의 존재를 믿는 것과 같은 당시의 자연과학적 지식의 한계로 인한 것도 있고, 글의 효과를 위해 의도적으로 설정된 경우도 많다. 비교적 널리 알려진 <금등金滕>의 경우가 대표적인 예라고 할 수 있겠다. 여기에는 오로지 군주에 충성하고 나라를 사랑하는 마음으로 왕실을 보필하던 주공이 조카인 성왕에게 의심을 받아 조정에서 내쫓기자 폭풍이 불어와 다 익은 곡식과 큰 나무들이 모조리 쓰러졌는데, 나중에 성왕이 주공의 진심을 알고 다시 불러들이자 바람이 거꾸로 불어서 쓰러진 곡식과 나무들을 다시 일으켜 세웠다는 내용이 담겨 있다.

사실 ≪서경≫의 이런 기록들은 대부분 사건 자체의 객관적이고 정확한 기록보다는 후세의 지도자들을 훈시^{訓示}하고 경계^{警戒}하기 위한 목적을 더 중시했다는 특징이 있다. 그리고 전국 시대에 나온 ≪국어≫와 ≪전국책≫, ≪좌전≫ 등 여러 역사서와 ≪춘추사어^{春秋事語}≫, ≪우씨춘추^{虞氏春秋}≫, ≪전국종횡가서^{戰國縱橫家書}≫, ≪대사기^{大事記}≫ 등의 상당히 다양한 해설서들도 서사의 기법적 측면에서는 비교적 다양한 모색을 통한 발전을 이루었지만, 훈시와 경계라는 목적 지향의 특징은 본질적인 변화가 없이 이어졌다.

(2) 서사 의식의 자각 — ≪춘추≫에서 ≪사기≫로

역사 서술을 중심으로 하던 고대 중국에서 서사는 전국 시대의 제자백가들에 이르면 하나의 비약을 이루어서, 현대적인 관점에서는 일종의 문학예술이라고 불러도 될 정도의 변신을 이루어 냈다. 널리 알려진 ≪장자≫와 ≪열자≫의 우언^{寓言}과 ≪맹자≫와 ≪한비자≫ <설림^{說林}> 및 내·외 <저설^{儲說}> 등에서 풍부하게 인용되거나 수집된 각종 일화^{逸話}와 전설 등은 단순한 사건 자체의 기록(혹은 창작)을 넘어서서 그 사건을 통한 우회적인 설득과 일깨움이라는 궁극의 목적을 달성하기 위한 유용한 비유의 도구로 활용되었다. 그렇기 때문에 제자백가들이 활용했던 서사는 사건 그 자체보다 그 사건의 의미 있는 결과를 효율적으로, 그리고 필요에 따라서는 극적으로 제시할 필요가 있었다. 유명한 '삼인성호^{三人成虎}'의 이야기처럼 제자백가의 서사는 짧은 사건의 서술 안에 이치를 담되, 독자(내지 청자)의 입장에서 반전에 가까운 충격을 느끼게 할 결말을 유도하는 방식을 개발해야 했던 것이다. 그리고 이러한 필요가 자연스럽게 서사의 기법에 대한 관심을 유발했을 것임도 자명하다.

사마천^{司馬遷}의 《사기》에서 완성된 기전체^{紀傳體} 역사 서사는 그 이전까지 축적된 모든 서사 기법의 총화이자 비약이었다고 할 수 있다. 중국의 역사 서술과 서사 문학의 발전에 획기적인 전환점을 마련한 《사기》는 기본적으로 서한^{西漢}에 이르러 크게 위축된 '사관^{史官}'의 위상에 대한 인식과 그 대안에 대한 고민으로 인해 나온 종합적 성과물이었다. 앞서 살펴본 대로 상고 시대에 문자를 아는 전문 관료들은 천문과 술수를 관장함으로써 궁정 안에서 문화와 학술의 주체로 활동하다 춘추·전국 시대에 민간으로 나가 지식인 집단을 형성하는 데에 중요한 역할을 수행했다. 물론 그 전문 관료들의 후예 가운데는 민간으로 나가지 않고 여전히 궁정 안에서 '사관'으로서 일정한 역할을 수행하는 이들도 있었다. 그러나 시대가 지남에 따라 지식인계층의 규모가 확장되고, 제자백가와 문인 집단의 등장과 같은 추세의 변화 및 지식의 분화가 진행됨에 따라, 궁정에서 활동하는 '사관'의 역할도 상대적으로 축소될 수밖에 없었다. 한나라 때의 사관은 천문과 역사 기록 같은 한정된 전문 분야로 그 역할이 과거에 비해 상대적으로 축소된 일종의 기능직으로 전락했던 것이다. 그런데 피상적으로 보면 개인적인 동기에 의한 '발분저서^{發憤著書}'의 성격이 강한 듯하지만, 사마천의 《사기》는 전통시기 중국 서사학의 역사에서 하나의 획기적인 전환점이 되었다.

물론 당시에는 이미 《국어》를 비롯해서, 《대사기》 등의 상당히 다양한 해설서들이 있었기 때문에 지나간 시대나 현재의 역사적 사건을 기록하는 것은 그리 어려운 일은 아니었을 것이다. 그러나 《국어》와 《전국책》이 다루는 시대도 짧을 뿐만 아니라 서술 방법 또한 단순한 '기록'에 가까운 데에 비해, 《춘추》와 동등한 가치를 추구하는 《사기》는 상고 이래 한나라 초기에 이르는 장구한 시대의 흐름을 포괄적으로 해석하여 서술하려는 야심찬 기획 아래 진행된 '저술'이라는 점에서 그 성격상 많은 차이가 있다. 널리 알려진 ≪사기≫ <태사공자서太史公自序>에서 사마천은 지나간 역사에 대한 서사 행위는 단순히 지난 시대의 중요한 사건들을 기록하여 후세의 감계鑑戒를 위한 자료를 제시하는 일차원적 기록이 아니라, 왕 노릇을 하는 사람이 익히고 따라야 할 법도를 밝힌 '소왕素王' 공자의 사상을 직접 계승한 중대한 사업이라고 선언했다.7) 그런데 그의 이러한 선언은 성인의 지위를 평범한 개인과 동등하게 격하시키려는 의도가 개입되어 있는 것이 아니라면, 거꾸로 사마천 자신의 가치를 성인 공자와 비슷한 위치로 끌어올리려는 은밀한 기획으로 해석될 수도 있다. ≪춘추≫를 성인이 기록한 '천자의 일'이라고 여기던 당시의 일반적인 인식 속에서 성인이 아닌 평범한 개인의 자격으로 ≪춘추≫와 비슷한 맥락의 책을 짓는 것은 그 자체로 대단한 파격일 수밖에 없다. 바로 이런 맥락에서 사마천의 역사적 위상은 더욱 두드러진다.

---

7) ≪사기≫ <儒林列傳> : "그러므로 공자께서는 '왕의 길〔王路〕'이 막히고 '사악한 길〔邪道〕'이 일어나는 것을 가슴 아파 하셔서 이에 ≪詩經≫과 ≪書經≫을 논하여 編次하시고 예와 악을 다듬어 일으키셨다. …그러므로 (魯나라의) 역사 기록을 바탕으로 ≪춘추≫를 지어 '왕의 법〔王法〕'으로 삼으셨으니, 그 文辭는 隱微하나 가리키는 뜻은 광범하여 후세의 학자들이 많이 採錄하게 되었다.〔故孔子閔王路廢而邪道興, 於是論次詩書, 修起禮樂. …故因史記作春秋, 以當王法, 其辭微而指博, 後世學者多錄焉.〕"

≪사기≫ <太史公自序> : "나는 董生에게 이런 말을 들었다. '周나라의 도가 쇠퇴하여 없어졌을 때 공자께서 魯나라의 司寇가 되니, 제후들이 그를 질시하고 대부들이 방해했소. 공자께서는 자신의 말이 聽用되지 않고 자신의 도가 시행되지 않음을 알고, 242년 동안의 일에 대해 옳고 그름을 가려 천하의 儀表로 삼아 천자를 비판하고, 제후를 물리치며, 대부들을 성토함으로써 왕 노릇하는 것을 밝히고자 했을 따름이오.' …어지러운 세상을 바로잡아 올바름으로 되돌아가게 하는 데에는 ≪춘추≫보다 가까운 것이 없다.〔余聞董生曰: 周道衰廢, 孔子爲魯司寇, 諸侯害之, 大夫壅之. 孔子知言之不用, 道之不行也, 是非二百四十二年之中, 以爲天下儀表, 貶天子, 退諸侯, 討大夫, 以達王事而已矣. …撥亂世反之正, 莫近于春秋.〕"

특히 우리는 사마천이 유명한 '이릉李陵 : ?~B.C. 74 사건' 이후 공식적으로 역사를 기술할 수 있는 자격을 상실한 상태에서 스스로 사관의 혈통임을 자각하고, 한나라에 이르러 극도로 쇠락해 버린 사관의 지위를 회복하기 위해 노력한 점에 주목할 필요가 있다. 즉 그는 현실적으로 불가능한 정치권력보다는 이른바 '도'로 대표되는 세상의 진리를 탐구하여 체계적으로 서술할 수 있는 능력을 지닌 유일하고도 존엄한 신분으로서, 제왕이나 정치적 귀족들과는 차별화된 자신들의 위상을 확립할 수 있는 방안을 생각했던 것이다.

사마천은 공자가 ≪춘추≫를 지은 까닭이 "어지러운 세상을 바로잡아 올바름으로 되돌아가게 하는" 위대하고 올바른 왕도를 밝히려는 데에 있다고 강조했다. 이를 위해 그는 "하늘과 사람의 경계를 탐구하고 고금의 변화를 통달하여" 보편적이고도 궁극적인 '세계의 원리'를 밝히는 '일가의 언론[一家之言]'으로서 ≪사기≫를 저작하고자 했다.8) 이런 점에서 역사가로서 사마천은 역사를 단순히 문서를 해석하고 그것의 참과 거짓 여부를 결정하여 그 표면적 가치를 결정하는 것이 아니라, 내부로부터 그것을 가공하고 정교하게 조직하는 것을 과업으로 여기는 대단히 현대적인 역사가의 태도와 동질적인 특성을 보여준다. 즉 그는 단순한 '기억'으로 보존되는 것이 아니라 집합적이고, 체계적이며, 논리적으로 필연적인 관계들의 총합이자 서술자 자신의 관점에 의해 능동적으로 활용될 수 있는 '기념비들monuments'로 변환된 문서를 활용할 수 있는 적극적인 해석자

---

8) 司馬遷, <報任安序> : "제가 재주는 미치지 못하지만, 근래에 보잘것없는 문장에 스스로 기탁하여 세상에 흩어져 없어지고 있는 옛 이야기들과 옛날의 행사들을 망라하고, 그 흥성과 쇠퇴의 이치를 헤아려서 모두 130편을 만들었으니, 이것으로써 하늘과 사람의 경계를 탐구하고 古今의 변화를 통달하여 '일가의 언론'을 이루었습니다.〔僕竊不遜, 近自托於無能之辭, 網羅天下放失舊聞, 考之行事, 稽其成敗興壞之理, 凡百三十篇, 亦欲以究天人之際, 通古今之變, 成一家之言.〕"

였던 셈이다.

'본기本紀'와 '세가世家', '열전列傳', '서書', '표表'로 이루어진 ≪사기≫의 전체적인 체제를 살펴보면, 사마천은 하늘의 도리가 인간 세상에서 국가 즉 왕조의 형태로 구현된다는 전제 아래, 그 안에서 족적을 남긴 수많은 인간상을 통찰할 수 있는 대표적인 예들을 망라하여 보여주고자 했음을 알 수 있다. 이 가운데 '본기'는 주로 제왕帝王들의 생애를 다룬 전기이고, '세가'는 왕후王侯들의 전기이며, '열전'은 제왕과 왕후의 통치를 뒷받침하는 유능한 관료와 장군, 학자, 그리고 상인과 배우, 협객을 포함한 백성들의 전기이다. 이것은 그가 생각하는 '천하'란 제왕을 정점으로 하고 그를 뒷받침하는 피라미드식의 계층으로 구성된 하나의 유기적인 관계망關係網을 아우르는 개념이었음을 말해 준다.

특히 ≪사기≫ '열전'에 수록된 인물들의 면면을 살펴보면, 우리는 그들이 대부분 고난을 극복하고 신념을 이루기 위해 노력하는 주인공들이지, 천하를 어지럽히거나 혹은 어지러움을 바로잡는 '역사적' 공적에 특별히 더 주목할 만한 인물들은 아님을 알 수 있다. 오히려 각 인물의 전기는 현실 역사에 대한 그의 공헌 자체보다는 그의 '사람됨爲人'을 중심으로 서술되고 있으며, 특히 이 점은 연대기적 서술에서 더욱 자유로운 '열전'의 경우에서 한층 두드러진다. 또한 어떤 의미에서 진정한 '도'를 탐구하여 밝힌다는 발상의 이면에는 현실에 대해 부정적으로 평가하는 비판 의식이 내재하고 있다고 할 수 있다. 그런데 사마천이 비판하는 대상은 단순한 현실 정치가 아니라 그 이면에 내재된 철학적 원리로 귀결되었다는 점에서 특징적이다. 그는 자신이 살았던 왕조의 정치적 환경 자체를 '난세亂世'로 간주한 것이 아니라, 현상적 세계 이면에 내재하여 우주의 변화와 인간의 삶을 주관하는 '도'의 공정성에 문제를 제기했던 것이다.

바로 그런 의미에서 '열전'의 첫머리가 <백이열전^{伯夷列傳}>이라는
점은 대단히 상징적이다. 즉 사마천은 한나라 때의 경학자들이 공
통적으로 주장한 바, 자연과 인간 세계의 존속과 변화를 규정하는
위대한 도리로서 '천도^{天道}'라는 것의 절대성에 의문을 제기하고, 그
대안으로서 이른바 '인도^{人道}'라고 할 수 있는 어떤 것을 자각하기
시작했던 것이다. 달리 말하자면 그의 인식 체계 속의 세계란 더
이상 원칙과 규범에 의지하는 단순한 '천도'의 반영물이 아니라, 상
대적으로 더 복잡하고 상존하는 이율배반의 모순들로 뒤얽힌 곳이
다. 그 속에서 사는 인간은 '선함'이라는 윤리적 기준 혹은 '천도'에
서 요구하는 인간의 궁극적 지향점과는 상당히 다른 차원에서, 자
신에게 돌발적으로 닥쳐오는 수많은 고난과 역경에 대해 치열하게
맞서 싸우며 역사를 창조하고 움직이는 주체였다. 그런 의미에서
"한 시대의 각 분야나 요소를 상징할 수 있는 개인의 가장 상징적
인 행적"을 서술한 '열전'의 주인공들은 바로 그 치열한 인간 세계
의 중요한 단면들로 제시된 대표적인 사례들이라고 할 수 있다.

　　'천도'의 권위에 대해 도전하는 이와 같은 파격적인 사고는 무엇
보다도 '객관성'을 추구하는 사마천의 저술 태도 즉, 최대한 객관적
이고 신뢰성 있는 역사 서사인 '신사^{信史}'의 구현을 추구하는 그의
선구적인 저술 태도에서 비롯된 것이었다. 그는 철저하게 문헌에
의거하여 "시작에 대한 인식을 바탕으로 끝을 살핌^[元始察終]"으로써
흥망성쇠와 같은 역사의 변천을 통찰하는 안목을 형성하려 했다.
바로 이처럼 믿을 만한 문헌 기록과 경험의 논리에 위배되지 않는
객관성을 추구한 결과 그는 '천도'라는 것도 신성불가침의 원리가
아니라 고대의 낡은 지식을 담은 텍스트 속에서 보존되고 이성적
으로 이해되어야 할 어떤 것이므로 학자의 관점에서 충분히 회의
하고 검증해 볼만 한 어떤 것이라고 인식할 수 있었다.

　　다만 당시의 도서관 상황은 굳이 진시황의 '분서갱유'와 진·한

교체기에 일어난 문헌들의 소실을 거론하지 않더라도 대단히 허약한 수준일 수밖에 없었다. 이 때문에 사마천은 인물의 생애에 관해 부족한 부분을 자기 나름대로 개연성 있는 상상력을 동원하여 짜 맞출 수밖에 없었다. 그리고 이것은 사마천에게 서사의 방법적 토대를 제공해 준 《좌전》과 같은 이전의 역사서들도 마찬가지였다. 《좌전》만 하더라도 그 책이 만들어진 시대로부터 최소한 300년이나 떨어진 옛날을 다루고 있기 때문에, 필연적으로 상상적 허구가 개입될 수밖에 없는 것이다. 그러나 《사기》의 허구는 당연히 오늘날의 소설과도 많이 다르지만, 그 이전의 역사서들에 담긴 비현실적 내용들과도 근본적인 차이가 있다. 비록 실제 사료의 끊어진 매듭을 연결하는 사소한 부분들에 한정된 것이긴 하지만, 《사기》의 허구는 일종의 개연성과 가능성, 내적인 진리 등으로 무장되어 신빙성을 추구하고 있다. 그것은 스무 살 때부터 최소한 2, 3년에 걸쳐 천하를 주유하며 몸소 역사상 주요 유적지를 탐방하며 문헌적 지식을 재확인할 만큼 투철한 탐구와 확인을 통해 다져진 사마천의 학자 정신이 창의적으로 승화된 결정체였다.

예를 들어서 형가荊軻가 진왕을 암살하려다 실패하는 장면에 대한 묘사는 《사기》의 허구에 담긴 주요 특징을 잘 보여주고 있다.

형가가 지도를 들어 바치자 진왕이 지도를 펼쳤는데, 지도를 다 펼치자 비수가 나타났다. 그러자 형가가 왼손으로 진왕의 소매를 잡고 오른손으로 비수를 들어 그를 찔렀다. 그러나 비수가 몸에 이르기 전에 진왕이 깜짝 놀라 스스로 손을 빼고 일어나니 소매가 찢어졌다. 진왕은 칼을 뽑으려 했으나 칼이 길어 뽑히지 않자 칼집을 들고 휘둘렀다. 당시 진왕은 당황하여 다급했고 칼이 칼집에 단단히 채워져 있었기 때문에 선 채로 뽑을 수 없었던 것이다. 형가가 진왕을 쫓아가자 진왕은 기둥을 돌아 도망쳤다. 신하들은 모두 놀랐고 병사들은 자기도 모르게 자리에서 일어났지만 모두 어찌할 바를 몰랐다. 그리고 진나라 법에는 대전 위에서 왕을 모시는 신하들은 8치 이상의 무기를 소지할 수 없었고, 무기를 들고 호위하는 중랑들은 모두 대전 아래에 늘어서 있으면서 왕의 명령이 없이는 대전 위로 올라갈 수 없었다.

상황이 너무 다급하여 진왕이 병사들을 부를 여유가 없었기 때문에 형가는 진왕을 쫓아갈 수 있었다. 그러다가 결국 다급하지만 형가를 공격할 무기가 없어서 진왕은 손으로 그를 쳤다. 이때 진왕을 모시던 의사 하무저夏無且가 들고 있던 약 자루를 형가에게 던졌다. 진왕이 막 기둥을 돌아 도망치면서 당황하여 어쩔 줄 모르자 좌우의 신하들이 말했다.

"폐하, 검을 등 뒤로 돌려 매십시오!"

진왕이 칼을 등 뒤로 돌려 매고 칼을 뽑아 형가를 쳐서 그의 왼쪽 다리를 잘랐다. 형가는 쓰러지자 비수를 들어 진왕에게 던졌다. 그러나 비수는 진왕을 맞히지 못하고 오동나무 기둥에 박혔다. 진왕이 다시 형가를 치니, 형가는 8군데의 상처를 입었다.

형가는 일이 틀렸다는 걸 알고 기둥에 기대어 웃으며 두 다리를 펴고 앉아 꾸짖었다.

"일이 성공하지 못한 것은 너를 살려서 위협하여 (연나라를 공격하지 않겠다는) 약속을 얻어 태자에게 보답하려고 했기 때문이다!"

그러자 좌우의 호위병들이 나아가 형가를 죽였다. 진왕은 한참 동안 기분 나빠했다.

軻旣取圖奏之, 秦王發圖, 圖窮而匕首見.[1] 因左手把秦王之袖, 而右手持匕首揕[2]之. 未至身, 秦王驚, 自引而起, 袖絶. 拔劍, 劍長, 操其室.[3] 時惶急, 劍堅, 故不可立拔. 荊軻逐秦王, 秦王環柱而走. 群臣皆愕, 卒起不意, 盡失其度.[4] 而秦法, 群臣侍殿上者不得持尺寸之兵, 諸郎中[5]執兵皆陳殿下, 非有詔召不得上. 方急時, 不及召下兵, 以故荊軻乃逐秦王. 而卒惶急, 無以擊軻, 而以手共搏之. 是時侍醫夏無且以其所奉藥囊提荊軻也. 秦王方環柱走, 卒惶急, 不知所爲, 左右曰: 王負劍.[6] 負劍, 遂拔以擊荊軻, 斷其左股. 荊軻廢,[7] 乃引其匕首以擿[8]秦王, 不中, 中桐柱. 秦王復擊軻, 軻被八創. 軻自知事不就, 倚柱而笑, 箕踞[9]以罵曰: 事所以不成者, 以欲生劫之, 必得約契以報太子也. 於是左右旣前殺軻, 秦王不怡[10]者良久. (≪史記≫ <刺客列傳>)

1) 見(현): 나타나다. '現(현)'과 같음.
2) 揕(침): 찌르다. 치다.
3) 室(실): 칼집.
4) 失其度(실기도): (당황하여) 어찌할 바를 모르다. 여기서 '失度(실도)'는 '失態(실태)'와 같은 의미이다.

5) 郎中(낭중): 진나라 때에 대문의 출입을 통제하고 수레와 말을 관장하던 벼슬아치로서, 황궁 안에서는 황제의 시위侍衛를 담당하고 황제가 전쟁에 출정할 때에도 따라가 호위하며 전투에 참여하기도 했다.

6) 負劍(부검): 검을 등 뒤로 돌려 매다. 진시황이 허리에 차고 있는 칼이 길어서 뽑기 어렵기 때문에 등 뒤로 돌려 매서 뽑기 쉽게 하라는 뜻이다.

7) 廢(폐): 넘어지다. 쓰러지다.

8) 擿(적): 던지다. 투척하다.

9) 箕踞(기거): 예의범절에 매이지 않고 두 다리를 마음대로 쭉 뻗어서 마치 키 모양이 되게 한 채 앉아 있는 모습이다.

10) 不怡(불이): 기뻐하지 않다. 기분이 나쁘다.

형가의 엄습에 당황하여 허둥대는 진왕과, 그 자리에 배석한 진나라 신하들의 생동감 있는 모습은 사실 사마천이 참고했을 이전 시대의 어느 역사서에도 그렇게 자세히 기록되어 있지는 않을 터였다. 특히 서적에 관한 통제가 심했던 진나라의 역사서에 그런 사건의 세세한 부분, 특히 제왕의 권위와 위엄에 누가 될 만한 내용이 기록되어 있을 리는 만무하다. 그러므로 이 장면은 사마천이 당시에 형가의 영웅적 생애와 관련된 민간의 전설을 채용했거나, 아니면 이야기 전개의 극적 효과를 위해 상상적으로 창조해 냈거나, 그것도 아니라면 최소한 민간의 전설을 채용하여 윤색한 것으로 간주할 수 있다. 그러나 그의 창조와 윤색은 단지 역사적 사건에 대한 이해를 돕는 차원에 국한된 것이 아니라, 서사 행위가 독자의 감동을 통해 삶의 원리를 스스로 깨닫게 하는 것이라는 새로운 경지를 개척하는 것이었다. 그렇기 때문에 루쉰魯迅은 ≪사기≫를 일컬어 "역사가의 절창이요, 운이 없는 ≪이소離騷≫〔史家之絶唱, 無韻之離騷〕"라고 했던 것이다.

≪사기≫의 역사 서술은 사건 자체보다 그것을 통한 교훈의 제시를 목적으로 하고, 독자가 사건의 결말을 통해 교훈을 깨닫기까지 사건의 전개를 긴장감 있게 유지하면서 심지어 비유적 수법까

지 포함한 모든 서사 기법을 적절하게 활용한 것이었다. 특히 한 인물의 탄생에서 죽음에 이르는 일생에서 가장 의미 있는 사건을 선별하고 그것을 흥미롭게 배치하기 위해 합리적인 상상력을 동원하여 서술한 것은 역사서의 인물 전기를 포함한 광범위한 서사에 막대한 영향을 주었다. 한 인물의 생애에 서술을 집중시키면서 그와 동시에 역사적 사건을 종횡의 시공 속에 재배치함으로써 서사 주체는 사건 자체의 필연성에 대한 합리적 해석을 시도하게 되고, 그와 관련된 주인공의 심리와 이성을 포함한 개성을 파악하게 되며, 나아가 그 사건의 역사적 의미를 객관적으로 판단하게 되는 것이다. 다시 말하자면 사마천에 이르러서 서사 주체는 단순히 어떤 사건의 시작과 과정, 결과를 관련된 인물들에 대한 정보와 함께 객관적이고 수동적으로 기록하는 존재에서 한 걸음 더 나아가 역사라는 텍스트와 실존했던 인물들을 서사 주체의 관점에서 합리적으로 재해석하고, 사건 자체를 재구성하며, 그에 대해 평가할 수 있는 적극적이고 능동적인 존재로 변모하게 되었던 것이다.

또한 이런 의미에서 당나라 때의 유지기劉知幾 : 661~721가 역사 서술의 원칙에 관해 이론적으로 정리할 때에나 명말·청초의 김성탄 金聖歎 : 1608~1661이 문학 서사의 하나로서 소설에 관한 이론적 틀을 마련할 때에도, ≪사기≫는 가장 중요한 역할을 수행했다. 예를 들어서 김성탄이 역사와 소설을 구분할 때 기준으로 사용했던 중심적 개념 즉, ≪사기≫가 '문장을 이용하여 사건을 운용했던[以文運事]' 것에 비해 ≪수호전水滸傳≫과 같은 소설은 '문장을 통해 사건을 만들어 내는[因文生事]' 차이가 있다는 설명은 사실상 사마천이 제기한 서사 주체의 적극적 의의를 더 넓은 차원으로 확대한 것에 지나지 않는 것으로 이해될 수도 있다.

3) 운문 체계의 형성

(1) ≪시경詩經≫ — 중국고전문학의 모호한 출발점

문자로 기록된 최초의 시가집이자 흔히 중국고전문학의 출발점이라고 간주되는 ≪시경≫은 서주西周 초기부터 춘추 시대에 이르는 약 500년 동안에 나왔던 시가를 수록한 것이다. 여기에는 당시 각 제후국에서 유행하던 민간가요와 왕의 직할지에서 유행하던 시가, 왕실의 연회와 의식에 쓰였던 시가, 종묘의 제사에 사용되었던 시가를 포함한 총 305편에 이르는 시가의 가사들이 <국풍國風>(160편)과 <소아小雅>(74편), <대아大雅>(31편), <송頌>(40편)으로 나뉘어 수록되어 있다. 이 때문에 이 책이 한나라 때에 유가의 경전으로 떠받들어지기 전까지는 종종 '시詩' 또는 '시삼백詩三百'으로 불렸다.

≪시경≫에 실린 시가들은 거의 모두가 작자와 창작 시기가 정확히 알려져 있지 않으며, 노래의 가사 또한 원래의 모습 그대로가 아니라 후세 사람들에 의해 편집되어 기록된 것들이다. 특히 당시에는 입말과 글말이 다른 상황이었기 때문에 문자로 기록된 가사는 의미는 비슷했다 할지라도 형식 자체는 실제의 노래와 전혀 달랐을 것으로 여겨진다. 게다가 이 책에 수록된 노래들은 그 의미와 불린 배경에 대해 기록된 바가 전혀 없고, 책의 체제를 이렇게 편집한 인물이나 그 시기에 대해서도 정확한 정보가 남아 있지 않다. 전통적으로 이 책의 편집자는 공자라는 설이 있었고, 근대 이전까지 중국인들은 거의 그것을 사실로 믿어 왔다. 그러나 현대의 관점에서 다시 보면, 공자가 이 책에 수록된 노래들에 깊은 관심을 갖고 있었던 것은 사실이지만 직접 그 책을 편집했다는 명백한 증거는 없다.

또한 근대 이전까지 중국의 학자들은 《시경》이 주나라 때의 '채시採詩' 제도에 따른 산물이라고 여겨 왔다. 《한서》 <예문지>에 따르면, 주나라 때에는 중앙의 천자가 각 지방의 풍속과 민심을 살피고, 제후와 지방관들이 정치를 잘하고 있는지 조사하기 위해 각 지방의 민간가요를 채집하는 임무를 맡은 관리를 두었다고 한다. 그러나 청나라 때 학자들의 고증에 따르면 주나라에는 그런 제도 자체가 없었다고 하니, 이 역시 한나라 이후 유학자들이 만들어낸 전설에 지나지 않는다고 할 수 있다.

무엇보다도 근대 이전까지 중국에서 《시경》은 순수한 문학작품이라기보다는 유가적 입장에서 교육적·윤리적·정치적 효용성을 강조하는 경전으로 해석되어 왔다는 점에 주목할 필요가 있다. 공자가 '시'의 교육적 기능과 정치적 기능을 강조한 이래, 그 뒤를 이은 맹자와 순자 역시 《시경》의 내용을 이용하여 유가사상의 정당성을 주장하는 논거로 활용했다. 또한 유학이 국교國敎가 된 한나라 때부터 경학자들은 당시의 정치체제를 합리화하고 한 왕실을 옹호하기 위한 목적으로 이 책을 활용했다. 그런 이유로 이 책의 내용에 대한 이해는 시대 상황의 변화와 정치적 관점에 따라 달라질 수밖에 없었고, 그 결과 서한西漢 때에는 이른바 '삼가시三家詩'라고 불리는 다양한 해설서가 등장하기도 했다.

오늘날 전해지는 《시경》의 기본적인 틀은 역시 한나라 때에 나온 해설서 가운데 하나인 《모시毛詩》에서 비롯되었다. 서한 때에는 '삼가시'에 밀려 공인받지 못했던 이 해설서는 동한 때에 정현鄭玄 : 127~200이 해설을 붙인 《모시전毛詩箋》이 나온 뒤부터 비교적 역사적 사실에 가까운 해설이라는 점 때문에 가장 높은 평가를 받았고, 이후로 '삼가시'는 거의 사라져 버렸다. 그러나 《모시》 또한 유가적 관점에서 시의 정치적·윤리적 효용을 중시하는 입장을 견지하고 있었다. 이 때문에 《시경》에 수록된 노래들은 문자 그대로 풀이되어 이 노래가 수집되어 기록될 당시 서민들의 생활상과 정서를 느끼고 이해하는 수단이 아니라, 유가 입장에서 충효와 봉건 윤리를 가르치는 근엄한 경문經文으로 해석되었다.

비록 근대 이전의 중국에서 ≪시경≫은 순수한 문학작품이라기보다는 유가의 경전으로 해석되었지만, 현대적 관점에서 거기에 수록된 시가들은 그것들을 노래로 불렀던 시대의 생활상과 당시 사람들의 정서를 반영한 소박한 문학작품으로 새롭게 평가될 수 있다. 특히 입말과는 다른 글말, 압축적인 표의문자를 활용해 기록된 이 노래들은 이후 중국고전문학에서 운문 양식이 나아가야 할 기본적인 방향을 제시해 주었다고 할 수 있다. 예를 들어서 ≪국풍≫ <주남周南>에 수록되어 있는 <관저關雎>를 보자. (이 노래에는 원래 제목이 없었으나, 훗날 편집된 ≪시경≫에서는 대개 노래의 첫 구절을 제목으로 삼아 표기하곤 했다.)

關關[1]雎鳩, 在河之洲.　　　　꾸욱꾸욱 물수리 황하의 모래섬에서 우네.
窈窕淑女, 君子好逑.[2]　　　　아리땁고 정숙한 아가씨는 대장부의 좋은
　　　　　　　　　　　　　　　짝일세.

參差[3]荇[4]菜, 左右流[5]之.　　올망졸망 마름을 이리저리 헤치나니
窈窕淑女, 寤寐求之.　　　　　아리땁고 정숙한 아가씨 자나 깨나 임 그리네.
求之不得, 寤寐思服.[6]　　　　그리워도 얻지 못해 자나 깨나 생각하네.
悠哉悠哉, 輾轉反側.　　　　　그리움 하염없어 이리 뒤척 저리 뒤척.

參差荇菜, 左右采之.　　　　　올망졸망 마름을 이리저리 뜯나니
窈窕淑女, 琴瑟友之.　　　　　아리땁고 정숙한 아가씨 금슬 좋게 벗하고
　　　　　　　　　　　　　　　싶네.

參差荇菜, 左右芼[7]之.　　　　올망종말 마름을 이리저리 헤쳐 고르나니
窈窕淑女, 鍾鼓樂之.　　　　　아리땁고 정숙한 아가씨 풍악 울리며 즐겁
　　　　　　　　　　　　　　　게 해 주리.

1) 關關(관관): 새 울음소리를 나타내는 의성어.
2) 逑(구): 짝, 배우자.
3) 參差(참치): 삐죽삐죽하여 가지런하지 않은 모양.
4) 荇(행): 마름. 바늘꽃과에 속하는 한해살이 물풀.
5) 流(류): 찾다. 골라 뽑다.
6) 思服(사복): 생각하다, 그리워하다. ≪모시≫의 주석에 따르면 "복은 생각한다는 뜻[服. 思之也]"이라고 했다.
7) 芼(모): 골라 뽑다. ≪모시≫의 주석에서는 "모는 고른다는 뜻[芼. 擇也]"이라고 했다.

먼저 원문을 보면 이 노래는 4언으로 형식이 다듬어져 있다. 그리고 '구鳩', '주洲', '구逑'와 '지之', 그리고 '복服'과 '측側' 등에서 알 수 있듯이 압운이 고려되어 있고, 노래다운 반복적 표현과 나물 따는 처녀의 모습에 대한 생동적인 묘사, '관관關關'과 '요조窈窕', '참치參差'와 같이 비슷한 발음의 두 글자를 이용한 쌍관어雙關語의 배합 등등 상당히 수준 높은 수사기교가 발견된다. 다만 앞서 언급한 것처럼 이 책의 텍스트는 주나라 당시의 문자로 남아 있는 것이 아니라 한나라 때의 문자로 번역된 모습으로 남아 있기 때문에, 이러한 수사 기교가 주나라 당시의 것이라기보다는 한나라 때의 것이라고 보는 편이 더 타당할지도 모른다.

또한 이 책의 노래들을 순수한 문학이 아니라 근엄한 경전으로 간주한 ≪모시≫의 해설에서는 이 노래가 문왕文王의 교화와 후비后妃의 덕을 노래한 것이라고 했다. 나아가 흔히 <시대서詩大序>라고 불리는 문장에서 ≪모시≫의 편찬자는 다음과 같이 설명했다.

(이 노래는) ≪국풍≫의 시작이며, 그것을 가지고 온 세상을 교화하여 부부 관계를 바로잡기 위한 것이다. 그러므로 그것을 시골 백성들과 제후국에 쓰는 것이다. '풍風'이란 가르치는 것이다. 바람이 불 듯 움직이고 가르쳐 변화하게 만드는 것이다. 시란 뜻[志]이 가는 바이다. 마음에 있으면 '뜻'이 되고, 언어로 터져 나오면 '시'가 된다. 마음속에서 감정이 움직이면 언어로 표현되고, 언어가 부족하기 때문에 감탄사를 터뜨리게 되고,

그래도 부족하기 때문에 길게 늘여 노래로 부르며, 그래도 부족하면 자신도 모르게 손을 휘젓고 발을 굴러 춤을 추게 되는 것이다. 감정이 소리로 피어나고 소리가 무늬를 이루면 그것을 일컬어 음악[音]이라고 한다. 잘 다스려지는 세상의 음악은 평안하고 즐거우니 그 정치가 온화하기 때문이고, 어지러운 세상의 음악은 원망과 분노에 차 있으니 그 정치가 어그러져 있기 때문이며, 망한 나라의 음악은 애절하고 근심에 차 있으니 그 백성이 곤경에 처해 있기 때문이다. 그러므로 정치의 잘잘못을 바로잡고 귀신을 감동시키는 것은 시만 한 것이 없다. 그래서 옛날 왕들은 이것으로 부부의 도리에 기강을 세우고, 효성스럽고 공경하는 마음을 갖게 만들었으며, 인륜을 두텁게 하고, 교화를 찬미하고, 풍속을 바르게 바꾸었다.

風之始也, 所以風天下而正夫婦也. 故用之鄕人焉, 用之邦國焉. 風, 風也教也, 風以動之, 教以化之. 詩者志之所之也, 在心爲志, 發言爲詩. 情動於中而形於言, 言之不足, 故嗟歎之, 嗟歎之不足, 故永歌之, 永歌之不足, 不知手之舞之足之蹈之也. 情發於聲, 聲成文, 謂之音. 治世之音, 安以樂, 其政和, 亂世之音, 怨以怒, 其政乖, 亡國之音, 哀以思, 其民困. 故正得失動天地感鬼神, 莫近於詩. 先王, 以是經夫婦, 成孝敬, 厚人倫, 美敎化, 移風俗.

사실 노래와 음악을 이처럼 정치와 결부시키는 것 역시 공자가 제자들에게 가르친 '시'의 효용과도 다른, 엄밀히 말하자면 한나라 때에 정립된 생각이라고 할 수 있다. 다시 말해서 '시삼백'은 주나라 때부터 춘추 시대의 문학이라고 할 수 있지만, 《시경》은 한나라의 문학―현대적 관점에서는 '학술'에 더 가까운 것으로서―이라고 해야 마땅하다는 것이다.

비록 그렇긴 해도 표면적으로 남녀 간의 애정을 노래한 시를 이처럼 정치적으로 해석하는 관행이 반드시 나쁜 영향을 준 것만은 아니었다. 왜냐하면 동한 후기부터 등장한 시인들은 이런 관행을 역으로 이용하여 마음껏 남녀 간의 애정을 소재로 한 시를 쓸 수가 있었고, 그에 대해 엄격한 도덕군자들이 퍼붓는 비난에 대해 《모시》와 같은 논리로 자신을 변호할 근거를 마련해 주었기 때문이다. 또한 이 때문에 이후에 창작된 고대 중국의 시가들도 대부분 표면적인 의미 외에 최소한 또 하나의 암시된 의미를 내포하는 '중의적^{重意的}' 특징을 갖게 되었다.

(2) 5언 및 7언 리듬의 형성

가. 초사와 악부시

유가로 대표되는 전통적인 북방의 문화가 절제된 4언의 리듬을 중시했기 때문에 ≪시경≫과 ≪서경≫ 같은 유가의 경전들은 대개 4언 리듬을 기본으로 하고 있다. 물론 ≪시경≫에서도 5언이 상당히 발견되지만, 앞서 언급한 것처럼 ≪시경≫의 텍스트가 정착된 것이 한나라 때임을 감안한다면 그것은 당시의 기록(내지 번역) 환경에 영향을 받은 결과라고 보는 편이 더 적절할 것이다. 이에 비해 초사로 대표되는 남방 문화는 어조사인 '혜^{兮}'를 활용한 탄력적이고 활발한 변화의 가능성을 내포한 리듬을 위주로 하고 있었다. 초사는 주로 3언을 기본으로 하되 2언과 4언을 혼용하여 □□□兮□□□나 □□□兮□□, □□兮□□ 같은 다양한 리듬으로 변주될 수 있었던 것이다. 굴원^{屈原}의 작품으로 여겨지는 <구가^{九歌}> 가운데 가장 오래된 작품으로 꼽히는 <소사명^{少司命}>은 초사의 이런 특징을 잘 보여준다.

秋蘭兮麋蕪	가을 난초와 궁궁이는
羅¹⁾生兮堂下	집 아래에 늘어져 피었고
綠葉兮素枝	푸른 잎사귀 흰 가지들
芳菲菲²⁾兮襲³⁾予	향기가 자욱하게 나를 감싸네.
夫人自有兮美子	사람에겐 당연히 사랑하는 자식이 있는데
蓀⁴⁾何以兮愁苦	임께서는 어이해 시름겨워 하시나?
秋蘭兮青青	가을 난초 무성하고
綠葉兮紫莖	푸른 잎사귀에 자줏빛 꽃대.
滿堂兮美人	온 집안에 미인이지만

忽獨與余兮目成[5]　홀연히 그대만이 나와 눈을 맞춰 친해졌나니.

入不言兮出不辭　드실 적에도 나실 적에도 말이 없으시더니

乘回風兮載雲旗　돌개바람 잡아타고 구름 깃발 꽂으시고 떠나셨지.

悲莫悲兮生別離　슬픔은 생이별보다 더한 게 없고

樂莫樂兮新相知　기쁨은 처음 만나는 것보다 더한 게 없네.

荷衣[6]兮蕙帶　연잎 옷에 혜초 띠를 두르시고

儵[7]而來兮忽而逝　홀연히 오셨다가 홀연히 가시네.

夕宿兮帝郊　저녁에 천제天帝의 교외에서 묵으시고

君誰兮雲之際　그대는 구름 사이에서 뉘를 기다시나이까?

(與女遊兮九河[8]　(그대와 함께 은하수에서 노니노라니

衝風[9]至兮水揚波)　강물에 폭풍 닥쳐 파도가 일렁이네.)

與女沐兮咸池[10]　그와 함께 더불어 함지에서 목욕하고

晞女髮兮陽之阿[11]　그대 머리 양곡陽谷 언덕에서 말리려 해도

望美人兮未來　바라보아도 고운 그대는 오시지 않아

臨風怳[12]兮浩歌　바람맞으며 실성한 듯 큰 소리로 외치노라.

孔蓋兮翠旌[13]　공작새 꼬리로 수레 덮고 비취 깃으로 깃발 삼아

登九天兮撫彗星　구천에 올라 혜성을 어루만지시네.

竦[14]長劍兮擁幼艾[15]　긴 칼 치켜들고 어린애와 노인을 보호하시니

蓀獨宜兮爲民正[16]　그대만이 마땅히 백성의 우두머리가 되시리라!

1) 羅(나): 나열되다, 진열되다.

2) 菲菲(비비): 향기가 짙고 훌륭한 모양.

3) 襲(습): 왕일王逸의 주석에 따르면 향기가 나에게 '미친다[及]'는 뜻이다.

4) 蓀(손): 왕일의 주석에 따르면 '향기로운 풀[香草]'을 가리킨다고 했다.
   여기서는 가을 난초처럼 훌륭한 그 사람을 가리킨다.

5) 目成(목성): 서로 눈을 맞춰 마음을 전하여 친해지는 것을 가리킨다.

6) 荷衣(하의): 연잎으로 만든 옷으로, 전설에 따르면 도를 터득하고 숨
   어 사는 은사隱士들이 입는 것이라고 한다.

7) 儵(숙): 홀연히, 갑자기.

8) 九河(구하): 여기서는 은하수를 가리키며, 은하銀河 또는 천하天河라고
   도 한다.

9) 衝風(충풍): 폭풍. 맹렬히 부는 바람.

10) 咸池(함지): 옛날 신화에서 해가 목욕하는 곳.

11) 陽之阿(양지아): 양곡陽谷의 언덕. 양곡은 '양곡暘谷'이라고도 쓰며, '함

130

지'와 마찬가지로 옛날 중국 신화에서 해가 떠오르는 곳 또는 목욕하
는 곳이라고 한다.
12) 怳(황): 심신心神이 불안정한 모양 또는 실의에 빠진 모양.
13) 旌(정): 깃발. '정旌' 또는 '기旂'와 같은 글자이다.
14) 竦(송): 왕일의 주석에 따르면 손으로 잡거나 지니고 있다는 뜻의
   '집執'을 의미한다고 했다.
15) 幼艾(유애): 어린애와 노인.
16) 民正(민정): 백성들의 우두머리. 수장酋長.

그런데 남방 출신의 유방에 의해 한나라 왕조가 성립됨으로써
이른바 '초楚 문화'는 일약 사회 최상층에서 선호하는 고급문화의
반열에 들어섰다. 그리고 그것은 훗날 한부와 오언시의 성립에 결
정적인 기반을 제공했다. 또한 상층문화를 추종하는 경향이 강한
대중문화의 속성상 한나라 때의 초 문화는 상류계층뿐만 아니라
민간에서도 널리 유행하고 있었던 것으로 보이는데, 이것은 당시
민간에서 수집된 노래인 '악부시樂府詩'에서도 확인된다.

악부시는 한나라 무제武帝 때에 설치된 악부라는 관청에서 채집
한 것이다. 무제는 국가 이데올로기로서 유가사상에 권위를 부여
하기 위해 경학자들이 설명한 고대의 훌륭한 제도를 명목상으로나
마 '부활'시키고자 했는데, 그 가운데는 민간의 노래를 수집해서 천
자에게 바치는 채시採詩와 진시陳詩, 헌시獻詩 등이 포함되어 있었다.
이렇게 악부에서 수집되거나 만들어진 노래는 훗날 남북조 시대의
문인들이 낭송하기 위해 지은 시가의 형식적 모델이 되었다. 물론
이런 과정을 거치면서 민간가요 본래의 음악성은 줄어들었지만,
그 대신 사대부들의 정서와 세계관을 담은 문학 양식으로 자리 잡
게 된다.

오늘날까지 전해지는 한나라 때의 악부시는 대부분 동한 시기의
작품이며, 서한 때의 작품은 약 50여 편 정도이다. 그나마 그 작
품들은 대부분 조정의 연회나 제사에 쓰이던 것들이고, 민간가요

라고 할 만한 것은 그다지 많지 않다. 그것들은 대부분 소박하고 솔직한 언어로 서민들의 보편적인 정서를 노래하고 있는데, 남녀 간의 사랑과 현실의 부조리에 대한 비판의식을 담고 있다는 점에서는 ≪시경≫의 노래들과 공통적인 특징을 보인다. 그러나 ≪시경≫의 노래들이 기본적으로 농경문화를 반영한 것인 데에 비해 악부시는 도시적이고 개인적인 성향이 좀 더 강하다. 이 가운데 특히 <동문행東門行>이나 <부병행婦病行>, <고아행孤兒行> 등은 서민들의 비참한 삶을 절실하게 노래한 것으로 유명하다.

<東門行>	<동문행>
出東門	동쪽 성문을 나갈 땐
不顧歸	돌아오길 바라진 않았지만
來入門	돌아와 대문 들어서니
悵欲悲	너무나 슬프구나!
盎中無斗米儲	동이 안엔 쌀 한 말 남아 있지 않고
還視架上無懸衣	돌아보니 횃대엔 걸려 있는 옷도 없구나.
拔劍東門去	칼 뽑아 들고 동쪽 성문 나가려 하니
舍中兒母牽衣啼	집안의 자식과 어미 옷자락 부여잡고 울어댄다.
他家但願富貴	"남들은 부귀만을 바란다지만
賤妾與君共餔糜[1]	저는 당신과 죽만 같이 먹어도 좋아요.
上用[2]倉浪[3]天故	위로는 푸른 하늘이 있고
下當用此黃口兒[4]	아래로는 당연히 이 어린아이가 있잖아요.
今非	지금은 안 돼요!
咄	"쳇!
行	갈 거야!
吾去爲遲	진즉 갔어야 해.
白髮時下難久居	흰머리 되도록 이렇게 계속 살 순 없어!"

1) 餔糜(포미): '餔'는 밥 또는 밥을 먹는다는 뜻이고, '糜'는 싸라기로 만든 거친 죽을 가리킨다.
2) 用(용): 여기서는 '유㕙'와 같다.

132

3) 倉浪(창랑): 푸르다.
4) 黃口兒(황구아): 어리고 철없는 아이.

이 노래는 전체적으로 리듬이 정형의 틀을 갖추고 있진 않지만, 역시 3언을 기본으로 하여 그것을 중복한 6언, 그리고 2언 또는 4언과 결합하여 변주된 5언 및 7언이 다양하게 활용되고 있다. 또한 소박한 대화체를 활용한 가사 속에 삶의 절실한 감정이 직설적으로 드러나 있다. 가난을 견디다 못해 성 밖에 나가 강도질이라도 하려는 남자의 절박한 상황이 애써 만류하는 아내와 자식의 모습과 처절한 대비를 이룬다.

그러나 동한의 악부시는 후기로 가면서 점차 5언으로 정형화하는 경향을 뚜렷하게 보인다. 동한 말엽의 악부시 가운데는 거의 완전하게 오언시의 형태를 띠고 있는 경우도 적지 않다. 바로 이러한 악부시들은 <고시십구수古詩十九首>를 통해 형식적·내용적으로 다듬어져서 오언고시五言古詩라는 형식을 이루는 바탕이 되었다. 오언고시라는 말은 당나라 때에 완성된 근체시近體詩와 대비하여 부르는 명칭이다. 이러한 오언고시들은 동한 말엽 조조와 조비, 조식 삼부자, 그리고 건안칠자建安七子와 같은 문인들에 의해 본격적으로 창작되기 시작하여 문인들의 사회적 책임감과 지식인 의식을 표현하는 새로운 수단으로 정착되었다. 물론 이것은 오언고시가 문자 활용을 특장으로 삼는 문인 문화의 대표적인 유희 형식이 되기에 적합한 것이었기 때문이기도 하다.

한편, 오언고시보다 시기적으로 조금 늦게 형성된 것으로 여겨지는 칠언고시는 2·2·3으로 나뉘는 긴 호흡만큼이나 장중하고 수식적인 느낌이 강하다. 칠언고시의 이런 특성은 일반적으로 그것이 악부시보다는 사부辭賦와 밀접한 관계를 가지고 발전했기 때문이라고 설명된다. 첫 구절이 "我所思兮在太山"으로 되어 있는 장형張衡: 78~139의 <사수시四愁詩> 같은 것이 그 증거로 거론된다. 그러나 칠언고시의 형식이 더 다듬어지고 본격적인 창작이 활발히 이루어진 것은 남조 말엽 양梁나라 간문제簡文帝 : 550~551 재위 때에 활동한 유신庾信 : 513~582과 강총江總 : 519~594 같은 유미주의적 시인들에 의해서였다고 여겨지고 있다.

나. <고시십구수>의 성립과 그 의의

중국 고대 시가문학은 <고시십구수>의 등장으로 인해 일대 전기轉機를 맞이했다. 남북조 시대의 유협劉勰 : 465?~520은 중국고전문학 이론 및 비평의 고전으로 꼽히는 ≪문심조룡文心雕龍≫ <명시明詩>에서 "그 구성과 문장을 보면 솔직하면서도 야하지 않으며, 완곡하게 사물을 묘사하여 비감함이 가슴속에 사무치니 실로 오언시의 으뜸이다.[觀其結體散文, 直而不野, 婉轉附物, 怊悵切情, 實五言之冠冕也.]"라고 격찬했다. 또한 유협과 쌍벽을 이루는 남북조 시대의 비평가 종영鍾嶸 : 466~518도 ≪시품詩品≫에서 <고시십구수>를 상품上品으로 평가하면서 "글이 부드러우면서 아름답고, 뜻이 슬프면서도 깊고, 마음을 놀라게 하고 넋을 움직이니, 글자 하나가 황금 천 냥과 맞먹는다고 할 만하다.[文溫以麗, 意悲而遠, 驚心動魄, 可謂幾乎一字千金.]"고 했다.

일반적으로 <고시십구수>는 원래 민가였던 것이 동한 말엽에 여러 문인들의 손을 거쳐 다듬어진 것으로 여겨진다. 여기에는 당시의 혼란한 시대 상황을 배경으로 한 민초들의 힘겨운 삶과 애증, 인생의 무상함, 세태에 대한 불만 등을 침울한 분위기로 노래한 작품이 많다. 그러나 시상詩想의 전개가 빠르고 다양한 수사법이 동원되었으며, 압운과 리듬의 구성, 대구 등 형식적 측면도 상당히 잘 다듬어져서 중국 고전시 특유의 분위기를 세련되게 표현하는 데에 성공함으로써 오언고시가 운문 문학의 주도적인 양식으로 성장하는 계기를 마련해 주었던 것으로 평가된다.

行行重行行	가고 또 가서
與君生別離	그대와 생이별일세.
相去萬餘里	만 리도 넘게 떨어져
各在天一涯	각기 하늘 한 구석에 있구나.
道路阻且長	길은 험하고 머니
會面安可知	만날 날을 어찌 알 수 있으랴?
胡馬依北風	북방의 말은 북풍에 몸을 기대고
越鳥巢南枝	남방의 새는 남쪽 가지에 둥지 튼다네.
相去日已遠	헤어진 날 멀어질수록
衣帶日已緩	허리띠는 나날이 헐거워지네.
浮雲蔽白日[1]	떠도는 구름 밝은 해 가리니
遊子不顧返[2]	길 떠난 임은 돌아올 생각 하지 않네.
思君令[3]人老	그대를 그리워하면 늙어지는데
歲月忽已晩	세월은 어느새 저물어 가네.
棄捐[4]勿復道	버림받은 일은 다시 말하지 말고
努力加餐飯	밥이나 더 먹도록 애써 봐야지.

1) 浮雲(부운): 떠가는 구름. 대개 군주나 사랑하는 이의 총명을 가리는 간신배 또는 못된 존재를 비유하는 뜻으로 쓰인다. 이에 비해 '白日 (백일)'은 군주나 사랑하는 사람을 비유한다.
2) 遊子(유자): 집을 떠나 멀리 떠돌아다니는 사람. 顧返(고반): 돌아오다.
3) 令(령): ~로 하여금.
4) 棄捐(기연): 버리다. 버려두다. 특히 선비가 때를 만나지 못하거나 여자가 남편에게 버림받은 경우를 가리키는 뜻으로 자주 쓰인다.

위 작품은 <고시십구수> 가운데 첫 번째 작품으로, 당시까지는 아직 시인의 이름과 작품의 제목이 밝혀진 경우가 없기 때문에 흔히 시의 첫 구절을 제목으로 삼아 <행행중행행>으로 불리곤 한다.

사랑하는 사람과의 생이별로 애태우는 여인의 심경을 묘사한 이 작품에는 사랑하는 이를 남겨두고 떠나는 남자의 사연은 자세히 알 수 없다. 그러나 '가고 또 가서[行行]'라는 표현은 그의 외출이 잦고 멀며, 게다가 험하기까지 하다는 점을 암시한다. 돌아올 기약조차 분명하지 않은 그 여정 위에서 시간이 지날수록 여인은 향수와 사랑하는 이에 대한 그리움으로 몸이 말라간다. 또한 '行行'을 '항행'으로 읽으면, 남자는 징병되어 끝없이 줄지어 변방으로 끌려가는 사람들 무리에 끼여 어쩔 수 없이 고향을 떠나고 있다는 뜻이 된다. 이럴 경우 남자의 귀향은 더욱 요원해진다. 게다가 빛을 가리는 구름, 곧 남자의 총명한 판단을 방해하는 음험한 무엇—그것은 그를 유혹한 아리따운 다른 여인일 수도 있고, 남편의 귀환을 방해하는 타락한 벼슬아치의 농간, 혹은 끝없이 국경을 위협하는 외적일 수도 있는데—으로 인해 남자는 돌아올 생각조차 하지 못한다. 결국 남겨진 여인은 긴 세월 그리움에 지쳐 몸도 마음도 시들어가고, 어느새 가까이 다가온 죽음을 느낀다.

그러나 이 지점에서 그녀는 이제껏 음울하고 비관적으로 서술한 회상과 탄식을 접어 버리고 색다른 심경의 변화를 토로한다. 즉 혹시나 자신이 버림받은 건 아닐까 하는 생각 따위는 내던져 버리고, 그 대신 애써 한 수저의 밥을 더 먹으려고 결심하는 것이다. 언뜻 보면 이 진술은 모든 미련을 털어 버리고 현재의 말초적인 삶에나 충실하자는 극단적 체념처럼 보일 수도 있다. 그러나 사실 이 진술이야말로 극적인 분위기를 반전시키는 촉발제이다. 왜냐하면 이것은 떠난 그 사람이 돌아오는 그때까지 건강을 지켜 죽음을 미루려는 그녀의 의지를 다지는 선언이기 때문이다. 다시 말하면 그 사람이 돌아오리라는 것은 믿어 의심치 않는데, 다만 그날이 언제인지는 알 수 없다는 굳은 믿음이 깔려 있다. 그러므로 설령 그가 징병되어 가서 현실적으로는 돌아올 기약이 전무하다 할지라도, 그 '밥'은 끝까지 기다림을 포기하지 않겠노라고 수없이 곱씹는 여인의 비장한 결의를 나타낸다. 결국 마지막 두 구절로 인해 이 작품은 전체적으로 담담한 어조 속에 역설적으로 숨겨진 그리움의 정서가 두드러지게 된다. 바로 이것이야말로 '무기교의 기교'라고 할 수 있겠다.

生年不滿百	인생은 백년이 되지 않는데
常懷千歲憂	언제나 천년의 근심 품고 살지.
晝短苦夜長	낮은 짧고 괴로운 밤은 기니
何不秉¹⁾燭游	어찌 촛불 켜고 놀러 다니지 않으랴?
爲樂當時²⁾	즐겁게 노는 것도 때에 맞춰야 하나니
何能待來玆³⁾	어찌 내년을 기다리고 있으랴?
愚者愛惜費	어리석은 이는 돈 쓰는 것을 아까워하지만
但爲後世嗤⁴⁾	그저 후세 사람들의 웃음거리가 될 뿐.
仙人王子喬⁵⁾	신선 왕자교처럼
難可與等期⁶⁾	똑같이 불로장생하기는 바라기 어렵다네.

1) 秉(병): 손으로 잡다. 들다.
2) 及時(급시): 때에 맞추다. 좋은 때를 놓치지 않다.
3) 玆(자): 해. 연年.
4) 嗤(치): 비웃다. 조롱하다.
5) 王子喬(왕자교): 본래 이름은 희진姬晉이고 자는 자교子喬인데, 주周나라 영왕靈王의 태자였기 때문에 사람들이 '태자진太子晉'이라고 불렀다고 했다. ≪열선전列仙傳≫에 따르면 그는 부구공浮丘公이라는 도사를 따라 숭고산嵩高山에 올라가 30년 동안 수련한 뒤 신선이 되어 백학을 타고 승천했다고 한다.
6) 與等期(여등기): 왕자교와 같이 되기를 기대하다.

이것은 <고시십구수>의 제15수인 <생년불만백>이다. 이 시에서 노래하는 것처럼, 장대한 우주와 자연 앞에서 백년이 채 안 되는 인생의 덧없음을 인식하고 현재의 삶을 의미 있게 보내려고 노력하는 것은 유사 이래 모든 인간의 보편적인 생각이었다. 물론 그렇다고 해서 천박한 쾌락주의를 조장하는 것은 인생의 의미를 스스로 보잘것없는 것으로 만드는 행위일 것이다. 오히려 이 노래는 겉으로 드러난 말의 이면에 내재된 화자의 역설적인 심경에 주목해야만 한다. 오늘날 대중가요가 그렇듯이 보편적인 민중의 노래는 아픔을 아픔 그대로 드러내기도 하지만, 이른바 노동요^{勞動謠} 처럼 현실의 고통과 힘겨움을 이겨내기 위해 현실 자체와 상반되는 내용을 노래하는 경우가 많기 때문이다.

중국문학사에서 <고시십구수>는 <맥상상^{陌上桑}>이나 <공작동남비^{孔雀東南飛}> 같은 장편 서사시와 함께 오언고시가 문단에서 확실한 자리를 잡는 데에 중요한 기여를 한 작품으로 평가된다. <맥상상>은 뽕잎 따는 예쁜 여인 진나부^{秦羅敷}와 길 가던 지방관 사이의 대화 형식을 이용한 생동감 넘치는 묘사로 남녀 간의 사랑을 노래한, 그리 길지 않은 서사시이다. 이에 비해 1,785자나 되는 거작인 <공작동남비>는 봉건적인 혼인제도와 윤리도덕에 희생당한 젊은 부부 초중경^{焦仲卿}과 그의 아내 유난지^{劉蘭芝}의 슬픈 사연을 노래한 서사시로서 <고시위초중경처작^{古詩爲焦仲卿妻作}>이라고도 부른다. 이 작품들은 모두 섬세하고 생생한 묘사로 당시의 사회상과 사람들의 심리를 문학적으로 형상화시켜 놓았다.

함께 참고할 만한 자료

김근, ≪한시의 비밀: 시경과 초사≫, 소나무, 2008.

김기철, ≪시경: 최초의 노래≫, 천지인, 2010.

김학주, ≪한대의 문학과 부≫, 명문당, 2002.

리우웨이 저, 김양수 역, ≪황제의 나라(진한 시대)≫, 시공사, 2004.

미야자키 이치사다 저, 이경덕 역, ≪자유인 사마천과 사기의 세계≫, 다른세상, 2004.

요시카와 고지로 저, 이목 역, ≪한무제: 너무도 위풍당당한, 지극히 시끌벅적했던≫, 천지인, 2003.

윤내현 외, ≪중국의 천하사상≫, 민음사, 1988.

크리스토퍼 리 코너리 저, 최정섭 역, ≪텍스트의 제국: 초기 제국 중국에서의 글쓰기와 권위≫, 소명출판, 2005.

홍상훈, ≪전통시기 중국의 서사론≫, 소명출판, 2004.

제2부

문학 전통의 형성과 사대부문학의 정립

한부의 저작의식과 수사법의 개발, 《사기》의 인도 주의적 서사의식과 기전체 역사서술의 창조, 서술과 창작에서 공자의 권위를 넘어서려는 양웅과 환담, 왕충 등의 도전과 같은 일련의 이정표적인 사건들을 통해 문인 사회에서는 글쓰기의 의미와 가치에 대한 인식이 나날이 강화되고 새로운 기법을 개발하려는 노력이 지속적으로 이루어졌다. 특히 동한 말엽부터 5언시가 본격적인 자리를 잡게 되면서 '문인' 사회를 특징짓는 유희의 수단이자 개인의 정서 및 사상을 아름다운 구절 속에 함축적으로 표현하는 유용하고 세련된 통로가 제공된 셈이었다. 또한 '건안칠자建安七子'의 예에서도 알 수 있듯이, 개인의 개성과 재능이 중시되던 당시의 사회적 분위기로 인해 훌륭한 시 창작의 재능은 문인의 명성을 높이는 지름길이 되기도 했다. 이에 따라 '시인'의 역할을 겸하게 된 문인들은 각자 자신만의 표현 수법을 갈고 닦았으며, 자연스럽게 타인의 작품에 대한 품평에도 관심을 갖게 되었다.

이렇게 자연스럽게 자각된 글쓰기—특히 시 창작—의 아름다움에 대한 인식은 《문선文選》이나 《시품詩品》, 《옥대신영玉臺新詠》과 같은 시문선집詩文選集의 간행으로 이어졌다. 특히 《시품》은 당시에 유행하던 개성적인 인물 품평의 관행을 시인과 작품에 적용함으로써 최초로 문학작품의 미적 가치에 대해 일정한 기준에 따라 평가를 시도한 것이었으며, 실제로 이러한 평가는 당시뿐만 아니라 후세의 시 창작에도 많은 영향을 주었던 것으로 보인다. 또한 남조 양梁나라의 유협劉勰 : 465?~520은 한나라 때부터 시작된 '독존유술獨尊儒術'의 상류사회 분위기를 문학에 적용시켜서 문장이란

'성인의 도리에 근본을 두고[原道]', '성인의 행적과 사상을 징험하며 [徵聖]', '경전을 존중해야[崇經]' 한다는 원칙을 정립하면서 아울러 다양한 문학적 수사와 기법을 논의한 중국 최초의 문학이론서인 ≪문심조룡文心雕龍≫을 편찬하기도 했다. 그리고 이러한 역사적 배경 하에서 고대 중국의 문학 전통이 단계적으로 형성되었으며, 유가적 세계관을 바탕으로 불가와 도가의 정신들을 자유롭게 흡수하여 독특한 철학과 처세관을 익힌 사대부들의 문학이 정립되었다. 흔히 시문詩文으로 아울러 불리는 시와 고문古文을 바탕으로 한 산문이 바로 그것이다.

이 가운데 시는 당나라를 거치면서 근체시近體詩로 불리는 절구絶句와 율시律詩라는 정형의 틀을 갖추면서 운율의 아름다움과 내용의 깊이를 아우르는 빼어난 문학 양식으로 발전했다. 당·송 시대의 사대부-시인들은 이 아름다운 형식을 자유자재로 활용하여 자신의 개성과 정서, 인생관, 세계관, 정치관 등을 거침없이 표현해냈다. 때로는 함축적으로, 때로는 직설적 서술로 나타난 이들의 작품에는 은유와 상징, 해음諧音 등의 갖가지 수사법이 능숙하게 활용되었고, 심지어 그런 화려한 기교들을 평범함 속에 감추는 경지까지 나아가기도 했다. 또 산문은 제자백가의 정신과 유학의 실용주의를 결합하고 변려문駢儷文의 형식적 아름다움을 적절히 수용하여 풍부한 서사문학과 정론문政論文, 철리문哲理文을 비롯한 다양한 분야에서 다양한 양식을 개발하고 발전시켰다. 나아가 이러한 사대부문학이 정점에 도달한 송나라 때에는 문학이 한계를 넘어서서 회화와 서예의 정신을 함께 아우르는 '시서화일체詩書畵一體'의 경지를 열어 예술로서 문학의 아름다움을 강화함과 동시에 사대부의 성리학적 심신 수양의 태도와 정신을 문학과 융합하는 데까지 나아갔다.

제1장 문언 서사 문학의 변천

1. 남북조 시대의 서사 환경과 지괴^{志怪}의 등장

1) 남북조 시대의 서사 환경

앞서 살펴본 대로 사마천의 ≪사기≫는 그 자체로 소위 "앞 시대를 계승하고 후대를 깨우치는^[承前啓後]" 성격을 내포한 것이었다. 그리고 동한에 들어서 ≪한서≫가 출현함으로써 사마천이 개척한 기전체 서술은 실질적으로 역사서술의 모범 가운데 하나로 완성되었고, 객관적 역사 서술의 수준 역시 한층 더 끌어올려졌다. ≪한서≫는 ≪사기≫의 내용을 더 상세하게 보충하면서, 나아가 ≪사기≫의 '서^書'를 '지^志'로 바꾸고 그 기술 영역을 확대하고 성숙시켰다. 특히 ≪한서≫의 '지'에는 <형법지^{刑法志}>, <지리지^{地理志}>, <예문지^{藝文志}>, <오행지^{五行志}>가 포함되어 있어서 중국 문화와 학술의 원류 및 변화를 일목요연하게 개괄하고 있다. 그러나 이런 성취는 ≪한서≫ 전체에서 뚜렷이 강화된 봉건제도와 유가 윤리에 대한 예찬과 추존으로 인해, 역으로 사마천이 제시한 역사 서사의 풍부한 가능성을 제한하는 결과를 낳았다. 기본적으로 ≪한서≫는 한나라 황실의 정통성을 강조하고 유가 경전의 존엄한 지위를 확보하기 위한

142

목적으로 편찬되었으며, 무엇보다도 반표班彪와 반고班固, 반소班昭에 의해 공동으로 저작된 역사서이기 때문에 ≪사기≫만큼 저자의 일관된 역사관과 서사 의식이 뚜렷하지 않다. 다만 ≪한서≫는 역사 서술의 기술적 측면에서 ≪사기≫에 담긴 '실록實錄' 정신을 한층 강화하여 역사 서술을 정교한 학문으로 승화시킬 수 있는 계기를 마련해 주었다는 점에서 긍정적인 의미를 지닌다. 실제로 이 때문에 남조 양梁나라와 진陳나라 때부터 당나라 초기까지 ≪한서≫는 이미 하나의 전문적인 학과로 인정되어 널리 학습되었으나, ≪사기≫에 관심을 가진 사람은 매우 드물었다.

한편 남북조 시대에는 ≪사기≫와 ≪한서≫의 성취를 바탕으로 특히 역사서술의 효율적 체제를 찾기 위한 왕성한 모색이 이어졌다. 이 시기에도 왕실에 의한 역사 편찬은 꾸준히 진행되고 있었던 것이다. 그러나 이 시기의 서사 주체들은 '편년체'와 '기전체'라는 역사서술의 형식에만 매달렸을 뿐, 서사의 가치와 의의에 대한 탐구에는 그다지 관심을 두지 않았다. 오히려 그들은 ≪한서≫ 이래의 유가적 역사관을 한층 강화하고 있었다. 예를 들어서 동진東晉의 원굉袁宏 : 328~376은 ≪한기漢紀≫를 저술하면서 "'명교名教'의 본질과 제왕의 드높은 의로움을 감춰 둔 채 서술하지 않은" 순열荀悅 : 148~209의 잘못을 질책하기도 했다.

물론 그들도 사마천과 같이 우주와 인간 세상의 중요한 지식들을 모두 포괄할 수 있는 '통재通才'의 자질을 갖추기를 열망했지만, 현실적으로는 그럴 수 없었던 점을 애석해했다. 더욱이 축적된 문헌의 양이 급속히 증가하고 지식의 폭과 깊이가 엄청나게 확장되고 있던 상황에서 사실상 그들의 꿈은 점점 실현 불가능한 이상으로 변해 가고 있었다. 이 때문에 이 시기에 이르러 역사서의 편찬은 대개 단대사斷代史를 위주로 진행되었다. 또한 그런 이유로 그들에게 서사—특히, 역사서를 편찬한다는 의미에서—란 하나의 왕조가 이룩한 제반 문화적 업적을 총괄하는 것으로 한정되는 경향이 있었다.

그러나 정치적 혼란이 가져다준 사상의 해방이라는 남북조의 독특한 시대적 환경은 당시의 지식인 사회에 몇 가지 중요한 변화를 야기했다. 물론 여기에는 동한 이래로 중국에 본격적으로 유입되기 시작한 불교의 영향도 포함된다. 그 가운데 문학과 관련해서는 특히 상류 문벌을 중심으로 한 '문인' 계층에서 자각되기 시작한 미문의식美文意識, 그리고 상상력과 환상을 매개로 한 불교 고사라는 대단히 이질적인 서사체의 자극으로 인한 새로운 서사 양식에 대한 관심 등을 주목할 필요가 있다. 다만 연회와 오락 문화 속에서 형성된 '문인' 문화의 미문의식은 응축된 형식 속에 세련된 언어로 장식된 정감의 표현에 치중함으로써 시가詩歌 양식의 발전에는 공헌했지만, 사실상 서사의 변천과는 그다지 긴밀한 관련이 없다. 그러나 불교 고사는 환상적 허구라는 새로운 서사 양식의 존재를 알림으로써, 다양한 측면에서 새로운 서사체의 출현 가능성을 촉진했던 것이 분명하다. 또한 같은 시기에 흥성하기 시작한 도교와 관련된 제반 서사 양식들도 불교 고사의 영향 하에 신선이라는 매력적인 상상과 동경의 대상을 이용하여 자체의 고유한 서사체를 적극적으로 개발해 낼 기회를 갖게 되었을 것이다. 루쉰魯迅이 중국 초기의 소설사에서 중요한 양식으로 꼽았던 '지괴志怪'는 바로 이런 환경 속에서 형성되었다.

2) 지괴의 성격

비록 현대적 의미의 '소설사'로서는 그 진정한 의의에 대해 올바로 설명할 수 없지만, 위·진·남북조의 '지괴'는 전통시기 중국에서 서사 문학의 형식과 내용상의 기초를 마련해 준 특별한 의의를 지닌 서사 양식이었다. '괴이한 것에 대한 (짤막한) 기록'이라고 풀이할 수 있는 이런 서사체 가운데 ≪세설신어世說新語≫와 같이 특별히 인간사에 집중한 이야기들을 '지인志人'이라고 부르기도 하지만, 그 또한 특별한 인간사에 해당하기 때문에 넓은 의미에서 괴이한 것 또는 신기한 것에 포함시켜도 무방할 것이다. 다만 오늘날 그것은 개별 작품집으로 남아 있는 것이 아니라 송나라 때에 편찬된 유서類書인 ≪태평광기太平廣記≫와 ≪태평어람太平御覽≫, ≪법원주림法苑珠林≫ 등에 수록되어 전해진다. 이 유서들을 거꾸로 풀어헤쳐 모으면 장화張華 : 232~300의 ≪박물지博物志≫, 갈홍葛洪 : 284~364의 ≪서경잡기西京雜記≫, 간보干寶 : 283~351의 ≪수신기搜神記≫, 유의경劉義慶 : 403~444의 ≪유명록幽明錄≫ 등등의 대표적인 작품집들을 확인할 수 있다.

이들 지괴는 기본적으로 왕실이 공인한 '정식 역사'의 기록 또는 서술에서 제외된, 우주 속의 세계와 인간 삶에 관해 오랜 역사를 거쳐 축적된 각종 지식을 서술하는 것을 목적으로 편찬되었다. '정식 역사'가 이전 시대 왕조의 뿌리와 변천의 역사를 밝힘으로써 역사가 자신이 속한 왕조의 정통적 위상을 재확인하고 현재와 미래를 위한 올바른 정치 방법을 강구했던 데에 비해, '지괴'는 삶에 대한 인간의 종교적·존재론적 질문들을 포함한 각종 비정치적이고 비유가적인 사안에 대한 집대성과 탐구를 목적으로 삼았다. 예를 들어서 귀신과 같이 당시 사람들의 인식체계 안에서는 그 원인을 명확히 설명할 수 없는 '괴이한 것'들도 세계의 현상을 이해하는 데에 중요한 요소 가운데 하나였던 것이다. 그렇게 때문에 이 시기에 지괴 이야기를 모아 책으로 엮은 사람들은 대개 역사가이거나, 특정한 종교를 옹호하고 전파하려는 목적을 가지고 박물학적 지식으로 무장한 종교인 내지 사상가들이었다.

이런 이유에서 지괴의 '기록자'—'작자'가 아니라—들은 문헌의 기록을 절대적인 근거로 삼는 역사 서술과는 달리 스승이나 원로 학자의 말, 민간의 일화와 전설 등 다양한 정보들을 두루 채용했다. 이것은 무엇보다도 지괴라는 서사 양식이 전달하고자 하는 '진리'의 내용이 세속의 일반적인 사고방식으로는 파악할 수 없는 것이기 때문이다. 그들이 추구하는 진리는 현상 이면에 숨겨진 어떤 것으로, 기록자 자신은 신념을 가지고 믿지만 현실의 논리로는 설명하기 어렵기 때문에 다양한 일화와 전설을 통해 간접적으로 증명할 수밖에 없는 성격을 지녔다. 또한 '정식 역사'는 왕실의 인정을 받을 만한 타당성을 갖춰야 한다는 전제 조건이 필요했지만, 지괴의 서술은 그것을 알아줄 만한 사람만을 대상으로 한 것이라는 차별화된 인식을 바탕으로 삼고 있었다. 예를 들어서 ≪목천자전穆天子傳≫의 작자(혹은 편찬자)인 곽박郭璞 : 276~324은 <주산해경서注山海經敍>에서 이렇게 지적했다.

세상에서 이상하다고 하는 것을 (나는) 그것이 이상한 까닭을 모르겠고, 세상에서 이상하지 않다고 하는 것을 (나는) 그것이 이상하지 않은 까닭을 모르겠다. 왜 그런가? 사물은 그 스스로 이상한 것이 아니라 (인식 주체인) 나를 대하고 나서야 이상하게 여겨지는 것이다. 이상하다는 것은 결국 (인식하는) 나에게 달린 것이지, 사물이 (그 자체로) 이상한 것이 아니다. 그러므로 북방의 이민족들은 면화로 만든 베를 보면 삼베가 아닐까 의심하고, 남방의 이민족들은 털실로 짠 옷을 보면 모피가 아닌가 하고 놀란다. 익히 보아온 것은 익숙하게 생각하고, 드물게 들은 것은 이상하게 생각하는 것이 인정상의 일상적인 병폐이다.

世之所謂異, 未知其所以異, 世之所謂不異, 未知其所以不異. 何者? 物不自異, 待我而後異, 異果在我, 非物異也. 故胡人見布而疑黂,[1] 越人見罽[2]而駭毳.[3] 夫玩[4]所習見, 而奇所希聞, 此人情之常蔽也.

1) 黂(분): 삼씨. 여기서는 삼베를 가리킨다.
2) 罽(계): 털실로 짠 천이나 옷.
3) 毳(취): 모피.

4) 玩(완): 좋아하다. 익숙하게 여기다.

사르트르$^{J. P. Sartre}$의 "설명과 이성의 세계는 실존의 세계가 아니다."라는 명제를 연상케 하는 위 인용문은 지괴라는 새로운 서사양식을 위한 일종의 인식론적 변호처럼 해석된다. 보편적인 설득을 목적으로 하는 서사는 세상의 일상적인 논리에 충실하거나 적어도 거기에서 크게 벗어나지 않도록 서술되기 마련이다. 그러나 이른바 '지음자^{知音者}'만을 대상으로 한 서사는 논리의 이면을 캐는 새로운 영역을 자유롭게 개척할 여지가 있다. 이러한 서사에서는 일상적인 논리의 관점에서 볼 때 우연적이고 신비한 것이 자연스러운 연결의 논리로 등장할 수 있다. 그것은 마치 오늘날 이른바 마술적 리얼리즘$^{fantastic \ realism}$을 바탕으로 의식적으로 꾸며진 허구처럼, 자체의 논리를 가진 화법으로 무장할 채비가 되어 있는 것이다.

더욱이 '정식 역사'의 경우 서사 주체의 정체성^{identity}이 중요한 의미가 있는 데에 비해, 지괴 서술에서는 그것이 그다지 문제시되지 않는다. 왕조의 정통성이나 역사적 인물에 대한 평가는 대개 서사 주체의 정치적·사상적 입장에 의해 달라질 수 있지만, 신선이나 귀신의 존재를 간접적으로 확인시켜 주는 일화나 전설은 이미 그 자체로 익명성을 띠는 경우가 많기 때문이다. 그러므로 그런 이야기들을 수집하여 책으로 엮은 사람의 개인적 특성에 대해서는 상대적으로 독자의 관심이 약할 수밖에 없다.

다만 '지괴'의 서사에 관여했던 사람들은 대부분 간보와 같은 역사가이거나 곽박과 같은 박물학자였다. 또한 갈홍 같은 이는 신선사상에 몰두해 있던 사상가였다. 이 때문에 이들은 서사 자체에 대해 관심을 기울일 만한 여력이 없었다. 간보와 같은 역사가들은 '정식 역사'의 권위에 압도당해 있었기 때문에 이 새로운 서사 양식을 좀 더 적극적으로 추구하지 못한 채, 그저 박물학적 호기심을 충족하기 위한 방편으로 여겼다. 또한 갈홍이 ≪산해경≫에 대해 주석을 붙인 목적도, 적어도 표면적으로는, 특별하고도 뛰어난 이 '기록'이 후세에 전해지지 않을지도 모른다는 단순한 염려 때문이었다. 이것은 적어도 그 시대까지만 하더라도 이른바 심미적 가치를 지닌 서사 양식에 대한 인식이 정립되기 않았기 때문일 것이다. 사실상 현대적 의미의 서사에 관련된 문예론은 무엇보다도 그런 특수한 서사를 직업으로 삼는 전문적인 작가와 출판사를 통한 서적의 유통구조가 확립되기 전까지는 성립되기 어렵다. 그런데 '지괴' 서사에 참여했던 주체들은 기본적으로 사마천 이래 강조되어온 역사가의 가장 중요한 자질 가운데 하나인 '통재'에 대한 특별한 동경 의식을 가질 수밖에 없었고, 이에 따라 '지괴' 서사는 박물학적 호기심의 충족 수단으로 치우치게 되었던 듯하다. 그렇기 때문에 지괴의 단계에서는 '기록'의 차원을 넘어서는 서사의 기법에 대한 고민이 결여될 수밖에 없었다.

그러나 후대의 시각에서 평가하자면, 지괴의 내용과 형식 자체는 오늘날의 소설 같은 문학 서사와도 유사할 수 있는 대단히 새로운 어떤 서사체로 발전할 가능성을 충분히 내포하고 있었다. 실제로 그것은 당나라 때의 대표적인 서사 문학 양식인 전기傳奇가 이루어지는 데에 소재와 형식적 모델을 제공해 주었고, 이것은 다시 송나라 이후의 필기筆記로 이어지면서 고대 중국 문언소설의 역사에서 씨앗과 같은 역할을 수행했다.

담談 아무개라는 서생은 마흔 살인데, 부인이 없이 늘 책을 읽으면서 감격했다.
어느 날 한밤중에 열대여섯 살쯤 되는 여자가 나타났는데, 용모와 옷, 치장한 것들이 세상에 비할 것이 없었다. 그녀는 서생에게 찾아와 부부의 연을 맺자 이렇게 말했다.
"저는 사람과 다르니 절대로 불을 비춰보지 마세요. 3년 뒤에는 불을 비춰보셔도 돼요."

그들은 부부가 되어 아들을 하나 낳았다. 하지만 그 아이가 두 살이 되었을 때, 서생은 더 이상 참을 수가 없어서 밤에 그녀가 잠든 틈에 몰래 불을 비춰보았다. 놀랍게도 그녀는 허리 위로는 이미 살이 돋아나 사람과 같았지만, 허리 아래로는 뼈다귀만 있었다. 그때 부인이 깨어나 말했다.

"당신은 저를 저버렸군요. 곧 살아날 수 있었는데 어째서 1년을 참지 못하고 결국 불을 비춰보셨나요?"

서생이 사죄를 했지만 그녀의 울음을 다시 그치게 할 수는 없었다. 그녀가 말했다.

"비록 당신과 부부지간의 의는 영원히 끊겼으나, 제 아들이 걱정이군요. 가난하면 함께 살아갈 수 없을 거예요. 잠시 저를 따라 오세요. 당신께 드릴 물건이 있어요."

서생이 그녀를 따라 한 화려한 집으로 들어가니, 건물이며 기물들이 범상치 않았다. 그녀는 진주로 장식된 긴 웃옷을 한 벌 주면서 말했다.

"이만하면 먹고살 건 마련할 수 있을 거예요."

그러더니 그녀는 서생의 옷자락을 찢어서 그걸 지니고 떠났다.

나중에 서생은 부인이 준 옷을 가지고 시장에 갔다. 휴양왕睢陽王의 집안에서 천만 냥을 주고 그것을 샀는데, 왕이 그것을 알아보았다.

"이건 내 딸의 옷이다. 필시 도굴을 했을 것이다."

이리하여 서생을 잡아다 고문을 하자, 서생이 사실대로 자세히 말했다, 하지만 왕은 믿지 않고, 딸의 무덤에 가 보았으나 무덤은 예전 그대로였다. 무덤을 파 보니 과연 관 뚜껑 밑에 서생의 옷자락이 들어 있었다. 또 그 아이를 불러 살펴보니 왕의 딸과 꼭 닮았는지라, 왕은 비로소 그 사실을 믿었다. 그는 즉시 서생을 불러 딸이 남긴 옷을 다시 하사하고 그를 부마로 삼았다. 그리고 황제께 상소를 올려 그 아들을 시중侍中으로 삼았다.

談生者, 年四十, 無婦, 常感激讀書. 忽夜半有女子, 可年十五六, 姿顏服飾. 天下無雙, 來就生爲夫婦. 乃言: 我與人不同, 勿以火照我也. 三年之後, 方可照. 爲夫妻, 生一兒, 已二歲. 不能忍, 夜伺其寢後, 盜[1]照視之, 其腰上已生肉如人, 腰下但有枯骨. 婦覺, 遂言曰: 君負[2]我, 我垂[3]生矣, 何不能忍一歲而竟相照? 生辭謝. 涕泣不可復止, 云: 與君雖大義[4]永離, 然顧念[5]我兒. 若貧不能自偕[6]活者. 暫隨我去, 方遺君物. 生隨之去, 入華堂, 室宇器物不凡. 以一珠袍與之曰: 可以自給. 裂取生衣裾,[7] 留之而去. 後生持袍詣市, 睢陽[8]王家買之, 得錢千萬. 王識之曰: 是我女袍, 此必發墓. 乃取拷之. 生具以實對, 王猶不信. 乃視女塚, 塚完如故. 發視之, 果棺蓋下得衣裾. 呼其兒,正類王女, 王乃信之. 即召談生, 復賜遺衣, 以爲主婿.[9] 表[10]其兒以爲侍中.[11] (≪列異傳[12]≫)

1) 盜(도): 몰래. 여기서는 부사로 쓰였다.
2) 負(부): 저버리다. 배신하다.
3) 垂(수): 곧, 금방. 여기서는 부사로 쓰였다.
4) 大義(대의): 혼인 관계에 의한 부부지간의 의.
5) 顧念(고념): 생각하다, 돌아보다, 떠올리다.
6) 偕(해): 함께.
7) 裾(거): 옷자락.
8) 睢陽(휴양): 지명. 지금의 허난성^{河南省} 상치우시^{商丘市} 쑤이양구^{睢陽區}에 해당한다.
9) 主婿(주서): 主壻(주서)라고도 쓰며, 공주의 남편 즉, 부마^{駙馬}를 가리킨다.
10) 表(표): 황제에게 상주^{上奏}하다.
11) 侍中(시중): 진^秦·한^漢 때에 정규 관직 외에 얹어주던 벼슬 가운데 하나로서, 황제 측근에서 시중을 들며 궁정을 출입하면서 정치적 조언을 해 주는 직책을 맡았다. 진^晉나라 이후로는 재상에 상당하는 권한을 가졌으며, 북송 때까지 그 관직 명칭이 유지되다가 남송 때에 폐지되었다.
12) 列異傳(열이전): 조비^{曹丕}의 이름으로 편찬된 지괴 작품집으로서, 오늘날 그 성립 연대를 대체적으로 추정할 수 있는 지괴 작품집 가운데 시기적으로 가장 오래된 것으로 여겨지는 것이다.

그런데 최초에 역사가나 박물학자의 호사가적인 호기심, 혹은 종교 사상가들의 신념을 입증할 자료로서 수집되어 기록된 지괴의 진지한 '사실'들은 시간이 지나면서 점차 기록임을 빙자하여 의도적으로 창작된 이야기로 변하는 경향을 보였다. 이것은 무엇보다도 시대가 변함에 따라 '괴이한 것'에 대한 사람들의 인식이 변화하게 된 것과 관련이 있다. 다시 말하자면 자연에 대한 이성적이고 합리적인 지식이 축적됨에 따라 귀신이나 신선에 대한 사람들의 믿음이 점차 약화되면서, 예전의 진지한 기록의 대상이었던 '괴이한 것'들은 회화^{戲化}되거나 문학적 풍자의 수단으로 이용되었던 것이다. 이러한 의도적인 '창작'은 적어도 당나라 무렵부터 이미 시작되었다.

물론 이러한 의도적인 창작이 나타나기 이전에도 지괴 이야기들 가운데는 시간적으로 비교적 후기에 '기록'되었을 것으로 추측되는 복잡한 구조를 지닌 것들이 나타나기 시작하고 있었다. 처음에는 그저 누가 어디에서 어떤 '괴이한 것 또는 현상'을 목격했다는 식으로 간단하게 기록되었을 것이 분명한 지괴 이야기들 가운데는 여러 유형의 구성 요소들이 결합되어서 이야기 구조가 복잡해짐과 동시에 분량이 길어지는 양상을 보이는 것들도 적지 않았다.

죽은 지 얼마 안 되는 귀신이 하나 있었다. 그는 행색이 초췌하고 비쩍 말라 있었다. 어느 날 살아 있을 때의 친구를 만났는데, 그는 죽은 지 20년이 되었으나 살도 찌고 건강했다. 친구 귀신이 안부를 물었다.
"자네는 어쩌다가 이렇게 되었는가?"
"굶어서 그렇다네. 몸도 못 가눌 지경이지. 그대는 여러 가지 수단을 알고 있을 테니, 내게 굶주림에서 벗어날 방도를 좀 가르쳐 주게."
친구 귀신이 말했다.
"그야 쉬운 일이지. 사람들에게 괴이한 일을 행하면, 사람들이 매우 무서워하며 자네한테 음식을 줄 것이네."
이에 죽은 지 얼마 안 되는 귀신은 마을의 동쪽으로 갔다. 그곳에 부처를 정성껏 모시는 한 집이 있었는데, 집안의 서쪽 행랑에 맷돌이 하나 있었다. 귀신은 곧 사람이 하는 것처럼 이 맷돌을 돌리기 시작했다. 그러자 집주인이 자식들에게 말했다.
"부처님께서 우리 집안이 가난한 것을 가련히 여기시어, 귀신을 시켜 맷돌을 돌리게 해 주시는구나."
그리고는 보리 한 수레를 더 가져와 맷돌에 부었다. 저녁이 되자 갈아 놓은 것이 수십 말이나 되었다. 귀신은 피곤해서 더 이상 맷돌을 돌릴 수가 없었다. 그는 친구 귀신에게 가서 따졌다.
"내게 그런 거짓말을 하다니!"
친구 귀신이 다시 말했다.
"다시 가서 해 보게. 틀림없이 먹을 것을 얻게 될 걸세."
그는 다시 마을의 서쪽에 있는 어느 한 집으로 들어갔다. 그 집에서는 도기^{道家}를 믿었는데, 문 옆에 방아가 하나 있었다. 귀신은 곧 방아에 올라가서 사람이 하는 것처럼 방아를 찧었다. 그러자 집주인이 말했다.

"어제는 귀신이 아무개를 도와주었다더니, 오늘은 나를 돕는구나. 곡식 한 수레를 더 방아에 부어도 되겠어!"

그리고 하녀에게도 키와 체를 주었다. 저녁까지 일만 한 귀신은 말할 수 없이 피곤했으나, 이 집에서도 음식을 주지는 않았다. 귀신이 밤에 돌아와서 매우 화를 내며 말했다.

"자네와 나는 인척관계로 보통 사이가 아닌데 어째서 자꾸 나를 속이는 것인가? 이틀 동안이나 사람을 도왔지만, 먹을 것이라곤 한 그릇도 얻지 못했네."

친구 귀신이 말했다.

"자네가 운이 없어서 그렇다네. 이 두 집의 경우는 부처를 섬기고 도가를 신봉하기 때문에 당연히 마음을 움직이기 어려웠던 것이지. 이제 다른 집을 찾아가서 괴이한 일을 행하면, 틀림없이 먹을 것을 얻을 수 있을 걸세."

이에 귀신이 다시 어느 한 집을 찾아갔다. 그 집 문 입구에는 대나무 장대가 있었는데, 집안으로 들어가 보니 한 무리의 여자들이 창문 앞에서 함께 식사를 하고 있었다. 마당에 흰 개 한 마리가 있어서 그것을 안고 공중을 걸어 다니는 것처럼 보이게 하자, 그 집안사람들이 크게 놀랐다. 이제껏 이런 괴이한 일이 없었다고 하면서 점을 쳤는데, 한 떠돌이 귀신이 먹을 것을 구하고 있으니, 개를 잡고 맛있는 과일과 술, 음식 등을 마련하여 마당에서 제사를 지내면 별다른 일이 없을 것이라는 점괘가 나왔다. 집안사람들이 무당의 말대로 하니, 마침내 귀신은 잘 먹을 수 있었다. 이후로 그 귀신은 항상 괴이한 일을 하고 다녔는데, 이것은 바로 친구 귀신이 가르쳐준 것이었다.

有新死鬼, 形疲瘦頓.¹⁾ 忽見生時友人, 死及二十年. 肥健. 相問訊²⁾曰: 卿那爾.³⁾ 曰: 吾飢餓, 殆不自任.⁴⁾ 卿知諸方便, 故當以法見敎.⁵⁾ 友鬼云: 此甚易耳, 但爲人作怪, 人必大怖, 當與卿食. 新鬼往入大墟東頭, 有一家奉佛精進, 屋西廂有磨. 鬼就推.⁶⁾ 此磨, 如人推法. 此家主語子弟曰: 佛憐吾家貧, 令鬼推磨. 乃輦麥與之. 至夕, 磨數斛, 疲頓乃去, 遂罵友鬼. 卿那誑⁷⁾我. 又曰: 但復去, 自當得也. 復從墟西頭入一家, 家奉道. 門傍有碓.⁸⁾ 此鬼便上碓, 如人舂狀. 此人言: 昨日鬼助某甲, 今復來助吾, 可輦穀與之. 又給婢簸篩.⁹⁾ 至夕, 力疲甚, 不與鬼食. 鬼暮歸, 大怒曰: 吾自與卿爲婚媾.¹⁰⁾ 非他比, 如何見欺. 二日助人, 不得一甌飲食. 友鬼曰: 卿自不偶¹¹⁾耳, 此二家奉佛事道,情自難動. 今去可覓百姓家作怪, 則無不得. 鬼復去. 得一家, 門首有竹竿, 從門入. 見有一羣女子, 窗前共食. 至庭中, 有一白狗, 便抱令空中行, 其家見之大驚, 言自來[12]未有此怪. 占云, 有客鬼索食, 可殺狗, 並甘果酒飯, 于庭中祀之, 可得無他. 其家如師[13]言, 鬼果大得食, 自此後恒作怪, 友鬼之敎也. (≪幽明錄[14]≫)

1) 形疲瘦頓(형피수돈): 행색이 초췌하고 몸이 비쩍 마른 모양.
2) 問訊(문신): 두 손을 모으고 허리를 숙이면서 안부를 묻는 인사 방법으로서 주로 스승이나 어른에게 행하는 것이지만, 일반적인 의미에서 인사한다는 뜻으로도 쓰인다.
3) 卿那爾(경나이): 卿(경)은 2인칭 존칭어로서 '그대'라는 뜻이다. 那(나)는 '어찌', '어째서' 등으로 풀이할 수 있는 의문사이고 爾(이)는 '그것' 또는 '그러하다[=爾然]'는 뜻이다.
4) 不自任(부자임): 스스로 감당하지 못하다. 일반적으로 어떤 직책을 감당하지 못하는 경우를 가리키지만 여기서는 허기 때문에 몸을 가누지 못하는 상태를 가리킨다.
5) 以法見敎(이법견교): 방법[法]을 가르쳐달라는 뜻을 겸손하게 표현한 것이다.
6) 본문의 '推(퇴)'자는 원래 ≪태평광기≫ 판본에는 없었지만, 명나라 때의 필사본筆寫本에 따라 보충해 넣었다.
7) 誑(광): 속이다.
8) 碓(대): 방아. 디딜방아.
9) 簸篩(파사): 까부르는[簸] 키[箕]와 거르는 체[篩]를 가리킨다.
10) 婚媾(혼인): 혼례로 맺어진 인척姻戚, 즉 사돈 관계를 가리킨다. 媾은 姻(인)과 같다.
11) 不偶(불우): 운을 만나지 못하다. 不遇(불우)와 같다.
12) 自來(자래): 이제껏. 예로부터. 歷來(역래)와 같다.
13) 師(사): 여기서는 무당을 가리킨다.
14) 幽明錄(유명록): 남조 송宋나라의 유의경劉義慶 : 403~444이 문객門客들이 쓴 글을 모아 편찬한 것으로, 원본은 이미 사라짐. ≪幽冥錄(유명록)≫이라고도 함.

이 지괴는 ≪유명록≫에 기록되었던 이야기로 ≪태평광기≫에 수록되어 오늘날에까지 전해지고 있는데 이런 이야기들은 대개 시간적으로 뒤에 편집되거나 창작되었을 것으로 추측된다. 이처럼 괴이한 것의 의미가 세속화되면서 허구성과 오락성을 갖춘 서사문학으로 변화할 가능성을 보여주는 흥미로운 예는 이승의 인간과 저승의 귀신 사이의 사랑을 '기록'한 이야기에서 쉽게 발견할 수 있는데, 이에 대해서는 뒤에서 좀 더 자세히 살펴볼 것이다.

3) 《세설신어世說新語》: 사람 사는 이야기

물론 육조 시대의 서사적 문장들이 '지괴'와 같이 괴이한 이야기를 '기록'(또는 창작)한 것에만 한정되었던 것은 아니다. 당시의 몇몇 이야기 편찬자들은 현실의 인간들이 살아가는 모습에도 관심을 보였는데, 주로 저명한 인사와 관련된 특이한 일화나 해학적인 이야기들을 기록한 이런 이야기 모음집을 현대의 연구자들은 '지인志人'이라고 구별하여 부르기도 한다. 위魏나라 한단순邯鄲淳 : 132?~221의 《소림笑林》과 동진東晉 배계裴啓 : 562 전후의 《어림語林》, 그리고 남조 송宋나라 때 임천왕臨川王 유의경劉義慶 : 403~444의 주도로 편찬된 《세설世說》이 바로 그런 것들이다. 이 가운데 《세설》은 양나라 때 유준劉峻 : 462~521, 자는 효표孝標이 주석을 붙여서 《세설신어》라는 명칭으로 간행하여 널리 유행했으며, 명나라 때 호응린胡應麟 : 1551~1602은 이 책을 '고금의 절창絶唱'이라고 칭송한 바 있다.

《세설신어》는 구품중정제九品中正制의 영향으로 인물에 대한 품평品評이 유행했던 시대의 독특한 산물이다. 노장사상과 현학玄學에 심취했던 당시의 문벌귀족들은 개성과 풍류風流, 기발한 언행을 중시하여 이른바 사회적 '명사名士'들을 품평하여 등급을 나누는 일에 열중했기 때문에 그들이 모인 자리에서는 종종 이것이 중요한 화제가 되곤 했다. 《세설신어》는 덕행德行과 언어言語, 정사政事, 문학

文學, 방정方正, 아량雅量 등 36개 항목에 따라 모두 1,200여 가지에
이르는 명사들의 특이한 행적을 분류하여 간략하게 기록해 놓고
있어서 당시의 사회와 정치, 사상, 문학 등을 이해하는 데에도 중
요한 참고가 되는 사료史料이기도 하다.

　문학적인 측면에서 이 책은 세속의 예법에 얽매이지 않는 자유
분방함과 명리名利에 대해 초연하고 소탈한 태도를 취했던 당시의
명사—현대적인 의미로 표현하자면 '기인奇人'이라고 할 수 있는—
들과 관련된 일화들이 후세의 고사성어故事成語로 만들어지거나 각종
이야기의 소재 내지 모티프로 활용되었다는 점에서 중요한 의미를
지닌다.

> 세상 사람들은 온교溫嶠가 강북에서 건너온 사대부들 가운데 2등급에 속하
> 는 빼어난 인물이라고 평가했다. 당시 명사들이 인물에 대해 함께 평가하
> 면서 일등급을 거의 다 꼽아가던 무렵이기 때문에 온교는 늘 (1등급에 들
> 지 못해서) 안색이 변하곤 했다.

> 世論溫太眞[1]是過江第二流高者.　時名輩共說人物,　第一將盡之間,　溫常失
> 色.[2]　(≪世說新語≫ <品藻>)

> 1) 溫太眞(온태진): 온교溫嶠: 288~329를 가리킨다. 그는 자가 태진泰眞. 또는
> 　太眞이며 동진東晉의 명장名將이었다. 17살에 사례교위司隷校尉의 보좌관인
> 　도관종사都官從事로 벼슬살이를 시작한 그는 이후 강주태수江州太守를 지
> 　내며 왕돈王敦과 소준蘇峻의 반란을 평정하는 데에 공을 세워 표기장군
> 　驃騎將軍 겸 개부의동삼사開府儀同三司에 임명되었고, 산기상시散騎常侍의 직
> 　함과 함께 시안군공始安郡公에 봉해졌다. 시호는 충무忠武이다.
> 2) 失色(실색): 부끄러움이나 놀라움, 분노 등으로 인해 안색이 변하다.

> 유영劉伶은 늘 멋대로 술을 마시고 거침없이 행동해서, 간혹 옷을 벗고 알
> 몸으로 집에 앉아 있기도 했다. 사람들이 그걸 보고 비웃자 그가 이렇게
> 말했다.
> "나는 천지를 집으로 삼고 방을 속옷으로 삼고 있소. 그런데 그대들은 왜

내 속옷 안으로 들어오셨소?"

劉伶[1]恒縱酒放達,[2] 或脫衣裸形在屋中. 人見譏之, 伶曰: 我以天地爲棟宇,[3]
屋室爲幝衣,[4] 諸君何爲入吾幝中. (≪世說新語≫ <任誕>)

1) 劉伶(유영): 221?~300. 자가 백륜伯倫이며 '죽림칠현竹林七賢' 가운데 한
   사람이다. 진晉나라 무제武帝 : 265~290 재위 때에 조정의 책문策問에 대한
   답변에서 무위無爲의 정치를 강조하다가 무능하다는 이유로 파면되었
   다. 노장사상에 심취하고 술을 좋아했던 그는 유명한 <주덕송酒德頌>
   을 지어 전통적인 예법을 경멸하기도 했다.
2) 縱酒放達(종주방달): 술을 제멋대로 마시고 예의에 얽매이지 않은 채
   호방하게 행동하다.
3) 棟宇(동우): 원래 건물의 정중앙과 네 귀퉁이를 가리키는 말이지만,
   종종 건물이나 집을 가리키는 뜻으로 쓰인다.
4) 幝衣(곤의): 속옷.

이상의 예문에서도 알 수 있듯이, 이 책은 비록 간결하고 짧은
기록이기는 하지만 당시 명사들의 삶에서 대표적인 예들을 적확하
게 뽑아서 매우 생동적으로 묘사하고 있기 때문에, 후세의 이야기
에서 이른바 등장인물의 '전형典型'을 설정하는 데에 적지 않은 도움
을 주었으리라는 것을 어렵지 않게 알 수 있다.

2. 당 전기傳奇의 성립과 그 의의

1) 기록된 사실에서 창작된 허구로

최초에 역사가나 박물학자의 호사가적인 호기심과 종교 사상가
들의 신념을 입증할 자료로서 수집되어 기록된 지괴의 진지한 '사

실'들은 시간이 지나면서 점차 기록임을 빙자하여 의도적으로 창작된 이야기로 변하는 경향을 보인다. 이것은 무엇보다도 시대가 변함에 따라 '괴이한 것'에 대한 사람들의 인식이 변화하게 된 것과 관련이 있을 것이다. 앞서 살펴보았던, '죽은 지 얼마 안 되는 귀신' 이야기에서도 알 수 있듯이, 자연에 대한 이성적이고 합리적인 지식이 축적됨에 따라 귀신이나 신선 같은 것에 대한 사람들의 믿음이 점차 약화되면서, 예전의 진지한 기록의 대상이었던 '괴이한 것'들은 희화戱化되거나 문학적 풍자 수단으로 이용되게 되었다.

예를 들면 《태평광기》 권335에는 출처를 밝히지 않은 양국충楊國忠：?~756에 관한 이야기가 수록되어 있다. 여기에는 정체를 밝히지 않은 어느 여자 귀신이 양국충의 저택에 찾아와 그의 실정失政을 꾸짖고 사라지면서 안녹산安祿山：703~757의 반란을 암시하는 말을 남기고 떠났다는 내용이 들어 있다. 대부분의 다른 이야기들과는 달리 이 이야기에는 사실인지 여부를 확인시켜 주는 장치가 없는데, 이것은 이 이야기가 양국충에 대해 반감을 가진 '기록자'에 의해 조작 혹은 창작되었을 가능성이 있다고 의심하게 할 만하다. 그런데 명나라 때의 필사본에는 이 이야기가 당나라 때에 장독張讀：853 전후이 편찬한 《선실지宣室志》에서 인용한 것이라고 했다. 그러므로 이러한 의도적인 '창작'은 적어도 당나라 무렵부터 이미 시작되었다고 할 수 있다.

물론 이러한 의도적인 창작이 나타나기 이전에도 지괴 이야기들 가운데는 시간적으로 비교적 후기에 '기록'되었을 것으로 추측되는 복잡한 구조를 지닌 것들이 나타나기 시작하고 있었다. 처음에는 그저 누가 어디에서 어떤 '괴이한 것 또는 현상'을 목격했다는 식으로 간단하게 기록되었을 것이 분명한 지괴 이야기들 가운데는 여러 유형의 구성 요소들을 결합해서 이야기 구조가 복잡해짐과 동시에 분량이 길어진 작품들도 보인다. 당연히 이런 이야기들은 대개 시간적으로 뒤에 편집되었거나 창작되었을 것으로 추측할 수 있다. 이처럼 괴이한 것의 의미가 세속화되면서 허구성과 오락성을 갖춘 이야기 문학으로 변화할 가능성을 보여주는 흥미로운 예는 이승의 인간과 저승의 귀신 사이의 사랑을 '기록'한 이야기에서 쉽게 발견할 수 있다. 예를 들어서 당나라 때의 진소陳劭가 편찬했다고 하는 ≪통유기通幽記≫에서 인용한 것으로 기록되어 있는 <당훤唐暄>(≪태평광기≫ 권332) 이야기의 주요 내용을 간추려 보면 대략 다음과 같다.

① 당훤은 진창晉昌 사람인데, 개원開元 : 713~741 연간에 안정安定 땅 장월張軏의 후손인 장공張恭이란 사람의 막내딸을 아내로 맞이했다.

② 개원 18년(730)에 당훤은 무슨 일로 낙양에 들어갔다가 여러 달 동안 돌아오지 못했는데, 하루는 꿈에 아내가 꽃을 사이에 두고 울고 있었다. 잠시 후에 우물을 들여다보니 그 안에서 다시 웃고 있었다. 점쟁이에게 물어 보니 아내가 죽을 것이라고 했고, 며칠 후 과연 나쁜 소식이 있었다.

③ 몇 년 후에 돌아와서, 밤늦도록 '죽은 아내를 애도하는 시[悼亡詩]'를 읊조리다가, 갑자기 어둠 속에서 아내의 목소리를 들었다.

④ 잠시 후 몇 년 전에 다른 집에 팔았던 노비가 영혼이 되어 나타나더니, 지금 당훤의 아내를 모시면서, 당훤의 죽은 딸을 보살피고 있다고 말했다.

⑤ 뒤이어 아내의 영혼이 나타나서, 함께 지난날을 이야기했다. 같이 침실에 들었는데, 아내는 이미 그가 재혼한 사실을 알고 있었다.

⑥ 당훤이 사람의 운명과 전생의 인연에 대한 몇 가지 의문점을 물으니, 아내가 대답해 주었다.

⑦ 식사를 하면서 아내가 같이 온 시종들을 소개하는데, 알고 보니 모두 당훤이 제사 때마다 종이에 이름을 적어 보내 준 노비들이었다. 또한 어려서 죽은 딸이 저승에서 나이를 먹고 자라 있음을 발견한다.

⑧ 두 사람은 침실에서 그동안 나누지 못했던 정을 나누었는데, 아내는 살아 있을 때와 거의 다르지 않았다. 그리고 아내는 저승에 대한 이런저런 정보를 알려 주었다.

⑨ 날이 밝자 아내는 정표를 남기고 떠나갔는데, 온 집안사람들이 그것을

목격했다.

이렇게 풀어놓고 보면, 우리는 이 이야기가 적어도 세 가지 이상의 단편적인 구성 요소를 종합하여 만들어진 것임을 알 수 있다. 즉, 다른 사람의 꿈에 나타나 자신의 죽음을 알리는 귀신 이야기와 이승의 인간과 저승의 귀신 사이의 사랑, 그리고 인간에게 저승에 대한 정보를 제공하는 귀신 이야기가 그것이다. 이뿐 아니라 이 이야기에 진술된 저승에 대한 정보도 다른 이야기들에 비해 상당히 다채롭고 풍부한데, 이것은 대개 다른 이야기에서 언급된 것들을 적절하게 종합하고 있기 때문이다. 또한 주인공의 신분을 소개한 ① 부분과 주인공이 아내의 혼령을 만난 사실에 대한 방증傍證을 기록한 ⑨ 부분의 원문은 초기의 작품들에 비해 상대적으로 길고 자세하여, 기전체 형식의 흔적이 상당히 뚜렷하다. 그러나 전체적으로 보면 이 이야기는 아직 귀신에 대한 인간의 지적인 관심이 두드러지고 있어서, 완전히 세속화된 '문학적 이야기'라고 간주하기는 어렵다.

분명한 것은 당나라 중엽에 이르면 이런 이야기들이 이야기 자체의 재미와 교훈에 충실한 창작된 이야기인 전기傳奇의 모델이 되고 소재를 제공했다는 사실이다. 이 시기에 이르면 '고문古文운동'으로 대표되는 산문의 문체개혁 운동으로 인해 비록 문언文言이긴 하지만 비교적 쉽고 산문적 서술이 편리한 문체가 널리 유행하고, 그로 인해 한유韓愈 : 768~824의 <모영전毛穎傳>이나 유종원柳宗元 : 773~819의 <종수곽탁타전種樹郭槖駝傳>과 같이 의인화된 사물이나 가상의 인물을 주인공으로 한 이야기에 가까운 문장들이 지어졌다. 또한 과거 시험의 응시생들이 시험관에게 미리 자신의 재능을 알리기 위해 글을 바치는 온권溫卷 또는 행권行卷의 관행이 유행함에 따라, 흥미진진한 이야기 속에 자신의 글쓰기 재능과 학식을 담는 방법이 다양하게 모색되었다. 또한 당나라 때에 들어서 본격적으로 중국화되기 시작한 불교도 풍부한 상상력과 환상의 세계를 묘사한 각종 설화를 제공해 주었고, 특히 불교 특유의 윤회설과 지옥에 대한 이야기들은 이야기의 소재뿐만 아니라 줄거리의 구성 방식에도 적지 않은 계발을 주었다. 아울러 상업과 도시 문화의 발달로 인한 새로운 유흥 문화의 발달과 도시 생활 자체가 만들어 내는 복잡하고 진기한 이야기들도 이 새로운 이야기 문학인 '전기'의 발달을 뒷받침해 주었다.

2) 당 전기의 이야기 구조와 내용

780년에 완성된 심기제沈旣濟 : 750?~800의 <임씨전任氏傳>과 795년에 완성된 백행간白行簡 : 776~826의 <이왜전李娃傳>은 각기 '여우 정령〔狐精〕'과 기녀妓女의 애절한 사랑과 정절을 묘사한 작품으로 널리 알려진, 당 '전기' 가운데서도 걸작으로 꼽히는 작품들이다. 그런데 이 작품들을 구조적으로 분석해 보면, '지괴'의 이야기와 본질적인 측면에서 유사성이 드러난다. 여기서는 당나라 때의 대부戴孚가 편찬했다고 알려진 《광이기廣異記》에서 인용했다고 하는 <이도李陶>(《태평광기》 권333)를 대표적인 예로 삼아, 지괴와 전기 사이의 구조적 유사성을 살펴보자.

먼저 이들 세 이야기의 얼개를 도표로 정리해 보면 다음과 같다.

구 분	이 도	임 씨 전	이 왜 전
남자 주인공	이도: 서생	정鄭 아무개: 서생, 신안왕信安王의 외손外孫 위잠韋岑의 사촌 매부	이름이 밝혀지지 않은 서생 : 상주자사常州刺史 형양공滎陽公의 아들
상대역 (신분)	정여랑鄭女郎 : 귀신	임씨任氏 : 여우 정령	이왜李娃 : 장안의 기녀
줄거리의 초점	자신의 미색에 빠져 무위도식하는 이도를 선도하여 과거에 급제시키고, 남편을 위해 희생하는 '귀신 부인' 정여랑	임씨는 인간의 모습을 한 여우인데, 정 서생의 정부情婦가 되고 나서는 다른 이의 유혹을 물리치고 정절과 지혜로써 정 서생을 섬김	이왜는 과거에 응시하러 장안에 왔다가 자신에게 빠져 신세를 망친 어느 서생을 보살펴서 입신양명하게 해 줌
이야기의 결말	이도가 벼슬을 받아 임지로 떠날 즈음에 인연이 다했음을 알리고 헤어짐	임씨는 자신의 액운을 알면서도 정 서생의 임지로 따라가다가 개에 물려 죽음	서생과 정식으로 혼례를 치르고, 나중에 견국부인汧國夫人에 봉해짐

위의 얼개에서도 나타나듯이, 이들 세 이야기의 실제적인 주인공은 여우와 기녀, 그리고 귀신이다. 그런데 원래 당시의 일반인들에게 이들은 비록 정도의 차이는 있지만 하나같이 자신과 깊은 관계에 빠지는 남자의 신세를 망쳐 놓는 존재로 알려진 '기피 대상'이었다. 그런데 위의 세 이야기에서 이들은 모두 당나라 때 사대부들의 윤리적 조건을 충족시킨, 예외적이고 모범적인 존재로 나타난다. 남자를 타락시키는 존재로 여겨지던 기녀는 선입견을 뒤집어 지체 높은 가문의 규수보다 유가의 윤리관에 충실하고, 살아 있는 사람을 해치던 존재로 여겨지던 여우 정령이나 귀신은 오히려 사람을 위해 자신을 희생한다. 이전까지 일반적인 관념 속에서 기피 대상이었던 존재들이 이 이야기들에서는 인간에게 친숙하면서도 본받을 만한 덕성을 지닌 존재로 바뀌어 있는 것이다. 또한

위 얼개에서는 얼른 알아볼 수 없지만, 주인공이 상대역을 만나는 과정에 대한 묘사도 <이도>에 비해 <임씨전>과 <이왜전>이 훨씬 정교하다. 이것은 결국 기본적인 줄거리의 틀은 비슷하지만 이야기의 묘사 대상이 귀신에서 여우 정령으로, 그리고 다시 인간으로 전환되고 있음을 보여준다.

또한 위 세 이야기의 결말을 유심히 비교해 보면, <이도>와 <임씨전>은 비극적인 이별로 끝나지만 〈이왜전〉은 행복한 결말이 돋보이는 것을 알 수 있다. 어떤 의미에서 이러한 결말은 당나라 때의 봉건 윤리 속에서 억압된 여성의 지위 향상과 극적인 신분 상승의 열망 등을 반영한 것으로, 우리나라의 <춘향전>과 비교되기도 한다. 어쨌든 적극적으로 해석하자면, 이 이야기에 담긴 이와 같은 주제 의식은 작가가 전통적인 이야기 소재와 구조를 능동적으로 활용하여 의미 있는 주제를 담은 성숙한 문학작품으로 승화시킨 결과라고 평가할 수 있을 것이다.

일반적으로 당 전기는 작품의 내용과 줄거리에 따라 다음과 같이 네 가지로 나누어 설명되곤 한다. 물론 이 분류 방식은 부분적으로 중복되거나 경계가 명확하지 않은 점이 있지만, 주요 작품의 면모를 대체적으로 개괄하는 데에는 유용한 면이 있다.

첫째는 신괴류^{神怪類}이다. 여기에 속하는 작품들은 대개 남북조 시대 지괴의 전통을 이어받아 귀신이나 신선, 요괴, 불교의 설화 같은 비현실적이고 기이한 이야기들을 다룬다. 대표적인 작품으로는 <고경기^{古鏡記}>, <보강총백원전^{補江總白猿傳}>, <유선굴^{遊仙窟}> 등이 있다. 다만 이 작품들은 지괴 이야기처럼 단순히 신기한 사건을 전해 주는 데에 그치는 것이 아니라 풍자적이고 교훈적인 메시지를 나타내려는 작자의 의도를 담고 있는 경우가 많다. 예를 들어서 <보강총백원전>은 역대로 당나라 초기의 저명한 서예가 구양순^{歐陽詢 : 557~641}의 얼굴이 원숭이처럼 생겼음을 조롱하는 내용이라고 여겨졌으며, 장작張鷟:667~740의 <유선굴>은 표면적으로는 신선세계의 아리따운 두 선녀와 보낸 하룻밤을 묘사하고 있으나 실상은 기생들과 보낸 질펀한 밤의 풍류를 상당히 노골적으로 묘사한 작품이다. 실제로 당나라 때에 선녀는 종종 아름다운 부인이나 염문을 뿌리고 다니는 여도사女道士, 혹은 기생을 비유하는 말로 사용되었다.

둘째는 풍자류이다. 여기에 속하는 작품들은 신괴류 작품들과 소재나 줄거리 면에서는 유사한 면이 많으나, 인생에 대한 성찰이나 현실에 대한 풍자에 좀 더 치중된 점이 특징이다. 앞서 언급한 <임씨전>이나 심기제의 <침중기枕中記>, 이공좌李公佐:770~850?의 <남가태수전南柯太守傳> 등이 여기에 해당한다. <침중기>는 과거에 급제하지 못한 노盧 아무개라는 서생이 어느 여관에서 우연히 만난 도사 여옹呂翁이 빌려준 베개를 베고 잠들었다가 꿈속에서 귀족 가문의 아름다운 딸과 결혼하고 과거에 급제하여 부귀영화를 누리다가 여든 살이 되어 죽었는데, 깜짝 놀라 깨어 보니 여관 주인이 짓고 있던 좁쌀 밥이 채 익지도 않았더라는 이야기이다. 인생의 부귀영화가 덧없음을 일깨우는 이 이야기는 이 때문에 <황량몽黃粱夢> 또는 <한단몽邯鄲夢>이라고도 불리며, 훗날 명나라 때의 극작가 탕현조湯顯祖:1550~1616가 <한단기邯鄲記>라는 연극으로 개편하여 큰 인기를 누리기도 했다. 이와 유사한 주제의 꿈 이야기를 담은 <남가태수전>은 훗날 '남가일몽南柯一夢'이라는 고사성어를 만들어 내기도 했으며, 이 작품 역시 탕현조에 의해 <남가기南柯記>라는 연극으로 만들어졌다.

셋째는 당 전기 가운데 문학적 성취가 가장 높은 작품들이 많이 들어 있는 애정류이다. 여기에는 인간 사이의 사랑은 물론 인간과 선녀, 귀신, 요괴 사이의 기이한 애정 행각까지 포함되어 있다. 이런 이야기들에는 대개 당시의 비인간적인 예교禮敎의 억압에 반항하는 신흥 도시민들의 자유로운 애정관을 반영하고 있다고 여겨진다. 앞서 언급한 <이왜전>을 비롯해서 이조위^{李朝威 : 766?~820}의 <유의전^{柳毅傳}>과 심기제의 <이혼기^{離魂記}>, 장방^{蔣防 : 792?~835}의 <곽소옥전^{霍小玉傳}>, 원진^{元稹 : 779~831}의 <앵앵전^{鶯鶯傳}>, 진홍^{陳鴻 : ?~?}의 <장한가전^{長恨歌傳}> 등이 대표작으로 꼽힌다. 이 작품들 역시 대부분 후세의 연극이나 소설로 다시 개편되어 큰 인기를 누렸다. 예를 들어서 탕현조는 <이혼기>를 <모란정^{牡丹亭}>으로, <곽소옥전>을 <자차기^{紫釵記}>로 개편했다. 그리고 <장한가전>은 원나라 때에 백박^{白樸 : 1226~?}에 의해 잡극 <당명황추야오동우^{唐明皇秋夜梧桐雨}>로 개편되었다가 다시 청나라 때 홍승^{洪昇 : 1645~1704}에 의해 <장생전^{長生殿}>이라는 걸작 연극으로 만들어졌다. <앵앵전> 역시 원나라 때 왕실보^{王實甫 : 1260~1336}에 의해 잡극 <최앵앵대월서상기^{崔鶯鶯待月西廂記}>로 개편되어 큰 인기를 누렸다.

넷째는 호협류^{豪俠類}이다. 여기에 속하는 작품들은 대개 영웅 협객의 무용담에 남녀 간의 사랑과 도술 같은 양념을 더해 흥미를 끄는 형태로 만들어져 있다. 이런 작품들은 번진^{藩鎭}이 할거하여 암투를 벌이면서 자객을 양성하던 풍조와 시대의 혼란을 배경으로 성행한 민간 종교에서 선전한 각종 신선술과 도술, 방술의 흔적들을 반영하고 있다. 흔히 명·청 시대의 '협의공안류^{俠義公案類}' 소설과 현대의 무협소설의 원류로도 언급되는 이런 부류의 작품으로는 <규염객전^{虯髥客傳}>과 <무쌍전^{無雙傳}>, <유씨전^{柳氏傳}>, <홍선전^{紅線傳}>, <풍연전^{馮燕傳}>, <사소아전^{謝小娥傳}>, <섭은낭^{聶隱娘}> 등이 있다. 이 가운데 <풍연전>과 <섭은낭>은 남녀 간의 사랑 이야기에 좀 더 치우쳐 있고, <규염객전>은 고구려의 명장 연개소문^{淵蓋蘇文}을 모델로 한 역사소설 형태를 띠고 있다는 점이 특기할 만하다. 무엇보다도 이런 작품들은 어지러운 현실과 부조리한 제도 속에서 고통을 겪고 있던 당시 서민들의 희망을 반영하면서 정신적으로나마

164

위안을 제공함으로써 널리 전파될 수 있었다.

3. 제도적 부조리에 대한 비판과 한계 ―
<곽소옥전^{霍小玉傳}>

<곽소옥전>은 당시 시와 사^詞를 잘 지어서 세간에 명성이 높았던 실존 인물 이익^{李益 : 748~827?}을 모함하기 위해 날조된 것이라는 설이 있지만, 어쨌든 이 이야기는 봉건적 혼인제도의 희생양이 된 여인의 비극을 흥미롭고 의미심장하게 그리고 있다. 복잡한 의미를 담은 이 작품의 줄거리는 다음과 같다.

> 곽소옥은 제후인 곽왕^{霍王}의 첩실에게서 태어났으나, 곽왕이 죽은 후 태생이 비천하다는 이유로 형제들에게 내쫓겨 성까지 정씨^{鄭氏}로 바꿔서 살고 있다. 외모가 아름답고 품성이 고상하며, 음악과 시 창작, 서예에도 능통한 열여덟 살의 그녀는 '격조 있는' 신랑을 구하다가, 마침 진사에 급제하여 이부^{吏部}에서 거행하는 관리 선발 시험을 기다리고 있는 스물두 살의 이익^{李益}을 만난다. 그들은 정식 결혼을 하진 않았지만 부부처럼 2년을 함께 보낸다. 그러나 이익이 시험에 합격하여 지방관으로 나가게 되자, 그녀는 자신의 신분이 이익의 정실부인으로 어울리지 않는다는 것을 알고 그저 8년 동안만 함께 해 주면 스스로 비구니가 되어 떠나겠다고 제안한다. 이익은 그러마고 약속하지만, 막상 고향으로 가보니 모친이 정해놓은 혼처가 있었다. 그는 어쩔 수 없이 결혼식을 치르면서 곽소옥과의 약속을 저버리게 된다. 수심과 원한에 마음이 상한 곽소옥은 결국 몸져눕게 되는데, 마침 그 사연을 알게 된 어느 협객^{俠客}이 이익을 억지로 끌고 가 곽소옥과 만나게 한다. 그 자리에서 곽소옥은 자신의 순정을 배신한 이익을 저주하며 숨을 거둔다. 그리고 훗날 이익은 곽소옥의 저주대로 가정이 풍비박산 나고, 어떤 여자와 만나도 불화를 일으켰다.

이 이야기에서 곽소옥은 억압적인 제도의 희생양이지만 스스로 현실을 인정하고 그 속에서 타협점을 찾고자 했다. 그러나 그런 제한적인 소망마저 배신당하자 저승에서나마 복수를 할 수밖에 없었다. 첩실의 딸인 그녀는 기생은 아니었지만 그렇다고 어엿한 가문의 규수와 같은 삶도 바랄 수 없는 처지였기 때문에, 사실상 사회적으로는 기생과 큰 차이가 없는 처지였다. 그렇기 때문에 그녀는 여염집 규수들과는 달리 어려서부터 음악과 시, 글씨를 열심히 익혔던 것이다. 그럼에도 그녀는 '격조가 서로 어울리는 좋은 신랑'을 구해 잠시나마 떳떳한 삶을 살아 보려는 열망을 간직하고 있었다. 사회의 신분적 제약을 근본적으로 극복하기는 어렵다는 냉철한 판단을 바탕으로 그녀는 10년으로 한정된 시간이나마 정상적인 여자로서 누려야 할 행복을 누리려 한다. 그러나 그녀의 열망은 기회주의적이고 우유부단하면서도 철저하게 이기적인 문인인 이익을 만남으로써 비극으로 끝나 버린다.

사실 이러한 이익의 형상은 이 이야기에서만 독특하게 설정된 것이 아니었다. 당시에는 이미 신분에 관계없이 형편이 넉넉한 이들이 집안에 가기歌妓를 두거나 기생과 혼외婚外의 깊은 인연을 맺는 것쯤은 벌써 사회적 유행으로 자리 잡고 있었다. 이 때문에 유명한 시인 백거이白居易 : 772~846와 원진元稹 : 779~831이 설도薛濤 : 770?~832?를 비롯해서 재색을 겸비한 기녀들과 어울린 이야기가 사람들의 입에 널리 회자되기도 했다. 물론 봉건 시대 윤리제도 아래서는 그런 로맨스가 도를 지나치면 바로 제도의 억압 대상으로 변한다. 이미 당나라 때부터 기생과 정식으로 결혼한 이들은 본인뿐만 아니라 손자와 친척들까지도 과거시험의 응시 자격을 박탈당했던 것도 그런 억압의 예 가운데 하나이다. 그러므로 일반적인 사대부 문인들에게 적당히 절제된 혼외의 로맨스는 오히려 사회적으로 부러움을 살 수도 있는 허용된 일탈이었다. 그러나 이러한 기득권층의 낭만이 억압받는 계층에게는 슬픔과 분노를 야기하는 전횡이었다. 이런 피해자들의 심정은 곽소옥이 임종하면서 이익에게 퍼붓는 저주에 잘 나타나 있다.

그러자 곽소옥은 몸을 비스듬히 한 채 얼굴을 돌려 이익을 한참 동안 흘겨보더니, 곧 술잔을 들어 땅에 부으며 말했다.
"저는 여자로 태어나 이처럼 박명한데, 그대는 대장부의 몸으로 이처럼 제 마음을 저버리는군요! 그래서 저는 청춘의 몸으로 원한을 머금은 채 생을 마칩니다. 어머니가 살아 계신데도 공양해 드리지 못하고, 비단옷도 좋은 음악도 이제부터 영영 즐기지 못하게 되었지요. 여보, 여보, 이제 영원히 헤어지게 되었군요. 저는 죽은 뒤 반드시 원귀寃鬼가 되어 당신의 처첩들을 항상 편히 지내지 못하게 하겠어요!"
그리고 그녀는 왼손을 뻗어 이익의 팔을 붙잡고 술잔을 땅바닥에 내던지더니 한참 동안 서럽게 통곡하다가 숨이 끊어졌다. 그녀의 어머니가 그 시신을 이익의 품에 안기고 그녀의 이름을 불러 보라 했지만 그녀는 다시 깨어나지 않았다.

玉乃側身轉面, 斜視生良久, 遂擧杯酒酬地[1]曰: 我爲女子, 薄命如斯. 君是丈夫負心若此. 韶顔稚齒[2], 飮恨[3]而終. 慈母在堂, 不能供養. 綺羅絃管, 從此永休. 徵痛[4]黃泉, 皆君所致. 李君李君, 今當永訣.[5] 我死之後, 必爲厲鬼,[6] 使君妻妾, 終日不安. 乃引左手握生臂, 擲杯於地, 長慟號哭數聲而絶. 母乃擧尸, 置於生懷, 令喚之, 遂不復蘇矣.

1) 酬地(수지): 술을 땅에 부으며 신에게 기원하는 것이다.
2) 韶顔稚齒(소안치치): 나이가 젊고 용모가 아름다운 것을 가리킨다.
3) 飮恨(음한): 원한을 품다.
4) 徵痛(징통): 징벌을 받아 고통을 당하다. 여기서 '徵(징)'은 징벌하다는 뜻의 '懲(징)'과 통한다.
5) 永訣(영결): 죽어서 영원히 헤어지다.
6) 厲鬼(여귀): 대개 살아 있는 인간에게 해를 끼치는 악귀惡鬼를 가리키지만, 여기서는 원한 때문에 복수하는 귀신을 가리킨다.

흥미로운 점은 <이왜전>이나 <앵앵전> 같은 다른 전기 작품들과는 달리 <곽소옥전>에는 작품 말미에 작자의 평론이 없다는 사실이다. 당 전기는 기본적으로 ≪사기≫의 기전체를 계승했기 때문에 대개 기전체의 말미에 달린 역사가의 논찬論贊을 흉내 낸 평론이 붙거나, <남가태수전>처럼 그 이야기가 '기록'되게 된 내력을 밝히고 있다. 그런 의미에서 이 작품의 말미에 평론이 없는 것은 작자가 의도적으로 생략한 것일 수도 있다. 당연히 이런 의도적인 평론의 생략이 단순히 작자 역시 기득권층의 일원이고, 곽소옥과 같은 사회제도의 피해자들을 구원해 줄 마땅한 현실적 대안이 없기 때문만은 아니었을 것이다. 그보다는 <곽소옥전>의 작자가 다른 전기 작자들에 비해 이야기를 만들어 내는 기술이 한층 더 높았기 때문이라고 풀이하는 편이 더 타당할 것 같다. 왜냐하면 이 작품에는 곽소옥과 이익에 대한 작자 자신의 생각을 대변할 만한 등장인물들이 곳곳에 안배되어 있어서 군이 화자話者의 생각을 직접적으로 드러낼 필요가 없기 때문이다. 예를 들어서 곽소옥의 처지를 동정하여 생활비를 도와준 연선공주延先公主나 곽소옥을 도와 이익의 배반 소식을 알려준 최구명崔久明, 피해 다니는 이익을 끌고 와서 곽소옥의 임종을 지켜보게 한 협객 등이 그에 해당한다.

이상에서 살펴본 것처럼 당 전기는 비록 문언으로 지어진 서사문학이지만 뚜렷한 주제의식을 담은 창작물로서 상당히 높은 수준을 이룩해 내고 있었다. 그 결과 당 전기는 후세의 서사문학이 발전하는 데에 훌륭한 토대를 제공했으며, 특히 <곽소옥전>과 같은 일부 작품들은 어떤 의미에서는 후세의 문언으로 된 여타의 서사문학보다 오히려 더 수준 높은 경지를 구가하고 있었다.

4. 필기筆記의 유행과 문언 서사의 침체

　당 전기 이후 문언 서사문학의 전반적인 쇠퇴는 상대적으로 백화 서사문학의 급속한 발전 때문이라고도 할 수도 있다. 그러나 다른 측면에서는 송나라 이후로 서사문학에 대한 문인들의 관심이 점차 시들해지고 있었다던 점도 간과할 수 없다. 이른바 '문치文治'가 확립되고 문인의 위상이 안정적으로 높아지면서 문인들의 문학 활동은 시사詩詞와 고문古文이라는 '대아지당大雅之堂'의 양식들에 집중되었다. 또한 '은일隱逸' 풍조의 유행과 서원書院 문화의 발전 등으로 인해 개인적이고 한적한 삶을 추구하는 문인들이 늘어났고, 그로 인해 생겨난 여가시간은 '필기筆記'라는 독특한 분야로 집중되었다.

　그런데 어떤 의미에서 필기는 남북조 시대 '지괴'의 부활이라고 해도 무방할 정도로 이야기의 창작이라기보다는 대부분 잡다한 분야에 대한 호사가적인 기록과 정리에 가까웠다. 필기가 포괄하는 범위는 민간의 신기한 전설이나 우스갯소리, 각종 일화들에서부터 천문, 지리, 전장제도典章制度, 초목, 충어蟲魚, 민속, 취미, 심지어 학술적 고증에 이르기까지 방대하고 잡다했다. 또한 송나라 때부터 본격적으로 일어나기 시작한 이러한 유행은 청나라 말엽까지 이어져서 거의 3천 종種이 넘는 방대한 자료로 축적되었다. 다만 이런 필기들은 대부분 역사가가 사료를 수집하여 정리하듯이 기록되었기 때문에 애초부터 서사문학의 재미와 예술성에는 관심을 두지 않은 경우가 많았다.

　그래도 서사 문학의 측면에서 주목할 만한 필기 작품으로는 대개 청나라 때 포송령蒲松齡 : 1640~1715의 ≪요재지이聊齋志異≫와 기윤

紀昀 : 1724~1805의 ≪열미초당필기閱微草堂筆記≫가 꼽힌다. 이 두 작품집은 다양한 민간문학의 장점들을 창의적으로 흡수하여 뛰어난 수준으로 집대성했으며, 짧은 이야기들을 통해서 작자의 깊은 세계관과 문학관을 성공적으로 담아냈다는 평가를 받고 있다. ≪요재지이≫에 '배를 심다種梨'는 제목으로 수록된 이야기를 한 편 읽어보기로 하자.

어떤 시골 사람이 시장으로 배를 팔러 갔다. 그의 배는 맛이 달고 향기로워 가격도 매우 비쌌다. 그가 한창 신나게 팔고 있을 때, 낡은 두건을 쓰고 다 떨어진 솜옷을 입은 도사 하나가 배를 실은 수레 앞으로 오더니 한 개만 달라고 구걸하기 시작했다. 시골 사람은 그를 나무랐지만 도사도 물러서지 않았다. 시골 사람이 화를 내며 큰소리로 욕설을 퍼붓자 도사는 이렇게 항변했다.
"수레에 가득한 몇 백 개의 배 가운데 저는 고작 한 개를 구걸했을 뿐입니다. 당신에게 큰 손해를 입히는 것도 아닌데 왜 그렇게 화를 내십니까?"
곁에서 구경하던 사람들도 시골 사람에게 품질이 나쁜 놈으로 한 개 적선해서 도사를 보내 버리라고 했지만, 그는 끝끝내 고집을 피우고 배를 주지 않았다. 그들의 말다툼이 갈수록 심해지는 것을 본 어떤 상점의 점원이 자기 돈을 털어 배를 한 개 사더니 도사에게 주었다. 도사는 점원에게 고맙다고 인사를 한 뒤 구경꾼들에게 말했다.
"저 같은 도사는 인색한 것이 뭔지 모르지요. 제게 품질이 매우 좋은 배가 있는데 여러분들께 나눠드리겠습니다."
어떤 사람이 그 말을 듣고서 도사에게 물었다.
"그런 게 있었으면 어째서 자기 것을 드시지 않았소?"
"저는 다만 이 배의 씨를 종자로 쓰려 했던 것입니다."
도사는 이렇게 말하더니 배를 움켜쥐고 와작와작 깨물어 먹기 시작했다. 다 먹고 나자 그는 손바닥에 씨를 올려놓고 어깨에 걸쳤던 부삽을 내리더니 몇 치 깊이로 구덩이를 팠다. 그러더니 씨를 그 안에 넣고 흙을 덮고 시장 사람에게 뜨거운 물을 부탁했다. 남의 일에 참견하기 좋아하는 한 사람이 길가에 있는 가게로 달려가 펄펄 끓는 물을 얻어 왔고, 도사는 그것을 받아 구덩이에 뿌렸다.
수많은 눈동자들이 호기심에 차 구경하는 가운데 앙증맞고 귀여운 싹이 돋아 점점 자라나더니 금세 가지와 잎사귀가 무성하게 뻗은 큰 나무가 되었다. 또 눈 깜짝할 사이 꽃이 피고 순식간에 열매를 맺더니 크고 향기로운 과일이 온 나무에 주렁주렁 매달렸다. 도사가 나뭇가지에서 배를 따 구경꾼들에게 나눠주자 얼마 안 가서 배가 다 동이 났다. 배를 다 따낸 도사는 부삽으로 나무 밑동을 내리찍었는데, 한참 동안이나 나무 찍는 소리가 쩡쩡 울리고 나서야 배나무가 가까스로 옆으로 넘어갔다. 도사는 이파리가 달린 나무를 어깨에 메더니 휘적휘적 그 자리를 떠났다.

애당초 도사가 도술을 부릴 때 그와 시비를 벌이던 시골 사람도 구경꾼들 틈에 섞여 있었다. 그는 목을 길게 빼고 넋을 잃은 채 구경하다가 마침내는 자신이 배를 팔러 왔다는 사실조차 잊고 말았다. 그러다가 도사가 가버린 뒤 자기 과일 수레를 돌아보았더니 배가 남김없이 사라져서 하나도 보이지 않았다. 그는 비로소 조금 전 도사가 구경꾼들에게 나눠준 배가 사실은 전부 자기 것임을 깨달았다. 다시 수레를 여기저기 훑어보았더니, 방금 뜯겨져 나간 듯 수레 채 한 쪽이 없어지고 보이지 않았다. 그는 불같이 화를 내며 서둘러 도사를 쫓아갔다. 길모퉁이를 돌아서자 잘려진 수레 채가 담장 아래 버려져 있었으므로 그는 도사가 찍어 넘긴 배나무가 실은 이 물건이었다는 것을 알게 되었다. 도사는 어디로 갔는지 행방이 묘연했다. 시장 사람들은 이 일을 두고 모두 웃음을 그치지 않았다.

이사씨異史氏는 말한다.

"그 시골 사람은 너무나 어리석었으니 그 모습이 손에 잡힐 듯 선명하다. 그가 시장 사람들의 웃음거리가 된 것도 까닭이 있구나! 나는 시골에서 돈푼깨나 있다는 사람들이 친한 친구가 쌀이라도 꾸러 찾아오면 얼굴색이 벌게지며 불쾌해하는 광경을 자주 보았다. 그러면서 또 '이 정도 쌀이면 며칠은 쓸 수 있겠군.' 하고 셈을 한다. 누군가 어려운 사람을 한번 도와주라고 하거나 외롭고 의지할 데 없는 사람에게 한 끼 밥이라도 먹여 주라고 권하면, 그들은 또 벌컥 성을 내며 따지듯이 지껄인다. '이 정도면 열 명, 다섯 명이 먹을 양이야.'

그런 작자는 심지어 아버지나 아들, 형제들에게도 아무리 사소한 것이라도 하나하나 셈을 따진다. 하지만 기생질이나 도박에 눈멀게 되면 주머니를 다 털어도 전혀 아까워하지 않고, 칼날이 목에 닿을 상황이 되면 돈을 써서 목숨을 구하는 데 겨를이 없다. 이런 갖가지 정황은 이루 다 말할 수가 없으니, 그 어리석은 시골뜨기 따위야 또 탓해 무엇 하랴!"

有鄉人貨梨於市, 顏甘芳, 價騰貴. 有道士破巾絮衣丐於車前, 鄉人咄之而不去, 鄉人怒, 加以叱罵. 道士曰: 一車數百顆, 老衲止丐其一, 於居士亦無大損, 何怒爲？ 觀者勸置劣者一枚令去, 鄉人執不肯.[1] 肆中傭保[2]者, 見喋聒不堪,[3] 遂出錢市一枚, 付道士. 道士拜謝, 謂衆曰: 出家人不解吝惜. 我有佳梨, 請出供客. 或曰: 旣有之, 何不自食？ 曰: 我特需此核作種. 於是掬[4]梨大啗. 且盡, 把核於手, 解肩上鑱,[5] 坎地深數寸, 納之而覆以土, 向市人索湯沃灌. 好事者於臨路店索得沸瀋,[6] 道士接浸坎處. 萬目攢視, 見有勾萌出, 漸大, 俄成樹. 枝葉扶疏.[7] 倏[8]而花, 倏而實, 碩大芳馥, 累累滿樹. 道士乃卽樹頭摘賜觀者, 頃刻而盡. 已, 乃以鑱伐樹, 丁丁[9]良久, 乃斷, 帶葉荷肩頭, 從容徐步而去. 初, 道士作法時, 鄉人亦雜立衆中, 引領注目, 竟忘其業. 道士旣去, 始顧車中, 則梨已空矣. 方悟適所俵散,[10] 皆己物也. 又細視車上一靶亡, 是新鑿斷者. 心大憤恨, 急跡[11]之, 轉過牆隅, 則斷靶棄垣下, 始知所伐梨木, 卽是物也. 道士不知所在. 一市粲然.[12] 異史氏[13]曰: 鄉人憒憒, 憨狀可掬, 其見笑於市人, 有以[14]哉. 每見鄉中稱素封[15]者, 良朋乞米, 則怫然, 且計曰: 是數日之資也. 或勸濟一危難, 飯一煢獨,[16] 則又忿然計曰: 此十人、五人之食也. 甚而父子兄弟, 較盡錙銖.[17] 及至淫博迷心, 則傾囊不吝, 刀鋸臨頸, 則贖命不遑. 諸如此類, 正不勝道.[18] 蠢爾鄉人, 又何足怪？

1) 執不肯(집불긍): ~하지 않으려고 고집을 부리다.
2) 傭保(용보): 고용된 일꾼. 여기서는 상점의 점원을 가리킨다.
3) 喋聒不堪(첩괄불감): 시끌벅적 떠들어대는 것[喋聒]을 견디지 못하다[不堪].
4) 掬(국): 두 손으로 움켜쥐다.
5) 鑱(참): 보습. 옛날에 밭을 갈던 쟁기의 일종이다.
6) 沸瀋(비심): 끓는 물.
7) 扶疏(부소): 잎이 무성한 모양.
8) 倏(숙): 갑자기. 금방.
9) 丁丁(쟁쟁): 의성어. 주로 도끼로 나무를 치거나, 바둑돌을 놓거나, 거문고를 타는 소리 등을 형용할 때 사용된다.
10) 俵散(표산): 나눠주다.
11) 跡(적): 자취. 뒤를 캐다. 뒤를 밟다.
12) 粲然(찬연): 이를 드러내고 환하게 웃는 모양.
13) 異史氏(이사씨): 작가 포송령 자신을 가리키는 말이다.
14) 有以(유이): 이유나 까닭이 있다.
15) 素封(소봉): 벼슬이나 식읍[食邑]은 없지만 제후처럼 부유한 사람을 가리킨다.
16) 煢獨(경독): 형제자매가 없거나 아내나 남편, 자식도 없이 홀몸으로 외로운 처지에 놓인 사람을 가리킨다.

17) 錙銖(치수): 錙(치)와 銖(수)는 모두 옛날 무게를 재는 단위로서 지극히 작은 수량을 나타낸다. 6수가 1치에 해당하고, 4치가 1냥兩이다.
18) 不勝道(불승도): 이루 다 말할 수 없다.

한편 청나라 때에 도신屠紳 : 1744~1801이 쓴 ≪담사蟬史≫는 기괴한 신마神魔의 싸움을 빌려서 역사적 사실을 풍자한 장편의 문언소설이라는 점에서 나름대로 독특한 가치가 있지만, 지나치게 황당무계한 이야기 전개와 음란한 표현 등으로 인해 예술성에 대해서는 그다지 높은 평가를 받지 못하고 있다.

함께 참고할 만한 자료

간보 저, 임대근 외 역, ≪수신기≫, 동아일보사, 2016.
곽박 주, 송정화 역주, ≪목천자전≫ / 동방삭 저, 김지선 역주, ≪신이경≫, 살림, 1997.
루 샤오펑 저, 조미원 외 역, ≪역사에서 허구로: 중국의 서사학≫, 길, 2001.
루쉰 저, 조관희 역, ≪중국소설사≫, 소명출판, 2004.
박지현, <전통시기 중국의 귀신 신앙과 귀신 이야기 — ≪태평광기≫ 귀부에 나타나는 신앙의 서사와 탈신앙의 서사>, 서울대학교 박사학위논문, 2004. 8.
방정요 저, 홍상훈 역, ≪중국소설비평사략≫, 을유문화사, 1994.
배형 찬, 최진아 편역, ≪전기: 초월과 환상, 서른 한 편의 기이한 이야기≫, 푸른숲, 2006.
서경호, ≪중국소설사≫, 서울대학교출판부, 2005.
앤드루 플락스 외 저, 김진곤 편역, ≪이야기, 소설, Novel≫, 예문서원, 2001.
유의경 찬, 김장환 역, ≪세설신어≫, 지만지, 2008.
이방 외 편, 김장환 역, ≪태평광기≫, 지만지, 2008.
정범진 편역, ≪앵앵전≫, 성균관대학교출판부, 1995.
진평원 저, 이보경 외 역, ≪중국소설사≫, 이룸, 2004.
홍상훈, ≪전통시기 중국의 서사론≫, 소명출판, 2004.

제2장 시단詩壇의 형성과 시인의 탄생

1. 시단의 형성

글쓰기 재능을 내세워 학술과 정치에 적극적으로 관여하게 된 문인 집단이 성립됨으로써 사회 상류 계층의 문화도 획기적인 변화를 겪게 되었다. 앞서 살펴보았듯이 고대 중국에서 문자라는 것은 태생적으로 다스림의 행위와 관련이 있는 것이었기 때문에 그것과 그것을 통한 지식을 익힌 무리들은 자연스럽게 상류 지배층의 일원이 되거나 그들을 위해 봉사하는 '인재人才'가 되었다. 앞서 살펴보았듯이 한나라 초기에 그들은 회남왕淮南王 유안劉安이나 하간헌왕河間獻王 유덕劉德처럼 지식인을 우대한 제후들의 훌륭한 '빈객賓客'이었다가, 이후 '구현求賢' 제도 덕분에 조정의 신료로서 제후와 문벌을 견제하는 역할을 충실히 수행했다. 또한 황제에게 직접 간택되지 못한 이들은 유력한 대신大臣의 조언자나 장수의 막료幕僚로 활동하기도 함으로써 정치 참여의 무대가 조정 안팎을 광범위하게 아울렀다. 그리고 이 과정에서 그들은 고상한 상류 계층의 일원으로서 자신들의 정체성을 확인하고, 관아의 하급 행정 관료로서 단순히 문서를 다루는 아전衙前과 같은 기능인 즉 '도필지리刀筆之吏'와 대비되는 자신들의 우월성을 강조하기 위한 문화적 장치들을 개발

174

하려고 노력했다.

사언시四言詩 및 오언시五言詩를 중심으로 한 중국 최초의 '시단'이 형성된 것도 사실 이러한 상류 지식인들의 차별화된 문화 창조를 위한 노력의 산물이라고 할 수 있다. 앞서 살펴보았듯이 중국의 운문은 원천적으로 노래와 관련이 있었는데, 그것은 운문의 리듬이 형성되는 데에도 영향을 주었을 뿐만 아니라 그렇게 만들어진 운문이 활용되는 방식에도 관여했다. 즉 초기의 시 창작은 권세와 부귀를 겸비한 인물들이 베푼 연회에서 고상하게 흥취를 돕는 일종의 오락으로서 '노래하고 화답하는[唱和]' 형식으로 이루어지다가 점차 낭송朗誦하는 방식으로 변천하게 되었던 듯하다. 서진西晉 때의 대부호 석숭石崇 : 249~300의 후원 아래 이루어진 금곡원金谷園의 연회에서 시를 짓지 못했을 때 '석 잔의 벌주'를 마셔야 했다는 이야기 역시 초기 문인 사회에서 시의 역할을 대변해 주는 예라고 할 수 있다.

對酒當歌	술잔 앞에 놓고 노래하나니
人生幾何	사람이 살면 얼마나 살랴?
譬如[1]朝露	마치 아침이슬 같지만
去日苦多	떠나는 날 괴로움은 더 많지.
慨當以慷	개탄하는 마음 응당 울분에 찬 노래로 불러야 하리니
憂思難忘	수심은 잊기 어렵구나.
何以解憂	근심을 어떻게 풀까?
唯有杜康[2]	그저 술이나 마시는 수밖에!
青青子衿	푸르구나, 그대의 옷깃이여!
悠悠[3]我心	하염없어라, 내 마음이여!
但爲君故	오로지 그대 때문에
沈吟至今	지금까지 깊은 생각에 잠겨 있다오.
呦呦[4]鹿鳴	우우! 사슴이 울며
食野之苹[5]	들판의 쑥대를 먹네.
我有嘉賓	내게 멋진 손님 있어

鼓瑟吹笙	거문고 타고 생황 불며 잔치 벌이지.
明明如月	달처럼 밝은 그를
何時可掇	언제나 얻을 수 있을까?
憂從中⁶⁾來	가슴에서 피어나는 시름
不可斷絶	끊어 버릴 수 없구나.
越陌度阡⁷⁾	뒤얽힌 길을 지나
枉用相存⁸⁾	문안하러 왕림해 주셨구나.
契闊⁹⁾談讌	오랜 그리움 얘기하며 잔치 벌이니
心念舊恩	옛날의 은혜 마음으로 떠올리지.
月明星稀	달이 밝으니 별들은 흐려지고
烏鵲南飛	까막까치들 남으로 날아가는구나.
繞樹三帀¹⁰⁾	나무 주위를 빙빙 돌아보지만
何枝可依	의지할 만한 가지는 어디 있는가?
山不厭高	산은 높은 것을 싫어하지 않고
海不厭深	바다는 깊은 것을 싫어하지 않지.
周公吐哺¹¹⁾	주공은 아랫사람들에게 예의 지켜 대해 주어
天下歸心	천하가 그에게 마음으로 귀의했었지!

1) 譬如(비여): 비유하자면 ~과 같다. 예를 들면. 예컨대.
2) 杜康(두강): 중국 최초로 술을 빚었다고 전해지는 사람, 일반적으로 술을 가리킴.
3) 悠悠(유유): ① 아득히 멀다. 요원하다. ② 느긋하다, 여유 있다. 여기서는 ①의 뜻에 해당함.
4) 呦呦(유유): 사슴의 울음소리.
5) 苹(평): ① 부평초. ② 개사철쑥[青蒿]. 여기서는 후자를 가리킴.
6) 從中(종중): 마음속에서.
7) 陌阡(맥천): 종횡으로 얽힌 작은 길 즉 천맥阡陌.
8) 枉用相存(왕용상존): 외람되게 찾아와 문안인사를 하다. 枉用(왕용)은 신분이 높은 사람이 자신을 낮추어서 ~한다는 뜻. 用(용)은 以(이)와 같은 뜻이고, 相存(상존)은 서로 문안인사를 한다는 뜻.
9) 契闊(계활): ① 고생하다. ② 오랫동안 헤어져 있다가 다시 만나다. ③ 그리워하다. ④ 약속하다. ⑤ 만나고 헤어지다. 여기서는 ②의 뜻에 해당함.
10) 三帀(삼잡): 여러 바퀴.

11) 吐哺(토포): 吐哺握髮(토포악발)의 준말. 식사 때나 머리를 감을 때 손님이 오면 황급히 나가서 극진히 맞이하는 것을 가리킨다. ≪사기史記≫ 권33 <노주공세가魯周公世家>에서 주공周公이 현량賢良한 선비를 구하려는 극진한 마음을 가졌음을 보여주는 일화로 제시되었다.

위 시는 조조曹操: 155~220. 자는 맹덕孟德의 <단가행短歌行>으로 2수首의 연작시 가운데 제1수이다. 제목과는 달리 분량이 제법 긴 이 작품은 중국 고전시를 대표하는 오언시와 칠언시의 형식이 확립되기 전에 지은, ≪시경≫의 흔적이 뚜렷한 사언시이다. 원래 <단가행>은 동한 악부樂府 가운데 <상화가사相和歌辭> '평조곡平調曲'에 속한 악곡의 제목으로, 당시에 수집된 같은 제목의 노래만 하더라도 24편이나 된다. 그 가운데 조조의 이 노래는 가장 시기가 빠른 작품으로 여겨지고 있다.

작품 가운데 일단 "푸르구나, 그대의 옷깃이여! 하염없어라, 내 마음이여![靑靑子衿, 悠悠我心]"라는 구절은 ≪시경≫ <정풍鄭風> <그대의 옷깃[子衿]>에 들어 있는 구절이다. 원작은 젊은 아가씨가 사랑하는 남자를 그리는 내용인데, 여기서는 학식을 갖춘 인재를 기다리는 간절한 마음을 나타내기 위해 인용되었다. 원작에서는 바로 뒷부분에 "설령 내가 찾아가지 않는다 하더라도, 당신은 왜 소식조차 없는 건가요?[縱我不往, 子寧不嗣音]"라는 구절이 이어져 있는데, 조조는 이 부분을 생략하여 교묘한 은유의 효과를 이뤄 내고 있다. 그 다음에 인용된 ≪시경≫ <소아小雅>의 <사슴이 울다[鹿鳴]>가 네 구절을 인용하고 있다는 사실과 대비해 보면 그의 의도가 한층 뚜렷해진다. <사슴이 울다>에서 인용한 부분은 "우우! 사슴이 울며 들판의 쑥대를 먹네. 내게 멋진 손님 있어 거문고 타고 생황 불며 잔치 벌이지.[呦呦鹿鳴, 食野之苹. 我有嘉賓, 鼓瑟吹笙]"까지이다. 이 작품의 주제에 대해서는 역대로 상반된 견해가 많지만 개중에 유력한 해설 가운데 하나는 이것이 군주와 신하 사이의 신분적 위계질서가 분명한 가운데 종족^{宗族}의 단결을 찬미하는 풍성한 잔치 모습을 묘사한 작품이라는 것이다. <단가행>에서도 이 부분은 긍정적인 의미로 인용된 것이 분명해 보이기 때문에 이와 같이 이해해도 무방할 듯하다.

이 다음에는 훌륭한 인재를 구하려는 간절한 바람을 가진 자신에게 오랫동안 헤어져 있던 인재들이 먼 길을 달려 찾아와 문안해준 것을 감사하고 잔치를 벌인 내용과, 밝고 큰 영웅의 기개에 무색해진 별들처럼 기댈 곳 없는 인재들을 암시하는 까막까치들에게 보금자리를 제공할 수 있는 튼튼한 가지와 같은 자신의 기반, 그리고 높은 산과 깊고 큰 바다처럼 포용력으로 인재를 받아들일 수 있는 자신의 크기를 자랑한다. "바다는 물을 마다하지 않아서 그렇게 크게 되었고, 산은 흙을 마다하지 않아서 그렇게 높게 되었고, 현명한 군주는 사람을 싫어하지 않아서 그렇게 많은 사람이 따르게 했다.(≪管子≫ <形解>：海不辭水, 故能成其大, 山不辭土, 故能成其高, 明主不厭人, 故能成其衆.)"라고 하지 않았던가! 그리고 마지막으로 밥을 먹다가도 손님이 찾아오면 입 안에 있던 것을 뱉어내고 서둘러 의관을 갖추어 정중하게 맞이했던 주공^{周公}처럼 자신보다 신분이 낮은 사람이라도 예의에 맞춰 대함으로써 천하의 인심이 자신에게 돌아와 의지하기를 바라는 마음을 나타냈다.

종합하자면 이 시는 풍부한 서정과 상당히 뛰어난 문학적 수사법을 통해 조조 자신의 정치적 이상을 표현한 걸작이라고 할 수 있겠다. 또한 이 작품은 가^歌, 하^何, 다^多에서 강^慷, 망^忘, 강^康으로, 금^衿, 심^心, 금^今으로, 다시 명^鳴, 평^苹, 생^笙 등의 방식으로 각기 4구절에서 제1, 2, 4구에 압운^{押韻}을 하면서 4구절마다 운을 바꾸는 환운^{換韻}의 기법을 사용하고 있는 점도 상당히 의도적이고 정교한 수사법으로 볼 수 있다.

명·청 시기에 소설 ≪삼국지연의^{三國志演義}≫가 널리 유행한 뒤로 조조는 전형적으로 비열한 간웅^{奸雄}이라는 이미지에서 벗어나기 어렵게 되어 버렸다. 물론 동한 말엽이라는 난세의 군사 전략가이자 정치가로서 자신의 안위를 지키고 출세하기 위해서는 누구라도 상당한 책략과 속임수를 쓰지 않으면 안 되었을 것이다. 그러나 ≪삼국지연의≫의 저자는 똑같은 지모와 속임수라도 제갈량^{諸葛亮} 등의 그것은 기발하지만 광명정대한 것처럼 서술하고, 조조의 거의 모든 행위에는 '위선^{僞善}'이라는 딱지를 붙여 버렸다. 그리고 이 소설의 인기에 힘입어 민간에서 조조는 역사의 승리자임에도 불구하고 사악한 인물로 낙인이 찍혀 버렸다.

하지만 객관적으로 보았을 때 그는 동한 말엽 건안^{建安 : 196~220} 시기에 정치와 문화를 주도하면서 대단히 뛰어난 업적을 남겼다. 환관 집안의 후손이라는 사실상 '비천한' 신분에서 출발하여 '승상^{丞相}'이라는 '일인지하, 만인지상^{一人之下, 萬人之上}'의 권력과 재력을 지닌 그의 후원에 힘입어 활발하게 활동한 이른바 '건안칠자^{建安七子}' — 왕찬^{王粲 : 177~217, 자는 중선仲宣}과 진림^{陳琳 : ?~217, 자는 공장孔璋}, 서간^{徐干 : 170~217, 자는 위장偉長}, 유정^{劉楨 : 186~217, 자는 공간公干}, 응창^{應瑒 : 177~217, 자는 덕련德璉}, 공융^{孔融 : 153~208, 자는 문거文擧}, 완우^{阮瑀 : 165?~212, 자는 원유元瑜} — 는 중국 시문학의 발전에 중요한 기반을 다져 놓았다. 그리고 그 자신은 물론 두 아들인 조비^{曹丕}와 조식^{曹植}도 뛰어난 시인이자 이론가로 활약하며 이러한 발전에 유력한 힘을 보탰다. 무엇보다도 그가 위^魏나라를 중심으로 추진했던 '구품중정제^{九品中正制}'라는 새로운 관료 선발 제도는 재능과 학식보다 도덕적 인품을 중시하던 기존의 '찰거제^{察擧制}'가 지닌 문제점을 보완하여 개성과 재능을 갖춘 인재를 중시함으로써 이후 남북조 시기에 문학을 비롯한 예술과 학술, 철학 등의 광범한 분야에서 획기적인 발전을 추진하는 촉발제가 되었다.

중요한 것은 이 무렵에 조조의 위 작품과 같이 일정한 리듬(내지 글자 수)을 갖추고, 나름의 법칙에 따라 압운을 하는 등의 형식적 규범을 갖춘 운문 양식을 '시'라는 개념으로 공유하면서 각자 자신의 이름을 내세워 창작한 작품을 발표하는 관행이 형성되었다는 사실이다. 현대적인 관점에서 보면 이것은 시라는 문학 양식에 대해 형식과 표현 기법 등을 공유하는 일군의 특정한 집단이 존재했음을 의미한다. 즉 초보적이나마 '시단'이라는 것이 형성되었다는 것이다. 그리고 남북조 후기에 이르면 마침내 종영^{鍾嶸 : 468?~518?,} 자는 중위^{仲偉}의 ≪시품^{詩品}≫과 서릉^{徐陵 : 507~583, 자는 효목孝穆}의 ≪옥대신영^{玉臺新詠}≫, 소통^{蕭統 : 501~531}의 ≪문선^{文選}≫ 등 시 작품에 대한 품평과 선집^{選集}이 나타남으로써 명실상부한 시단의 존재를 확인할 수 있게 해 주었다.

다만 공개적인 낭송보다는 개인의 내면에 대한 묘사를 중시하면서 읽고 음미하는 것을 목표로 하는 시 작품이 나타나기 위해서는 좀 더 개성을 중시하는 사회 분위기 속에서 본격적인 시인이 등장하는 때를 기다려야 했다. 그런데 잦은 정변^{政變}으로 인해 여러 왕조들이 짧은 기간 동안 흥성과 몰락을 거듭했던 남북조 시기에는 보신^{保身}을 꾀할 수밖에 없는 문인들의 상황은 그런 시기가 더 빨리 도래할 수 있도록 촉진했다. 자신의 정치적 견해나 인생관을 직접적으로 드러낼 수 없는 현실을 고려한 시 창작의 방법을 모색한 결과, 현실에 대한 불만과 개인적 고뇌를 난해한 상징과 은유로 포장한 이른바 '현언시^{玄言詩}'와 같은 작품들이 유행하게 되었던 것이다. 물론 사영운^{謝靈運 : 385~433, 본명은 공의公義이고 자가 영운}으로 대표되는 문벌 귀족들의 느긋한 삶을 반영하는 산수시^{山水詩}들은 자연의 아름다움을 묘사하는 시적 묘사의 영역을 확대하는 데에 기여하기도 했다. 이와 같은 시단의 현상 또한 남다른 개성을 중시한 남북조시기 중국 지식인 사회에 크게 유행했던 '명사^{名士}' 기풍이 만들어 낸 독특한 문화 현상이었다고 할 수 있다.

2. 시인의 탄생

노래를 만드는 데에 기여한 개인으로서 시인의 존재는 그 기원이 멀리 원시 시대의 주술^{呪術}을 행하면서 신들린 노래를 불렀던 무당으로까지 거슬러 올라간다. 그러나 시인의 개념을 특별한 목적의식 아래 문자를 이용하여 글자 수나 압운^{押韻} 같은 특별한 형식적 규범에 맞추어 노래를 쓴 사람으로 좁히게 되면, 중국 역사에서 시인은 한나라 후기가 되어서야 본격적인 모습을 드러낸다고 하겠다. 애초에 학술과 정치, 교육, 개인의 인격 수양에 이르기까지 광범한 용도로 활용되었던 시는 본격적인 '시인^{詩人, poet}'의 등장으로 인해 형식과 수사법, 제재^{題材}, 주제 등의 전 분야에 걸쳐서 광범한 모색과 시험이 이루어질 수 있게 되었다. 이런 의미에서 서진^{西晉}의 완적^{阮籍 : 220~263}과 동진^{東晉}의 도잠^{陶潛 : 365~427}은 특별히 주목할 만한 인물들이다. 물론 그 이전에도 조조 등 일부 시인들이 개인의 정서를 오언시의 형태로 표현하기는 하지만, 그들의 작품은 기본적으로 연회와 같은 공개된 장소에서 여흥의 형태로 지어진 것이었다. 그러나 황제나 대신처럼 부와 권력을 지닌 사람들의 면전에서 즉각적인 품평을 받기 위한 시가 아니라 혼자만의 정서와 사상을 스스로 확인하기 위해(물론 이 경우에도 공개되는 것을 배제하지는 않았지만) 시를 짓는 일이 시작된 이후에야 본격적인 시인이 등장한다고 할 수 있다.

1) 완적^{阮籍}, 지식인의 '불우'를 노래하다

완적은 '건안칠자' 가운데 한 명인 완우^{阮瑀 : ?~212}의 아들로 태어나 삼국 시대의 군웅쟁패와 가평정변^{嘉平政變. 249}1)에 의한 사마씨^{司馬氏}의 위^魏 왕조 찬탈이 자행된 혼란한 시대를 살았다. 그런 시대 환경 속에서 현실 세계의 삶에 대한 환멸만 느끼다 간 그의 생애는 '불우'라는 단어의 의미를 실감하고도 남을 만한 것이었다. 그는 세상을 경영하고 백성을 구제하는^{〔經世濟民〕} 것을 궁극적인 목표로 삼은 유가 문인의 소양을 익히고도 끝내 그것을 실현할 기회를 잡지 못하고, 타락과 불신으로 점철된 현실에 대한 혐오감만을 가슴에 채운 채 세상을 향한 노장사상에 침잠하여 조롱과 비판으로 우울한 심사를 달래야 했다. 그 때문에 그는 홀로 수레를 타고 길 끝까지 달리다가 끝내 목놓아 통곡만 하고 돌아오곤 했다고 한다^(《진서晉書》 <완적전阮籍傳>). 그리고 '죽림칠현^{竹林七賢}'이라는 부질없는 명성을 허리띠처럼 매고 다니며, 그는 생애 내내 자신을 둘러싼 불합리한 현실과 싸우다가 도피하기를 반복한다.

무려 82수에 이르는 그의 <회포를 노래함^{〔詠懷詩〕}>에는 이런 심사가 때로는 직설적으로, 때로는 모호한 상징의 방식으로 토로되어 있다. 다음은 완적의 <회포를 노래함> 가운데 제41수이다.

天網彌¹⁾四野	하늘의 그물 사방의 들에 가득하니
六翮²⁾掩不舒	날개가 덮여 펼칠 수가 없구나.
隨波紛綸³⁾客	세파에 분주히 흔들리는 나그네들

---

1) 249년에 司馬懿^{179~251}가 高平陵^{지금의 河南省 洛陽縣}에 있는 大石山에서 일으킨 정변으로, 曹爽^{?~249}을 중심으로 한 위나라 왕실에 치명적인 타격을 준 사건이다. 이 사건을 분수령으로 조씨 일가의 세력은 급속도로 약화되었고, 마침내 265년에 사마씨는 자신들이 내세운 허수아비 황제인 元帝 曹奐^{246~302}마저 몰아내고 황제 자리를 넘겨받아 西晉 왕조를 열었다.

汎汎[4]若浮鳬	흔들흔들 물에 뜬 오리 떼 같구나.
生命無期度[5]	생명은 기약이 없어
朝夕有不虞[6]	아침저녁도 예측할 수 없지.
列仙停修齡	신선들은 시간을 멈추고 수명을 늘리니
養志在沖虛[7]	뜻을 기르는 건 신선이 되기 위함이지.
飄飄雲日間	구름과 태양 사이를 표홀히 떠다니니
邈[8]與世路殊	세속의 길과는 너무도 다르지.
榮名非己寶	영화와 명예도 내 보물로 여기지 않거늘
聲色焉足娛	좋은 노래와 고운 여인에 어찌 즐거워하랴?
採藥無旋返[9]	약초 캐러 갔다가 돌아오는 이 없으니
神仙志不符	신선의 뜻과는 맞지 않았지.
逼此良可惑	이런 일 당하면 정말 당혹스러워
令我久躊躇[10]	하염없이 머뭇거리게 만들곤 하지.

1) 彌(미): 두루 퍼지다. 가득하다. 天網(천망)은 상제^{上帝}가 펼쳐 놓은 그
   물 또는 조정의 통치나 국가의 법률을 의미하기도 한다.
2) 六翮(육핵): 원래 새의 두 날개 가운데 중심이 되는 깃털을 가리키지
   만, 흔히 새의 두 날개라는 뜻으로 쓰인다.
3) 紛綸(분륜): 정신없이 바쁜 모양, 또는 잡다하고 어지러운 모양.
4) 汎汎(범범): 물에 떠 있는 모양, 또는 물결에 떠내려가는 모양.
5) 期度(기도): 한도, 법도.
6) 不虞(불우): 예측할 수 없음, 또는 예측할 수 없는 일이라는 뜻으로
   종종 죽음을 비유하는 말로 쓰이기도 한다.
7) 沖虛(충허): 담담하고 허정^{虛靜}한 상태. 종종 신선이 되어 하늘에 오르
   는 것을 가리킨다.
8) 邈(막): 아득히 멀다. 까마득하다.
9) 旋返(선반): 돌아오다.
10) 躊躇(주저): 머뭇거리며 나아가지 못하다.

운명의 굴레에 덧씌운 세상은 무엇 하나 마음대로 되는 일이 없
다. 그나마 물 위에 뜬 오리 떼처럼 무기력하게 세파에 떠밀리는
인간의 삶은 오늘 아침에 죽을지 저녁에 죽을지도 예측할 수 없는,
짧고 덧없는 것이다. 세속의 오욕과 나약하기 그지없는 감정의 틀

을 벗어나 신선처럼 초탈하게 살 수만 있다면 얼마나 좋으랴마는, 그 역시 장담할 수 없기 때문에 언제나 착잡하기만 하다. 아니, 솔직히 말하자면 시간을 붙들어 죽음을 막고 세상 밖을 노닐고 싶어도, "하늘로 오르는 계단은 끊어져 있고, 은하수는 멀고 다리도 없으니(<詠懷詩> 제35 : 天階路殊絕, 雲漢邈無梁)" 어찌 하랴?

보병교위步兵校尉라는 말단 벼슬을 살면서 어지러운 현실 정치와 집요한 생명의 위협 속에서 전전긍긍하던 완적은 술을 통해 자유와 해방을 만끽하면서 부귀공명의 추악한 욕망과 위선으로 얼룩진 세속을 피해 '죽림竹林'에서 노닐고자 했다. 위선적인 예법과 '명교名敎'의 허울을 부정하며 눈빛을 푸르고[靑眼] 희게[白眼] 바꾸는 자기만의 방법2)으로 세상을 내려보면서 한없이 자유로운 '대인선생大人先生'이 되고자 했던 완적의 삶은 실제로는 너무도 나약하고 갈등으로 헝클어진 것이었다. 길이 끝나는 곳까지 수레를 몰고 나가 벌판 끝에서 통곡하며 가슴에 쌓인 울분을 토하고, 60일 동안 술에서 깨어나지 않음으로써 호시탐탐 그의 목숨을 노리던 종회鍾會 : 225~264, 자는 사계士季와 사마소司馬昭 : 211~265, 자는 자상子上의 마수魔手를 피했던 완적은 끝내 강압에 못 이겨 사마소에게 황제의 자리에 나아가라는 <권진표勸進表>를 써 주고 한두 달 만에 한 많은 세상을 떠나야 했다.

구체적 삶에서 이처럼 적응하지 못한 결과, 그는 보편적인 희비의 정감을 넘어서 인간 존재의 바닥을 긁는 형이상학의 세계에 집착하게 된다. 그런 까닭에 그의 노래는 어떤 의미에서는 타인으로서 독자를 대상으로 한 것이 아니라 그의 관념 속에서 끝없이 공

---

2) 완적은 기쁠 때는 눈동자가 푸르게[靑眼] 바뀌고, 기분이 나쁘면 눈동자가 하얗게[白眼] 바뀌었다고 한다. 노장사상에 심취해 있던 그는 모친의 장례를 치를 때 술과 거문고를 가져와 問喪한 稽康223~263에게 푸른 눈빛을 보였다 하니, 죽음이란 자연으로 돌아가는 것이기 때문에 오히려 기뻐해야 할 일이라는 자신의 생각을 읽어 준 벗에 대한 답례였다고 하겠다.

명共鳴하는 고통스러운 화두話頭였다. 그러므로 비록 완적의 시대에는 아직 수사의 아름다움에 천착하는 예술 행위로서 시의 창작이라는 관념이 형성되지 않았다는 점을 고려하지 않더라도, 그의 노래는 원천적으로 외적인 아름다움이나 객관적인 의미의 투명성을 견지할 수 없었다. 그것은 타인의 눈에 아무리 투박하게 비치더라도 개의할 필요가 없는 자신만의 처연한 독백이었다.

고대 중국의 지식인에게는 학문을 익히는 것이 곧 벼슬살이를 통해 포부를 실현하려는 열망을 실현하는 거의 유일한 수단이었다. 이 때문에 문학사에 길이 남을 뛰어난 작품을 남긴 특별한 개인들은 주로 '불우不遇'함을 한탄하는 문인들 속에서 나타났다. 그들은 나름대로 학문과 글쓰기에 대한 자부심을 갖고 있었음에도 때를 만나지 못해 자신의 포부를 펼칠 수 없는 현실에 대한 불만을 때로는 자책으로, 때로는 불합리한 운명에 대한 원망으로 채워진 읊조림으로 달래고자 했던 것이다.

거칠게 평하자면, 완적은 이런 내용까지 시의 형식으로 노래할 수 있다는 것을 보여줌으로써 중국의 시가 영역을 확대하며 자신만의 자리를 잡아가는 데에 기여했다고 할 수 있다. 작가의 입장에서 보면 문학이란 결국 역사와 운명에 대한 인간의 싸움을 형상화하는 것이기 때문이다. 다만 그 싸움은 항상 인간의 승리로 끝날 수 없다는 데에서 본질적으로 비극적인 아름다움을 내포하고 있으니, 이런 현상은 문학이 아무리 발전하고 시대가 바뀌어도 크게 변화가 없는 듯하다.

완적이 개척한 이러한 시 창작 기풍은 남조 양梁나라 때의 유신庾信 : 513~581. 자는 자산子山이 지은 27수首의 연작시 <의영회擬詠懷>로 이어진다. 유신은 젊어서부터 천재로 명성을 날렸고 19살에 초찬박사鈔撰博士에 임명되어 건강령建康令까지 올랐으나 양나라 무제武帝 蕭衍 : 464~549. 자는 숙달叔達 말엽에 후경侯景 : 503~552. 자는 만경萬景의 반란으로 건강성이 함락되자 강릉^{江陵}으로 쫓기어 원제^{元帝 蕭繹 : 508~555,} ^{자는 세성世誠}에게 몸을 맡겼다. 하지만 승성^{承聖} 3년⁽⁵⁵⁴⁾에 그는 사신으로 파견되어 서위^{西魏}의 수도 장안^{長安}으로 갔고, 그가 도착하고 얼마 후 서위는 강릉을 함락하고 양 원제를 살해했다. 그 바람에 그는 어쩔 수 없이 장안에 발이 묶여 표기대장군^{驃騎大將軍} 개부의동삼사^{開府儀同三司}라는 고위 벼슬까지 지내야 했지만, 고향인 강남을 떠나 북방에 억류된 채 망국^{亡國}의 회한까지 끌어안고 살아야 했다.

바로 이런 극한의 경험을 통해 그의 사상과 문학 창작은 극적인 변화를 겪게 되었으니, 한때 나긋나긋하고 화려한 묘사로 궁정의 아름다움을 노래하던 이른바 '궁체시^{宮體詩}'의 경향에서 벗어나지 못하던 그의 시는 비유와 풍자를 통해 자신의 신세를 한탄하고 슬퍼하는 진지한 내용과 참신한 수사법을 추구하게 되었던 것이다. 그의 만년의 시 창작을 대표하는 <의영회>는 완적의 <영회시>를 흉내 낸 것이기는 하지만, 그 내용은 오로지 자신만의 개성과 감성으로 채워져서 전혀 새로운 면모를 이루어냈다.

步兵未飮酒	완적이 술을 마시지 않고
中散¹⁾未彈琴	혜강이 거문고 타지 않았을 때에는
索索²⁾無眞氣³⁾	적막하게 활력이 없었고
昏昏⁴⁾有俗心	혼미하여 속된 마음 품고 있었지.
涸鮒⁵⁾常思水	마른 웅덩이의 붕어는 늘 물을 그리워하고
驚飛每失林	놀라 나는 새는 매번 깃들어 살 숲을 잃지.
風雲能變色	풍운 겪은 공신^{功臣}은 안색이 변하게 되고
松竹且悲吟	소나무 대나무 같은 절개 높은 선비도 슬피 읊조리리라.
由來不得意	그 이후로 뜻을 얻지 못했으니
何必往長岑⁶⁾	굳이 먼 장잠^{長岑}까지 갈 필요 있으랴?

1) 中散(중산): 삼국 시대 위^魏나라 때의 저명한 사상가이자 음악가, 문학가인 혜강^{嵇康 : 224~263, 자는 숙야叔夜}을 가리킨다. 중산대부^{中散大夫}를 역임했던 그는 '죽림칠현'의 정신적 지도자로 꼽힌다.

2) 索索(삭삭): 냉막하고 공허하며 쓸쓸하여 생기가 없는 모양.

3) 眞氣(진기): 도교에서 선천先天의 기氣와 후천後天의 기가 결합하여 만들어진 진원眞元의 기를 가리키는데, 인체에서 이것은 생명 활동의 원동력이라고 여겨진다.

4) 昏昏(혼혼): 어둡고 흐릿하거나 정신이 혼미하여 흐리멍덩한 상태.

5) 涸鮒(학부): 물이 말라버린 수레바퀴 자국에 들어 있는 붕어 즉 '학철지부涸轍之鮒'를 가리킨다.

6) 長岑(장잠): 지명. 서한西漢 무제武帝 원봉元封 3년기원전 108에 진번군眞番郡 소속으로 설치한 현縣으로 지금의 북한 황해남도黃海南道 장연군長淵郡 북쪽에 치소治所가 있었다고 한다. 이후 소속이 낙랑군樂浪郡과 대방군帶方郡으로 바뀌었다가, 서진西晉 건흥建興 1년313에 고구려에 편입되었다.

≪장자莊子≫ <외물外物>에는 물이 말라가는 수레바퀴 자국 안에서 물을 찾는 붕어 이야기가 있고, ≪전국책戰國策≫에는 화살도 없이 시위를 놓는 소리만으로 기러기를 떨어뜨린 이야기가 있다. 한 되의 물만 있으면 목숨을 살릴 수 있는 수레바퀴 자국 안의 붕어에게 서강西江 즉 촉강蜀江의 강물을 끌어다 줄 때까지 기다리라고 하는 것은 그 붕어가 한 말처럼 조만간 건어물 가게에서 보자는 것과 다를 바 없다. 또한 이미 화살에 맞아 상처를 입은 경험이 있는 기러기는 시위를 놓는 소리만으로도 충분히 놀라 정신없이 날아서 달아나려 하다가 결국 무리를 잃고 만다. 막다른 궁지에 몰려 목숨이 위태로운 상황에서 전전긍긍하는 이들 붕어와 기러기는 결국 시인 자신의 현재 처지를 비유하고 있다.

전쟁의 풍운을 겪고 강릉으로 갔지만 겨우 3년 만에 군주가 죽고 나라가 망하는 변고가 일어났고, 사신으로 서위에 갔던 자신은 결국 절조節操를 지키지 못한 채 이국의 도읍에서 벼슬살이를 하며 비통한 시만 읊조리고 있다. 이리하여 그동안 품어 왔던 뜻을 이제는 이룰 수 없는 상황이 되었으니, 상관의 심기를 거슬러 먼 요동遼東의 장잠현長岑縣의 현령으로 쫓겨났다가 결국 벼슬을 접고 귀향하여 쓸쓸히 죽어갔던 서한西漢 때의 최인崔駰 : ?~92과 같은 전철을

밟을 필요가 있겠냐는 것이다.

이처럼 북방에 머물면서 진지한 무게가 담긴 작품들을 지어 내면서 그는 <의영회> 외에도 <원가행怨歌行>, <망야望野>, <연가행燕歌行>, <기서릉寄徐陵>, <화간법사삼절和侃法師三絶> 등등의 유명한 걸작들을 다수 창작했다. 또한 이 무렵에 지은 것으로 알려진 <애강남부哀江南賦>를 비롯해서 <고수부枯樹賦>와 <죽장부竹杖賦>, <소원부小園賦>, <상심부傷心賦> 등의 서정적인 작품들도 산문의 걸작으로 꼽힌다. 이 때문에 당나라 때 두보杜甫는 <희위육절구戲爲六絶句>에서, "유신의 문장은 늙어서 다시 완성되어, 드높고 힘찬 표현으로 거침없이 뜻을 나타냈다.〔庾信文章老更成, 凌雲健筆意縱橫〕"라고 칭송했다.

2) 도잠陶潛, 자연과 인간의 관계를 성찰하다

사마씨의 서진 왕조가 내부의 혼란으로 인해 국력이 약화되어 북방민족의 침입을 막지 못해 멸망하자, 남은 귀족들은 강남으로 피신하여 그곳 귀족들과 연합하여 동진東晉 : 317~420 왕조를 세운다. 그러나 그들은 군사력을 바탕으로 억압적인 정치를 펼치며 서민들을 외면한 채 호사스럽고 방탕한 생활을 즐겼다. 귀족 사회에서는 현실도피적인 노장사상에 바탕을 둔 관념적인 유선시遊仙詩와 현언시玄言詩가 유행했는데, 그런 유희는 부패한 관료조직의 가혹한 민중 수탈을 거름으로 삼고 있었다. 뛰어난 재능과 노력으로 해서와 행서의 역사적인 모범을 제시해 준 왕희지王羲之 : 303~361 또는 321~379의 <난정시蘭亭詩> 역시 그런 배경에서 나온 관념적 유희였다고 할 수 있다.

悠悠大象[1]運	유장하도다, 지극한 형상의 운행이여!
輪轉無停際	굴러 돌아감에 멈춤이 없구나.
陶化[2]非吾因	만물을 도야陶冶하여 기르는 것은 내 뜻대로 되는 것이 아니요
去來非吾制	가고 오는 것도 내 마음대로 제어할 수 없지.
宗統[3]竟安在	종통宗統은 결국 어디에 있는가?
卽順理自泰	이치에 따르면 저절로 평안해지는 것을!
有心未能悟	마음은 있으되 깨닫지 못하고
適足纏利害	분수에 만족하는 일도 이해관계에 얽매이지.
未若任所遇[4]	차라리 자신의 처지에 내맡긴 채
逍遙[5]良辰[6]會	느긋하게 화창한 시절의 모임을 즐겨야지.

1) 大象(대상): 지극한 형상. 흔히 위대한 도리[大道]나 영원한 이치[常理]를 비유한다. 이 구절은 《노자》 제41장의 "지극히 큰 형상은 형체가 없다.[大象無形]"라는 말에서 나온 것이다.
2) 陶化(도화): 도야화육陶冶化育을 줄인 말로서, 도야하여 기른다는 뜻이다.
3) 宗統(종통): 종족의 계통.
4) 所遇(소우): 만난 바 즉, 자신의 처지를 가리킨다.
5) 逍遙(소요): 스스로 만족하여 느긋하고 편안하게 노닐다.
6) 良辰(양신): 아름답고 좋은 시절. 여기서는 왕희지가 주도한 난정蘭亭의 모임이 열렸던 영화永和 9년353 3월 3일을 가리킨다. 이 날은 고대 중국의 전통적인 풍속 가운데 하나였던 수계修禊 행사를 치르는 날이기도 했다.

왕희지의 이 노래는 전체 5장章으로 이루어진 <난정시> 제2수의 제1장이다. 여기서 그는 불가항력적인 우주의 영원한 흐름 앞에 미약하기 그지없는 인간 존재에 대한 절망 위에서 그저 관념적 이치에 따라 저절로 평안해지기를 바라는 무기력함과 귀족적 고상함으로 치장된 연회를 즐기자고 제안한다. 사실 왕희지 자신은 지방관으로 있던 시절에 백성들의 고단한 삶을 동정하며 부조리한 현실을 바로잡기 위해 노력했다고 알려져 있지만, 이 노래는 그역시 적어도 문학 창작에서는 당시 귀족 사회에 만연된 현실도피적인 취향에서 벗어나지 못하고 있었음을 보여준다.

이에 비해 도잠은 그와 같이 부패하고 부조리한 문벌사회에 염증을 느끼고 농촌으로 들어가 생활하면서 지식인의 고뇌와 반성, 삶의 존재론적 의미, 역사와 현실에 대한 회의 등을 시로 노래한 위대한 시인이었다.

도잠은 자가 원량元亮 또는 연명淵明이고(일설에는 원래 이름이 연명淵明이었는데 나중에 잠潛으로 고쳤다고도 한다), 호는 오류선생五柳先生이다. 죽은 후에 그의 친우들이 정절靖節이라는 시호諡號를 붙여 주어서 정절선생이라고 불리기도 했다. 그는 몰락한 관료 집안에서 태어나 일찍이 아버지를 여의고 외조부 맹가孟嘉의 집에서 자라면서, 당시의 명사인 외조부로부터 많은 영향을 받으며 노장사상과 유가 경전을 두루 공부했다. 그러나 백성을 구제하겠다는 그의 젊은 날의 큰 뜻은 문벌제도의 벽에 막혀 결국 지방의 말단관리로 전전해야 했다. 그 와중에 그는 환현桓玄 : 369~404의 반란과 유유劉裕 : 363~422의 전횡을 목도했고, 405년에는 81일간의 짧은 팽택현령彭澤縣令을 마지막으로 13년 동안의 벼슬생활을 접고 고향으로 돌아갔다. 이때 읊은 것이 바로 유명한 <귀거래사歸去來辭>이다. 그러나 전원 속에서 유유자적하던 생활도 집안 살림이 점점 기울면서 가난에 시달려야 했고, 그나마 친우들의 도움으로 근근이 이어가던 삶을 술 속에서 마감했다.

일반적으로 도잠의 시는 소탈하고 담담한 기풍으로 평담자연平淡自然하다는 평가를 받지만, 사실 그의 시문집에 수록된 작품들의 내용은 그의 폭넓은 학문과 다난한 인생 역정만큼 다양하다. 그 안에는 사대부적인 자존심과 양심, 현실의 부조리와 가난으로 인한 고뇌와 갈등, 우주와 인간을 둘러싼 존재론적 진실에 대한 회의 등이 복잡하게 뒤얽혀 있는 것이다. 그러나 인간의 삶과 역사, 현실에 대한 절실한 체험과 깊은 반성을 바탕으로 한 사색을 담은

190

그의 시는 그를 동진의 문학뿐만 아니라 중국문학 전체를 대표하는 위대한 시인 가운데 하나로 꼽기에 충분할 만큼의 예술성을 담지하고 있다.

<飮酒>[1]　　　　<음주>

結廬在人境[2]　　사람 사는 곳에 초가집 엮었는데

而無車馬喧[3]　　수레와 말 소리 시끄럽게 들리지 않네.

問君何能爾[4]　　묻노니 그대 어찌 그럴 수 있는가?

心遠地自偏[5]　　마음이 멀어지면 땅도 절로 치우치기 마련이지.

採菊東籬[6]下　　동쪽 울타리 아래에서 국화를 따고

悠然[7]見[8]南山　　느긋하게 남산을 바라보네.

山氣日夕佳　　산의 풍경은 저물녘이라 아름답고

飛鳥相與還　　나는 새들은 더불어 둥지로 돌아가네.

此中有眞意[9]　　이 가운데 참뜻이 있으나

欲辯[10]已忘言　　말로 설명하자니 벌써 언어를 잊었다네.

1) <음주>는 총 20수의 연작시인데, 이 작품은 그 가운데 제5수이다. ≪문선≫에는 이 작품이 <잡시雜詩>라는 제목으로 실려 있다.

2) 人境(인경): 사람이 사는 곳.

3) 喧(훤): 시끄럽다. 떠들썩하다.

4) 何能爾(하능이): 어찌 그럴 수 있는가? '爾'는 '然'과 통하여, '그러하다'는 뜻이다.

5) 偏(편): 치우치다. 외지다.

6) 籬(리): 울타리. 이 시로 인해 훗날 '동리東籬'는 흔히 은거해 사는 이의 집을 가리키는 뜻으로 쓰이게 되었다.

7) 悠然(유연): 한가롭고 여유로운 모양. 느긋하고 편안한 모양.

8) 見(견): 보다. ≪문선≫에 인용된 작품에는 '見'자가 '望'으로 되어 있는데, 송나라 때에 소식蘇軾은 이것이 '見'자가 되어야 한다고 지적한 바 있다고 한다. 이것은 '見'자에는 '이해하다' '만나다'라는 뜻이 포함되어 있기 때문에, 단순히 먼 곳을 바라보는 동작을 나타내는 '望'자보다 이 시의 주제를 더 잘 나타낼 수 있다는 의미이다.

9) 眞意(진의): 참된 뜻. 참된 도리. 여기서는 자연과 내가 '물아일체物我一體'를 이루어 조화롭게 살아야 하는 이유와 방법을 가리킨다.

10) 辯(변): 조리를 따져가며 말을 잘 하다.

사람 사는 세상에 살면서도 마음을 자연에 담음으로써 속세의 소음으로부터 멀어질 수 있다는 생각은 언뜻 '모든 것은 마음이 만들어내는 것이다.[一切唯心造]'라는 불교의 가르침을 떠올리게 한다. 그러나 불교가 비록 동한 때부터 중국에 들어왔다고는 하지만 그 가르침이 아직 널리 퍼진 것은 아니었고, 도잠이 불교 사상에 관심이 많았다는 특별한 증거도 없기 때문에 굳이 양자를 연관시킬 필요는 없을 것이다. 다만 마음을 통해 속세를 벗어나려는 시인의 바람은 무서리 속에 피어나는 국화와 같은 사대부의 지조에 의한 것이며, 날이 저물어 둥지로 돌아가는 새들처럼 자연스러운 회귀의 본능으로 말미암은 것이다. 바로 그런 삶 속에서 시인은 자연과 내가 하나가 되어 어울려 사는 '참된 뜻'을 체득한다. 그러나 그 체득은 불완전한 인간의 언어로 나타낼 수 있는 것이 아니라는 진술에 이 시의 또 다른 맛이 숨어 있다.

본격적인 시인의 등장이란 이처럼 개인의 특수한 사색과 깨달음을 시의 형식으로 나타냄으로써 보편적인 민간의 노래보다 한층 지적이고 심오한 철학의 세계를 담아 내게 된다는 데에 의의가 있다. 완적의 경우와 마찬가지로 도잠 역시 타인들과 공유하기 어려운 특별한 세계관과 정서를 시로 승화시키는 시인의 등장을 나타내는 표지라고 할 수 있는 인물이었다.

<讀山海經> 其八 < 독산해경 > 제8수

自古皆有沒	예로부터 다들 죽어 갔는데
何人得靈長	누구인들 신령하게 오래 살 수 있으랴?
不死復不老	죽지도 않고 또 늙지도 않으면
萬歲如平常	만년을 변함없이 살겠지.
赤泉給我飮	적천은 나에게 마실 물을 주고
員丘足我糧[1]	원구산에는 먹을 양식 충분하지.
方與三辰[2]游	비로소 일월성신과 함께 놀 것이니
壽考豈渠央[3]	수명이 어찌 갑자기 끝나겠는가?

192

1) ≪산해경≫ <해외남경海外南經>의 '불사민不死民'에 대한 곽박郭璞의 주석에서 원구산員丘山과 적천赤泉을 언급하고 있다. 한편, 장화張華의 ≪박물지博物志≫ <물산物産>에 따르면, "원구산에 죽지 않는 나무가 있는데 그걸 먹으면 장수할 수 있고, 적천이 있는데 그 물을 마시면 늙지 않는다.[員丘山上, 有不死樹, 食之乃壽, 有赤泉, 飲之不老.]"라고 했다.

2) 三辰(삼신): 해[日]와 달[月]과 별[星]을 가리킨다. 옛날에는 이것들을 모두 신으로 숭배했다.

3) 渠央(거앙): 갑자기 끝나다. '渠'는 '遽(거)'와 같고, '央'은 끝난다는 뜻이다.

죽음은 자연만물의 피할 수 없는 숙명이다. 그러나 남북조 시대를 풍미했던 도교 신선설에서 내세우는 신선은 그런 숙명을 뛰어넘은 존재이다. 그것은 광대한 우주 앞에서 초라한 인간의 불사의 욕망을 반영한다. 그러나 그것은 추악한 부조리에 얽힌 세상에서 덧없는 삶을 사는 인간의 부질없는 열망일 뿐이다. 그 부질없음을 알면서도 시인은 ≪산해경≫에서 제시하는 초월적인 세계에 대한 미련을 떨치지 못한다. 인간 존재의 부질없음에 대한 자각과 불사의 욕망 사이에서 방황하는 그의 정신적 갈등은 13수에 이르는 <독산해경>에서 다양한 소재를 통해 반복적으로 변주된다.

한편 시인의 등장은 언어에 대한 깊은 탐색을 수반한다. <음주>에서도 언급되었던 언어의 불완전함에 대한 인식은 일상의 언어를 다양하게 활용함으로써 시문학의 예술성을 확장하는 성과를 이루어내게 되는 것이다.

<止酒> 　　　<술을 끊다>

居止次城邑　　거처는 성읍보다 못하나
逍遙自閑止　　느긋하게 노닐며 스스로 한가해진다.
坐止高蔭下　　앉는 건 높은 그늘 밑에 그치고
步止蓽門[1]裏　걷는 건 사립문 안에 그친다.
好味止園葵　　좋아하는 맛은 텃밭의 아욱뿐이고
大歡止稚子　　큰 기쁨은 어린 아들뿐이다.

平生不止酒	평생토록 술은 끊지 않았으니
止酒情無喜	술 끊으면 마음에 기쁨이 없기 때문.
暮止不安寢	저녁에 끊으면 편히 자지 못하고
晨止不能起	아침에 끊으면 일어나지 못한다.
日月欲止之	항상 끊으려고 했지만
營衛²⁾止不理	몸의 기능 멈춰 작동하지 않는다.
徒知止不樂	그저 끊는 게 즐겁지 않다는 것만 알 뿐
未信止利己	끊는 게 몸에 이롭다는 건 믿지 않는다.
始覺止爲善	비로소 끊는 게 좋다는 걸 깨달았으니
今朝眞止矣	오늘 아침에는 정말로 끊어 버려야겠다.
從此一止去	지금부터 일단 끊고 나면
將止扶桑涘³⁾	신선 나라 부상의 물가에 이르겠지.
淸顔止宿容	맑은 얼굴은 이전의 모습일 뿐
奚止千萬祀	어찌 천만 년에 이어지겠는가!

1) 蓽門(필문): 대나무와 가시나무 등을 엮어 만든 대문. 대개 누추하고 허물어진 집을 묘사하는 말로 쓰인다.
2) 營衛(영위): 옛날 중국 의학에서 기혈氣血의 작용을 가리키는 말로서, 육체의 기능이 유지된다는 뜻이다.
3) 扶桑涘(부상사): '扶桑'은 전설 속의 나무 이름으로, 해가 밤에는 그 나무 아래 있다가 낮이 되면 떠오른다고 했다. 여기서는 전설 속의 신선이 사는 나라를 가리키고 있다. '涘'는 물가, 강가라는 뜻이다.

오늘날 《한어대사전》의 '止지' 항목에는 무려 24가지의 뜻이 나열되어 있다. 이 가운데 동사에 해당하는 것만 몇 가지 들어보면 다음과 같다: 살다〔居住〕, 이르다〔至, 到〕, 멈추다〔停止〕, 그만두다〔終止〕, 만류하다, 붙잡아두다〔拘留〕, 사로잡다〔俘獲〕, 기다리다〔等待〕, 제지하다〔制止〕, 줄이다〔減省〕. 또한 이 글자는 '職(직)'과 서로 통하는 글자여서 '직분職分', '직사職事'를 나타내기도 하고, 부사로 쓰이면 '겨우〔僅〕' '단지〔只〕'라는 뜻이 되기도 하며, 단순히 어기사語氣詞로 쓰이기도 한다. 이런 점을 고려하면 이 시는 첫 부분부터 해석이 전혀 달라진다.

居止次城邑　거처는 성읍보다 못한 곳에 이르렀지만[조]

逍遙自閑止　느긋하게 노닐며 스스로 한가롭기만 하다.

심지어 단순히 문장만 놓고 본다면, '술을 끊는다[止酒]'는 내용 또한 전혀 반대로 해석할 수도 있다. 가령 이것은 어떤가?

始覺止爲善　비로소 오로지[只] (술만이) 좋다는 것을 깨달았으니

今朝眞止矣　오늘 아침에는 정말로 (술상 앞에) 나아가야겠다[조].

이런 식으로 다양한 해석의 가능성을 살펴보다 보면, 시인의 뜻이 도대체 술을 끊겠다는 것인지 줄이겠다는 것인지, 아니면 이제부터 마음껏 마셔보겠다는 것인지 아리송하기만 하다. 이처럼 해석의 다양성을 내포한 해학은 이른바 '언어의 놀이'에 따른 결과이며, 시의 예술성을 높이는 데에도 기여하게 된다.

그러나 차별화된 개성적 존재로서 시인의 위상이 부각될수록 다른 한 편에서는 보편적이고 일반적인 것의 가치에 대한 의식적인 폄하가 진행되었다는 점은 칼의 양날과 같은 현상이었다고 할 수밖에 없다. 물론 전문화된 작가의 출현은 그 사회 언어의 사용 영역과 형식적 기교를 증폭시키고, 현상에 대한 이해의 폭과 깊이를 확장하는 긍정적인 계기가 된다. 그러나 어떤 경우에는 그로 인해 평상의 삶에서 획득된 귀중한 가치들과 그 속에 내재된 갖가지 흥겨움들—반어적으로 표현된 흥겨움까지 포함해서—을 소외시키는 부작용을 낳기도 한다.

따지고 보면, 시라는 것에 고상하고 세련된 문학작품이라는 지위가 부여된 것은 단순히 사회 내에서 자신들만의 특권적인 지위를 보장받기 위한 시인들의 노력의 산물이라고 할 수도 있다. 또한 당나라 때부터는 시를 통해 관리를 선발하면서 시인의 지위가 더욱 높아지기도 했다. 그러나 시와 시인에게 고상한 지위가 부여된 대가로 이전까지 보편적으로 공유되는 많은 감정과 언어들은

천박하고 속된 것으로 치부되기 시작했다는 점은 간과되어서는 안 된다.

사실 시인이라는 존재가 사회적으로 특별한 의미를 부여받기 전에 시(혹은 노래)는 특정한 사회에 엮여 삶을 함께하는 모든 이들이 공유하는 정서의 결정체였다. 그런 환경에서 시는 보편적인 공감을 이끌어낼 수 있는 쉽고 전형적인 사건과 언어로 구성된 노래였다. 별도의 공부를 하지 않으면 풀어 낼 수 없도록 언어를 복잡하고 교묘하게 조작하는 일은 시인이 특별한 기능인으로, 혹은 존경받는 천재로서 사회적으로 중시되기 시작할 때부터 생기게 된 것이다. 또한 집단적 보편성보다 개성의 가치가 주목을 받게 되는 시대가 정착될수록 시의 성격은 더욱 난해하고 특수한 개인의 언어로 구성된 관념의 읊조림으로 변해 가는 경향을 보이기도 했다.

3) 산수시山水詩, 자연을 시로 품다

산수시는 문자 그대로 산수로 대표되는 자연의 풍경을 묘사 대상으로 삼은 시를 아울러 칭하는 말이다. 그런데 사실 ≪시경≫의 노래들에 관행적으로 사용된 '흥興'이라는 수법이 기본적으로 자연의 어떤 모습을 통해 감흥을 불러일으키는 것이었기 때문에, 시가에서 산수를 노래한 것은 이미 오랜 전통을 가지고 있다고 할 수 있다. 또한 그렇기 때문에 대다수 산수시 작품들은 순수하게 산수 풍경만을 묘사한 것은 아니고, 그 안에 시인의 사상과 정서가 자연스럽게 녹아 있기 마련이다. 하지만 문학사의 관점에서 주목할 만한 산수시는 사영운謝靈運 : 385~433에게서 본격적으로 시작되었다고 할 수 있다. 동진東晉의 문벌귀족 출신으로서 '강락공康樂公' 작위를 세습하여 고관대작을 지내며 정치에도 활발히 참여했던 그는 유송劉宋 때에 '반역죄'로 처형되는 비운을 맞았다. 그러나 그는 특히 영가永嘉, 지금의 저장성〔浙江省〕 원저우시〔溫州市〕에 속함 태수太守를 지내던 시절에 해박한 지식과 뛰어난 재능을 바탕으로 아름답고 정교한 묘사를 내세운 산수시를 창작함으로써 난해한 관념적 유희에 빠진 현언시玄言詩가 유행하던 당시 귀족사회의 시풍을 일신했다. 사영운의 산수시는 아름다운 자연 풍경을 시 속으로 끌어들이면서 섬세한 수사법을 활용함으로써 도잠의 전원시와는 다른 새로운 예술적 경지 즉, 자연과 인간의 소통과 화해를 추구하는 모습을 보여주었다.

<登永嘉綠嶂山[1]> <영가 녹장산에 올라>

裹糧杖輕策[2]	식량 싸고 가벼운 막대기 지팡이 삼아
懷遲上幽室[3]	구불구불 그윽한 산속을 올랐다.
行源徑轉遠	계곡의 원천 찾아 걸어가니 오솔길 갈수록 멀어지는데
距陸情未畢[4]	꼭대기에 올랐어도 정취는 아직 다하지 않았다.
澹瀲[5]結寒姿	고요히 찰랑이는 물 싸늘한 모습으로 얼어 있고
團欒潤霜質[6]	빼어난 대나무는 서리 견디는 자질 윤택하구나.
澗委水屢迷[7]	계곡이 굽이도니 겹겹의 물 어디로 흐르는지 모르겠고
林迥巖逾密	숲은 깊어 바위들도 갈수록 촘촘해진다.
眷西謂初月	서쪽 쳐다보며 달이 막 떠올랐다고 하고
顧東疑落日[8]	동쪽 돌아보며 지는 해가 아닐까 생각했다.
踐夕奄[9]昏曙	석양 속을 걸으니 어느새 새벽에서 황혼이 되었음을 알겠지만
蔽翳皆周悉[10]	숲속 가려진 곳들까지 모두 꼼꼼히 돌아보았다.
蠱上貴不事[11]	왕후 섬기지 않고 고상한 삶 중시하니
履二美貞吉[12]	산수 속에서 편안히 지내면 정도 지켜서 복을 누릴 수 있으리라.
幽人常坦步	은자로서 늘 편안히 산보하지만
高尚邈難匹	까마득히 고상한 이들에게는 필적하기 어렵지.
頤阿[13]竟何端	우리 사이에 결국 무슨 차이가 있겠는가?
寂寂寄抱一[14]	고요하게 대도大道에 생애를 맡길 뿐이지.
恬如[15]旣已交	조용한 삶은 이미 부여받았으니
繕性[16]自此出	본성을 함양하는 일도 여기에서 나오겠지.

1) 綠嶂山(녹장산): 영가성^{永嘉城} 북쪽에 있는 산으로서 청장산^{青嶂山}이라고도 한다. 산 위에 커다란 호수가 있다.

2) 裹粮(과량): 식량을 싸다. 輕策(경책): 가벼운 지팡이.

3) 懷遲(회지): 구불구불 돌아가는 모양. 逶迤(위이)와 같음.
   幽室(유실): 본래 석실^{石室}이나 산동^{山洞}을 가리키지만 여기서는 맑고 그윽한 산속을 가리킴.

4) 距陸(거륙): 높고 평평한 산꼭대기^[距]에 도착했다^[陸]는 뜻이다. 뒤에서 말하는 情(정)은 계곡을 따라 거닐던 정취를 가리킨다.

5) 澹瀲(담렴): 물결이 조용하게 찰랑거리는 모양.

6) 團欒(단란): 대나무가 우뚝 솟아 아름다운 모양. 檀欒(단란)과 같음.
   霜質(상질): 서리를 견디는 대나무의 품성.

7) 澗委(간위): 계곡이 구불구불 돌아감.
   屢迷(루미): 물길이 겹겹이 겹쳐서 어디로 흘러가는지 알 수 없음.

8) 眷西(권서) 2구: 깊은 숲속에서 날이 저물어 가는데 방향조차 헷갈려서 지는 해를 막 떠오른 달로 착각하고, 거꾸로 막 떠오른 달은 지는 해로 착각했다는 뜻이다.

9) 奄(엄): 문득. 갑자기.

10) 蔽翳(폐예): 바위와 숲에 가려져 있는 깊고 으슥한 곳. 周悉(주실): 모두 자세하게 알게 되다.

11) 蠱上(고상): ≪주역^{周易}≫ <고괘^{蠱卦}>의 상구^{上九} 효^爻에 대한 설명에서 "왕후를 섬기지 않고 그 일을 고상하게 한다.^[不事王侯, 高尙其事]"라고 한 것을 가리킨다. 여기서는 자신이 벼슬길에 있지만 왕후나 상관을 섬기는 데에 연연하지 않겠다는 뜻이다.

12) 履二(이이): ≪주역≫ <이괘^{履卦}>의 구이^{九二} 효에 대한 설명에서 "걸어가는 길이 평탄하니, 숨어 사는 이가 정도^{正道}를 지키면 길하다.^[履道坦坦, 幽人貞吉]"라고 한 것을 가리킨다. 여기서는 시골의 태수 자리지만 느긋하게 임무를 수행하되 정도를 지켜서 문제를 자초하지 않으면 복을 받을 것이라는 뜻이다.

13) 頤阿(이아): 伊我(이아) 즉 너(고상한 은자)와 나(평범한 벼슬아치) 사이. 일설에는 응낙^{應諾}하고 질책^[呵責]하는 것 즉, 선량한 이와 죄악을 저지른 이를 가리킨다고도 한다.

14) 抱一(포일): 도가^{道家}에서 정성을 기울여 도^道를 지키는 마음을 견지하는 것 또는 도 자체를 가리킨다.

15) 恬如(염여): 평안하다. 태연^{泰然}하다. 무사태평하고 세상 물욕이 없는 모양.

198

16) 繕性(선성): 본성本性을 함양涵養하다. ≪장자莊子≫ <선성繕性>에서 강
조한 것이다.

이것은 영초永初 3년[422]에 사영운이 영가태수로 강등되어 조정에
서 쫓겨나 있던 시절에 녹장산을 유람하며 쓴 작품이다. 부귀공명
에 초연하려고 애썼던 당시의 명사 풍류를 반영하듯 지방관으로
내쫓긴 상태에서도 평온하고 유유자적한 모습이다. 작품의 제1
구~제12구는 녹장산의 그윽하고 아름다운 풍경을 묘사하고, 제
13구~제16구는 ≪주역≫의 괘사卦辭를 원용하여 벼슬살이에 연연
하지는 않지만 고상한 은자라고도 할 수 없는 자신의 특별한 삶을
서술했다. 마지막으로 제17~제20구는 고요하게 대도大道를 따르는
삶을 통해서 본성을 함양하겠다는 포부를 밝힘으로써 폄적된 처지
를 오히려 긍정적으로 받아들이는 여유로운 마음을 토로했다. 나
들이 준비에 대한 서술에서부터 등산하는 동안 눈에 들어온 풍경
에 대한 묘사와, 특히 서리를 견디는 대나무의 품성에 대한 칭송
을 통해 드러낸 시인 자신의 꼿꼿한 자존심, 방향조차 알 수 없는
깊은 숲속의 묘사를 통해 은유한 인생의 방황, 그리고 떠올리게
된 고상한 은자처럼 자연과 어우러진 삶에 대한 동경, 지방관 생
활을 계기로 성찰하게 된 자신의 현실에 대한 분석과 미래의 전망
을 매끄럽게 연결시키고 있는 것이다.

그 결과 이 시는 예로부터 논자들이 "화려한 묘사가 풍부해서 자
취를 따르기 어렵다.(鍾嶸, ≪詩品≫: 富艶難踪)"라고 했을 정도로 언뜻 보
아서는 이해하기 힘들만큼 정교한 묘사 수법을 동원하기도 했지만
전체적으로 맑고 아름다운 자연의 분위기를 사실적으로 잘 나타냈
고, ≪주역≫과 노장사상을 아울러 현묘한 이치를 얘기하고 있지
만 행간의 의미를 읽어내지 못할 만큼 모호하지도 않다. 이야말로
"정경情景은 형상을 극도로 탐구하여 사물을 묘사하고, 어사語辭는
온 힘을 다해 새로움을 추구해야 한다.(劉勰, ≪文心雕龍≫ <明詩>: 情必極

貌以寫物, 辭必窮力而追新)"라는 바람직한 시 창작의 원칙을 실현한 예라고 할 수 있겠다. 아울러 아름다운 자연 풍광에 대한 감상에서 인생에 대한 성찰과 깨달음으로 이어지는 자연시 특유의 구성 방식을 모범적으로 제시해 주는 선구적 역할도 훌륭히 수행해 내고 있다. 이런 이유로 사영운의 작품 가운데 역대로 논자들의 입에 더 많이 오르내린 것은 "못에는 봄풀이 돋아나고 / 뜰 안 버드나무에는 우는 새가 바뀌었구나.〔池塘生春草, 園柳變鳴禽〕"라는 구절로 유명한 <못가 누각에 올라〔登池上樓〕>이지만, 그 작품은 전체적인 정조가 침울해서 생동하는 봄날의 분위기와 묘한 부조화를 이루기 때문에 오히려 여기 소개한 <영가 녹장산에 올라>야말로 그의 대표작으로 꼽을 만하다.

한편 사영운의 친족으로서 역시 정치적 혼란 속에서 36살로 요절하는 비운을 맞았지만, '소사小謝'로 불리며 사영운과 함께 명성을 날린 사조謝朓 : 464~499, 자는 현휘玄暉 역시 자연시의 발전에 큰 공헌을 했다. 일찍이 심약沈約 : 441~513 등과 더불어 시의 성률聲律을 연구하여 새로운 리듬의 '영명체永明體'를 개발하여 당나라 때에 근체시近體詩가 나올 수 있는 토대를 마련해 준 것으로도 유명한 그는 자연시에서도 적지 않은 걸작을 남겼다.

<晚登三山¹⁾還望京邑> <저녁 무렵 삼산에 올라 경사를 돌아보며>

灞涘望長安²⁾ 파수 강가에서 장안을 바라보았듯이
河陽視京縣³⁾ 하양에서 낙양을 쳐다보았듯이
白日麗飛甍⁴⁾ 밝은 해가 나는 듯한 용마루에 아름답게 비추니
參差⁵⁾皆可見 올망졸망한 지붕들의 모습 모두 볼 수 있구나.
餘霞散成綺 가득한 노을은 흩어져 고운 비단이 되고
澄江靜如練 맑은 강물은 고요하여 새하얀 명주 같구나.
喧鳥覆春洲 요란하게 울어대는 새들은 봄날 모래섬을 뒤덮고
雜英滿芳甸⁶⁾ 온갖 꽃들 향기로운 들판에 가득하다.
去矣方滯淫⁷⁾ 이제 떠나면 오래 머물러 있어야 할 테니

200

懷哉罷歡宴　　그립구나, 끝나 버린 즐거웠던 잔치여!
佳期悵何許[8]　아름다운 귀환일은 아아, 얼마나 먼 훗날일까?
淚下如流霰[9]　눈물이 흐르는 싸라기눈처럼 떨어지는구나!
有情知望鄕　　감정을 가진 이라면 알겠지, 고향을 그리다 보면
誰能鬒[10]不變　뉘라서 검고 윤기 나던 머리카락 세어 버리지 않을까!

1) 三山(삼산): 지금의 난징시[南京市] 서남쪽에 있는 산 이름으로서, 세 개의 봉우리가 남북으로 이어져 있어서 이런 이름이 붙었다고 한다. 여기서 말하는 경사[京邑]는 바로 남제[南齊]의 도읍이었던 건강성[建康城], 즉 南京을 가리킨다.

2) 灞涘(파사): 파수[灞水]의 물가. 파수는 섬서[陝西] 남전[藍田]에서 발원하여 장안성[長安城] 동쪽을 지나 흘렀던 강이다. 여기서는 한[漢]나라 말엽에 왕찬[王粲: 177~217, 자는 중선仲宣]이 <칠애시[七哀詩]>에서 "남쪽 파릉 언덕에 올라, 고개 돌려 장안을 바라본다[南登灞陵岸, 回首望長安]"라고 한 뜻을 빌려서 고향이자 나라의 도읍을 떠나는 심정을 나타냈다.

3) 河陽(하양): 지금의 허난성[河南省] 명현[孟縣]의 서쪽에 해당한다. 여기서 말하는 경사[京縣]는 서진[西晉]의 도읍이었던 낙양[洛陽]을 가리킨다. 이 구절은 반악[潘岳: 247~300, 자는 안인安仁]이 <하양현[河陽縣]>에서 "고개 내밀어 경사를 바라본다[引領望京室]"라고 했던 뜻을 빌린 것이다.

4) 飛甍(비맹): 끝이 나는 듯이 치솟아 올라간 용마루.

5) 參差(참치): 높낮이가 고르지 않아서 올망졸망한 모양.

6) 甸(전): 교외[郊外].

7) 方(방): 장차. 滯淫(체음): 오래 머물다.

8) 佳期(가기): 아름다운 기약(여기서는 돌아올 날짜를 가리킴). 悵(창): 슬퍼하다. 何許(하허): 얼마나(여기서는 날짜가 멀다는 뜻).

9) 霰(산): 싸라기눈.

10) 鬒(진): 검고 윤기 나는 머리카락. 머리숱이 많다.

이 시는 건무[建武] 2년[495]에 사조가 선성태수[宣城太守]로 내쫓겨 나가면서 쓴 것으로 여겨진다. 산에 오르고 강가에 임해서 바라본 봄날 저녁의 풍경과 돌아서 바라보는 먼 경사의 모습으로 인해 일어나는 때 이른 고향 생각을 잘 묘사하여 종종 사조의 대표작으로 꼽히곤 하는 작품이다.

작품의 제1구와 제2구는 왕찬과 반악의 사례를 들어 자신 또한 정치적 혼란 속에서 지방관으로 내쫓겨 나라의 도읍이자 자신의 고향을 떠나게 되었음을 설명했다. 이어서 제3구~제8구는 산 위에서 바라본 경사와 저물녘 봄날의 아름다운 강산을 묘사했다. 이 가운데 특히 "가득한 노을은 흩어져 고운 비단이 되고 / 맑은 강물은 고요하여 새하얀 명주 같구나.〔餘霞散成綺, 澄江靜如練〕"라는 절묘한 묘사는 천고千古의 명구名句라는 칭송을 받아 왔다. 이 때문에 이백李白도 "달빛 아래 생각에 잠겨 한참 동안 돌아가지 못하나니 / 나를 알아주는 이 예로부터 이어졌으나 눈앞에는 드물기 때문. / 맑은 강이 새하얀 명주 같다는 묘사를 이해하니 / 오래도록 사조를 기억하게 하는구나.(李白, ＜金陵城西樓月下吟＞：月下沉吟久不歸, 古來相接眼中稀. 解道 澄江靜如練, 令人長憶謝玄暉.)" 하고 노래한 바 있다. 더욱이 그 고요한 아름다움은 다음 구절에 묘사된 모래섬을 뒤덮은 요란한 새들 및 현란하게 피어난 온갖 꽃들과 경쾌한 대비를 이루어, 봄날 저물녘의 아름다움을 한층 끌어올린다. 제9구~제14구는 돌아올 기약이 아득한 길을 떠나면서 고향 생각에 시달릴 자신의 모습을 서술했다. 그 바람에 앞쪽 여덟 구까지 이어지던 평화롭고 아름다운 분위기는 급전직하한다. 더구나 뒤쪽에서 서술한 시인의 정서가 단지 개인의 향수에 지나지 않는다는 점에서 무게감이 떨어진다는 지적도 피할 수 없다. 하지만 시의 전반부에서는 풍경을 묘사하고 후반부에서 정감을 토로하는 구성 방식은 사영운의 전통을 계승하고 있다.

　앞서도 잠깐 언급했듯이 동진을 비롯한 남북조 시기에 산수시가 나타나게 된 가장 큰 요인으로는 정치적 혼란을 들 수 있다. 장강을 건너 남쪽으로 모인 문인들은 "풍경은 북쪽과 다르지 않으나 산하의 주인이 바뀌어 변해 버렸구려!(劉義慶, ≪世說新語≫ ＜言語＞：風景不殊, 正自有山河之異)"라는 주의周顗：269~322의 탄식처럼 상실감에 찬 채 현실의 갖가지 폭압에서 벗어나 강남의 산수 자연에서 마음의 안위를 찾고자 했다. 또한 "지혜로운 이는 물을 좋아하고 어진 이는 산을 좋아한다.(《論語》 <雍也> : 知者樂水, 仁者樂山)"라는 유가 문인에게 친숙한 개념과 더불어 새롭게 유행하게 된 노장사상의 현학玄學이 문인들의 정신을 자극하여 "산수가 품은 맑은 빛이 사람을 즐겁게 할 수 있다.(謝靈運, <石壁精舍還湖中作> : 山水含淸暉, 淸暉能娛人)"와 같은 믿음이 널리 퍼졌다. 하지만 여러 가지 제약 때문에 산수 유람을 통해 자신의 공부에 신선한 활력을 불어넣는 일이 불가능한 이들도 많았을 것이고, 산수시는 그런 이들의 허전함을 달래 주는 통로가 되기도 했을 것이다.

여기서 예로 든 작품들에서도 알 수 있듯이 산수시는 기본적으로 시적 정취와 그림 같은 묘사가 적절히 어우러진 경지를 추구한다. 하지만 작품의 예술적 성취는 대개 묘사의 세밀함보다는 함축성이 높은 것을 중시하고, 담백하고 자연스러우면서 고상하고 맑은 정취를 추구한다. 그리고 무엇보다도 그것을 통해 시인의 진지하고 수준 높은 철학 내지 인생관을 녹여서 '언어의 바깥[言外]'에 흔적 없이 물들여 놓아야 한다.

무엇보다도 자연은 인간이 살아가는 데에 없어서는 안 될 환경이기 때문에 남북조 시대 이후로도 수많은 시인들이 노래하는 대상이 될 수밖에 없었고, 그것은 거의 인류 공통의 현상이었다. 이 때문에 당나라 때에도 이백을 비롯해서 왕유, 맹호연, 위응물, 유우석, 유종원 등도 모두 뛰어난 산수시인일 수밖에 없었다. 나아가 그들의 시는 '삼교융합三敎融合'의 긍정적인 효과에 힘입어 "강물은 천지 바깥으로 흐르고 / 산색은 있음과 없음의 사이에 있다.(王維, <漢江臨泛> : 江流天地外, 山色有無中)"처럼 더욱 간명하면서도 심오한 뜻을 담은 경지로 나아가게 되었다.

3. 과거제도와 시단

과거제도가 정착되고 나서 본질적으로 벼슬살이를 통해 '뜻을 펼치고' 생계를 꾸려야 했던 문인 사회는 커다란 변화를 겪을 수밖에 없었다. 특히 측천무후^{則天武后}: 684~704 재위 이후로 경서^{經書}를 바탕으로 한 첩경^{帖經}과 묵의^{墨義}를 위주로 한 명경과^{明經科}에 비해 시부^{詩賦}를 중시하는 진사과^{進士科}의 위상이 상대적으로 높아지면서 시 창작은 단순한 오락과 취미의 범주를 넘어서 과거시험에 급제하기 위한 필수 과목이 되었다. 이런 상황에서 사대부 문인이 시 창작을 연마하는 것은 중요한 시험공부이면서 동시에 자신의 정서와 사상을 미학적 방식으로 표출하고 교유하는 문학적 행위의 하나였다. 이로 인해 과거시험 시대, 특히 당·송 시기의 이른바 '시단'은 좀 더 독특한 형태를 띠게 되었으며, 이런 환경은 무엇보다도 시 창작의 기법들을 더욱 발전시켜서 고도의 예술적 아름다움을 갖춘 작품들이 양산될 수 있도록 해 주었다.

과거시험 준비를 위해 연마했던 이른바 '부득체^{賦得體}' 가운데 널리 알려진 작품들은 그런 성과를 잘 설명해 주는데, 대표적인 예로 젊은 시절의 백거이^{白居易}: 772~846가 썼다는 <옛 들판 풀밭에서 송별을 노래함^[賦得古原草送別]>을 감상해 보자.

離離[1]原上草	우거진 들판의 풀
一歲一枯榮	한 해에 한 번씩 영화와 시듦을 겪네.
野火燒不盡	들판의 불길에도 다 타 버리지 않고
春風吹又生	봄바람 불자 또 자라네.
遠芳侵古道	멀리서 풍긴 향기 옛 길을 침범하고
晴翠接荒城	산뜻한 푸른빛 황량한 성에 잇닿아 있네.

又送王孫[2]去　　떠나는 왕손을 또 전송하나니
萋萋[3]滿別情　　무성한 풀밭에 이별의 정 가득 차 있네.

1) 離離(이리): ① 무성하고 농밀濃密하면서도 질서가 있는 모양 ② 멀고 공허하며 밝은 모양 ③ 맑고 또렷한 모양 ④ 은은하면서도 끊어질 듯 이어지는 모양 ⑤ 아련히 흔들리는 모양 ⑥ 슬프고 쓸쓸한 모양.
2) 王孫(왕손): 원래 왕작王爵의 자손을 가리키지만 일반적으로 귀족 집안의 자손을 가리킨다. 옛날에는 젊은 남자에 대한 존칭으로 쓰이기도 했다. 이 외에 은거한 사람이나 벗[朋友]을 가리키는 뜻으로 쓰이기도 한다.
3) 萋萋(처처): ① 초목이 무성한 모양 ② 금방 비가 내릴 듯 먹구름이 자욱한 모양 ③ 시들어 쇠락한 모양.

이 시의 제목에서 '초草'라는 글자는 대단히 미묘한 자리에 위치해 있다. 그것은 오래된 들판을 뒤덮은 '풀'이라는 의미이기도 하고, 다른 한편으로는 이 시가 이별의 순간에 '급히 써 내려간' 작품이라는 의미를 아울러 나타내고 있다. 그리고 작품의 내용 가운데 흥미로운 점은 오랜 역사를 안은 들판[古原]과 그것을 덮은 풀에 집중되어 있으며, 정작 '송별'의 아쉬움조차 풀 속에 묻어 버렸다는 것이다.

해마다 우거지고 시들기를 되풀이하는 들판의 풀은 질긴 생명력과 장구하게 이어지는 자연의 상징이다. 또한 풀은 하나하나의 개별적인 존재가 아니라 집체로 모여 있을 때 비로소 풀다운 의미를 담보한다. 그에 비해 굳이 독립된 의미를 추구하는 인간의 부질없는 목숨도, 애써 닦아 놓은 길과 지키고 빼앗으려는 추한 욕망의 역사를 대변하는 성곽도 광음光陰 앞에 무력할 수밖에 없다. 그러니 바람에 쓸리고 발길에 짓밟힌다 한들, 한낱 인간이 어찌 풀들을 무시할 수 있으랴?

이런 의미에서 인간이 태어나 만나고 헤어지는 것은 새로운 봄을 기약하며 시드는 풀들의 작별과는 확연히 의미가 다르다. 게다가 '또' 떠나보내는 이가 다름 아닌 '왕손'이라는 서술은 이 헤어짐의 의미를 두 당사자만의 몫으로 한정시킬 수 없는 외연을 갖고 있음을 강조하는 셈이다. 다시 말하자면, 떠나는 이가 실제로 왕실의 후손인지 여부는 부차적인 문제라는 것이다. 이렇게 읽으면, 미련^{尾聯}의 둘째 구 첫머리에 얹어진 '처처^{萋萋}'라는 의태어는 단순하게 '무성하다'는 표면적 의미를 넘어서 '쓸쓸하고 슬프기 그지없음^{〔悽悽〕}'의 의미까지 포괄하게 된다. 이처럼 훌륭한 시인의 언어는 사람 하나를 보내는 단순한 이별의 정조차 더욱 깊고 포괄적인 언어로 표현해 냄으로써 독자를 경탄하게 한다.

결국 과거시험을 준비하기 위해 연마할 수밖에 없는 시 창작의 기술들은 높은 예술성을 담보한 작품들이 나올 수 있는 기반을 마련해 준 셈이었다. 여기에 이백^{李白 : 701~762}과 두보^{杜甫 : 712~770}를 비롯해서 유종원^{柳宗元 : 773~819}이나 맹호연^{孟浩然 : 689~740}, 이하^{李賀 : 791?~817?}, 소식^{蘇軾 : 1037~1101} 등의 경우처럼 뛰어난 재능을 지니고도 비운과 울분으로 점철된 삶을 살아야 했던 특별한 인물들이 등장함으로써 단순한 시험 준비를 넘어선 고차원적인 문학으로서 시 작품들이 나타날 수 있게 되었다.

그러나 과거시험 자체가 상당 기간 폐지되었던 원나라 때와, 시험 방식이 사서^{四書}와 오경^{五經}을 중시한 '팔고문^{八股文}'으로 변경된 명·청 시기에는 시 창작에 대한 사대부 문인들의 관심이 상대적으로 줄어든 것이 사실이다. 비록 향시^{鄕試}에서는 여전히 사서와 오경 사이에 시를 짓는 문제가 하나쯤 들어 있는 것이 관례이기는 했지만 그 비중은 그다지 크지 않은 편이었고, 오히려 명나라 말엽과 청나라로 들어서면서 사서오경을 제외한 시부^{詩賦}와 제자백가^{諸子百家}, 역사 분야는 심지어 '잡학^{雜學}'으로 취급될 만큼 천대를 받았다. 이로 인해 이른바 '정통 문단' 내에서 시의 위상도 나날이 약해졌고, 그것은 자연스럽게 시 문학의 쇠퇴로 이어졌다. 비록 명·청 시기에 "문장은 반드시 진·한 시대의 것을 모범으로 삼고, 시는 반드시 성당의 것을 모범으로 삼아야 한다.[文必秦漢, 詩必盛唐]"라는 식의 복고주의가 성행하기는 했지만 '정통 문단'의 시 문학에서 진정한 의미의 '복고' 즉, 성세의 회복은 봉건 왕조가 끝날 때까지 이루어지지 못했다.

함께 참고할 만한 자료

강태권 외, ≪동양의 고전을 읽는다(문학)≫3, 휴머니스트, 2006.
김창환, ≪도연명의 사상과 문학≫, 을유문화사, 2009.
김효민, ≪중국과거문화사≫, 동아시아, 2003.
마화·진정굉 저, 강경범·천현경 역, ≪중국은사문화≫, 동문선, 1997.
박한제, ≪강남의 낭만과 비극: 동진 남조 시대≫, 사계절, 2003.
변성규 편역, ≪죽림칠현≫, 문이재, 2002.
이나미 리츠코 저, 김석희 역, ≪중국의 은자들≫, 한길사, 2001.
홍상훈, ≪한시 읽기의 즐거움≫, 솔출판사, 2007.

제3장 제국의 확장과 새로운 융합

1. 실크로드와 근체시의 성립

1) 당 제국의 성립과 새로운 문화의 융합

당나라[618~907]는 400년이 넘는 남북조 시대의 긴 혼란 끝에 대륙을 통일했으나 30년 남짓 되는 짧은 시간 만에 멸망한 수나라의 뒤를 이은 한족의 통일왕조였다. 당나라는 중앙의 왕권과 지방의 문벌귀족들이 연합하여 불안한 세력 균형을 이루고 있었지만, 기본적으로 수나라의 통일정책을 계승, 발전시킴으로써 통일 왕조의 체제 안정을 꾀했다. 균전제[均田制1)]라는 토지제도와 조용조[租庸調2)]의

---

1) 北魏에서 시작해서 당나라 초기까지 이어진 토지제도로서 기본적으로 인구에 따라 토지를 분배하고 일정 기간을 기준으로 소득의 일정 부분을 나라에 바치게 했다. 분배된 토지는 당사자가 죽으면 다시 국가에 귀속되었다. 하지만 당나라 중엽 天寶[742~756] 연간에 이르면 대지주들의 토지 겸병이 극심해져서 국가에서 토지를 환수하기 어려운 지경에 이르렀고, 결국 조세제도가 德宗 建中 1년[780]에 兩稅法으로 대체되면서 균전제도 폐지되었다.

2) 당나라 초기에 균전제를 바탕으로 시행한 조세제도이다. 여기서는 모든 男丁에게 100畝의 토지를 나눠주고 국가가 매년 일정량의 곡식을 받는 租와, 매년 20일의 正役에 참가하거나 그 대신 일정량의 비단이나 면포를 내게 하는 庸, 비단이나 면화를 받는 調의 세 가지 방식으로 재물을 받고 노동력을 징발했다. 그러나 후기로 접어들면서 지주들의 토지 겸병으로 자영농이 파산하여 소작농

세제^{稅制}를 실시하고, 군대체제를 개혁했으며, 재상을 정점으로 한 조정의 3성^省 6부^部는 국가적인 차원에서 부흥시키려고 노력한 유가의 학술에 기반을 둔 과거제도를 통해 선발된 인재로 충당되었다.

당나라의 이러한 혁신 정책은 민생 안정과 문벌세력 견제를 통한 왕권의 강화라는 두 가지 목표를 달성하기 위한 것이었고, 이것은 이른바 '정관지치^{貞觀之治}'로 일컬어지는 전성기를 구가한 태종^{太宗} 이세민^{李世民 : 627~649 재위}에 의해 기틀이 다져졌다. 당 태종은 비록 형제간의 피비린내 나는 싸움 끝에 제위에 올랐지만 당 제국의 판도를 몽고고원 너머로 확장시키고, 출신에 구애되지 않는 실용적인 인재 등용정책으로 사회의 안정과 경제적 번영을 달성하는 치적을 쌓았다. 그러나 왕조 초기에 문벌귀족 세력에 대한 견제는 기득권층의 거센 반발에 부딪쳐 종종 국가의 안위를 뒤흔들었다. 황실과 문벌귀족 간의 갈등은 당 태종이 죽은 후 표면화되었고, 그런 복잡한 상황 속에서 야심차게 권력을 잡은 측천무후^{則天武后}는 실질적으로 거의 50여 년 동안 철권을 휘두르며 문벌귀족의 척결에 힘을 기울였다. 그녀는 과거제도를 통한 관료 선발의 비중을 지속적으로 높이면서 특히 전통적인 경학의 소양을 시험하는 명경과^{明經科}가 아닌 시문^{詩文}으로 인재를 뽑는 진사과^{進士科}를 중시함으로써 의도적으로 신진사대부 계층을 양성했다. 물론 진사과 출신이라 해도 기본적으로 유학의 소양을 갖추었기 때문에, 이들 신진사대부 계층의 대두는 당나라의 문화에 현실적이고 합리적인 사고를 바탕으로 한 새로운 활력을 불어넣어 주었다.

그런데 측천무후가 말년에 정권을 잃고, 684년에 황제에 즉위하자마자 폐위 당했던 중종^{中宗 : 705~709 재위}이 다시 황제가 되면서 황실은 잠시 혼란에 빠졌다. 그러나 얼마 후 현종^{玄宗} 이융기^{李隆基 :}

으로 전락함에 따라 조세 체계가 붕괴함으로써 결국 양세법으로 대체되었다.

^{712~755 재위}가 즉위하면서 다시 정치를 수습하여 이른바 '개원성세^{開元盛世}'를 이끌어 냈다. 당시 당 제국은 중앙아시아까지 포함하는 방대한 영토를 관할하는 대제국을 건설하고, 실크로드라는 동서 교류의 대동맥을 이용해서 경제적·문화적으로 거의 범세계적인 융합을 이루어 내고 있었다.

당나라 초기의 이와 같은 번영 양상은 인구 100만이 넘는, 당시로서는 세계 최대의 도시였던 수도 장안^{長安}의 모습에 대한 다양한 기록들에서도 확인된다. 정치의 중심이자 거의 세계 최대의 상업 도시였던 장안은 실크로드를 통해 교역되는 전국의 물산과 외국 문물의 집산지였다. 계획도시인 장안의 동서쪽에는 수천 개의 가게들이 운집해 있었고, 이곳에서 거래되는 국내외 문물들은 장안을 중심으로 동서남북으로 잘 발달된 육로와 대운하를 기반으로 한 수로 교통을 이용하여 전국으로 유통되었다. 당시의 수륙 교통 상황은 무려 1,643개에 달하는 역참^{驛站}의 수만 보더라도 충분히 짐작할 수 있다. 그리고 이들 교통의 선이 닿는 곳에는 동쪽의 변주^{汴州, 지금의 허난성[河南省] 카이펑시[開封市]}와 서쪽의 성도^{成都, 지금의 쓰촨성[四川省] 청두시[成都市]}, 서북쪽의 양주^{涼州, 지금의 간쑤성[甘肅省] 우웨이시[武威市]}, 북쪽의 태원^{太原, 지금의 산시성[山西省] 타이위앤시[太原市]}, 남쪽의 형주^{荊州, 지금의 후베이성[湖北省] 쟝링시[江陵市]} 및 광주^{廣州, 지금의 광둥성[廣東省] 광저우시[廣州市]} 등의 번성한 도시들이 있었다. 아울러 연안의 해운 또한 상당히 발달해 있었던 것으로 알려져 있다. 무엇보다도 서북쪽의 실크로드와 동남부 해안의 뱃길은 멀리 유럽과 아랍, 신라와 일본으로 이어지는 광대한 국제적 교역권을 형성하는 바탕이 되었다.

당나라 초기의 이러한 번성은 당나라가 중국 역사상 최초로 다수 민족을 융합한 대제국이라는 사실과도 관련이 있다. 당나라 초기의 영토는 동쪽으로 동해^{우리나라의 서해}, 서쪽으로 파미르 고원과 발하슈 호수^{Lake Balkhash} 및 사해^{Dead Sea}, 남쪽으로 남해제도^{南海諸島},

그리고 북쪽으로 바이칼 호수^{Lake Baikal} 너머까지 이르렀다. 이들 지역에는 수많은 도호부^{都護府}와 도독부^{都督府}가 설치되었고, 소수민족의 자치정권들도 당나라 조정과 긴밀한 관계를 유지했다. 이에 따라 당 제국은 다양한 민족의 정치와 경제, 문화가 융합된 새로운 제국으로 발전할 수 있었다.

다만 이와 같은 대제국의 건설에 기초를 제공한 군인들 가운데는 북방의 혼혈인 안녹산^{安祿山 : 703~757}과 사사명^{史思明 : 703~761}, 백제 출신의 흑치상지^{黑齒常之 : ?~689}, 고구려 출신의 고선지^{高仙芝 : ?~756}, 거란족인 이광필^{李光弼 : 708~764}, 말갈족인 이회광^{李懷光 : 729~785}, 돌궐족인 가서한^{哥舒翰 : ?~757} 등 이민족 출신이 많았고, 이들 모두가 절도사^{節度使}로서 지방의 군사와 행정을 장악함으로써 분열의 불씨를 안고 있었다. 그 결과 755년에 일어난 '안사지란^{安史之亂}'은 10년이 넘게 중국 전역을 전쟁의 소용돌이에 휩싸이게 했다. 이후 번진^{藩鎭}을 제압하려고 노력했던 덕종^{德宗 : 780~804 재위} 때에도 이회열^{李希烈 : ?~786}과 주체^{朱泚 : 742~784} 등의 반란이 연이어 일어나면서 당 황실은 중앙집권의 능력을 상실하고 말았다. 심지어 875년에 정치적 혼란과 부패한 관료들의 수탈로 인해 일어난 황소^{黃巢 : ?~884}의 농민기의는 훗날 당나라가 망한 뒤까지 이어지는 주전충^{朱全忠 : 852~912}과 서돌궐 사타족^{沙陀族} 출신의 이극용^{李克用 : 856~908} 사이의 전쟁을 야기하기도 했다. 또한 그런 혼란을 틈타 위구르와 토번^{吐藩} 등 이민족들이 끊임없이 당나라 국경을 위협했다.

게다가 이 무렵에는 조정에서 환관의 권력이 강화되면서 조정의 정치는 점차 파탄으로 치닫고 있었다. 특히 문벌귀족과 신진사대부 사이의 갈등도 절정에 달하여 헌종^{憲宗 : 806~820 재위} 원화^{元和} 3년⁸⁰⁸부터 선종^{宣宗 : 847~859 재위} 대중^{大中} 3년⁸⁴⁹까지 무려 40여 년에 걸쳐 유명한 '우이당쟁^{牛李黨爭}'이 일어남으로써 당 왕조의 몰락을 촉진하게 되었다. 이것은 전통적인 문벌귀족을 대표하는 이덕유^{李德裕 :}

그리고 북쪽으로 바이칼 호수[Lake Baikal] 너머까지 이르렀다. 이들 지역에는 수많은 도호부[都護府]와 도독부[都督府]가 설치되었고, 소수민족의 자치정권들도 당나라 조정과 긴밀한 관계를 유지했다. 이에 따라 당 제국은 다양한 민족의 정치와 경제, 문화가 융합된 새로운 제국으로 발전할 수 있었다.

다만 이와 같은 대제국의 건설에 기초를 제공한 군인들 가운데는 북방의 혼혈인 안녹산[安祿山 : 703~757]과 사사명[史思明 : 703~761], 백제 출신의 흑치상지[黑齒常之 : ?~689], 고구려 출신의 고선지[高仙芝 : ?~756], 거란족인 이광필[李光弼 : 708~764], 말갈족인 이회광[李懷光 : 729~785], 돌궐족인 가서한[哥舒翰 : ?~757] 등 이민족 출신이 많았고, 이들 모두가 절도사[節度使]로서 지방의 군사와 행정을 장악함으로써 분열의 불씨를 안고 있었다. 그 결과 755년에 일어난 '안사지란[安史之亂]'은 10년이 넘게 중국 전역을 전쟁의 소용돌이에 휩싸이게 했다. 이후 번진[藩鎭]을 제압하려고 노력했던 덕종[德宗 : 780~804 재위] 때에도 이회열[李希烈 : ?~786]과 주체[朱泚 : 742~784] 등의 반란이 연이어 일어나면서 당 황실은 중앙집권의 능력을 상실하고 말았다. 심지어 875년에 정치적 혼란과 부패한 관료들의 수탈로 인해 일어난 황소[黃巢 : ?~884]의 농민기의는 훗날 당나라가 망한 뒤까지 이어지는 주전충[朱全忠 : 852~912]과 서돌궐 사타족[沙陀族] 출신의 이극용[李克用 : 856~908] 사이의 전쟁을 야기하기도 했다. 또한 그런 혼란을 틈타 위구르와 토번[吐藩] 등 이민족들이 끊임없이 당나라 국경을 위협했다.

게다가 이 무렵에는 조정에서 환관의 권력이 강화되면서 조정의 정치는 점차 파탄으로 치닫고 있었다. 특히 문벌귀족과 신진사대부 사이의 갈등도 절정에 달하여 헌종[憲宗 : 806~820 재위] 원화[元和] 3년[808]부터 선종[宣宗 : 847~859 재위] 대중[大中] 3년[849]까지 무려 40여 년에 걸쳐 유명한 '우이당쟁[牛李黨爭]'이 일어남으로써 당 왕조의 몰락을 촉진하게 되었다. 이것은 전통적인 문벌귀족을 대표하는 이덕유[李德裕 :]

^{787~849} 세력과 진사과 출신의 신진사대부 계층을 대표하는 우승유^{牛僧孺 : 779~847} 세력 사이의 주도권 싸움이었으나, 결과적으로 환관의 세력만 강화시켜 주고 말았다. 그리고 문종^{文宗 : 827~840 재위} 때인 태화^{太和} 9년⁸³⁵에 일반 신하들과 환관 사이의 갈등으로 인해 일어난 '감로지변^{甘露之變}3)'은 이후 중앙과 번진세력 간의 돌이킬 수 없는 반목을 형성하게 했다.

2) 근체시의 성립

(1) 당나라 초기의 시단

중국고대문학, 특히 사대부문학의 정점이라고 할 수 있는 근체시는 문벌세력을 견제하려는 당 황실의 정책적인 배려와 범세계적인 제국인 당나라 문화의 다양성이 어우러져 탄생한 것이었다.

앞서 언급한 것처럼 당 황실의 문벌세력에 대한 견제는 과거제도 특히 진사과를 통해 진행되었고, 그 과정에서 특출한 역할을 수행한 이가 바로 측천무후였다. 측천무후는 문벌세력을 견제할 수 있는 진사과의 위상을 높이기 위해 황제가 직접 시험을 주관하는 전시^{殿試}를 처음으로 개설하는 등 신진사대부를 중용하는 정책을 앞장서서 실행했다. 측천무후가 집권할 때의 명재상 적인걸^{狄仁傑 :} ^{630~700}—비록 명경과 출신이지만—과 훗날 자신을 축출하는 데에 앞장선 장간지^{張柬之 : 625~706}, 그리고 현종 때의 명재상 요숭^{姚崇 :}

---

3) 太和 9년⁸³⁵에 당시 27살의 文宗은 환관을 통제하기 어렵게 되자 李訓, 鄭注 등과 함께 환관들을 살해하여 황제의 권력을 회복할 계획을 세웠다. 그해 11월 21일에 문종은 이슬 구경을 한다는 명목으로 환관 우두머리 仇士良을 禁衛軍의 뒤뜰로 유인하여 죽이려 하다가 음모가 탄로 나는 바람에 양측 사이에 격렬한 전투가 벌어지고, 그 결과 이훈 등을 비롯한 조정의 중신들이 환관 측에 의해 피살당하고 심지어 그 가족들마저도 연좌되어 멸살 당했다.

?~721과 송경^{宋璟 : 663~737}은 모두 당시에 뽑은 인재들이었다. 심지어 측천무후는 서경업^{徐敬業 : ?~684}이 반란을 일으켰을 때 유명한 <토무조격^{討武曌檄}>을 써서 자신을 성토한 낙빈왕^{駱賓王 : 638?~684}에 대해서조차 그 재능을 안타까워했을 정도로 문사^{文詞}에 재능이 있는 인재를 아꼈다고 한다.

물론 근체시가 성립될 수 있었던 것이 단지 조정의 정책적 배려로 중시된 진사과 때문만은 아니다. 오히려 근체시의 형식이 다듬어지던 초기 단계에서는 남북조 시대 특히 남조의 귀족적이고 화려한 유미주의적 시풍의 영향을 받은 궁정시인들이 중요한 역할을 했다. 일찍이 서진 때의 육기^{陸機 : 261~303}는 ≪문부^{文賦}≫에서 원론적이나마 수사의 중요성과 음성적 아름다움의 필요성을 강조한 바 있고, 남조의 심약^{沈約 : 441~513}은 좀 더 구체적으로 한자의 발음체계와 리듬에 대해 관심을 가지고 이른바 '사성팔병설^{四聲八病說}'을 제시했다. 특히 '봉요^{蜂腰}'나 '학슬^{鶴膝}' 같은 '팔병설'은 낭송하고 귀로 듣기에 아름답고 내용 전달이 확실한 성조의 배열 규칙을 제시함으로써, 오언시와 칠언시의 효율적이고 미적인 리듬이 만들어지기 위한 이론적 토대를 마련해 주었다. 이것은 멀리 ≪시경≫에서부터 중국의 시는 언제나 음악과 관련이 있었고, 당나라 초기까지 시 창작이 주로 문인 및 귀족의 연회에서 흥을 돕기 위한 고상한 오락으로 활용되어서 시의 내용뿐만 아니라 읊고 노래하는 것도 중시되었기 때문이다. 특히 당나라 초기 궁정을 중심으로 흥성한 연회와 유람의 문화 속에서 활발하게 활동한 상관의^{上官儀 : 608~664}와 심전기^{沈佺期 : 656?~714}, 송지문^{宋之問 : 656~712} 같은 궁정시인들은 범세계적인 제국의 수도에 널리 유행한 '이국 문화^[胡風]' 속에 포함된 풍부한 음악적 요소들을 시 창작에 적극적으로 수용했다.

이미 북조 시기부터 서역의 음악은 중원 한족의 문화에 적지 않은 영향을 주고 있었지만, 당 제국이 성립함으로써 본격적으로 중원에 유입되어 상류 귀족문화뿐만 아니라 기루와 민간의 오락에까지 광범하게 퍼져 있었다. 당시에 유행하던 음악을 흔히 '연악燕樂'이라고 부르는데, 그것은 당 태종 때에 만들어진 가공송덕歌功頌德의 노래에도 활용되었다. 특히 ≪송사宋史≫ <악지樂志>에 기록된 '당 십부악唐十部樂' 가운데는 서량西涼, 구자龜玆, 소륵疏勒, 고창高昌, 강국康國 등 중국 서북부 소수민족의 민간음악뿐만 아니라 천축天竺, 고려高麗, 안국安國 등 외국의 음악까지 포함되어 있었다. 이런 음악들은 길고 단조로운 아악雅樂이나 청악淸樂과 같은 전통적인 한족 음악에 신선한 활력을 불어넣어 주었다. 또한 당 황실에서 가기歌妓를 양성하기 위해 설립한 교방敎坊과 배우를 양성하는 기관인 이원梨園에서는 민간에 유행하던 음악을 바탕으로 새로운 음악을 만들어 내는 데에 노력을 기울였으며, 이렇게 만들어진 음악은 시와 사詞의 발전에 중요한 밑거름이 되었다. 이와 같은 역사적 배경 위에서 당나라 초기의 낙빈왕과 왕발王勃 : 648~675, 양형楊炯 : 650~692, 노조린盧照隣 : 637?~680? — 이들을 아울러 '초당사걸初唐四傑'이라고 함 — 은 궁정시인들이 발전시킨 형식에 사대부의 진지한 현실 인식과 서민적 정서를 담아 냄으로써 근체시의 발전에 전기를 마련해 주었다.

<在獄詠蟬>	<감옥에서 매미를 노래함>
西陸[1] 蟬聲唱	가을인데 매미 소리 요란하니
南冠[2] 客思深	남쪽 출신의 죄수는 고향 생각 깊어간다.
不堪玄鬢[3] 影	어쩌란 말이냐, 미인의 머리채 같은 날개로
來對白頭吟[4]	내게 와서 <백두음>을 읊어 대는 걸!
露重飛難進	무거운 이슬 젖어 날기도 어렵고
風多響易沉	세찬 바람에 소리조차 쉬이 잦아든다.
無人信高潔	고결함 믿어 주는 이 아무도 없으니
誰爲表予心	누구에게 내 마음 드러낼까?

1) 西陸(서륙): 가을을 가리킨다. 고대 중국의 천문학에서는 태양이 황도黃道를 따라 동쪽으로 이동하다가 서륙 구역에 이르게 되면 계절이 가을로 바뀐다고 여겼다.

2) 南冠(남관): 남쪽 사람. 이것은 ≪좌전≫ <성공成公 9년> 항목에 기록된 초楚나라 사람 종의鍾儀의 이야기를 빌려 쓴 것이다. 종의는 진晉나라에서 죄수로 갇혀 있을 때에 줄곧 자기 고향에서 쓰던 모자를 쓰고 있었다고 하는데, 여기서는 남쪽 절강浙江 사람인 낙빈왕 자신이 북쪽 장안에서 죄수로 갇힌 몸이 되었음을 비유하고 있다.

3) 玄鬢(현빈): 원래 여자의 머리 모양을 가리키는 말이다. 최표崔豹: ?~?, 자는 정웅正熊의 ≪고금주古今注≫에 따르면 이 머리 모양은 위魏나라 문제文帝가 사랑하던 막경수莫瓊樹가 처음으로 꾸몄다고 하는데, 멀리서 보면 마치 매미 날개처럼 보였다고 한다. 다만 여기에서는 거꾸로 여인의 머리 모양을 통해 매미의 모습을 묘사하고 있다.

4) 白頭吟(백두음): 노래 제목이다. ≪서경잡기西京雜記≫에는 한나라 때 사마상여司馬相如와 그의 아내 탁문군卓文君의 이야기가 수록되어 있다. 여기에 따르면 사마상여가 바람을 피자 탁문군이 늙어서 버림받은 자신의 신세를 한탄하며 <백두음>이라는 노래를 지어 불렀는데, 결국 그것을 통해 남편의 마음을 돌리게 되었다고 한다. 또한 ≪악부시집樂府詩集≫에 따르면, 포조鮑照: 412~466, 자는 명원明遠와 장정견張正見: ?~575?, 자는 견색見賾, 우세남虞世南: 558~638, 자는 백시伯施 등이 이 제목으로 시를 지었는데, 그 내용은 모두 청렴하고 정직한 몸으로 무고誣告를 당한 자신의 처지를 슬퍼하는 내용이라고 했다.

원래 이 시에는 시인이 옥에 갇히게 된 사연을 담은 제법 긴 <서문>이 함께 수록되어 있다. 여기에서 낙빈왕은 당나라 고종의봉儀鳳 3년(678)에 시어사侍御史로 있을 때 올린 상소가 측천무후의 노여움을 사서 결국 뇌물 수수와 부정 축재의 죄목을 뒤집어쓰고 옥에 갇힌 일과, 옥사에서 들은 가을 매미의 울음소리에 자신의 신세를 연상시켜 시를 짓게 된 사연을 설명하고 있다.

이 시는 형식적으로 거의 오언율시라고 해도 좋을 만큼 잘 다듬어져 있다. 수련首聯은 매미 울음소리를 듣고 일어난 나그네의 향수를 얘기하고 있다. 이어서 함련頷聯은 첫 구절의 '불감不堪'과 둘째 구절의 '내대來對'가 의미상 서로 연관되는, 이른바 '유수대流水對'를 이루고 있다. 그 내용은 젊고 아름다워서 임금의 사랑을 받고 있는 여인인 '현빈玄鬢'과 백발의 늙은이가 되어 버림받은 여인으로 투영된 자신의 모습을 대비시켜 비감을 나타내고 있다. 후반부 두 연은 매미의 입을 빌려 자신의 심사를 읊은 전형적인 영물시詠物詩의 수법이다. 우선 경련頸聯의 '이슬'과 '바람'은 자신을 억압하는 혼탁한 세태를 암시한다. 그러나 미련尾聯에서 암시하는 것처럼, 억울하게 옥에 갇힌 채 하소연할 데도 없는 자신의 심사는 인간 세상의 특정한 누군가가 아니라 오로지 매미와 교감될 뿐이다. 결국 그는 시를 적어 '지기知己'에게 주면서 유약한 날개로 바람에 떠도는 매미 같은 내 신세를 애달피 여겨주고 사람들에게 알려 적막한 내 노래를 동정해 주기 바라면서도, 실제로 구원의 손길이 찾아올 가능성은 별로 기대하지 않고 있음을 알 수 있다.

주목할 만한 것은 이 시에서도 알 수 있듯이, 이 무렵이 되면 남북조시기에 비해 시 창작에서 시인의 개성적 자아가 더욱 뚜렷하게 작품에 반영된다는 사실이다. 이것은 문인들이 ≪시경≫의 시를 대하듯이 노래를 엄숙한 학술적 대상이라거나 과거시험이라는 공적公的이고 제도적인 양식으로 대할 뿐만 아니라 개인의 정서와 감성, 사상을 표현하는 예술의 한 분야로도 분명하게 인식하고 있었음을 나타낸다. 그러나 시인과 시문학의 이러한 경험은 조금 더 시간이 흐른 뒤인 당나라 후기의 사공도司空圖 : 837~908가 쓴 ≪이십사시품二十四詩品≫과 남송의 엄우嚴羽 : ?~1245?가 쓴 ≪창랑시화滄浪詩話≫ 등에 이르러서야 비로소 이론적으로 정리되어 시의 체재와 형식뿐만 아니라 내용에 대한 품평의 기준까지 제시된다.

사공도는 이전의 부분적인 논의를 집대성하여 시라는 것은 시인의 주관적 감정이나 뜻이 객관적 사물의 현상과 결합된 이른바 '의상意象'의 결정체라고 정의하고, 작품을 분류하는 특별한 기준으로서 '풍격風格'과 거기에 내재된 함축적 아름다움 즉, '운미韻味'라는 것을 제시했다. 여기서 나아가 엄우는 시를 창작하는 데에는 학문과는 다른 이른바 '특별한 재능을 바탕으로 하는 취향[別材別趣]'이 필요하며, 시인은 이를 바탕으로 '오묘한 깨달음[妙悟]'을 통해 "성정을 노래해야[吟詠性情]" 한다고 강조했다. 이들이 제시한 이런 개념들은 이후 명나라 때의 원굉도袁宏道: 1568~1610에서 청나라 때의 원매袁枚: 1716~1797 등으로 이어지는 '성령설性靈說'과 청나라 때 왕사정王士禎: 1634~1711의 '신운설神韻說' 등으로 대표되는 다양한 시론詩論의 토대가 되었다.

(2) 근체시의 완성자, 두보杜甫

일반적으로 중국문학사에서 두보712~770는 중국 근체시를 완성한 인물로 꼽히면서, 시성詩聖으로 불린다. 오늘날까지 전해지는 두보의 시는 1,400여 수에 이르는데 그 가운데 1,000수 정도가 근체시인 율시와 절구이며, 나머지는 고체시와 악부시이다.

중국 대륙의 전통적인 중심지인 호북성湖北省 양양현襄陽縣에서 태어난 두보는 자가 자미子美이고 호는 소릉야로少陵野老이어서 흔히 두소릉杜少陵으로 불리곤 했는데, 나중에 좌습유左拾遺 및 검교공부원외랑檢校工部員外郞이라는 관직을 지냈기 때문에 두습유杜拾遺 또는 두공부杜工部라고도 불린다. 조부는 당시까지 명성이 높았던 시인 두심언杜審言: 645?~708이었으며, 부친은 섬서성陝西省에서 현령을 지낸 지방관이었다.

30살 이전까지 두보는 책을 읽고 중원 일대를 유랑하며 지내다가 이후 낙양에서 결혼한 뒤로는 장안 근교에 정착해 살았다. 그동안 여러 차례 과거에 응시했으나 급제하지 못했고, 훗날 그와 함께 중국 고전시의 쌍성으로 일컬어지는 이백李白: 701~762과 더불어 여행과 유람을 즐기기도 했다. 35살부터 44살까지는 줄곧 장안에서 벼슬살이의 기회를 모색하다가 겨우 무기와 창고를 관리하는 말단 관직인 주조참군^{胄曹參軍}을 얻었다. 실의와 가난에 시달리던 그 기간 동안 그는 부패한 사회 구조와 가난한 백성들의 비참한 현실을 인식하고 <병거행^{兵車行}>, <여인행^{麗人行}>, <자경부봉선현영회오백자^{自京赴奉先縣詠懷五百字}>와 같은 비판의식이 담긴 작품을 쓰기도 했다.

뒤이어 일어난 안녹산의 반란은 그의 삶에 커다란 전환기를 맞이하게 해 주었다. 한때 반란군에게 억류되어 있기도 했던 그는 당시의 경험을 토대로 유명한 <춘망^{春望}>과 <월야^{月夜}>, <애강두^{哀江頭}> 등의 작품을 지었다. 그리고 얼마 후 봉상^{鳳翔}에 피신해 있던 숙종^{肅宗 : 756~762 재위}을 찾아가 측근의 간관^{諫官}인 좌습유에 임명되었다. 그러나 얼마 후 그는 패전한 책임을 지게 된 재상 방관^{房琯 : 697~763}을 옹호하다가 숙종의 노여움을 사서 섬서성 화주^{華州}의 사공참군^{司功參軍}으로 좌천되었다. 이후 그는 그간에 목도한 참상을 비판적 안목으로 시에 담았는데, 그것이 바로 '삼리삼별^{三吏三別}'로 불리는 여섯 편의 유명한 작품들이다. '삼리'는 <석호리^{石壕吏}>, <신안리^{新安吏}>, <동관리^{潼關吏}>를 가리키고, '삼별'은 <신혼별^{新婚別}>, <무가별^{無家別}>, <수로별^{垂老別}>을 가리킨다. 이 작품들은 시의 형식에 현실 역사를 성공적으로 융합시켜 훗날 그에게 '시사^{詩史}'라는 호칭을 안겨 주기도 했다.

<新婚別>	<신혼의 이별>
兎絲附蓬麻	새삼은 쑥과 삼에 붙어 자라나니
引蔓故不長	줄기도 그 때문에 멀리 뻗지 못하지.
嫁女與征夫	출정할 사내에게 딸을 시집보내는 것은
不如棄路旁	큰길가에 버리는 것만 못하지!
結髮¹⁾爲君妻	혼례 올리고 부부가 되었건만

218

席不暖君床	그대 침상에조차 따뜻하게 누워 보지 못했지.
暮婚晨告別	엊저녁에 결혼하고 새벽에 작별해야 하나니
無乃2)太勿忙	어찌 너무 촉박하다 하지 않을 수 있겠는가?
君行雖不遠	그대 가시는 길 비록 멀지 않지만
守邊赴河陽3)	하양 땅에 수자리 서러 가는 길이고
妾身4)未分明	제 신분이 아직 분명하지 않으니
何以拜姑嫜5)	시부모님께 어떻게 절을 올리겠어요?
父母養我時	부모님이 저를 기르실 때에는
日夜令我藏	밤낮으로 규방에 숨기셨지요.
生女有所歸6)	딸을 낳으면 시집보내야 하나니
鷄狗亦得將7)	닭이든 개든 따르며 살아야지요.
君今往死地	이제 그대 죽을 곳으로 가시니
沉痛迫中腸	깊은 아픔이 가슴을 짓누르네요.
誓欲隨君去	그대 따라 가고 싶지만
形勢反蒼黃8)	형세가 오히려 불편하겠지요.
勿爲新婚念	신혼이라고 너무 염려하지 마시고
努力事戎行9)	군대 일에 힘쓰셔요.
婦人在軍中	아낙이 군중에 있으면
兵氣恐不揚	병사의 사기가 오르지 않겠지요.
自嗟貧家女	아아, 가난한 집의 딸이
久致羅襦裳10)	오랜 후에야 비단 신부복을 만들었는데
羅襦不復施11)	신부복은 더 이상 입지 못하고
對君洗紅粧	그대 앞에서 화장을 지우네요.
仰視百鳥飛	날아가는 새들 올려다보니
大小必雙翔	크든 작든 모두 두 날개를 가졌군요.
人事多錯迕12)	인간사는 어그러지는 일이 많지만
與君永相望	다시 만날 날 영원히 기다리겠어요.

1) 結髮(결발): 원래는 성년이 된다는 뜻이지만 여기서는 결혼한다는 뜻으로 쓰였다. 옛날에는 결혼할 때 남자의 왼쪽 머리카락과 여자의 오른쪽 머리카락을 묶어 한 몸이 되었음을 나타내는 의식을 행했다.

2) 無乃(무내): (주로 반어적인 의미에서) '어찌 ~하지 않은가'의 뜻.

3) 河陽(하양): 지금의 허난성[河南省] 명현[孟縣]에 해당하며, 당시 당나라 군대와 반란군이 대치하던 곳이다.

4) 身(신); 여기서는 신분 또는 지위라는 뜻이다. 당나라 풍속에서는 결혼 후 사흘째 되던 날에 비로소 조상의 무덤과 사당을 참배하여 결혼이 완료되었음을 알렸다. 그런데 여기서는 단지 하룻밤을 묵고 나서 부부가 헤어지게 되었으니 결혼이 완료되지 않은 상태이므로, 신부가 자신의 신분이 분명하지 않다고 한 것이다.

5) 姑嫜(고장): 시부모

6) 歸(귀): 옛날에는 여자가 시집가는 것을 '돌아간다[歸]'고 했다.

7) 鷄狗(계구) 구절: 여기서 '將(장)'은 따르다는 뜻이다. 중국 속담에 "嫁鷄隨鷄, 嫁狗隨狗"라는 것이 있는데, 이것은 여자가 일단 시집을 가게 되면 남편이 아무리 못났다 하더라도 따라야 한다는 뜻이다.

8) 蒼黃(창황): 바삐 서두르다. 당황하다. 여기서는 불편하고 번거롭다는 정도의 뜻이다.

9) 戎行(융항): 군대.

10) 久致(구치): 오랜 시간과 공을 들여 완성했다는 뜻이다. 襦裳(유상): 저고리와 치마라는 뜻인데, 여기서는 신부복을 가리킨다.

11) 不復施(불부시): 다시 입지 못한다.

12) 錯迕(착오): 복잡하게 뒤얽히다. 어그러지다.

이 시의 마지막 두 구절은 "인간사는 어그러지는 일이 많으니, 그대와 영원히 서로 그리워만 하겠지요."라고 번역될 수도 있다. 이 경우는 남편이 전장에 나갔으니 신혼부부가 재회할 가망이 없음을 의미한다고 하겠다.

전쟁과 기근으로 생활이 어려워지자 두보는 화주에 부임한 이듬해에 벼슬을 버리고 성도成都로 피난 가서, 친지이자 당시 사천절도사四川節度使로 있던 엄무嚴武: 726~765의 도움으로 초당을 짓고 비교적 평온한 나날을 보냈다. 그러나 엄무가 죽자 그는 가족을 이끌고 기주夔州를 거쳐 호북湖北과 호남湖南 일대를 떠돌다가 양자강의 지류인 상강湘江의 배 위에서 병사했다. 48살에 화주를 떠난 이후 죽을 때까지 그는 <춘야희우春夜喜雨>, <모옥위추풍소파가茅屋爲秋風所破歌>, <영회고적詠懷古跡> 5수, <등루登樓>, <촉상蜀相>, <등고登高>, <추흥秋興> 8수, <삼절구三絶句> 등의 후세에 길이 남을 명작들을 남겼다.

220

두보는 옛 시가의 체제를 응용하여 창조적으로 발전시킨 것으로 유명하다. 5언과 7언의 장편 형식으로 지어진 '삼리삼별'과 같은 작품들은 악부시의 형식을 새롭게 개척하여 훗날 백거이^{白居易}와 원진^{元稹} 등에 의해 활발히 전개된 '신악부운동^{新樂府運動}4)'의 토대를 마련해 주었다고 평가된다. 그러나 무엇보다도 그는 고대 중국 근체시의 대표적인 체제인 오언율시와 칠언율시의 형식을 완성한 것으로 유명하다. 풍부한 독서 소양과 성실하면서도 창의적인 시어^{詩語}, 치밀한 장법^{章法}을 활용한 그의 근체시에는 성률^{聲律}과 대장^{對仗}이 엄격하여 거의 교과서라고 할 만한 법칙성이 갖춰져 있으며, 나아가 그 법칙을 넘어선 자유로운 '요체^{拗體}'까지도 다양하게 모색했다. 이 때문에 이후 그는 북송의 황정견^{黃庭堅 : 1045~1105}을 비롯해서 명 · 청 시대의 수많은 시인들로부터 중국시의 조종^{祖宗}으로 추앙받았다.

한편, 근체시를 짓는 데에는 여러 가지 까다로운 규칙들이 있다. 그 가운데 중요한 몇 가지 예를 들면, 칠언시에서는 두 번째 글자와 네 번째 글자의 소릿값^{平仄}은 다르되 두 번째 글자와 여섯 번째 글자의 소릿값은 같아야 하고^{二四不同二六對}, 오언시이든 칠언시이든 간에 뒷부분의 세 글자가 모두 같은 소릿값을 가진 글자로 채워져서는 안 된다^{禁下三連}. 또 압운을 할 때에 제1구의 압운에는 융통성이 있지만 반드시 처음부터 끝까지 하나의 운을 사용하는 '일운도저격^{一韻到底格}'의 평성운^{平聲韻}을 사용하고, 각 연에 압운을 하

---

4) '신악부운동'에 대한 관점은 논자에 따라 극단적으로 갈린다. 일반적으로 중국 대륙과 우리나라의 주류 문학사에서는 그 '운동'의 존재를 긍정하면서 현실비판과 풍자, 쉬운 용어 등의 혁신적이고 대중 친화적인 문학 운동이라고 평가한다. 그러나 실제로 그것은 '운동'이라고 말하기에는 기간도 너무 짧고 영향력도 크지 않았으며, 그 '운동'이 있었다고 하는 中唐 시기에는 오히려 일종의 유미주의적인 경향이 유행했기 때문에 그것은 존재하지 않았을 가능성이 높고, 설령 존재했더라도 그 의미와 효과는 미미했을 것이라고 평가 절하하는 논자도 있다.(정진걸, <"신악부운동," 정말로 있었나?>, 한국중국어문학회, ≪중국문학≫79집, 2014. 5, 27~52쪽 참조.)

되 칠언율시의 경우에는 첫 구에도 압운하는 것을 원칙으로 한다. 무엇보다도 시의 구성에서 절구는 기승전결起承轉結의 방식을 지켜야 하고, 율시에서는 반드시 함련과 경련을 대구對句로 만들어야 한다. 이 외에도 오언율시는 첫 글자가 측성으로 시작되는 것〔仄起式〕이 정격正格이고, 칠언율시는 첫 글자가 평성으로 시작되는 것〔平起式〕이 정격이라는 등의 규칙들이 있다. 예를 들어서 두보의 칠언율시 <야망野望>을 살펴보자.

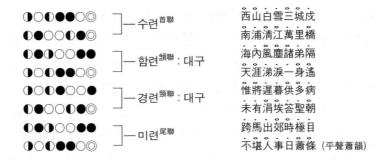

⊙○◐●●○◎ ─ 수련首聯	西山白雪三城戍
◑●○○●●◎	南浦清江萬里橋
●●○○○●● ─ 함련頷聯 : 대구	海內風塵諸弟隔
○○◐●●○◎	天涯涕淚一身遙
⊙○◐●○○● ─ 경련頸聯 : 대구	惟將遲暮供多病
◑●○○●●◎	未有涓埃答聖朝
◑●○○○●● ─ 미련尾聯	跨馬出郊時極目
◑○◐●●○◎	不堪人事日蕭條 (平聲蕭韻)

왼쪽에 표시된 기호들은 칠언율시의 일반적인 평측 안배의 규칙이다. 기호들 가운데 ○은 평성, ●은 측성, ◑은 원래 평성의 자리인데 측성을 써도 무방한 곳, ◐은 원래 측성의 자리인데 평성을 써도 무방한 곳, 그리고 ◎은 압운을 해야 하는 자리이다. 시 본문 가운데 수戍, 교橋, 요遙, 조朝, 조條가 운자韻字에 해당한다.

그리고 이러한 형식의 대표적인 예로 두보의 작품을 제시한 데에서도 알 수 있듯이, 사실상 이런 형식적 규칙은 두보에 의해 완성되어 모범적인 틀이 제시되었다고 할 수 있다. 바로 이러한 근체시의 형식이 완성됨에 따라 중국고전문학은 촘촘한 짜임새와 유려한 낭송 가능성, 그리고 함축적이고 풍부한 의미를 담은 뛰어난 시 형식을 확보하여 다양한 주제를 담아 낼 수 있었던 것이다.

2. '삼교三敎' 융합과 문학의 내용 확장

동한 말엽부터 남북조 시기에 걸쳐 본격적으로 중국에 유입되기 시작한 불교는 당나라 때에 이르러 성실종成實宗과 구사종俱舍宗, 율종律宗, 천태종天台宗, 정토종淨土宗, 선종禪宗, 삼론종三論宗, 유식종唯識宗, 화엄종華嚴宗, 밀종密宗 등을 포함한 이른바 '십대종파'를 형성하며 제각기 발전했다. 그러나 중국 땅에서 주류를 이룬 것은 성실종과 구사종 같은 소승불교가 아니라 나머지 8종을 위주로 한 대승불교였다. 특히 당나라 때부터 본격화된 불경의 번역 과정에서 도가와 유가의 개념이 뒤섞이면서, 이후로 불교는 점차 인도와는 다른 중국적 특색을 지닌 새로운 종교로 자리 잡게 된다.

그러나 당 황실이 불교에 대해 시종일관 포용적인 태도를 취했던 것은 아니다. 당 황실은 설립 초기부터 노자老子를 가문의 시조始祖로 떠받들면서 유서 깊은 한족 가문임을 내세우면서도 현실적으로 중앙집권적 통치 체제를 합리화하기 위해 유학을 부흥시켰다. 이런 이유로 대체적으로 태종 때까지는 불교보다 도교가 황실의 중시를 받았다. 그 후 측천무후가 불교를 적극적으로 선양했으나, 곧이어 현종 때에는 승려들을 환속시키는 등 불교를 억제하면서 도교를 숭상하는 기풍이 이어졌다. 다만 현종은 불교를 극단적으로 탄압하지는 않았으며 오히려 ≪금강경金剛經≫에 대해 주석註釋을 달아 전국적으로 배포하도록 칙령을 내리기도 했다. 이후 헌종憲宗 : 806~820 재위 때에는 한유韓愈가 <간영불골표諫迎佛骨表>, <원도原道> 등의 문장을 통해 불교를 배척하기도 했지만, 문종文宗 : 827~840 재위 때까지만 하더라도 본격적인 탄압은 이루어지지 않았다. 다만 경종敬宗 : 825~826 재위은 본인이 독실한 도교신도였고, 문종 때에는 승려의 출가 및 불교 사원의 건축을 금지하기도 했다.

당 황실의 본격적인 불교 탄압은 평소부터 불교를 좋아하지 않아서 승려와 비구니들이 국가의 재정과 토지를 낭비한다고 여기고 있던 무종武宗 : 841~846 재위 때인 회창會昌 연간에 대대적으로 진행되었다. 무종은 도교를 숭상하면서 당시의 재상 이덕유李德裕와 함께 불교 사원을 파괴하고, 명교明教와 배화교拜火教를 비롯한 다른 종교도 함께 탄압했다. 무려 44,600여 곳의 불교 사원을 파괴하고 26만 명이 넘는 승려들을 환속시킴으로써 훗날 '회창법난會昌法難'으로 불리게 된 이 사건은 북주北周의 무제武帝 우문옹宇文邕 : 561~578 재위의 '멸불滅佛' 정책 이후로 최대의 불교 탄압이었다. 그러나 사실상 이 사건의 이면에는 날로 번창하는 불교가 광대한 토지를 점유하고 요역徭役을 면제받아 왕실 경제를 위협한다는 현실적인 요인도 깔려 있었다. 어쨌거나 이로 인해 중국 전역의 불교는 치명적인 타격을 입어, 무종의 뒤를 이은 선종宣宗 : 847~859 재위이 불교의 부흥에 힘썼지만 큰 효과를 거두지 못했다.

당나라 말엽의 이와 같은 탄압으로 인해 불교는 사원이 아닌 민간에서 포교활동을 모색할 수밖에 없었고, 이 과정에서 도교를 비롯한 전통적인 민간신앙과 더욱 긴밀하게 결합하게 되었다. 그 결과 민간 차원에서는 도교와 불교가 사실상 큰 차이가 없는 기복신앙祈福信仰으로 간주되는 경향이 생겼다. 또한 송나라 때부터는 이른바 '불립문자不立文字'를 내세우며 '돈오頓悟'를 추구하는 남종南宗 선불교禪佛教가 사대부 계층에까지 광범하게 영향을 미치면서 유가와 불가, 도가사상은 뚜렷한 경계선이 없이 서로 영향을 주고받으며 중국 특유의 세계관과 문학관·예술관이 형성되는 데에 기여했다. 송나라 사대부 문화에서 가장 두드러진 특징으로 꼽히는 '시서화일률론詩書畵一律論' 역시 이런 상황 속에서 형성되었던 것이다.

당나라의 중앙집권적 정치제도가 강화되면서 과거제도를 통해 새롭게 관료사회에 진출하기 시작한 신진사대부들은 물론 문벌귀족들에게도 유가사상은 이미 보편적인 이념으로 공유되고 있었다. 또한 다양한 문화와 사상의 대통합을 지향하는 당나라 초기의 국가적 추세는 좀 더 다원적이고 광범한 사고의 틀이 형성될 수 있게 해 주었다.

동한 때부터는 훈고訓詁를 위주로 한 고문경학이 본격적으로 발전하면서 유가사상은 한층 현실적이고 합리적인 성격이 강화되었다. 그리하여 남북조 시기 말엽부터 적지 않은 유학자들에게 '하늘의 도리〔天道〕'는 더 이상 서한 때와 같은 신비한 권위를 지니지 못했고, 그 대신 경전과 경험에 의거하여 자연과 삶을 이성적으로 이해하려는 경향이 대세를 이루게 되었다. 특히 당나라에 이르러 국가적인 차원에서 추진된 역사 편찬 사업은 이전까지 축적된 다양한 지적 모색들을 체계적으로 정리하면서 새로운 단계로 나아갈 기반을 마련해 주었다. 그 과정에서 도교와 불교에서 계발 받은 형이상학적 세계도 유가적 현실주의 관점에서 재해석되어 창조적으로 수용되었다.

예를 들어서, 적어도 문장에서는 가장 극렬하게 노장사상과 불교를 배척했던 한유도 전통적인 유가의 인의 개념과 도가의 도덕 개념을 유가의 입장에서 결합하여 사용했다. 유명한 <원도原道>에서 그는 자신이 생각하는 도덕이란 "인의를 합친 것으로서 천하에서 가장 공평한 개념〔合仁與義言之也. 天下之公言也.〕"이라고 했다. 그리고 같은 글의 첫머리에서 그는 "인이란 박애를 일컫는 것이요, 의란 실행하여 그것〔仁〕을 마땅하게 하는 것〔博愛之謂仁. 行而宜之之謂義〕"이라고 했으니, 그가 생각하는 학문은 결국 현실의 삶을 이롭게 만들기 위한 실천이었던 셈이다.

그러나 한유를 비롯한 당나라 때의 유가 사대부들은 이러한 실천을 뒷받침하는 올바른 심성과 인품의 수양이라는 좀 더 근원적인 문제에까지는 나아가지 못했다. 그런 문제는 사대부 계층이 사회의 상층부에 확실하게 자리를 잡은 송나라 때의 신유학^{新儒學}에 이르러 본격적으로 모색되었다. 송나라 때의 신유학자들은 도교와 선종 불교의 형이상학적 개념과 수행 방법에 대한 더욱 진지한 사색을 통해 결국 형이상학적 관념과 현실적 실천을 결합한 성리학^{性理學}을 성립시켰던 것이다.

무엇보다도 당나라 때에는 시문^{詩文}을 위주로 한 진사과가 중시되면서 남북조 시대 후기에 유협^{劉勰 : 465?~520}의 ≪문심조룡≫ 이래로 점차 강화되고 있었던 유가적 관점의 글쓰기에 대한 진지한 고민도 더욱 박차를 가하게 되었다. 더욱 세련된 형식 속에 심원한 학식과 철학, 정치적 소견 등을 담기 위해 사대부들은 ≪문선^{文選}≫에 포함된 모든 종류의 문장들을 더욱 정교하고 세련되게 활용하고자 노력했으며, 단순한 오락이나 개인적 정서의 토로를 위주로 창작되던 시가를 세련된 형식 위에 작가의 정치적·철학적 사상을 함께 담을 수 있는 적극적이고 성숙한 문학 양식으로 변모시켰다. 그들은 문장이란 "크게는 하늘과 땅의 날줄과 씨줄이 되어 훈계와 규범을 만들어 드리우고, 다음으로는 풍자와 교화의 노래를 통해 군주를 바르게 인도하고 백성을 화합하게 하는^{≪隋書≫ 권76 ＜列傳＞} 제41 ＜文學＞: 大則經緯天地, 作訓垂範, 次則風謠歌頌, 匡主和民)" 데에 그 쓸모가 있다고 강조했다. 이것은 문장이란 '성인의 도리에 근본을 두고^[原道]', '성인의 행적과 사상을 징험하며^[徵聖]', '경전을 존중해야^[崇經]' 한다는 유협의 문학관을 적극적으로 수용한 결과였다.

다만 실제 창작활동에서 그들은 글쓰기를 '도를 밝히는^[明道]' 근엄한 행위라거나 나라를 경영하고 백성을 다스리는 수단만으로 간주하지는 않았다. 또한 모든 글은 사실의 기록이어야 한다는 유가의 글쓰기 원칙도 명목상의 구호였을 뿐, 문학작품의 창작에 교조적인 원칙으로 작용하지도 않았다. 오히려 당나라 전 시기에 걸쳐서 사대부들의 문학 활동은 사상적으로 도교와 불교를 탄력적으로 아울렀고, 특히 전기^{傳奇}의 경우에서도 알 수 있듯이 내용적으로 허구와 환상이 폭넓게 운용되었다.

심지어 당나라 때에 가장 완고한 유가 옹호론자였던 한유도 글쓰기에서는 <모영전^{毛穎傳}>과 같은 허구적이고 유희적인 글을 써낼 정도였다. 또한 시가의 창작에는 전통적인 오락성이 여전히 남아 있었고, 절제된 윤리 의식보다는 격앙된 감정의 토로도 자유롭게 이루어졌다. 이것은 어떻게 보면 당나라 때부터 사대부들의 잠재의식 속에서 진지한 학문적 글쓰기와 문학적 글쓰기가 별개의 것으로 간주되고 있었다는 증거라고도 할 수 있겠다. 그리고 그런 경향은 신유학이 발전한 송나라 때에도 크게 달라지지 않았다.

3. 시가 속의 변방 의식과 산수 풍류

1) 변새시^{邊塞詩}, 존재의 가장자리에서

당나라 초기의 확장주의는 잦은 정복전쟁을 야기했고, 중엽 이후로는 연이은 반란과 농민기의로 인해 군사적 충돌이 끊이지 않았다. 그런 상황으로 인해 종군^{從軍}을 경험한 많은 사대부들은 자신이 목도한 극단적인 환경과 그 속에서 느낀 감회들을 다양한 형식의 글에 담았다. 이런 글쓰기 가운데 가장 독특하면서 흥미로운 내용을 담은 것 가운데 하나가 이른바 변방의 경험을 바탕으로 한 변새시이다. 특히 당나라 때에 과거에 급제한 이들에게 일정 기간 동안 종군하는 것은 이후의 벼슬길에서 성공을 뒷받침하는 중요한 경력으로 간주되었고, 조정에서 당쟁이 격렬해짐에 따라 더불어 진행된 과거제도의 부패로 인해 벼슬길에 진입하는 것은 물론 그 안에서 자신의 능력을 올바로 발휘하기도 어려웠던 중·후기에도 사대부 문인들 가운데는 전장에서 공을 세워 벼슬을 얻으려는 꿈을 품은 이들이 적지 않았다. 이런 상황 속에서 진지한 철학과 뛰어난 문학적 재능을 지닌 많은 이들이 변방의 낯선 풍경과 문화, 전장의 공포와 참상에 따른 비애를 담은 훌륭한 작품을 많이 남길 수 있었다.

青海¹⁾長雲暗雪山²⁾　청해의 아득한 구름 설산을 어둑히 덮을 때
孤城遙望玉門關³⁾　외로운 성에서 멀리 옥문관을 바라본다.
黃沙北戰穿金甲　황사 날리는 북방 전투에서 갑옷은 구멍이 뚫렸지만
不破樓蘭⁴⁾終不還　누란을 격파하지 않으면 끝내 돌아가지 않으리라!

　1) 靑海(청해): 당나라 때 토번^{吐蕃} 부족이 살던 곳이며, 명나라 때에는 몽고에 귀속되기도 했던 중국 서북쪽 지역이다.
　2) 雪山(설산): 지금의 신쟝성^{新疆省}에 있는 기련산^{祁連山}을 가리킨다. 기련산은 백산^{白山}이라고도 하는데, 남산과 북산으로 나뉜다. 남산은 신쟝 남부의 총령^{蔥嶺} 동쪽에서 기련산에 이르는 지역을 가리키고, 북산은 지금의 총령 동쪽에서 갈라져 나와 신쟝 중부를 가로지르는 천산^{天山}을 가리킨다. 원래 '기련^{祁連}'이라는 말은 흉노어^{匈奴語}에서 하늘^天을 가리키는 뜻이라고 한다.
　3) 玉門關(옥문관): 한나라 무제 때에 설치한 관문 이름이다. 이곳을 통해 서역의 옥이 수입되었기 때문에 이런 명칭이 붙여졌으며, 예로부터 중원에서 서역으로 통하는 마지막 관문으로 여겨졌다. 지금의 간쑤성^{甘肅省} 둔황시^{敦煌市} 서북쪽에 유적이 남아 있다.
　4) 樓蘭(누란): 한나라 때 서역에 있던 나라 이름으로, 한나라의 사신이 대완^{大宛} 등의 다른 나라로 갈 때 지나야 했던 곳이다. 지금의 신쟝성 위구르 자치구 뤄챵현^{若羌縣} 경계에 유적이 남아 있다. 여기서는 서북쪽 국경을 위협하는 이민족을 아울러 가리키고 있다.

　이것은 왕창령^{王昌齡 : 698?~756?}의 <종군행^{從軍行}>으로, 총 7수의

228

연작시 가운데 제4수이다. 전반부 두 구는 만년설에 뒤덮인 아득한 산봉우리들에 둘러싸인 절역絕域에서 멀리 중원으로 들어가는 관문인 옥문관을 바라보는 병사의 시선을 서술했다. 그의 시선에는 옥문관 너머 고국에서 행복하게 지내고 있을 가족에 대한 그리움과 그들의 안위를 지켜주고 있는 자신의 희생에 대한 은근한 자부심이 묻어 있다. 이어서 후반부 두 구는 애국적 열정으로 가득한 병사의 결의를 나타냈다. 구멍 뚫린 갑옷은 여러 해 동안 거센 바람에 날려 몰아치는 누런 모래와 거친 전쟁을 겪은 병사의 모습을 한마디로 개괄한다. 그럼에도 그는 '누란'을 물리치지 않으면 고향으로 돌아가지 않겠다는 각오를 다지고 있으니, 실로 장한 사나이의 모습이라 하겠다.

그러나 관점을 조금 달리해 보면, 이 작품을 위와 같은 식으로 이해하는 것은 다분히 어설픈 귀족 문인들의 애국주의에 부화뇌동한 오해일 수도 있다. 예로부터 많은 중국의 시인과 비평가들이 칭찬해마지 않았던 후반부 두 구는 사실 전혀 반대의 의미로도 해석될 수 있기 때문이다. 가령 이건 어떤가?

> 황사 휘날리는 북방의 전투로 갑옷엔 온통 구멍 뚫렸는데
> 누란을 격파하지 못하니 끝내 돌아갈 수 없겠지!

어조사 몇 개만 바꿔놓고 보면 이 구절은 처량하기 그지없는 현재의 자기 모습에 대한 비통한 탄식으로 변해 버린다. 오랜 역사가 증명하듯이, 변방의 전쟁이란 그칠 날이 없고, 그러기에 그 병사는 이변 없는 한평생을 이곳에 있어야 하기 때문이다. 일찍이 한나라 때 악부 민가인 〈자류마가사紫騮馬歌辭〉에서도 변방의 수자리 서는 일은 "열다섯에 징집되어 여든에야 돌아올 수 있는[十五從軍征, 八十始得歸]" 것이라고 하지 않았던가! 물론 그렇게나마 돌아간 이들은 그래도 행복했을 터이니, 잦은 전쟁으로 사막에 원한 맺힌

뼈를 묻어야 하는 이들도 많았기 때문이다.

이런 의미에서 당나라 시인 상건常建：?~?은 변방의 풍경에 대해 "해골들은 모두 장성을 지키는 병사들인데, 저물녘 모래밭에서 재가 되어 날아오른다.(<塞下曲> 총 4수 중 제2수：髑髏皆是長城卒, 日暮沙場飛作灰.)" 라고 노래했다. 또 시는 아니지만 이화李華：715?~766?는 유명한 <조고전장문弔古戰場文>에서, "시체가 청해호青海湖의 큰 항구를 메우고, 피가 장성의 굴에 가득하여[屍塡巨港之岸, 血滿長城之窟]" "혼백이 결집되어 있으니 하늘은 침침하고, 귀신이 모여 있으니 구름이 어둑하게 덮여 있다.[魂魄結兮天沈沈, 鬼神聚兮雲冪冪]"라고 서술하면서, "아아, 허허, 이것이 시대 탓인가? 운명 탓인가?[嗚呼噫嘻. 時耶命耶]" 하고 탄식했다. 그러니 이런 모습을 날마다 보아야 하는 그 병사의 마음은 어떠했을까? 당연히 "사람이 태어나 먼 길 가는 나그네는 되지 말 것이며, 먼 길 가더라도 황사 쌓인 곳에서 수자리는 서지 말라.(戴叔倫. <邊城曲>：人生莫作遠行客, 遠行莫戍黃沙磧.)"라는 노래만 하염없이 읊조리고 있었을 것이다.

결국 이런 맥락에서 보면, 바로 앞 구절에 묘사된 옥문관을 바라보는 병사의 시선을 포장하고 있는 은근한 자부심의 바탕에 깔린 본질적 정서가 드러난다. 사실 그것은 지친 육체를 짓누르는 안타까운 절망으로 인해 청해의 구름보다 음울하고 기련산의 만년설보다 싸늘하게 가라앉은 시선일 수밖에 없는 것이다.

변방은 소외와 고독의 땅이다. 그곳은 어떻게든 정착하여 살 길조차 없이, 모든 이들에게 방랑을 강요하는 척박한 유목의 가장자리이다. 극한의 고독이 인간의 심신을 침식하는, 삶과 죽음, 있음과 없음을 나누는 세계의 경계이다. 풍요로운 대지에 익숙한 방문객들에게 낯설고 혹독한 기후와 풍토, 지척에서 위협하는 적막은 전율하는 존재의 허무감을 강요하는 감옥이다.

北風卷地白草折	북풍이 땅을 휩쓰니 흰 풀 꺾어지고
胡天八月卽飛雪	북방 오랑캐 땅은 8월에도 눈이 내린다.
忽然一夜春風來	어느 날 밤 갑자기 봄바람 불어와
千樹萬樹梨花開	나무마다 온통 배꽃이 피어난다.
散入珠簾濕羅幕	주렴 안으로 흩어져 들어와 비단 장막 적시니
狐裘不暖錦衾薄	여우털 갖옷도 따뜻하지 않고 비단이불은 얇게만 느껴진다.
將軍角弓[1]不得控[2]	장군은 각궁을 당기지 못하고
都護[3]鐵衣冷難著	도호의 무쇠 갑옷은 차가워 입지 못한다.
瀚海[4]闌干百丈[5]冰	한해도호부 난간은 백 길 얼음이요
愁雲黲淡萬里凝	검푸른 시름의 구름 만 리에 맺혀 있구나.
中軍[6]置酒飮歸客	중군에 술자리 벌여 돌아가는 나그네와 마시나니
胡琴琵琶與羌笛	자리에 연주되는 음악은 모두 오랑캐의 것이라.
紛紛暮雪下轅門[7]	저물녘 자욱한 눈발이 원문에 내리고
風掣紅旗凍不翻	바람에 끌린 붉은 깃발은 얼어서 펄럭이지도 않는다.
輪臺[8]東門送君去	윤대의 동문에서 떠나는 그대 전송하는데
去時雪滿天山路	떠날 때 천산 길에는 눈이 가득할 게요.
山回路轉不見君	산을 돌아 길 꺾이면 그대 모습 보이지 않고
雪上空留馬行處	눈 위엔 부질없이 말발자국만 남아 있겠지요.

1) 角弓(각궁): 짐승의 뿔로 장식한 강력한 활이다. 본문의 '角弓'을 '雕弓(조궁)'으로 쓴 판본도 있다.
2) 控(공): 활을 당기다.
3) 都護(도호): 당나라 영토 안에 편입된 서역의 각 나라를 총감독하면서 천산 남북의 실크로드를 지키던, 서역 지역에서 가장 높은 벼슬아치이다.
4) 瀚海(한해): 몽고고원 동북쪽의 베이하이[北海]를 가리키는 별칭 또는 '사막'이라는 뜻이다. 그런데 당나라 정관貞觀:627~649 연간에 지금의 신장성 지역에 한해도호부瀚海都護府를 설치한 바 있으니, 여기서는 그곳을 가리키는 듯하다.
5) 본문의 '百丈'을 '千尺'으로 쓴 판본도 있다.
6) 中軍(중군): 고대의 군대는 좌左, 중中, 우右 또는 상上, 중中, 하下의 삼군三軍으로 나누어 행군하거나 작전을 펼쳤는데, 전체를 지휘하는 총사령관은 중군에서 명령을 내렸다.

7) 轅門(원문): 군대를 지휘하는 장수의 병영으로 들어가는 문이다.
8) 輪臺(윤대): 지명. 당나라 때 북정도호부北庭都護府가 있던 곳인데, 지금의 신쟝성 미취앤현[米泉縣]에 속한 곳이다. 그곳 주민들은 이곳을 옥고이[玉古爾] 또는 포고이[布古爾]라고 불렀다고 한다.

이것은 잠참岑參 : 715~770이 쓴 〈백설가송무판관귀경白雪歌送武判官歸京〉이다. 8월 한여름에도 눈이 내리고 거센 바람 몰아치는 북방에 봄이 오자, 그 짧은 틈을 이용하여 운 좋은 동료 하나가 경사로 돌아간다. 먼 이역의 오지에 내리는 눈은 문득 중원의 봄을 장식하는 배꽃을 떠올리게 한다(이 '배꽃[梨花]'은 곧 '이별 이야기[離話]'를 암시하기도 한다). 그러나 혹독한 북방에서 건물 난간은 간밤의 서리가 얼어 온통 얼음으로 뒤덮여 있고, 눈을 머금은 먹구름이 사방을 끝없이 뒤덮고 있다. 무기도 들지 못하고 갑옷도 입지 못할 정도의 추위 속에 벌여 놓은 송별연은 떠나는 이와 보내는 이의 만감이 착잡하게 뒤섞인 곳이다. 요란하게 울리는 북방 오랑캐의 음악은 그 어색한 분위기를 억지로 감춘다. 그리고 모든 것을 덮어 버리며 밤새 눈이 내린다.

이튿날 작별하고 떠나는 이의 뒷모습을 지켜보던 시인의 눈에는 희디흰[白] 빛깔처럼 공허한[空] 풍경 위에 찍힌 말발자국들만 비치고 있다. 떠난 이가 간 곳이야 장안인 줄 어찌 모르겠는가마는, 길이 이어지는 천산의 눈밭은 또 하나의 사막이다. 익숙한 길을 오가는 말이야 무심히 걸을 뿐이겠지만, 안장에 앉은 사람의 마음이야 어찌 무심할 수 있을까? 아무리 둘러봐도 막막하기만 한 백설의 세계 속에서는 그는 다시 위태롭게 지나는 하나의 작은 점에 지나지 않는 자신을 발견하게 될 것이다. 온몸의 솜털을 곤두세우는 추위는 또한 장안에 도사린 또 다른 살기를 떠올리게 한다. 창칼과 화살이 난무하는 변방보다 더 음험하고 잔혹한, 생존의 본능과 권력의 욕망이 내뿜는 살기! 강요된 선택이라지만 존재의 가장

자리를 경험한 이들에게 사람들과 어울려 사는 것은 또 하나의 시련이다. 이것은 학살을 목격하고 죽음을 경험한 극한의 전장 체험에 의해 야기된 정신적 공황 상태와는 다른, 더욱 근원적인 고독을 체험한 이들이 치러야 할 대가이다.

과거에 급제하고 종군의 경력을 쌓기 위해 찾아온 변방이지만, 조정에 든든한 배경이 없는 이에게는 그곳은 그야말로 돌아올 기약 없는 유배지이기도 했다. 그러니 무려 6, 7년의 세월을 변방의 병영에서 보내긴 했지만, 장안의 조정으로 돌아올 수 있었던 것 자체가 쇠락한 관료 집안의 후예인 잠참 같은 이에게는 일종의 행운이었던 셈이다. 그런 상황에서 끊임없이 전사한 병사들의 백골을 묻은 사막에 울리는 모래알들의 사각거리는 소리는 차라리 일체의 생명에 대한 지옥의 저주이자 죽음의 교향곡이다. 풍요롭고 평화로운 고향 즉, 중원과 대비되는 그곳은 사실상 공을 세워 금의환향하려는 열정보다 소외감에 시달려야 하는 존재의 가장자리이다.

그러나 고대 중국의 변새시에서 완전히 독립적인 자아의 고독감 자체를 노래한 예는 극히 드물다. 파편화되어 자발적으로 은거를 택하는 개인의 수가 급증하고 극단적인 도가의 자연주의가 만연했던 남북조 시기는 그나마 중국 역사에서 대단히 예외적이고 일시적인 경우에 지나지 않는 것이다. 일체의 관계로부터 고립을 강요하는 변방의 풍경과 모순되는 이런 특이한 현상은 독립된 개인보다는 적어도 가족이라는 최소한의 집단 안에서 자신을 생각하는 중국인들의 전통적인 사고방식과 관련이 있는 듯하다. 바로 이런 이유로 인해 당나라와 송나라 때의 변새시들에서 개인적 정서는 대부분 사회적 사명감이라는 포장 속에 숨겨진 형태로 발현될 수밖에 없었다. 특히 수자리를 선다는 것은 항상 상실의 두려움을 짊어지고 제자리를 지키는 일이었다. 그런데 '지킴'은 기본적으로 자신과 감정적 혹은 현실적 이해관계로 얽혀 있는 타인의 존재를 전제로 한다. 그러므로 유가 문인들의 의식에 선험적으로 내재한 공용적^{功用的} 문학 관념 때문만이 아니라, 지켜야 할 갖가지 '관계'들을 떨치지 못했기 때문에 고대 중국의 문인들은 강요된 고립 속에서조차 존재의 개별적 의미에 천착할 여지가 없었을 것이다.

한편, 원나라 때 야율초재^{耶律楚材 : 1190~1244}가 쓴 <서역유감^{西域有感}>은 당나라 때의 변새시들과 사뭇 다른 정서를 담고 있다.

落日城頭鴉亂啼	해 저무는 성 머리에 까마귀 어지러이 울고
秋風原上馬頻嘶	가을바람 부는 초원에 말들이 자주 운다.
雁行南去瀟湘¹⁾北	기러기는 줄지어 소상강 북쪽으로 가고
萍迹東來鳥鼠²⁾西	부평초 같은 이 몸의 행적 동쪽에서 조서산 서쪽까지 왔다.
百尺棟梁誰着價	높고 큰 대들보에 누가 값을 매기랴?
三春桃李自成蹊	춘삼월 복사꽃 살구꽃은 스스로 지름길을 만드는 것을.
功名到底成何事	부귀공명이 도대체 무엇인가?
爛飮玻璃³⁾醉似泥	파리주 거나하게 마시고 흐느적거리도록 취해보세.

1) 瀟湘(소상): 소^瀟는 후난성^[湖南省] 안에 흐르는 강물인 소수^{瀟水}를, 상^湘은 후난성을 가로로 관통하는 강물인 상강^{湘江}을 가리킨다. 이 때문에 흔히 '소상'은 후난성을 가리키는 대명사로 쓰이기도 한다.

2) 鳥鼠(조서): 지금의 간쑤성 웨이위앤현^[渭源縣]에 있는 조서동혈산^{鳥鼠同穴山}의 약칭이다.

3) 玻璃(파리): 남송 때에 명성이 높았던, 미주^{眉州}에서 난 술인 파리춘^{玻璃春}을 가리킨다. 미주는 지금의 쓰촨성 메이산현^[眉山縣]이다.

이 시는 수자리 서는 병사들과 비교할 수 없는 편안한 여행길의 감상을 쓴 것으로, 전체적인 분위기가 앞서 살펴본 작품들과는 확연히 다르다. 먼저 야율초재는 스스로 거란족의 후예라는 혈통을 강조하듯 서역의 이국적 풍경에 대해서는 특별한 호기심을 내비치지 않는다. 그저 저물녘 성 머리에서 울어대는 까마귀들과 시들어가는 초원의 가을 풀을 열심히 먹어대는 말들의 모습을 통해 아등

바등 먹고살다 사라지는 인생의 쓸쓸함이라는 일반적인 정서를 느낄 뿐이다. 다음으로, 스스로 나라를 지탱할 큰 동량임을 자부하며 세속의 자잘한 부귀공명 따위는 안중에도 두지 않고 거나하게 술이나 마시려는 그의 태도에는 여유가 넘쳐난다. 존재의 위기감과 공포도 관심 밖의 일이다. 실제로 금^{金}나라 때에 개봉동지^{開封同知}를 지내다가 몽고로 귀순하여 칭기즈칸$^{Chingiz\ Khan,\ 成吉思汗:1162~1227}$의 두터운 신임을 받았으며, 그 뒤 세계 역사에서 첫째로 꼽을 만한 거대한 제국인 원나라 조정에서도 중용되어 중서령^{中書令}을 거쳐 광녕왕^{廣寧王}에 봉해진 그의 삶은 어떤 심각한 '결핍감'과는 거리가 먼 것이었다. 이것은 그가 마셨다는 진귀한 술에 대한 언급에서도 잘 나타나 있다. 중원에서 나는 고급술을 그 멀고 거친 서역까지 챙겨 가는 일은 오늘날에도 보통의 여행객들로서는 흉내 내기 어려운 호사로운 유람이 아닌가!

2) 은일 추구의 두 가지 경향

(1) 소요자적^{逍遙自適}의 '관은^{官隱}'

다양한 모색과 통합이 이루어졌던 당나라 전기에는 시의 영역에서도 활발한 개척과 사대부적인 진지한 성찰에 따른 많은 성과들이 나타났다. 이 가운데는 산수자연의 아름다움과 전원생활의 즐거움 등을 주제로 한 시의 창작도 상당히 많이 이루어졌다. 멀리 남북조 시대의 도잠^{陶潛}과 사영운^{謝靈運}에게서 시작된 시적 경향을 계승한 이런 기풍은 당나라 전기에 유행한 불교 및 도교의 차분하고 관념적인 사유와 어우러져 한층 더 높은 수준으로 발전했다.

이러한 산수전원시의 대표적인 작가로는 흔히 왕유$^{王維:701~761}$를 꼽는다. 조숙한 천재로 일찍부터 명성이 높았던 그는 약관의 나이에 과거에 급제하여 중앙정부의 관직을 역임했다. 안녹산의 난으로 인해 정치적 곤경에 처하기도 했으나 대체로 원만한 관직 생활 끝에 재상의 직위에 해당하는 상서우승尙書右丞까지 역임했다. 만년에 불교에 귀의하여 여생을 마친 그는 차분하고 탈속적인 기풍의 시를 많이 남겨서, 중국문학사에서 흔히 '시불詩佛'이라고도 불린다. 또한 그는 시와 그림에 모두 뛰어나고 산수화 같은 이미지를 시에 담았기 때문에, 훗날 송나라 때의 소식蘇軾은 "시에 그림이 담겨 있고, 그림에 시가 담겨 있다[詩中有畫. 畫中有詩]"고 칭송하기도 했다. 왕유의 이러한 시풍은 장안 근처에 별장을 지어놓고 벼슬을 하면서 은거 생활을 겸했던 그의 독특한 생활 방식과도 관련이 있다.

< 過香積寺[1] >	< 향적사를 지나며 >
不知香積寺	향적사는 어디 있는가?
數里入雲峰	몇 리를 걸어 구름 낀 봉우리로 들어간다.
古木無人徑	오래된 나무숲엔 사람 다니는 길도 없는데
深山何處鐘	깊은 산 어디에서 종소리 들려오는가?
泉聲咽[2]危石	샘물 소리 높다란 바위에 막히고
日色冷青松	햇살은 푸른 소나무에 싸늘히 비친다.
薄暮空潭曲	저물녘 굽은 못 고요히 비어 있음은
安禪制毒龍[3]	좌선하여 못된 용을 제압했기 때문이지.

1) 香積寺(향적사): 지금의 산시성[陝西省] 시안시[西安市] 근처에 있던 절로서, 송나라 때에 개리사開利寺라고 이름을 바꿨다가 나중에 없어졌다.
2) 咽(열): 목메다. 막히다.
2) 毒龍(독룡): 못된 용. 불교에서는 종종 '망령된 마음[妄心]'을 비유함.

이 시에서 향적사는 특정한 절을 가리키는 고유명사이기도 하고, 동시에 불법佛法이 존재하는 곳을 상징하기도 한다. 특이한 것은 이 작품의 제목에 향적사라는 절 이름이 언급되어 있고 시인 자신이 그곳을 들렀음[過]을 밝혔으면서도, 정작 시에는 절 자체의 모습에 대해서는 전혀 언급이 없다는 점이다. 일반적인 경우라면 절터 주변의 경관이며 건물의 모양새, 혹은 최소한 그 절에서 수행하는 승려의 면모 등에 대해 한두 마디쯤 서술하게 마련이다. 그러나 이 작품은 향적사 자체에 대한 언급은 전혀 없이 주변 풍경에 대한 간접 묘사를 통해 불성佛性이 충만한 절의 분위기를 효과적으로 드러내고 있다.

시에는 단순히 종소리와 소리 없이 흐르는 샘물, 그리고 고요하게 비어 있는 못의 모습만이 묘사되어 있다. 그러나 우리는 이것들만으로 절이라는 것이 바로 한 치 앞이 보이지 않는 자욱한 안개 속을 헤매는 나그네 같은 인생의 이정표를 제시해 주는 곳임을 알 수 있다. 그곳은 샘물 소리마저 가둬 버리는 고요하고 청정한 곳이며, 나아가 세상에 재앙을 일으키는 못된 용도 제압하는 평온하면서도 장엄한 분위기의 고승들이 거처하는 곳이다.

한편 해석하는 관점의 차이에 따라, 이 작품의 경련은 "샘물 소리 높은 바위에서 흐느끼고, 햇빛은 푸른 솔숲에 차갑다."라고 해석하여, 청각과 시각을 통한 숲속 풍경의 묘사로 보기도 한다. 이렇게 보면 흐느끼듯 들리는 샘물 소리와 울창하고 푸른 소나무 숲에 들어와 차갑게 느껴지는 햇빛이라는 묘사 자체가 대단히 신선하게 느껴질 수 있다. 또한 미련에 대해서는 "해질녘 빈 못 굽이에서, 편안히 좌선하며 탐욕을 씻으리라."라고 풀이하기도 한다. 즉 ≪대지도론大智度論≫에 사람에게 해를 가하는 못된 용[毒龍]의 이야기가 있으니, 시인이 이것을 차용하여 인간의 마음에 일어나는 탐욕과 번뇌와 같은 '망령된 마음[妄心]'을 비유했다고 풀이하는 것이다. 결국 절을 둘러싼 산의 풍경이 세속의 모든 때와 번뇌를 씻어 줄 만하기에, 굳이 절 자체에 이르지 않고도 저절로 참선할 마음이 일어나게 만든다는 뜻이다.

비록 불교의 분위기에 감화를 받았다고는 하지만 문인은 결국 승려 자체가 아니라 관찰자에 가깝다. 그렇기 때문에 그들의 작품은 참선의 오묘한 내용이나 그를 통한 깨달음 자체를 제시한다기보다는 선승禪僧들이 참선을 통해 이룩한 경지에 대한 '홍탁烘托'의 묘사를 제시하는 경우가 많다. 달을 묘사하되 직접 그것을 그리지 않고 밤하늘의 구름과 어둠을 그림으로써 간접적으로 달을 드러내는 것처럼, 주변의 묘사를 통해 깨달음의 경지를 은근히 보여주는 것이다. 바로 이런 차이 때문에 '거사居士'로서 사대부 시인들은 산사의 암자에 묻혀 속세와 연을 끊은 승려들과는 달리 불교와 참선의 정취를 일상의 삶으로 확장시킬 수 있었다.

풍운과 격변이 천하를 휩쓴 당나라 말엽과 오대五代 시기에는 수많은 선비들이 명철보신明哲保身을 위해 속세를 떠난 은거자로서 소요의 나날을 보냈다. 이어서 송나라 때에는 은거의 기풍이 하나의 유행으로 변해서 더욱 성행했다. 서적 인쇄 기술이 향상되고 대대적인 서원書院 건립의 열기가 일어나자, 선비들이 강호에 묻혀 자기만의 학문 세계와 수신에 몰입할 수 있는 여건이 마련되었기 때문이다. 게다가 기하급수적으로 증가한 과거시험의 경쟁률 때문에 어쩔 수 없이 도태되어 처사處士로서 일생을 마치는 사람들의 수도 늘어났다. 무엇보다도 진종眞宗 : 998~1022 재위과 같은 송나라 초기의 황제들이 저명한 은사들을 특별히 우대함에 따라 선비들의 은일은 그야말로 시대를 휩쓴 유행이 되었다. 이에 따라 선비들의 은일은 명성을 드높이면서 자신의 자존심과 정신적 자유를 누리는 최상의 길로 여겨지곤 했다.

사실 '종남첩경終南捷徑'이라는 말도 있듯이, 일찍이 당나라 때는 물론 남북조 시대부터 은일은 선비의 명성을 높여 벼슬길을 여는 데에 매우 유용한 수단이었다. 물론 송나라 초기의 은거 풍조가 단지 그런 벼슬을 얻으려는 목적으로만 행해진 것은 아니다. 그렇지만 적어도 안으로 마음의 여유와 고고함을 지키는 자부심을 만족시켜 주고 밖으로 '맑은 명성[淸名]'을 널리 알릴 수 있다는 점에서, 은일은 종종 도학道學에 심취한 송나라 때의 선비들을 유혹했다. 이에 따라 이른바 '사대명은四大名隱'이라고 불리는 진단陳摶: 871~989과 종방種放: 955~1015, 위야魏野: 960~1019, 임포林逋: 967~1028와 같이, 그 명성이 천하에 널리 퍼져 추종자들을 운집시키는 은사들도 많아졌다. 또한 선비들의 명호에는 종종 무슨 '거사'를 자처하는 것이 큰 유행이 되었다. 특히 정치가 모두 어지럽고 밖으로 잦은 전란과 그만큼 많은 패배로 왕조의 위신이 바닥에 떨어진 남송 말엽은 그야말로 '은사의 시대'라고 불러도 될 정도였다. 이민족 왕조인 금나라에 중원의 절반을 내주고 강남으로 내쫓긴 상황에서 부패한 조정의 권력 다툼에 휩쓸리기를 거부한 많은 선비들은 강호를 떠돌며 울분을 달래거나, 아예 자기만의 청정한 깨달음을 추구하며 세상사를 등지는 일이 허다했기 때문이다. 물론 이런 사회 분위기 속에서 명분과 실리를 한꺼번에 챙기려는 부류들도 생겨났다. 이들은 대개 명분상의 작은 벼슬을 지닌 채 지방의 장원에서 느긋한 여유를 즐기면서, 자기 나름의 문학적 소양을 발휘하여 많은 시를 남기고는 했다.

(2) '불우不遇'의 울분과 현실 도피

왕유와 함께 당나라 때의 대표적인 산수전원시인으로 꼽히는 맹호연孟浩然: 689~740은 은일 생활의 또 다른 측면을 보여주는 예라고 할 수 있다. 왕유와는 달리 벼슬살이가 뜻대로 되지 않아 생애의 대부분을 본의 아니게 전원에서 은거해야 했던 그의 작품에는 실의와 울분이 많이 담겨 있어서 탈속적인 분위기와는 거리가 있는 것이다. 유가 사대부들이라면 누구나 갖고 있는 선험적인 열망인 공명을 이루는 데에 실패함으로써 오랜 여행과 불교 및 도교에 대한 탐닉 같은 방황 끝에 결국 전원으로 돌아갈 수밖에 없었던 그가 노래하는 자연에는 고독과 마음의 갈등이 혼재하여 독특한 경지를 이루고 있다.

<與諸子登峴山> <여러 사람들과 현산에 올라>

人事有代謝[1]	인간사에는 묵은 것 가고 새것 오는 일 있어
往來成古今	가고 오면서 고금의 역사를 이룬다.
江山留勝跡	강산에는 뛰어난 자취 남아 있어
我輩復登臨	우리 다시 이곳에 올라 바라본다.
水落魚梁淺[2]	물 줄어 통발은 얕게 드러나고
天寒夢澤[3]深	날은 추운데 몽택은 깊어졌다.
羊公碑[4]尚在	양공의 비석 아직 남아 있는데
讀罷淚沾襟	읽고 나니 눈물이 옷깃을 적신다.

1) 代謝(대사): 새것이 와서 묵은 것을 대체하다. 세월이 흘러 세상사가 변천하다.

2) 魚梁(어량): 물길을 막아 한 군데로만 흐르게 해놓고, 그곳에 통발을 놓아 물고기를 잡을 수 있게 만든 장치이다. 여기서는 양양의 어량주魚梁洲에 살았던 삼국 시대의 명사 방덕龐德: ?~219을 연상시키는 작용도 함께 하고 있다.

3) 夢澤(몽택): 운몽택雲夢澤을 가리킨다. '운몽'에 대해서는 호수 이름이라는 설과 평야 이름이라는 설이 있으며, 정확한 위치에 대해서도 이설이 많다. 다만 여러 가지 이설들 가운데 초楚나라의 굴원屈原이 참소를 당해 조정에서 내쫓긴 뒤 실의에 빠져 이곳 주위에서 방황했다는 설이 있으니, 맹호연은 그 내용을 떠올리며 이 단어를 사용했을 가능성이 있다.

4) 羊公碑(양공비): 서진西晉의 명장 양호羊祜: 221~278를 기념하는 비석을 가리킨다. 양호는 산수자연을 좋아하여, 양양襄陽에 주둔해 있을 때에는 늘 현산에 올라 술자리를 벌여 놓고 시를 읊조리곤 했다고 한다. 특히 이곳에서 그는 주위 사람들에게 "우주가 생기고부터 이 산이 있었는데, 그 뒤로 지금까지 이곳에 올라 나와 그대들처럼 먼 곳을 조망하던 어질고 훌륭한 이들이 많았을 터이다. 그런데 그들 모두 사라져 소식도 들리지 않으니 우리를 슬프게 한다.(《晉書》 <羊祜傳>: 自有宇宙, 便有此山, 由來賢達勝士, 登此遠望如我與卿者多矣, 皆湮沒無聞, 使人悲傷.)"라고 탄식했다고

한다. 양호가 죽은 후 백성들이 그를 기리며 현산에 비석을 세웠는데 보는 이들마다 모두 눈물을 떨어뜨려서, 훗날 그 지역에 부임한 두예杜預: 222~284가 그 비석을 '타루비墮淚碑'라고 불렀다고 한다.

아름다운 산에 올라 그곳과 관련된 역사를 회고하고, 나아가 지금 자신의 처지를 떠올리며 비감 어린 눈물 짓는 맹호연의 노래는 왕유의 차분함과는 많은 거리가 있다.

이처럼 실의와 울분으로 뒤엉킨 시인의 심사와 아름다운 자연이 묘한 불협화음을 이루는 작품들은 종종 정치적인 우여곡절로 외딴 지방의 말단 관리로 폄적되어 지내게 된 이들의 작품에서도 자주 발견된다. 한유와 더불어 당나라 '고문운동'을 주도한 인물로 유명한 유종원柳宗元: 773~819 역시 그런 예에 해당한다. 유종원은 장안에서 태어나 21살에 진사에 급제하고 24살부터 본격적인 벼슬살이를 시작하면서 야심차게 정치 혁신을 추진했다. 하지만 그 시도는 1년을 채우지 못하고 실패로 끝나서 결국 10년이 넘도록 유배지에서 전전하다가, 생애의 마지막에도 머나먼 유주柳州: 지금의 광시성〔廣西省〕 류저우시〔柳州市〕에서 47살의 아까운 나이에 세상을 떠났다. 그러므로 그의 시에도 어쩔 수 없는 은일 생활에 대한 자위와 울분이 다양한 형태로 변주되곤 한다.

千山鳥飛絶　　온 산에 새 나는 자취 끊어지고
萬徑人蹤滅　　길마다 사람들의 종적 없어졌네.
孤舟蓑笠翁　　외로운 배에 도롱이 입고 삿갓 쓴 늙은이
獨釣寒江雪　　홀로 낚시질할 때 추운 강에는 눈이 내리네.

이것은 절구의 명작으로 알려진 <강설江雪>이다. 전체적으로 이 작품은 높은 곳에서 돋보기를 내리며 보듯, 수많은 봉우리를 조감하다가 천천히 아래로 내려와 인적 끊긴 산길을 지나 마침내 강 위의 늙은 낚시꾼을 찾아가는 시점視點의 운용이 돋보인다. 그러나 제3~4구에 담긴 고도의 은유적 수사법으로 인해 이 작품은 단순한 겨울 강의 풍경에 대한 소묘를 넘어선 시인의 절절한 심정을 담아내는 데에 성공하고 있다. 즉 이 구절은 세월을 낚으며 뜻을 펼칠 기회를 기다리는 강태공^{姜太公}의 이야기를 연상시킴으로써 은 거한 노인의 심사, 곧 유배지에서 복권을 기다리는 시인 자신의 심사를 암시하고 있는 것이다. 그러므로 비록 문자로는 표현되지 않았지만, 늙은 낚시꾼의 시선 끝에서 흔들리는 찌에는 번뇌를 떨치고픈 열망과 물고기로 상징된 '때'를 기다리는 욕망이 쓸쓸히 응집되어 있음을 알 수 있다. 또한 이런 의미에서 제1~2구의 풍경묘사는 본인의 의지와는 상관없이 세상사와 단절된 시인의 적막한 처지를 상징적으로 표현한 것이라고 풀이될 수 있다. 그러나 유유히 흐르는 역사를 상징하는 강물은 여전히 '춥고' 또한 눈마저 내리고 있으니, 그의 열망 또한 차갑게 식어 묻히게 될 것임이 암시되어 있다. 열망과 냉소, 비탄과 절망이 고요한 풍경 속 눈송이들 사이에서 시인의 어지러운 심사처럼 뒤얽혀 몸부림을 치고 있는 것이다.

이처럼 강요된 은일 생활 속에서 마지못해 추구하는 시인의 한 적^{閑寂}은 "동쪽 울타리 아래에서 국화꽃 따 들고, 느긋하게 남산을 보는^(<飮酒>제5수: 採菊東籬下. 悠然見南山)" 도잠의 경지와는 확연히 다르다. 도잠의 한적이 바닥까지 투명하고 고요한 호수의 그것이라면, 유종원과 같은 이들의 한적은 가볍게 일렁이는 물결 아래 격렬히 휘몰아치며 흐르는 심층의 저류^{底流}를 숨긴 바다인 셈이다. 그러므로 유종원의 한적에 대한 기원은 떨치지 못할 번뇌의 존재를 인정하면서도 끝없이 마음의 평화를 기원하는 소리 없는 몸부림이다. 그런 몸부림은 때로 희화^{戱化}된 형태로 나타나기도 하는데, 송나라 때의 소식이 예순을 바라보는 나이에 벼슬을 삭탈 당하고 머나먼 혜주^{惠州: 지금의 광둥성[廣東省]에 속함}로 유배를 갔다가 양귀비가 즐겨 먹었다는 여지^{荔支}를 먹고 쓴 2편의 시 <여지를 먹다$^{[食荔支]}$>가 그런 예이다. 당시 소식은 "인간 세상에 꿈이 아닌 게 무엇이더냐? 남쪽 만 리로 온 건 정말 잘한 일$^{(<四月十一日初食荔支>: 人間何者非夢幻, 南來萬里眞良圖)}$"이라고 자위하면서, 다음과 같은 시를 썼다.

<食荔支> 其二　　<여지를 먹다> 제2수

羅浮山1)下四時春	나부산 아래는 사계절 내내 봄이라
盧橘2)楊梅3)次第4)新	노귤과 양매가 차례로 새로 익는다.
日啖荔支5)三百顆	날마다 여지 삼백 알 먹으니
不辭長作嶺南6)人	영원히 영남 사람 되어도 사양치 않으리라!

1) 羅浮山(나부산): 지금의 광둥성 동강^{東江} 북안^{北岸}에 있는 산이다. 이곳 은 동진^{東晉} 때의 갈홍$^{葛洪: 284~364}$이 신선이 되기 위해 수련한 곳이라 하여 도교에서는 '제칠동천^{第七洞天}'이라고 부르며 성지로 여긴다. 또 수나라 때에 조사웅$^{趙師雄: ?~?}$이 이곳에서 꿈에 매화선녀^{梅花仙女}를 만났 다고 해서, 훗날 시에서 종종 매화를 읊을 때 자주 전고로 활용되는 지명이기도 하다.
2) 盧橘(노귤): 광둥성 지방에서 비파^{枇杷}를 일컫는 별칭이다.
3) 楊梅(양매): 소귀나무라고도 부르는 상록교목 또는 그 열매이다. 표면 에 좁쌀 모양의 돌기가 있는 이 열매는 시큼하면서도 단맛이 있다고 한다.
4) 次第(차제): 순서대로, 차례로, 금방, 빨리.
5) 荔支(여지): '여지^{荔枝}'라고도 쓴다. 남방에서 나는 과일로서, 익으면 자줏빛의 좁쌀 모양의 돌기가 있는 딱딱한 껍질 속에 시큼하면서도 단맛이 나는 하얀색의 과육이 들어 있다.
6) 嶺南(영남): '오령^{五嶺}' 이남의 땅 즉, 지금의 광둥성 및 광시성$^{[廣西省]}$ 일대를 가리킨다. '오령'은 쟝시성$^{[江西省]}$과 후난성, 광둥성, 광시성 사 이에 있는 5개의 산맥으로 각각 대유령^{大庾嶺}, 월성령^{越城嶺}, 기전령^{騎田嶺}, 맹저령^{萌渚嶺}, 도방령^{都龐嶺}을 가리킨다.

　도덕적 순결과 양심을 고수하면서 학문 수양과 실천을 함께 꾀 하던 사대부 문인들에게 현실의 부조리와 개인적 불운은 불가항력적인 시련이었다고 할 수 있다. 하지만 그러한 마음의 '불평^{不平}'으로 인해 터져 나온 소리들은 종종 문학성 높은 시 작품으로 승화되었으니, 그런 상황은 산수자연시의 경우에 한정되는 것이 아니다. 이어지는 장들에서는 이와 유사한 맥락에서 읽힐 수 있는 몇몇 대표적인 시인의 작품들을 그들이 처한 상황과 남다른 사상적 특징에 대한 고찰과 아울러 좀 더 자세히 살펴보도록 하겠다.

함께 참고할 만한 자료

강성위 편역, ≪고적, 잠참≫, 문이재, 2002.

김준연, ≪중국, 당시의 나라≫, 궁리, 2014.

소식 저, 류종목 역, ≪완역 소식시집≫ 1, 서울대학교출판부, 2006.

왕유 저, 박삼수 역, ≪왕유시선≫, 지만지, 2008.

요시까와 고오지로오 외, 심경호 역, ≪당시읽기≫, 창작과비평사, 1998.

이남종, ≪맹호연시연구≫, 서울대학교출판부, 2007.

이영주 외, ≪두율분운: 완역 두보율시≫, 명문당, 2005.

정수일, ≪실크로드 문명기행≫, 한겨레출판, 2006.

진정 저, 김효민 역, ≪중국과거문화사≫, 동아시아, 2003.

프랜시스 우드 저, 박세욱 역, ≪문명의 중심 실크로드≫, 연암서가, 2013.

홍상훈, ≪한시읽기의 즐거움≫, 솔출판사, 2006.

제4장 '시선^{詩仙}'의 풍류와 울분

이백^{李白}은 두보와 함께 중국 고전시의 쌍성으로 꼽히는 시인이다. 중국문학사에서 그는 흔히 '시선^{詩仙}'이라 불리며, 두보와 더불어 '이두^{李杜}'라고도 칭해진다. 이백은 당나라 최고 전성기의 활달한 기상과 낭만적 분위기를 자유분방하고 기발하게 시로 승화시켰다면, 두보는 쇠퇴해가는 시대와 모순된 현실을 치밀하고 엄격한 형식의 시로 완성한 인물로 비교된다. 이에 따라 엄격한 계산에 따른 장법^{章法}을 보여주는 두보의 시와는 달리 이백의 시는 즉흥적이고 풍부한 상상을 운용하고 있다는 면에서 특징적이라고 할 수 있다.

그러나 사실 이들 '쌍성' 가운데 두보가 전통시기 중국에서 사대부들에게 조금이라도 더 높은 평가를 받았던 것도 사실이다. 시 창작에서 천재성을 뛰어넘는 성실함과 형식 및 표현의 절제, 우국충정을 담은 내용 등의 여러 면에서 두보가 유가 사대부들의 취향에 더 잘 맞았기 때문일 것이다. 그러나 정치와 문화의 금기를 자유롭게 넘나들며 과감하고 솔직하게, 그리고 천재적 표현력으로 자신의 정서와 사상을 표현해 낸 이백의 시 세계를 깊이 살펴보는 것도 중국 고전시를 이해하는 데에 반드시 필요하면서도 즐거운 경험이 될 것이다.

1. 이백^{李白}의 생애

이백^{701~762}은 자가 태백^{太白}이고 호는 청련거사^{靑蓮居士} 또는 적선인^{謫仙人}이다. 그러나 극적인 생애와 그에 어울리는 숱한 전설을 담고 있는 이백의 생애는 대체로 모호한 부분이 많으며, 그의 시에도 복잡한 사상이 뒤섞여 있어서 쉽게 이해하기 힘들다.

대체로 이백은 당나라의 서북쪽 변방 즉, 지금의 간쑤성^{〔甘肅省〕}에 속하는 곳에서 태어난 것으로 알려져 있다. 일설에는 키르기스^{Kyrgyz} 공화국 토크마크^{Tokmak}에서 태어났다고도 한다. 그의 부친은 서역과 무역을 하여 막대한 부를 축적한 신흥 상인이었을 것으로 짐작되며, 그의 혈통에도 서역의 피가 섞여 있을 것으로 여겨지고 있다. 다섯 살 무렵에 가족이 지금의 쓰촨성^{〔四川省〕} 지역으로 이사했는데, 어려서부터 신동으로 소문났고 검술에도 능하여 협객들과 어울릴 정도로 자유분방했던 그는 20대 초반에는 강남 지역을 두루 여행하며 친구를 사귀고, 한때 도교 사원에서 생활하기도 했다고 알려져 있다. 그러던 중 결혼도 하여 처가가 있는 후베이성^{〔湖北省〕} 안루현^{〔安陸縣〕}에서 10년 가까이 머물렀지만, 자유분방한 생활은 크게 달라지지 않았다. (이후 그는 두 차례 재혼을 하는데, 모두 이전의 부인이 세상을 떠났기 때문이다.) 다만 이 무렵부터 그는 시인으로서 명성을 날리기 시작했으며, 30대 중반부터는 다시 내륙과 해안을 떠돌았다.

그는 41살 무렵에 현종의 부름을 받아 장안으로 가서 한림학사에 임명되었지만, 3년 남짓 후에 참소를 당해 내쫓기게 되었다. 이로 인해 평소 꿈꾸던 정치개혁의 포부를 접을 수밖에 없게 되자, 이후로 그는 약 10년 동안 양쯔 강 유역을 떠돌며 한때 도사가 되어 생활하기도 했다. 그러던 중 안녹산의 반란이 일어나자 그는 영왕永王의 막료로서 반란의 평정에 참여했다가, 훗날 영왕이 반란을 일으키는 바람에 그 역시 대역죄로 사형을 선고받았다. 다행히 주위의 도움으로 감형되어 유배형에 처해졌다가 얼마 후에 사면되었지만, 이후로는 강남 일대를 유랑하다가 병사했다. 일설에는 그가 지나친 과음으로 죽었다고도 하고, 또 민간 전설에서는 취한 채 길을 가던 도중 물속에 비친 달을 잡으러 뛰어들었다가 익사했다고도 한다.

오늘날까지 남아 있는 그의 시는 약 1,000여 편인데, 그것은 후세 사람들이 엮은 ≪이태백집李太白集≫에 수록되어 있다. 그의 시는 파란만장했던 생애만큼이나 내용도 다양하고 형식도 자유롭다. 도가적인 신선의 세계를 추구한 시부터 애국적인 열정을 담은 시, 사대부적인 포부를 담은 시와 유흥적인 내용을 담은 시까지 다양한 그의 시에는 호탕하고 자유분방한 자신의 천성과 사대부로서 지녀야 하는 사회적 책임감 사이의 갈등이 두루 뒤섞여 있다. 특히 형식적으로 그는 악부시의 틀을 창조적으로 운용한 고시와 가행체歌行體, 그리고 절구絕句 등에서 탁월한 성취를 이룬 것으로 평가된다. 또한 당나라 시인들 가운데 왕유와 맹호연이 오언절구에 뛰어났고, 왕창령王昌齡 : 698~757이 칠언절구에 뛰어났다고 평가받지만, 양자 모두에서 지극한 경지에 이른 이는 오직 이백뿐이라는 평가가 있다. 그렇기 때문에 두보도 이백에 대해 "붓을 휘두르면 놀란 비바람이 일게 하고, 시를 쓰면 귀신도 감동하여 운다.<寄李十二白二十韻> : 筆落驚風雨, 詩成泣鬼神.)"고 평가했다.

이처럼 이백의 시에는 음주와 산수, 규방의 정서, 사랑과 이별, 여행, 신선세계, 생로병사의 애환, 전쟁 등등의 다양한 내용이 들어 있기 때문에 그를 한마디로 '낭만시인'이라고 규정하기는 어렵다. 특히 59수의 연작시인 <고풍古風>은 신랄한 풍자로 엮은 사회시라고 해도 과히 틀리지 않은 내용을 담고 있기도 하다. 다만 여기에서는 대표적인 사회시인으로서 두보와는 차별되는 몇 가지 주제의 유형을 중심으로 이백 특유의 세계관과 문학적 기법을 일별해 보고자 한다.

2. 술과 달의 풍류

1) 음주시飮酒詩와 산수시山水詩

이백의 생애는 거의 술과 여행의 연속이었다고 할 정도였기 때문에, 그의 시에는 술과 산수풍경에 관한 내용이 자주 등장한다. 특히 술은 심하게 얘기하자면 이백의 시 가운데 그에 관한 언급이 없는 작품이 거의 없다고 할 수 있을 정도로 자주 등장하는 소재인데, 이것은 당연히 그의 현실적 고뇌와 초월적 인생관을 표현하는 매체로 술만큼 유용한 것이 없었기 때문일 것이다. 그러므로 그의 문학적 벗이기도 했던 두보는 유명한 <음중팔선가飮中八仙歌>에서 이렇게 노래했다.

李白斗酒詩百篇	이백은 술 한 말에 시 백 편을 쓰는데
長安市上酒家眠	장안 저자의 술집에서 잠자면서
天子呼來不上船[1]	천자가 불러도 배에 오르지 않고
自稱臣是酒中仙	스스로 저는 술 속에 사는 신선이라 했다지.

1) ≪신당서新唐書≫ <이백전>에 따르면, 당 현종이 침향정沉香亭에서 이백을 불러 흥을 돋는 시를 쓰라고 했는데, 그는 장안의 술집에서 만취해 있었다고 했다. 또한 당나라 때 범전정范傳正이 쓴 <이백신묘비

^{李白新墓碑}>에서는 현종이 백련지^{白蓮池}에 배를 띄우고 이백을 불러 글을 쓰라고 했지만, 당시 그는 한림원^{翰林院}에서 만취해 있는 상태였기 때문에 고역사^{高力士}로 하여금 부축해 배에 올라오게 했다고 한다.

음주를 소재로 한 이백의 시 가운데는 <산중여유인대작^{山中與幽人對酌}>, <월하독작^{月下獨酌}>, <동야취숙용문각기언지^{冬夜醉宿龍門覺起言志}>, <장진주^{將進酒}> 등등 대표작으로 꼽을 만한 작품이 수없이 많은데, 여기서는 대표적으로 <달빛 아래 홀로 마시다>를 감상해 보기로 하자. 참고로 이 시는 총 4수의 연작시 가운데 첫 번째 작품이다.

<月下獨酌>	<달빛 아래 홀로 마시다>
花間一壺酒[1]	꽃 사이에 술 한 병 놓고
獨酌無相親	홀로 마시니 가까이 할 이 없다.
擧杯邀[2]明月	잔을 들어 밝은 달 불러오니
對影成三人	그림자와 짝을 이루어 세 명이 되었다.
月旣不解飮	달이야 원래 술 마실 줄 모르고
影徒隨我身	그림자는 그저 내 몸짓만 따라할 뿐.
暫伴月將[3]影	잠시 달과 그림자 짝을 삼나니
行樂須及春	즐겁게 노니는 것도 봄날에 맞춰야 하기 때문이지.
我歌月徘徊	내가 노래하면 달은 주위를 서성이고
我舞影零亂[4]	내가 춤추면 그림자는 어지러이 흩어진다.
醒時同交歡	깨어 있을 때는 기쁨을 함께 나누지만
醉後各分散	취한 뒤에는 제각기 흩어지지.
永結無情游[5]	자연과 영원한 교유 맺으며
相期邈雲漢[6]	아득한 하늘나라에서 만나길 기약하노라.

1) 이 구절을 "꽃그늘 아래 앉아 술병을 앞에 두고^{花下前壺酒}"라고 쓴 판본도 있다.
2) 邀(요): 초대하다, 부르다.
3) 將(장): ~와. '與'와 같은 뜻이다.
4) 零亂(영란): 어지럽게 흩어지다.
5) 無情游(무정유): 기쁨과 슬픔 같은 인간의 감정에 얽매이지 않는 담담

6) 邈雲漢(막운한): ‘邈’은 멀다, ‘雲漢’은 은하수를 가리킨다. 본문의 ‘邈雲漢’을 ‘碧岩畔(벽암반)’이라고 쓴 판본도 있다.

　달 밝은 봄날 밤 흐드러진 꽃그늘 아래 홀로 앉아 술을 마시는 시인은 친구도 없이 그저 달과 그림자만 벗을 삼는다. 이백은 “떠도는 삶은 꿈과 같으니, 즐거움 누릴 날 얼마나 되랴? 옛사람들이 촛불 들고 밤에 놀러 다닌 것은 정말 까닭이 있었도다!(＜春夜宴桃李園序＞: 浮生若夢, 爲歡幾何. 古人秉燭夜遊, 良有以也)”라는 인생관을 갖고 있었으니, 언뜻 보면 좋은 봄날을 놓치기 아쉬워 급한 대로 달과 그림자로 술친구를 삼은 것처럼 보일 수도 있겠다. 그러나 그가 군이 희로애락 같은 인간 감정이 없는 자연의 사물을 술친구로 삼은 데에는 좀 더 깊은 뜻이 담겨 있다. 즉 이 시에는 사회적 부조리와 인간 개개인의 탐욕으로 얼룩진 세상에서는 더 이상 자신과 뜻이 맞는 지기를 찾지 않겠다는 선언이 담겨 있는 것이다. 그러므로 그는 자신이 발 딛은 대지를 거부하고 ‘아득한 하늘나라’를 꿈꾸는 극한의 절망을 토로한다.

　어쩌면 거의 평생을 매달렸던 그의 여행은 그 하늘나라에 가까워질 수 있는 길을 찾는 자기 나름의 여정이었다고 할 수도 있다. 여행 도중 목격하는 갖가지 풍경이나 배를 타고 오가는 모습들이 항상 하늘의 풍경과 연관되어 묘사된다는 사실도 이를 방증한다. “사람은 달 주위로 노닐러 가고, 배는 허공을 지난다.(＜送王屋山人魏萬還王屋＞: 人遊月邊去, 舟在空中行)”라는 묘사나 “사람이 바다 위의 달을 타니, 돛단배는 호수 속 하늘로 잠긴다.(＜尋陽送弟昌峹鄱陽司馬作＞: 人乘海上月, 帆落湖中天)”라는 서술, 그리고 “나는 듯한 물줄기 곧장 3천 자를 쏟아지니, 은하수가 하늘에서 떨어지나 싶구나!(＜望廬山瀑布＞: 飛流直下三千尺, 疑是銀河落九天)”와 같은 심경의 토로들은 인간세계의 풍경 속에서 하늘나라의 실마리를 찾는 예들이라고 할 수 있다.

물론 이백의 산수시는 기세 웅장한 높은 산과 큰 강을 통해 호방한 기개를 드러내기도 하고, 투명하고 아름다운 묘사를 통해 속세의 때가 묻지 않은 순결한 마음을 추구하기도 한다. 여기에는 사대부의 자부심과 현실적 절망으로 인한 도피의 심정, 힘겨운 인생 역정에 대한 고독한 비명이 다양한 형태로 공존한다. 다만 어떤 경우건 산수풍경을 바라보는 그의 시선에는 대범하면서도 섬세한 감성이 함께 녹아 있으니, 그의 거의 모든 산수시에는 중국 고전시에서 이상적으로 추구하던 '정경융합情景融合'의 경지가 절묘하게 구현되어 있다.

＜蜀道難[1]＞	＜촉도난＞
噫吁嚱,[2] 危乎高哉	히야, 아찔하게 높구나!
蜀道之難, 難于上青天	촉으로 가는 길 푸른 하늘에 오르기보다 어렵구나.
蠶叢及魚鳧,[3] 開國何茫然	잠총과 어부가 나라를 연 건 얼마나 아득한가!
爾來四萬八千歲	그 뒤로 사만 팔천 년
不與秦塞通人煙	북쪽 진나라 경계와는 사람의 내왕 없었지.
西當太白[4]有鳥道[5]	서쪽에 자리 잡은 태백산엔 새들만 넘나들 수 있는 길 있어
可以橫絶[6]峨眉[7]巓	아미산 꼭대기를 가로로 지날 수 있었는데
地崩山摧壯士死[8]	땅과 산이 무너지고 장사가 죽은 뒤에야
然后天梯石棧[9]相[10]鉤連	하늘 오르는 계단 바위에 만든 잔교가 서로 연결되었다.
上有六龍回日之高標[11]	위에는 육룡이 해를 돌이킨 높은 표지가 있고
下有衝波逆折之回川	아래에는 물결 치받고 꺾여 흐르는 굽은 시내가 있다.
黃鶴[12]之飛尚不得過	황학이 날아서도 지나갈 수 없고
猿猱欲度愁攀援	원숭이들 건너려 해도 기어오를 일 걱정하겠지.
青泥何盤盤[13]	청니령은 어쩌나 구불구불한지
百步九折縈巖巒[14]	백 걸음에 아홉 번이나 꺾여 바위산을 돌아간다.

捫參歷井[15]仰脅息[16] 삼수를 만지고 정수를 지나 고개 들고 숨을 몰아쉬며

以手撫膺坐長嘆 손으로 가슴 문지르며 앉아 길게 탄식한다.

問君西游何時還[17] 물어보세, 서쪽으로 떠난 그대 언제 돌아오려나?

畏途巉巖[18]不可攀 두려워라, 뾰족하고 높은 바윗길 기어오를 수도 없구나.

但見悲鳥號古木[19] 보이는 것이라곤 고목에 앉아 슬피 우는 새들뿐

雄飛雌從[20]繞林間 수컷 날고 암컷 따르며 숲 사이를 맴돈다.

又聞子規[21]啼夜月 또 달밤에 우는 두견새 소리 들리니

愁空山 빈산을 시름겹게 하는구나.

蜀道之難, 難于上青天 촉으로 가는 길 푸른 하늘에 오르기보다 어렵구나.

使人聽此凋朱顔[22] 이 말을 들으면 얼굴에 핏기가 사라지겠지!

連峰去天不盈尺[23] 연이은 산봉우리 하늘에서 한 자도 안 떨어져 있고

枯松倒掛倚絕壁 마른 소나무는 절벽에 거꾸로 걸려 있다.

飛湍瀑流爭喧豗[24] 날리는 여울과 쏟아지는 폭포 다투어 울리니

砯[25]崖轉石萬壑雷 벼랑에 부딪치고 바위를 굴려 온 골짝에 천둥이 치는 듯!

其險也如此 그 험하기가 이와 같으니

嗟爾, 遠道之人 아, 먼 길 가는 나그네여

胡爲乎來哉 무엇 하러 왔던가!

劍閣[26]崢嶸而崔嵬[27] 검각은 높고 까마득하여

一夫當關, 萬夫莫開[28] 한 사람이 관문 지키면 만 명도 뚫지 못하지.

所守或匪親[29] 지키는 이가 친한 사람 아니라면

化爲狼與豺 이리나 승냥이로 변한다.

朝避猛虎, 夕避長蛇 아침엔 호랑이 피하고 저녁엔 큰 뱀을 피해야 하니

磨牙吮血, 殺人如麻 이를 갈고 피를 빨아 사람 죽이기를 삼대 베듯 하기 때문.

錦城[30]雖云樂 금성이 즐거운 곳이라 하지만

不如早還家 일찌감치 집으로 돌아가는 게 낫다네.

252

蜀道之難, 難于上青天　　촉으로 가는 길 푸른 하늘에 오르기보다 어렵구나.

側身[31]西望長咨嗟　　몸 기울여 서쪽을 바라보며 길게 한숨만 짓는다.

1) <촉도난>은 옛 악부 민가의 <슬조곡瑟調曲> 가운데 하나로서, 내용은 대개 촉으로 가는 길의 험난함을 노래하는 것이 많다. 이 시는 그 형식을 변형한 고시이다.

2) 噫籲嚱(희유희): 촉 지방의 방언으로서, 놀라 감탄하는 소리이다. 이 것은 '噫吁嚱(희우희)'라고 표기하기도 한다.

3) '蠶叢(잠총)'과 '魚鳧(어부)'는 촉나라의 선조로 알려진 전설상의 두 임금이다.

4) 太白(태백): 종남산終南山의 주봉主峰으로서, 지금의 산시성[陝西省] 메이현[眉縣] 동남쪽에 있다. 태백산은 진秦나라의 수도인 함양咸陽의 서쪽에 위치해 있기 때문에 '서쪽에 자리 잡았다'고 서술한 것이다.

5) 鳥道(조도): 나는 새들만 통행할 수 있을 정도로 높고 험준한 길이라는 뜻이다.

6) 絶(절): 여기서는 '渡(도)'와 같은 뜻으로 쓰여서, '지나다' '건너다'라는 뜻이다.

7) 峨眉(아미): 지금의 쓰촨성 어메이현[峨眉縣] 서남쪽에 있는 산 이름이다.

8) 여기서 말하는 '壯士(장사)'는 전설에 등장하는 5명의 역사力士이다. 진나라 혜왕惠王이 5명의 미녀를 촉나라에 시집보내려 하자 촉나라 왕이 다섯 명의 역사를 파견해 맞이하게 했다. 돌아오는 길에 재동梓潼, 지금의 쓰촨성에 속함을 지나는데 한 마리 큰 뱀이 산의 굴로 들어가는 것이 보였다. 이에 다섯 명의 역사가 함께 그 꼬리를 잡아당겨 끌어냈는데, 그 바람에 산이 무너져서 역사들과 미녀들이 모두 묻혀버렸다. 또한 산도 다섯 개의 봉우리로 나뉘어 버렸는데, 이 뒤로 진나라와 촉나라가 이 고개를 통해 왕래할 수 있게 되었다고 한다.

9) 天梯(천제): 하늘로 오르는 사다리라는 뜻으로서, 아주 높고 험준한 산길을 비유한 것이다. 石棧(석잔): 바위 절벽에 구멍을 뚫어 나무 버팀목을 꽂고 그 위에 판자를 깔아 만든 '잔도棧道'를 가리킨다.

10) 본문의 '相'을 '方'으로 쓴 판본도 있다.

11) 옛날 신화에 따르면 희화羲和가 여섯 마리 용이 끄는 수레에 해를 싣고 허공을 다녔다고 한다. 여기서는 산봉우리가 까마득히 높아서 그 용들이 수레를 돌리는 표지로 삼을 정도였다고 과장하여 묘사한 것

이다.

12) 최호^{崔顥}(?~754)의 시 <황학루^{黃鶴樓}>에서도 언급되었듯이, '황학^{黃鶴}'은 종종 신선들이 타고 다니는 것으로 묘사되는 새이다.

13) 靑泥(청니): 지금의 산시성 뤼에양현^{略陽縣} 서북쪽에 있는 고개 이름이다. 이곳은 진나라에서 촉나라로 들어가는 주요 길목으로서, 산세가 험하고 비가 많이 와서 행인들이 종종 진흙 늪에 빠진다고 해서 이런 이름이 붙었다고 한다. 盤盤(반반): 길이 구불구불 돌아가는 모양을 형용하는 말이다.

14) 縈巖巒(영암만): '縈'은 얽히다, 감싸다, 돌다. '巒'은 뫼, 작은 산, 산등성이.

15) '삼수^{參宿}'와 '정수^{井宿}'는 이른바 '28수^{二十八宿}'라고 하는 고대 중국의 별자리 이름에 속하는 것들이다.

16) 脅息(협식): 숨을 몰아쉬다. 또는 아찔하고 두려워 숨을 죽이다.

17) 이 구절은 "나그네는 서쪽으로 가서 언제 돌아오려나?^[征人西游何時還]" 또는 "물어보세, 그대 서쪽으로 떠나면 어찌 돌아올 수 있을까?^[問君西游何當還]" 등으로 표기한 판본도 있다.

18) 巉巖(참암): 험준한 산의 바위 또는 험준한 모양.

19) 본문의 '古木'을 '枯木(고목)'으로 쓴 판본도 있다.

20) 본문의 '雌從'을 '呼雌(호자)' 또는 '從雌(종자)'로 쓴 판본도 있다.

21) 子規(자규): 두견새. 전설에 따르면 이 새는 촉나라의 왕 두우^{杜宇}의 영혼이 변화한 새라고 하는데, 밤부터 새벽까지 처량하게 울기 때문에 종종 슬픔과 고통, 애통함과 원망의 감정을 묘사하는 데에 이용되곤 한다.

22) 凋朱顔(조주안): '凋'는 시들다, 사라지다. '朱顔'은 붉고 건강한 얼굴. 여기서는 놀랍고 두려워서 얼굴의 핏기가 사라진다는 뜻이다.

23) 이 구절을 "연이은 산봉우리는 안개 속으로 수천 척이나 들어가고^[連峰入煙幾千尺]"라고 쓴 판본도 있다.

24) 喧豗(훤회): 천둥처럼 크게 울리는 소리

25) 砅(빙): 물이 산의 바위에 부딪치다, 또는 그로 인해 나는 소리.

26) 劍閣(검각): 지금의 쓰촨성 대검산^{大劍山}과 소검산^{小劍山} 사이에 있는 작은 잔도로서, '검문관^{劍門關}'이라고도 한다.

27) 崢嶸(쟁영): 높고 험준한 모양. 崔嵬(최외): 높고 평평하지 않은 모양을 형용하는 말이다.

28) 본문의 '夫'를 모두 '人'으로 표기한 판본도 있다.

29) 본문의 '親'을 '人'으로 표기한 판본도 있다.

30) 錦城(금성): '금관성錦官城'의 준말로서, 옛 성터가 지금의 쓰촨성 청두시[成都市] 남쪽에 있다.
31) 側身(측신): (두렵고 불안하여) 몸을 비스듬히 기울이다. 몸을 옆으로 돌리다.

험난하고 위험한 촉으로 가는 길은 어떻게, 무엇 때문에 왔는지도 모를 인생살이의 다른 표현에 지나지 않는다. 두렵고도 힘겨운 그 길을 가는 나그네 같은 인생의 감회를 시인은 인간의 존재 자체를 초라하게 만드는 장엄한 대자연의 풍경에 대비시키며 박진감 있게 묘사하고 있다. 피곤한 다리와 가쁜 숨을 공감하게 하는 절묘한 구절의 리듬 또한 형식적으로 비교적 자유로운 고시의 특장을 극도로 끌어올린 시인의 빼어난 역량을 잘 보여준다.

2) 규정시閨情詩와 궁체시宮體詩

규방 여인의 원망을 담은 노래는 이미 ≪시경≫과 한나라 악부 민가에서부터 자주 발견되며, 고대 중국에서도 남녀를 막론하고 수많은 시인들의 영원한 주제가 되었다. 그러나 수를 헤아릴 수 없이 많은 이른바 '규정시'들 가운데서도 진정으로 문학적으로 뛰어나다고 평가되는 작품은 생각보다 많지 않다. 거기에는 여러 가지 이유가 있겠지만, 아무래도 절제의 예법을 중시하는 고대 중국의 봉건사회에서는 이성 간의 그리움이나 원망을 표현하는 정도가 지나치거나 속되면 비판을 받기 쉽기 때문일 것이다. 그러므로 적당한 '선'을 지키면서 규방 여인의 절실한 감정을 문학적으로 수준 높게 묘사한 작품을 써내기란 쉽지 않은 일임이 분명하다.

사실 풍류를 즐긴 것으로 유명한 이백의 생애를 고려하면, 그의 작품 가운데 비교적 순수하게 규방 여인의 정서를 노래한 작품의 수가 대단히 적다는 사실은 의외라고 할 만하다. 그러나 수적으로는 많지 않지만 그의 규정시들은 빼어난 착상과 절묘한 묘사로 그의 천재적인 재능을 잘 보여준다.

<怨情>　　<원망>

美人卷珠簾　미인은 주렴을 걷고
深坐顰¹⁾蛾眉²⁾　깊숙이 앉아 고운 눈썹 찡그리네.
但見淚痕濕　그저 젖은 눈물 자국만 보일 뿐인데
不知心恨誰　마음으로는 누굴 원망할까?

　1) 顰(빈): (이마 또는 눈썹을) 찡그리다.
　2) 蛾眉(아미): 누에의 촉수가 가늘고 길면서 둥글게 굽어 있는 것이 미인의 아름다운 눈썹과 같다고 하는 데에서 생긴 말이다.

이 시의 첫 구절은 다짜고짜 주렴을 걷는 미인의 등장으로부터 시작된다. 이것은 일반적인 남북조 시대의 궁체시나 이후의 규정시에서 흔히 그렇듯이 미인이 사는 규방 안팎의 배경을 묘사한 후, 자연스럽게 주인공을 등장시키는 방식과는 달리 갑작스러운 느낌을 준다. 그러나 '미인'이라는 단어와 '주렴'이라는 단어는 이미 그 자체로 그녀가 지체 높은 집안의 아름다운 젊은 여인이라는 의미를 함축하고 있으니, 다른 묘사들은 사족에 지나지 않음을 알 수 있다. 또한 둘째 구절에서는 그 미녀가 깊숙이 앉아 눈썹을 찡그리고 있다고 묘사되어 있는데, 그 이유는 첫 구절에서 그녀가 주렴을 걷었던 행위와 관련이 있다.

즉 주렴을 걷는다는 것은 바깥을 바라보기 위해 하는 행동이며, 나아가 앉아 있는 그녀의 모습은 누군가를 기다리고 있다는 것을 암시한다. 그러므로 눈썹을 찡그린다는 것은 주렴을 걷고 밖을 바라보며 누군가를 기다리는 그녀의 몸짓이 상당히 오래된 습관이며, 또한 익숙한 실망과 슬픔을 표정으로 드러내는 행위라고 이해할 수 있다. 여기에 '깊숙이'라는 부사는 그녀가 앉아 있는 방안의 위치와 자세, 기다림의 시간, 그리움의 깊이 등을 포괄적으로 나타내는 역할을 한다. 시인은 모든 구체적인 상황에 대한 묘사를 생략한 채, 하나의 움직임과 그 결과로 나타나는 하나의 정적인 장면만을 묘사함으로써 독자의 자연스러운 상상을 유도하고 있는 것이다. 그리고 원망이 깊어지면 눈물이 나오는 건 자연스러운 현상일 테지만, 시인은 다시 그렁그렁 고여서 옥구슬처럼 떨어지고 있는 눈물이 아니라 눈물을 흘린 뒤에 채 마르지 않은 흔적만을 제시한다. 게다가 소리 없이, 다시 말해서 그녀가 안간힘을 다해 억제하고 있는 슬픔을 시인은 사뭇 냉정한 제삼자의 관점에서 관찰하듯 서술한다. 심지어 마지막 구절은 그토록 아름답고 정숙한 미인을 기다림과 슬픔에 젖게 만드는 그는 누구일까 하는 장난스러운 수수께끼를 던지는 것으로 마무리된다. 그러나 이러한 의도적인 거리 두기가 오히려 독자들로 하여금 그 가련한 미인에 대한 연민과 그녀에게 슬픔을 안겨준 무정한 그에 대한 분노를 더욱 깊어지게 만든다.

이렇게 보면 이백은 20자의 짧막한 절구에서 한 여인의 애절하고 기나긴 기다림과 그에 따라 깊어지는 슬픔, 나아가 그녀에 대한 연민을 풍성하게 담아 놓았다. 특히 의문으로 끝나는 마지막 구절은 더욱 깊은 여운을 남긴다. 미인의 모습과 심리를 짧고 간결하게 묘사하면서도 행간의 의미가 간단하지 않은 이런 묘사는 곱씹어 볼수록 감탄을 자아내게 하는 것이다.

이백의 규정시 내지 궁체시로 간주되는 작품으로는 이밖에도 <춘사春思>와 <장상사長相思> 2수, <장간행長干行>, <청평조淸平調> 3수 등이 자주 거론된다. 하지만 여기서는 앞서 살펴본 <원망>과 같은 제목의 다른 작품을 통해 그의 작품에 담긴 또 다른 특징을 알아보도록 하겠다.

<怨情>　　　　<원망>

新人如花雖可寵　　새 사람은 꽃 같아 사랑스럽긴 하지만
故人似玉由來重　　옛 사람은 옥 같아 이제껏 진중했다오.
花性飄揚[1]不自持　　꽃의 천성은 바람에 흔들리는 것이라 스스로 주체하
　　　　　　　　　　지 못하지만
玉心皎潔終不移　　옥의 마음은 환하고 깨끗하여 끝내 변하지 않는다오.
故人昔新今尚[2]故　　옛 사람도 예전엔 새로웠지만 지금은 옛 몸이 되었으니
還[3]見新人有故時　　새 사람도 언젠가는 옛 몸이 될 때가 있을 게요.
請看陳后[4]黃金屋　　보게나, 진 황후는 황금 지붕의 궁궐에 살았지만
寂寂珠簾生網絲　　적막하기 그지없어 주렴엔 거미줄이 쳐졌다오.

1) 飄揚(표양): 바람에 흔들리거나 날린다는 뜻으로, 종종 이리저리 떠돌
거나 재기가 넘쳐 구속받기 싫어하는 것을 나타낸다.
2) 尙(상): 오히려
3) 還(환): 또, 다시
4) 陳后(진후): 한나라 무제의 황후인 진씨를 가리키며, 흔히 '아교阿嬌'라
고도 부른다. ≪한무고사漢武故事≫에 따르면 한나라 무제가 어렸을
때, 장공주長公主가 그를 안아 무릎에 앉히고 주위의 시녀들을 가리키
며 아내로 삼고 싶으냐고 묻자 어린 무제는 모두 싫다고 했다. 이에
장공주가 자신의 딸 아교를 가리키며 마음에 드느냐고 물으니, 무제
는 "아교를 아내로 얻는다면 황금 지붕의 집[金屋]에 갈무리해 두겠어
요."라고 대답했다고 한다. 훗날 아교는 정말 무제의 황후가 되어
황금 지붕의 궁궐에 살았지만, 결국 버림받아 그곳에 유폐되는 신세
가 되었다.

　　일부다처一夫多妻가 허용되고 '삼종지도三從之道'를 따라야 했던 봉건
사회의 여인들에게 남편으로부터 버림받아 쓸쓸한 여생을 보내는
일은 흔한 비극이었다. 심지어 민간의 여인들은 시부모의 억압 때
문에 사랑하는 남편과 억지로 헤어지거나 죽음에 이른 일도 허다
했다. 앞서 이런 내용을 담은 한나라 때의 장편 서사시 <공작동
남비>에 대해 간략하게 소개한 바 있으며, 악부 민가인 <상산채
미무上山采蘼蕪> 역시 그와 비슷한 상황을 노래하고 있다.

上山采蘼蕪	산에 올라 약초 캐고
下山逢故夫	산 내려오다 옛 남편 만났네.
長跪[1]問故夫	공손히 절하고 물었지,
新人復何如	"새 사람은 어떤가요?"
新人雖言好	"새 사람이 좋다고는 하지만
未若故人姝[2]	옛 사람만큼 예쁘진 않다오.
顏色類相似	용모는 비슷하다 해도
手爪[3]不相如	손재주는 그만 못하다오."
新人從門入	"새 사람 대문으로 들어올 때
故人從閤去	옛 사람은 쪽문으로 나갔지요."
新人工織縑[4]	"새 사람은 노란 비단 잘 짜고
故人工織素[5]	옛 사람은 흰 비단 잘 짰다오.
織縑日一匹[6]	노란 비단은 하루에 한 필이지만
織素五丈餘	흰 비단은 다섯 길이 넘었다오.
將縑來比素	노란 비단을 흰 비단에 견줘 보니
新人不如故	새 사람이 옛 사람만 못하더이다."

1) 長跪(장궤): 상체를 세우고 무릎을 꿇어 절하는 것이다. 옛날에는 바닥에 자리를 깔고 앉았는데, 앉을 때는 두 무릎을 땅에 대고 엉덩이를 발꿈치에 닿게 했다. '跪'라는 것은 허리와 허벅지를 반듯하게 펴서 상대방에게 매우 공경한다는 뜻을 나타내는 동작이다.
2) 姝(주): 예쁘다, 아름답다.
3) 手爪(수조): 손재주, 기술.
4) 縑(겸): 두 겹의 명주실로 짠 연노란색의 얇은 중등급의 비단[絹]이다.
5) 素(소): 하얀색의 고급 비단[帛]이다.
6) 匹(필): 길의 단위. 4길[丈]이 곧 1필이다.

생동감 있는 대화로 이루어진 이 노래는 어리석은 남편이 옛 아내를 쫓아낸 일을 후회하는 내용인데, 얼핏 보면 두 여자의 길쌈 능력만 가지고 우열을 논하고 있어서 아내를 그저 집안 살림을 돕는 하나의 노동력으로만 간주하는 듯한 인상을 준다. 그러나 적어도 이 노래만으로는 옛 부인을 내친 것이 남편의 본래 의도인지 아니면 시부모의 판단인지 판단할 수 없다. 오히려 길쌈 능력 운

운하는 것은 본의 아니게 내친 옛 아내에 대한 남자의 그리움과 연민을 우회적으로 표현한 것이라고도 할 수 있겠다.

　새 사람과 옛 사람의 비교라는 면에서 이백의 <원망>은 <상산채미무>의 모티프를 계승하고 있다고도 할 수 있을 것이다. 그러나 <원망>에서는 주인공의 신분이 지체 높은 집안의 규수로 바뀌어 있고, 작품 속의 화자話者 또한 옛 사람으로 고정되어 있다. 그리고 <원망>의 화자는 악부 민가의 옛 사람처럼 내쫓긴 상황이 아니라 화려한 집안에서 남편의 사랑을 잃고 적막하게 지내는 몸이다. 물론 화려하기는 하지만 바람에 흔들리는 경박한 꽃 같은 천성을 가진 새 사람(첩)과, 소박하지만 맑은 심성과 진중한 품격을 지닌 옛 사람(본부인) 사이의 비교는 악부 민가의 그것과 본질적으로 다르지 않다. 그러나 버림받은 슬픔은 둘째로 치더라도 재혼의 기회마저 박탈당한 채 깊은 규중에 유폐되어 여생을 보내야 하는 여인의 신세는 산에 올라 나물 캐며 바람이라도 쐬는 악부 민가의 '옛 사람'보다 더욱 처절한 면이 있다. 어떻게 보면 이백의 이 작품은 악부 민가의 옛 정서를 자신이 사는 당나라 시대의 사대부적인 정서로 변용한 것이라고도 할 수 있다. 특히 이런 경향의 작품은 규방 여인의 심경과 사회의 구체적인 부조리가 결합된 작품에서 두드러진다.

3. '내쫓긴 신선[謫仙]'의 울분

1) 유선시遊仙詩

부조리하고 추악한 현실을 떠나 신선세계에 노니는 꿈을 노래한 것은 멀리 굴원屈原의 <이소離騷>와 <천문天問> 같은 작품들에까지 거슬러 올라가며, 그런 전통은 남북조 시기를 통해 한층 강화된 바 있다. 그리고 당나라 때에도 '삼교'가 공존했지만 그 가운데 도교가 가장 번성했다고 해도 무방할 정도였다. 그러므로 젊은 시절부터 도교에 관심에 많았고 한때 몸소 도사 노릇까지 경험한 이백이기에, 그의 시에서 신선이나 신선세계에 대한 언급이 많은 것은 자연스러운 현상이라 하겠다. 실제로 이백은 자신의 시에서도 "신선 찾아 오악을 다니며 먼 길 마다하지 않았고, 평생을 명산에 들어가 노닐기 좋아했다.<廬山遙寄盧侍御虛舟>: 五嶽尋仙不辭遠, 一生好入名山遊>" 라고 했다. 또한 안녹산의 난을 겪으면서 한때 대역죄인으로 사형을 선고받기도 했던 특수한 개인사는 이백으로 하여금 다른 누구보다 신선세계에 몰두할 수 있는 강한 계기를 마련해 주었다고 할 수 있다. 그리고 그는 특출한 문학적 재능으로 신선세계를 형상화하고 그 안에 자신의 정서를 융합함으로써 중국문학사에서 '시선詩仙'이라는 그만의 독자적인 호칭을 갖게 되었다.

<望終南山[1]寄紫閣[2]隱者> <종남산을 바라보며 자각의 은자에게 부침>

出門見南山	대문을 나서니 종남산이 보여
引領[3]意無限	고개 내밀고 바라보며 한없이 마음 끌렸소.
秀色難爲名	빼어난 경치는 이름 붙이기 어려운데

蒼翠[4]日在眼　짙푸른 녹음 날마다 눈에 비치오.

有時白雲起　이따금 흰 구름 일어나

天際自舒卷[5]　하늘 가장자리에서 저절로 펼쳐졌다 뭉쳐지곤 하오.

心中與之然　마음속으로는 그 구름과 함께 그러고 싶기에

托興每不淺　감흥을 기탁함이 늘 얕지 않다오.

何當造幽人[6]　어찌하면 그윽하게 숨어 사는 이 찾아가

滅迹棲絶巘[7]　속세의 흔적 지우고 까마득한 봉우리에 살 수 있을까요?

1) 終南山(종남산): 진령秦嶺의 주봉主峰 가운데 하나로서, 지금의 산시성
　시안시[西安市] 남쪽에 있다. 좁은 의미로는 진령을 의미하기도 하고,
　대개 '남산南山'이라고 줄여 부른다. 옛날에는 태일산太一山, 지폐산地肺山,
　중남산中南山, 주남산周南山이라고도 불렸다.

2) 紫閣(자각): 금빛 찬란한 전각이라는 뜻으로 황제의 궁궐, 신선이나
　은사의 거처를 가리키는 뜻으로 쓰인다.

3) 引領(인령): 목을 빼고 바라보다.

4) 蒼翠(창취): 짙푸른 녹음의 색깔.

5) 舒卷(서권): 넓게 펼쳐졌다가 다시 말리는 모양.

6) 造幽人(조유인): '造'는 찾아가다, 방문하다. '幽人'은 숨어 사는 사람
　즉, 은사隱士.

7) 絶巘(절헌): 까마득히 높은 산봉우리.

　이백이 장안에 있을 때에 쓴 이 시는 언어로 형용하기 어려운
그림 같은 종남산의 풍경에 '마음[意]'이 끌리는 것에서 시작된다.
그런데 이 '마음'이라는 단어는 '생각'을 의미하기도 하고, '선망'을
의미하기도 하며, '흥취'를 의미하기도 하니, 그 자체로 대단히 함
축적인 표현이라고 하겠다. 그런데 시인의 눈에는 이따금 일어나
서 저절로 펼쳐졌다 뭉쳐지면서 종남산의 아름다운 풍경을 가리곤
하는 구름이 거슬린다. 예로부터 각종 노래와 시에서 구름은 군주
의 지혜나 사랑하는 이의 올바른 판단을 가리는 나쁜 존재를 가리
키는 뜻으로 자주 쓰였으니, 이 시에서도 그것은 조정에서 뜻을
펼치려는 자신의 앞길을 가로막는 권신權臣의 무리를 암시할 수도
있다. 그러나 그렇게 본다면 제7~8구의 의미를 순조롭게 이해하

기 힘들다. 그런 맥락이라면 이 두 구절은 마음속으로는 권신들과 어울려 나도 그렇게 하고 싶어서 매번 그들에게 감흥을 의지하곤 했던 것이 적지 않았다는 뜻이 되어 버리기 때문이다.

그러므로 이 시에서 흰 구름은 짙푸른 녹음을 배경으로 유난히 시인의 눈길을 끄는 고결한 존재 즉, 신선을 의미한다고 이해하는 편이 자연스럽다. 그리고 '서권舒卷'에는 시대 환경에 따라 선비가 뜻을 펼치거나[舒] 뜻을 거두고 물러남[卷]을 가리키는 의미도 들어 있다. 이렇게 보면 제7~8구는 자신도 뜻을 펼칠 수 없는 시대의 한계를 인정하고 고결한 신선들과 더불어 세상과 단절된 까마득한 봉우리로 물러가 살고 싶다는 간절한 생각을 마음속에 늘 품고 있었다는 뜻으로 이해할 수 있다.

그런데 이백의 유선시는 내용상으로 부조리하고 덧없는 인생에 대비되는 불사불멸의 평온한 세계에 대한 감회와 동경이 주를 이루지만, 그의 끝없는 여행 경험과 맞물려 종종 아름다운 산수시 형태로도 표현되곤 한다. 그의 작품 가운데는 앞서 사회시의 내용이 많이 들어 있다고 한 <고풍>59수 가운데도 유선시라고 할 만한 작품이 많이 들어 있고, 그 외에 <단가행短歌行>, <감우感遇> 4수, <몽유천모음유별夢遊天姥吟留別>, <등아미산登峨嵋山>, <여산요기노시어허주廬山謠寄廬侍御虛舟>, <조망해하변早望海霞邊>, <유태산遊泰山> 6수, <망종남산기자각은자望終南山寄故御道上泰山者> 등이 대표적인 유선시로 꼽힌다. 이것들은 대개 산수의 풍경을 선화仙化하거나 환상적인 신선세계와 연결시켜서 묘사하는 특징을 보여준다. 6수의 연작시로 된 <유태산遊泰山>은 그런 수법을 보여주는 걸작으로 꼽을 수 있겠다. 다음은 <유태산> 제1수이다. 참고로 이 작품은 판본에 따라서 제목이 <천보 원년 사월, 옛날 황제가 다니던 길을 따라 태산에 오르다天寶元年四月從故御道上泰山>라고 되어 있기도 하다.

四月上泰山	사월에 태산에 오르는데
石屏¹⁾御道開	돌병풍 사이로 황제가 다니던 길 뚫려 있다.
六龍²⁾過萬壑	여섯 마리 용이 수많은 골짝을 지나고
澗谷隨縈回	계곡은 연이어 얽혀 돌아간다.
馬迹³⁾繞碧峰	말의 발자취 푸른 봉우리를 감싸고 있었지만
於今滿青苔	지금은 푸른 이끼만 가득 끼었구나.
飛流灑絶巘	나는 듯 흐르는 물줄기 깎아지른 봉우리에 뿌려지고
水急松聲哀	세찬 물소리에 소나무 소리 애달프다.
北眺崿嶂⁴⁾奇	북쪽을 바라보니 가파른 봉우리들 기이하고
傾崖向東摧	기운 벼랑은 동쪽으로 꺾여 있다.
洞門閉石扇	동굴 문은 부채 같은 돌로 막혀 있고
地底興雲雷	땅바닥에선 구름과 우렛소리 일어난다.
登高望蓬瀛⁵⁾	높은 곳에 올라 봉래산과 영주산을 바라보며
想象金銀臺⁶⁾	금은으로 만든 신선의 누대들을 상상한다.
天門⁷⁾一長嘯	천문에서 긴 휘파람 부니
萬里清風來	만 리의 맑은 바람 불어온다.
玉女⁸⁾四五人	옥녀 네다섯 명이
飄搖⁹⁾下九垓	하늘하늘 높은 하늘에서 내려와
含笑引素手	미소 머금고 하얀 손 내밀어
遺我流霞¹⁰⁾杯	나에게 유하주 담긴 술잔을 건넨다.
稽首¹¹⁾再拜之	무릎 끓고 머리 조아려 재배 올리나니
自愧非仙才	스스로 신선의 재목 아님이 부끄럽구나.
曠然小宇宙	드넓게 펼쳐진 작은 우주에서
棄世何悠哉	세상을 버리고 나니 얼마나 느긋한지!

1) 본문의 '屏'을 '平'으로 쓴 판본도 있다.
2) 六龍(육룡): 여기서는 약동하는 용처럼 구불구불 이어진 산등성의 모양을 비유하고 있다.
3) 馬迹(마적): 진시황제를 비롯한 역대 황제들이 태산에 봉선^{封禪} 의식을 치르기 위해 왔을 때 타고 갔던 수레의 자취를 의미한다.
4) 崿嶂(악장): 높게 이어지는 산봉우리들.
5) 蓬瀛(봉영): 전설상의 동해^{東海} 삼신산^{三神山}을 대표한다. 삼신산은 각각 봉래산^{蓬萊山}, 영주산^{瀛洲山}, 방장산^{方丈山}을 가리킨다.
6) 金銀臺(금은대): 전설에서 신선이 사는 누대를 일컫는 말로서, 그곳의

건물들은 금과 은으로 지어졌다고 여겨졌다.

7) 天門(천문): 본래 하늘 궁궐의 문이라는 뜻이지만, 여기서는 태산에 있는 5개의 문 가운데 하나인 남천문南天門을 가리킨다.

8) 玉女(옥녀): 선녀, 또는 신선의 시중을 드는 시녀.

9) 飄搖(표요): 가볍게 나는 모양.

10) 流霞(유하): 전설에서 신선이 마시는 음료 또는 술.

11) 稽首(계수): 원래는 땅에 무릎을 꿇고 머리를 땅에 닿도록 조아려 절하는 것으로, 이른바 '구배九拜' 가운데 가장 공경을 나타내는 절이다. 그러나 도사들의 경우에는 상대에게 한 손을 들어 보이는 인사를 가리키기도 한다.

평평한 돌을 깔아 만든 황제의 길은 그 옛날 태산에 올라 봉선을 올린 진시황과 한나라 무제의 모습을 떠올리게 했으리라. 그렇기에 시인은 그들의 호화롭고 위풍당당한 수레를 끄는 여섯 마리 말을 생각하고, 전설 속에서 해 수레를 끌던 여섯 마리 용을 언급한다. 실제로 '용龍'이라는 글자에는 체구가 큰 준마라는 뜻도 있다. 꿈틀거리는 용의 모습은 또한 수많은 골짝을 끼고 솟구친 기기묘묘한 산봉우리들의 모습을 연상하게 하기도 한다. 그러나 세월의 창상滄桑을 반영하듯 말들이 치달리던 길 위에는 이제 푸른 이끼만 가득하고, 억겁의 세월을 변함없이 흐르는 물줄기만 부질없는 인간의 역사를 씻어내고 있다.

제10~14구는 깎아지른 봉우리와 벼랑, 닫힌 돌문, 발밑에서 피어나는 구름과 우렛소리 등을 통해 태산 위의 세계가 인간세상과 단절되어 있음을 암시한다. 이 때문에 시인은 제15~18구에서 아련한 동해 삼신산의 화려하고 초월적인 정경을 상상한다. 이어서 그의 상상은 자신이 선 곳 자체를 또 하나의 선경仙境으로 비약시킨다. 물론 태산 옥녀에 대한 전설은 그 유래가 거의 한나라 때까지 거슬러 올라가고, 심지어 최후로 태산에서 봉선 의식을 치른 송나라 진종眞宗 : 998~1022 재위은 태산 정상에 있는 옥녀석상玉女石像을 '천선옥녀벽하원군天仙玉女碧霞元君'으로 봉해 주기도 했다. 그렇기 때문에 그의 상상은 결코 지나친 비약은 아닐 수도 있지만, 하늘에서 내려와 미소를 머금고 하얀 손을 내밀어 신선의 술을 건네는 옥녀의 생동적인 모습은 주위 분위기에 도취된 시인의 몽환세계를 실감나게 보여준다.

이러한 몽환세계는 다른 한편으로 시인이 스스로 하늘에서 내쫓긴 신세 즉, 일종의 '적선^{謫仙}'과 자신을 동일시하려는 은밀한 충동이 빚어 낸 것일 수도 있다. 비록 신선의 재목이 아님을 부끄러워했다고 진술하긴 했지만, 태산이라는 또 하나의 작은 우주에서 풍진세상과 결별함으로써 느긋함을 만끽했다는 심경의 고백은 앞선 진술을 단순한 겸양의 표현으로 치부하기에 충분한 근거를 제공한다.

아마도 대륙의 교통로가 원활하지 않고 '천하'의 중심을 황하 유역으로만 여기던 고대 '중원'의 중국인들에게는 태산은 세상에서 가장 큰 산^[太山]으로 여겨졌을 가능성이 크다. 심지어 후세에 들어서 '오악^{五嶽}' 가운데 태산은 실질적인 규모가 사실상 가장 작은 산이라는 것이 밝혀졌다 하더라도 사람들의 관념 속에서는 여전히 태산이 가장 신성하고 큰, '모든 산들의 우두머리^[岱宗]'로 여겨진 흔적이 뚜렷하다. 이런 까닭인지 역대의 황제들은 강력한 권위의 상징으로 태산 정상에 올라 봉선의 제사를 올리려고 소망했다. 또한 역대 문인들의 시나 산문 가운데 태산을 소재로 한 작품이 다른 산들의 그것에 비해 압도적으로 많다.

태산의 수려하고 웅장한 풍경에 대해서는 두보도 유명한 <망악^{望嶽}>에서 더할 나위 없이 적절하게 묘사한 적이 있다.

岱宗夫如何	태산은 어떠한가?
齊魯靑未了	제와 노 지역으로 푸름이 끝없다.
造化鍾神秀¹⁾	조물주의 신령하고 빼어난 기운 한데 모아 놓았고
陰陽²⁾割昏曉	산의 남북으로 밤과 새벽이 갈렸다.

蕩胸生層雲　　가슴 후련하게 층층의 구름 솟구치고
決眥[3]入歸鳥　　크게 뜬 눈 속으로 돌아가는 새의 모습 들어온다.
會當[4]凌[5]絕頂　　마땅히 까마득한 꼭대기에 올라
一覽衆山小　　뭇 산이 작음을 휘둘러보리라.

1) '造化(조화)'는 조물주, '鍾(종)'은 모으다, '神秀(신수)'는 신기하고 빼
　어난 아름다움이라는 뜻이다.
2) 산의 남쪽을 '陽,' 북쪽을 '陰'이라고 한다.
3) 決眥(결제): 눈을 크게 뜨고 멀리 바라보다.
4) 會當(회당): 응당, 마땅히.
5) 凌(릉): 오르다.

　이 시는 무엇보다도 태산의 위용을 짧고 함축적으로, 그리고 무
엇보다도 산 자체의 모습에 대한 직접적 서술이 아니라 우회적인
묘사로 나타낸 것으로 유명하다. 시공마저 가르고 우뚝 서서 천하
를 내려다보는 장엄한 태산의 호쾌한 기상을 이보다 더 멋들어지
게 묘사할 수 없는 불후의 절창이라는 칭송까지 받곤 한다.

　그러나 이백의 눈에 비친 태산은 호쾌함보다는 그 높이만큼이나
세상과 단절된 신비함으로 가득 찬 정신적 유토피아를 상징하는
곳이다. 그의 태산 등정은 현실의 영웅으로 천하를 호령하는 기분
을 만끽하려는 것이 아니라, 잠시나마 풍진 세상과 결별하고자 하
는 은밀한 소망의 표출이다. 그것은 바로 "아침에 서왕모^{西王母}의 연
못에서 물을 마시고, 해질 무렵 하늘로 오르는 관문에 묵었다가,
홀로 사마상여^{司馬相如}의 거문고 '녹기'를 안고, 밤길 걸어 푸른 산
사이를 가는^{(遊泰山) 제6수 : 朝飮王母池, 暝投天門關. 獨抱綠綺琴, 夜行青山間)"} 몽
환의 여행이다. 설령 꿈에서 깨어나면 황홀한 행복은 사라지고 무
심히 하늘을 나는 구름만 보이는 허탈함이 기다리고 있을지라도
^(遊泰山) 제6수 : 明晨坐相失, 但見五雲飛) 그는 여행을 멈추지 않는다.

　이백의 세계는 이처럼 냉혹하고 덧없는 현실과 황홀하지만 일순
간에 지나지 않는 몽환 사이의 끝없는 길항^{拮抗}으로 유지된다. 달리

말하자면 소망을 상실한 현실 세계로부터 탈출하고자 하는 지대한 욕망과 끝없이 발목을 잡아채는 현실의 폭압 사이의 경계에 그만의 '작은 우주'가 있는 것이다. 불행한 시대의 천재가 안주하지 못하고 불안하게 머뭇거리던 바로 이 '작은 우주'의 시적 경계야말로 현대적 용어로 번역하자면 '문학의 세계'라고 할 수 있을 것이다.

세계의 '진실'을 노래하고자 하는 시인은 항상 선험적으로 고독하다. 그가 노래하고자 하는 진실은 경험적 논리의 불완전한 언어적 집적체인 학문의 틀을 넘어선 무질서와 열정 속에 뒤섞여 있다. 그러나 관습과 전통에 익숙한 주변의 인간들은 그를 이해하지 못하기 때문에 소외시키고 억압한다. 그렇다고 무심한 자연계의 물질들과 의사소통이 가능한 것도 아니다. 시인의 언어는 인간 사회와 자연계의 경계를 떠도는 순간의 불빛이기 때문이다. 그리고 언어가 자아의 존재와 인식을 담보할 수밖에 없는 한계적 상황으로 인해, 시인 자신의 존재마저도 필연적으로 불확실하다. 결국 '시의 세계'란 자신의 존재와 자신을 둘러싼 세계와의 관계를 정립하지 못하는 비극과 절대의 고독으로 감싸인 곳이다.

그러나 냉정하게 보면 '시의 세계'는 처음부터 도피처로 선택하기에 너무나 부적절한 곳이다. 어딘가의 무언가로부터 도피하고자 하는 이가 지향하는 것은 결국 상대적인 안정과 평화일 터이다. 하지만 '시의 세계'에는 그가 도망친 세계보다 더 무섭고, 심지어 더 이상 도피할 곳도 없는 절망이 기다리고 있다. 그러므로 오로지 절대의 고독에 맞서 싸울 용기를 가진 자, 혹은 그럴 준비가 된 자만이 결연히 그 세계 속으로 걸음을 내딛을 수 있다. 심지어 그것은 시인 자신뿐만 아니라 독자에게도 적용된다.

2) 변새시邊塞詩

앞서 설명했던 것처럼 당나라 전기에는 특히 안사의 난을 전후로 변새시가 성행했다. 이백 역시 그런 주제의 작품을 50수 가량 남겼다. 그러나 그는 직접적으로 변방의 전쟁에 참여해 본 적이 없고, 기껏해야 천보天寶 11년752 겨울에 유주幽州, 지금의 허베이[河北]와 베이징[北京], 톈진[天津]의 북부를 포괄하는 지역에서 전쟁으로 폐허가 된 변방의 마을을 목격한 정도에 지나지 않기 때문에, 그의 변새시는 잠참岑參처럼 종군을 경험한 이들의 시와는 근본적으로 차이가 있다.

이백의 변새시는 대체로 세 가지 정도의 내용을 담고 있다. 첫째는 정의로운 의미의 변방 전쟁이나 반국가적인 반란군에 대한 진압을 옹호하고 호방한 기세로 영웅을 찬미하는 것이다. 둘째는 전쟁으로 인해 고통 받는 병사들과 백성들의 고초를 고발하고 동정하면서, 아울러 조정의 국방 정책 등을 비판하는 것이다. 셋째는 변방에 징병 당해 나가 있는 병사들의 고향 생각과 반대로 전쟁으로 인해 고통 받는 여인들의 운명에 대해 동정하는 것이다. 비록 스스로 종군한 경험은 없지만 그는 탁월한 문학적 상상력과 문장력으로 변방의 풍경을 생동적으로 묘사해 내고 있으며, 그런 노래들은 대부분 옛 악부시의 형식을 빌려 창의적으로 변용하고 있다.

다음은 총 6수의 연작시인 <새하곡塞下曲> 가운데 제1수이다.

<塞下曲1)>	< 새하곡 >
五月天山雪	5월 천산에는 눈이 내리고
無花只有寒	꽃은 없이 그저 추위만 있을 뿐.
笛中聞折柳2)	피리소리 속에는 <절양류>가 들리고
春色未曾看	봄날 풍경은 본 적이 없다.
曉戰隨金鼓	새벽부터 징소리 따라 전투가 벌어지고
宵眠抱玉鞍	밤에는 옥안장 끌어안고 잠든다.

願將腰下劍　　　바라건대 허리에 찬 칼로
直爲斬樓蘭　　　그대로 오랑캐의 목을 베었으면!

1) <새하곡>은 한나라 악부의 <횡취곡橫吹曲>에 속하는 <출새出塞>나 <입새入塞> 등의 노래에서 나온 것으로, 이것을 변형하여 지은 당나라 대의 고시들은 주로 변방의 군대생활을 노래한 것이 많다.
2) 折柳(절류): <절양류折楊柳>를 가리킨다. <절양류>는 한나라 악부의 <횡취곡>에 속하는 곡조 이름인데, 전하는 바에 따르면 한나라 때 장건張騫이 서역에서 들여온 노래를 바탕으로 이연년李延年이 새롭게 만들어 무악武樂으로 삼았다고 한다. 진晉나라 때에 낙양에 유행하던 노래는 대개 군대와 전쟁에 관한 내용이 많았는데, 훗날 남조 양梁나라 때부터 당나라 때까지의 노래들은 봄날의 감상이랄지 이별의 아쉬움, 길 떠난 나그네에 대한 그리움 등을 담은 것이 많다.

둘째 구절의 '무화無花'는 '무화舞花' 즉, 춤추는 눈송이를 연상시키면서 동시에 봄이 되어도 꽃조차 피지 않는 변방의 혹독한 날씨를 강조하고 있다. 제5~6구의 '새벽 전투'라든가 '안장을 끌어안고 자는 잠' 등의 표현들은 종일토록 이어진 행군과 전투, 잠을 잘 때에도 늦출 수 없는 긴장 등을 함축적으로 나타내고 있다. 마지막 두 구절은 한나라 때의 부개자傅介子 : ?~B.C. 65가 장군 곽광霍光 : ?~B.C. 68의 명에 따라 서역의 누란국에 사신으로 가게 되자 그 나라 왕의 목을 베게 해 달라고 청했던 일을 빌려, 나라를 위해 공을 세우려는 변방 군인들의 호쾌하고 결연한 의지를 칭송하고 있다. 이것은 제1~6구의 침울하고 긴장된 분위기를 순식간에 반전시키는 효과를 발휘하고 있다. 율시의 기본 형식에 얽매이지 않는 이런 구성은 이백 특유의 자유로운 시 창작 수법을 잘 보여준다고 하겠다.

이 외에 <전성남戰城南>과 같은 작품도 악부고시 형태로, 잦은 정복전쟁으로 인한 백성들의 고통을 절절하게 고발한 명작으로 꼽힌다. 그러나 이백의 변새시 가운데 예술적 성취도 면에서 가장 높은 수준에 도달한 것은 변방의 정서와 규방의 정서를 융합하여 새로운 차원으로 승화시킨 일련의 작품들이라 하겠다.

　　　< 子夜吳歌·秋歌 >　　< 자야오가·가을의 노래 >

　　長安一片月　　　장안엔 조각달 하나 떠 있는데
　　萬戶搗衣[1]聲　　집집마다 들리는 다듬이질 소리
　　秋風吹不盡　　　가을바람은 끝없이 불어오는데
　　總是玉關情　　　모두가 옥문관의 정이 실려 있구나.
　　何日平胡虜[2]　　언제나 오랑캐를 평정하여
　　良人[3]罷[4]遠征　　그이의 원정이 끝날까?

　　1) 搗衣(도의): 옷을 다듬이질하다.
　　2) 胡虜(호로): 여기서는 북방 오랑캐를 가리킨다.
　　3) 良人(양인): 옛날에 여자가 남편을 부르던 호칭이다.
　　4) 罷(파): 그치다. 끝내다.

　총 4수로 되어 있는 <자야오가>는 각기 춘하추동 사계절의 노래로 구성되어 있으며, <자야사시가子夜四時歌>라고도 부른다. 남북조 시대의 악부 <청상곡淸商曲>의 <오성가곡吳聲歌曲>에 <자야사시가>가 들어 있는데, 이것은 오 지방의 음악을 바탕으로 한 것이기 때문에 <자야오가>라고도 불렸다. 이 노래는 원래 네 구절로 되어 있고, 내용은 대개 여자가 사랑하는 사람을 그리워하는 마음을 토로하는 애절한 원망을 담고 있다. 그런데 이백은 형식 자체를 여섯 구절로 변형하면서 단순한 남녀 간의 사랑을 넘어선 깊은 의미를 담고 있다.

　조각달이 떠 있는 아름다운 가을밤, 장안의 여인들은 집집마다 잠을 이루지 못하고 다듬이질로 마음을 달랜다. 가을은 공기도 상쾌하고 아름다운 계절이지만, 더불어 추운 겨울을 준비해야 하는 때이기도 하다. 이것을 말하고 있는 제1~2구는 '일편一片'과 '만호萬戶'라는 수적인 대비, 그리고 달빛(=시각)과 소리(=청각)의 대비를 통해 가을밤의 풍경을 자연스러우면서도 운치 있게 묘사했다. 그러나 이어서 불어오는 가을바람은 '추秋'자가 연상시키는 '시름겨운 바람[愁風]'이다. 왜냐하면 거기에는 온통 변방에 징병되어 나가 있는 아들이나 남편의 '정情'이 실려 있기 때문이다. 그런데 이 '정'이라는 글자는 사랑과 정서, 기분, 정황이라는 의미를 아우르는 단어이다. 그러므로 그 바람은 어머니나 아내에 대한 그리움과 머나먼 북방의 혹독한 환경 속에서 시시각각 시달리는 외로움과 향수鄕愁, 한순간도 늦출 수 없는 긴장 속에서 겪어야 하는 전투에 대한 걱정과 죽음의 두려움 등으로 뒤얽힌 남자들의 감정을 전하는 자연의 메신저이다.

바로 이 바람으로 인해 둘째 구절의 다듬이질 소리는 다시 아들이나 남편에 대한 걱정과 그리움으로 뒤섞인 여인들의 방망이질 치는 심장의 두근거림을 연상하게 한다. 그리고 사족처럼 달려 있는 마지막 두 구절은 어서 빨리 전쟁이 끝나 남편이 무사히 돌아오기만 기다리는 아내의 소박한 심정을 그대로 드러냄으로써 민가 특유의 진솔한 감정 표현을 최대한 살려 놓고 있다. 하지만 '언제나[何日]'라는 표현은 기다림의 절실함보다 아득하고 막연한, 어쩌면 영원히 오지 않을 수도 있는 미래의 어떤 날일뿐이라는 사실이 이 노래를 '시름겨운 노래[愁歌]'로 만들어 놓는다.

전쟁이라는 특별한 상황에 의해 강제된 생이별의 아픔과 남편의 안위에 대한 걱정은 <사변思邊>에서도 절실하게 묘사되어 있다. 이처럼 이백은 우회적인 '흥탁興托'의 수법으로 서정성 강한 변새시를 써 냄으로써, 변방의 상황에 대해 직접적이고 구체적으로 묘사하는 일반적인 변새시들보다 한층 강렬한 감동을 불러일으키는 명작들을 써 냈던 것이다.

김준연, ≪100개의 키워드로 읽는 당시≫, 학민사, 2005.

다카시마 도시오 저, 이원규 역, ≪이백, 두보를 만나다≫, 심산, 2003.

스테판 오웬 저, 장세후 역, ≪초당시≫, 중문, 2000.

신하윤 편역, ≪이백 시선≫, 문이재, 2002.

안치 저, 신하윤 외 역, ≪이백, 영원한 대자연인≫, 이끌리오, 2004.

이백 저, 황선재 역, ≪이백 5·7언 절구≫, 문학과지성사, 2006.

이병한, ≪이태백이 없으니 누구에게 술을 판다≫, 민음사, 2000.

이해원, ≪이백의 삶과 문학≫, 고려대학교출판부, 2002.

제5장 개인의 삶과 문학

1. 풍류風流를 노래하는 방식

1) 왜곡된 풍류의 마당, 청루靑樓

'풍류'라는 단어는 대단히 포괄적인 의미를 담고 있다. 그것은 원래 옛날 성현들이 남긴 훌륭한 기풍과 전통을 의미했고, 육조 시대에는 세속의 명리名利와 예법에 초탈하여 자유롭게 사는 것을 가리키기도 했으나, 점차 우아하고 멋스러운 정취 또는 그것을 즐기는 일을 뜻하게 되었다. 특히 위魏·진晉 시기의 명사名士들에게 풍류는 일종의 자유로운 정신과 탈속적인 언행, 초월적인 풍모를 포함한, 사대부들이 추구해야 할 이상적인 인격을 나타내는 말이었다. 그러나 시대가 지나면서 세속화된 그 단어에는 남녀 간의 사사로운 사랑이라는 의미도 포함되게 되었다.

춤과 노래, 아름다운 자태와 빼어난 말솜씨 등으로 잔치나 술자리의 흥을 돕는 여자라는 포괄하는 개념으로서 '악기樂妓'는 이미 하夏나라 때부터 등장한 것으로 알려져 있다. 온전히 글자 그대로 믿을 수는 없겠지만, 어쨌든 하나라 걸왕桀王 때에는 "3만 명의 '여악'이 새벽부터 궁궐 정문에서 떠들어 대고 음악 소리가 온 거리에 가득했다.(≪管子≫ <輕重甲> : 女樂三萬人. 晨噪於端門. 樂聞於三衢)"라는 기록이 있다. 이어서 상商나라 주왕紂王과 진나라 시황제, 수나라 양제煬帝에 이르기까지 유명한 폭군의 일화에는 항상 그들의 호사와 방탕을 입증하는 수많은 여인들의 이야기가 따라다녔다. 또한 남북조 시대, 특히 남조의 문학사에서 대표적인 양식으로 꼽히는 궁체시도 귀족들의 화려한 연회 문화를 바탕으로 형성되었다.

그러나 일반적인 사대부 문인들과 기녀들 사이의 풍류 문화가 본격적으로 시작된 것은 당나라 때부터라고 할 수 있을 것이다. 왜냐하면 당나라 때에 들어서 비로소 과거제도를 통해 전통적인 문벌귀족과는 다른 사대부 문인 계층이 본격적으로 형성되기 시작했기 때문이다. 또한 당나라가 설립되자마자 618년에는 궁중의 예악을 담당하는 최고 행정기구인 태상시太常寺 아래에 교방敎坊1)이 설립되었고, 전문적으로 음악과 무용 등을 가르치기도 했다. 이어서 현종玄宗 때인 714년에는 궁중의 교방 외에도 장안에는 광택방光宅坊과 인정방仁政坊, 일설에는 연정방延政坊이라고도 함을 설치하고, 동경東京인 낙양의 명의방明義坊 남북에 각기 우교방右敎坊과 좌교방左敎坊을 설치했다. 아울러 이 기구를 태상시에서 독립시켜 궁중에서 파견한 환관이 교방사敎坊使라는 신분으로 관리하게 했다. 이후로 교방은 황실뿐만 아니라 귀족이나 일반 관료들에게 오락을 제공하기 위한 교육을 담당함으로써, 대규모 기녀 양성소가 되었다. 물론 황실의 제사나 조회 때에는 태상시에서 준비한 아악雅樂이 사용되었지만, 일반적인 연회에서는 교방에서 수집해 다듬어서 기녀들에게 가르친 속악俗樂이 사용되었다. 이와 유사한 기구는 송나라와 원나라 때까지도 계속 설치되었고, 명나라 때에는 교방사敎坊司와 사례부司禮部가 따로 설치되기도 했다가 청나라 때에 들어서 폐지되었다.

---

1) '敎坊'이라는 명칭은 則天武后의 如意 1년692에 雲韶府로 명칭이 바뀌고 환관이 관장했으며, 玄宗의 開元 2년714에 다시 명칭이 '교방'으로 바뀌었다.

이런 제도와 기풍이 만들어진 데에는 봉건적 신분제도와 여성에 대한 차별도 한몫 했을 것이다. 당나라 때의 관기官妓는 노비나 가축처럼 사고 팔리는 '악기'를 사서 충당하기도 하고, 오랜 옛날부터 그래왔던 것처럼 범죄를 저지른 부녀자나 죄인의 아내 및 딸을 악적樂籍에 올리기도 했다. 또한 ≪북리지北里志≫의 기록에 따르면, 장안의 관기 가운데에는 후한 재물에 팔려온 양가良家의 딸이나 친척의 속임수에 넘어가 팔려온 여자도 있었다고 한다. 이렇게 일단 악적에 오르게 된 관기는 거의 완전하게 신분상의 자유를 잃고, 자신에게 마음을 둔 관리들의 마음에 따라 이리저리 소속을 옮기며 계속 매여 살 수밖에 없었다. 예를 들어서 두목杜牧 : 803~852?은 <장호호張好好>라는 시의 서문에서, 자신이 829년에 이부吏部의 어느 관리 밑에서 막료로 있을 때 보았던 당시 13살의 기생 장호호에 대해 기록하고 있다. 그에 따르면 이듬해에 그 관리가 지방관으로 나가면서 그녀를 데려갔다고 했다. 이 때문에 관기들 가운데는 설도薛濤 : 768?~908?의 경우처럼 변방의 군대에 소속되어 무관들의 희첩姬妾 내지는 소유물처럼 지내야 하는 이들도 있었다.

당나라 때에는 문관이나 무관을 막론하고 대부분 기생을 가까이 하는 것이 일종의 유행이었는데, 그것은 일반 문인들의 경우도 예외가 아니었다. 문인이 진사에 급제하면 '백의경상白衣卿相' 혹은 '일품백삼一品白衫'으로 불리며 선망의 대상이 되었다. 그리고 이들이 급제를 축하하는 잔치를 열 때면 으레 기생을 불러다 놓고 분위기를 띄우곤 했다. 물론 당시의 기생들은 모두 교방 소속이었기 때문에 연회에 기생을 불러오려면 관청에 돈을 지급하고 허가를 받아야 했다. 어쨌거나 이 덕분에 당시 기생들의 집단 거주지였던 장안의 평강리平康里에는 젊은 진사와 기녀 사이에 얽힌 갖가지 일화가 만들어졌는데, 개중에 유명한 것들은 ≪개원유사開元遺事≫나 ≪북리지≫ 등에 기록되어 오늘날까지 전해진다.

276

교방의 기생들을 거느리고 나들이나 연회를 벌이는 것 외에, 당시의 문인들 가운데는 백거이나 원진처럼 아예 집안에 따로 기생을 두고 있는 경우도 적지 않았다. 이것은 기녀라는 존재가 거의 전문적으로 문인들의 유흥과 오락을 위해 마련된 특별한 보조물이었음을 말해 준다. 그렇기 때문에 기녀들은 당연히 사대부의 취향에 맞는 문화적 소양을 아울러 갖추어야 했다. 예를 들어서 비교적 쉬운 언어로 일반 백성들의 구미에 잘 맞은 정서를 노래한 백거이의 <장한가長恨歌>와 같은 작품을 당나라 때의 기녀들이 일종의 '직업 훈련'으로 외워야 했다는 것도 그런 이유 때문이라고 하겠다. 이런 상황에서 백거이가 번소樊素와 소만小蠻이라는 기생과 어울린 이야기며 원진과 설도 사이의 사랑은 물론, 송나라 때 소식蘇軾과 그의 첩 왕조운王朝雲, 진관秦觀 : 1049~1100과 장사長沙 땅의 기생, 청나라 때 모벽강冒辟疆 : 1611~1693과 동소완董小宛, 전겸익錢謙益 : 1582~1664과 유여시柳如是 : 1618~1664 사이의 로맨스 등등 유명 문인과 아름답고 재주 많은 기생 사이의 일화는 어느 시대에나 사람들의 입에 회자되는 이야깃거리였다.

그런데 기생집 즉 청루靑樓의 존재가 낭만적인 사대부 문화에 긍정적인 기여만 한 것은 아니었다. 물론 청루는 시와 노래가 결합되면서 악부시에 대한 새로운 관심을 불러일으키고 그에 따라 훗날 '사詞'라는 독특한 운문이 성립되는 계기를 마련해 주기도 했다. 그러나 왜곡된 제도를 바탕으로 조성된 공인된 일탈의 문화는 숱한 비극이 양산되는 무대가 되기도 했다. 청루와 관련된 그런 비극들은 종종 앞서 살펴보았던 당나라 때의 전기傳奇나 송나라 이후의 백화소설에서 자주 소재로 활용되었다. 그리고 그런 이야기들에는 억눌린 인간 존엄성에 대한 고발과 연민, 풍자가 가득 담겨 있다.

2) 청루 풍류와 시가

(1) 청루의 여성 시인과 사대부들의 시

당나라 이후 중국 고대 사회에서 청루는 사대부의 문화적 취향에 맞춰진 오락과 유흥의 장소였던 만큼 그곳에서 활동한 기녀들 가운데는 뛰어난 시인으로서 재능을 발휘한 인물들도 적지 않다. 당나라 때만 하더라도 설도와 이야^{李治 : ?~784}, 어현기^{魚玄機 : 844?~868} 등은 종종 인구에 회자되는 명작들을 남긴 시인으로도 유명하다.

이 가운데 특히 설도는 원진과 백거이, 위고^{韋皐 : 746~806}, 유우석^{劉禹錫 : 772~842}, 왕건^{王建 : 767?~830?}, 장적^{張籍 : 768?~830?} 등 많은 문인과 관료, 장수들과 교류하며 숱한 염문과 일화를 남기고, 아울러 "교묘한 말솜씨는 앵무새의 혀를 훔친 듯하고, 아름다운 문장은 봉황의 깃털을 나눠 얻은 듯하다.^{元稹, <寄贈薛濤> : 言語巧偸鸚鵡舌, 文章分得鳳凰毛.)}"라는 묘사처럼 뛰어난 언변을 바탕으로 훌륭한 시를 지어 냈다. 그녀가 46살 무렵에 원진에게 버림받고, 질투로 분노한 위고에 의해 머나먼 송주^{松州, 지금의 쓰촨성 송판현〔松潘縣〕}의 관기로 쫓겨 가면서 쓴 10수의 연작시 <십리시^{十離詩}>는 그녀의 대표작 가운데 하나이다. 여기서 그녀는 자신을 개, 붓, 말, 앵무새, 제비, 구슬, 물고기, 매^{〔鷹〕}, 대나무, 거울에 비유하고 위고를 자신이 의지한 주인, 손, 마구간, 새장, 둥지, 손바닥, 연못, 팔^{〔臂〕}, 정자, 누대^{〔臺〕}에 빗대어 묘사하고 있다. 여기서는 이 가운데 제9수인 <대나무와 정자의 이별^{竹離亭}>을 감상해 보자.

<竹離亭>	<대나무와 정자의 이별>
蓊鬱新栽四五行	새로 심어 울창한 대나무 네다섯 줄
常將勁節[1]負秋霜	언제나 굳은 절개로 가을 서리에도 시들지 않았지.
爲緣[2]春筍鑽牆破	봄날 죽순이 담장을 뚫어 망가뜨린 까닭에
不得垂陰覆玉堂	더 이상 그늘 드리워 고운 정자 덮지 못하게 되었다오.

1) 勁節(경절): 본래 대나무의 단단한 마디를 가리키는 말로서, 올곧고
   단단한 절개를 비유한다.
2) 爲緣(위연): ~ 때문에. 여기서 '緣'은 '由'와 같은 뜻이다.

이 시에서 설도는 파탄의 원인을 자신에게로 돌리고 있다. 그런
데 자세히 살펴보면 그녀의 자책은 어떤 실수에 대한 반성이라기
보다는 오히려 자신의 박복한 운명에 대한 한탄임을 알 수 있다.
대나무가 봄날에 죽순을 키우는 것은 자연스러운 천성의 발현이지
만, 결과적으로 그 뿌리 때문에 담장을 망가뜨려 주인의 분노를
사 정원에서 내쫓기게 된다. 이것을 그녀의 처지에 대입하자면 일
종의 우회적인 하소연으로 읽힐 수 있다. 즉 자신은 관기의 신분
이라 어쩔 수 없이 많은 다른 남자들과 어울려야 했던 탓에 결국
원진과 인연이 엮이게 되었고, 이 때문에 결국 위고의 노여움을
사서 내쫓기게 되었다는 것이다.

당연히 청루를 배경으로 한 풍류 문화는 문인 사대부들의 시가
창작에도 훌륭한 소재가 되었다. 또한 청루의 연회에 사용되는 노
래들 가운데 상당수는 앞서 언급한 백거이의 예처럼 당시 저명한
시인들의 작품을 가사로 삼았다. 심지어 이익李益 : 748?~827?이나 이
하李賀 : 790~816와 같은 이는 청루에서 대단히 인기가 많아서 "한 편
을 지을 때마다 악공들이 다투어 얻으려 했을(≪新唐書≫ 권203 : 每成一
篇. 樂工爭求之)" 정도였다고 한다. 이런 시인들의 작품은 특히 옛 악부
시의 형식을 변형한 것들이 많았는데, 아무래도 엄격한 근체시보
다는 리듬이 자유로운 악부시 형식이 노래로 부르기 편했기 때문

일 수도 있겠다.

<石城曉[1]>　　　　<석성의 새벽>

月落大堤上　　　큰 제방 위로 달이 떨어지고
女垣[2]棲烏起　　　성가퀴에 깃든 까마귀 날아오른다.
細露濕團紅　　　작은 이슬 붉은 꽃잎에 축축이 맺혀
寒香解夜醉　　　차가운 향기는 간밤의 취기를 깨게 한다.
女牛[3]渡天河　　　직녀와 견우 은하수 건널 때
柳烟滿城曲　　　성 모퉁이에는 안개 머금은 버드나무 가득하다.
上客[4]留斷纓　　　귀한 손님이 향낭 끊어 남길 때
殘蛾鬪雙綠[5]　　　미인은 화장 자국 희미한 두 눈썹 찡그린다.
春帳依微[6]蟬翼[7]羅　매미 날개 같은 봄날 침실의 비단 휘장 희미하게 드리웠고
橫茵突金隱體花[8]　금실로 수놓은 요에는 암화 무늬 아름다워라.
帳前輕絮鵝毛[9]起　휘장 앞에는 가벼운 버들 솜 거위 털처럼 날리는데
欲說春心無所似　봄날의 설레는 마음 말하려 해도 비교할 데가 없구나.

1) ≪구당서≫ <악지樂志>에 따르면, <석성악石城樂>이라는 노래는 송
   장질宋臧質이 지은 것인데, 여기에서 <막수악莫愁樂>이라는 노래가 생
   겨났다. 석성은 경릉竟陵에 있는데, 그곳에는 노래를 잘 부르는 막수莫愁
   라는 여자가 있다고 했다. <막수악>의 내용은 다음과 같다. "막수
   는 어디 있는가? 석성의 서쪽에 있지. 사공이 두 개의 노를 저어, 막
   수를 데려가려고 오네.[莫愁在何處? 莫愁石城西. 艇子打兩槳, 催送莫愁來.]" 여기서
   이하李賀는 석성을 소재로 새벽에 일어난 기녀가 밤새 사랑을 나눈 사
   람과 헤어지려는 모습을 묘사했기 때문에 특별히 이런 제목을 사용했다.
2) 女垣(여원): '여장女牆' 즉, 성 위의 작은 담인 성가퀴를 가리킨다. 이
   것은 또 '성장타城牆垛'라고도 한다.
3) 본문의 '女牛'를 '石子'로 쓴 판본도 있다.
4) 上客(상객): 신분 높고 부귀한 손님. 귀빈.
5) '殘蛾(잔아)'는 화장이 지워져 희미해진 눈썹, '鬪(투)'는 (찡그려서)
   어지러워진다는 뜻, '雙綠(쌍록)'은 미인의 두 눈썹을 비유한 말이다.
6) 依微(의미): 숨겨져서 희미하다. 가볍다.
7) 蟬翼(선익): 매미 날개처럼 가볍고 얇은 비단의 일종이다.
8) 隱體花(은체화): '암화暗花' 즉 안쪽에 숨겨져서 또렷하게 드러나지 않
   는 꽃무늬를 가리킨다. 전체적으로 이 구절은 손님을 떠나보낸 후 홀

로 남은 기녀의 고독과 적막을 우회적으로 묘사한 것이다.

9) 본문의 '鵝毛'를 '鶴毛(학모)'로 쓴 판본도 있다.

이 작품은 전반적으로 이하 특유의 서술 방식이 잘 반영되어 있다. 즉 처음에는 삼인칭 관찰자의 시점으로 서술하는 듯하다가, 마지막 구절에서는 완전히 감정이입하여 묘사 대상인 여인의 심사를 그대로 밝히고 있다. 귀한 손님과 하룻밤을 보내고 습관적인 이별을 하지만 정작 봄바람에 설레는 자신의 진심을 고백할 진정한 사랑은 찾지 못하는 기녀의 모습은 화려함 속에 감춰진 적막한 슬픔이라는 것이다. 청루의 풍류와 궁체시의 묘사 수법을 융합한 이런 시들은 당나라 말엽의 이상은李商隱 : 813?~858?을 거쳐서 오대五代 말엽까지 여러 시인들에 의해 다양한 형태로 지어지며 일종의 유행이 되기도 했다.

(2) 청루의 노래와 사詞의 성립

청루에서 노래로 불린 시들 가운데는 정해진 곡조에 '가사를 채우는[塡詞]' 방식으로 지어진 작품들이 많았다. 그리고 그런 풍조가 유행하면서 당나라 중엽부터는 오언과 칠언의 정제된 근체시보다는 글자 수의 변화가 많은 '장단구長短句'가 널리 유행하게 되었다. 송나라 때가 되면 이런 장단구들이 더욱 발전된 형태로 발전하게 되는데, 그것이 바로 송나라 문학을 대표하는 양식인 사詞이다. 송나라 때 사는 모든 계층에게 널리 수용되어 궁중과 사대부 계층은 물론 시민계층과 기녀, 승려들 사이에서도 널리 유행했다.

송나라 때의 사대부들에게 사는 근엄하고 절제된 이성과 철학사상을 응축하는 쪽으로 방향을 굳혀 가던 시의 건조함을 보완해 줄 수 있는 안성맞춤의 대안으로 활용되곤 했다. 이에 따라 송나라 초기에 문단을 풍미한 서곤체西崑體2)의 내용 없이 공허한 수식에만 치중하는 경향에 반대하며 '시문혁신詩文革新' 운동을 주도했던 구양수歐陽修나 소식蘇軾도 나긋나긋한 애정의 정서를 담은 사 작품을 적지 않게 남겼다. 예를 들어서 구양수의 <답사행踏莎行>을 보자. 참고로 이 작품은 2수의 연작 가운데 제1수이다.

<踏莎行[1]>	< 답사행 >
候館[2]梅殘	역참에는 매화 지고
溪橋柳細	개울에 걸친 다리 가에는 버들가지 하늘거리는데
草薰風暖搖征轡[3]	풀냄새 머금은 따뜻한 바람에 흔들리는 나그네의 말고삐.
離愁漸遠漸無窮	이별의 시름은 멀어질수록 끝없이 깊어지고
迢迢[4]不斷如春水	봄날 강물처럼 아득히 끊어질 줄 모른다.
寸寸柔腸	마디마디 끊어진 애간장
盈盈[5]粉淚	하염없이 화장을 적시는 눈물.
樓高莫近危欄[6]倚	누각 높으니 난간에 위태롭게 기대지 마오.
平蕪[7]盡處是春山	잡초 우거진 들판 끝나는 곳에 봄 산 있는데
行人更在春山外	떠난 그이는 그 산 너머에 있다오.

1) <답사행>은 사의 평측과 리듬을 규정하는 곡조[詞牌] 가운데 하나이다.

2) 候館(후관): 나그네들이 쉬어 가는 여관 즉 역참驛站이다. ≪주례周禮≫ <지관地官> <유인遺人>의 주석에 따르면, 그것은 멀리 조망할 수 있는 누각이 있는 곳이다.

3) 征轡(정비): 먼 길 가는 말의 고삐 또는 그 말을 가리킨다.

4) 迢迢(초초): (길이나 물줄기가) 아득히 먼 모양.

5) 盈盈(영영): 가득 찬 모양, 또는 자태가 아름다운 모양.

6) 危欄(위란): 높다란 난간.

7) 平蕪(평무): 초목이 우거진 드넓은 들판이나 평원.

---

2) 西崑體라는 명칭은 ≪西崑酬唱集≫이라는 시집의 이름에서 비롯되었다. 이것은 楊億974~1020과 劉筠971~1031, 錢惟演977~1034 등으로 대표되는 일군의 시인들이 당나라 말엽의 시풍, 특히 李商隱을 계승하여 화려한 묘사와 정교한 음률에 맞춰서 쓴 시들을 모은 것이다. 그러나 이 시집의 작품들은 대개 치열한 현실을 외면하고 시인의 진정한 정감이 결여되어 있다는 이유로 비판을 받곤 했다.

노래로 치자면 제1절—사에서는 이것을 '결(闋)'이라고 부름—은 봄기운 무르익는 계절에 먼 길 떠나는 남자의 모습과 헤어짐으로 인한 시름을 묘사했고, 제2절에서는 높은 누각에 올라 멀어지는 임의 뒷모습을 보며 하염없이 눈물 흘리는 여인의 모습을 묘사했다. 제1절에서는 전지적 작가의 시점을 사용했지만, 제2절에서는 삼인칭 관찰자 시점으로 변화시켜 장면의 묘미를 한층 높여 놓은 것도 음미할 만하다. 남자의 시름은 헤어짐의 거리가 멀어질수록 끝없이 깊어져 봄날 불어나는 강물처럼 한없이 이어진다. 그리고 까마득한 점으로 멀어졌다가 산모퉁이 뒤로 사라지는 임의 뒷모습이나마 간직하려고 높다란 누각에서 위험한 줄도 모르고 난간에 기대어 고개 내민 여인의 모습! 남녀가 대비되는 이 묘사는 같은 정경에 대해 원근을 달리해서 그려낸 두 폭의 그림을 보는 듯하다.

이런 면에서 이 작품은 가히 ≪시경≫ 이후로 축적되어온 남녀 관계에 대한 시적 묘사의 결정판이라 할 만하다. 한나라 때부터 점차 강화되는 유가적 봉건사회의 관념 위에서 남녀 간의 사랑 양태는 대개 떠나는 남자와 그를 보내고 기다리는 여인이라는 틀로 정형화되었기 때문이다. 특히 위 시에서는 남자가 길을 떠나게 된 구체적인 사연이 생략된 점에 주목할 필요가 있다. 그것은 단지 글자 수가 제한된 노래라는 형식 때문이거나, 그래서 일반적인 노래에서 그런 묘사가 생략되기 때문만은 아니다. 오히려 시인은 의식적으로 그 사연을 생략함으로써 이별에 관한 '온유돈후(溫柔敦厚)'한 묘사의 정점을 보여주는 데에 성공하고 있는 것이다.

송나라 때에는 상공업의 발전으로 성곽도시의 개념에서 벗어난 새로운 상업도시가 번성했으며, 도시에 집중된 경제적 여유로 인해 사치와 오락이 성행했다. 이런 상황에서 도시적 향락 분위기와 감각적 표현의 수단으로 발전했기 때문에 사는 가볍고 서정적이며 감상적인 측면이 두드러진다. 특히 송나라 초기에 장선(張先 : 990~1078

이 이전의 짧은 노래인 '소령小令'에 비해 작품의 폭이 현저하게 긴 '만사慢詞'를 발전시킴으로써 도시적인 분위기를 생생하게 묘사할 수 있는 기반이 마련되었다. 그리고 유영柳永: 987?~1053?에 이르면 그런 경향은 절정에 이른다. 유영은 사대부 출신의 하급관료로서 평생 동안 연예계와 밀접한 관계를 유지했던 특이한 경력의 소유자였다. 그는 사대부의 체면이나 형식적인 윤리 등을 뛰어넘어 상류계층의 향락과 도시의 밤풍경 등을 솔직하고 적나라하게 묘사하여 지나치게 천박하다는 비판을 받았지만, 그의 사는 대중적으로 큰 인기를 누렸다.

<雨霖鈴[1]>	<우림령>
寒蟬淒切	가을 매미 소리 처절한데
對長亭[2]晚	장정 앞에 날은 저물고
驟雨[3]初歇[4]	소낙비는 막 그쳤구나.
都門帳飮[5]無緒[6]	성문 앞 이별주로 마음 울적한 채
留戀處[7]蘭舟[8]催發	미련으로 머뭇거릴 때, 임의 배는 떠나길 재촉한다.
執手相看淚眼	손잡고 눈물 어린 눈 마주보며
竟無語凝噎[9]	끝내 말 못하고 목이 멘다.
念去去千里煙波	그대 가실 길은 안개와 파도 이어진 천리 길
暮靄沈沈楚[10]天闊	저녁놀 자욱한데 남쪽 하늘은 넓기만 하겠지!
多情自古傷離別	다정한 이들은 예로부터 이별을 슬퍼했지만
更那堪冷落淸秋節	더욱 견디기 어려운 건 낙엽 지는 가을이라!
今宵酒醒何處	오늘 밤은 어디에서 술을 깰까?
楊柳岸曉風殘月	버들 늘어선 강 언덕, 새벽바람에 조각달 저무는 곳이겠지.
此去經年[11]	이제 떠나 해를 넘기면
應是良辰好景虛設	분명 좋은 시절 멋진 풍경도 헛것이 되겠지.
便縱有千種風情[12]	설령 수많은 사랑이 있다 한들
更與何人說	다시 누구와 얘기할까?

1) 이 곡조는 원래 당나라 때 교방에서 만들어진 것이다. 전하는 바에 따르면 안녹산의 난이 일어나 현종이 촉蜀 땅으로 피난 갈 때 연일 장맛비가 내렸는데, 그때 잔도栈道에서 방울소리를 듣고 양귀비를 애도하며 이 음악을 만들었다고 한다. 유영은 그 곡조에 가사를 얹은 것인데, 이 작품은 달리 <우림령만雨霖鈴慢>이라고도 부른다.

2) 長亭(장정): 옛날에는 도로에 10리마다 하나씩 장정을 세워 여행객들의 휴식처로 삼았다. 대개 성城에서 가까운 장정들은 송별의 장소로 이용되었다.

3) 驟雨(취우): 소나기.

4) 歇(헐): 그치다. 다하다.

5) 帳飮(장음): 교외에 장막을 설치해놓고 연회를 벌여 송별하는 것을 가리킨다.

6) 無緒(무서): 마음이 어수선하고 울적한 상태.

7) 본문의 '留戀處'를 '方留亦處'라고 쓴 판본도 있다.

8) 蘭舟(난주): 향나무의 일종인 목란木蘭으로 만든 배. 흔히 작은 배를 미화하여 부를 때 쓰는 말이다.

9) 凝噎(응열): 슬픔에 목이 메어 말을 하지 못하다.

10) 楚(초): 전국 시대에는 호남湖南과 호북湖北, 강소江蘇, 절강浙江 일대가 모두 초나라에 속했다. 여기서는 남방을 가리킨다.

11) 經年(경년): 한 해 또는 여러 해가 지나다.

12) 風情(풍정): 남녀 간의 사랑, 연정.

이 작품은 유영이 송나라의 수도인 변경汴京, 지금의 허난성〔河南省〕카이평시〔開封市〕을 떠날 때 사랑하는 정인—시대적 상황으로 보건대 그녀의 신분은 기생이었을 것인데—과 헤어지기 아쉬운 감정을 토로한 것이라고 한다. 쓸쓸한 가을 풍경을 배경으로 석별의 장면을 묘사하고, 나아가 이별 후의 사무치는 그리움을 예견하고 있다. 사랑하는 연인은 교외의 장정에 풍성한 술상을 마련해 송별하지만, 떠나는 사람도 보내는 사람도 맛을 느끼지 못한다. 그러나 두 연인이 미련으로 머뭇거릴 때 배는 어서 떠나자고 재촉한다. 잡은 손을 놓지 못하고 목이 메는 두 사람의 모습이 눈앞에 생생하게 묘사되어 있다.

제2절의 제3~4구는 임을 보낸 여인이 당장 오늘밤부터 겪어야하는 아픔과 그리움을 절절하게 묘사하고 있다. 새벽이 되도록 버들 우거진 강가를 서성여야 하는 아픔이라니! 게다가 헤어진 시간이 길어져 다시 아름다운 계절이 찾아온다 할지라도 그녀의 눈에그런 풍경 따위는 전혀 들어오지 않을 것이다. 물론 아무리 좋은누군가가 나타난다 할지라도 다시 사랑할 수도 없는 상태로 그저하염없는 그리움에 심신이 시들어 갈 뿐이리라.

　　전통적인 정경융합情景融合의 방법을 효율적으로 운용하여 그림 같은 장면 위에 구슬프기 그지없는 이별의 아픔과 이후로 이어질 길고 처절한 그리움을 자연스럽게 형상화했다. 이 때문에 이 작품은원나라 때까지 '송금십대곡宋金十大曲' 가운데 하나로 널리 유행했다고한다. 그러니 "우물가에 모인 사람들은 누구나 유영의 사를 노래할수 있었다.(葉夢得, 《避暑錄話》: 凡有井水飮處皆能歌柳詞)"라는 기록이 허언이아님을 알 수 있겠다.

　　한편 유영의 위 작품은 개인적인 이별의 아픔을 읊고 있지만 시작품인 <바닷물을 끓이다〔煮海歌〕>는 염전鹽田 일꾼들의 고생스러움과 생활의 고난을 진지하게 고발하고 있으니, 이 역시 구양수와마찬가지로 시와 사의 역할을 달리 구분하는 인식에서 비롯된 것이라고 하겠다. 이러한 현상에 대해 후세의 어느 논자는 "시는 장엄하고 사는 아리땁다.(李東琪, 《詞學全書·古今詞論》: 詩莊詞媚)"라고 개괄했다.

2. 비극적 삶의 시화詩化 : 이하李賀

흔히 '시귀詩鬼'라는 별칭으로 불리는 이하는 유미주의적 성향을 띤 강렬한 상징적 언어와 염세적 제재를 절묘하게 활용하여 일반적인 중국 문학사에서는 찾아보기 힘든 독특한 시 세계를 개척한 시인이다.3) 특히 현대에 들어서 그의 시는 서양의 현대 상징주의 시와 유사성이 논의되면서 더욱 관심이 모아지고 있다. 이런 맥락에서 어떤 논자들은 그를 요절한 프랑스의 상징주의 시인인 보들레르C. P. Baudelaire : 1821~1867와 키츠J. Keats : 1795~1821에 비교하기도 한다.4) 이에 따라 본 절에서는 이 독특한 시인의 비극적 삶과

---

3) 杜牧, <李賀歌詩序>: "구름과 안개가 비단처럼 펼쳐져 있다 해도 그(李賀詩: 인용자) 자태를 이루 다 표현하기 부족하고, 아득히 흐르는 물도 그 정서를 이루 다 표현하기에 부족하며, 따스한 봄 날씨도 그 온화함을 이루 다 표현하기에 부족하고, 맑고 깨끗한 가을 날씨도 그 품격을 이루 다 표현하기에 부족하며, 바람을 안고 달리는 돛단배와 일진 兵馬도 그 용맹을 이루 다 표현하기에 부족하고, 瓦棺篆鼎도 그 바위같이 단단함을 이루 다 표현하기에 부족하며, 때 맞춰 핀 꽃도 미녀도 그 아름다운 色澤을 이루 다 표현하기에 부족하고, 황폐한 나라와 무너진 궁궐도 가시나무와 잡초 우거진 언덕도 그 원한과 슬픔을 이루 다 표현하기에 부족하며, 큰 고래나 거북이 및 牛鬼蛇神도 그 허황한 환상을 표현하기에 부족하다. 대개 ≪離騷≫의 후예로서, 이치는 비록 미치지 못하지만 文辭는 간혹 그보다 뛰어난 것도 있다.〔雲烟錦聯, 不足爲其態也. 水之迢迢, 不足爲其情也. 春之盎盎, 不足爲其和也. 秋之明潔, 不足爲其格也. 風檣陣馬, 不足爲其勇也. 瓦棺篆鼎, 不足爲其古也. 時花美女, 不足爲其色也. 荒國陊殿, 梗莽丘隴, 不足爲其恨怨悲愁也. 鯨呿鰲擲, 牛鬼蛇神, 不足爲其虛荒誕幻也. 蓋騷之苗裔, 理雖不及, 辭或過之."(成復旺·黃保眞, 蔡鐘翔, ≪中國文學理論史≫ 第2冊, 北京出版社, 1991년 2刷, 217쪽 재인용.)

4) 李賀와 보들레르를 비교한 대표적인 논문으로 鄭松錕, "'非美爲美'與'惡之花'及其他: 李賀與波特萊爾詩歌美學比較談(福州: ≪福建論壇: 文史哲版≫, 1989. 4, 78~82쪽)이 있고, 키츠에 비교한 논문으로 David Y. Chen, "Li Ho And Keats: Poverty, Illness, Frustration And A Poetic Career"(≪淸華學報≫, 1964, 67~85쪽) 등이 있다.

특출한 시 세계에 대해 개괄적으로 살펴보고자 한다.

1) 이하의 비극적 삶

중국의 전통적인 역사 서술이 대개 한 시대에 중대한 영향을 미친 관료나 학자를 위주로 서술되는 경향이 있기 때문에, 생전에 그런 쪽으로는 그다지 성공하지 못했던 이하의 생애에 대해 구체적으로 기술하고 있는 자료는 거의 없다. 이상은李商隱의 <이장길소전李長吉小傳>은 대부분 단편적으로 전해오는 일화를 중심으로 개인적 소감을 엮은 것에 지나지 않으며, ≪신당서新唐書≫ 등 얼마 안 되는 역사서의 기록도 별다른 차이가 없다. 어쨌든 이러한 기록들을 종합해 보면, 이하는 당나라 고조高祖 이연李淵 : 618~626 재위의 숙부였던 정왕鄭王 이양李亮의 후손으로서, 스스로 자신의 출신에 대한 자부심과 더불어 부친 세대에 들어서는 이미 쇠락해 있던 가문을 부흥시켜야 한다는 책임감을 느끼고 있었던 듯하다. 그리고 어려서부터 천재적 재능이 널리 알려져 있었기 때문에 그 스스로도 그러한 책임을 달성할 수도 있으리라는 희망을 갖고 있었던 것으로 보인다.

그러나 당시 그를 시기하던 이들은 당나라 때에 널리 퍼져 있던 과도한 '피휘避諱'의 관습을 이용하여 집요하게 그를 비판했고, 결국 이로 인해 그는 벼슬살이에서 좌절을 맛보게 되었다. 피휘란 본래 글을 쓸 때 군주나 조상의 이름에 들어 있는 글자 대신에 뜻이 비슷한 다른 글자를 사용함으로써 공경하는 마음을 나타내는 행위였는데, 당나라 때의 관습에는 그 범위가 지나치게 확대되어 똑같은 글자뿐만 아니라 심지어 발음이 같은 글자까지도 피해야 한다고 여기는 일이 많았다. 그런데 불행하게도 그의 부친의 이름이 이진숙李晉肅이었기 때문에 그를 비판하는 이들은 이하가 '진晉'자와 발음이 같은 '진사進士'가 되어서는 안 된다고 주장했던 것이다. 당시에는 이런 불합리한 비판에 대해 공감하는 이들이 적지 않아서, 결국 당시 21살이었던 이하는 진사 시험에 응시하지 못했다. 그의 재능을 아끼던 한유韓愈가 특별히 글을 써서 "부친이 이름이 '인仁'이라면 아들은 '사람[人]'도 될 수 없다는 것인가!(<諱辯> : 若父名仁, 子不得爲人乎.)"라고 옹호해 주었지만, 불합리할지라도 관습의 벽은 높았던 것이다.

이후로 그는 종9품에 해당하는 말단관직으로 궁중의 의전을 담당하는 봉례랑奉禮郎을 3년 동안 지내다가 곧 사직했다. 다만 그의 창작이 벼슬살이의 희망이 좌절된 21살 이후의 5~6년 사이에 가장 왕성했다는 점을 고려하면, 봉례랑을 지낸 경험이 시의 내용이나 형식 측면에서 모두 적지 않은 영향을 주었던 듯하다. 그리고 24살의 가을에 그는 다시 군대의 막료로 들어가 전공戰功을 세워보려 했으나 병약한 몸 때문에 1년을 채 못 버티고 고향으로 돌아가야 했고, 얼마 후 26살의 아까운 나이로 요절하고 말았다. 이하의 죽음과 관련해서는 그의 천재성에 대한 연민을 담은 전설이 전해진다. 즉 하늘나라의 옥황상제가 백옥으로 새로 지은 궁궐에 대한 글을 쓰기 위해 글재주 뛰어난 그를 일찍 불러갔다는 것이다.

2) '비틀린 언어'로 상징된 분노

지금까지 남아 있는 이하의 작품은 대략 240여 편 정도이다. 시가 창작이 성행했던 당시의 상황에 비하면 많은 편수는 아니지만 26년이라는 그의 짧은 생애를 고려하면 결코 적지 않은 양이라 하겠다. 이것은 대개 벼슬살이 경력이 3년이라는 단기간에 지나지 않았기 때문에 상대적으로 창작할 수 있는 시간적 여유가 많았기도 하지만, 그보다는 건강과 생명조차 도외시할 정도로 창작에 열중했던 그의 열정이 낳은 산물이라고 보는 편이 타당할 것이다.

　귀신과 신선을 주요 소재로 하는 이하의 독특한 시풍이 형성된 배경에 대해서는 첫째, 뜻을 이루지 못하게 하는 사회 현실에 대한 울분과 둘째, 초사를 위주로 한 초^楚 문화, 셋째로는 험괴^{險怪}함을 추구하는 안진경^{顔眞卿 : 709~785}의 서예와 불교 등이 어우러진 당시의 독특한 '중원 문화'의 영향 등이 거론되곤 한다. 그러나 직접적으로는 부조리한 사회적 관습으로 인한 포부의 좌절과 허약한 건강이 그런 배경들을 더욱 적극적으로 활용하도록 계기를 제공했을 것임은 분명하다.

< 開愁歌¹⁾ >	< 피어난 근심의 노래 >
秋風吹地百草乾	가을바람 대지에 불어 풀들은 다 말랐는데
華容碧影生晩寒	푸른 잎 속의 아리따운 자태 저물녘 추위 속에 피어난다.
我當二十不得意	내 나이 스물에도 뜻을 이루지 못해
一心愁謝²⁾如枯蘭	마음은 온통 마른 난초처럼 시름겨워 지는구나.
衣如飛鶉馬如狗	옷은 메추라기 털처럼 누덕누덕 꿰맸고 말은 개처럼 야위어
臨岐擊劍生銅吼	갈림길에서 올라 칼을 휘두르니 구리 울음소리 일어난다.
旗亭³⁾下馬解秋衣	주루에서 말을 내려 가을 옷을 벗고
請貰宜陽⁴⁾一壺酒	옷을 저당 잡히고 의양의 술 한 병을 얻었다.
壺中喚天雲不開	술병 속에서 하늘 향해 소리쳐도 구름은 걷히지 않고
白晝萬里聞凄迷	환한 대낮이건만 먼 타향에서 쓸쓸히 길을 헤맨다.
主人勸我養心骨	주인은 나더러 정신과 육체를 수양하라 하면서
莫受俗物相塡獄⁵⁾	속된 일에 얽매이지 말라고 권한다.

　1) 원작의 제목에는 "꽃 아래에서^[花下作]"라는 시인 자신의 주석이 달려 있다.
　2) 謝(사): 시들다.
　3) 旗亭(기정): 저잣거리의 주루^[市樓]를 가리킨다. 대개 주루들은 누각의 꼭대기나 문 입구에 깃발을 꽂아두었기 때문에 이런 명칭이 생겼다.
　4) 宜陽(의양): 당나라 때의 복창현^{福昌縣}으로, 이하의 고향인 창곡^{昌谷}이

속한 지역이다.

5) 본문의 '㲋'자는 자전에 나오지 않는 글자인데, ≪당음통첨^{唐音通籤}≫에 따르면, 이것은 바로 '㹣(회)'자를 가리키며 그 뜻은 '擊(격)'과 같다고 했다. 청나라 때의 왕기^{王琦} 역시 이렇게 설명하면서, '塡㹣'는 '밀어내다^{推排}' 또는 '배제하다'는 뜻이라고 했다. 여기서 '속된 일에 얽매인다'는 것은 피휘^{避諱}의 관습에 막혀 뜻이 좌절된 일에 마음 쓰는 것을 가리킨다.

저물녘 추위 속에 피어나는 "푸른 잎 속의 아리따운 자태"와 "마른 난초"는 21살의 나이에 병약한 몸과 벼슬살이에 대한 좌절로 시름겨운 시인의 자화상이다. 해진 옷과 야윈 말을 타고 가다가 옷을 저당 잡히고 술 한 병을 구하는 그의 모습은 또한 전형적인 낙백문사의 모습이다. 그러나 이 시의 본래 의미는 이처럼 처량한 신세를 한탄하는 데에서 그치는 것이 아니며, 오히려 마지막 네 구절에 내포된 것처럼 부조리한 세상을 질책하는 데에 있다. 불합리한 관습으로 인해 자신의 천재적인 재능을 썩힐 수밖에 없는 구름 낀 세상은 술에 취해 한탄해도 맑아질 기미가 보이지 않고, 학문이나 정치와는 관련 없는 술집 주인만이 시인의 억울함과 울분을 알아주는 씁쓸한 상황은 시인을 더욱 깊은 슬픔으로 몰아넣는다. 이 시의 반어적 풍자는 약간 상황의 차이가 있긴 하지만 굴원의 <어부사^{漁父辭}>가 지어진 상황과 매우 흡사하다.

그런데 사실 병약함과 노쇠함, 죽음과 귀신 등의 상징적 어휘 속에 포괄적으로 녹아 있는 비감^{悲感}은 그가 벼슬살이의 좌절을 겪기 전부터 지니고 있던 감성적 특성이기도 했다. 일설에 이하가 머리가 세어지기 시작한 17살 무렵에 지은 것이라고 하는 <소소소의 무덤^[蘇小小墓]>은 그것을 보여주는 한 예라고 하겠다.

<蘇小小墓[1]>　　<소소소의 무덤>

幽蘭露　　　　그윽한 난초에 맺힌 이슬

如啼眼　　　　눈물 어린 눈동자인 듯.

無物結同心　　사랑하는 두 마음 묶어 줄 물건도 없고

煙花不堪剪　　안개 같은 꽃은 차마 베어 버릴 수 없어라.

草如茵　　　　요처럼 펼쳐진 풀

松如蓋　　　　덮개처럼 늘어진 소나무

風爲裳　　　　바람은 치마가 되고

水爲珮　　　　물결은 찰랑이는 옥패가 된다.

油壁車[2]　　유벽거 타고 가서

夕相待[3]　　기다리는 저녁

冷翠燭　　　　싸늘한 푸른 촛불

勞光彩　　　　힘겹게 빛을 뿌리는데.

西陵[4]下　　서릉 아래엔

風吹雨　　　　바람이 비를 몰아친다.

1) 《악부樂府》 <광제廣題>에 따르면, 소소소는 전당錢塘의 유명한 기생
   이었다고 한다. 남제南齊 시대의 옛 악부에 <소소소가蘇小小歌>라는 것
   이 있는데, 그 내용은 이러했다: "나는 유벽거를 타고 가고, 그대는
   청총마를 타고 오지요. 어디서 사랑하는 두 마음을 맺을까? 서릉의
   송백나무 아래지요.[我乘油壁車, 郎乘靑驄馬, 何處結同心, 西陵松柏下.]" 소소소의
   무덤은 지금의 항저우시[杭州市] 서호西湖 옆에 있다.
2) 油壁車(유벽거): 의자에 기름 먹인 베를 덮은 수레로, 주로 여자들이
   이용하는 것이다.
3) 본문의 '夕'을 '久'로 표기한 판본도 있다.
4) 西陵(서릉): 지금의 항저우시 고산孤山의 서령교西泠橋 일대를 가리키는
   지명이다.

　악부시의 형식을 변용한 이 시는 표면적으로 아름다운 언어를
사용해서 한 기녀의 애달픈 사랑을 노래하고 있는 것처럼 보인다.
제8구까지는 그녀의 생전에 있었던 사랑의 애환을 노래하고 있고,
제11구 이하에서는 그녀의 죽음 이후 무덤의 풍경을 노래한 것이
다. 그러나 그 중간의 두 구절은 기다림의 주체가 다분히 중의적

重意的인데, 사실 이것은 첫 구절의 '유란幽蘭'이라는 단어에서 이미 암시되어 있다. 전통적인 비유의 개념을 그대로 적용시키자면 '유란'은 말 그대로 '저승의 미녀'를 가리키기 때문이다. 그러므로 이곳의 묘사에는 생전에 유벽거를 타고 가서 서릉의 송백나무 아래에서 청총마를 탄 그 사람을 기다리곤 했던 소소소의 모습과, 무덤 속에 백골로 누워서도 기다림을 포기하지 않은 채 수레를 타고 다시 그 자리에 나온 그녀의 영혼에 대한 묘사가 교묘하게 혼합되어 있는 것이다. 이것은 그 다음 구에 이어지는 촛불의 촉감과 색감으로 비약된다. 싸늘하고[冷] 푸른[翠] 촛불의 묘사는 단순히 오지 않는 임을 기다리는 쓸쓸한 분위기만을 암시하는 것이 아니라, 차갑고 으스스한 무덤 속의 분위기를 아울러 암시한다. 이러한 암시와 비약을 거쳐서 시인은 아름답던 기녀의 생전의 사랑 이야기를 비바람 몰아치는 귀기鬼氣 가득한 무덤에 대한 묘사로 귀결시킴으로써 덧없는 순간의 꿈으로 치환시켜 버린다. 더욱이 그녀의 사랑은 맺어줄 그 무엇도 없기 때문에 영원히 비극적일 수밖에 없다는 점은 극단적이고 처절한 절망이다.

이 작품의 이런 정조는 이하가 소년시절부터 염세적이고 일종의 병적인 감수성을 지닌 독특한 인물이었음을 말해 준다. 그리고 그러한 독특한 감수성이 형성된 원인은 무엇보다도 병약한 몸을 꼽을 수 있으며, 훗날 벼슬살이의 좌절로 인한 희망의 좌절은 그런 감수성을 극단으로 치닫게 하는 촉진제였던 셈이다. 그러나 시적 취향과 시인의 일생을 일대일로 대응시키는 것은 무의미한 일이다. 예술적 작품의 창작 행위 자체가 본질적으로 정신적 고통을 수반하는 것이기 때문이다. 창작의 욕구는 현실에 대한 어떤 결여감에서 비롯되며, 그런 느낌을 작가 스스로 몸으로 느끼고 소화하는 과정 역시 크나큰 고통이다. 그럼에도 시인은 결국 인간과 진실이라는 관점에서 오늘의 세계가 부재不在의 세계에 불과한 것임을 증

언하고, 다른 한편으로는 사람의 창조적 충동의 자기실현을 가능
케 해 주는 새로운 문화, 새로운 세계를 위하여 나아간다.5) 그러
나 그 새로운 세계는 그가 직면한 현실 안에서는 즉각적으로 실현
불가능한 것이다. 절망의 비통함과 새 희망이 피폐한 몸 안에서
거칠게 소용돌이칠 때, 시인의 창조적인 영혼은 언어를 구축한다.
그리고 그때의 언어는 육체적 현실의 소용돌이를 추상적으로 반영
하는 비틀린 언어 혹은 역설적 언어6)가 된다.

　이런 점들을 고려하면, 이제 <소소소의 무덤>은 좀 더 보편적
인 관점에서 해석될 여지를 확보하게 된다. 이 작품의 주인공인
소소소는 성별과 상관없이 기다림에 익숙한 '나'이다.7) 내 기다림
의 대상은 언젠가 찾아올 이상세계지만, 삶의 길모퉁이에서 그것
이 찾아와 주기만 기다리는, 혹은 누군가 그것을 데려와 주기만을
기다리는 나는 세월의 가위질을 감당하지 못하는 여린 꽃 같은 존
재이다. 그러므로 어쩔 수 없는 기다림의 열망과 주검 같은 무력
감에 휩싸인 나를 둘러싼 세계―풀과 소나무, 바람과 물―는 싸

---

5) 金禹昌, "詩의 狀況"(鄭玄宗 외 2인, 《詩의 理解》, 서울: 民音社, 1984 제2
　 판, 19쪽 참조.)
6) 朴異汶은 <詩的 言語>라는 글에서, "시는 근본적으로 역설적인 언어이다. 왜
　 냐하면 시는 다름 아니라 궁극적으로 언어를 통해서 언어로부터 해방되려는,
　 언어를 씀으로써 언어를 쓰지 않는 언어가 되려는 불가능하고 모순된 노력에
　 지나지 않는다. 따라서 시적 언어는 비정상적인 '비틀린 언어'로 되게 마련이
　 다."라고 말했다(정현종 등, 앞의 책, 51쪽).
7) 이하의 또 다른 작품 <七夕>에 따르면 소소소는 인간세상으로 환생한 천상
　 의 織女이며, 하늘에서 이루지 못한 그녀의 사랑은 인간세상에서도 이루어지지
　 못하고 쓸쓸하게 세월만 저물어 간다. 이 작품에서는 소소소('나')의 그리움의
　 대상이 하늘에 있음을 밝혔는데, 이하가 살았던 당시의 세계관 속에서 볼 때,
　 그것은 그리움의 실체가 인간 또는 인간세계가 아니라 신선 또는 신선세계임
　 을 의미한다. 그런데 어떤 사연 때문인지 그 대상과 시적 자아는 인간 세상에
　 서의 재회를 약속하며 헤어지게 된다. 그러나 하늘에서 인간세계로 떨어짐은
　 그 자체로 일종의 타락이며, 당연히 그것은 그들이 하늘에서 저지른 어떤 죄의
　 결과일 터이다. 그러므로 재회를 약속하는 그들의 이별은 처음부터 행복한 결
　 말을 기대할 수 없는 행동이었다.

늘한 촛불 속에 푸르스름하게 비치는 무덤 속처럼 적막하기만 하다. 이와 같이 읽으면, 짧고 단편적인 사물의 나열처럼 보이는 이 시에 내재된 시인의 처절한 외로움과 인생에 대한 허무감이 허연 뼈를 드러내기 시작한다. 결국 이 시는 단순히 한 기녀의 비극적인 사랑에 대한 후세 문인의 감상적인 소묘라기보다는 치밀한 감정이입을 통한 시인 자신의 심경을 고백한 상징적 언어로 해석되어야 마땅하다는 것이다.

<神絃曲[1]>	<귀신의 노래>
西山日沒東山昏	서산에 해 저무니 동쪽 산이 흐릿해지고
旋風吹馬馬踏雲	회오리바람이 말을 부니 신마가 구름을 밟는다.
華絃素管聲淺繁	화려한 악기들 소리 낮고 어지러울 때
花裙綷縩[2]步秋塵	무녀는 치맛자락 사각거리며 걸음마다 가을 먼지 일으킨다.
桂葉刷風桂墜子	계수나무 잎사귀 바람에 휩쓸리며 열매가 떨어질 때
靑狸哭血寒狐死	푸른 살쾡이 피울음 속에서 처량한 여우가 죽어 간다.
古壁彩虯金帖尾	낡은 벽에 화려한 이무기는 금빛 꼬리가 달려 있는데
雨工[3]騎入秋潭水	우공은 그것을 타고 가을 연못 속으로 들어간다.
百年老鴞[4]成木魅	백년 묵은 올빼미는 나무 도깨비가 되었고
笑聲碧火巢中起	웃음소리 일으키며 파리한 도깨비불 둥지에서 일어난다.

1) 《고금악록古今樂錄》에는 <신현가神絃歌> 11곡이 수록되어 있다. 청나라 때 왕기는 이것이 신에게 제사를 올리면서 악기 연주와 노래로 신을 즐겁게 해주려는 노래라고 하면서, 이 시에서 통곡하는 살쾡이와 죽은 여우, 올빼미 둥지에서 일어나는 도깨비불 따위를 언급한 것은 기원하는 대상이 사악한 것을 처단하고 도깨비를 물리치는 신이기 때문이 아닐까 생각된다고 했다.
2) 綷縩(최채): 사각거리는 소리.
3) 雨工(우공): 당나라 때의 전기傳奇 <유의전柳毅傳>에 따르면, '우공'은 동정호洞庭湖의 용군龍君이 기르는 우레와 벽력의 신[雷霆神]이다. 그 모양은 양처럼 생겼으나 눈매며 걸음걸이, 먹고 마시는 모양이 특이하다고 했다. 본문의 "그것을 타고 가을 연못 속으로 들어간다.[騎入秋潭水]"라는 구절을 "밤에 그걸 타고 연못 속으로 들어간다.[夜騎入潭水]"라고

쓴 판본도 있다.

4) 老鴞(노효): 늙은 올빼미. 올빼미는 중국에서 재앙을 불러오는 새로 여겨졌으니, 일찍이 가의賈誼: B.C. 200~B.C. 168가 <복조부鵩鳥賦>에서 노래한 새가 바로 이것이다. 한편 포조鮑照: 415?~470의 <무성부蕪城賦>에는 "나무 도깨비, 산속의 귀신, 들판의 쥐, 성 안의 여우[木魅山鬼, 野鼠城狐]"라는 구절이 들어 있다.

바람을 일으키며 구름을 말 삼아 타고 위풍당당하게 내려오는 하늘의 신들이 '푸른 살쾡이'와 '여우', 그리고 '백년 묵은 올빼미'로 상징되는 세상의 악귀들을 물리치는 모습을 노래한 이 작품은 무녀의 제사를 소재로 하고 있다는 점에서 초사楚辭와 비슷한 면을 보인다. 그러나 이하의 노래에서 귀신의 이야기는 신화성과는 완전히 결별한 채, 현실의 모순에 대한 상징으로 변모해 버린다. 즉, 병약한 몸과 '피휘'라는 부조리한 관습의 짐으로부터 자유롭지 못한 시인이 모순된 현실을 극복할 수 있는 길은 문학적 상상으로 귀결되고, 그러한 과정에서 초사는 적절한 소재를 제공해 주는 것이다. 있는 그대로의 인간사에 대한 초상으로서 산문과는 달리 시란 인간사를 신화적 형상으로 재창조해 내는 것이고, 또한 시가 창조하는 이미지란 본질적으로 시인의 체험과 직관을 통해 얻어진 인식을 예술적으로 변용해 낸 결과물이기 때문이다.

그러나 비극적 세계에 대한 이 통쾌한 '문학적' 싸움은 시적 자아의 현실에선 여전히 실현 불가능한 환상일 뿐이다. 이 때문에 무력한 그를 괴롭히는 갈망과 좌절 사이에서 그의 언어는 끝없는 분노로 비틀려 간다. 그리고 거듭되는 분노 속에서 그는 심지어 세계의 창조자 혹은 주재자들에게까지 분노한다. 예를 들어서 <괴로워라, 짧은 낮이여[苦晝短]>와 같은 작품에서는 세계를 창조하고 인간 수명을 좌우하는 신적 존재에 대해 반항하며, 아예 시간을 소멸시켜 생로병사를 야기하는 고통의 근원을 없애 버리겠노라고 절규하기도 했다. 그런데 즉각적으로 발현되는 이런 분노는 불규칙한 호흡을 유발하기 마련이고, 그렇기 때문에 이하는 종종 악부의 노래 형식에 기댈 수밖에 없었다. 심지어 차분하게 자신의 마음을 관조할 때조차 하소연할 말이 너무 많은 그는, 짧고 정제된 절구나 율시보다는 고시를 선호했다.

<秋來>	<가을이 왔다>
桐風驚心壯士苦	오동나무에 이는 바람에 놀라 사나이는 괴로운데
衰燈絡緯啼寒素	스러지는 등불 아래 베짱이 울음 차갑고 쓸쓸하구나.
誰看靑簡一編書	누구일까, 푸른 죽간 엮은 책 읽어 주어
不遺花蟲粉空蠹	좀벌레에 먹혀 먼지로 변하지 않게 해 줄 이는?
思牽今夜腸應直	시름 끊이지 않는 이 밤 창자는 굳어지고
雨冷香魂弔書客[1]	싸늘한 빗속에서 향기로운 영혼이 글쟁이를 위로한다.
秋墳鬼唱鮑家[2]詩	가을 무덤 속에선 귀신이 포조의 시를 읊조리고
恨血千年土中碧[3]	천년의 한 맺힌 피는 흙속에서 푸르게 응어리졌다.

1) 여기서 '향기로운 영혼[香魂]'은 옛 시인의 영혼을 가리키고, '글쟁이[書客]'는 이하 자신을 가리킨다.
2) 鮑家(포가): 포조鮑照를 가리킨다. 포조는 남조 송나라 사람으로 미려한 시를 많이 남겼다. 그는 특히 '칠언가행七言歌行'에 뛰어났다고 하는데, 한편으로는 무덤을 노래한 <호리음蒿里吟>과 같이 이하와 비슷한 취향의 시를 남기기도 했다. 여기서는 옛적의 뛰어난 시인을 대표하는 뜻으로 사용되었다.
3) 《장자莊子》에 따르면 장홍萇弘이라는 사람이 촉蜀 땅에서 죽자 그 피를 그릇에 담아 두었는데, 3년 후에 그것이 푸른 구슬처럼 응어리졌다고 한다. 여기서는 한을 품고 죽은 시인의 피가 무덤 속에서도 없어지지 않음을 뜻한다. 이런 맥락에서 이 시의 제목인 '추래秋來'는 '수래愁來' 즉, 시름이 찾아왔음을 암시한다는 것을 알 수 있다.

제1~2구에서 오동나무에 이는 바람은 생명을 앗아가는 잔인한 세월을 의미한다. 그리고 가슴에 품은 웅대한 뜻을 이루지 못해 고심하던 '사나이'는 어느새 다가온 죽음 앞에 놀라고 괴로워한다. '스러지는 등불'은 꺼져 가는 생명과 사라져 가는 희망을 동시에 암시한다. 특히 제2구의 '제한소^{啼寒素}'는 베짱이의 울음이라는 청각적 요소를 '차가움^[寒]'이라는 촉각적 단어와 '하얗고 소박함^[素]'이라는 시각적 단어로 절묘하게 연결시켜 놓았다. 이어서 제3~4구는 시적 자아가 글을 쓰는 사람임을 밝히면서, 나아가 적어도 자신의 생시에는 아무도 알아주는 이 없는 글을 쓰는 고독한 존재임을 하소연한다. 이런 의미에서 제5구의 끊이지 않는 '시름'은 자신의 처지에 대한 시름일 수도 있고, 창작을 위한 고뇌일 수도 있으며, 나아가 지음자^{知音者}에 대한 '그리움^[思]'이기도 하다.

이 시의 주제는 사실상 마지막 두 구절에 집약되어 있다. 이하는 옛날의 훌륭한 시인처럼 아름다운 시를 써 내기 위해 고심하는 자신의 작품은 그저 죽은 후에 무덤을 찾아온 귀신들에게나 가치를 인정받을 수 있을 것이라고 절망적으로 예언한다. 천년 혹은 영원의 시간이 흘러도 불행한 자신의 한은 무덤 속에서 시퍼렇게 귀광^{鬼光}을 내뿜으며, 시간이 지날수록 오히려 단단하게 뭉치리라는 것이다.

결국 이하는 병약한 몸과 현실에 대한 좌절로 인해 세속적 삶에 환멸을 느끼고 그것을 벗어나는 길을 문학에서 찾았으며, 그로 인해 선택한 표현 방법이 비극적 상징이었다. 그의 비극적 상징은 병적인 심리 상태와 초사의 전통이 예술적으로 융합된 결과물이었으나, 그것이 궁극적으로 지향한 바는 본질적으로 부조리와 모순이 없는 희망의 신세계였다. 다만 그러한 신세계가 시인 자신의 현실 속에서 당장 실현될 수 없는 것이었기 때문에, 그것을 묘사하는 시인의 언어는 표면적으로 '비틀리고' 기괴함을 추구하는 것처럼 보일 수밖에 없었던 것이다. 이런 맥락에서 보면 결국 이하의 비극적 상징은 단순히 개인적 측면에 한정된 것이 아니라 현실 세계 전체에 대한 광대하고 보편적인 상징이었던 셈이다.

한유^{韓愈} 이후 시인들의 묘사에 내용이 확장되면서 특히 기괴한 상상의 이야기를 시 창작에 반영하게 되었다는 것은 달리 말하자면 이 무렵부터 중국시의 창작 관념이 완연하게 '읊는 것'에서 '쓰는 것'으로 전환되고 있었음을 의미한다. 그런데 글을 쓴다는 행위는 그것이 운문이건 산문이건 간에 작가의 사고 내에서 추상화를 심화시키기 마련이다. 왜냐하면 입으로 말하는 것이 아니라 눈으로 읽고 쓰는 행위는 곧 마음psyche을 자신에게 되돌리는 고독한 활동이기 때문이다.[8] 특히 이하는 미리 일정한 제목을 정하지 않고 생각나는 대로 시구를 써서 배낭에 담아 두었다가 나중에 그것을 하나의 작품으로 만들었다고 알려져 있으니, 이것은 분명 즉흥적인 '읊조림'과는 매우 다른 차원의 '글쓰기' 행위였다. 그리고 글쓰기 행위란 그 자체가 죽음과 밀접하게 관련되어 있다는 내재적 역설을 내포하는 것임을 감안하면, 이하의 작품들이 '비극적 상징'과 자연스럽게 연관될 수 있었던 맥락이 좀 더 명확해질 것이다. 이런 의미에서 이하는 시 창작 관념의 전환기에서 자신만의 독특한 시 세계를 성공적으로 구축한 시인으로 평가받을 만하다.

3. 왕조의 쇠망과 시인

흔히 시대의 비극은 시인의 행복이라고들 말한다. 그러나 정작 나라는 망하고 몸만 남은 시인 자신에게 그런 말들은 후세 사람들의 무심한 평가에 지나지 않는다. 그것은 시대의 운명과 고난을 함께하며 그것을 극복하기 위해 지식인의 한 사람으로서 스스로 떠맡은 사명을 다하려는 시인의 치열한 삶을 강 건너 불구경하듯

---

8) 월터 J. 옹 저, 이기우·임명진 역, ≪구술문화와 문자문화≫, 서울: 문예출판사, 1995, 109쪽 참조.

이 재단한 입바른 소리일 뿐이다.

　사대부 계층에게 왕조는 단순한 정권 이상의 의미를 담고 있는 존재이다. 벼슬길에 나아가는 것은 '경세제민經世濟民'이라는 명분적인 이상을 실현하는 길이기도 하지만, 현실적으로 생계의 문제가 달린 일이기 때문이다. 그러므로 특히 이민족에 의해 왕조가 멸망하게 되면 사대부 계층은 거의 모든 존재의 기반을 상실하는 상황에 처하게 된다. 그것은 문화적 정체성과 자부심의 상실에 못지않은 충격일 것이며, 특히 유가적 충효 개념 때문에 '군부君父'의 몰락은 사대부에게 '순절殉節'을 강요하는 혹독한 윤리적 환경이다. 또한 '변절變節'이라는 도덕적 부담감을 떨치지 못하는 이들에게 이전 왕조의 몰락과 그 뒤를 잇는 새 왕조의 등장은 현실적 차원에서 사대부 개개인에게 존재의 위기감을 조성한다. 과거제도가 정착되면서 문벌이 견제되고, 경제적으로 사회의 중하층에 위치한 사대부들은 이제 벼슬살이를 통해 봉록을 받지 않으면 기본적인 생계를 도모할 수단이 없어지는 상황이 되어 가고 있었기 때문이다.

　이런 의미에서 중국 역사에서 남송 말엽은 사대부 계층의 실질적인 문화적·정신적 몰락으로 넘어가는 전환기라고 할 수 있다. 비록 통치사상으로서 유가의 가치를 완전히 부정하지는 않았지만, 뒤를 이은 원나라는 철저한 신분 차별과 실용성을 중시하는 정책으로 기존의 사대부 계층이 사회적 우월성을 향유하던 기반을 근본적으로 뒤집어 버렸기 때문이다. 물론 1368년에 명나라가 들어서면서 옛 질서의 회복에 노력을 기울였지만, 양쯔 강 이북의 금나라가 망한 때인 1233년부터 계산하자면 무려 100년이 넘는 기간 동안 원나라가 남겨 놓은 영향은 결코 적은 것이 아니었다. 그러므로 명나라 이후 복원된 사대부 문화는 인격과 학문적 고고함을 앞세우던 북송 시대의 사대부 문화와는 질적으로 다를 수밖에 없었다.

이런 맥락에서 각기 다른 상황에서 사대부 문화의 전통을 이은 지식인들이 이런 전환기에서 자신을 지탱해 준 왕조의 위기와 멸망을 어떻게 받아들이고 대처하는지를 살펴보는 것은 매우 흥미로운 문제일 것이다. 여기서는 정신적·문화적으로 한족이 된 원호문元好問과 정통 한족 사대부인 육유陸游의 예를 통해 간략히 살펴보도록 하겠다.

1) 원호문元好問

원호문^{1190~1257}은 자가 유지裕之이고 호는 유산遺山으로, 금金나라 말엽부터 원元나라 초기까지 격동의 시기를 살았던 불우한 천재였다. 그는 거의 800년 전부터 한화漢化된 선비족鮮卑族의 후예로서, 금나라를 대표하는 꼿꼿한 학자 학천정郝天挺 : ?~?과 저명한 시인 조병문趙秉文 : 1159~1232의 지도 아래 박식하고 혜안을 갖춘 재능 많은 지식인으로 키워진 인물이었다. 그는 망해가는 금나라 왕조 말엽에 조정의 관료로 있다가 원나라 군대에 의해 도성이 점령당하고 학살이 자행되는 장면을 생생히 목도했고, 그 자신도 포로가 되어 오랜 유배생활을 겪어야 했다. 그의 시 <계사년 4월 29일, 도성을 나서며[癸巳四月二十九日出京]>는 바로 그 상황에 대한 피눈물 나는 탄식이자 회한이다.

<癸巳¹⁾四月二十九日出京> <계사년 4월 29일, 도성을 나서며>

塞外初捐宴賜金   변방 밖에서 처음에 잔치 열어 황금을 하사했는데
當時南牧已駸駸²⁾   당시에도 남침은 이미 바삐 진행되고 있었지.
只知灞上眞兒戲³⁾   그저 파수 가에서 순진한 아이들 놀이만 할 줄 알았을 뿐
誰謂神州⁴⁾遂陸沈⁵⁾ 뉘라서 생각이나 했을까, 중원이 곧 점령당할 줄을!
華表鶴來應有語⁶⁾   화표에 학 찾아오면 할 말이 있을 테고
銅盤人⁷⁾去亦何心   금동선인 떠나갈 때는 또 어떤 마음이었을까?

興亡誰識天公意　흥하고 망하는 데에 뉘라서 하느님의 뜻을 알랴?

留着靑城8)閱古今　청성을 남겨 고금의 세월 살펴보게 하거늘!

1) 癸巳(계사): 서기 1233년을 가리킨다. 1232년에 금나라는 몽고군에게 도성인 변경汴京이 포위되어 굴욕적인 강화조약을 맺었다. 그리고 그 해가 저물어가는 12월 25에 금나라의 실질적인 마지막 황제 애종哀宗: 1224~1234은 비장의 각오로 몸소 군대를 이끌고 몽고와 마지막 결전을 위해 출정한다. 그러나 이듬해 1월 23일, 당시 도성 방어의 책임을 맡고 있던 최립崔立: ?~1234이 반란을 일으켰다. 그는 도성을 점거하여 수많은 고위 관료를 죽이고, 그 해 4월에 성문을 열고 몽고군에게 투항해 버렸다. 그리고 4월 20일, 몽고군은 도성에 남아 있던 태후와 비빈들을 비롯하여 황실의 남녀 500여 명을 37대의 수레에 나눠 태워서 북쪽으로 압송하기 시작한다. 이어서 1234년 1월 10일에는 채주蔡州 등지에서 결사적으로 대항하던 애종마저 죽음으로써 금나라 역사는 완전히 막을 내리게 된다.

2) 駸駸(침침): 원래 말이 빨리 달리는 모양을 나타내는 말이며, 여기서는 일이 급박하고 바쁘게 진행되었다는 뜻이다.

3) '파상灞上'은 당나라 장안 동쪽을 흐르는 파수灞水 근처를 가리키는데, 여기에서는 도성을 방어하는 요충지라는 의미로 사용되었다. ≪전한기前漢紀≫에 따르면 한나라 문제文帝: B.C. 179~B.C. 157 재위는 B.C. 159년에 흉노의 침입을 막기 위해 요충지마다 장군을 임명하여 주둔하게 하고 몸소 돌아다니며 위문했다. 당시 문제가 하내태수河內太守 주아부周亞夫가 장군으로 주둔하던 세류細柳에 이르자 병사들은 무장을 풀지 않은 채 장군의 명을 기다렸고, 주아부 역시 갑옷을 벗지 않고 간략한 군대의 예로 인사하며 맞이했다. 위문을 마친 문제는 매우 탄복하며 주아부를 칭찬했다. 그에 비해 황실의 친척 유례劉禮가 장군이 되어 주둔하고 있던 파상 땅이나 축자후祝玆侯 서려徐厲가 장군이 되어 주둔하고 있던 극문棘門에서는 어린애들 놀이[兒戱]처럼 법석을 떨며 황제를 극진히 맞이했다. 그러나 그 두 곳은 군대의 기강이 전혀 없어서 언제라도 적의 습격에 무너질 가능성이 있었다.

4) 神州(신주): 중국 또는 중원 지역.

5) 陸沉(육침): 원래 육지가 홍수나 바닷물 때문이 아닌데도 가라앉는 것을 가리키는 말인데, 대개 자신도 모르는 사이에 매몰되는 것을 의미한다. 여기서는 적에게 나라가 함락되었다는 뜻이다.

6) '華表(화표)'는 옛날 다리나 궁전, 성벽, 무덤 등의 앞에 장식으로 세

302

우던 커다란 기둥을 가리킨다. 한편 ≪수신후기搜神後記≫에는 요동遼東 땅의 정령위丁令威가 신선의 도를 배운 뒤에 백학으로 변해 고향의 성문 앞 화표 위에 앉아 "집 떠나 천년 만에 이제 돌아와 보니, 성곽은 그대로인데 사람들은 옛사람들이 아니로다![去家千歲今來歸. 城郭如舊人民非]" 하고 탄식했다는 이야기가 실려 있다. 이 이야기는 원래 무상한 삶을 사는 인간들에게 신선의 길을 배우라고 충고하는 내용이지만, 여기서는 후세 사람들이 변경에 들러 망해 버린 금나라에 대해 얘기할 것이라는 의미로 사용되었다.

7) 銅盤人(동반인): 한나라 무제가 신명전神明殿에 세운 동상으로, 신선이 두 손을 펴고 구리 쟁반과 옥으로 만든 잔을 들고 이슬을 받는 모양이었다고 한다. 무제는 여기서 받은 이슬에 옥가루를 섞어 먹고 신선이 되기를 꿈꾸었다고 한다. 당나라 때 이하李賀의 <금동선인사한가金銅仙人辭漢歌>의 서문에 따르면, 위魏나라 명제明帝: 227~239 재위가 내관들을 시켜 그 동상을 가져와서 궁전 앞에 설치하려 했다. 당시 그 동상을 옮길 때 내관들이 쟁반을 깨뜨려버렸는데, 구리로 만든 신선을 수레에 실으려 할 때 신선이 눈물을 흘렸다고 한다. 여기서는 그 눈물을 통해 망한 왕조의 비애를 나타내고 있다.

8) 靑城(청성): 변경성汴京城 남쪽으로 5리 떨어진 곳에 있던 언덕 이름이다. 그 모양이 성처럼 생겼다고 해서 이런 이름이 붙었다.

시인은 먼저 금나라 왕조를 멸망으로 이끈 과거의 폐단과 실책을 지적하면서 논의를 시작한다. 애초에 금나라 정부는 나라의 체제를 정비하여 국방력을 증강하기보다는 자만과 사치에 빠져 있다가, 막상 강력한 몽고군의 위력을 경험하자 겁을 집어먹고 금은보화를 건네며 일시적인 화친을 시도했다. 당시 몽고에서는 이미 남침을 위한 준비가 신속하게 진행되고 있었는데, 금나라 군대는 설마 하는 안일한 생각에 빠져 군대의 기강이 흐트러질 대로 흐트러져 있었다는 것이다. 경련에서는 정령위丁令威와 금동선인金銅仙人이라는 두 개의 전고를 인용하여 후세 사람들의 연민의 대상이 될 금나라 왕조의 운명을 애도하고 있다. 미련의 서술은 더욱 의미심장하다. 일찍이 1126년 12월에 금나라 군사들은 당시 북송의 수도였던 변경을 포위하여, 이듬해 4월에 휘종徽宗: 1101~1125 재위과 흠

종흠宗欽 : 1126 재위 두 황제와 수많은 황실 남녀를 포로로 잡고 엄청난
재물을 약탈하여 북쪽으로 돌아갔다. 이것이 바로 유명한 '정강 연
간의 치욕[靖康之恥]'인데, 당시 금나라 군대가 주둔하고 있던 곳이
바로 청성이었다. 그런데 그로부터 107년 뒤인 1233년에는 바로
이곳에서 몽고군이 투항한 금나라의 황족들을 비롯한 남녀 500여
명을 모두 도륙해버리고 태후와 황후, 그리고 여러 비빈들과 궁녀
들만 남겨서 북쪽으로 압송하는 처참한 사건이 벌어진다. 희비와
영욕의 이처럼 기막힌 반전을 그저 청성만이 남아 증언해 주고 있
을 뿐이니, 역사를 주관하는 하늘의 뜻을 누가 알 수 있겠는가!

　전체적으로 이 작품은 이미 패망의 운명을 돌이킬 수 없게 된
금나라의 운명에 대한 울분과, 그를 통해 바라보는 역사 속의 숱
한 왕조의 흥망에 대한 통찰을 담고 있다. 이 때문에 이 작품은
이른바 '상란시喪亂詩'의 걸작으로서 두고두고 후세 사람들의 칭송을
받고 있다. 여기서 시인은 몸소 체험한 역사의 창상滄桑과 그에 대
한 절실한 감회를 융합시켜 지고한 예술적 경지로 승화시켰다. 이
로 인해 이 작품은 개개의 단편적인 사건에 거대한 역사적 사건을
응축시켰으되 시인 자신의 감정은 철저히 사건 뒤로 숨겨 버린 두
보의 경우와는 또 다른 '사시史詩'의 경지를 새롭게 열었다고 평가할
수 있다.

　청성의 참극에서 피어난 피비린내를 온몸에 흠뻑 적신 채, 원호
문은 나라 잃은 신하를 기다리고 있는 또 다른 고난의 길로 접어
든다. 그해 5월 3일, 그는 몽고군의 포로 신세로 산동山東의 요성聊
城, 지금의 산동성 랴오청현[聊城縣]으로 끌려갔다. 이후 6년 동안 그는 산동
에서 유배생활을 하게 된다. 유배지로 끌려가는 동안 그는 몽고군
의 잔인한 살육과 약탈로 폐허가 된 강산을 목도하고, 유명한
<계사년 5월 3일, 북방으로 건너가다[癸巳五月三日北渡]>라는 3수의
연작시를 써서 그 참상을 보고했다. 여기서 그는 짐승보다 못한

취급을 당하는 포로들과 통곡하며 끌려가는 여인들, 마구잡이로 약탈한 불상들과 악기들, 그리고 백골들만 어지러이 널린 폐허로 변한 하북河北 지역의 참상을 생생히 묘사했다.

이렇게 "가문도 나라도 망하고 이 몸만 남아, 요성에 묶인 채 또 가을을 보내는(<送仲希兼簡大方>: 家亡國破此身留, 留滯聊城又過秋.)" 절망의 나날을 보내며, "둥지 기울면 알도 따라 엎어지거늘, 이 몸은 살아남았으니 얼굴도 두꺼워라!(<學東坡移居> 其五: 巢傾卵隨覆, 身在顏亦强.)" 하고 자책하며 하릴없이 산수풍경 속에서 다시 마음을 추스른다. 1235년 7월에 친구의 도움으로 제남濟南을 여행하며 쓴 10수의 <제남잡시濟南雜詩>는 역사의 현실을 인정하고 부질없는 시름을 털어 버리려는 그의 지난한 몸짓을 고스란히 담고 있다.

<濟南雜詩> 其十   <제남잡시> 제10수

看山看水自由身   산도 보고 물도 구경하며 자유로운 몸
着處題詩發興新   이르는 곳마다 시 써서 새로운 흥을 피워낸다.
日日扁舟藕花裏   날마다 조각배 띄우고 연꽃 속을 노니나니
有心長作濟南人   영원히 제남 사람 되고픈 마음 생겨난다.

자유롭고 흥겨운 마음을 애써 강조했지만, 내보인 언어 뒤에 절절히 숨은 부자유와 무겁게 가라앉은 심경, 그리고 역설적으로 강조된 향수鄕愁를 읽어 내기란 어렵지 않다. 제남의 풍광이 아무리 아름답다 한들, 수심을 털러 나선 그의 눈에 쉬이 들어올 수 있겠는가? 이런 의미에서 마지막 두 구절은 송나라 때 소식이 먼 남방으로 유배를 가서 "날마다 여지 삼백 알 먹으니, 영원히 영남 사람 되어도 사양치 않으리라!" 하고 해학적으로 노래했던 일을 떠올리게 한다. 이 외에도 원호문이 대명호大明湖와 태산을 유람하면서 읊은 노래들도 완숙한 풍경 묘사 속에 마음 깊은 곳의 회한을 담아 놓고 있다.

이렇게 자기 존재의 근거를 빼앗긴 그의 장소, 그의 시간에서 언젠가는, 누군가는 해야 할 자신의 일을 찾아 결단을 내리고 실천하는 일은 누구에게나 역사에 대한 통찰을 기반으로 한 고독한 싸움이다. 특히 나약한 지식인의 입장에서는 소극적인 현실 대처에 대한 어설픈 합리화라고 매도당하지 않고, 자신의 꼿꼿한 양심과 능력으로 온전히 행할 수 있는 자신만의 일을 찾기란 쉽지 않다.

이런 고뇌의 결과, 마침내 1238년 8월에 유배지를 떠나 이듬해 여름에 고향인 수용현秀容縣 : 지금의 산시성〔山西省〕 신현〔忻縣〕으로 돌아왔을 때, 원호문은 스스로 '중원의 문인'으로서 남은 생애를 바쳐 수행해야 할 일을 발견할 수 있었다. 스러질 위기에 처한 중원문화를 보존하는 데에 남은 생을 바치기로 결심했던 것이다. 이것은 그가 1233년 4월에 그가 몽고 조정에서 가장 영향력 있는 인물로 여겨진 야율초재耶律楚材 : 1190~1244에게 보낸 편지〈癸巳寄中書耶律公書〉에서 풍숙헌馮叔獻 : ?~?을 비롯한 54명의 저명한 학자들을 보호해 달라고 호소했던 마음을 몸소 실천으로 옮기는 것이었다. 이에 따라 그는 당시 문단의 종사宗師로서 몽고 조정의 예우를 받으면서도 끝내 벼슬길에 나아가지 않았다. 그 대신 그는 고향에서 후학을 양성하고 금나라의 문화와 역사를 정리하는 데에 전념한다. 그리고 다시 1252년에는 원나라 세조世祖 쿠빌라이忽必烈 : 1260~1294 재위를 알현한 자리에서 세조로부터 유학을 장려하기 위해 선비들의 병역과 부세賦稅를 면제해 주겠다는 약속을 받아낸다. 이런 노력의 결과 그는 원나라 초기의 저명한 문인 백박白樸 : 1226~1312?을 비롯해서, 스승 학천정의 손자이자 원나라 때의 저명한 학자로 명성이 높았던 학경郝經 : 1223~1275과 상호商琥 : ?~1293 등 수십 명의 문하생들을 길러냈다. 또한 금나라와 원나라 무렵의 시인 249명의 간략한 전기와 주요 작품 및 그에 대한 평론을 담아 《중주집中州集》을 편찬했는데, 이것은 훗날 역사가들이 《금사金史》를 편찬하는 데에 중요한 토대를 제공했다. 이처럼 스스로 설정한 새로운 사명을 위해 매진했던 까닭에, 만년의 원호문은 몇 편의 산수시를 제외하고는 시 창작에 전념하지는 않았다.

여기에서는 그저 '상란시' 몇 편만 소개했을 뿐이지만, 사실상 원호문은 두보 이래로 칠언율시를 가장 잘 지은 사람으로 평가되었고, 오언고시를 비롯한 각종 형식에서도 뛰어난 성취를 이루었다는 사실은 반드시 짚고 넘어갈 필요가 있다. 또한 청나라 때 유희재劉熙載: 1813~1881는 ≪예개藝槪≫ <사곡개詞曲槪>에서 원호문이 시에서는 두보와 한유, 소식, 황정견의 뛰어난 점을 독자적으로 집대성했고 사에서도 북송과 남송의 성취를 집대성했다고 극찬한 바 있으니, 이것만으로도 그의 문학사적 위상을 충분히 짐작할 수 있다.

2) 육유陸游

육유1125~1210는 원호문과 비슷한 시기에, 역시 망해 가는 남송의 운명을 지켜보며 왕조의 부흥과 백성의 안녕을 위해 노심초사했던, 고대 중국의 문학사에서 대표적인 '애국시인'으로 꼽히는 인물이다. 9,300여 수에 가까운 그의 작품 가운데 절필시絶筆詩로 알려진 <아들에게〔示見〕>는 그의 평생의 염원을 압축한 걸작으로 널리 애송되곤 했다.

<示見>	<아들에게>
死去元知萬事空	죽은 다음에는 만사가 부질없음을 깨닫게 되겠지만
但悲不見九州[1]同	그래도 슬픈 것은 중국의 통일을 보지 못한 것이라.
王師[2]北定中原日	황제의 병사가 중원을 평정하는 날이 오거든
家祭無忘告乃翁[3]	집안 제사에서 잊지 말고 이 아비에게 알려다오.

1) 九州(구주): '구주사해九州四海'의 준말로서, 흔히 중국을 가리키는 말로

쓰인다.
2) 王師(왕사): 천자의 군대.
3) 乃翁(내옹): 네 아비. 여기서 '乃'는 '汝'와 같아서 '너'라는 뜻이고, '翁'은 '아비[父]'의 뜻으로 쓰였다.

　죽음을 앞둔 노인에게 세상의 부귀와 명리^{名利}는 부질없는 것으로밖에 간주되지 않는다. 그러나 이민족에게 국토의 절반을 빼앗기고 그나마 남은 땅도 위태롭기 그지없는 상황인지라, 평생을 울분으로 살아 온 늙은 시인의 마음에 여한이 남는다. 그렇기 때문에 그의 소망은 귀신이 되어서라도 국토 수복과 송나라 황실의 번영을 확인하고 싶을 만큼 간절하고 비장하다.

　'정강 연간의 치욕' 이후 양쯔 강 이북의 땅을 대부분 금나라에게 내주고 우여곡절 끝에 남쪽 임안$^{臨安 : 지금의 저장성(浙江省) 항저우시(杭州市)}$에 도읍을 정한 후에도, 남송의 조정에서는 항전파^{抗戰派}와 투항파^{投降派}가 맞서 갈등을 일으키고 있었다. 그런 가운데 점차 간신 진회$^{秦檜 : 1090~1155}$를 중심으로 한 투항파의 세력이 기승을 부리고 관료사회는 날로 부패해지고 있었다. 이 때문에 올곧은 선비들은 배척당해 초야에 은거하거나 말단 지방관으로 전전할 수밖에 없는 상황이 지속된다. 그러므로 이 시기의 양심적인 시인들은 다양한 형태의 고발과 풍자로 시대를 질타하고 개인적 울분을 토로함으로써 풍성한 명작들을 남겼다. 이 가운데 육유는 온갖 모순으로 뒤엉킨 현실에 대한 인식과 군대생활의 경험을 토대로 애국적 열정이 넘치는 내용을 위주로 많은 걸작들을 써 냄으로써 남송 시단을 빛냈다. 이 가운데 특히 위에 인용한 <아들에게>를 비롯해서 <금착도행^{金錯刀行}>, <관산월^{關山月}>, <서회^{書懷}>, <십일월사일풍우대작^{十一月四日風雨大作}>, <추야장효출리문영량유감^{秋夜將曉出籬門迎凉有感}>, 그리고 <서분^{書憤}> 등은 널리 인구에 회자되는 명작으로 꼽힌다.

　이런 작품을 통해 그는 안일한 향락에 빠진 장군들과 변방에서

젊음을 희생하며 매일매일 죽음의 공포와 싸우는 병사들, 그리고 빼앗긴 땅을 수복하려는 백성들의 열망 등을 격정적으로 노래했다. 그 노래들을 통해 그는 "천년 역사에 이름 남기지 못해 부끄럽지만, 일편단심으로 천자께 보답하리라!(<金錯刀行> : 千年史策恥無名, 一片丹心報天子.)" 하고 선언하고, "평생 품은 호탕한 마음은, 창을 들고 황제 앞에서 선봉으로 나서는 것. 전장에서 죽는 것은 병사에게 있을 수 있는 일이지만, 돌아가 처자식이나 지키는 것은 부끄러운 일(같은 시 : 平生萬里心, 執戈王前驅. 戰死士所有, 恥復守妻孥.)"이라고 다짐하며, "온갖 어둠 굴복하고, 태양이 떠오른다. 오랑캐는 인재가 없으니, 송나라는 다시 흥성하리라!(<胡無人> : 群陰伏, 太陽昇, 胡無人, 宋中興.)" 하고 민족의 투지를 고무하는 등등 일관된 충심을 토로했다. 이 외에도 99수에 이르는 꿈을 묘사한 시에서도 그는 황제가 친히 북방을 정벌하고 자신도 따라가는 일이랄지, 송나라 군대가 중원을 수복하는 것, 금나라의 점령에서 해방된 후 기뻐하는 백성들의 모습, 국경에서 용사들이 적을 무찌르는 모습 등을 자주 언급했다. 이것들은 어떻게 보면 무력한 문인의 몽상처럼 보일 수도 있고, 또 중국인이 아닌 입장에서 보면 지나치게 민족주의적인 편향을 드러내는 내용들이다. 그렇지만 상상 속에서나마 분명하게 드러난 시인의 호방한 기세와 애국의 열정은 곳곳에서 확인할 수 있다.

그러나 현실은 냉혹했다. 육유는 '방옹放翁'이라는 호가 말해 주듯이 거침없이 신념과 의지를 표명했지만, 끝내 부패한 조정에서 용납되지 못했다. 완강하게 북벌을 주장하던 그는 1170년부터 10년 가까이 지방관으로 전전하다가, 그나마 파직되어 20년 가까이 고향에서 울분에 찬 나날을 보내야 했다. 의기는 하늘을 찌를 것 같지만 뜻을 펼칠 기회를 만나지 못하고, 적진을 종횡으로 누빌 전사의 용맹도 없는 나약한 문인은 권태롭게 시를 쓸 뿐이다.

<　秋雨北榭作　>　　　<　가을비 내리는 북쪽 정자에서　>

秋風吹雨到江濆[1]　　가을바람 비를 몰아쳐 강에다 뿌려대고
小閣疏簾曉色分　　작은 누각 성긴 주렴 사이로 새벽빛 비쳐든다.
津吏報增三尺水　　나루터의 아전은 물이 석 자나 불었다고 보고하고
山僧歸入萬重雲　　산속의 승려는 자욱한 구름 속으로 돌아갔다.
飄零[2]露井無桐葉　　쓸쓸히 이슬 내린 우물가 오동나무엔 잎이 다 졌고
斷續烟汀有雁群　　띄엄띄엄 안개 낀 모래섬엔 기러기 떼 모여 있다.
了却[3]文書早尋睡　　공문서 해치우고 일찌감치 잠자리에 들었으니
簷聲偏愛枕間聞　　처마에 듣는 빗소리는 자리에 누워 들어야 제 맛이
　　　　　　　　거든.

1) 濆(분): 물가. 또는 물이 솟구치다. 물을 뿌리다. 어지럽게 움직이다.
2) 飄零(표령): 원래 가볍고 부드러운 물건이 바람을 따라 공중에서 떨어
　　지는 모양을 나타내는 말이지만, 이와 더불어 '흩어지다' '시들다'
　　'쇠락하다' 등의 뜻으로 쓰이기도 한다.
3) 了却(요각): 일을 다 끝내다.

　　지방관으로 무료한 나날을 보내며 지었을 것이 분명한 이 작품
은 가을바람이 비를 '뿌리다[濆]'는 표현과 승려가 '자욱한 구름[萬重雲]'
속으로 돌아갔다는 표현을 제외하면 평범하고 상투적인 표현으로
이루어져 있다. 예로부터 시에서는 '가을[秋]'은 '수심[愁]'을 암시하
는 경우가 많으니, 가을바람이 뿌리는 비는 시인의 가슴에서 '터져
나오는[噴] 분노[憤]'의 눈물일 것이다. 갑자기 불어난 물 때문에 때
아닌 물난리를 걱정해야 하는 속세의 풍경을 뒤로하고 산을 오르
는 승려의 눈앞엔 세상의 근심 같은 자욱한 구름이 끝없이 드리워
있다. 그러니 승려가 도를 깨닫기 위해 들어가는 산속은 길조차
찾기 어려운 미망迷妄의 길일 것이다. 이에 북송의 황정견이 "못난
사람 공무를 끝내고, 쾌각에 오르니 동서로 맑은 저녁 풍경 펼쳐
져 있구나.(<登快閣> : 癡兒了却公家事, 快閣東西倚晚晴.)"라고 읊었던 것과 마찬
가지로, 마지막 구절에서 육유는 황정견처럼 억지로 찾아보는 여

유를 반어적으로 표현한다. 번잡한 세상사 따위는 그럭저럭 때워 넘기고 시인은 자신의 인생처럼 저물어가는 계절의 비에 젖은 노래를 감상한다는 핑계로 일찌감치 자리에 눕는다. 그러나 결국 그의 여유는 권태와 자포자기의 심경을 포장한 껍질에 지나지 않는다.

때로는 울분으로, 때로는 호기로, 그리고 때로는 참을 수 없는 무료함으로 인해 무시로 붓을 든 육유는 다작 시인으로도 유명하다. 물론 송나라 때의 시인들 가운데 상당수는 당나라 때에 비해 다작인 경우가 많아서 소식과 양만리^{楊萬里 : 1127~1206}가 각기 4,000여 수를 남겼고, 매요신^{梅堯臣 : 1002~1060}은 2,900여 수를 남겼다. 당나라 때에는 백거이가 약 3,000수를 남긴 것을 제외하면 비교적 많은 작품을 남긴 시인이라고 해봐야 기껏 두보가 1,400여 수를 남긴 정도에 불과했다. 그러므로 육유가 9,300여 수를 남긴 것은 대단히 특별한 경우이다. 대략 계산해도 25년 이상 매일 한 수씩 써야 가능한 이런 수량은 기본적으로 그가 85살까지 천수를 누렸기 때문에 가능하기도 했겠지만, 그와 더불어 송나라 때에 들어서는 사대부들이 시를 짓는 태도가 당나라 때와는 대단히 달라졌다는 점도 고려해야 한다. 즉 응집된 정서를 함축적으로 표현하는 데에 전념했던 당나라 때와는 달리 송나라 때에는 시를 짓는 것이 사대부가 기본적으로 갖춰야 할 능력으로 간주되면서, 시의 내용도 일상사와 개인적 사상을 포괄하면서 문체도 산문투가 자주 활용되었던 것이다. 이런 이유로 육유도 시를 '일상의 글쓰기' 가운데 하나로 간주하면서 마치 변형된 형태의 일기나 수필처럼 시를 써 냈던 것이다.

물론 육유의 시집에는 종종 단어와 구절이 중복되고, 구법^{句法}과 구상이 비슷한 작품도 적지 않게 발견된다. 어떤 작품에는 정치적 논의나 철학적 주제에 대해 지나치게 직접적이고 상투적인 말을 늘어놓기도 한다. 그래도 이런 것들은 그저 '옥의 티'에 지나지 않아서, 그의 시 전체를 관통하는 애국적 열정의 가치를 손상시키지는 못한다. 바로 이 때문에 남송 시대의 주희^{朱熹}를 비롯하여 범성대^{范成大 : 1126~1193} 등 많은 사람들이 그의 시를 칭송했으며, 송시^{宋詩}를 배우자는 열풍이 지식인 사회를 휩쓸었던 청나라 초기에 문단을 이끌었던 전겸익^{錢謙益 : 1582~1664}도 육유를 송시의 대표자로 추켜세웠다.

또한 민족적 위기의식이 팽배했던 청나라 말엽에 량치차오^{梁啓超 : 1873~1929}는 "시계는 천년 동안 그저 아름다운 묘사에만 치중했을 뿐, 병사의 혼은 녹아 없어지고 나라의 혼은 텅 비어 있었다. 그러나 시집 가운데 열의 아홉이 종군의 즐거움을 쓴, 예로부터 유일한 남아대장부는 육유뿐^(＜讀陸放翁集＞ : 詩界千年靡靡風, 兵魂銷盡. 國魂空. 集中什九從軍樂, 亘古男兒一放翁)"이라고 칭송했다.

그러나 육유를 단순히 '애국시인'으로만 규정하는 것은 지나치게 단편적인 평가일 것이다. 작품의 수가 많은 만큼 각 작품의 내용과 예술적 성취도도 한두 마디로 규정하기 어려울 정도로 다양하고 뛰어난 부분이 많기 때문이다. 가령 ＜취가^{醉歌}＞라든가 ＜강루취적음주대취중작^{江樓吹笛飲酒大醉中作}＞ 같은 작품들에는 호쾌한 과장과 신화적 상상력이 거침없이 발휘되었다. 또한 거의 모든 작품에서 쉽고 자연스러운 언어를 추구하는 것이 육유 시의 중요한 특징으로 꼽을 수 있다.

＜遊山西村＞	＜산 서쪽 마을로 나들이 가서＞
莫笑農家臘酒¹⁾渾	섣달 농가의 술 흐리다 비웃지 말지니
豊年留客足雞豚	풍년이라 길손 맞아 닭고기 돼지고기 대접할 수 있다오.
山重水複疑無路	산 첩첩 물 겹겹이라 길이 없는 줄 알았는데
柳暗花明又一村	버드나무 그늘의 환한 꽃처럼 마을 하나 또 있구나.
簫鼓追隨村社近	퉁소소리 북소리 따라 가니 시골 사당이 나타나고

衣冠簡朴古風存　간소한 옷차림에 옛 풍속 남아 있네.
從今若許²⁾閑乘月　이제부터는 한가롭고 태평한 날 많아지리니
拄杖³⁾無時夜叩門　지팡이 짚고 아무 때건 밤에 찾아가 문 두드리리라.

1) 臘酒(납주): 섣달[臘月]에 빚은 술.
2) 若許(약허): 많다. '허다許多'와 같다.
3) 拄杖(주장): 지팡이를 짚다.

이 작품은 마치 도잠陶潛의 <도화원기桃花源記>를 압축해서 시로 옮겨 놓은 듯한 인상을 준다. 겹겹이 둘러싼 산과 물길에 숨겨진 마을은 평화와 풍요, 즐거움으로 가득 차 있다. 그곳은 옛날의 아름다운 풍속을 간직한, 그야말로 요·순 시대의 이상향에 가깝다. 특히 미련의 두 구절은 담담한 서술 안에 다양한 의미를 함께 담아 놓아, 곱씹을수록 맛이 느껴지게 한다. 우선 이 구절은 사연이야 어찌 됐건 간에 지금은 일단 지방관으로 나온 마당이니 느긋하게 산마을로 나들이할 시간이 많아졌다는 뜻으로 풀이될 수 있다. 그러나 항상 나라의 앞날에 대한 걱정과 중흥中興의 소망을 품고 사는 시인의 정신세계를 고려하면, 이 밋밋한 구절에는 또 다른 의미가 나타난다. 즉, 이제부터는 나라의 모든 우환이 사라지고 태평성대가 지속될 터이니, 나도 마음 놓고 이 좋은 마을로 아무 때나 나들이를 나올 수 있으리라는 것이다. 그런데 시인의 소망과는 달리 날로 기울어가는 나라의 현실을 생각하면, 이 구절은 전혀 반대의 뜻으로도 읽힐 수 있다. 그럴 경우 이 구절은 내 바람이야 이렇지만 그런 날이 과연 올 수는 있을까 하는 씁쓸한 독백으로 변해 버린다. 후세의 평가대로 이것은 "직접 말하는 것처럼 분명하지만, 얕은 가운데 깊은 것이 있고 평범한 가운데 기이한 것이 있어서 사람들로 하여금 씹으며 맛을 느끼게 하는⁽劉熙載, ≪藝槪≫ : 明白如話, 然淺中有深, 平中有奇, 故令人咀味⁾" 묘사라고 하겠다.

역사의 전환기를 살았던 원호문과 육유의 태도는 왕조의 멸망이라는 극단적 절망과 '약'을 찾을 수 없을 정도로 병이 깊어진 사회에 대한 연민 내지 좌절이라는 두 사람의 심경의 차이만큼이나 다르다. 원호문은 망해 버린 왕조의 지식인으로서 역사를 되돌아보며 지금 이 자리에서 자신이 맡아야 할 시대적 사명을 찾아 여생을 바쳤다. 그에 비해 육유는 폭발하는 격정과 국가에 대한 충정을 담은 많은 작품을 써 내기도 했지만, 어떤 면에서는 무력하게 문학의 세계로 도피하여 노쇠한 독백과 한탄에 매몰된 듯한 인상을 준다. 그러나 당연한 얘기지만 바람직한 삶, 좋은 시를 판단하는 기준은 시대와 문화에 따라 달라질 수밖에 없을 것이다. 다만 최소한 자신의 진정을 '절실하게' 쓴 작품은, 설령 그것이 시가 아닌 다른 무엇일지라도, 시대와 문화를 넘어서는 고전으로 길이 남는 법이다.

때로 역사는 과거의 교훈을 까맣게 잊은 듯이 어리석은 실수를 반복하는 경우가 많고, 이러한 실수가 빚어낸 비극은 시인들의 붓끝에서 쓸쓸한 비판의 노래로 나타난다. 예를 들어서 당나라 때 두목杜牧 : 803~852?. 자는 목지牧之은 <강남춘江南春>에서 이렇게 노래했다.

千里鶯啼綠映紅	꾀꼬리 소리 천 리에 퍼지고 녹음에 붉은 꽃 비치는데
水村山郭酒旗風	강가 마을 산밭치 성곽에도 술집 깃발 바람에 나부낀다.
南朝四百八十寺	남조 시대의 그 많은 사찰들 가운데
多少樓臺烟雨中	얼마나 많은 누대가 남아 안개비 속에 서 있는가?

동진東晉 이후 강남에 자리를 잡은 문벌 사대부 왕조는 장강長江 이북의 옛 영토를 수복하려는 생각은 내던진 채 온화하고 물산 풍부한 강남에서 사치와 향락을 일삼았고, 그 와중의 호사로 수많은 대규모 사찰을 건축했다. ≪남사南史≫ <순리열전循吏列傳>에 수록

된 곽조심^{郭祖深}의 전기에 따르면 당시 양나라의 수도였던 건강^{建康.} _{지금의 난징시〔南京市〕}에는 불교 사찰이 500곳이 넘었다고 한다. 그러나 역사의 창상^{滄桑} 속에서 화려했던 옛날의 영화는 폐허로 변해 흐린 기억 너머로 사라지고, 몇 개 남은 누대들만이 안개비 속에 쓸쓸히 서 있을 뿐이다. 역시 두목의 <박진회^{泊秦淮}>에서는 이러한 역사의 비애를 더욱 풍자적으로 노래했다.

烟籠寒水月籠沙	안개는 차가운 강물을 덮고 달빛은 모래밭 덮었는데
夜泊秦淮¹⁾近酒家	밤중에 진회하에 정박하니 근처에 술집이 있구나.
商女²⁾不知亡國恨	기생들은 망한 나라의 원한을 모르고
隔江猶唱後庭花³⁾	강 건너에서 여전히 <후정화>를 노래하고 있구나!

1) 秦淮(진회): 강^[河] 이름. 이 강물은 율수^{溧水}의 동려산^{東廬山}에서 발원하여 남경^{南京}을 지나 흐른다. 전설에 따르면 진시황^{秦始皇}이 남방을 순시하다가 용장포^{龍藏浦}에 제왕의 기운^[王氣]을 발견하고 방산^{方山}을 파서 긴 언덕을 끊고 도랑을 파서 장강으로 연결함으로써 제왕의 기운이 누설되게 했기 때문에 이런 이름이 붙었다고 한다. 지금은 약간의 흔적만 남아 있지만, 이곳은 역대로 남경의 유명한 명승지이자 유흥가가 밀집한 곳이었다.

2) 商女(상녀): 가기^{歌妓}나 여배우^[女伶]를 가리킨다. 원래 당나라 때에는 이들을 '추낭^{秋娘}' 또는 '추녀^{秋女}'라고 불렀는데, 고대 음악의 오음^{五音} 가운데 상음^{商音}이 가을의 처량함과 어울린다고 해서 둘을 짝지어 상추^{商秋}라고 부르곤 했다. 그러므로 상녀는 추녀를 변형해서 부른 표현이라고 할 수 있다. 일설에는 옛날 상^商나라가 망한 뒤에 궁중의 여인들이 모두 노예가 되거나 기생이 되었기 때문에 이런 표현이 생겨났다고 하지만, 이는 지나친 억측인 듯하다. 가기나 여배우가 민간에서 본격적으로 성행한 것은 당나라 때부터라고 할 수 있기 때문이다.

3) 後庭花(후정화): 당나라 때에 교방^{敎坊}에서 쓰던 《악부청상곡^{樂府淸商曲}》의 '오성^{吳聲}'에 속한 곡조인 <옥수후정화^{玉樹後庭花}>를 가리킨다. 원래 이 노래는 남조^{南朝} 진^陳나라의 후주^{後主}인 진숙보^{陳叔寶: 553~604. 자는 원수} ^{元秀}가 지었다고 하는데, 그 가사가 경박하고 음탕하며 곡조가 애달파서 후세에는 대부분 망국^{亡國}의 음악을 대표하게 되었다.

"10년 만에 양주의 꿈에서 깨어나 보니, 기생집에서 박정하다는 명성만 얻은^{(＜遺懷＞：} ^{十年一覺揚州夢，　眼得靑樓薄幸名)"} 것을 깨달은 두목은 어느 날 강가 양쪽에 불야성을 이룬 기생집으로 유명했던 이곳 진회하를 찾아 정박하게 된다. 그리고 그곳에서 듣게 된 기생들의 노래는 망국의 원한과 슬픔을 모두 잊은 어리석은 이들을 두 번에 걸쳐서 풍자한다. 먼저 기생을 나타내는 '상녀^{商女}'는 기생을 가리키는 말이지만, 옛날 상^商나라가 주^周나라에게 멸망한 뒤에 궁정의 여인들이 대부분 정복자들의 첩실이 되거나 노비, 기생이 되었던 사실을 연상하게 한다. 또한 ＜후정화＞는 흔히 진후주^{陳後主}라고 불리는, 궁녀들과 난잡하게 주색에 빠져 지내다가 결국 나라를 망하게 한 남조 진^陳나라의 마지막 황제 진숙보^{陳叔寶}가 지었다는 ＜옥수후정화^{玉樹後庭花}＞를 줄여서 부르는 호칭이다. 남성 동성애를 연상하게 하는 이 노래는 결국 망국의 노래를 대표하게 되는데, 하필 망한 나라의 궁녀들이 나라를 망하게 하는 노래를 부르고 있다는 뜻이니, 참으로 지독한 모멸을 담은 풍자가 아닐 수 없다!

또한 남송^{南宋}의 임승^{林昇：?~?, 자는 운우雲友}은 ＜제임안저^{題臨安邸}＞에서 이렇게 노래했다.

山外靑山樓外樓	산 너머 청산 누대 바깥엔 또 누대
西湖歌舞幾時休	서호의 가무는 언제나 그칠까?
暖風熏得遊人醉	따뜻한 바람 스며들어 나들이객들 취하게 하니
直把杭州作汴州	그대로 항주를 변경으로 만들어 버리는구나!

316

리중텐 저, 홍광훈 역, ≪중국 남녀 엿보기≫, 에버리치홀딩스, 2008.
설도 저, 류창교 역, ≪설도시집≫, 서울대학교출판문화원, 2012.
이하 저, 홍상훈 역, ≪시귀의 노래 : 완역 이하 시집≫, 명문당, 2007.
육유 저, 이치수 편저, ≪육유시선≫, 문이재, 2002.
유희재 편저, ≪당대여류시선≫, 문이재, 2002.
원호문 저, 이종진 편역, ≪원호문시선≫, 문이재, 2005.

제6장 사대부 정신과 문학

　　고대 중국의 사대부 문화에서 시나 산문 같은 문학적 글쓰기는 문인으로서 갖춰야 할 가장 기본적인 소양이었지만, 근본적으로 그들은 문학적 창작만을 천직으로 삼은 사람들이 아니었다. 그보다 그들은 학업을 통해 벼슬길에 나아가 경세제민의 뜻을 펼치는 것을 타고난 소명으로 여겼다. 그런 의미에서 사대부 문인은 시를 쓴다는 것 자체를 삶의 중요한 목적 가운데 하나로 여기는 현대의 시인들과 본질적으로 다른 사람들이었다고 할 수 있다. 물론 고대 중국의 문인들 가운데도 현대적 의미의 시인에 가까운 태도로 창작에 임한 사람들도 적지 않다. 특히 도잠과 이백, 두보, 이하, 소식, 황정견 등은 그런 경향을 상당히 뚜렷하게 보여주는 인물들이라 하겠다. 그러나 따지고 보면 이들은 대부분 불가피하게 문인의 일반적인 길에서 벗어나 '불우'한 삶을 살 수밖에 없었던 사람들이었다는 것도 사실이다. 그렇기 때문에 그들이 인생을 대하는 태도는 일반적인 사대부 문인들과 상당히 다를 수밖에 없었다.

　　"문채와 바탕이 아름답게 어울리게 된 뒤에야 군자의 풍모가 만들어진다.(《論語》 <雍也> : 文質彬彬, 然後君子.)"라는 공자의 원론적인 언급은 남북조 시대의 유학자들에 이르면 이미 바탕을 더 중시하는 쪽으로 기울게 된다. 특히 훗날 유가 문학론의 고전이 된 유협의 《문심조룡》은 글쓰기가 "도를 바탕으로 삼고[原道]", "경전을 종주로 삼고[宗經]", "성인의 언행을 징험하는[徵聖]" 수단이 되어야 한다고 기본 원칙을 제시했다. 이어서 수·당 시기에 과거제도를 매개로 대두한 사대부 계층은 글쓰기와 정치 사이의 관계를 더욱 공고하게 만들었다. 굳이 명경과를 통해 벼슬길에 오른 이가 아니라 하더라도 모든 사대부는 유가 경전이라는 바탕[質] 위에 그것을 아름답고 효과적으로 표현할 수 있는 꾸밈[文]의 재능을 겸비할 것을 추구했다. 그리고 그들의 궁극적인 목표가 세상을 경륜하고 백성을 구제하는 일이었기 때문에 그들이 행한 모든 글쓰기는 자연스럽게 정치와 연관될 수밖에 없었다. 그러나 사대부 계층은 근본적으로 봉건적 왕조 체제의 부속물이었으므로 지식인으로서 사회적 역할과 문학 활동에서도 일정한 한계를 드러낼 수밖에 없었다.

1. 고문운동과 시문혁신운동

어떤 의미에서 고문운동은 유가 사대부들의 사상에 내재된 원천적인 복고사상이 구현된 하나의 사례 가운데 하나라고도 할 수 있다. 그것은 정치와 사상·학술·문학 등의 거의 모든 방면에서 '삼대三代'와 '공자孔子'를 이상적인 모델로 내세웠던 유가 사대부들이 선험적으로 추구할 수밖에 없는 방향이었을 수도 있다. 하지만 역대 왕조를 거치면서 반복적으로 나타났던 이러한 '복고' 운동이 문자 그대로 옛날로 돌아가려는 시도를 의미하지 않는다는 것은 이미 널리 알려진 상식이다. 사실상 그것은 '옛것'이라는 이름으로 포장된 바람직하고 이상적인 미래의 어떤 것을 추구하려는 운동이었기 때문이다. 오늘날 연구자들이 송나라 때 산문의 변혁 운동을 '고문운동'이라고 부르기보다는 광범위한 '시문혁신운동'의 일부로 파악하는 것도 바로 이런 의미를 반영한 결과라고 할 수 있겠다.

1) 당나라의 고문운동

남북조 시대부터 당나라 전반기까지 중국 산문의 주류를 이어온 변려문駢儷文은 정치적·경제적으로 문벌귀족이 사회적 지배체제를 고착화하고 있었다는 것을 의미하기도 한다. 화려한 수사와 형식적 제약이 많은 변려문은 '소통'의 문제보다는 과시적인 의례와 계층적 차별화에 더 치중한 양식이기 때문이다. 실제로 당나라 초기 조정은 장손씨長孫氏로 대표되는 북주北周 이래의 옛 귀족 집단과 수나라 말엽의 혼란에 편승해 일반 백성에서 고위 관료에 오른 집단, 그리고 당나라 최고의 명문귀족으로 꼽히는 최씨崔氏와 노씨盧氏, 관중關中. 즉 장안을 대표하는 무씨武氏 및 위씨韋氏 가문과 같은 토착호족 내지 귀족들의 손에 좌우되고 있었다. 684년에 장손씨 가문을 견제하고 중종中宗을 폐위한 후 스스로 천자가 되어 국호를 주周로 고치기도 했던 측천무후 역시 관중 무씨 가문 출신이었다. 그리고 16년 후 중종이 다시 당나라의 천자로 복위하고 뒤이어 현종이 즉위하는 과정도 사실상 이들 문벌귀족 계층 사이의 알력이 반영된 것이었다고 할 수 있다.

그러나 안사의 난 이후 과거제도를 통해 새롭게 대두한 신진사대부들은 과도한 형식적 수사에 반대하는 유가사상을 바탕으로 새로운 양식의 산문 쓰기를 강조했다. 행정적 효율성과 현실적 실용성의 측면에서 변려문보다 상대적으로 유익한 이 양식을 그들은 궁극적으로 옛 성현의 경전에 사용된 문체를 다시 실현하고자 한다는 의미에서 '고문'이라고 불렀다. 당나라 중엽의 한유와 유종원, 원진, 백거이 등이 제기한 이 '고문'이라는 문체는 비록 문언문이기는 하지만 대체로 선진 시대와 한나라 때의 산문을 모범으로 하며,

자유롭고 격률에 구속되지 않는 문체라는 특징이 있었다.

고문운동은 경전을 중심으로 하는 고대의 문장으로 복귀하자고 주장하는 문학운동이면서 동시에 유가사상의 권위를 회복시키려는 목적을 가진 사상운동이었다.[1] 그것은 외적으로는 문체의 개혁을 내세웠지만 실질적으로는 문벌세력의 기득권을 타파하고 합리적인 유가사상을 전파하려는 의도를 가진 대단히 복합적인 성격의 운동이었다. 안사의 난으로 인한 전통적 지배질서의 혼란, 경제 발전으로 인한 시민계층의 성장과 신흥 중소지주계층의 저변 확대, 불교와 노장사상의 홍성에 대한 유가의 대응과 같은 여러 요소들은 신진사대부 계층이 이러한 도전을 할 수밖에 없게 만든 새로운 배경이었다.

사실 변려문에 대한 비판은 남북조 시대와 수나라 때에도 간간이 제기되곤 했다. 그러나 그런 비판들은 대개 당위론적인 원론에 그쳤을 뿐, 구체적인 개혁의 방향이나 변려문을 대체할 만한 새로운 문체의 모범을 제시하지는 못했다. 그런 추세는 당나라 때에도 계속되어서, 변려문의 진정한 전성기는 당나라 때라고 말하는 이도 있을 정도였다. 그러나 다른 한편에서는 그에 대한 비판이 더욱 다각적이고 강도 높게 진행되고 있었다.

특히 당나라 초기에 변려문 비판에 앞장섰던 이들은 주로 역사가들이었다. 당나라 때의 사관史官은 사마천과 같은 세습적 관직이 아니라 대부분 과거제도를 통해 선발된 일종의 전문인들이라는 점에서 특징적인 존재들이다. 즉, 그들은 유가사상으로 무장한 신진사대부 계층이면서 또한 왕실에 부속된 세습적 사관과도 전혀 다른 존재로서, 이전의 사관들과는 본질적으로 다른 사고방식과 가치관을 바탕으로 역사 편찬에 임하고, 그에 따른 새로운 논리를 개발하려 했다. 이에 따라 그들은 남북조 시기의 역사를 정리한

---

1) 문학 운동으로서 '고문운동'의 실존 여부에 대해 의문을 제기하는 논자도 있지만, 여기서는 이 문제를 일단 논외로 미뤄두고자 한다.

결과 당시의 화려함을 추구하는 문학 풍조가 결국 퇴폐적인 정치 상황을 초래했다고 비판하면서, 문학의 사회 비판과 교화 기능이 회복될 필요가 있음을 역설했다. 그들의 이런 생각은 결국 역사학이란 경학을 바탕으로 한 유가의 문장관 내에 포함되는 특정한 하부 구조 가운데 하나라는 통합적인 관점의 산물이었다.

당나라 왕조 건립 초기의 개혁적 분위기를 반영하는 이런 주장들 속에서 이른바 '건안풍골建安風骨'을 중시하는 관점이 사대부 계층을 중심으로 상당히 널리 유포되어 있었다. 또한 본격적으로 고문을 중시하는 논의가 나오기 이전에 변려문의 대가였던 육지陸贄: 754~805. 자는 경여敬興는 <균절부세휼백성육조均節賦稅恤百姓六條>와 <논배연령간두서論裵延齡奸蠹書> 등 장편의 정론문政論文을 통해 진지한 정서와 분석적이고 논리적인 내용을 담음으로써 이미 변려문과 산문의 장점을 상당히 성공적으로 융합해 내기도 했다.2) 이와 같이 고대 제자백가의 문체에 비해 한층 세련된 사대부 문인의 고문을 위해 기초를 다진 당나라 초기의 논자들 가운데 대표적인 인물로는 왕발王勃: 650?~676?과 진자앙陳子昂: 661~702, 원결元結: 723~772, 독고급獨孤及: 725~777, 유면柳冕: 730?~804? 등이 꼽힌다. 이들은 공통적으로 문장의 외적인 꾸밈보다는 내용을 중시했으며, 그 내용이란 다름 아닌 유가적인 충효관념의 고취를 주요 목적으로 하는 교화를 강조하는 데에 있었다. 유면과 같은 이들은 그런 내용을 '도道'라는 명목으로 통합하여 내세웠다. 훗날 사회적 분위기가 어느 정도 지지 기반이 형성되자 한유와 유종원 등은 기존의 논의를 좀

---

2) 王夫之, ≪讀通鑒論≫ 권24 <德宗>: "(육지는) 관행을 위주로 하지 않으면서도 잘못된 길로 빠지지 않고, 화려한 꾸밈을 닦지 않음에도 비루하지 않았다. 육경이 아득히 멀어지고 줏대 없이 아부하는 말들이 나날이 늘어남에도 문사로 정성을 세움으로써 군주의 잘못을 바로잡고 백성을 편안하게 하며, 어지러움을 다스려 올바름으로 돌아가게 했다. 이런 사람은 삼대 이래로 한 명뿐이었다.〔不主故常而不流, 不修藻采而不鄙. 六經邈矣, 㕮言日進, 欲以辭立誠, 而匡主安民, 撥亂反正, 三代以下, 一人而已矣.〕"

더 체계적으로 수렴하여 '도를 담는 그릇[載道之器]'으로서 고문의 역할을 강조했다. 그 덕분에 이후에는 황제에 대한 상소문과 같은 공식적이고 의례적인 글들 이외에는 변려문을 사용한 예가 두드러지게 줄어들었다.

한유는 이전까지 제기되었던 고문 옹호자들의 이론을 집대성하여 이론적 근거를 마련했으며, 아울러 탁월한 창작 능력을 발휘하여 변려문을 능가하는 수준 높은 고문을 창작함으로써 실질적으로 고문운동에 추진력을 갖게 해 준 공헌자라고 할 수 있다. 그는 남북조 시대 이후의 글과 유가사상에서 벗어난 글들에 대해서는 매우 비판적인 태도를 취하면서, 삼대로부터 한나라 때까지의 유가적인 글 및 위·진 시대의 교화적인 내용을 담은 글들을 옹호했다. 또한 그는 스스로 삼대의 성왕과 공자, 맹자로 이어지는 유가의 도통道統을 이어받은 계승자라고 자부하면서 <원도原道>, <원훼原毁>, <쟁신론爭臣論>, <사설師說>, <진학해進學解>, <간영불골표諫迎佛骨表> 등 유가사상을 천명하고 불교와 도교를 비판하는 많은 글을 내놓았다. 그 외에도 서정성 넘치는 <송맹동야서送孟東野序>랄지, 제문 가운데 최고의 명문으로 꼽히는 <유자후묘지명柳子厚墓誌銘> 등 당나라 고문을 대표할 만한 명문들을 쓰기도 했다.

한유의 고문은 주제의 부각과 세부 묘사, 압축과 함축, 남성적인 기세와 세련된 심미성의 조화 등등의 측면에서 수준 높은 문학성을 보여주었다. 그는 단순한 복고가 아니라 변려문의 표현방식까지도 폭넓게 수용하면서 당시의 구어체와 새로운 어휘 등을 풍부하게 활용했고, 음악적 감각이 가미된 세련된 기교를 잘 구사하여 웅장하고 기세가 강하며 명쾌하고 날카로운 고문을 지어 냈다.

옛날의 배우는 사람에게는 반드시 스승이 있었다. 스승이란 도를 전하고 업을 전수하고 의혹을 풀어 주는 사람이다. 사람은 태어나면서 모든 것을 아는 존재가 아니니 누군들 의혹이 없을 수 있겠는가? 의혹이 있으면서도 스승을 모시지 않으면 그가 의혹으로 여기는 것을 끝내 풀 수 없게 된다. 나보다 앞서 태어났고 도를 들은 것이 정말 나보다 앞선다면 나는 그를 따라 스승으로 모신다. 나보다 뒤에 태어났다 하더라도 도를 들은 것이 또한 나보다 앞선다면 나는 그를 따라 스승으로 모신다. 나는 도를 스승으로 삼으니, 그 태어난 해가 나보다 앞서거나 뒤짐을 어찌 따지겠는가? 그러므로 신분의 귀천도 나이의 많고 적음도 상관없이 도가 있는 곳이 바로 스승이 있는 곳이다.

古之學者必有師. 師者, 所以傳道[1]受業[2]解惑也. 人非生而知之者,[3] 孰能無惑. 惑而不從師, 其爲惑也,[4] 終不解矣. 生乎吾前, 其聞道也, 固[5]先乎吾, 吾從而師之. 生乎吾後, 其聞道也, 亦先乎吾, 吾從而師之. 吾師道也, 夫庸[6]知其年之先後生於吾乎. 是故無貴·無賤·無長·無少, 道之所存, 師之所存也.

1) 傳道(전도): 도를 전하다. 여기서 도는 요·순으로부터 공자에 이르는 유가의 도리를 가리킨다.
2) 受業(수업): 업을 전하다. 여기서 '受'는 '授'와 같고, '業'은 육경 등의 학업을 가리킨다.
3) 生而知之者(생이지지자): 날 때부터 모든 것을 아는 사람 즉, 성인.
4) 여기서 '也'는 어기사로서 내용을 잠시 정돈하고 앞의 말을 제시하면서 강조하는 기능을 한다.
5) 固(고): 정말로, 진실로.
6) 庸(용): 어찌. '庸~乎'는 '어찌 ~하겠는가?'라는 뜻의 반어형 문장을 만든다.

아, 스승을 모시는 도리가 전해지지 않은 지 오래되었으니, 사람들이 의혹이 없기를 바라는 것 또한 어려워졌구나! 옛날 성인은 남들보다 훨씬 뛰어났지만 오히려 스승을 따라가 물었다. 그런데 지금 사람들은 성인보다 한참 미치지 못하지만 스승에게 배우는 것을 부끄러이 여긴다. 그러므로 성인은 더욱 성인다워지고 어리석은 자는 더욱 어리석어진다. 성인이 성인다운 까닭과 어리석은 이가 어리석은 까닭은 모두 여기서 비롯되지 않았겠는가? 자기 자식을 사랑하면 스승을 골라 가르치게 하면서도 자기 자신은 스승 모시기를 부끄러워하니 이상한 일이다.

嗟乎. 師道之不傳也久矣, 欲人之無惑也難矣. 古之聖人, 其出人也遠[1]矣, 猶且[2]從師而問焉. 今之衆人, 其下[3]聖人也亦遠矣, 而恥學於師. 是故聖益聖,愚益愚. 聖人之所以[4]爲聖, 愚人之所以爲愚, 其皆出於此乎.[5] 愛其子, 擇師而敎之, 於其身也, 則恥師焉, 惑矣. (韓愈, <師說>)

 1) 出人也遠(출인야원): '出人'은 남보다 뛰어나다. '遠'은 정도가 멀다, 까마득하다.
 2) 猶且(유차): 그런데도 오히려.
 3) 下(하): 떨어지다, 못하다.
 4) 所以(소이): 까닭, 이유.
 5) 出(출): 나오다, 비롯되다. 기인하다. 이 문장에서 '其~乎'는 추측을 유도하는 의문형의 구문이다.

한편 한유와 같이 고문의 고취를 주도했지만 유종원의 경우는 도의 개념이나 꾸밈의 중요성에 대해서 상대적으로 중립적이고 절충적인 입장을 취하고 있었다. 특히 한유가 적어도 명분상으로는 유가사상을 배타적으로 존중했던 데에 비해 유종원은 불교와 노장사상 등 제자백가의 학설에 대해서도 포용적인 태도를 취했다. 그리고 그의 고문은 한유에 비해 서정적이고 은유적이며 글의 성격도 다양하다고 평가된다. 물론 그도 <봉건론封建論>이나 <천설天說>처럼 논설적인 글을 많이 썼으나, 그와 더불어 <종수곽탁타전種樹郭橐駝傳>, <재인전梓人傳>, <편고鞭賈>, <포사자설捕蛇者說> 등 풍자의 뜻이 강한 우언寓言도 많이 남겼다. 특히 그의 고문 가운데 산수자연과 그 속에 노니는 감상을 적은 유기문遊記文들은 문학적 성취가 가장 높은 것으로 평가된다. <영주팔기永州八記>로 대표되는 그의 유기문들은 자연 풍경에 대한 단순한 묘사나 서정적 표현을 넘어서 현실에 대한 비판과 인간사에 대한 개인적 감상과 갖가지 개인적 고뇌 등을 함축하고 있다. 이것들은 대개 805년에 이른바 '영정개혁永貞改革'의 실패로 10여 년 동안의 오랜 유배생활을 통해 축적된 다양한 경험과 깊은 사색이 녹아든 결과일 것이다.

나뭇가지를 잡아당기며 올라 발을 쭉 뻗고 앉아 있으니, 몇 개 지역의 땅이 모두 내 자리 아래 있었다. 그 높고 낮은 형세가 깊숙하고 오목하여 개밋둑이나 동혈 같기도 했다. 천리에 이르는 경치를 한 자 한 치의 길이로 축약하여 내 눈 안에 첩첩이 쌓아 놓으니, 아무것도 내 눈을 피해 숨지 못했다. 푸른 산과 흰 구름으로 둘러싸여 하늘에까지 닿아 있으니, 사방을 바라보아도 모두 똑같았다. 그제야 알았다. 이 산이 특출해서 작은 언덕들과는 달리 아득히 대기와 짝하여 그 끝이 없고, 충만하게 흘러 넘쳐 조물주와 같이 노닐면서도 다하는 바가 없음을. 잔을 들고 술을 가득 따라 질펀하게 주저앉아 취하니 해가 지는 줄도 몰랐다. 어슴푸레한 저녁빛이 멀리서 다가왔다. 아무것도 보이지 않게 되어도 돌아가고 싶은 생각이 들지 않았다. 마음이 하나가 되고 몸이 자유로워지니 우주만물과 은근히 융합했다. 그런 뒤에야 알았다. 내가 예전에는 유람을 시작해본 적이 없고, 진정한 유람은 여기에서 시작되었음을. 이에 글을 써서 기록으로 남긴다. 이때는 원화 4년(809)이다.

攀援[1]而登, 箕踞而遨,[2] 則凡數州之土壤皆在袵席[3]之下. 其高下之勢, 岈然窪然,[4] 若垤[5]若穴, 尺寸千里, 攢蹙[6]累積, 莫得遯隱.[7] 縈青繚白, 外與天際, 四望如一. 然後知是山之特出, 不與培塿[8]爲類, 悠悠[9]乎與灝氣[10]俱, 而莫得其涯,[11] 洋洋[12]乎與造物者游, 而不知其所窮. 引觴滿酌, 頹然[13]就醉, 不知日之入. 蒼然[14]暮色, 自遠而至. 至無所見, 而猶不欲歸. 心凝形釋,[15] 與萬化冥合.[16] 然後知吾嚮[17]之未始遊, 遊於是乎始. 故爲之文以志. 是歲, 元和四年也. (柳宗元, <始得西山宴遊記>)

1) 攀援(반원): 다른 것을 손으로 붙잡거나 의지해서 자신의 위치를 이동하는 것을 묘사하는 말이다.
2) 遨(오): 즐겁게 놀다.
3) 袵席(임석): 편안하게 앉아 있는 자리.
4) 岈然窪然(아연와연): '岈'는 산이 깊은 모양, '窪'는 오목한 모양.
5) 垤(질): 개밋둑. 개미가 구멍을 파면서 나온 흙을 구멍 옆에 쌓아놓은 것.
6) 攢蹙(찬축): 빽빽하게 모아놓다.
7) 遯隱(둔은): (눈을 피해) 숨겨지다. '둔은^{遁隱}'과 같다.
8) 培塿(배루): 작은 흙 언덕. 본래 '부루^{部婁}'라고 쓴다.
9) 悠悠(유유): 아득히 넓고 멀게 이어진 모양.
10) 灝氣(호기): 천지간에 가득 찬 기운 또는 공기.

326

11) 涯(애): 끝. 가장자리.

12) 洋洋(양양): 대단히 성대하여 충만한 모양, 또는 아득히 넓고 먼 모양.

13) 頹然(퇴연): 격식에 얽매이지 않고 쓰러지거나 주저앉은 모습.

14) 蒼然(창연): 어슴푸레하게 흐릿한 모양.

15) 心凝形釋(심응형석): 정신을 집중하여 육체의 한계를 잊는 경지를 나타내는 말이다. ≪열자列子≫ <황제黃帝>에 "정신을 집중하여 육체의 한계를 잊으니 뼈와 살이 모두 융합되어 육체가 의지하는 바와 발이 딛고 있는 것을 느끼지 못한 채 바람을 따라 동서로 오가며 마치 마른 낙엽처럼 바람이 나를 태우고 있는 것인지 내가 바람을 타는 것인지 결국 알지 못하겠구나![心凝形釋, 骨肉都融, 不覺形之所倚, 足之所履, 隨風東西, 猶木葉幹殼, 竟不知風乘我耶, 我乘風乎.]"라는 구절이 있다.

16) 萬化冥合(만화명합): '萬化'는 우주 안의 모든 일과 사물들 또는 대자연을 가리킨다. '冥合'은 은근히 융합한다는 뜻으로서, '암합暗合'과 같다.

17) 嚮(향): 종전에, 저번에, 원래.

당나라 중엽부터 활기를 띤 고문은 이와 같은 수필뿐만 아니라 전기傳奇와 같은 서사문학이 발전하는 데에도 중요한 기반을 제공했다. 문학으로서 서사란 기본적으로 현실을 최대한 있는 그대로 반영할 수 있는 자연스러운 언어와 문체를 전제로 하기 때문이다.

그러나 당 왕조는 9세기 중반부터 급격하게 쇠락의 추세로 기울었고, 특히 선종宣宗 : 847~859 재위 이후로 정치가 부패하고 환관들이 조정을 좌지우지하면서 민생이 파탄으로 치달았다. 이 때문에 859년 구보裘甫 : ?~860의 기의를 시작으로 868년 방훈龐勳 : ?~869, 874년 왕선지王仙芝 : ?~878와 황소黃巢 : ?~884의 기의로 이어진 대규모 농민기의가 거의 215년 동안 지속되기도 했다. 이런 상황 속에서 사대부 계층의 정치적 입지가 약화되고, 그와 더불어 고문의 세력 또한 약화될 수밖에 없었다. 이에 따라 당나라 말엽에는 다시 유미주의적인 문학 풍조가 성행하여 산문에서도 다시 변려문이 주류를 이루게 되었다. 당나라 말엽의 대표적인 시인이었던 이상은李商隱만 하더라도 처음에는 고문 창작에 열중했으나, 나중에는 변려문으로 전향하여 변려문의 대가로 명성을 날렸다.

2) 송나라의 시문혁신

(1) 산문혁신

당나라 말엽의 정치적 혼란으로 위축되었던 고문은 중앙집권체제가 확립되고 도시경제가 본격화되는 송나라 때에야 비로소 확고하게 뿌리를 내리게 된다. 특히 송나라는 개국 초부터 '문치^{文治}'를 표방했기 때문에 사대부 계층이 조정의 중심적인 세력으로 자리 잡게 되었다. 특히 송나라에 들어서 신유학^{新儒學}이라고 부르는 성리학이 성행한 것도 고문의 위상이 높아지게 된 중요한 배경으로 작용했다. 성리학자들은 글이란 올바른 도리를 표현하는 수단에 불과하며 문장의 꾸밈 같은 것들은 쓸데없는 것이라고 생각하는 경향이 강했기 때문에 변려문은 그들의 이상과 맞지 않았던 것이다.

그러나 송나라 때에 고문이 성공을 거둔 데에는 무엇보다도 송나라 초기 조정에서 중요한 영향력을 지니고 있던 구양수^{歐陽修}의 역할이 컸다. 그는 한유와 유종원의 고문론 및 송나라 초기 유개柳開 : 947~1000와 범중엄范仲淹 : 989~1052, 석개石介 : 1005~1045, 윤수尹洙 : 1001~1047 같은 논자들의 견해 즉, 문장은 형식보다 내용이 중요하다는 취지의 논지를 집대성하여 산문뿐만 아니라 시 분야에서도 종합적인 혁신을 주도함으로써 고문의 지위가 확립했던 것이다.

> 문장은 도를 잡는 통발이다. ……글은 어휘가 이치보다 화려한 것을 싫어하지만 이치가 어휘보다 화려한 것은 싫어하지 않는다.

> 文章爲道之筌也……文惡辭之華於理, 不惡理之華於辭也. (柳開, <上王學士

第三書 >)

도가 순수하면 속을 채운 것이 실하고, 속이 실하면 글로 피어난 것도 밝게 빛난다.

道純則充於中者實, 中充實則發爲文者輝光. (歐陽修, <答祖擇之書>)

구양수는 중국 최초의 시화詩話인 ≪육일시화六一詩話≫를 지었고, ≪신당서新唐書≫와 ≪신오대사新五代史≫의 편찬을 주도했으며, ≪시경≫ 및 ≪주역≫의 연구에도 큰 업적을 남겼고, 고문과 시사詩詞의 창작에도 뛰어난 재능을 보여줌으로써 명실 공히 당시 정치와 학술을 주도하는 거목이자 문단의 맹주였다. 그는 주위의 반대에도 불구하고 고문의 가치를 중시하는 자신의 소견을 견지하여, 과거 시험을 관장할 때에 소박하고 간명한 고문에 뛰어난 인재만을 선별해서 뽑았다. 그 덕택에 왕안석王安石 : 1021~1086과 증공曾鞏 : 1019~1083, 소식蘇軾 : 1037~1101, 소철蘇轍 : 1039~1112 같이 훗날 '당송팔대가唐宋八大家'로 꼽히는 고문의 대가들이 관료로 선발될 수 있었다.

구양수는 이론뿐만 아니라 실제 창작에서도 고문의 모범을 잘 보여주었다. 그의 고문은 쉽고 분명하면서도 이전의 어떤 문장과도 다른 개성적인 분위기를 느끼게 해 준다는 특징을 갖고 있다. 그는 <붕당론朋黨論>, <상고사간서上高司諫書>와 같은 명쾌한 논리와 설득력을 갖춘 정론문政論文뿐만 아니라 <소씨문집서蘇氏文集序>와 같이 정치적·문학적 상황에 대한 서술을 융합한 감동적인 서문, 그리고 특히 <유미당기有美堂記>와 <풍락정기豐樂亭記>, <현산정기峴山亭記>, <취옹정기醉翁亭記>와 같이 산문의 극치를 보여주는 잡기 등을 두루 남겼다. 이런 그의 성취는 송나라 초기의 고문 옹호론자들이 대부분 논리를 내세우는 도학자道學者일 뿐, 창작에는 두드러진 성과를 이루지 못함으로써 고문의 실제적인 아름다움과 유용성을 증명해 내지 못한 한계를 넘어서는 데에 결정적인 역할을 했다고 해도 과언이 아니다.

짐을 진 이는 길에서 노래 부르고, 길 가던 이는 나무 밑에서 쉬며, 앞서 가던 이가 부르면 뒤에 오는 이가 답하고, 몸을 굽혀 손을 잡아 주며 오가는 것이 끊어지지 않는 것은 저주滁州 사람들이 노니는 모습이다. 시냇가에서 물고기를 잡으면 시내가 깊어 물고기가 살쪄 있고, 샘물로 술을 빚으면 샘물이 차고 맑아 술이 향기로우며, 산나물 안주와 푸성귀가 뒤섞여서 앞에 차려져 있는 것은 태수가 차린 잔치의 모습이다. 잔치가 무르익는 즐거움은 아름다운 악기 연주 때문이 아니다. 화살 던지는 이는 맞추려 하고 바둑 두는 이는 이기려 하며, 벌주 잔과 산가지가 뒤섞여 있고 일어서거나 앉아 떠들썩한 것은 여러 빈객들이 즐거워하기 때문이다. 늙은 얼굴에 흰머리를 한 채 그 사이에 쓰러져 있는 것은 태수가 취한 모습이다.

이윽고 석양이 산에 드리우고 사람들의 그림자가 어지러이 흩어지는 것은 태수가 돌아가자 빈객들이 따르는 모습이다. 숲에는 그늘이 덮였고 새소리가 위아래에서 들리는 것은 나들이 나온 이들이 돌아가자 새들이 즐거워하는 모습이다. 그러나 새들은 산림의 즐거움만 알지 사람의 즐거움은 모르고, 사람들은 태수를 따라 나들이 나와서 즐길 줄만 알지 태수가 그들이 즐거워하는 것을 즐거워한다는 사실은 모른다. 취할 때면 그 즐거움을 함께 할 수 있고 깨었을 때는 글로 서술할 수 있는 이는 태수이다. 태수란 누구인가? 여릉 땅의 구양수이다.

至於[1]負者歌於塗, 行者休於樹, 前者呼, 後者應, 傴僂提攜,[2] 往來而不絶者, 滁[3]人遊也. 臨谿而漁, 谿深而魚肥, 釀[4]泉爲酒, 泉冽[5]而酒香, 山肴野蔌,[6] 雜然而前陳者, 太守宴也. 宴酣[7]之樂, 非絲非竹,[8] 射[9]者中, 弈者勝, 觥籌[10] 交錯, 起坐而諠譁[11]者, 衆賓懽也. 蒼顔[12]白髮, 頹然乎其間者, 太守醉也. 已而[13]夕陽在山, 人影散亂, 太守歸而賓客從也. 樹林陰翳,[14] 鳴聲上下, 遊人去而禽鳥樂也. 然而禽鳥知山林之樂, 而不知人之樂, 人知從太守遊而樂, 而不知太守之樂其樂也. 醉能同其樂, 醒能述以文者, 太守也. 太守謂誰. 廬陵[15]歐陽修也. (歐陽修, <醉翁亭記>)

1) 至於(지어): ~에 이르러서는.
2) 傴僂提攜(구루제휴): '傴僂'는 원래 곱사등이라는 뜻인데, 여기서는 곱사등이처럼 등을 굽힌다는 뜻이다. '提攜'는 손을 잡아준다는 뜻이다. 일설에는 전자는 허리가 굽은 노인을, 후자는 손을 잡아 줘야 할 어린아이로 해석하기도 한다.
3) 滁(저): 저주滁州 즉, 오늘날 안훼이성[安徽省] 추저우시[滁州市]에 해당한다. 이 글을 쓸 당시인 1046년에 구양수는 저주태수로 폄적되어 있었다.
4) 釀(양): 술을 빚다.
5) 洌(렬): 물이 맑고 차다.
6) 野蔌(야속): 야채. 푸성귀.
7) 酣(감): 잔치가 무르익다.
8) '絲'는 현악기, '竹'은 관악기를 가리킨다.
9) 射(사): 화살을 병에 던져 넣어서 많이 넣은 사람이 이기는 놀이. 투호(投壺).
10) 觥籌(굉주): '觥'은 쇠뿔로 만든 큰 술잔으로, 벌주를 줄 때 쓰는 잔이다. '籌'는 벌주의 수를 세기 위해 준비한 산가지이다.
11) 諠譁(훤화): 떠들썩하다. 왁자지껄하다.
12) 蒼顔(창안): 늙어서 푸르스름한 얼굴.
13) 已而(이이): 얼마 후에. 이윽고.
14) 陰翳(음예): 숲이 무성해서 드리운 그늘.
15) 廬陵(여릉): 구양수의 관적지貫籍地로서, 지금의 쟝시성[江西省] 지안시[吉安市]이다.

그러나 구양수의 노력으로 고문이 대두한 뒤에도 이른바 '사륙문四六文'으로 불리는 부賦 형식의 글들은 여전히 조정의 조책詔冊이나 사대부들 사이의 편지, 축문祝文, 상소문 등에서 계속 사용되고 있었다. 다만 구양수는 부에서도 <추성부秋聲賦>나 <명선부鳴蟬賦>처럼 이전의 엄격한 격률과 형식을 무너뜨리고 새로운 산문 형식으로 변용한 작품들을 써 냄으로써 이른바 '문부文賦'의 가능성을 열어 놓았다. 유명한 소식의 <적벽부赤壁賦>는 그 정신을 이어받아 탄생한 걸작이라고 할 수 있다.

(2) 시가 혁신

송나라 때에는 특히 시가 창작에서 유가 사대부 계층의 학문과 사상, 인격 수양의 태도를 반영한 새로운 변화가 이루어진 점이 주목할 만하다. 구양수는 시가 창작에서 학문적 소양과 인격 수련을 중시하는 한유의 창작 태도, 지나치게 감각적인 표현이나 화려한 수식을 경계하는 고문의 표현 방식 등을 수용하는 대신 기이한 표현이나 까다로운 언어, 난해한 시상^{詩想}을 배제함으로써 차분하고 깊이 있는 분위기와 쉽고 상식적인 느낌을 아울러 구현했다. 아울러 그는 매요신^{梅堯臣 : 1002~1060}, 소순흠^{蘇舜欽 : 1008~1048}과 더불어 이런 새로운 시풍이 문단에 정착되도록 힘썼다.

이와 같은 송나라 시의 개혁운동은 개국 초기에 시단을 풍미했던 이른바 '서곤체^{西崑體}' 시에 대한 개혁운동이었다. 서곤체는 양억^{楊億 : 974~1020}, 유균^{劉筠 : ?~?}, 전유연^{錢惟演 : 962~1034} 등이 주축이 되어 편찬한 ≪서곤수창집^{西崑酬唱集}≫이라는 시집에서 비롯된 명칭인데, 모두 황제의 측근이었던 17명의 시인이 쓴 시 248수가 수록되어 있다. 그리고 그 내용은 대개 궁정 생활과 남녀의 사랑을 노래하거나, 사물의 외양을 그럴 듯하게 꾸며 묘사하는 따위였다. 이때문에 그들의 시는 주로 궁정의 잔치에서 볼 수 있는 화려한 등불과 오가는 잡담, 좋은 술, 맛있는 안주, 바둑, 오가는 술잔, 춤과 무용, 그리고 사람들이 입고 있는 화려한 옷이나 가녀들의 비녀나 장신구에 대한 묘사로 이루어져 있었다. 내용적으로 공허하기 이를 데 없는 이런 작품들에 대해 구양수는 시를 지을 때에는 "반드시 묘사하기 어려운 경치를 표현하여 눈앞에 펼쳐진 것처럼 만들고, 다함없는 뜻을 담아 언어의 바깥에 표현할 수 있어야 비로소 지극한 경지에 이르게 된다.^(≪六一詩話≫: 必能狀難寫之景, 如在目前, 含不盡之意, 見於言外, 然後爲至矣.)"라는 자세로 시의 의미와 시어의 연마에 힘써야 한다고 일침을 가했다.

부질없는 수식과 병도 없이 내지르는 신음에 반대한 개혁파의 시 세계는 담담하고 평이한 표현을 통해 구체적인 삶의 감회를 표현하는 것을 지향한다. 달리 말하자면 이것은 서곤체의 번잡하고 화려하기만 한 장식을 거부하며 절제를 미덕으로 삼아 세상을 경영하고, 백성을 구제하는 덕목을 갖추기 위해 끊임없이 노력하는 사대부 정신을 반영하는 창작 태도라고 할 수 있다.

    <魯山[1]山行>　　<노산을 오르며>

適與野情愜	들판의 정취와 어울려 기분 상쾌하니
千山高復低	많은 산들 높았다 낮았다 이어지고
好峯隨處改	아름다운 봉우리 가는 곳마다 새로운데
幽徑獨行迷	그윽한 오솔길은 홀로 가다간 길 잃겠네.
霜落熊升樹	서리 내려 곰은 나무 위로 기어오르고
林空鹿飮溪	텅 빈 숲에서 사슴이 계곡 물 마시네.
人家在何許[2]	인가는 어디쯤 있는 걸까?
雲外一聲鷄	구름 저편에서 들리는 한 줄기 닭 울음.

  1) 魯山(노산): 지금의 허난성 루산현[魯山縣]의 동쪽에 있는 산이다.
  2) 何許(하허): 어디. 어느 곳.

위 작품은 매요신이 39살인 1040년에 쓴 것이다. 전체적인 묘사는 산길을 걷는 사람의 관점에서 진행되고 있다. 또한 표현에 사용된 언어들은 그다지 많은 주석이 필요 없을 정도로 모두 쉽고 평범한 글자들을 사용하고 있으며, 정조도 매우 차분하고 담담하다. 수련에서는 산행을 나서 설레면서도 상쾌한 마음을 오르락내리락 이어지는 산봉우리들의 모습에 기대어 묘사했다. 함련에서는 단풍과 바위로 어우러진 아름다운 봉우리들의 경치에 취해 정신없이 걷다가 어느 순간 깊은 오솔길에 들어서 있는 자신을 발견하게 되었음을 묘사했다. 무성한 나뭇가지에 가려 어둑하고[幽] 길조차 알아보기 어려워 혹시 길을 잃지나 않을까 하는 두려움이 가슴 한쪽에서 스멀스멀 피어난다. 그러나 "홀로 가다간 길을 잃겠다."라고 했으니 다행히 그에겐 일행이 있는 듯하다. 경련에서는 숲 깊이 들어온 덕분에 구경하게 된 풍경을 묘사하고 있다. 낙엽이 떨어져 나무 위를 기어오르는 곰의 모습도 보이고, 줄어든 계곡에 머리를 박고 물을 마시는 사슴의 모습도 보인다.

이렇듯 고요하고 평화로운 풍경은 문득 시인으로 하여금 인간 세상이 아닌 곳에 들어왔다는 착각에 빠지게 한다. 그렇기 때문에 미련에서 묘사했듯이, 닭 울음으로 대표되는 인간의 마을은 오솔길을 둘러싼 숲속의 세계와는 구름을 사이에 둔 채 아득히 떨어져 있다. 어쩌면 시인은 그 자리에서 일종의 황홀한 초월감과 두려운 격리감을 동시에 느꼈을 터이다. 그러나 그런 내면의 풍경이 문자로 드러나지는 않는다. 시인은 그저 산행에서 본 경물을 세밀하게 묘사하여 사람들에게 직접 그 상황의 감흥을 접하게 할 뿐이다. 색채를 나타내는 글자는 하나도 없지만, 마치 한 폭의 담담한 수묵화처럼 산행의 모습을 그려낸 위 작품은 그가 왜 송나라 시의 '문파를 연 큰 스승^(劉克莊, 《後山詩話》 : 開山祖師)'이라고 일컬어지는지를 여실히 보여준다. 쉽고 독창적인 언어로 자연스럽고 간결한 가운데 무궁한 의경^{意境}을 창조하는 것이다.

구양수 등의 노력으로 형성된 송나라 시의 특징은 무엇보다도 아름다운 형식이나 기이한 표현, 뛰어난 수사기교보다는 사대부적인 교양과 품격, 기세 등을 중시했다는 데에 있다. 이 때문에 송시는 정감과 직관을 중시하는 당시보다 감상적이고 과장적인 경향은 절제되어 있고, 그 대신 사대부적인 풍류와 차분하고 철학적인 이치, 세상사에 대한 자기 나름의 견해 등을 표현하고 있는 경우가 많다. 물론 명나라 때의 진자룡^{陳子龍 : 1608~1647} 같은 이는 "송나라 사람들이 시를 이해하지 못한 채 억지로 지어서 이치만 말하고 정감은 말하지 않았으니 송나라에는 시가 없었다."3)고 극언했고, 청나라 때의 오교(吳喬 : 1611?~1695)는 "당나라 사람들은 시로써 시를 지은 데에 비해 송나라 사람들은 산문[文]으로 시를 지었다."4)고 폄하하기도 했다. 그러나 주변의 일상사에 입각한 평범한 표현 속에 깊은 사색과 철리(哲理)가 담긴 송시 역시 그 나름의 아름다운 기풍을 확보한 시 창작의 취향 가운데 하나였음은 부인할 수 없다.

2. 시대 비판의식과 문학

사실 춘추·전국 시대부터 중국의 지식인들이 보편적인 인간 존재와 삶의 의미에 대해 철학적으로 사색하면서, 그와 더불어 시대와 제도의 결함을 간파하고 개선책을 마련하는 것은 자신들의 존재 의의와 관련된 중요한 임무 가운데 하나였다. 특히 한나라 말엽부터 남북조 시대까지의 정치 혼란 속에서 지식인들은 이른바 '왕의 스승[王師]'으로서 올바른 다스림의 길을 제시하는 것을 자신들의 소명으로 내세우며 자부심을 키웠다. 그렇기 때문에 사대부를 비롯한 고대 중국의 지식인들에게 일체의 학문과 문학은 근본적으로 정치와 뗄 수 없는 관계를 맺고 있었다. 그러나 과거제도를 통해 국가가 그들의 생존권을 틀어쥐고 있는 상황에서는 현실적으로 직접적인 비판이 어려웠다. 이 때문에 이미 한나라 때 《시경》을 연구하던 이들부터 군주의 심기를 크게 거스르지 않으면서 효율적으로 문제를 제기하고 일깨우는 방식을 연구했으니, 그것이 이른바 '온유돈후(溫柔敦厚)'를 내세운 '풍간(諷諫)'의 방법이었다. 그리고

---

3) 《與人論詩書》: 宋人不知詩而强作詩. 其爲詩也, 言理而不言情, 終宋之世無詩.
4) 〈圍爐詩話〉: 唐人以詩爲詩. 宋人以文爲詩.

이후 사대부들의 문학 창작에서 이 온유돈후한 비판의 방식은 일종의 수사법이자 관례로 자리를 굳히게 되었다.

앞서 살펴본 것처럼, '안사의 난'이 일어났던 당나라 중엽부터는 기존의 계층구조가 흔들리면서 문벌귀족 계층이 해체되고 지방의 하층 사대부들이 중앙의 고위 관료로 승진할 수 있는 길이 열리게 되었다. 그런데 이들 하층 사대부들 가운데는 백성들 사이에서 생활하면서 그들의 고난과 제도의 부패를 직접 목도한 이들이 적지 않았고, 이런 경험이 그들의 정치 활동은 물론 문학 창작에도 적지 않은 영향을 주었다. 백거이와 원진 등을 중심으로 활발하게 창작되었던 이른바 '신악부新樂府'들은 두보가 '삼리삼별三吏三別'에서 보여주었던 비판의식을 좀 더 서민적이고 신랄한 방식으로 진전시킨 것이라고 할 수 있다.

자가 낙천樂天이기 때문에 흔히 백낙천으로 널리 알려진 백거이는 하규下邽, 지금의 산시성〔陝西省〕 웨이난현〔渭南縣〕의 가난한 하급 관리 집안 출신으로 젊은 시절 생계를 위하여 여러 곳을 떠돌다가 26살인 798년에야 진사에 급제했다. 이후 한림학사와 좌습유左拾遺 등을 역임하기도 했으나, 입바른 소리를 잘 하고 사회의 부조리를 고발하는 시를 많이 써서 기득권층의 미움을 샀다. 특히 806년부터 좌습유로 있던 811년까지 지은 <신악부新樂府> 50수, <진중음秦中吟> 10수 등의 작품은 과중한 세금과 관리들의 횡포, 부역의 고통 등 서민들의 비참한 삶을 직설적으로 묘사하면서, 그와 대비되는 권력층의 호사로운 생활상을 고발하는 것이었다.

<賣炭翁[1]>	<숯 파는 노인>
賣炭翁	숯 파는 노인
伐薪燒炭南山中	남산에서 나무 베어 숯을 굽는데
滿面塵灰煙火色	얼굴엔 온통 먼지와 재에 덮였고 연기에 그을렸네.
兩鬢蒼蒼十指黑	양쪽 살쩍은 희끗희끗 열 손가락은 새까만데

賣炭得錢何所營	숯 팔아 돈 생기면 무엇을 하나?
身上衣裳口中食	몸에 걸칠 옷과 입에 넣을 음식 사는데
可憐身上衣正單	불쌍하게도 몸에 걸친 것은 홑옷이고
心憂炭賤願天寒	마음으로는 싼 숯값 걱정이라 날씨 추워지기만 바라는데
夜來城上一尺雪	밤사이 성 위에 눈이 한 자나 쌓여
曉駕炭車輾冰轍	새벽에 수레에 숯 싣고 얼어붙은 길 나서니
牛困人飢日已高	소는 지치고 사람은 배고픈데 해는 이미 중천일세.
市南門外泥中歇	저자 남쪽 문 밖 진흙 속에서 쉬노라니
翩翩兩騎2) 來是誰	말 타고 나는 듯 달려오는 두 사람은 누구일까?
黃衣使者白衫兒	누런 옷 걸친 사자와 흰 저고리 입은 하인일세.
手把文書口稱敕	손에 문서 들고 입으로는 칙명이라 소리치며
回車叱牛牽向北	수레 돌려 소 몰아쳐 북쪽으로 끌고 가네.
一車炭	한 수레 숯은
千餘斤	천 근 남짓한데
官使驅將惜不得	관청의 사자 몰고 가지만 아까워도 별 수 없다네.
半匹紅紗一丈綾	반 필 붉은 비단과 한 길 능라 비단을
繫向牛頭充炭直3)	쇠머리에 감아주고 숯값으로 때운다네.

1) <신악부> 50수 가운데 하나로서, 제목 아래에 시인이 직접 쓴 "관청의 물품 구매에 시달리다.[苦宮市也]"라는 주석이 달려 있다.
2) 이 구절을 '兩騎翩翩(양기편편)'으로 쓴 판본도 있다.
3) 直(치): 값. '値(치)'와 같다.

'온유돈후'함과는 거리가 먼, 직설적 비판으로 가득 찬 그의 이런 작품들은 당연히 권세가들과 군부에서 이를 갈 정도로 미움을 샀고, 그 바람에 백거이는 815년에 강주사마江州司馬로 좌천되었다.

당나라 때의 시인 가운데는 비교적 다작의 시인인 백거이는 3,000수 가량의 시를 남겼는데, 스스로 자신의 시를 풍유시諷諭詩, 한적시閑寂詩, 감상시感傷詩, 잡률시雜律詩로 나눈 바 있다. 이 가운데 중국문학사에서 특히 의의가 깊은 작품들은 모두 172수에 이르는 풍유시들로서, 대개 <신악부>와 같은 사회시들이다. 그러나 820년에 다시 조정으로 불려 들어가서 형부상서刑部尙書를 지내다가 사직하기까지 그의 만년의 시들은 세상사에 대한 체념과 소극적인 한적에 치중했다. 다만 감상시로 분류되는 그의 작품들 가운데는 특유의 통속적인 가락과 보편적인 감상을 바탕으로 애절한 사랑을 읊은 장편시 <장한가長恨歌>와 <비파행琵琶行>이 유명하다. 민가풍의 이 노래들은 오히려 그의 사회시들보다 더 대중적인 인기를 누렸던 것으로 알려져 있다.

백거이와 같이 사회적 비판의식을 담은 작품을 쓴 이들로는 그의 절친한 벗이었던 원진을 비롯해서 장적張籍 : 767?~830?, 왕건王建 : 767?~830?, 이신李紳 : 772~846, 유우석劉禹錫 : 772~842 등이 있다. 이들은 시가의 내용뿐만 아니라 표현에서도 대중들이 이해하기 쉬운 언어를 추구하여 한 시대를 풍미했다. 그러나 직설적이고 신랄한 이들의 비판 방식은 점잖음을 추구하는 사대부 문화와는 어울리지 않는 것이었기 때문에 오래도록 그 기풍을 유지할 수 없었다. 이것은 봉건사회에서 본질적인 변화란 결국 군주 자신의 변화에 의지할 수밖에 없었으며, 지식인이란 기껏해야 군주에게 온유돈후하게 에둘러서 권고하고 조언하는 존재에 지나지 않았던 것과도 관련이 있을 것이다. 이와 같은 사회의 근본적인 변화를 주도할 수 없는 사대부 계층의 한계를 가장 뚜렷이 보여주는 예는 아마도 명나라와 청나라 때에 이어진 문화적 복고주의일 것이다.

3. 명·청 복고주의의 이해

1) 명대 문단의 복고주의

원나라를 거치면서 중국 전통사회는 근본적인 대변화를 겪어야 했다. 몽고족이 건립한 세계제국인 원나라는 중국 대륙의 계급을 몽고인, 색목인, 요遼나라와 금金나라 치하에 있던 사람들 및 화북華北 지역의 한족漢族을 가리키는 한인漢人, 남송 지역의 한족을 가리키는 남인南人 등으로 나누어 차별적으로 대했다. 또한 사회 곳곳에 유목민족인 몽고족의 풍습이 퍼지면서 유가 예법에 입각한 전통적인 한족의 혼인제도가 붕괴되었고, 상업과 같은 실용성을 중시한 원나라의 정책 역시 전통적인 한족의 가치관을 혼란에 빠뜨렸다.

원나라의 성립으로 인해 가장 큰 타격을 받은 이들은 전통적으로 사회의 상층계급으로 자부심과 특권을 누려온 사대부 계층이었다. 원나라는 과거제도를 상당히 오랫동안 폐지했다가, 이후 다시 시행했을 때에도 기존과는 다른 방식을 택함으로써 한족 사대부들의 전통적인 생존 기반을 뿌리째 뒤집어 놓았기 때문이다. 원나라는 태종太宗 9년인 1237년에 과거시험을 한 차례 치른 후 80년 후인 인종仁宗 2년1315에야, 그것도 계급 차별의 전제 위에 실시했다. 이 때문에 훗날 한족 사대부들은 당시의 상황에 대해 "아홉 번째가 유학자이고 열 번째가 거지(鄭思肖, <大義略序> : 韃法: 一官, 二吏, 三僧, 四道, 五醫, 六工, 七獵, 八民, 九儒, 十丐)"라는 자조적이고 해학적인 문장으로 묘사하기도 했다.

물론 원나라 때 유가 사대부의 지위에 대한 이러한 설명은 과장된 면이 많다. 왜냐하면 원나라는 개국 황제인 세조世祖 쿠빌라이忽必烈 : 1260~1294 재위 때부터 이미 성리학을 중시하면서 조복趙復 : 1185?~1260?이나 허형許衡 : 1209~1281 등의 원로 유학자들을 중용했기 때문이다. 그 뒤를 이은 황제들도 공자를 높이 떠받들었으며, 특히 인종仁宗 아유르파리바드라ayurparibhadra, 愛育黎拔力八達 : 1311~1320 재위는 유가 경전을 몽고어로 번역하여 몽고인과 색목인들에게 가르치고, 주희朱熹 : 1130~1200의 ≪사서집주四書集注≫를 교과목으로 한 과거시험을 실시하기도 했다. 다만 이민족 통치자들에 대해 반감을 가진 한족 사대부 계층 가운데 상당수는 여전히 이런 유화책에 냉담하면서 시대에 대한 비탄과 불만을 안고 궁핍하게 살아야 했을 것이다. 또한 인종 때에 실시된 과거시험은 시부詩賦를 위주로 했던 수나라 이후 송나라 때까지의 방식과는 달리 유가 경전의 의미에 대한 논술을 위주로 했기 때문에 전통적인 문인 사대부의 위상이 크게 흔들릴 수밖에 없었다.

1368년에 수립된 명나라는 무엇보다도 한족 왕조의 복원이라는 측면에서 중국 역사에서 큰 의미를 가진다. 명나라는 건국 초부터 전쟁으로 황폐해진 사회를 재건하기 위해 노력하는 한편 남송 이래 200여 년, 원나라 성립 이래 100년 가까이 중국 전역에 만연된 이민족의 제도와 풍속을 씻어내고 한족의 문화를 재건하는 데에 힘썼다. 특히 성조成祖 영락제永樂帝 : 1403~1424 재위 때에 진행된 ≪성리대전性理大全≫ 및 ≪영락대전永樂大全≫과 같은 대규모 편찬사업은 그런 국가적인 노력의 절정이라고 할 수 있다. 그러나 한족 문화의 재건이라는 명분은 사대부 계층의 문화 전반에 걸쳐서 복고 내지 의고擬古의 기풍이 만연하게 만드는 폐단을 낳았다. 또한 황실의 중앙집권을 강화하기 위한 각종 탄압은 결과적으로 창의적 활동을 억제하게 되었다.

특히 가혹하고 잦은 문자옥文字獄은 지식인과 문학가를 억압했기 때문에, 사대부 계층이 황실에 종속되어 생존을 유지하던 이전의 전통은 더욱 완고한 형태로 복원되었다. 그 때문에 명나라 초기 사대부 계층 문학은 황실의 공덕을 칭송하고 태평성대를 노래하는 대각체臺閣體 시문이 성행했고, 뒤를 이은 이몽양李夢陽 : 1472~1529, 왕세정王世貞 : 1526~1590 등의 '전후칠자前後七子'들도 "글은 반드시 진秦나라와 한나라를, 시는 반드시 성당盛唐을 본받아야 한다."는 식의 복고주의에 매몰되었다. 그들은 현실 자체에 적극적인 관심을 갖기보다는 고전과 학술의 세계로 도피함으로써 문학의 역동성을 사장시켜 버렸던 것이다. 이들과 견해를 달리한 당순지唐順之 : 1507~1560

등의 '당송파唐宋派' 역시 모방의 대상만 달랐을 뿐 기본적으로 복고의 조류에서 벗어나지 못한 상태였다. 또한 귀족 문인들의 주도로 흥성한 전기傳奇와 같은 희곡도 오락적인 신선사상이나 상투적인 권선징악 내용을 위주로 한 형식적인 경향으로 치우쳐 있었다.

명나라 사대부 계층의 이와 같은 퇴행적 현상은 한족 문화의 재건이라는 명분 아래 강요된 황실 의존적 생존방식에 수동적으로 적응한 결과라고 할 수 있다. 이런 경향은 심지어 왕수인王守仁 : 1472~1529으로부터 시작된 성리학에 대한 비판을 바탕으로 한 양명학陽明學이 성립된 뒤에도 한동안 지속되었다. 그나마 명나라 후기인 신종神宗 만력제萬曆帝 : 1573~1619 때에 이르면 이지李贄 : 1527~1602를 중심으로 한 양명학 좌파 즉, 태주학파泰州學派가 등장하여 복고주의에 반대하고 개성적인 문학 창작을 주장하게 된다. 또한 이들의 주장과 문학 창작을 바탕으로 원굉도袁宏道 : 1568~1610 등의 '공안파公安派'가 개성을 중시하는 '성령性靈'에 바탕을 둔 창작을 중시하고, 소설과 희곡 같은 민간문학을 중시하는 주장을 펴기도 했다. 그러나 이들의 실제 창작은 사회 현실을 외면한 채 산수에 묻혀 한가로운 개인의 서정을 노래하거나 서정적인 소품문小品文에 치우쳐 있었기 때문에 지나치게 가볍다는 비판을 면치 못했다. 그래서 이에 대한 반동으로 종성鍾惺 : 1574~1624과 담원춘譚元春 : 1586~1637을 중심으로 한 경릉파竟陵派가 나왔지만, 이들의 창작 역시 독특한 리듬을 이용한 표현 면에서 공안파보다 약간 빼어나다는 것 외에는 별다른 변화가 없었다고 평가된다.

결국 명나라 시기 전체를 놓고 볼 때 복고주의에 반하는 이들은 소수에 지나지 않았고, 이른바 정통 사대부 계층에서는 여전히 복고적인 기풍이 만연해 있었다고 할 수 있다. 그나마 명나라 사대부문학의 성과라면 공안파와 경릉파의 장점을 아울러 빼어난 소품문을 써 낸 장대張岱 : 1597~1679라는 인물이 나왔다는 정도를 꼽을 수 있겠다. 그의 소품문 가운데는 다음 예문과 같이 간결하면서도 묘사가 뛰어난 소설 같은 문장도 적지 않다.

양주 사람들 가운데는 날마다 '수마瘦馬'의 몸에 의지해 먹고사는 이가 아주 많다. 첩을 얻으려는 이는 절대 자기 뜻을 드러내지 않지만 조금이라도 낌새가 드러나면 중매쟁이나 거간꾼들이 모두 그 집 대문에 모여드는데, 누린내 나는 것에 들러붙은 파리들처럼 떼어내고 때려도 떠나지 않는다. 날이 새자마자 주인더러 나오라고 재촉해서 먼저 도착한 중매쟁이가 주인의 팔짱을 끼고 가면 나머지 사람들이 뒤따라가 연달아 엿본다.

'수마'의 집에 도착하여 자리를 잡고 앉으면 차를 내오고, 중매쟁이가 '수마'를 부축하고 나와서, "아가씨, 손님께 인사하세요." 하고 말한다. '수마'가 절을 하면, "아가씨, 위로 올라가세요." 하고 말한다. '수마'가 올라가면, "아가씨, 돌아서 봐요." 하고 말한다. '수마'가 몸을 돌리고 밝은 쪽을 향해 서면 얼굴이 드러난다.

"아가씨, 손 좀 보여줘요."

'수마'가 소매를 다 걷으면 손이 드러나고, 팔이 드러나고, 살도 드러난다.

"아가씨, 나리 쪽을 보세요."

'수마'가 눈을 돌려 훔쳐보듯 수줍게 보면 눈이 드러난다.

"아가씨, 몇 살이지요?"

'수마'가 몇 살이라고 말하면 목소리가 드러난다.

"아가씨, 다시 걸어 봐요."

'수마'가 손으로 치마를 당기면 발이 드러난다. 그러나 발을 보는 데에는 방법이 있다. 대개 문을 나오기 전에 먼저 치맛자락 사각거리는 소리가 들리면 틀림없이 발이 크고, 치마를 높이 묶어서 몸이 나오기 전에 발부터 나오면 틀림없이 발이 작다.

"아가씨, 들어가세요."

그렇게 '수마' 한 사람이 들어가면 또 한 사람이 나온다. 한 집에서 반드시 대여섯 명을 보는데 모두 이렇게 한다. 개중에 마음에 드는 이가 있으면 금비녀나 비녀 하나를 그 '수마'의 살쩍에 꽂는데, 이것을 '삽대揷帶'라고 한다. 마음에 들지 않으면 수백 문의 돈을 내서 중매쟁이나 그 집안의 하녀들에게 주고 또 다른 집으로 보러 간다.

揚州人日飲食於瘦馬[1]之身者數十百人. 娶妾者切勿露意, 稍透消息, 牙婆[2]駔

儈,³⁾ 咸集其門, 如蠅附膻,⁴⁾ 撩扑⁵⁾不去. 黎明, 即促之出門, 媒人先到者先挾之去, 其餘尾其後, 接踵⁶⁾伺⁷⁾之. 至瘦馬家, 坐定, 進茶, 牙婆扶瘦馬出, 曰: 姑娘拜客. 下拜. 曰: 姑娘往上走. 走. 曰: 姑娘轉身. 轉身向明立, 面出. 曰: 姑娘借手⁸⁾睄睄.⁹⁾ 盡褫其袂, 手出, 臂出, 膚亦出. 曰: 姑娘睄相公. 轉眼偸覷,¹⁰⁾ 眼出. 曰: 姑娘幾歲. 曰幾歲, 聲出. 曰: 姑娘再走走. 以手拉其裙, 趾¹¹⁾出. 然看趾有法, 凡出門裙幅先響者, 必大, 高繫其裙, 人未出而趾先出者, 必小. 曰: 姑娘請回. 一人進, 一人又出. 看一家必五六人, 咸如之. 看中者, 用金簪或釵一股插其鬢, 曰插帶. 看不中, 出錢數百文, 賞牙婆或賞其家侍婢, 又去看. (張岱, ≪陶庵夢憶≫권5 <揚州瘦馬>)

1) 瘦馬(수마): 어릴 때 팔려와 양육되면서 글과 악기 연주, 바둑 따위의 기예를 익히고 다시 팔리기를 기다리는 여자로서, '童伎(동기)' 또는 '雛妓(추기)'와 같다.

2) 牙婆(아파): 중매쟁이. 옛날에 혼인뿐만 아니라 첩이나 하녀, 하인 같은 사람을 사고파는 일을 중개하던 여인을 가리킨다.

3) 駔儈(장쾌): 거간꾼. '駔會(장회)' 또는는 '駔闇(장궤)' '駔獪(장회)'라고도 쓴다. 원래 가축을 모아 교역하던 사람을 가리키던 말이었으나, 나중에는 중개인이나 거간꾼을 가리키는 일반적인 말이 되었다.

4) 膻(전): 누린내 또는 누린내 나는 고기 등의 것. '羶(전)'과 같다.

5) 撩扑(요복): 떼어내고 때리다.

6) 接踵(접종): 계속해서, 연이어.

7) 伺(사): 엿보다.

8) 借手(차수): 원래 남의 손을 빌린다는 뜻이지만, 여기서는 그냥 '손을'이라는 뜻이다.

9) 睄睄(초초): 잠깐 보다. 흘끗 보다.

10) 覷(처): 엿보다. 보다.

11) 趾(지): 발(복사뼈 아랫부분).

이 글은 대화와 동작이 소설에 비견될 만큼 자세하고 생동적이면서 백화에 가까운 표현들이 자연스럽게 활용되어 있다. 이를 통해 당시 양주와 같은 번화한 도시에서 성행하던 선정적인 유흥문화의 내면을 구체적으로 살펴볼 수 있게 해 준다.

다만 명나라 말엽에 들어서 성행하기 시작한 문인들의 결사^{結社}는 상당히 특기할 만하다. 만력 연간에 고헌성^{顧憲成 : 1550~1612}과 고

반룡^{高攀龍}: 1562~1626 등이 결성한 동림당^{東林黨}은 위충현^{魏忠賢}: 1568~1627 을 비롯한 환관 세력과 명나라 말엽까지 줄기차게 항쟁했고, 그 뒤로도 애남영^{艾南英}: ?~1647이 주도한 예장사^{豫章社}, 진자룡^{陳子龍}: 1608~1647이 주도한 기사^{幾社}, 장부^{張溥}: 1602~1641와 장채^{張采}: 1596~1684 등이 주도한 복사^{復社} 등이 결성되었다. 이 가운데 특히 명나라 말 엽에 반청운동^{反淸運動}으로 크게 활약한 복사의 활동이 유명하다. 복 사는 숭정^{崇禎} 2년인 1629년에 절강^{浙江}과 강서^{江西}, 강소^{江蘇} 등 강 남 지역에 산재해 있던 10여 개의 문인결사에 소속된 2,200여 명 의 젊은 문인들이 연합하여 결성한 것이다. 원래 이들 문인결사들 은 기본적으로 문인들이 과거시험을 준비하면서 팔고문^{八股文} 등을 공부하기 위해 결성된 것이었으나 점차 정치적인 관심사에도 참여 하게 되었다. 이들은 한때 소속 성원들이 연이어 과거에 급제하여 조정에 진출함으로써 전국적인 명성이 높았으나, 이내 그들을 시 기하는 집단의 견제를 받았다. 특히 이들은 동림당의 뒤를 이어 위충현 당파와 치열하게 항쟁함으로써 많은 박해를 받기도 했다.

청나라가 중원에 들어선 후 복사의 성원들은 각기 이자성^{李自成}: 1606~1645 정권이나 남명^{南明} 정권에 합류하기도 하면서 반청운동을 계속했다. 명나라가 망한 후에도 이들은 대부분 절개를 지켜 고 염무^{顧炎武}: 1613~1682나 황종희^{黃宗羲}: 1610~1695처럼 초야에 은거하여 명나라가 망하게 된 원인과 교훈에 대해 학술적으로 정리하기도 했고, 방이지^{方以智}: 1611~1671나 진정혜^{陳貞慧}: 1604~1656처럼 승려가 된 이들도 있었다. 물론 개중에는 오위업^{吳偉業}: 1609~1671이나 후방 역^{侯方域}: 1618~1654처럼 청나라에서 벼슬살이를 한 이들도 있었다. 문학적 측면에서 복사의 성원들은 대체로 전후칠자의 영향을 받아 복고주의에 치중해 있었던 것으로 평가되지만, 실천에 입각한 애 국적 열정과 사회에 대한 관심으로 명나라 말엽 문단의 분위기를 일신하는 데에 크게 기여했다. 그러나 청나라 세조^{世祖} 순치제^{順治帝}:

때인 1652년에 대대적인 억압이 가해지면서 그 명맥이 수면 아래로 묻혀 버렸다.

대체적으로 정치와 문화, 학술의 주도자라는 과거의 위상 회복에 급급한 명대 사대부들의 복고주의는 사실상 지극히 상부계층에 한정된, 명분상의 운동이었을 뿐이다. 원나라 때의 '나락'을 경험한 상당수의 중하층 사대부들은 명나라에 들어서도 명분보다는 생계와 연관된 실리를 중시하는 경향을 뚜렷이 드러내서, 명나라 중엽부터는 이미 사대부와 상인 계층의 경계가 허물어진 새로운 계층 체계가 형성되고 있었기 때문이다. 현대의 연구자들이 '신사민新四民' 이라고도 부르는 이 새로운 계층 체계에서는 사대부와 상인이 대두되고, 이전까지 봉건 왕조에서 '천하의 큰 뿌리[天下之大本]'로 존중받는 농민은 심지어 기술인 계층[工]에게도 밀려나 홀대를 받게 되었다. 도시의 발달과 연관된 이러한 변화는 문학 전반의 변화에도 영향을 주었으니, 개중에 가장 중요한 것은 민간문학이 대두하게 되었다는 사실이다. (이에 대해서는 뒤에서 좀 더 구체적으로 서술할 것이다.)

2) 청대 문단의 복고주의

청나라는 만주족이 세운 왕조지만 몽고족의 원나라와는 달리 한족들을 가혹하게 억압하지 않고, 무력과 부드러운 문화적 유화정책을 병행했다. 만주족은 한족문화의 전통과 가치를 인정하고 보존해 주었을 뿐만 아니라, 나아가 황족이나 귀족 자제들에게 어릴 때부터 한족문화를 교육하기도 했다. 이처럼 만주족은 정치적으로는 한족과 중원을 지배했지만 문화적으로는 한족문화에 동화되는 모습을 보여주었다.

특히 성조聖祖 강희제康熙帝 : 1662~1722 재위는 1684년에 강남 지역을 순시하면서 남경에서 명나라 태조 주원장^{朱元璋}의 무덤인 효릉^{孝陵}을 참배하고 친히 제사를 올렸으며, 이후에도 강남을 순시할 때마다 이 행사를 거르지 않았다. 이런 의식적 행사를 통해 그는 당시 강남 지역의 문인 사회를 중심으로 널리 퍼져 있던 만주족에 대한 반감을 희석하고, 나아가 그 자신이 명 왕조의 정당하고 합법적인 계승자임을 선언하고자 했던 것이다. 물론 강희제를 비롯한 청나라 황제들의 강남 순시는 일차적으로 해당 지역의 수재^{水災}로 고통받는 백성들을 보살피는 은덕을 베풀면서, 아울러 황실 재정의 가장 중요한 원천인 염상^{鹽商}들의 상황을 시찰하려는 데에 있었다.

아울러 그들은 이 행차를 통해 정통 문화의 주재자로서 한족 사대부들의 문화를 보호하고 후원하는 황제의 위상을 확립하려 했다. 특히 강희제와 고종^{高宗} 건륭제^{乾隆帝 : 1736~1795 재위}는 강남 지역을 순시하면서 이른바 '박학홍사과^{博學鴻詞科}'를 실시하여 인재를 널리 포용함으로서 청 왕조에 대한 한족 사대부들의 호감을 얻어 내는 데에 성공했다. 이에 따라 한족 사대부들은 고상한 '천거'라는 형식을 통해 벼슬길에 나아감으로써 명분과 실리를 모두 챙길 수 있었다. 그러나 이것은 결과적으로 사대부 계층의 생존과 문화가 명나라 때보다 더욱 공고하게 황제의 품안에 안주하는 상황을 야기했다.

청나라 초기 중국 지식인들의 정신 풍경을 한마디로 요약하자면, 또 한 번 이민족 왕조의 지배에 직면한 당혹감과 그에 대한 근원적인 대응책을 마련하기 위한 다각적인 갈망이 망국의 비애 속에 뒤얽힌 상태라고 할 수 있을 것이다. 이런 상태에서 청나라 초기에 고염무^{顧炎武}, 황종희^{黃宗羲}, 왕부지^{王夫之} 등 이른바 '삼대가^{三大家}'들이 열어 놓은 '경세치용^{經世致用}'의 실학^{實學}은 이민족의 물리적 힘에 대항하기 위한 대안으로서 지적·문화적 역량의 제고를 통한 민족적 자존심 회복을 지향하는 것이었다. 그러나 전통적인 학풍에 대한 본질적인 반성을 전제로 한 이들의 제안은 기본적으로 봉건제도 자체에 대한 인정을 전제로 한 것이었기 때문에 불가피한 한계를 내포하고 있었다. 왜냐하면 봉건제도에 대한 인정은 곧 전제권력으로서 황제와 그에게 봉사하는 지식인 집단으로서 문인 계층의 존재를 인정하는 셈이기 때문이다. 그러므로 이 한계는 변해가는 시대의 흐름 속에 그들을 계승한 후계자들에게도 일종의 고질로 유전되었다.

더욱이 청 왕조의 통치가 상대적으로 안정된 건륭, 가경^{嘉慶 :} 1796~1820 시기 지식인들은 계층적 · 민족적으로 심각한 위기를 직접적으로 경험하지 못했다는 점에서 '삼대가'의 본질적인 문제의식에 대해서는 공감하기 어려웠고, 이로 인해 학문 연구의 방법론만을 이어받는 오류를 범하게 된다. 설령 사회 구조적 위기가 내장되어 있다 할지라도, 적어도 표면적으로 번영하고 있는 시기에 태어나 살았기 때문에 이 시기 지식인들은 명말 · 청초의 지식인들과 같은 유형의 현실에 대한 비판 의식을 가질 수 없었다. 실제로 이 시기에는 전국의 인구가 이전에 비해 비약적으로 늘어났고 백성들의 경제 여건 또한 상당히 풍요로웠다.

게다가 이 무렵부터 청 왕조의 강력한 사상 통제 정책이 본격적으로 전체 지식인 사회를 압박했다. 특히 청 왕조의 황제들은 정복자의 통치 이데올로기로 피정복지 고유의 사상 가운데 하나인 성리학을 내세우면서, 아울러 당시 사회에 만연한 관료들의 부패를 척결하기 위해 특히 '궁행실천^{躬行實踐}'을 강조했다. 이것은 도덕적 수양을 중시하는 가장 전통적인 한족 고유의 학문을 내세워 현실적 이익에 매달려 자기모순을 드러내는 사대부들을 비판하면서 자연스럽게 일종의 자기검열을 은연중에 강제하는 효과를 노린 것이었다. 아울러 이런 명분과 논리는 부패한 관리들에 대한 징벌을 합리화하는 데에도 훌륭하게 활용될 수 있었을 것이다.

그런 의미에서 청 황실이 주도한 ≪전당시^{全唐詩}≫와 ≪강희자전

康熙字典≫, ≪사고전서四庫全書≫ 등의 대규모 편찬사업 역시 한족의 전통문화를 집대성한다는 명목 하에 수만 명의 지식인들을 묶어 놓으려는 교묘한 정책의 일환이라고 할 수 있다. 무엇보다도 청 왕조의 안정과 더불어 점차 가혹해진 문자옥은 한족 지식인들의 발언 기회와 사회적 활동 범위를 노골적으로 제한시켰다. 세종世宗 옹정제雍正帝 : 1723~1735 재위 때부터 강력한 쪽으로 방향을 전환한 문자옥은 건륭 시기에 이르면 그 수가 기하급수적으로 늘어났다.

이런 통제의 결과 상당수의 한족 지식인들은 집에 틀어박혀 책을 읽거나 고증考證에 몰두하면서 정치적 상황은 외면하게 되었다. 청나라 전 시기를 풍미한 '한학漢學' 즉, 고증학은 허망한 수사학적 꾸밈과 겉치레를 배척하고 사물의 근원과 제도의 객관적 변화 과정을 규명하고 역사의 추세를 중시했다. 그러나 사실상 그것은 '경세치용'을 배제한 채 형식적인 '실사구시實事求是'를 추구함으로써 정치적 억압과 회유에 교묘하게 타협한 관념적 학풍이라는 비판에서 자유로울 수 없었다.

물론 어떤 의미에서 고증학은 민족적 자존심을 유지하면서 청 왕조의 이학理學 지상주의에 대해 완곡하게 반발하려는 한족 지식인들의 의지가 반영된 것이었다고도 할 수 있다. 이에 따라 200여 년에 걸친 고증학의 풍성한 학문적 성과도 그 자체로는 충분히 긍정할 만한 측면이 있다. 즉 고증학은 훈고訓詁와 교감校勘, 전석箋釋, 변위辨僞, 그리고 자료의 수집과 정리와 같은 고전 연구의 여러 분야에서 뛰어난 업적을 남겼던 것이다. 그러나 사실상 전통 시기 중국의 독특한 지식인 집단으로서 사대부 계층의 구조적 모순이 극대화되고 있던 봉건 왕조의 황혼에서 이와 같은 순수 지향적 태도는 그들의 또 다른 중요한 소명인 적극적인 사회 참여라는 역할을 위축시키는 결과를 낳았다.

청나라 사대부 계층의 소극적이고 복고적인 경향은 문학에서도 뚜렷하다. 청나라 때에는 시와 산문, 사, 곡曲, 소설뿐만 아니라 이전에 중국문학사에 등장했던 거의 모든 분야의 문학이 다시 연구되고 모방작이 지어졌다. 시에서는 전겸익錢謙益 : 1582~1664과 여악厲鶚 : 1629~1753, 송락宋犖 : 1634~1713을 중심으로 송나라 때의 시를 숭상한 집단인 종송파宗宋派와, 오위업吳偉業 : 1609~1672과 왕사정王士禎 : 1634~1711, 옹방강翁方綱 : 1733~1818을 중심으로 한 당나라의 시를 숭상한 집단인 종당파宗唐派가 숭상의 대상만 달리한 채 100년이 넘는 세월 동안 복고주의적 흐름을 주도했다. 심지어 작가의 개성을 중시하여 성령설性靈說을 주장함으로써 문단의 이단아로서 자신의 저작이 금서로 불태워지는 수난을 겪어야 했던 원매袁枚 : 1716~1797까지도 기본적으로는 명나라 때의 공안파 문학이론을 계승한 셈이었다.

산문에서는 이른바 '동성파桐城派'의 고문이 건륭, 가경 연간을 휩쓸다가 청나라 말엽까지 영향을 미쳤다. '동성파'라는 명칭은 이 유파를 대표하는 이론가이자 작가들인 방포方苞 : 1668~1749와 유대괴劉大櫆 : 1698~1780, 요내姚鼐 : 1731~1787 등이 안휘安徽 동성桐城 출신이기 때문에 붙여진 것이다. 이들은 청나라 초기에 고염무 등이 주장한 '경세치용'의 문장관을 이론화한 것으로서 유가의 도의와 당송팔대가 같은 대가들의 창작 방법을 모델로 삼아 아름다운 격률을 겸비한 문장을 써 내야 한다고 주장했다. 그러나 엄숙하고 절제된 내용과 예술적으로 아름다운 수사법을 겸한 문장을 추구하는 그들의 이론은 종종 자체의 모순을 드러내기도 했다. 특히 그들은 고문 이외의 시나 사, 부 같은 문학 양식들에 대해 경시하는 태도를 취했고, 무엇보다도 당시에 이미 하나의 대세로서 흥성하고 있던 소설과 희곡 같은 민간문학을 경멸함으로써 대단히 보수적인 경향을 보였다. 그럼에도 불구하고 방포가 편찬한 고문 교과서인 ≪고문사류찬古文辭類纂≫(75권)은 거의 200년 동안 고문을 공부하는 이들에게 경전처럼 떠받들어졌다.

또한 청나라 말엽에는 학문과 문학의 측면에서 모두 대가라고 불려도 손색이 없는 증국번曾國藩 : 1811~1872이 나와 동성파 고문을 다시 대대적으로 유행시켰다. 특히 그는 기존의 동성파 이론가들이 제기한 바 있는 철학적 의리義理와 학술적 고증考證, 형식적 수식으로서 사장詞章을 융합한 폭넓은 고문의 영역을 추구하며 ≪경사백가잡초經史百家雜鈔≫(26권)를 편찬하기도 했다. 또한 청나라 때에는 고문뿐만 아니라 변려문까지 다시 흥성했다. 청나라 초기의 진유숭陳維崧 : 1625~1682과 중엽의 홍양길洪亮吉 : 1746~1809, 말엽의 완원阮元 : 1764~1846에 이르는 변려문의 대가들이 끊이지 않고 등장했다. 그러나 이들의 기본적인 문학의식은 한마디로 시대착오적이라고 해도 무방할 정도로 과거로 퇴보해 있었다.

청나라의 사대부들은 이제까지의 중국고전문학을 총정리하고 결산함으로써 근대 이후 신문학으로 넘어가는 전환점을 찍었다. 그러나 그들은 과거의 유산을 넘어서는 창의적인 측면을 개발하는 데에는 취약했으며, 심지어 고전 연구에 매몰되어 문학의 시대적 조류를 거스르는 부정적인 경향을 드러내기도 했다. 이런 한계는 앞서 언급한 것처럼 무엇보다도 이들이 봉건적 왕조 체제 속에서 황제의 권력에 의존할 수밖에 없는 사대부 계층의 한계를 극복하지 못했기 때문에 필연적으로 귀결될 수밖에 없는 종착점이라고 할 수 있다.

함께 참고할 만한 자료

노장시, ≪한유평전≫, 연암서가, 2013.
곽정충 저, 황일권 역, ≪구양수평전≫, 학고방, 2009.
수잔 나퀸 · 이블린 S. 로스키 저, 정철웅 역, ≪18세기 중국 사회≫,

신서원, 1998.

로이드 E. 이스트만 저, 이승휘 역, ≪중국 사회의 지속과 변화 :
1550~1949≫, 돌베개, 2000.

이경화 외 3인 저, 이종한·황일권 역, ≪중국산문간사≫, 계명대학교출
판부, 2007.

전동부 저, 이주해 역, ≪당송고문운동≫, 학고방, 2009.

조너선 D. 스펜스, 이준갑 역, ≪룽산으로의 귀환 : 장다이가 들려주는
명말청초 이야기≫, 이산, 2010.

자오위앤 저, 홍상훈 역, ≪증오의 시대≫, 글항아리, 2017.

자오위앤 저, 홍상훈 역, ≪생존의 시대≫, 글항아리, 2017.

한유 저, 이주해 역, ≪한유문집≫, 문학과지성사, 2009.

제7장 시서화일률론^{詩書畵一律論}과 문학

1. 선시^{禪詩}와 문인화^{文人畵}

1) 선종 불교와 문학

불교의 종파 가운데 하나인 선종은 석가여래의 제자 가섭^{迦葉}으로부터 제28대의 전수자인 달마^{達摩}를 통해 중국에 전래되었다. 이어서 혜가^{慧可}와 승찬^{僧璨}, 도신^{道信}, 홍인^{弘忍}이 의발을 전수받았고, 이른바 견성성불^{見性成佛}과 불립문자^{不立文字}의 '돈오^{頓悟}'를 강조한 남종^{南宗} 종파를 연 혜능^{惠能 : 638~713}과 학문과 수행을 통한 '점오^{漸悟}'를 강조한 북종^{北宗} 종파를 연 신수^{神秀 : 606~706}가 그 뒤를 이었다. 훗날 남종은 다시 여러 종파로 나뉘며 중국화된 불교이론을 발전시켜 나갔고, 이 가운데 법안종^{法眼宗}은 고려로 전파되어 한국 불교의 독특한 면모를 이루게 된다.

남종 선불교의 가장 큰 특징인 '돈오'는 주로 '정문일침^{頂門一鍼}'의 화두^{話頭}에 대한 참오^{參悟}를 통해 곧바로 깨달음의 경지로 직행하는 것을 의미한다. 유명한 선사^{禪師}가 남긴 화두는 종종 게어^{偈語}의 형태로 전해지는데, 그 자체로 한두 구절의 짧은 문장일 경우도 있고 상당한 구색을 갖춘 시로 된 경우도 있다. 다만 이런 화두들은 대개 표면적인 의미가 애매모호한 경우가 많다. 가령 "석녀가 밤에 아이를 낳고, 거북 털이 조금씩 자란다.〔石女夜生兒, 龜毛寸寸長〕"라든지, "바닥 없는 바구니에 밝은 달을 가득 담고, 속 없는 주발에 맑은 바람을 담는다.〔沒底籃子盛皓月, 無心碗子貯淸風〕"와 같은 것들은 일상의 어법으로는 이해하기 어려운 뜻을 담고 있다.

선승들은 대개 눈에 비치는 현상〔色相〕보다는 그 이면의 본질을 간파하는 직관을 중시했는데, 이런 태도는 어찌 보면 시인의 그것과 상통하는 부분이 많다. 이 때문인지 실제로 역사적으로 유명한 고승高僧들 가운데는 시인으로서 명성을 함께 날린 인물들이 적지 않다. 당나라 때의 교연皎然 : 720~799과 관휴貫休 : 832~912를 비롯해서 송나라 때의 영명연수永明延壽 : 904~975와 분양선소汾陽善昭 : 947~1024, 운봉문열雲峰文悅 : 997~1062, 황룡혜남黃龍慧南 : 1002~1069, 불과원오佛果圓悟 : 1063~1135, 원나라 때의 설암조흠雪岩祖欽 : 1214~1287 및 명나라 때의 감산덕청憨山德淸 : 1546~1623 등등이 모두 그런 예에 해당한다. 이 가운데 운봉문열이 쓴 <전원에 살다〔原居〕>를 보자.

<原居>	<전원에 살다>
掛錫西原上	서쪽 들판에 석장을 걸어 두었는데
玄徒[1] 苦問津[2]	승려들 고달프게 찾아와 길을 묻누나.
千峰消積雪	봉우리마다 쌓인 눈이 녹고
萬木自回春	나무들에는 저절로 봄이 돌아왔구나.
谷暖泉聲遠	계곡은 따뜻해지고 샘물 소리 멀리서 들려오고
林幽鳥語新	숲은 깊어져 새소리 새로워졌구나.
翻思[3] 遺只履[4]	신 한 켤레 남기신 달마의 뜻 생각하니
深笑洛陽人	낙양 사람들이 우습기 그지없도다!

1) 玄徒(현도): 불법을 배우는 승려들.
2) 問津(문진): 나루터를 묻다. 길을 묻다. ≪논어≫ <미자微子>에서 공

자가 자로^{子路}를 시켜서 은자들에게 나루터를 물어보았다는 이야기에서 비롯된 말이다.

3) 翻思(번사): 돌이켜 생각하다. 곰곰이 생각하다.

4) 전설에 따르면 달마는 소림사에서 혜가에게 의발을 전수하고 떠나 천성사^{千聖寺}에서 입적하여 불교 의례에 따라 장례를 치르고 웅이산^{熊耳山}에 안장했다. 그런데 동위^{東魏}의 사신 송운^{宋雲}은 오랫동안 서역에 나가 있어서 그 사실을 모르고 있다가, 달마가 입적하고 2년 후에 낙양으로 돌아오다가 총령^{蔥嶺}에서 달마를 만났다. 당시 달마는 한 손에 석장을 짚고 다른 한 손에는 신을 한 짝 들고 있었으며, 맨발로 승복을 입고 있었다. 송운이 묻자 달마는 서천으로 가는 길이라고 대답했다고 한다. 나중에 송운이 낙양으로 돌아와 황제에게 이 일을 아뢰자 황제는 그가 거짓말을 한다며 벌을 내렸다. 그러다가 며칠 후 황제는 달마의 무덤을 파서 확인해 보라 했는데, 관을 열어 보니 시체가 없고 신만 한 짝 남아 있었다고 한다.

석장 짚고 탁발 다니던 선승은 도에 가까워진 후부터는 고행을 멈추고 백척간두에서 마지막 한 걸음을 내딛기 위한 용맹정진^{勇猛精進}을 시작한다. 그러나 그 뜻을 모르는 몽매한 승려들은 부질없는 화두에 대한 답을 구한다는 핑계로 귀찮게 찾아와 득도를 위한 선승의 마지막 수행을 방해한다. 그런 그들을 보고 선승은 그저 말 없이 겨울을 겪어 내고 봄을 맞이하는 자연으로 눈을 돌린다. 그의 이런 응대는 결국 도라는 것은 말로 전할 수 없는 것이며, "세상 어느 곳이나 다 도량^(汾陽善昭, 〈摘茶偈〉: 摘茶更莫別思量, 處處分明是道場)"이니 끝없이 변화하는 자연의 풍경을 스승 삼아 그 속에 융화되어 스스로 체득하라는 무언의 가르침이다. 선승은 언어와 논리를 기반으로 한 '길'에 대한 집착은 오히려 도에서 멀어지는 것임을 깨우쳐 주고 싶은 것이다. 불법을 전하러 온 달마는 한 켤레의 신만 남기고 서쪽으로 돌아갔거늘, 허망한 명예와 깨달음에 대한 집착마저 떨치지 못한다면 부귀공명에 연연하는 저 낙양의 속된 무리와 무엇이 다르겠느냐는 뜻이다.

특별한 경우가 아니라면 선승들은 대부분 세속의 사회를 등지고 고요하고 청정한 자연에 묻혀 참선하며 수행에 정진한다. 이 때문에 선승들의 시 작품은 종종 차분한 관조의 분위기를 풍기곤 한다. 또한 속세의 먼지를 떨쳐 버린 선승은 자연 속 사물들의 계절에 따른 세세한 변화와 그 변화를 넘어서는 영원성을 매개로 수행자의 깨달음을 드러내고자 한다. 선승들은 부단하고 철저한 떨침을 통해 끝없이 자신의 의식을 객관화하고, 나아가 객관화된 의식마저 다시 객관화함으로써 불성佛性에 접근하려고 노력하는 것이다.

수행이란 본질적으로 우주 안에 존재하는 모든 것을 회의하고, 그 회의의 극단에서 다시 온전한 우주의 일부분으로 스스로 동화되는 불가해한 과정이다. 그러나 원천적으로 회의와 명상의 근저에는 언어가 있다. 선승들에게 언어란 "한없이 현묘하면서도 모든 오묘함으로 들어가는 문(《老子》 제1장 : 玄之又玄, 衆妙之門)"인 것이다. 그럼에도 언어라는 것은 본질적으로 항상성이 결여된 도구일 뿐이다. 그렇기 때문에 선승에게 언어란 '떨침'의 가장 궁극적인 대상이면서도 종국에는 동화의 대상이다. 그와 마찬가지로 시인에게도 언어란 '의상意象' 혹은 '의경意境'을 만들어 내는 유일한 수단이지만 그 궁극에서는 떨쳐야 할 대상이다. 언어의 조탁과 수사는 하나의 작품이 독립적으로 미적 가치를 확보하여 생명력을 얻기까지 잠시 빌리는 수단에 지나지 않는다. "강을 건너면 나룻배는 버려야[登岸舍筏]" 하는 것이다.

한편, 사대부 시인이 선승의 기풍에 영향을 받아 '거사'로서 청정과 달관에 침잠한 예는 이미 당나라 중엽부터 발견된다. 당나라 때와 송나라 때의 저명한 문인들은 대부분 유가만을 배타적으로 떠받들기보다는 도가와 불가 사상을 자유롭게 넘나들었다. 실제로 그들은 그런 사상적 융합과 인적 교류의 성과를 문학작품을 비롯한 다양한 형태로 남겼다. 앞서 살펴본 바와 같이 '시불詩佛'이라는 별칭으로 유명한 왕유는 그런 경향을 보여주는 대표적인 시인이라

할 수 있다.

송나라 때 소식이 쓴 <혜산의 승려 혜표에게[贈惠山僧惠表]>는 선
종 불교의 깨우침을 한층 더 뚜렷하게 반영하고 있다.

<贈惠山僧惠表[1]>　　<혜산의 승려 혜표에게>

行遍天涯意未闌[2]　　하늘 끝까지 돌아다녀도 뜻은 막히지 않으니
將心到處遣人安　　마음먹고 가는 곳마다 사람을 편하게 하기 때문이지.
山中老宿[3]依然在　　산속의 고승은 여전히 있지만
案上楞嚴[4]已不看　　책상 위의 ≪능엄경≫은 이미 보이지 않는다.
欹[5]枕落花餘幾片　　베개 베고 떨어지는 꽃 보니 몇 송이나 남았을까?
閉門新竹自千竿　　닫힌 문 안에는 수많은 대나무 새로 돋았구나.
客來茶罷空無有　　손님이 찾아와 차를 마시고 나니 잔은 비었지만
盧橘楊梅尙帶酸　　금귤과 양매에는 아직 신맛이 돈다.

1) 惠山(혜산): 지금의 쟝쑤성[江蘇省] 우시시[無錫市] 서쪽 교외에 있는 산
　　이름이다. 惠表(혜표)는 이 산에 거처하는 승려이다.
2) 闌(란): 막히다, 다하다.
3) 老宿(노숙): 불교나 도교에서 나이가 많고 덕행이 깊은 사람을 가리키
　　는 말이다.
4) 楞嚴(능엄): 불교 경전 가운데 하나인 ≪능엄경楞嚴經≫을 가리킨다. ≪능
　　엄경≫은 당나라 때에 인도에서 온 승려 반랄밀제般剌蜜帝: ?~?, Pramiti가
　　번역한 것으로 정식 명칭은 ≪대불정여래밀인수증료의제보살만행수
　　능엄경大佛頂如來密因修證了義諸菩薩萬行首楞嚴經≫(10권)인데, 보통은 줄여서 ≪수
　　능엄경首楞嚴經≫ 또는 ≪대불정경大佛頂經≫, ≪중인도나란타대도량경中印
　　度那爛陀大道場經≫이라고도 부른다. 이 책은 역대 중국 불교에서 가장
　　중요한 경전 가운데 하나로 간주되어 왔는데, 여기서는 일반적인 불
　　경을 대표하는 뜻으로 쓰였다.
5) 欹(의): 비스듬히 기대다. 기댄다는 뜻의 '倚(의)'와 통한다.

고승은 여전히 있지만 책상 위에 불경은 이미 보이지 않는다는
것은 그 고승이 더 이상 불경에 대한 공부가 필요 없는 득도의 경
지에 올랐음을 우회적으로 말해 준다. 이제 그는 염불이나 면벽

356

같은 수행을 넘어서 꽃이 지고 새로운 죽순이 돋는 자연의 변화를 즐기며, 나아가 그에 동화되는 데에까지 이르러 있다. '손님'과 '빈 잔'은 나그네 같은 인생의 덧없음에 대한 깨달음을 비유한다. 설익 은 금귤과 양매를 베어 물면 온몸에 소름이 돋을 듯이 시큼한 맛 이 느껴진다. 그리고 그 '신맛'은 바로 정수리에 제호醍醐를 부은 듯 이 짜릿한 깨달음의 쾌감을 나타내는 또 다른 표현이기도 하다.

비록 선종의 분위기에 적지 않은 감화를 받았다고는 하지만, 문 인은 결국 선승 자체가 아니라 관찰자에 가깝다. 그렇기 때문에 그들의 작품은 참선의 오묘한 내용이나 그를 통한 깨달음 자체를 제시한다기보다는 선승들이 참선을 통해 이룩한 경지에 대한 '홍탁 烘托'의 묘사를 제시하는 경우가 많다. '거사'로서 이런 사대부 시인 들은 산사의 암자에 묻혀 속세와 연을 끊은 선승들과는 달리 선의 정취를 일상의 삶으로 확장시킬 수 있었다.

이처럼 송나라 때의 시인들은 성리학의 수양을 쌓음과 동시에 도교의 무위자연에 대한 새로운 사색, 그리고 선종 불교의 수행을 받아들임으로써 폭넓은 깨달음의 경지를 구현하고자 하는 중국 시 의 새로운 경지를 열 수 있게 되었다. 특히 선종의 수행 개념은 정제된 고전시 창작과 결합하면서 시 작품의 구상과 묘사에 비약 적인 발전을 가져다주었다. 무엇보다도 문자 이면의, 혹은 문자를 넘어서는 의미를 추구한 선종의 화두는 시 창작과 관련된 새로운 인식의 지평을 깨닫게 해 주었던 것이다. 예를 들어서 남송의 엄 우嚴羽 : ?~?는 유명한 ≪창랑시화滄浪詩話≫에서 "무릇 선의 도리는 오 로지 오묘한 깨달음에 있는데, 시의 도리 역시 오묘한 깨달음에 있 다.〔大抵禪道惟在妙悟, 詩道亦在妙悟〕"고 선언함으로써, 선종의 수행과 시 창 작을 직접적으로 연결시켰다. 그런 노력을 통해 창작된 시는 "마치 허공 중의 소리처럼, 사물 중의 형색처럼, 물속의 달처럼, 거울 속 의 형상처럼 언어는 다함이 있어도 뜻은 끝나지 않는〔如空中之音, 相中

之色, 水中之月, 鏡中之象, 言有盡而意無窮]" 경지에 이를 수 있다고 했다.

2) 사대부문학과 문인화

송나라 때에는 시와 그림, 서예의 미학적 지향들이 활발하게 서로 교류되었다. 이에 따라 작가들은 인간을 둘러싼 세계의 현상과 사물에 대해 주체적으로 인식하고 내적으로 관조하고자 했다. 그리고 거기에서 얻은 깨달음을 간명한 언어와 형상, 먹의 농담과 굵기가 잘 조화된 선으로 추상화시켜 표현하고자 했다. 이것은 예술이 추구하는 아름다움과 학문이 추구하는 진리가 도라는 본원으로 귀납한다는 공통의 인식을 대변하는 것이었다. 이에 따라 그림을 그리는 행위가 사대부와 승려들이 인격을 수양하는 유력한 수단으로 격상되고, 서예에서도 인품과 글씨의 품격을 동일시하는 경향이 강화되었다.

문인화란 말에는 여러 가지 뜻이 있지만, 가장 일반적인 의미에서 그것은 사대부 문인들이 그린 그림을 가리킨다. 그러므로 거기에는 사군자四君子나 꽃, 새, 산수화, 인물화 등 다양한 분야가 두루 포괄되어 있지만, 무엇보다도 여러 가지 채색을 쓰지 않고 오로지 먹의 농담과 붓의 기세만을 이용하여 사대부 특유의 정신세계와 인품 등을 나타내는 그림—문인화 가운데서도 이런 종류의 그림을 대개 '북종화北宗畵'라고 일컫는데—을 주로 가리킨다. 물론 문인들이 그림을 그린 예는 이미 한나라 때의 장형張衡 : 78~139이나 채옹蔡邕 : 133~192까지 거슬러 올라가지만, 본격적인 의미에서 문인화는 대개 당나라 때의 왕유王維로부터 시작된다고 여겨지고 있다. 왜냐하면 문인화는 선비의 인품과 기질, 학문과 재능, 정서를 바탕으로 한 빼어난 품격을 추구하는 것으로서, 회화 자체의 기술뿐만 아니라 문학과 학문, 서예, 수양 등 여러 방면의 소양을 아울러

'우아함[雅]'을 구현하고자 하는 것이기 때문이다.

문인화는 기본적으로 지나치게 사실적인 묘사를 중시하는 궁정 화풍에 대한 반발에서 비롯되었다. 특히 이론적 차원에서 '선비의 그림'을 중시한 최초의 인물로 꼽히는 소식은 당나라 때 오도현吳道玄 : 680~759 같은 직업화가의 세세한 기법보다 왕유같이 형상의 바깥에 사대부의 의기意氣와 시적인 정취를 담은 작품을 중시했다. 이러한 그의 생각은 "왕유의 시를 음미해 보면 시 속에 그림이 들어 있고, 그의 그림을 보면 그림 속에 시가 있다.(蘇軾, <書摩詰藍田烟雨圖> : 味摩詰之詩, 詩中有畵. 觀摩詰之畵, 畵中有詩.)"라는 유명한 선언 속에 집약되어 있다. 아울러 소식은 <고목괴석도枯木怪石圖>와 같은 뛰어난 작품들을 창작해, 묵죽도墨竹圖를 남긴 문동文同 : 1018~1079이나 '백묘白描'의 기법을 활용한 인물화의 대가인 이공린李公麟 : 1049~1106 등과 더불어 실질적인 문인화의 기풍을 열었다.

송나라 문학과 예술의 이러한 흐름은 예술과 학문, 인격 수양을 통합한 포괄적인 미학 개념이 형성되고 있었음을 의미한다. 사물과 현상은 단순히 재현만 해서 될 것이 아니라 그 이면의 본질을 통찰하는 관찰 주체인 작가의 인격과 철학에 녹아들어 새로운 상징으로 승화될 때에야 비로소 참다운 의미를 갖는다는 것이다. <반거도盤車圖>라는 글 가운데 구양수가 제시한 다음의 진술은 이 새로운 미학관을 압축적으로 표현한 것이라 할 수 있을 것이다.

> 옛 그림에서는 뜻을 그리고 형체만 그리지는 않았으니, 매요신의 시는 사물을 노래할 때 정감을 숨기지 않았다. 형체를 잊어야 뜻을 얻는다는 것을 아는 이 드문데, 시 보는 것도 그림 보듯이 하면 어떻겠나?

> 古畵畵意不畵形, 梅詩詠物無隱情. 忘形得意知者寡, 不若見詩如見畵.

이것은 일찍이 동진東晉의 고개지顧愷之 : 346?~407[1]가 초상화를 그리는데 몇 년 동안 눈동자를 그려 넣지 않은 이유를 말하면서 "사지의 아름답고 추함은 본래 빠짐없이 묘사했으나, 오묘한 곳에서 정신을 밝게 묘사해 내는 것은 바로 이것(＝눈동자)을 묘사하는 데에 달려 있다.(《晉書》 <顧愷之傳>：四體妍蚩本無關少, 於妙處傳神寫照正在阿堵中)" 라고 한 것이나, 남제^{南齊}의 사혁^{謝赫：500~535 활동2)}이 제시한 이른 바 '기운생동^{氣韻生動}'의 화론^{畵論}을 시론^{詩論}으로 승화시킨 것이다. 원나라 때의 양유정^{楊維楨：1296~1370}의 설명에 따르면 그것은 "고양이 그림을 벽에 걸어 놓으면 쥐가 없어지는(<圖繪寶鑑序>：如畫猫者張壁而絶鼠)" 것처럼 추상화된 '정신을 압축하여 표현하는^[傳神]' 방식이라고 했으니, 구양수의 이 말은 시에서도 자구^{字句}의 꾸밈새가 아니라 시인의 정신을 읽을 줄 알아야 함을 강조한 것이라 하겠다.

　이처럼 시와 그림이 하나라는 생각은 종종 그림을 소재로 한 제화시^{題畵詩}라는 형식을 통해 직접적으로 드러나기도 한다. 예를 들어서 소식이 쓴 <혜숭의 '춘강만경'을 보고^[惠崇春江晩景]>를 보자. 참고로 이 작품은 2수의 연작시 가운데 제1수이다.

　　　<惠崇¹⁾春江晩景>　　<혜숭의 '춘강만경'을 보고>

　　竹外桃花三兩枝　　대나무 숲 밖의 복사꽃 두세 가지
　　春江水暖鴨先知　　봄 강 수온 따뜻해지니 오리가 먼저 아네.

---

1) 고개지는 자가 長康이고 晉陵 無錫 사람이다. 그는 당시에 재주^[才]와 그림^[畵], 그리고 미치광이 짓^[癡]에서 따를 사람이 없다 하여 '三絶'로 불렸으며, 謝安 등의 귀족들로부터 두터운 후원을 받았다.

2) 사혁은 6세기 무렵의 저명한 인물화 화가이자 회화 이론가이다. 그는 자신이 알고 있던 27명의 화가를 격에 따라 3등급으로 나누고 그 각각을 또다시 세 부류로 분류해 놓은 《古畵品錄》에서 후세의 중국 회화의 창작과 비평에 기준이 되는 '六法' 이론을 정립하고 창안해 낸 것으로 유명하다. 육법은 세월이 지남에 따라 여러 가지 새로운 의미로 발전하거나 전혀 다른 뜻으로 바뀐 부분도 있지만, 일반적으로 氣韻生動(생생한 표현), 骨法用筆(형태의 기본적 묘사), 應物象形(형태의 사실성), 隨類賦彩(색채의 사실성), 經營位置(구도 설계), 傳移模寫(엄정한 모사)의 여섯 가지 법으로 정리된다.

蔞蒿²⁾滿地蘆芽短　　땅에는 쑥 가득 덮였고 갈대 싹 돋아나니
正是河豚³⁾欲上時　　바로 복어가 강으로 올라오려는 때로구나.

　1) 惠崇(혜숭: ?~1017?): 송나라 초기에 시와 그림으로 명성이 높았던 회남淮南, 지금의 장쑤성 양저우시[揚州市]에 속함 출신의 승려로서(일설에는 지금의 푸젠성[福建省]에 속하는 젠양[建陽] 출신이라고도 함), 특히 소슬한 풍경 소품을 잘 그려서 '혜숭소경惠崇小景'이라는 말이 생겨났을 정도라고 한다. 특히 그가 죽은 후 신종神宗: 1068~1085 재위 때에 명성이 높아져서 소식과 왕안석을 비롯한 여러 문인들의 시에 자주 칭송되었다.
　2) 蔞蒿(누호): 쑥, 물쑥.
　3) 河豚(하돈): 원래 '河豚'은 담수淡水에 사는 포유류 동물인 강돌고래를 가리킨다. 하지만 여기서는 오늘날 '河魨'이라고 표기하는 복어를 가리킨다. 옛날에는 '폐어肺魚'라고 불리기도 했던 이 물고기는 지역에 따라서 기포어氣泡魚, 취두어吹肚魚, 기고어氣鼓魚, 괴어乖魚, 계포鷄抱, 귀어龜魚, 납두蠟頭, 정발어艇鮁魚 등등 여러 가지 이름으로 불린다. 이 물고기는 대개 바다에 살지만 일부는 산란을 위해서 강으로 올라오기도 하고, 아예 강물에 적응하여 사는 종류도 있다. 중국에서는 이미 육조 시기부터 이 물고기를 별미로 식용했으며, 특히 그 정소精巢의 순백색 기름진 육질은 입에 들어가는 즉시 녹는다고 해서 '서시유西施乳'라는 별칭이 붙어 있기도 하다. 송나라 때에는 여러 문인들의 시사詩詞에서 이 물고기(또는 그 요리)에 대한 묘사가 나타났다.

　복사꽃이 막 피어나기 시작하는 초봄, 겨울 철새인 오리는 계절의 변화를 미리 알고 떠날 준비를 한다. 강 언덕과 들판에는 보들보들한 쑥이 파랗게 돋고, 강변의 갈대들도 짤막한 싹을 내민다. 화면의 이런 변화는 다시 강물 속 풍경에 대한 시인의 상상을 자극한다. 해마다 봄이 되면 산란을 위해 복어가 강으로 올라오고, 이맘때의 살 오른 복어는 맛도 그만이다. 수면과 강변의 정경을 통해 묘사되지 않은 물속을 들여다보고, 다시 거기에서 고소하면서 담백한 복어 요리의 향기와 맛까지 이끌어 내는 시상의 전환이 무척 절묘하다. 이것은 대나무와 복사꽃, 오리, 봄 강의 물결, 쑥, 갈대에 대한 묘사만으로 강물 속의 풍경까지 연상시킬 정도로 혜

숭의 그림이 뛰어났기 때문일 수도 있겠지만, 형상에 대한 사실적 묘사보다 화가의 정신을 더 중시한 문인화^{文人畵}의 개척자로서 소식의 위상을 생각한다면, 이런 감각적인 상상은 오히려 그의 천재적인 발상의 산물이라고 하는 편이 더 적절할지도 모른다.

이상에서 살펴본 것처럼 시와 서예, 그림을 하나로 간주하는 송나라 사대부들의 예술관은 학문과 예술, 실천을 일치시키려는 지고한 정신을 표현한 것이었다. 그것은 문학이란 단순한 '기술'이 아니라 지난하고 고결한 '수양' 자체라는 사대부 정신의 선언과 다르지 않았다.

그런데 문학을 비롯한 예술과 철학, 종교적 수행을 하나로 결합한 결과, 시를 쓴다는 것이 대단히 차원 높은 지적 행위 가운데 하나로 확실히 자리매김하게 되었던 것은 사실이다. 그러나 사실상 현실 도피의 심경을 억지로 정당화하려는 태도로 보일 수도 있는 초월적 세계에 대한 추구랄지, 외부 세계로부터의 소외를 애써 자발적인 은거로 둘러대고자 하는 가련한 자기변호 등은 일종의 모순적이고 이중적인 허위의 사명감에서 비롯된 것이다. 물론 개중에 진정한 깨달음의 메시지가 들어 있을 수 있고, 또 그것을 읽어 낼 만한 역량을 가진 이들에게는 작자의 뜻이 보일 수도 있다. 그러나 명료하지 않은 만큼 위태로운 허구로 인식될 수 있는 것이 시를 포함한 문학예술의 약점이다. 그러므로 시인들이 내놓은 결실은 보통의 독자들에게는 종종 재미와 의미의 경계 및 그 존재마저도 모호한 장난감에 지나지 않을 경우도 적지 않은 듯하다.

한편 직접적으로 문학작품을 표현한 그림에서도 표면적인 형체 밖에서 작품의 진정한 의미를 파악하는 수법이 중시되었다. ≪시경≫의 노래들은 물론이거니와 굴원의 <어부사^{漁父詞}>, 채염^{蔡琰}의 <비분시^{悲憤詩}>, 조식의 <낙신부^{洛神賦}>, 도잠의 <귀거래사>, 두보의 <여인행^{麗人行}>, 백거이의 <비파행>, 소식의 <적벽부> 등

362

이 모두 화가들의 독자적인 해석을 거쳐 빼어난 그림으로 표현되었다. 이런 그림들은 대개 긴 두루마리에 연환화連環畵처럼 작품의 줄거리에 담긴 이야기를 풀어내거나, 인물화나 산수화의 형식으로 작품 가운데 화가 자신에게 인상적인 부분을 집중적으로 묘사하는 방식을 취하고 있다.

<어부사>는 간신들의 참소 때문에 벼슬에서 내쫓긴 굴원이 초췌한 몰골로 강호를 떠돌며 비통한 심경을 노래하며 다니다가, 어느 강가에서 어부를 만나 나눈 대화를 배경으로 하고 있다. "온 세상이 모두 혼탁한데 나만 홀로 청정하고, 사람들이 다들 취해 있는데 나만 홀로 깨어 있어서 내쫓겼소.〔擧世皆濁我獨淸, 衆人皆醉我獨醒, 是以見放〕"라는 굴원의 탄식을 듣고, 어부는 빙그레 미소를 짓더니 노를 저어 떠나며 이렇게 노래한다.

滄浪之水淸兮　　창랑의 강물 맑으면
可以濯吾纓　　　내 갓끈을 씻을 만하고
滄浪之水濁兮　　창랑의 강물 흐리면
可以濯吾足　　　내 발을 씻을 만하지.

다음 장면은 송나라 때 어느 무명 화가에 의해 그림으로 표현되었는데, 그 제목은 <계방한화溪旁閒話>이다. 이 그림은 여러 가지로 재미있는 상징을 많이 담고 있다. 먼저 도끼 자국 같은 부벽준斧劈皴의 필법으로 힘차게 연결된 커다란 바위 절벽에는 가지를 드리운 푸른 소나무와 단풍나무, 그리고 소나무 가지를 휘감은 덩굴이 함께 묘사되어 있다. 여기서 절벽이란 곧 험난한 세상─혹은 세상에 대해 느끼는 굴원의 절망감─을 의미하고 소나무는 절개 굳은 선비 굴원을, 단풍나무 잎은 세파에 순응하여 변하는 간신의 무리를, 그리고 덩굴은 요지경의 세상에 빌붙어 질긴 삶을 살아가는 소인배를 의미한다. 그림이 흐릿하여 굴원의 초췌한 얼굴은 확

송^宋 작가 미상, <계방한화^{溪旁閒話}> 부분 - 타이베이 고궁박물원 소장

인하기 어렵지만, 소박한 옷을 단정히 차려입고 공손히 두 손을 모은 모습은 영락없는 '바른생활 선비'임을 확인시켜 준다. 이에 비해 상의를 풀어헤쳐 가슴을 드러낸 채 맨발로 퍼질러 앉은 어부의 모습은 거칠 것 없는 자유로움과 느긋함을 함께 보여준다. 또한 오래되어 변색된 탓도 있겠지만 누렇게 표현된 강물에 발을 담그고 있는 어부의 모습은 원래 작품에서 그가 떠나면서 불렀다는 노래의 의미를 떠올리게 한다. 그림을 소재로 한 시와 시를 소재로 한 그림은 이처럼 하나의 예술적 사유를 관통하면서 교묘하게 상호보완의 역할을 하고 있는 것이다.

이렇게 시작된 문인화는 남송 때의 독보적인 산수화가인 미불米芾 : 1051~1107, 원나라 때에 '서화동원론書畵同源論'을 주장한 이론가이자 서예가인 조맹부趙孟頫 : 1254~1322 등으로 이어지면서 그 폭과 깊이가 점점 넓어지고 깊어졌다. 특히 원나라 중엽의 예찬倪瓚 : 1301~1374에 이르면 묘사의 사실성보다는 사대부의 가슴속에 담긴 '빼어난 기상逸氣'의 표현을 중시하는 문인화의 개념에 대한 이론적 정립이 거의 완성된다. 명나라 때에 이르면 문인화는 좀 더 복잡한 분파로 나뉘어 발전하다가 명나라 말엽 동기창董其昌 : 1555~1636에 이르러 이론과 창작의 측면 모두에서 절정기를 맞게 된다.

이어서 청나라 초기에는 왕시민王時敏 : 1592~1680, 왕감王鑑 : 1598~1677 등의 '육대가'가 등장했고, 중엽에는 김농金農 : 1687~1764과 정섭鄭燮 : 1693~1765 등의 '양주팔괴揚州八怪' 및 석도石濤 : 1641~1707? 같은 대가들이 나와 뛰어난 걸작들을 많이 남겼다.

2. 사대부문학의 정점, 소식蘇軾

1) 소식의 생애와 문학사상

소식(1037~1101)은 자가 자첨子瞻 또는 화중和仲이고 호는 동파거사
東坡居士로서, 미주眉州, 지금의 쓰촨성[四川省] 메이산현[眉山縣] 사람이다. 저명
한 문인 소순蘇洵 : 1009~1066의 아들인 그는 북송의 시와 산문, 사,
서예, 그림의 대가로서 부친인 소순 및 아우 소철蘇轍 : 1039~1112과
더불어 '삼소三蘇'라고 불리며, 또한 세 사람 모두 고문의 대가로서
'당송팔대가'에 포함된다.

소식은 1057년에 아우 소철과 함께 진사에 급제하여 벼슬살이
를 시작했으나 정치적으로는 스승 구양수와 함께 보수파의 주장을
견지하여 왕안석이 주도한 개혁운동에 반대했다. 그 여파로 그는
1071년 항주통판杭州通判을 시작으로 지방관 생활을 시작했다. 특히
1079년에 그를 시기하던 이들이 그의 시를 왜곡하여 일으킨 '오대
시안烏臺詩案'으로 인해 정치적으로 큰 타격을 입었고, 이 때문에 이
후 1085년까지 밀주密州, 지금의 산둥성[山東省] 주청시[諸城市]와 서주徐州, 지
금의 장쑤성에 속함, 호주湖州, 지금의 저장성에 속함, 황주黃州, 지금의 후베이성에 속함,
상주常州, 지금의 장쑤성에 속함 등지의 지방관으로 전전하다가 겨우 조정
으로 돌아와 1086년에 한림학사가 되었다. 그러나 1089년부터
다시 항주와 영주潁州, 지금의 안훼이성[安徽省] 푸양시[阜陽市]에 속함, 양주揚州,
지금의 장쑤성에 속함, 정주定州, 지금의 허베이성에 속함, 혜주惠州, 지금의 광둥성에
속함 등지의 지방관으로 내쫓겨 돌아다니다가 급기야 1097년에는
해남도海南島의 담주儋州로 폄적되었고, 결국 그곳에서 4년 가까이

지내다가 돌아오는 도중에 죽었다. 죽은 후에는 '문충文忠'이라는 시호가 내려졌다.

정치적으로는 보수적이고 인간관계도 원만하지는 않았지만, 소식은 북송의 시문개혁운동을 실질적으로 완성하는 작품들을 창작해 낸 대가로 평가되고 있다. 그는 기본적으로 스승 구양수와 마찬가지로 유학을 존중하면서 도를 밝히고 다스림에 유용한 글쓰기를 추구했다. 그러나 그는 노장사상의 낭만과 열정도 배척하지 않고 자유롭게 수용했고, 특히 만년에는 불교에도 심취했다. 또한 본의 아니게 중국 곳곳의 지방관을 역임하면서 넓어진 견문은 그로 하여금 거시적인 세계관을 형성하게 해 주었고, 그 덕분에 그는 중국문학사와 예술사의 거의 모든 분야에서 스케일 크고 창의적인 작품들을 두루 양산해 낼 수 있었다. 이러한 그의 문학관 및 창작의 성취는 '소문사학사蘇門四學士'로 일컬어지는 황정견과 진관秦觀: 1049~1100, 장뢰張耒: 1054~1114, 조보지晁補之: 1053~1110 같은 제자들에게 계승되어 후세에 많은 영향을 미쳤다.

2) 소식의 시와 사詞

1079년의 '오대시안'은 소식의 문학 생애에도 큰 전환점이 되었다. 이 사건이 일어나기 전에도 그는 여러 곳의 지방관을 지냈으며 자유롭고 호탕한 기세와 정치적 이상을 담은 작품들을 많이 써냈다. 그러나 이 사건이 일어난 후부터 그의 작품에는 정치적인 내용보다는 대자연과 인생에 개한 관조와 깨달음을 담은 작품이 현저하게 많아졌으며, 어쩔 수 없이 경험해야 했던 '관은官隱'의 생활 속에서 지어진 전원생활에 대한 선망을 담은 작품들에도 은연중에 현실에 대한 비판적 관점이 녹아 있기도 하다. 다만 그런 비판의식은 후대로 갈수록 격정보다는 노숙한 예술로 승화되어 담담하게 표현되었고, 특히 만년에 혜주와 해남도에서 쓴 작품들은 초탈한 태도로 인생을 정리하는 내용이 많다. 이것은 그가 만년에 불교사상에 심취했던 것과도 관련이 있을 것이다.

<和子由澠池懷舊[1]> <아우 소철이 면지를 회고하며 쓴 시에 화답함>

人生到處知何似	사람이 태어나 이르는 곳 무엇과 같은가?
應似飛鴻踏雪泥[2]	응당 날아간 기러기가 밟았던 진흙 같으리라.
泥上偶然留指爪	진흙 위엔 우연히 발자국 남겠지만
鴻飛那復[3]計東西	기러기 날아 가버리면 어찌 다시 방향을 헤아릴 수 있으랴?
老僧已死成新塔	노승은 이미 죽어 새로 탑이 만들어졌고
壞壁無由見舊題[4]	무너진 벽에는 옛적에 적었던 시 읽을 길 없구나.
往日崎嶇[5]還記否	지난날 기구했던 시절 아직 기억하는지?
路長人困蹇驢嘶[6]	길은 멀고 사람은 피곤한데 절뚝이는 나귀가 울어댔지.

1) '子由(자유)'는 소식의 아우 소철蘇轍의 자이다. '澠池懷舊(면지회구)'는 소철이 쓴 시 <회면지기자첨형懷澠池寄子瞻兄>을 가리킨다. 참고로 '澠池'는 허난성[河南省] 서쪽의 멘츠현[澠池縣]을 가리킨다.
2) 雪泥(설니): 눈이 내린 후 녹아서 질척질척한 진흙길을 가리킨다.
3) 那復(나부): 어찌 다시.
4) 舊題(구제): 옛날에 쓴 시. 소철의 시에 첨부된 자주自註에 따르면, "옛날 형 소식과 과거를 보러 가다가 노승이 계신 봉한奉閑의 절에 들렀는데, 그때 그 스님의 방에 시를 적어 놓았다."라고 했다.
5) 崎嶇(기구): 힘들고 어려움. 마지막 구절에 달린 자주에 따르면, 당시 소식 일행은 "이릉二陵 땅에서 말이 죽어 버려서 나귀를 타고 면지에 갔다."고 했다.
6) 蹇驢嘶(건려시): 절뚝이는 나귀가 울어대다.

시인은 인생을 계절 따라 떠도는 기러기에 비유하면서, 사람이 태어나 남긴 자취란 진흙 위의 기러기 발자국처럼 덧없는 것이라고 정의한다. 물가 진흙 위의 발자국은 얼마 후 불어난 물에 씻기거나 또 다른 진흙에 덮여 흔적이 사라지거나 묻힐 터이고, 그곳을 떠난 기러기는 세상을 떠난 사람의 영혼처럼 어디로 갔는지 아무도 알 수 없다. 심지어 그가 보기에는 성불成佛을 꿈꾸던 노승과 수행의 도량마저 죽음—'입적入寂'이 아니라 '이사已死'라고 표현한 것은 부처가 되려는 노승의 바람이 좌절되어 보통의 인간으로 죽었음을 나타낸다고 할 수 있으니—과 세월 앞에 무력하다. 게다가 힘겨웠던 지난날의 추억과 그 시절의 감회를 담은 시마저 무너진 절과 함께 사라져 버린 지금의 현실에 대한 진술에서는 삶에 대한 허무감이 극도로 표출된다. 그러나 관점을 달리해서 자세히 살펴보면, 시인이 결코 비관적 정조를 조장하거나 쓸쓸한 분위기를 자아내려고 이런 허무감을 표출한 것은 아니라는 사실을 발견하게 된다.

'오대시안' 이후로 생을 마칠 때까지 다사다난했던 소식의 벼슬길은 그야말로 지난날의 기구했던 시절의 연속이라고 할만 했다. 생을 마치기 전까지 20년 가까운 세월 동안 고향과 경사에서 한참 멀리 떨어진 지방을 전전해야 했던 그의 삶은 여전히 "길은 멀고 사람은 피곤한데 절뚝이는 나귀가 울어대는" 상황이었던 것이다. 이런 상황을 고려하면 이 작품에는 여전히 인생에 대한 강렬한 희망이 담겨 있다고 할 수 있다. 즉, 지난날에 그 고난을 이겨내고 과거에 급제하여 입신양명했듯이 지금의 길고 힘겨운 고난도 언젠가는 웃으며 되돌아볼 추억으로 변할 수 있을 것이라는 희망이 그것이다. 이렇게 볼 때 이 작품의 가장 빼어난 특징은 이성적 사유에 입각한 담담한 어조로 일관된 시인의 감정이 선종禪宗 불교의 참선參禪마저 넘어선 달관達觀의 경지를 보여주는 데에 성공한 점이라고 하겠다.

오늘날 남아 있는 소식의 시는 약 4,000여 수로서 그 내용과 풍격이 매우 다양하지만, 대체로 호방하고 변화가 무궁한 작품이 많다. 이 때문에 청나라 때의 섭섭葉燮 : 1627~1703은 "소식의 시는 그 경계가 모두 고금에 없던 바를 개척했다. 천지만물과 기뻐 웃고 화내고 욕하는 감정들이 모두 붓끝에서 춤추며 자신이 드러내고자 하는 뜻에 들어맞는다.3)"고 했다. 참신하고 힘찬 표현과 과장된 비유를 자유롭게 활용한 그의 시에는 시원스러운 기세와 심오한 내용이 잘 어울려 있다.

<題西林1)壁>　　<서림사 벽에 쓰다>

橫看成嶺側成峰　가로로 보면 고개가 되고 옆으로 보면 봉우리가 되는데
遠近高低各不同　멀고 가깝고 높고 낮음이 각기 다르구나.
不識廬山2)眞面目　여산의 참다운 면모를 알지 못하는 것은
只緣3)身在此山中　그저 이 몸이 이 산속에 있기 때문이지.

　1) 西林(서림): 여산의 서쪽 기슭에 있는 절 이름이다.
　2) 廬山(여산): 지금의 장시성[江西省]에 있는 산 이름이다.
　3) 緣(연): ~에 연유하다. ~에 기인하다. '由'와 같다.

이 시는 칠언시에 특히 뛰어났다는 소식의 특징을 가장 잘 보여주는 작품이라 하겠다. 쉬운 용어들 속에 웅장하고 변화막측한 여산의 모습이 잘 묘사되어 있으며, 아울러 장엄한 자연 속에 묻힌 미미한 존재로서 인생의 의미를 간결하면서도 깊이 함축하고 있다. 무엇보다도 숲속에 있으면 나무는 보지만 외부의 객관적인 관찰자처럼 숲 전체의 모습을 보지는 못한다는 삶의 일반적인 이치를 간명하게 제시했다.

한편, 소식은 사 창작에서도 획기적인 업적을 남겼다. "시는 장엄하고 사는 아리땁다.[詩莊詞媚]"라는 후세 사람들의 말처럼, 대개 소식 이전의 송나라 때의 사대부들은 시와 사의 역할을 조금 의식적으로 구별하고 있었던 듯하다. 즉 시가 진지한 사상과 인품, 역

───────────

3) 葉燮, ≪原詩≫: "蘇軾之詩, 其境界皆開闢古今之所未有. 天地萬物, 嬉笑怒罵, 無不鼓舞于筆端, 而適如其意之所欲出."

사와 현실에 대한 인식 등을 표현하는 수단인 데에 비해 사는 상대적으로 가벼운 서정을 노래하는 양식으로 여겼던 것이다. 이것은 앞서 살펴본 유영^{柳永 : 987?~1053?}의 예에서도 확인할 수 있었다. 그런데 소식은 웅대하고 풍부한 내용을 담은 호방한 사를 지어서 이전까지 주류를 이루던 '완약파^{婉約派}'의 기풍을 크게 바꿔 놓았다. 즉 소식의 사 작품은 여성적이고 감상적인 내용이 아니라 개성적이고 시적이며 호방한 내용을 노래했던 것이다.

<念奴嬌¹⁾·赤壁懷古>　　<염노교·적벽에서 옛날을 회상하다>

大江²⁾東去　　　　　큰 강물 동쪽으로 흘러가는데

浪淘盡³⁾千古風流人物　물결에 천고의 멋진 인물들도 다 씻겨 가버렸는가!

故壘西邊　　　　　옛 보루의 서편은

人道是三國周郎⁴⁾赤壁⁵⁾　사람들 말이 삼국 시대 주유가 활약했던 적벽이라고 한다.

亂石崩雲⁶⁾　　　　어지러운 바위들은 무너진 구름처럼 널려 있고

驚濤裂岸　　　　　놀란 파도 강 언덕을 무너뜨릴 듯

卷起千堆雪　　　　천 무더기 눈 같은 물결 말아 올린다.

江山如畵　　　　　강산은 그림 같은데

一時多少豪傑　　　한때 얼마나 많은 호걸들이 있었던가?

遙想公瑾當年　　　멀리 주유가 활약했던 당시를 상상해 보면

小喬⁷⁾初嫁了　　　　소교는 갓 시집왔고

雄姿英發　　　　　영웅의 모습 꽃처럼 피어났지.

羽扇綸巾⁸⁾　　　　깃털 부채 들고 윤건 쓰고

談笑間　　　　　　웃고 얘기하는 사이

强虜⁹⁾灰飛烟滅　　　강한 적은 재 되어 날고 연기로 사라졌지.

故國神遊¹⁰⁾　　　　옛 고을을 마음으로 노닐자니

多情¹¹⁾應笑我　　　　다정한 이들은 날더러

早生華髮¹²⁾　　　　벌써 흰머리 났다고 비웃겠지.

人間如夢　　　　　인간 세상은 꿈같은 것

一樽還酹¹³⁾江月　　　한 잔 술 강 속의 달에 붓노라.

1) 念奴嬌(염노교): 사의 곡패^{曲牌} 가운데 하나이다. 노교는 원래 당나라 현종 때에 가무에 뛰어났던 기생 이름인데, 훗날 그녀를 기리는 뜻에서 이 곡조가 만들어졌다고 한다.

2) 大江(대강): 장강^{長江} 즉 양쯔 강^[揚子江]을 가리킨다.

3) 淘盡(도진): 다 씻어 버리다.

4) 周郎(주랑): 삼국 시대 오나라의 주유^{周瑜 : 175~210}를 가리킨다. 주유는 자가 공근^{公瑾}이다. 그는 건위중랑장^{建威中郎將}이라는 벼슬을 한 데다가 용모가 빼어나서 당시 오나라 사람들이 '주랑'이라고 불렀다고 한다. 앞 구절의 '人道是(인도시)'는 '사람들은 ~라고 말한다'라는 뜻이다.

5) 赤壁(적벽): 지명. 삼국 시대에 '적벽대전'이 일어난 곳으로, 지금의 후베이성^[湖北省] 쟈위현^[嘉魚縣] 동북쪽에 있다. 다만 이 작품은 1082년에 소식이 폄적되어 있던 황주^{黃州}의 황풍성^{黃風城} 밖에 있는 적벽기^{赤壁磯}에서 쓴 것으로, 그곳은 실제 적벽대전이 일어난 곳은 아니다.

6) 崩雲(붕운): 무너진 구름. 여기저기 널린 바위들의 모습을 비유한 것이다. 본문의 '崩'자를 '穿(천)'으로 표기한 판본도 있다.

7) 小喬(소교): 삼국 시대 오나라 교공^{喬公}의 작은딸로서 주유의 아내이다. 그녀의 언니 대교^{大喬}는 손책^{孫策: 175~200}의 아내가 되었다.

8) 綸巾(윤건): 옛날 푸른색 비단 띠로 만든 두건으로서, 삼국 시대 촉나라의 제갈량^{諸葛亮}이 군중에서 즐겨 썼다고 해서 '제갈건^{諸葛巾}'이라고도 부른다.

9) 强虜(강로): 강한 오랑캐. 강한 적. 여기서는 조조^{曹操}의 위^魏나라 군대를 가리킨다.

10) 神遊(신유): 몸은 그대로 있는 채 정신으로 떠나는 여행을 가리킨다.

11) 多情(다정): 정 많은 사람. 종종 사랑하는 사람을 가리킨다.

12) 華髮(화발): 백발^{白髮}. 흰머리.

13) 酹(뇌): 원래 땅에 술을 부어 신에게 경의를 표하는 행위를 가리킨다.

이 작품은 첫머리에서 장엄한 대자연과 그곳을 관통하는 장강을 등장시켜 도도한 역사를 이끌어내고, 다시 한 시대를 풍미한 멋진 호걸들에 대한 회상을 바탕으로 덧없는 인생에 대한 감회를 서술하고 있다. 거침없고 호방한 필치에 웅장하면서도 세밀한 그림 같은 묘사를 함께 녹여 냄으로써 풍경 묘사와 역사에 대한 회고, 서정이 대단히 자연스럽게 어우러져 있다. 단아한 용모에 깃털 들고 윤건을 두른 채 강력한 적을 느긋한 담소 속에서 물리치는 주유의 모습은 고상한 풍류와 호걸의 기상을 겸비한 이상적 인물로서 작가 자신이 추구하는 인간형일 수 있다. 그러나 그런 정신적 여행은 부질없이 늙어가는 현실의 자신과 극명하게 대조된다. 그러나 그런 대조를 통해서 작가는 한층 더 폭넓은 인생관을 깨닫는다. 돌이켜보면 그 멋진 주유의 자취 또한 이제는 무너져 버린 바위만 어지럽게 널린 옛 유적에 지나지 않으니, 인생은 결국 한바탕 꿈이 아닌가! 그러므로 그는 장구한 세월을 변함없이 지키는 달을 향해 경건하게 술을 따르는 것이다.

이처럼 호방豪放한 소식의 사풍詞風은 훗날 남송의 신기질辛棄疾: 1140~1207로 이어지며 중국 사문학의 중요한 흐름 가운데 하나로 자리 잡았다. 그가 시도한 이런 변화는 사와 음악을 분리시켜 읊조리는 시와 비슷한 성격을 띠게 만들었다는 단점도 있지만, 가볍고 서정적인 데에만 치중해 있던 사 양식에 새로운 가능성을 열어 놓았다는 점에서 높이 평가할 만하다.

다만 소식의 모든 사 작품이 이런 호방한 내용만으로 된 것은 아니다. 오히려 오늘날 남아 있는 그의 사 340여 편 가운데 호방한 풍격의 작품은 10분의 1 정도에 지나지 않으며, 그것들은 대부분 그가 밀주와 서주에서 지방관으로 있던 30대 후반에 지은 것들이다. 이후의 작품들은 각 지방의 풍물과 경치를 노래하거나, 옛 일을 회상하며 감상을 드러내거나, 전원생활에 대한 예찬, 도교나 불교의 이치에 대한 깨달음 등등 다양한 내용을 담고 있다. 이것들은 대부분 현실 정치에 대한 불만이나 격정적인 외침보다는 광범한 제재를 통해 담담하고 차분한 어조로 삶과 우주에 대한 관조를 한층 성숙하게 표현한 것들이 많다.

3) 소식의 부賦

거의 모든 문학 양식에 대해 새로운 경지를 개척한 소식의 성취를 여기서 일일이 거론하기는 힘들지만, 특히 구양수를 계승하여 새로운 경지로 승화시킨 그의 부賦는 반드시 언급할 만한 가치가 있다. 소식은 이전의 엄격한 격률과 형식을 무너뜨리고 새로운 산문 형식으로 변용한 부 작품에 서정과 서사, 풍경 묘사를 절묘하게 융합하여 독특한 '문부文賦'의 경지를 개척해 냈기 때문이다. 특히 앞서 감상해 본 <염노교·적벽에서 옛날을 회상하다>와 비슷한 시기에 지어진 <적벽부赤壁賦>는 고금의 명문으로 널리 음송되고 있다.

소 선생이 말했다.
"그대도 저 물과 달을 알지 않소? (물은) 가는 것이 이와 같은데도 완전히 가 버린 적이 없고, (달은) 차고 기우는 것이 저와 같은데도 끝내 없어지거나 더 커지지 않소. 대개 변한다는 관점에서 보면 천지는 일찍이 한 순간도 그대로 있을 수 없었고, 변하지 않는다는 관점에서 보면 사물과 내가 모두 다함이 없소. 그러니 또 무얼 선망한단 말이오? 또한 하늘과 땅 사이에 사물은 각기 주인이 있는지라, 내 소유가 아니라면 터럭 하나라도 취해서는 안 되오. 오직 강가의 맑은 바람과 산간의 밝은 달은 귀로 얻으면 소리가 되고 눈으로 만나면 색상을 이루오. 취해도 금지하는 게 없고 써도 고갈되지 않소. 이것은 조물주의 다함없는 창고이니, 그대와 내가 함께 즐기는 것이라오."
손님이 기뻐 웃으며 잔을 씻어 다시 술을 따랐다. 안주가 바닥나고 술잔과 쟁반이 어지러이 흐트러졌다. 서로 몸을 베개 삼아 배 안에 누웠는데 어느새 동방이 밝아 있었다.

蘇子[1]曰, "客亦知夫水與月乎. 逝[2]者如斯, 而未嘗往也, 盈虛[3]者如彼, 而卒莫消長[4]也. 蓋將自其變者而觀之, 則天地曾不能以一瞬,[5] 自其不變者而觀之, 則物與我皆無盡也. 而又何羨乎. 且夫天地之間, 物各有主. 苟[6]非吾之所

374

有, 雖一毫而莫取. 惟江上之淸風, 與山間之明月, 耳得之而爲聲, 目遇之而成色. 取之無禁, 用之不竭. 是造物者之無盡藏[7]也, 而吾與子之所共適.[8]"

客喜而笑, 洗盞更酌, 肴核[9]旣盡, 杯盤狼藉.[10] 相與枕藉乎舟中, 不知東方之旣白.[11]

1) 蘇子(소자): 소 선생. 소식 자신을 가리킨다.
2) 逝(서): 가다. 떠나다.
3) 盈虛(영허): 달이 보름달로 차고 그믐달로 기우는 것. '盈虧(영휴)'와 같다.
4) 卒莫消長(졸막소장): 끝내[주] 소멸하거나 성장하는 게 전혀 없다.
5) 曾不能以一瞬(증불능이일순): 한순간도 본래의 상태로 그대로 있을 수 있었던 적이 없다.
6) 苟(구): 만약에. 정말로.
7) 無盡藏(무진장): 다함이 없는 보물창고.
8) 共適(공적): 함께 즐기다. 여기서 '適'은 즐거워하다, 편안하다, 만족하다 등의 의미이다.
9) 肴核(효핵): '肴'는 생선이나 고기 안주, '核'은 과일 안주이다.
10) 狼藉(낭자): 이리가 뒹굴다 간 풀밭처럼 사물들이 흐트러져 뒤섞인 모양.
11) 白(백): 날이 새다.

<적벽부>는 전후 2편이 있지만 후자는 위작이라는 설도 있기 때문에 일반적으로 <적벽부>라고 하면 <전적벽부>를 가리킨다. 위에 인용한 부분은 <전적벽부> 전체를 네 부분으로 나누었을 때 마지막 네 번째에 해당하는 부분이다. 앞의 세 부분에는 1082년 7월 16일에 소식이 손님들과 함께 황주의 적벽기赤壁磯로 밤에 뱃놀이를 나간 일과 달빛 비치는 드넓은 장강의 풍경, 세상사를 잊고 배 위에서 술 마시고 노래하던 일, 그리고 손님이 부는 퉁소 소리가 너무 슬퍼 그 이유를 묻자 손님이 장구한 역사와 광대한 대자연 속에서 순간을 머물다 가는 덧없는 인생 때문이라고 설명한 일들이 서술되어 있다. 이 마지막 부분은 소식이 그 손님의 슬픔을 위로하며 폭넓은 세계관을 갖고 대자연과 더불어 사는 즐거

움을 깨달으라고 조언하여, 마침내 모두가 즐거운 마음으로 날이 새도록 술을 마시며 즐겼다는 내용이다.

이 작품은 4·4·6·6으로 진행되는 기존 부 양식의 기본 리듬을 의도적으로 깨 버리고 사이사이에 5자, 8자, 9자의 리듬을 자유롭게 활용하여 언뜻 보기에 일반적인 고문과 별 차이가 없는 듯한 느낌까지 주고 있다. 그러나 작품의 첫머리에서 그랬듯이 끝에서도 4·4·6·6의 리듬으로 마무리하여 부 문체의 최소 요건을 지켰음을 확인해 주는 배려도 잊지 않았다. 이처럼 파격적이고 자유로운 리듬에 호쾌하게 이어지는 논리에 덧붙여서 소식은 "달빛 머금어 흰 이슬 강을 가로지르고, 물빛은 달빛을 매개로 하늘과 이어져 있네.〔白露橫江, 水光接天〕"와 같이 한 폭의 압축된 산수화 같은 묘사들을 적절히 활용하여 형식적이고 낡은 골동품으로 변한 문체인 부를 시원스럽고 의미 깊은 읊조림으로 승화시켰다. 무엇보다도 이 작품에는 "모든 것은 마음에서 비롯된다.〔一切唯心造〕"라는 불교의 세계관과 상대적 관점에 입각한 도교의 자연주의적 세계관을 자연스럽게 융합한 초월적 인생관이 강조되어 있는 점이 특징적이다. 위 인용문에서만 보더라도 '盈虛(영허)'와 '消長(소장)'은 노장사상에서 자주 쓰이는 용어이고, '聲(성)'과 '色(색)'은 불교에서 자주 쓰이는 용어이다.

요약하자면, 앞서 살펴본 다른 작품들의 경우와 마찬가지로 소식은 틀에 얽매이지 않는 사상과 천재적인 재능을 활용하여 자유롭게 구사하는 폭넓고 깊이 있으면서도 그다지 난해하지 않은 문체, 그리고 무엇보다도 보편적인 정서에 부합하면서 우주와 삶을 관조하는 진지한 세계관을 바탕으로 중국문학의 거의 모든 양식들을 새로운 경지로 끌어올렸다. 그러므로 중국문학사에서 소설이나 희곡 같은 새로운 양식이 대두하기 전까지 사대부들에 의해 추구되어온 전통적 문학 양식들 가운데 적어도 사와 산문 분야에서 소식은 거의 정점을 찍은 인물이라고 평가할 수 있을 것이다. 다만 그의 성취 가운데 상대적으로 미흡한 분야라고 할 수 있는 시에 대해서는 그의 제자인 황정견에 의해 치밀한 보완이 이루어졌다.

3. 학문으로 시를 짓다

1) 황정견黃庭堅의 생애

'소문사학사' 가운데서 사 창작에서는 진관秦觀에게 미치지 못하지만 시인으로서는 중국 문학사에서 대표적인 인물로 꼽히는 황정견은 당시와 송시로 대표되는 중국 전통시의 마지막 전성기를 빛낸 인물이라고 할 수 있다. 송나라 이후 중국의 시는 사실상 복고의 틀에 갇혀 새로운 영역을 개척해 내지 못했기 때문이다. 그러나 황정견의 일생은 스승 소식과 관련된 정치적 환경으로 인해 불우의 연속이었다.

황정견은 홍주洪州 분녕分寧, 지금의 쟝시성[江西省] 시우수이현[修水縣] 사람으로 자는 노직魯直이고 호는 산곡도인山谷道人 또는 부옹涪翁이다. 그는 23살이 되던 1067년 진사에 급제한 이후, 정치적으로 보수파인 소식과 교류하면서 정치적·문학적으로 소식의 그늘 아래에서 입지를 굳혀 나갔다. 그러나 1080년에 왕안석의 '신법'에 반대하던 보수파들이 각지로 좌천되거나 유배를 당하게 되자, 황정견도 같은 운명에 처해졌다. 이에 따라 그는 길주吉州 : 지금의 쟝시성 난창시[南昌市] 남쪽에 해당에 속한 태화현太和縣의 지사로 좌천되었다. 그의 작품 가운데 걸작으로 꼽히는 <쾌각에 올라[登快閣]>는 바로 이 무렵, 그가 38살이 되던 1082년에 지은 것이다.

＜登快閣[1]＞　　　　＜쾌각에 올라＞

癡兒[2] 了却公家[3]事　　못난 사람, 공무를 대충 끝내고 나서
快閣東西倚晚晴　　쾌각에 올라 동서로 펼쳐진 맑은 저녁 풍경을 본다.
落木千山天遠大　　산마다 낙엽 지고 하늘은 멀고 큰데
澄江一道[4] 月分明　　한 줄기 맑은 강에 달이 또렷하구나.
朱弦[5] 已爲佳人絶　　거문고 줄은 좋은 벗 위해 끊어 버렸고
青眼[6] 聊因美酒橫　　반가운 눈빛은 그저 좋은 술 있을 때나 보일 뿐이지.
萬里歸舡[7] 弄長笛　　먼 길 돌아가는 배에선 기적 소리 길게 울리는데
此心吾與白鷗盟[8]　　이 마음을 나는야 흰 갈매기와 다짐하련다.

1) 快閣(쾌각): 지금의 쟝시성 타이허현[泰和縣]에 있던 누각이다. 이 누각
　은 당나라 때인 874년에 관음대사觀音大士에게 제사지내기 위해 지어
　져서 처음 이름을 '자씨각慈氏閣'이라고 했다가, 송나라 때에 '쾌각'으
　로 바뀌었다. 이 누각은 여러 차례 화재와 병란으로 무너졌다가 명나
　라 만력萬曆 연간에 대대적으로 중건되었다. 그러나 1940년대에 태풍
　으로 완전히 무너져서 지금 그 자리에는 1989년에 콘크리트로 세운
　누각이 세워져 있다.

2) 癡兒(치아): 못난 사람을 가리키는 속된 표현이다.

3) 公家(공가): 조정이나 관청.

4) 道(도): 양사量詞. 가늘고 긴 물건을 가리킨다.

5) 朱弦(주현): 거문고나 비파 같은 현악기를 아우르는 말. 이 구절은 백
　아伯牙와 종자기鍾子期의 이야기를 염두에 둔 서술이다.

6) 青眼(청안): 상대방을 좋아하거나 훌륭하다고 평가하다. 이 말은 '白
　眼(백안)'과 반대되는 뜻으로서, 진晉나라 때의 완적阮籍과 관련된 일
　화가 있다.

7) 萬里歸舡(만리귀강): 만 리는 타향에 있는 이들이 고향과의 거리를
　나타낼 때 흔히 쓰는 표현이다. '舡(강)'은 원래 오吳 지역의 배를 가
　리키는 말이지만, 여기서는 '船(선)'과 같이 일반적인 배를 가리킨다.

8) ≪열자列子≫ ＜황제黃帝＞에 따르면, 바닷가에 사는 한 사람이 갈매기
　와 격의 없이 어울려 지냈다. 그런데 어느 날 그의 부친에게서 갈매
　기를 잡아오라는 얘기를 듣고 난 뒤에는 갈매기가 그에게 내려와 놀
　지 않았다고 한다. 이 이야기에는 사심 없이 자연과 어울리던 마음이
　흔들리자 갈매기로 대표되는 자연과 인간 사이에 다시 벽이 생겼다
　는 교훈이 담겨 있다.

수련에서 시인은 나라의 중요한 공무를 대충 끝내는 것은 도량 좁고 어리석은 사람이나 하는 일이라는 의미에서 자신을 일컬어 겸손하게 '못난 사람'이라고 했다. 그러나 이 표현은 사실 자신이 시골 작은 관청에 있으니 특별히 중요하고 큰일도 없다는 의미를 둘러 표현한 것이다. 함련은 쾌각에서 바라본 주변의 풍경을 마치 뼈대만 묘사하는 듯한 '백묘白描'의 수법으로 묘사했다. 낙엽 지는 나무들이 온 산을 덮고 있고, 그 위로 하늘은 가을이라 맑고 투명하여 더 크고 멀리까지 펼쳐진 듯하다. 은사銀絲를 흘려 놓은 듯이 맑은 한 줄기 강물이 산을 감싸 흐르고, 날은 아직 어두워지지 않았는데 달은 계수나무 아래 방아 찧는 토끼가 보일 듯이 빛깔도 모양도 선명하다. 경련에 이르면 이 평화롭고 상큼한 황혼의 풍경 속에서 시인은 상대적으로 고적한 심경에 잠겨 현재의 삶을 생각한다. 이에 따라 시인은 알아주는 이 없어 노래조차 부르지 못한 채, 그저 속된 감정을 털어 버리고 '물화物化'의 기쁨을 헤아려서 술 들고 찾아와 주는 이가 있다면 완적처럼 '푸른 눈동자〔靑眼〕'로 반갑게 맞이할 수 있으리라는 쓸쓸한 심경을 토로한다. 마지막 미련에서는 먼 타향에 묶여 지내는 현재의 처지를 노래한다. 향수가 겹쳐지니 강을 흐르는 배의 기적 소리가 더욱 길게 들려오지만, 쓸쓸한 내 마음을 그저 무심한 갈매기에게 하소연할 뿐이다. 《열자》의 이야기를 응용한 이 마지막 구절은 세상사의 곡절과 고독, 심지어 향수마저도 모두 잊고 평정한 상태로 자연과 하나로 어울려 지내겠다는 다짐을 중의적으로 표현한 것이기도 하다.

제5~6구에서 일반적인 율시의 평측平仄 규칙을 비틀어 요율拗律을 이루고 있다는 점을 제외하면, 이 시는 전체적으로 그다지 어려운 전고도 없고, 표현 자체도 비교적 쉽고 평범하다. 그러나 간결하고 자연스러운 묘사를 통해 시인은 먼 타향에서 유배 생활을 하는 자신의 심경과 투명하고 고요한 가을날 저녁 풍경을 훌륭하게 아우르고, 나아가 새로운 삶의 각오까지 성공적으로 담아 냈다.

　1085년 무렵, 왕안석의 실각 이후로 다시 보수파가 득세하게 된 뒤로 황정견도 5, 6년 동안 벼슬살이의 황금기를 보냈다. 그러나 1093년부터 소식은 다시 정치적 박해를 받아 혜주와 해남도 등으로 장기 유랑을 떠나야 했고, 1101년 이후로는 황정견도 각지로 유배 생활을 하다가 1105년 의주宜州, 지금의 광시성[廣西省] 좡족[壯族] 자치구에 속함에서 61살의 생을 마감했다.

2) 황정견의 시 창작

　일반적으로 황정견의 시는 도학자적 탈속함의 기상이 두드러지되 전고를 많이 활용하고, 정련된 구법을 추구하며, 표현의 신기함을 선호하는 것으로 알려져 있다. 특히 이른바 '점철성금點鐵成金'이나 '환골탈태換骨奪胎'라는 말로 대표되는 학시學詩의 태도는 훗날 송나라 시단을 주도하는 '강서시파江西詩派'의 단초를 마련해 준 것으로도 유명하다. 이 가운데 명칭조차 애매하기 그지없는 환골탈태에 대해 혜홍惠洪 : 1070~1128의 ≪냉재야화冷齋夜話≫에서는 황정견의 말을 인용하여 다음과 같이 설명했다.

　　그 뜻을 바꾸지 않고 시어를 만들어 내는 것을 환골법이라 하고, 그 뜻을 본떠서 그것을 묘사하는 것을 탈태법이라 한다.

　　不易其意而造其語, 謂之換骨法. 規入其意而形容之, 謂之奪胎法.

　다시 말하자면 남의 시의詩意를 그대로 빌려다 표현을 바꿔서 쓰는 것이 환골법이요, 남의 시의에서 힌트를 얻어 그 뜻을 확대 변용하는 방식은 탈태법이라는 것이다. 다만 황정견이 처음 의도했을 때에 이것은 단순한 표절의 기교가 아니라 배움을 통해 자기

것으로 체화^{體化}한 것으로서, 이른바 "옛것을 새롭게 이용하는<sup>[以故爲
新]</sup>" 방법을 의미했다. 예를 들면 다음 구절의 경우가 그러하다.

* 황정견   <제죽석목우^{題竹石牧牛}> (제5~8구)

石吾甚愛之   그 돌멩이 내가 몹시 아끼노니
勿遣¹⁾牛礪²⁾角   소더러 뿔 비벼대지 못하게 하렴.
牛礪角尚可   소가 뿔 비벼대는 것은 그래도 괜찮지만
牛鬪殘我竹   소싸움 일어나면 내 대숲을 망칠 테니까!

   1) 遣(견): ~로 하여금. '使'와 같이 사역의 뜻이다.
   2) 礪(려): 숫돌에 갈다.

* 이백   <독록편^{獨漉篇}> (제1~4구)

獨漉¹⁾水中泥   독록수 물속의 진흙
水濁不見月   물이 흐려 달이 보이지 않는다.
不見月尚可   달이 보이지 않는 것은 그래도 괜찮지만
水深行人沒   물 깊어 행인이 빠지겠구나!

   1) 獨漉(독록): 지금의 허베이성에 있는 강 이름.

    여기서 황정견은 이백에게서 "~은 그래도 괜찮지만 …하다"라는
표현 수법을 빌려 썼지만 그 내용은 전혀 다른 맥락에서 창의적으
로 활용하고 있는 것을 알 수 있다. 이처럼 황정견은 시를 창작할
때 기본적으로 옛사람의 성취를 충분히 공부한 후에 그것을 다시
자기 것으로 소화하여 창의적인 표현을 만들어 내는 방법을 집중
적으로 연구했다. 이것은 본질적으로 역사성을 지닐 수밖에 없는
언어의 속성에 대한 인식 때문이기도 하겠지만, 다른 관점에서 보
자면 황정견에 이르러서는 정형시인 근체시가 표현할 수 있는 어
떤 한계에 대한 자각이 시작되었다는 것을 의미하기도 한다. 이런
상황에서 나름대로 돌파구를 찾기 위해 황정견은 스스로 사용하는

모든 언어에 깊은 역사적 연원이 담긴 작품을 지었다고 평가한 두보를 존중하면서, 그의 작품에 대한 공부를 바탕으로 자신의 시를 짓고자 했다. 또 그런 맥락에서 그는 육언시六言詩라는 독특한 형태의 작품을 80수 이상 남김으로써 '어울리되 뇌동하지는 않으려는 〔和而不同〕' 자부심과 강렬한 창의성을 드러냈다.

모험적이고 창의적인 그의 창작 태도는 끊임없이 새로운 시구를 개발하고 운율을 비틀어 '요체拗體'를 시험하고 새로운 표현 방법을 연구하는 데에서도 잘 나타난다.

< 寄黃幾復[1] >   < 황개에게 >

我居北海君南海   나는 북해에 살고 그대는 남해에 살아
寄鴈傳書[2]謝不能   기러기발에 편지 묶어 전하려 해도 그럴 수 없네.
桃李春風一杯酒   복사꽃, 살구꽃 속에 봄바람 불 때 한 잔의 술
江湖夜雨十年燈   강호에 밤비 내릴 때 십 년을 타는 나그네의 등불
持家但有四立壁[3]   집을 지탱하는 건 그저 사방의 벽뿐인데
治病不蘄[4]三折肱[5]   병을 고치려고 자기 팔 세 번 부러뜨리지 마시게.
想得讀書頭已白   아마도 글 읽다가 머리가 이미 하얗게 셌을 텐데
隔溪猿哭瘴煙[6]藤   원숭이 우는 건너 골짝엔 장독 안개 등나무에 서렸겠지.

1) 黃幾復(황기복): 황정견의 고향 친구인 황개黃介를 가리킨다. 황개는 자가 기복幾復이고, 사회현四會縣, 지금의 광동성에 속함 지현知縣을 지낸 것으로 알려져 있다. 이 작품은 1085년 덕평진德平鎮, 지금의 산둥성 더저우시〔德州市〕에 속함에서 쓴 것이다.

2) 寄鴈傳書(기안전서): 한나라 때 소무蘇武 : B.C. 140~B.C. 60가 기러기의 발에 편지를 묶어 보냈다는 일화가 있다.

3) 사마상여司馬相如의 궁핍한 생활을 묘사한 ≪사기≫ <사마상여열전>의 "家居徒四壁立"이라는 문장을 이용해서 만든 구절이다.

4) 蘄(기): 한계를 두다. 경계를 두다. '不蘄'는 의미상 '不止' 또는 '不只'와 같다.

5) 三折肱(삼절굉): ≪좌전≫ <정공定公 13년 >에 훌륭한 의사가 되기 위해 스스로 자신의 팔을 여러 차례 부러뜨려 치유법을 체험한 사람의 이야기가 있다. 이것은 대개 여러 차례의 실패를 포함한 풍부한 경험

을 거침으로써 정밀하고 깊은 조예를 이룬 것을 비유한다. 여기서는
그 의미가 확장되어 백성의 고난을 치유하는 훌륭한 사람이라는 뜻
으로 사용되었다.
6) 瘴煙(장연): '장기瘴氣'를 품은 안개. '장기'는 중국 남부 및 서남부 밀
림지역의 덥고 습한 환경 속에서 나뭇잎이나 곤충 등이 썩어 생긴
독기를 가리킨다.

전고를 활용하되 이처럼 자기 나름대로 어휘와 의미를 '점화點化'
하는 것 또한 황정견이 시어를 만드는 방법 가운데 특징으로 꼽을
만한 것이다. 전체적으로 이 작품은 머나먼 객지에서 가난하게 살
면서도 백성의 안녕을 위해 노력하고 아울러 머리가 세도록 독서
를 게을리 하지 않을 황개의 사람됨에 대한 칭송이라 하겠다. 다
만 마지막 구절은 먼 열대의 타향에서 원숭이 울음을 들으며 향수
에 시달릴 벗을 위로하는 의미와 더불어, 장독瘴毒 안개—혹은 이
를 통해 암시되는 지독한 간신들—에 막혀 고향으로 돌아오지 못
하는 벗의 처지에 대한 안타까움까지 함께 표현하고 있다. 특이한
것은 이 시의 제3~4구가 모두 명사로만 구성되어 있다는 점이다.
위 번역에서는 필요한 서술어를 함께 포함시켰지만, 명사만 나열
해 놓고 보더라도 시의 분위기를 전혀 해치지 않는다. 오히려 어
떤 의미에서는 나열된 명사를 곱씹으면서 그 사이의 서술어를 찾
아가는 것이 바로 황정견이 요구하는 감상의 올바른 방법일 수도
있겠다.

시어를 단련하는 것은 단순히 언어 조작의 기술을 익히는 것만
을 의미하지는 않는다. 이를 위해서는 독서를 통해 역사와 철학적
이치를 꿰뚫는 지혜의 눈을 갖추고, 나아가 주변의 온갖 사물과
사건을 세심히 관찰하는 노력이 필요한 것이다. 무려 40구에 이르
는 장편 고시인 <연아演雅>는 고대의 사전인 ≪이아爾雅≫를 '풀어
해설[演]'했다는 제목에서도 짐작할 수 있듯이 온갖 동물과 곤충,
새들의 이름과 소리, 특징적인 행태, 그리고 이들에 관련된 고사들

까지 다양하게 서술하고 있다. 그런데 그것은 사실 각각의 사물과 이야기에 대비되는 인간세상의 군상들에 대한 신랄한 풍자이기도 하다. 이 때문에 이 시는 장편임에도 불구하고 정확하고 자세한 관찰을 바탕으로 한 시인의 재기 넘치는 시선을 따라가다 보면 지루함을 잊게 된다.

또한 황정견은 어휘를 선택하는 데에서도 고상한 단어만을 고집하지 않고 민간의 속어까지 재치 있게 활용했다.

<從隨主簿乞貓>　　<수 주부에게서 고양이를 구하다>

秋來鼠輩欺猫死　　가을이 오자 쥐떼는 고양이 죽은 걸 믿고 날뛰어
窺甕[1]翻盤攪夜眠　　항아리 뒤지고 쟁반 엎으며 밤잠을 방해하네.
聞道狸奴[2]將數子　　듣자 하니 암쾡이가 새끼 몇 마리 낳을 거라 하니
買魚穿柳聘銜蟬[3]　　생선 사다 버들가지에 꿰어 놓고 나비를 모셔 와야지.

1) 甕(옹): 항아리. 단지.
2) 狸奴(이노): 고양이의 별칭. 송나라 때의 속어로서 고양이를 친근하게 부르는 말이다.
3) 銜蟬(함선): 원래 고양이 이름으로 '銜蟬奴(함선노)'의 준말인데, 여기서는 일반적인 의미에서 고양이를 가리키는 말로 쓰였다. '銜'은 '銜'과 같은 글자이다. 명나라 때 왕지견王志堅이 쓴 ≪표이록表異錄≫ <우족羽族>에 따르면 후당後唐의 경화공주瓊花公主에게는 두 마리의 고양이가 있었다고 한다. 하나는 흰색에 주둥이 근처에 꽃을 물고 있는 듯한 무늬가 있는 것이고 다른 하나는 검은색에 꼬리가 흰 놈이었는데, 공주는 그놈들을 각기 '함선노'와 '곤륜달기崑崙妲己'라고 불렀다고 했다.

황정견은 고양이를 나타내는 다양한 어휘들을 함께 사용하여, "속된 것을 가져다 우아하게 만드는[以俗爲雅]" 시어 창작법을 활용하고 있다. 이 덕분에 같은 개념이 세 차례나 등장하면서도 중복의 느낌이 없고, 나아가 해학적인 맛도 강화되었다. 게다가 마지막 구절에서는 익살스럽게도 '모셔[聘]' 온다는 표현을 써서 시인 자신의 빤한 속내를 제법 점잖게 포장하고 있어서 맛을 더해 주고 있다.

또한 자연스러운 구두어의 느낌을 주는 서술에 쥐와 고양이의 상징으로 대비되는 풍부한 풍자를 담은 점도 특징으로 꼽을 수 있겠다. 세상을 어지럽히며 시인의 청정한 삶을 방해하는 온갖 간사한 인간 군상들에 대한 조소와 그들을 물리칠 인재의 등장을 예고하는 진지한 내용이 가볍고 발랄한 어조로 표현되어 있는 것이다. 이 때문에 진사도陳師道 : 1053~1102는 ≪후산시화後山詩話≫에서 이 작품이 "비록 골계라곤 하지만 천년 뒤의 독자들도 새롭다고 느끼며 즐거워할 것[雖滑稽而可喜千歲之下讀者如新]"이라고 칭송했다.

특히 이 작품의 마지막 구절은 화론과 결합된 시론의 성과를 절묘하게 보여준다. 앞서 설명했듯이 송나라 때에는 이른바 '시서화일률론詩書畵一律論'이 유행하고 있었다. 이에 따라 시인들은 종종 묘사 대상의 형체를 넘어서 정신을 전달하는 '전신傳神'과 작자의 뜻을 표현하는 '사의寫意,' 종이 위의 형태로 나타내기 전에 미리 작자의 마음에 대상의 본질을 꿰뚫는 수양이 되어 있어야 한다는 '흉중성죽胸中成竹,' 묘사 대상에 따라 각기 다른 형태를 부여한다는 '수물부형隨物賦形' 등의 창작 원리를 붙들고 시어를 다듬는 데에 고심하곤 했다. 이런 맥락에서 이 작품의 마지막 구절도 이러한 '흉중성죽'의 경지를 형상화한 것이라 할 수 있다. 즉, 버들가지에 꿰인 생선은 고양이를 유혹하니 이제 곧 지나는 도둑고양이가 찾아들 것임을 예견하고 있다.

황정견에게 시를 쓴다는 것은 올곧은 선비로서 그의 삶을 체화하는 하나의 수단이었다. 시어를 다듬으면서 그는 탈속적이고 고고한 자존심을 바탕으로 학문을 연구하고 자아를 수양하는 단초를 찾거나 혹은 그 성과를 작품으로 보여주었다. 또한 그의 작품 가운데 여성이나 연애의 감정을 주제로 다룬 것이 거의 없다는 점 역시 그의 창작 태도를 잘 보여주는 예라고 하겠다. 무엇보다도 주목할 만한 점은 그가 넓은 의미의 이러한 '배움'을 통해 구현해

낸 작품들이 난삽하거나 기벽奇癖으로 치우치지 않고 평담平淡한 중용의 형태로 나타났다는 사실이다. 또한 진지하고 꼼꼼한 시선으로 세속의 삶을 관찰하면서 동시에 그 스스로 그 속에 어울림으로써 궁극적인 넘어섬을 추구했던 결과, 그의 작품에는 종종 비범한 재기와 지나치지 않을 정도의 통쾌한 풍자가 아울러 구현될 수 있었을 것이다.

황정견은 시란 인간 성정일 뿐이지 정치적 간언의 수단도 아니고 사적인 원망이나 울분의 표현 수단도 아니라고 생각했다. 일종의 순수문학적인 이런 생각은 그로 하여금 시적 기교의 측면에 치중하여 이전의 성과를 인식하고 나름대로 창의적인 실험을 비교적 성공적으로 수행할 수 있었다. 그러나 문학은 삶의 한 부분이라는 원론적인 차원에서 보면 그의 이러한 경계 짓기는 결국 시의 내용적 범위를 스스로 한정하는 결함을 드러낼 수밖에 없다. 이런 이유로 사회주의 문학을 주창하던 현대 중국 초기에 황정견은 그다지 높은 평가를 받지 못했다.

3) 강서시파江西詩派와 후세의 송시

황정견 이후 학문을 통해 시를 써야 한다고 주장하던 이들이 이른바 강서시파이다. 남송 때 여본중呂本中 : 1084~1145이 <강서시사종파도江西詩社宗派圖>에서 황정견을 종주로 내세워 창작 활동을 한 진사도陳師道, 진여의陳與義 : 1090~1138 등을 거론하면서부터 강서시파라는 명칭은 북송 후기와 남송을 대표하는 시파로 대두되었다. 이들은 학문과 열정을 바탕으로 두보에서 황정견으로 이어지는 시 창작의 기풍을 계승하려 했다.

그러나 강서시파에 대한 문학사가들의 평가는 상당히 냉담한 편이다. 이것은 훗날 학문과 창작의 재능에서 그를 따라잡지 못한 계승자들이 황정견의 학시 방법론을 남용했기 때문일 것이다. 그들이 추구한 빼어나고 특이한 표현이란 자칫 거칠고 부자연스러운 어휘로 바뀔 우려가 있고, 환골탈태의 방법은 그대로 교묘한 표절의 수단으로 변질되기 쉬웠기 때문일 것이다. 그러나 자신이 존경해 마지않았던 이백의 시에 대해 "마치 황제가 동정호 옆의 들판에서 즐거이 노닐듯 머리도 꼬리도 없고 케케묵은 상식적 틀에 안주하지 않으니, 자구 다듬기에만 여념이 없는 사람들이 잘잘못을 논할 수 있는 것이 아니다.^(黃庭堅, 〈題李白詩草後〉 : 如黃帝張樂於洞庭之野, 無首無尾, 不主故常, 非墨工輩人所能擬議.)"라고 단언했듯이, 사실상 배움을 통해 시구를 단련한 황정견의 진정한 창작 목표는 자유로운 자신만의 높고 웅장한 경지를 이룩하는 데에 있었다.

> 문장은 학자들에게 가장 말단의 일이지만, 그것을 끝까지 찾아 배우려면 그 곡절을 알아야 하나니, 심사숙고하기 바란다. 그것을 밀고 나가 끌어올리면 태산처럼 높고 우뚝해지고 하늘에 드리운 구름처럼 되는 것이며, 그것을 웅장하게 일으키면 넓은 강에 몰아치는 팔월의 파도와 같고 바다를 다니며 배를 삼키는 큰 물고기처럼 되는 것이니, 또한 너무 법도를 지킴으로써 문장을 인색하고 비루하게 만들어서는 안 될 것이다.

> 文章最爲儒者末事, 然索學之, 又不可不知其曲折, 幸熟思之. 至於推之使高, 如泰山之崇崛, 如垂天之雲, 作之使雄壯, 如滄江八月之濤, 海運吞舟之魚, 又不可守繩墨令儉陋也. (黃庭堅, 〈答洪駒父書〉)

여기서 황정견은 학자의 눈으로 보는 글쓰기란 비록 전심전력을 기울여야 할 대상은 아니지만, 그렇더라도 대성하기 위해서는 언어 본래의 의미와 역사적 변용의 양상을 꿰뚫어야 한다는 점을 강조하고 있다. 그러나 규칙에 지나치게 얽매이는 순간 문장은 인색하고 비루하게 변해 버리는데, 강서시파는 배움이라는 측면에 너무 치중함으로써 현실을 외면하고 무의미한 시어의 조탁에 빠져 버렸던 것이다.

대체로 당나라 때에 비해 송나라 때의 시인들은 무엇보다도 성리학으로 무장한 사대부의 정신을 시에 담으려고 노력했다는 점이 두드러진다. 그들은 올곧은 지조와 부단한 배움을 통해 시의 언어를 아름답고 세련되게 다듬었을 뿐만 아니라, 시 쓰기 자체를 양심적인 지식인으로서 자신의 정신을 수양하는 수단의 하나로 활용했다. 이런 점은 특히 인간의 보편적인 정감을 함축적으로 표현하는 세련된 언어의 응축보다는, 설령 조금은 산만하더라도 시대의 격변을 구체적으로 서술하고 고민하는 내용을 그대로 시로 표현한 데에서 선명하게 드러난다. 송나라 시인들이 이른바 격정보다는 '의론議論'으로 시를 지었다는 평가는 그들이 시에서 종종 철학적 주제뿐만 아니라 정치에 관한 세세한 논의들까지 다루었다는 사실에서 비롯된 것일 터이다.

넓게 보자면 이런 현상은 "문장에 도를 싣고자[文以載道]" 하는 '고문'의 정신이 송나라 때에 이르러 본격적인 성과를 거두었다는 사실과 관련이 있을 것이다. 북송의 '시문혁신' 운동은 일차적으로 시를 포함한 모든 문장이 무의미한 언어의 꾸밈에 반대하고 튼실한 내용을 갖춰야 한다는 유가 사대부의 관념을 문단의 중심에 세우기 위한 것이었다. 그런데 달리 말하자면 이것은 모든 글쓰기란 개인의 사적인 놀이가 아니라 공적이고 근엄한 행위라고 규정하려는 시도라고 할 수 있다. 이 때문에 송나라 때의 시인을 포함한 모든 문인들은 은연중에 이미 사적인 영역을 깊이 경험한 모든 문장에 다시 공적인 의미를 부여하기 위해 노력했다. 이에 따라 개인의 주변사나 사적인 일들은 '도'와 '의'라는 철학적·도덕적 기준에 어긋나지 않도록 새롭게 다듬어졌다.

그러나 확실히 이것은 도시경제의 발달과 더불어 점차 강화되고 있던 개성 중시의 시대적 대세와는 어긋나는 것이었다. 민간에서는 성리학의 금욕주의가 지탄하는 거의 모든 가치에 새로운 의미를 부여하는 소설과 희곡이 급속도로 발전하고 있었다. 심지어 지식인들 사이에서도 억눌린 욕망의 임시변통적인 발산 통로로서 사 문학이 대두하고 있었다. 이에 따라 송나라 때의 주요 문인들은 대부분 시와 사를 동시에 지었지만, 정작 창작에 임할 때에는 유영의 경우처럼 양자 사이에 미묘한 이중적 원칙을 적용했던 것으로 보인다. 그 결과 사 문학이 발전하는 정도에 거의 반비례해서 시 문학은 더욱 탄력성을 잃어갔다. 시 문학에 대해 공적이고 엄숙한 성격을 고수할수록 그것은 완고한 성리학자들만의 몫으로 입지가 좁아졌다. 이 때문에 송나라 말엽으로 갈수록 시 문학은 진지하기는 하되 아름답지는 않은 기묘한 양식으로 변해 갔다. 그나마 대다수 중국문학사에서는 유극장劉克莊 : 1187~1269과 대복고戴復古 : 1167~? 등으로 대표되는 '강호시파江湖詩派'의 시인들이나 육유 등이 애국적 열정에 넘치는 작품을 많이 남긴 점을 자주 거론한다. 그러나 심하게 말하자면, 이들의 시는 예술적 아름다움보다는 꾸밈 없이 드러난 뜨거운 심장의 열기 때문에 그나마 그 가치를 인정받는 것에 지나지 않는다고 할 수 있다.

당나라 시와 송나라 시에 대한 평가는 오늘날에도 선호하는 관점에 따라 견해가 엇갈린다. 다만 송나라 시는 대체로 지나치게 논리적이고 산문적이어서 시 같지 않다는 비판을 듣곤 했다. 그런 비평은 이미 남송 때에 엄우嚴羽가 쓴 ≪창랑시화≫에도 나타나 있다. 이런 영향 때문에 명나라 때에는 대체로 '전후칠자'를 중심으로 복고주의가 성행하면서 시에서도 반드시 성당의 것을 모범으로 삼아야 한다는 주장이 대세를 이루었다. 이 바람에 송나라 시는 한동안 문인들의 주목을 받지 못하다가 명나라 말엽에 원굉도袁宏道를 중심으로 한 '공안파公安派' 문인들이 송나라 시의 장점을 강조하기 시작했다. 이어서 청나라 때에는 초기부터 오지진吳之振 : 1640~1688이 ≪송시초宋詩鈔≫를 펴내면서 다시 송나라 풍의 시가 유행하기 시작했다. 그러나 청나라 중엽 때에는 다시 당나라 시를 존중하는 분위기가 우세했고, 청나라 말엽에 가서 증국번曾國藩 : 1811~1872과 하소기何紹基 : 1799~1873 등이 주도한 '동광체同光體'가 크게 성행했다.

함께 참고할 만한 자료

명법, ≪선종과 송대 사대부의 예술정신≫, 씨아이알, 2009.
마이클 설리번, 문정희 역, ≪최상의 중국 예술: 시서화 삼절≫, 한국미술연구소, 2015.
박낙규 외, ≪중국 고대 서예론 선역≫, 한국학술정보, 2014.
수잔 부시, 김기주 역, ≪중국의 문인화: 소식에서 동기창까지≫, 학연문화사, 2008.
왕수이자오, 조규백 역, ≪소동파 평전: 중국의 문호 소식의 삶과 문학≫, 돌베개, 2013.
스야후이, 장연 역, ≪소동파 선을 말하다≫, 김영사, 2006.
황정견, 오태석 편저, ≪황정견시선≫, 문이재, 2002.
소식, 류종목 역, ≪소동파사≫, 서울대학교출판문화원, 2010.

제3부

민간문학의 대두와 전통적 문학관의 동요

위대한 예술은 거의 항상 저급한 종류의 예술적 요소를 내포한다. 가장 탁월한 작품은 즐겁게 하고 흥미롭게 하는 것을 목표로 한다. 그리하여 저급한 예술 수준의 특징적인 수단과 방법들을 채용한다.[4]

— A. 하우저

  원칙적으로는 황제의 전제 권력과 유가 사대부 출신의 관료들에 의해 유지되던 중국의 봉건왕조는 사실상 북송을 정점으로 점차 그 한계를 드러내기 시작한다. 현실적 생산성보다는 윤리 도덕적 명분을 중시하는 유가의 특성은 도시와 상업이 급속도로 발전하는 시대적 추세를 따라잡기에 역부족이었던 것이다. 그러나 지배계층과 피지배계층 모두를 아우르는 왕조 체제에 대한 오랜 관습의 힘은 결국 제도의 변화를 이끌어내지 못했다. 이러한 엇박자가 만들어 낸 부조화는 결국 국력의 약화로 이어졌고, 대륙의 지배권은 이민족인 몽골 제국에게 넘어가고 만다. 그리고 민족 차별 정책과 과거제도 폐지의 충격으로 유가 사대부 계층은 궤멸에 가까운 타격을 입게 되고, 일반 백성들도 낯선 서장밀교西藏密敎와 유목사회의 혼인 풍속에 의한 문화적 충격과 실리를 중시하는 사회적 분위기에 의해 세계관에 큰 변화가 생기게 되었다.
  고대 중국의 민간문학은 멀리 동한 때의 악부시까지 그 기원이 거슬러 올라갈 수 있지만, 실질적이고 본격적인 발전은 '백화白話'라는 새로운 서면언어가 등장하면서부터라고 해야 할 것이다. 기존

---

4) 아놀드 하우저 저, 황지우 역, ≪예술사의 철학≫, 서울: 돌베개, 1983, 286쪽.

의 '고문'으로 대표되는 문언이 입말과는 거의 완전히 다른 서면언어에 가까웠던 데에 비해, 선승禪僧들의 어록語錄에서 급격하게 발전하게 된 '백화'는 특히 시민들의 입말을 상당 부분 반영할 수 있는 새로운 언어 체계였기 때문이다. 바로 이러한 특성으로 인해 백화는 연극의 대사를 거의 그대로 기록할 수 있었고, 또 그 뒤를 이은 소설과 같은 서사문학에서 한층 더 사실적인 묘사가 가능하게 해 주었다. 물론 이러한 공연물과 서사문학은 기본적으로 식자층의 작업에 의해 생산되었지만 그것이 상업 체계와 연결되면서 불가피하게 시민 대중의 취향과 기호를 더욱 적극적으로 반영할 수밖에 없었고, 거기에는 당연히 시민 대중의 인생관과 세계관이 담기게 되었다.

또한 유가 사대부의 문학관에서 금기시되던 '매문賣文'에 참여하게 된 식자층은 나름의 자기방어를 위해서 희곡과 소설 같은 민간문학의 정당성과 효용을 강조하는 논리를 개발하여 널리 알리기 위해 노력하고, 그와 동시에 작품의 상품성을 높이기 위해 예술적으로 좀 더 세련된 서사의 기법을 만들어내기 위해 노력했다. 원나라를 대표하는 '곡曲'—'잡극雜劇'과 '산곡散曲'을 포함한—과 명·청 시대의 '설부說部'—전기傳奇 및 소설을 아우르는 명칭임—는 이러한 시대와 문화의 추세가 만들어 낸 위대한 성과였다. 그에 비해 이러한 추세를 따라잡지 못한 유가 사대부의 정통 '시문詩文'은 한족 정권을 회복한 명나라와 다시 만주족에 의한 왕조가 들어선 청나라를 거치면서도 새로운 출구를 찾지 못한 채 '복고'의 그물에 갇혀 점점 쇠락하면서 쓸쓸한 종말을 기다리는 수밖에 없었다.

그러나 이른바 '대아지당大雅之堂'의 정통 '시문'이 정체와 쇠퇴의 늪을 벗어나지 못하고 있다 할지라도 정치와 문화에서 유가 사대부가 누리고 있던 기득권까지 사라진 것은 아니었다. 이 때문에 그들은 새롭게 대두하는 민간문학을 향해 끊임없이 경계하면서 가능한 한 모든 수단을 동원하여 탄압했다. 그들은 민간문학을 윤리 도덕의 파괴자 내지 왕조 체제에 대한 반역자로 매도하여 물리적 억압의 명분을 쌓으려 했고, 그에 따라 민간문학을 옹호하는 이들의 대응도 더욱 치열해질 수밖에 없었다. 결과적으로 말하자면 이러한 갈등은 민간문학의 옹호자 및 창작자들로 하여금 기존의 상부 문화와 크게 어긋나지 않으면서 자신들의 정체성을 지킬 수 있는 세련된 논리와 작품 형식을 개발할 수 있도록 도와주었다. 명·청 시대를 아우르는 소설 문학의 결정체인 '6대 기서奇書'는 바로 이런 과정을 통해 단련된 서사문학의 결정체였다.

제1장 시장 논리와 문학

1. 중화 개념의 변화와 전통 가치의 동요

원 제국의 성립은 중국 사회의 거의 전 분야에 걸쳐서 근본적인 변화를 촉발시켰다. 동아시아에서 동유럽에 걸친 거대한 세계제국으로서 원나라는 효율적인 통치를 위해 무엇보다도 문화적 다양성을 인정하면서 나아가 각 문화 사이의 교류를 국가적 차원에서 중재했다. 이 때문에 자신들이 세계의 중심이라고 자부하던 중국인들의 이른바 '중화' 사상은 그 뿌리부터 흔들리게 되었는데, 그나마 원나라의 수도가 중국 대륙에 자리를 잡음으로써 최소한의 위안을 삼을 수밖에 없었다.

그러나 이민족의 통치로 인해 중국의 전통적인 계층 개념이 붕괴되어서 사대부 계층이 급속도로 영향력이 약화되었고, 그 대신 실용적 가치를 중시하는 상인계층이 크게 대두했다. 이미 송나라 때부터 발전을 가속화해 온 도시들은 이런 흐름을 타고 규모와 실질의 측면 모두에서 더욱 확장되었고, 이 때문에 서양인 마르코 폴로가 지상의 낙원이라고 묘사했던 항주나 소주 같은 세계 최대의 도시들이 세계적 규모의 무역 경제를 토대로 크게 번성했다. 이와 더불어 공적公的인 명분과 의례를 중시하던 전통적인 관념들도 급격하게 변하여 개인과 실익을 중시하는 풍조가 만연했다.

이런 상황은 한족 왕조가 다시 건립된 명나라 때에도 본질적인
변화 없이 이어졌다. 명나라는 비록 한족 문화의 복원이라는 기치
아래 사대부 계층의 사회적 지위를 회복시키고 한족 고유의 혼례
와 풍속을 회복하기 위해 힘을 기울였지만, 도시와 상업을 중심으
로 한 경제 체제까지 과거의 농업 중심 체제로 되돌릴 수는 없었
다. 오히려 명나라 때에 들어서는 도시 발전의 추세가 더욱 가속
화되었고, 이 때문에 상인의 실질적인 사회적 지위가 급격히 상승
했다. 전통적인 사농공상土農工商의 신분체계는 사실상 사상공농士商工農
의 형태로 변화되어, 현대의 연구자들이 '신사민新四民'이라고 부르는
형태로 변화되고 있었다. 이와 더불어 상인 계층 고유의 실질주의
정신이 계층 간의 차별적 명분에 입각한 전통적인 가치관을 크게
뒤흔들고 있었다.

이러한 변화는 복권된 사대부 계층의 문화에서도 예외가 아니었
다. 승려처럼 절제된 생활과 엄격한 도덕적 규율을 바탕으로 넓고
깊은 독서를 통해 '격물치지格物致知'를 추구하던 성리학의 이상은 효
용성을 강조하는 새로운 시대의 흐름 속에서 그 기세가 꺾이게 되
었다. 그 대신 보편적인 양심 즉 '양지良志'에 입각한 실천을 강조하
는 양명학陽明學이 대두함으로써, 도학道學 중심의 유가사상은 심학心學
으로 방향을 전환하게 되었다.1) 달리 말하자면 이것은 유학이 존

---

1) 王守仁, ≪傳習錄·上≫ <語錄·一>: "아는 것은 마음의 본체이니 마음은 저
절로 그렇게 알게 된다. 아비를 보면 저절로 효도를 알게 되고, 형을 보면 저
절로 공손함을 알게 되고, 어린아이가 우물로 들어가려는 것을 보면 저절로 측
은지심을 알게 되니, 이것이 바로 '양지'이며 밖에서 구할 여력이 없다.〔知是心
之本體, 心自然會知. 見父自然知孝, 見兄自然知弟, 見孺子入井自然知惻隱, 此
便是良知, 不假外求.〕"
王守仁, <答歐陽崇一>: "그러므로 '양지'에 이르는 것이야말로 학문의 가장 큰
부분이요 성인께서 가르치신 첫 번째 올바른 뜻이다.〔故致良知是學問大頭腦,
是聖人教人第一義.〕"

재론과 우주론 같은 관념적인 경향에서 현실적이고 구체적인 측면으로 관심을 돌리게 되었다는 뜻이다. 이에 따라 명나라의 사대부 계층에는 송나라 때부터 본격적으로 발전되기 시작한 필기筆記 양식이 대대적으로 성행하고, 나아가 세세한 경물이나 일상사를 소재로 한 짧은 산문인 소품문小品文이 유행하기 시작했다.

원나라 때부터 중국에 들어와 활동하기 시작한 서양 선교사들의 역할도 명나라 때에 이르러 그 폭이 크게 확장되었다. 특히 선교사들에 의해 도입된 서양의 천문학이나 수학 같은 새로운 자연과학적 지식들은 중국 지식인들에게 신선한 충격을 안겨 주었다. 다만 선교사들의 번역을 통해 전해진 이 새로운 지식들은 중국 사대부 계층의 사고체계를 본질적으로 변화시키지는 못했다. 사대부 계층에게 천문학적 지식이란 단지 박학博學의 욕망을 충족시키기 위한 잡다한 지식의 일부에 지나지 않았을 뿐, 우주와 인간 존재에 대한 새로운 인식과 세계관의 변화를 이끌어내지는 못했던 것이다. 무엇보다도 이것은 명나라 때의 사대부 계층들이 더 이상 '하늘'과 같은 비현실적인 것에 흥미를 잃었기 때문이라고 할 수 있다. 즉 강력한 무력을 바탕으로 한 이민족 왕조에 의한 피지배의 경험은 사대부 계층으로 하여금 황제라는 존재가 더 이상 '하늘의 도'를 대변하는 이가 아님을 확인하게 해 주었고, 그 결과 그들은 차라리 현실의 삶에 더 큰 관심을 가지게 되었다는 것이다.

사실 유학이란 본질적으로 차별화된 계층의 집단성과 도덕성으로 포장된 그 내부의 윤리규범을 전제로 하는 것이기 때문에 개인과 실익을 중시하는 시대의 흐름과 조화를 이루기란 당시로서는 거의 불가능에 가까웠다. 게다가 '팔고문八股文'을 위주로 한 과거시험은 급격하게 비대해진 사대부 계층의 대부분을 편협한 식견과 글쓰기 기술에만 집착하는 고시생으로 전락시켜 버렸고, 한족 문화의 복원을 명분으로 내세운 대규모 편찬사업과 가혹한 문자옥文字獄

들은 사대부 계층으로 하여금 사회 변화에 역동적으로 대응할 여지를 제한해 버렸다. 이 때문에 정통 사대부 계층의 성원들은 양명학에서 다시 성리학으로 회귀하는 퇴행적 경향을 드러내기도 했고, 그에 반하는 일부 좌파들은 인간의 욕망만을 가장 우선적인 기준으로 극단에 빠지기도 했다.

왕조의 통치체제가 조금 안정되기 시작한 명나라 중엽으로 들어서면서 점점 부패하고 무능해진 황실은 이처럼 복잡한 구조적 문제를 통제하고 해결할 능력을 상실한 상태였다. 황제들은 정치는 뒷전으로 팽개치고 개인적 쾌락과 음란한 생활을 즐기기에 여념이 없었다. 특히 헌종憲宗 성화제成化帝 : 1465~1487 재위 때부터 희종熹宗 천계제天啓帝 : 1621~1627 재위 때까지 160여 년 동안 황제들은 신하와 정사를 논의하는 일이 손에 꼽을 만큼 적었다. 헌종은 23년의 재위 기간 동안 단 한 차례만 대학사 만안萬安 : 1417?~1488, 자는 순길循吉 등을 불러 몇 마디를 나눴을 뿐이고, 16년 동안 제위에 있었던 무종武宗 정덕제正德帝 : 1506~1521 재위는 단 한 차례도 대신과 접견하지 않았다. 심지어 음란한 쾌락에 빠진 세종世宗 가정제嘉靖帝 : 1522~1566 재위는 '불사약不死藥'이라는 허울을 쓴 춘약春藥을 바친 도사 도중문陶仲文 : 1479?~1560에게 미혹되어 형제처럼 지내기까지 했고, 신종神宗 만력제萬曆帝 : 1573~1619 재위의 음란한 행위는 여러 소설에서도 자주 언급될 정도였다.

결국 이처럼 무능하고 타락한 황제들 밑에서 탐욕스러운 환관들이 정치를 좌우하게 되었고, 이에 따라 관료 체제도 급격하게 부패하기 시작했다. 황실과 관료사회가 이렇다 보니, 민간에도 음란한 기풍과 생존을 위해 부패에 순응하는 기회주의가 만연되는 것은 당연한 일이었다. 당시는 북경이나 남경은 물론 크고 작은 도시에 온통 기생집이 넘쳐나고, 거리마다 춘약과 방중술房中術 서적과 춘화春畵, 그리고 각종 성행위 보조도구들이 불티나게 팔렸다.

이 때문에 온 나라가 무절제한 성 관념에 휩쓸렸고, 정절이란 단어는 시대에 뒤처진 고리타분한 경전 안에서나 찾아볼 수 있는 낯선 말이 되어 버렸다. 향시(鄕試)와 민간의 각종 소송에서는 뇌물과 부조리한 결탁이 당연한 것으로 치부되면서 도덕성이나 양심을 내세우는 이들은 종종 비웃음의 대상이 되기 십상이었다.

그러나 이 무질서한 밀림 같은 시대상황 속에서 시민 계층의 역사의식과 문화는 치열하게 생존하면서 급속도로 발전했다. 도시의 물질적인 풍요와 인쇄술과 같은 기술의 발전으로 인해 시민들은 그들 나름의 정서적 위안과 불만 표출의 마당을 마련할 수 있는 여지를 충분히 확보할 수 있었고, 이로 인해 다양한 민간문학이 전례 없이 흥성하게 되었다.

2. 시민 계층의 대두와 민간문학의 흥기

1) 도시 문화와 공연예술

도시의 발달은 전반적인 삶의 형식을 바꿔 놓는다. 친족집단과 집단노동에 의한 농경을 위주로 한 농촌과는 달리, 도시는 기본적으로 고립적인 개인들의 집합체이며 이윤 추구를 위한 무한경쟁으로 뒤엉킨 곳이다. 도시에서는 계절이나 일기 변화와 같이 농사일에서 중요한 요소들은 유행이나 경기 흐름과 같은 새로운 요소들에 비해 상대적으로 중요성이 떨어지고, 공동체 사이의 유대나 친목보다는 개인적 이권과 그것을 확보하기 위한 정보가 훨씬 민감하게 받아들여진다. 이에 따라 도시생활에서는 문자 매체나 소문 같이 정보의 흐름을 정확히 파악하는 것이 생존과 직결된 문제로 대두하게 된다. 이런 이유로 시민들 가운데는 최소한 실생활에 필요한 만큼의 문자에 대한 지식만이라도 갖추지 않은 이들이 드물었다고 할 수 있다.

또한 상대적 고립감과 무한경쟁으로 인한 정신적 긴장에 짓눌린 도시의 개인들은 농촌에서는 전혀 다른 방식의 여가생활을 통해 심신의 피로를 해소하게 되며, 그런 여가생활도 종종 서비스업과 같은 상업적 형태로 제공되는 경우가 많다. 극장과 술집 같은 공연 및 오락의 마당들은 이와 같은 여가의 수요에 대응하여 번성하게 되고, 심지어 독서와 같이 극히 개인적인 차원의 여가생활을 위한 갖가지 장치들도 활발히 제공되게 되는 것이다.

중국의 도시는 이미 한나라 때부터 수도를 중심으로 상당히 대규모로 발전하기 시작했다. 이후 위진남북조 시대에도 대도시가 발달했으나 대부분 군사적 기능을 위해 건설된 도시들이었다. 대규모 인구 집결지로서 상업을 중심으로 한 풍요로운 경제의 중심지라는 도시의 주요 속성은 실크로드를 통한 동서 교역의 중심지이자 제국의 수도였던 당나라의 장안에서부터 본격적으로 나타난다고 할 수 있다. 아울러 도시 시민들을 대상으로 한 본격적인 공연 문화도 거기에서 시작되었다고 할 수 있으니, 대표적인 예는 바로 오랜 기간 모래사막에 묻혀 있다가 20세기에 들어서야 비로소 그 실체가 확인된 '변문變文'이다. 문학 연구에서 변문은 주로 '강창講唱'의 양식을 활용하여 일정한 체제를 갖춘 서사적 공연 기예의 대본이나 그 기록을 가리키는데, 이런 방식은 최초에 승려들이 민간에 불교를 포교하기 위해 인도에서 수입한 것으로 알려져 있다.

'강창'이란 연출자가 운문으로 된 노래와 산문으로 된 이야기를 엮어서 공연하던 형식인데, 이를 통해서 그것이 실제 공연될 때에는 설명(說)과 노래(唱)가 혼합된 형태였음을 짐작할 수 있다. 훗날 민간에서 이 형식을 이용하여 불교적인 내용뿐만 아니라 역사와 민간전설을 비롯한 흥미롭고 교훈적인 소재들을 공연하게 되면서 순수한 민간 기예로서 '속강俗講'이라는 것이 발전했다. 오늘날 둔황〔敦煌〕의 석굴에서 발견된 <대목건련명간구모변문大目乾連冥間救母變文>이랄지 <오자서변문伍子胥變文>, <왕소군변문王昭君變文>과 같은 텍스트들은 이런 형태의 공연이 점차 대중에게 인기가 높아지면서 그 내용도 불경 안의 이야기뿐만 아니라 중국 역사 속의 일화나 민간 전설들까지도 포함하게 되었음을 알려준다.

도시 발전의 추세가 가속화된 송나라 때에 이르면 공연 문화도 더욱 전문적으로 발전하게 된다. 송나라 때 도시의 번영 상황과 거기에서 유행했던 갖가지 연예에 대해 기록한 맹원로孟元老 : ?~?의 ≪동경몽화록東京夢華錄≫이나 내득옹耐得翁 : ?~?의 ≪도성기승都城紀勝≫, 주밀周密 : 1232~1298의 ≪무림구사武林舊事≫, 오자목吳自牧 : ?~?의 ≪몽량록夢梁錄≫ 등에 따르면 당시에는 도시마다 와사瓦舍 또는 구란勾欄이라고 부르던 전문적인 대중 공연장들이 흥성하여 시민을 상대로 한 갖가지 연예 양식들이 연출되었다. 특히 이 시대에는 당나라 때의 변문 또는 속강에서 발전한 '강창'과 가무희歌舞戲 등의 곡예曲藝가 유행했다고 한다.

그런 곡예 가운데 하나인 '설화說話'는 중국 서사문학의 발전에 중요한 계기를 마련해 준 공연 양식이었다. '설화'에는 크게 '소설小說'과 '설경說經' '강사講史' '합생合生'이 대표적인 네 부류로 꼽히는데, 이 가운데 '설경'은 주로 불교에 관한 이야기를 들려주던 것이고, 기록도 적고 다른 세 가지보다 인기가 적었던 '합생'은 당시의 짧은 일화를 들려주는 것이었다. 이 '설화' 양식들 가운데 기교의 측면에서 가장 성숙해서 제일 성행했던 것은 짧은 형식으로 당시 사회의 다양한 측면에서 뽑은 실생활의 재미있는 소재를 박진감 있게 들려주던 '소설'이었다. 또한 이전 시대의 역사에서 제재를 취해 시대와 사건에 따라 적절한 단락을 나누어 이야기를 들려주던 '강사'는 홋

날 장편소설의 체제가 갖춰지는 데에 중요한 토대를 마련해 주었다고 평가된다.

'설화'의 대본은 흔히 '화본話本'이라고 부른다. (이 가운데 '소설'의 대본은 '소설'이고, '강사'의 대본은 '평화〔平話〕'라고 구분하기도 한다.) '화본' 가운데는 '이야기꾼〔說話人〕'이 대대로 전수받은 이야기에 자신의 지식과 기교, 청중의 반응 등을 반영하여 다듬어 기록한 것도 있고, '서회書會'와 같은 전문작가 집단에서 글재주와 견문을 갖춘 작가들이 이야기꾼을 위해 창작해 준 것들도 있다. 이렇게 글로 기록된 '화본'이 훗날 인쇄 출판업의 발전에 따라 책으로 간행되어 팔리면서 중국 고전소설, 특히 백화소설白話小說이라고 부르는 새로운 양식이 형성되었던 것이다.

송나라 때의 단편 화본 '소설' 가운데 오늘날 남아 있는 것은 일부만 보존된 《경본통속소설京本通俗小說》 — 이 책 자체는 진위眞僞에 대한 논쟁이 자주 일어나지만 — 로서, 여기에는 <착참최녕錯斬崔寧>을 비롯한 7종의 이야기가 수록되어 있다. 이 외에도 명나라 때 문인들에 의해 약간씩 수정되고 문장이 다듬어진 형태로 여러 편의 기본 줄거리가 전해지고 있다. 송나라 때의 장편 화본인 '평화'로는 《대당삼장취경시화大唐三藏取經詩話》와 《신편오대사평화新編五代史平話》, 《대송선화유사大宋宣和遺事》가 남아 있다. 그러나 이 가운데 《대송선화유사》는 문언과 백화를 엇섞어 쓴 10가지 이야기로서 실제 화본이라고 보기엔 무리가 있다. 다만 《대당삼장취경시화》는 훗날 명나라 때의 장편소설 《서유기西遊記》의 토대가 되었고, 《신편오대사평화》 역시 명나라 때의 《삼국지연의三國志演義》와 같은 장편 역사소설의 형식적 출발점으로 평가되고 있다. 《대송선화유사》 자체도 《수호전水許傳》이 나오는 데에 중요한 토대를 제공한 것으로 여겨지고 있다.

한편 송나라 때의 '강창' 가운데 민간은 물론 궁정에서까지 유행했던 '제궁조諸宮調'는 원나라와 명나라 때 본격적으로 발전한 중국 희곡의 선하先河를 열어 놓은 양식이었다. 명칭에서 알 수 있듯이 여러 궁조宮調의 노래를 합쳐 한 가지 이야기를 연출한 것으로 알려진 이 양식은 비록 연기자들의 춤은 없었지만 노래[唱]와 대사[白]를 갖추고 한 가지 이야기를 연출하는 것이었다고 한다. 또한 송나라 때에는 후세의 연극에 상당히 근접한 형태의 '잡극雜劇'이 성행했고, 남송 때에는 완전한 형식의 '희문戱文'이 유행했다. 이 희문은 금속제 타악기와 관악기를 이용한 남방의 음악을 사용하여 전체적으로 부드럽고 우아한 독창을 위주로 한 가무희였을 것으로 추측되지만, 원나라 이후 북방의 음악을 바탕으로 한 잡극들이 주류를 이루게 된다.

원나라 때에 성립된 '잡극'은 노래[唱]와 동작[科], 대사[白]라는 세 가지 요소를 갖추고 일정한 줄거리가 있는 이야기를 연출하는 최초의 체계적인 악극樂劇이었다. 특히 원나라 때에는 상당히 오랜 기간에 걸쳐서 과거시험이 중단되고, 민족 차별 정책으로 인해 한족 문인에 대한 처우가 급전직하했으며, 이민족 통치에 대한 반감 등등 여러 원인에 의해 전통적인 학업을 포기하고 생업에 뛰어든 문인들이 급격히 늘어났다. 그리고 이들 가운데 상당수는 '서회'와 같은 조직을 통해 잡극을 비롯한 민간문학의 대본 제작에 참여하게 되었다. 또한 이로 인해서 민간문학의 대본들은 본래의 소박하고 투박한 면모에서 벗어나 문체나 줄거리 구성 등 전반적인 측면에서 세련되게 다듬어지는 결과가 나타났다. 특히 유명한 왕실보王實甫 : 1234 전후의 <최앵앵대월서상기崔鶯鶯待月西廂記>와 백박白樸 : 1226~1285?의 <당명황추야오동우唐明皇秋夜梧桐雨>, 마치원馬致遠 : 1251 전후의 <파유몽고안한궁추破幽夢孤雁漢宮秋>, 정광조鄭光祖 : 1294 전후의 <미청쇄천녀이혼迷靑瑣倩女離魂> 등은 귀족 취향의 세련된 문장과 짜임새 있는 줄거리 구성, 아름다운 곡사曲詞를 활용하여 공연보다는 독서용 희곡으로서 그 가치가 더 빛나는 작품들이었다. 이어지는 명나라 때에도 귀족 취향의 장편 희곡인 전기傳奇가 지속적으로 유행했다.

　이와 같이 도시의 발전과 더불어 시민 사회에서 유행한 새로운 공연 예술들은 서정성이나 논리에 치중한 유가 사대부들의 전통적인 시나 산문들과는 달리 줄거리가 있는 '이야기'의 구현에 치중하고 있다는 특성이 있다. 특히 현실의 삶을 예술적으로 승화시킨 허구적인 이야기를 통해서 재미와 공감, 교훈을 추구하는 이 새로운 경향은 이후 중국문학사에서 시민사회의 문화와 정서를 반영한 새로운 문학 양식인 소설과 희곡의 대두로 나타난다. 이에 따라 원나라 말엽에서 명나라 초기에는 인쇄술의 발전에 힘입어 유명한 공연물의 대본들이 속속 책의 형태로 간행되어 적지 않은 인기를 누렸다. 그리고 무대의 공연을 책으로 옮겨 놓은 이 단순한 책들은 이내 전문적인 독서 상품으로서 자신의 새로운 가치를 발견하게 되고, 그에 따라 내용과 형식도 새롭게 바뀌어 백화소설로 다시 태어났다. 즉 단편의 화본 형식을 모방하여 새롭게 지어낸 이야기들[擬話本]이 등장하고, 아울러 장편의 '평화平話' 형식을 바탕으로 새롭게 지어진 '장회章回소설'이 등장하게 되는 것이다.

　그런데 이 새로운 백화소설들은 공연의 흔적을 의도적으로 유지했다. 이야기가 시작되기 전에 개장시開場詩를 두고, 이야기가 마무리될 때 산장시散場詩를 두며, 이야기를 진행하는 도중에 종종 시사詩詞와 부賦를 삽입하여 운문과 산문이 교차하는 강창講唱의 형태를 유지했다. 또한 본문 곳곳에 "각설却說" 또는 "화표話表"와 같은 이야기꾼[說話人]의 어투를 드러내고, 장회소설의 마지막 회를 제외한 거의 모든 회의 끝부분에는 "(어떻게 되었는지는) 다음 회를 들어보시라.[且聽下回分解]"와 같은 상투적인 공연의 형식을 의도적으로 유지했다. 이런 장치들은 독자로 하여금 소설의 내용을 상상의 무대로 올려놓고 감상하는 기분을 느끼게 해 주고, 또 독자들에게 상대적으로 낯선 문학 양식이 친근한 양식으로 자리를 잡는 데에는 효과적이었을 것이다. 그리고 바로 이 지점에서 우리는 인류 예술사에서 발견되는 보편적인 현상을 다시 확인할 수 있다.

사실 너무나 외설적이어서 중국 국내와 동양의 연구자들에게 지나치게 외면되었던 측면이 없지 않다고 할 수 있는 ≪금병매^{金甁梅}≫가 바로 이처럼 갖가지 민간 기예들의 '수단과 방법'을 집대성하여 조금 더 세련된 형태의 고급한 예술품으로 탄생했다는 점은 간과되어서는 안 된다. 다만 이와 같은 서사 방식은 사건의 외형적 장면과 등장인물의 언행을 위주로 서술될 수밖에 없기 때문에 단선적인 서사 시간을 유지하기 쉽고, 주인공들의 내면적인 심리를 묘사하는 데에는 취약할 수밖에 없다는 단점이 있음을 부인할 수 없다. 그렇기 때문에 장회소설의 절정기라고 할 수 있는 청나라 때에 나온 ≪유림외사^{儒林外史}≫와 ≪홍루몽^{紅樓夢}≫에서는 이러한 이야기꾼의 흔적을 줄이려고 노력하는 경향이 뚜렷하게 나타난다.

2) '상품'과 '작품' 사이

(1) 인쇄 출판업의 발전

도시 시민의 문화는 기본적으로 상업적 관계에 바탕을 두고 형성되었다고 할 수 있다. 그러므로 그것이 발전하기 위해서는 시민들이 문화를 즐길 수 있는 경제적 여유와 지적 소양, 그리고 기술 및 유통구조의 발달이라는 전제조건들이 필요하다.

서적을 위주로 한 좁은 의미의 문학은 일차적으로 인쇄 출판 기술 및 유통구조의 발전과 밀접한 관련을 맺을 수밖에 없다. 중국에서는 인쇄술이 발명되기 이전부터 필사^{筆寫}를 통한 서적의 전승이 이미 선진^{先秦} 시기부터 이루어지고 있었지만, 유통의 규모와 신속성을 담보하는 정도에 이르기 위해서는 서적의 대량 생산과 유통이 효율적으로 어우러지는 구조를 필요로 한다.

중국에서 조판^{雕版} 인쇄가 시작된 것은 대체로 당나라 황실에서 시작되었다고 여겨지고 있다. 당시에는 주로 황실에서 주도하여 유가 경전이나 불경 등 대규모 자본이 소요되는 각판을 제작하여 책을 인쇄했던 것으로 보인다. 하지만 이른바 '관각^{官刻}'과 '방각^{坊刻}' '사각^{私刻}'이라는 인쇄 출판의 체계가 완전히 자리 잡고, 도서 출판이 본격적으로 상품경제에 편입되기 시작한 것은 송나라 때부터였다. 특히 송나라 때에는 오늘날 '강남'으로 통칭되는 사천^{四川}, 절강^{浙江}, 복건^{福建} 지역을 중심으로 형성된 민간 차원의 독서 시장이 상당히 번성하고 있었다.

활자^{活字} 인쇄가 본격화되고 출판 과정이 분업화된 명나라 때에 이르면 출판업은 이전과는 비교할 수 없을 정도로 비약적으로 발전하게 되고, 출판의 중심지도 이전의 전통적인 지역뿐만 아니라 남경과 북경, 휘주^{徽州}, 소주^{蘇州}, 호주^{湖州} 등의 신흥지구까지 대대적으로 확산되었다. 게다가 명나라 때부터는 송나라 및 원나라 때와는 달리 도서 출판에 정부의 심사와 비준을 거치는 절차를 거치지 않게 함으로써 일반인들이 책을 간행하기가 비교적 자유로웠다는 점도 적지 않은 이점이었다. 특히 이 무렵에는 각 지역의 특정 집안에서 대를 이어가며 출판업에 종사한 경우가 많았기 때문에 이전에 비해 전문성이 두드러져서, 전통적인 유가 경전뿐만 아니라 민간의 실용서 및 새롭게 유행한 민간문학작품 가운데 특정 분야를 주력업종으로 삼는 '서방^{書坊}'들이 매우 번성했다.

한편, 민간 출판업이 이처럼 번성했다는 사실은 당시에 그것을 뒷받침할 수 있는 독자층이 충분히 확보되어 있었다는 것을 의미하기도 한다. 이미 송나라 때부터 아동들에게 글자를 익히게 하기 위한 책들이 널리 퍼져 있었는데 이것은 독서 시장의 수요자 즉,

독자 계층의 수가 꾸준히 축적되고 있었다는 것을 말해 준다. 물론 이렇게 축적된 식자층 가운데 관료가 되거나 진지한 학자로 평생을 일관한 사람들의 비중은 한정되어 있을 수밖에 없다. 결국 이런저런 이유로 공부는 했으되 학자나 관료의 길을 포기할 수밖에 없었던 사람들까지 포함하면 식자층의 규모는 예상보다 훨씬 큰 규모였을 가능성이 있다.

이처럼 진지한 사대부들과는 달리 실용적 지식으로서 문자를 대하는 시민 계층이 확대됨에 따라, 문자를 오락과 여가선용의 수단으로 활용하는 중간적 지식인들이 점차 대두하였다. 특히 원나라 때에는 과거제도의 중단으로 인해 사대부 계층의 사회적 지위가 약화됨에 따라 대다수 지식인들이 생업 자체에 관심을 가질 수밖에 없었고, 이에 따라 '서회'와 같이 문자와 서적의 지식을 활용할 수 있는 생계의 마당이 급격히 부상했다. 이런 중간적 지식인들은 출판업자와 협력하여 새롭게 대두한 유망한 사업으로서 문학작품의 생산에 참여하기도 했고, 어떤 경우는 자신이 직접 출판사를 운영하면서 작가로 활동하기도 했다.

이처럼 인쇄 기술의 발전과 민간 출판업들의 대두로 인해 상대적으로 값싼 서적들이 대량으로 제작되었다. 또한 민간 '서방'에서 간행된 과거시험 준비를 위한 참고서와 소설 및 희곡 같은 민간문학작품들은 운하를 토대로 구축된 전국적인 유통망을 통해 상당히 신속하게 전국적으로 유포되었다. 문학의 측면에서 이와 같은 '서방'들의 경쟁 체제는 작품의 질적 측면에도 큰 영향을 끼치게 된다.

(2) 문학작품의 상품화

오늘날 문학사회학의 많은 연구 성과들은 예술의 상업성을 신중히 인정하고 있다.[2] 이와 마찬가지로 명나라 때의 출판업자들 및 그들과 협력한 중간적 지식인들이 소설과 같은 민간문학의 창작에 관여하게 된 직접적인 동기는 대중들의 수요에 영합하여 경제적 이득을 챙길 수 있는 실마리를 발견했기 때문이다. 예를 들어서 명나라 말엽에 나온 음란한 소설 ≪수탑야사^{繡榻野史}≫의 서문에 담긴 다음 내용은 그런 정황을 짐작할 수 있는 좋은 증거가 된다.

> 멋모르는 어린 하인이 우연히 ≪수탑야사≫를 사서 내게 바쳤다. 처음에는 옛날에 비녀 꽂고 귀걸이 단 부녀자들이나 궁중 여인들의 교화에 도움을 주었던 책에서 나온 것이라고 생각했는데, 눈을 즐겁게 해 줄 수는 있었기 때문에 잘못된 부분을 마음에 두지 않고 내버려둔 상태였다. 그런데 이듬해에 가끔 서점에 들렀다가 벼슬아치들과 학문하는 선비, 소년들이 종종 (그것에 대해) 물어보는 것을 목격했다. 나는 감개무량하여 돌아와 그 책을 꺼내 비평을 달았다.

> 奚僮¹⁾不知, 偶市繡榻野史²⁾進余. 始謂當出古之脫³⁾簪珥⁴⁾永巷⁵⁾有裨聲敎⁶⁾者類, 可以娛目, 不意其爲謬戾.⁷⁾ 亦旣屛實⁸⁾之矣. 踰年, 間通書肆⁹⁾中, 見冠冕人物¹⁰⁾與學士少年行,¹¹⁾ 往往諏咨¹²⁾不絶. 余慨然歸取而評品批抹¹³⁾之. (憨憨子,¹⁴⁾ <≪繡榻野史≫ 序 >)

1) 奚僮(해동): 나이 어린 남자 하인.
2) 명나라 말엽의 극작가이자 희곡 연구가, 소설가인 여천성^{呂天成 :} ^{1580~1618}이 정전주인^{情顚主人}이라는 필명으로 창작한 것이다. 이 작품은 두 집안을 배경으로 일어난 대단히 음란한 사건을 묘사한 색정^{色情}소설로서 청나라 때에 금서로 지정되기도 했다.
3) 脫(탈): 들어맞다. 여기서는 '俛(탈)'과 같은 뜻이다.
4) 簪珥(잠이): 비녀와 귀걸이. 여기서는 일반적인 부녀자들을 가리킨다.
5) 永巷(영항): 궁중 비빈^{妃嬪}들이 거처하는 곳.
6) 聲敎(성교): 명성과 위엄으로 교화^{敎化}하다.
7) 謬戾(유려): 잘못되다. 도리에 어긋나다.

---

2) "문학은 하나의 예술품, 사회의식의 산물, 하나의 세계관일 수 있지만, 또한 하나의 산업이다. 책들은 의미의 구조일 뿐 아니라 또한 출판업자가 생산하여 이익을 바라고 시장에서 파는 상품이기도 하다."(테리 이글튼 저, 이경덕 역, ≪문학비평: 반영이론과 생산이론≫, 서울: 도서출판 까치, 1986, 83쪽.)

8) 屛眞(병치): 보이지 않는 곳에 두다.

9) 書肆(서사): 책방. 책 파는 가게.

10) 冠冕人物(관면인물): 벼슬아치.

11) 行(항): 항렬. 무리. '等'과 같다.

12) 諏咨(추자): 묻다. 캐묻다.

13) 批抹(비말): 비평하며 주석을 달거나 교정하여 고치다.

14) 오강吳江 출신의 왕승보王承父: ?~?를 가리키는 듯하다. 그는 원래 이름
    이 광윤光胤이고 자가 승보承父였으나, 대개 자가 이름처럼 불렸다. 만
    년에 자를 자환子幻으로 고쳤으며, 곤륜산인崑崙山人, 몽허夢虛, 감감인
    憨憨人 등의 호를 사용했다.

위 인용문에는 당시 소설 작품을 읽는 독자 계층을 짐작하게 해
주는 언급이 들어 있다. 즉 서점에서 자신이 관심을 가진 소설 작
품에 대해 문의하는 '벼슬아치들과 학문하는 선비, 소년들'이야말로
직접 소설 작품을 구매하는 고객들인 셈이다. 물론 이들 외에도
외출이 비교적 자유롭지 못하기 때문에 어쩔 수 없이 하인이나 집
안 남자들의 손을 빌려 책을 구매할 수밖에 없는 규방의 여인들도
포함되어야 할 것이다. 이들은 대개 기이한 것을 좋아하고[好奇], 여
가를 보낼 소일거리를 찾으며[消閑], 로맨틱한 이야기를 좋아하고
선망하며[慕艶], 이야기에서 써 먹을 소재를 찾거나[佐談], 귀신이나
요괴 혹은 남녀 간의 은밀한 사랑 따위의 흥미로운 이야기에 열중
하고[喜趣], 그런 이야기를 통해 자신의 마음에 담긴 정서를 확인하
며 대리만족을 찾기도[泄情] 했다. 또한 명나라 때의 능몽초凌濛初:
1580~1644는 자신이 편찬한 ≪박안경기拍案驚奇≫에 즉공관주인卽空館主人
이라는 필명으로 쓴 서문에서, 풍몽룡馮夢龍:1574~1646의 "삼언三言"이
사람들에게 많은 인기를 얻자 서점 주인이 자신에게 그와 비슷한
이야기들을 모아 달라고 부탁한 적이 있다고 했다.

이처럼 문학작품의 출판이 상업적 경쟁체제로 편입되면서 나타
난 결과는 크게 두 가지로 요약될 수 있다. 우선, 서적의 가격이
하락하면서 좀 더 많은 독자들이 책을 구입해 읽거나 도서 대여업

이 성행할 수 있는 토대가 마련되었다는 것이다. 그러나 예나 지금이나 마찬가지로 값싼 책들은 질적 측면에서 저급해지기 쉬운 맹점이 있다. 이 때문에 복건^{福建}, 건양^{建陽} 등지의 일부 서방에서 간행된 책들은 인쇄 상태뿐만 아니라 내용도 조잡하거나 심지어 여러 작품들을 두서없이 떼어 붙여서 일정한 분량만 채운 것들도 있었다.

다만 그런 극단적인 폐단을 논외로 치면, 일반적으로 문학작품의 상업화는 작자와 출판업자, 독자 사이의 유기적인 관계가 만들어지는 데에 큰 역할을 한다. 위의 예문에 소개된 감감자^{憨憨子}를 비롯해서 소설 창작과 출간에 관여한 이들은 대체로 수요자(독자) 계층의 요구에 대단히 민감하게 반응했던 듯하다. 예를 들어서 오월초망신^{吳越草莽臣}이라는 필명을 가진 어느 작가가 쓴 40회의 장편소설 ≪위충현소설척간서^{魏忠賢小說斥奸書}≫가 정교한 삽화까지 곁들여 출간된 것이 바로 악명 높은 환관 위충현이 자살한 때로부터 채 한 해도 지나지 않은 숭정^{崇禎} 1년¹⁶²⁸이라는 사실은 그런 신속한 반응의 양상을 잘 보여주는 예라 하겠다. 그러므로 당시의 작품들은 비록 표면적으로는 어리석은 사람들의 마음을 경계하고 사회를 교화하겠다는 명분을 내세우면서도, 실제로는 ≪금병매^{金瓶梅}≫와 같이 음란한 장면을 적나라하게 함으로써 암암리에 수요자의 요구에 영합하는 경우가 많았다. 특히 장편소설 ≪사유기^{四遊記}≫의 편찬자이자 통속소설 작가로도 유명한 여상두^{余象斗 : 1569 전후}처럼 출판업자와 소설 작자(또는 편찬자)의 역할을 겸한 이들은 독자층의 관심사를 더욱 신속하게 반영할 수 있었다. 이런 맥락에서 귀족 집안의 화려한 생활과 그들의 사랑 및 몰락 과정을 그린 작품이 많이 나오고, 또 그런 작품들이 큰 인기를 끌었다는 것은 당시 독자들의 성향과 그에 반응하는 작가 및 출판업자 사이의 관계가 대단히 긴밀하고 기민했음을 짐작하게 해 준다.

이와 더불어 상품으로서 책의 수요를 적절한 이익이 남는 수준에서 유지하기 위해 출판업자들 사이에, 혹은 출판업자와 작자(또는 편찬자) 사이에 모종의 협약이 맺어지기도 했다. 즉 상품성이 많은 특정 작품에 대해서는 출판업자들이 각기 주력 종목을 정하고, 그 대신 다른 출판업자의 주력 종목에 대해서는 기득권을 인정해서 출판을 자제하는 것이다. 이런 현상은 문학 출판이 상업화되면서 초보적이나마 저작권의 개념이 나타나기 시작했다는 것을 말해 준다.

둘째, 민간 출판업이란 기본적으로 투자자본이 많이 들어가는 사업이기 때문에 손익계산에 민감할 수밖에 없다. 이에 따라 서방에서 출판된 책들은 판로가 보장된 인기 작품에, 그것도 분량이 비교적 큰 장편소설이거나 단편소설이라 할지라도 여러 편을 모아 일정한 분량으로 출판하는 경우가 많았다. 또한 경제적으로 여유가 많은 사회 고위층을 대상으로 한 고급 서적의 출판도 전략적으로 행해지곤 했다. 특히 소주蘇州와 남경南京 등지에서 출판된 작품들은 고급한 종이에 정교한 삽화와 비교적 꼼꼼하게 교감을 거친 것들이 많았고, 이런 책들은 비싼 가격에도 불구하고 상당한 인기를 누렸던 것으로 보인다.

사실 명나라와 청나라 때 일부 소설책의 값은 일반인들로서는 엄두도 내지 못할 정도로 엄청나게 높았다. 예를 들어서 일본에 소장된 ≪봉신연의封神演義≫의 겉장[封面]에 찍힌 정가는 '문은紋銀 2냥兩'이고 ≪열국지전列國志傳≫은 '문은 1냥'인데, 이것은 만력 연간에 일반 고용노동자[傭工]의 한 달 수입보다 많은 것이었다고 한다. 물론 책의 '정가'가 실제 시장에서 그대로 적용되었는지 여부는 확실치 않지만, 어쨌든 당시 사회에서 일부 고급한 소설책은 그야말로 일부 유한계층 즉, 관료를 중심으로 한 지식인[讀書人]이나 부유한 상인 및 그들의 처첩쯤 돼야 사서 읽을 수 있는 호사스러운 취미생활의 대상이었던 것만은 분명하다.

또한 소설이 '고급 독자'를 대상으로 설정함으로써 광고 전략에도 차별적인 경쟁력을 갖기 위한 새로운 유행이 생겨나게 되었다. 소설 작품의 작자나 편찬자 혹은 평점가評點家를 당시 대중들의 칭송을 받는 유명한 작가나 문인으로 내세우는 일이 많아진 것이다. 물론 이 가운데는 이지李贄 : 1527~1602의 경우처럼 실제로 작품 생산에 관여하지 않았지만 명성이 이용당하는 경우도 많았다. 오늘날 이지의 이름으로 나온 책은 무려 43종에 이르는데, 그 가운데 ≪분서焚書≫나 ≪장서藏書≫처럼 그의 저작이 분명한 몇몇 경우를 제외하면 상당수가 위작으로 밝혀져 있고, 특히 소설이나 희곡 작품 가운데 평점가로서 그의 이름을 내세운 것들은 거의 대부분 위작으로 여겨지고 있다. 또한 '고급 독자'를 위해 소설의 편찬자들은 민간에서 비롯된 저급한 수준의 이야기에 그럴 듯한 시와 사를 삽입하거나, 소설의 내용을 역사나 진지한 철학서에 억지로 꿰맞추는 평론을 덧붙이는 경우가 많아졌다.

이처럼 소설이 상업적 환경 속에서 발전했다고 해서 작가들이 전적으로 독자의 기호에 영합하기만 했던 것은 아니다. 어떤 의미에서 이들은 오히려 독자들의 새로운 문화적 취향을 주도하면서 이야기를 통해 간접적인 방법으로 시민의식을 높이는 데에도 노력을 기울였기 때문이다.3) 이들은 인간으로서 여성의 존엄성을 억압

---

3) 이와 관련해서 14세기 영국 문학에서 서적 인쇄가 수행한 중대한 역할을 비교해 보는 것도 유용할 것이다. 러시아의 바흐찐Mikhail M. Bakhtin은 이와 관련해서 이렇게 설명했다: "운문으로 쓰인 기사소설의 역사에서 서적 인쇄는 대중들을 확대시키고 사회적으로 혼합시켰다는 의미에서 엄청나게 중요한 역할을 했다. 서적 인쇄는 소설 장르의 본질적인 특징을 이루는 말이 아무 소리 없는 수용명부로 대치되는 것을 지지했다. 서적 인쇄가 점점 발전하면서 산문소설의 이와 같은 사회로부터의 이탈이 뚜렷해졌고 14세기 15세기에 정초된 기사소설의 시화적 편답, 사회적으로 하층인 집단들을 위해 <민중문학>으로 귀결되는 편답이 시작되었고, 바로 여기서 낭만주의의 문학적인 의식이 새로이 빛을 보게 되었다."(미하일 바흐찐, 이득재 역, ≪바흐찐의 소설미학≫, 서울: 열린

하는 봉건 예교와 타락한 종교에 대해 비판하고, 물질만능주의와 쾌락주의에 빠지고 있는 세태를 냉소적으로 풍자하고, '포청천包靑天'과 같은 이상적인 주인공을 내세워 부패한 관료 제도를 파헤쳐 고발하기도 했다. 명나라 때부터 본격적으로 등장한 소설가들은 재미와 교훈성을 겸한 작품으로 독자들의 흥미를 일으킴과 동시에 이야기 문학에 대해 전통적으로 멸시하던 정통 사대부 계층의 호감을 이끌어내기 위해 다각도로 노력했다.

3. 소설가의 탄생 ─풍몽룡馮夢龍을 중심으로

서사문학에서는 변문과 화본에서 시작된 문체 변혁으로 인해 명나라 때에 이르면 문언에 대한 백화의 우위가 매우 뚜렷하게 드러난다. 이 시기에 소설은 이미 인간 삶의 구체적 모습에 대한 묘사를 할 수 있는 대표적인 문학형식으로 어느 정도 그 자리를 굳히고 있었는데, 삶의 전반적인 모습 그 자체를 그리는 데에는 삶의 구체적인 실상에 더 접근해 있는 백화가 더욱 효과적이었기 때문이다. 그리고 유명한 '사대기서'는 명나라 때까지 백화체 서사문학의 정점이라 할 수 있다.

도시화와 상업 및 인쇄 출판의 발전을 배경으로 탄생한 이와 같은 상업적 문학은 현대적인 의미에서 직업적 작가의 출현을 예고하는 징조라고도 할 수 있다. 특히 원나라를 거치면서 급속도로 유행한 공연예술의 막후에서 극작가로 활동한 경험이 있는 '서회'의 성원들은 대중의 기호와 이야기의 구성 및 연출 방법에 대해 상당한 숙련을 거친 상태였다. 또한 서회 성원이 아니더라도 부패

───────────────

책들, 1988, 233쪽.)

한 과거제도로 인해 벼슬길이 막힌 수많은 하층 사대부들 가운데 서도 민간문학의 특별한 가치에 대해 호의적인 인식을 갖고 몸소 소설이나 희곡 창작에 참여한 이들이 나타났다. 그들 가운데 일부 는 출판업자와 제휴하여 원고료를 챙기기도 했고, 더 적극적이고 경제적인 여유가 있는 이들은 아예 자신이 출판사를 차려 자기 작 품을 출판하기도 했다.

명나라 말엽에 소주에서 활동하던 풍몽룡은 낙백落魄한 사대부로 서 새로운 시대에 적응해 가는 다양한 양태 가운데 비교적 긍정적 인 한 측면을 잘 보여준 예라고 할 수 있다. 그는 대중적으로 큰 인기를 누린 "삼언"을 출판하여 비슷한 처지에 놓인 다른 사대부들 에게 하나의 이정표를 제시해 주었다. "삼언"과 더불어 중국 백화 단편소설의 대표작으로 꼽히는 능몽초凌濛初의 "이박二拍"은 바로 풍 몽룡의 성공에 계발을 받아 나왔던 것이다. 물론 당시까지는 아직 저작권의 개념이 정립되지 않았기 때문에 이들의 활동이 어떤 정 도의 수입을 보장하는 것이었는지는 확실히 알 수 없지만, 민간문 학의 창작은 경제적 도움뿐만 아니라 새로운 차원의 문인으로서 명성을 얻을 수 있는 좋은 기회가 되었던 것만은 분명하다.

1) 풍몽룡의 생애와 저작

풍몽룡1574~1646은 자가 유룡猶龍 또는 공어公魚, 자유子猶이고 별호 로는 용자유龍子猶, 묵감재주인墨憨齋主人, 오하사노吳下詞奴, 고소사노姑蘇 詞奴, 전주주사前周柱史 등을 사용했다. 소주의 명문세가에서 태어난 그는 뛰어난 화가인 형 풍몽계馮夢桂, 태학생太學生인 아우 풍몽웅馮夢熊 과 더불어 '오하삼풍吳下三馮'으로 불리며 명성을 날렸다고 한다. 박 학하고 다재다능했던 그는 경학과 역사, 민간문학, 풍속 등 다양한 분야에 많은 관심을 갖고 뛰어난 작품을 많이 남겼다. 그러나 생

414

애의 대부분을 평민으로 지낸 그는 ≪명사明史≫에 전기가 수록될 수가 없었고, 지방지에 적힌 그에 대한 언급도 대단히 소략하다.

청년시절 풍몽룡은 당시의 일반 사대부들과 마찬가지로 과거 시험을 준비하면서 유가 경전과 역사를 공부했다. 그리고 56살 때인 1630년에 공생貢生이 되어서 이듬해에 파격적으로 단도현丹徒縣, 지금의 장쑤성 전장시[鎭江市]에 속함의 훈도訓導가 되고, 1634년에는 복건성 수녕현壽寧縣의 지현知縣에 부임하여 4년 동안 지방관을 지냈다. 이후로 그는 기울어 가는 명 왕조의 운명 속에서 벼슬길이 막혀 줄곧 고향에서 지내다가, 청나라 군대가 남하하자 70대의 고령으로 반청운동에 뛰어들었다.

사실 그의 정치적 불우는 부패한 조정 탓도 있겠지만 그 자신의 개인적 성향과도 관련이 있는 것으로 알려져 있다. 즉 그는 이학理學에 대해 극단적으로 반대하는 양명학 좌파의 태두인 이지李贄를 존경하고, 유가 예법과 윤리에 거슬리며 기생들과 어울리고, 민요나 소설같이 비정통의 문학을 좋아했기 때문에 정통 사대부 계층에게서 배격 당했다는 것이다. 이 때문에 그는 생계를 위해 학생들을 가르치거나 책을 편찬해야 했는데, 그 점이 오히려 현대의 중국문학 연구자들에게 높은 평가를 받는 성과를 이루게 했다.

풍몽룡의 저작들은 실용성을 중시한다는 측면에서 공통성을 띠고 있다. 당시의 민간가요에 대한 수집 정리나 당시의 역사적 사건의 기록들은 강렬한 시사성을 띠고 있었고, 학생들을 가르치기 위한 참고서 역시 과거시험을 준비하는 이들에게 환영을 받았으며, 그의 소설 작품들은 광범한 독자층을 확보하여 출판업자들의 환영을 받았다. 특히 유명한 "삼언" 외에 그가 편찬한 ≪지낭智囊≫과 ≪고금담개古今談槪≫, ≪정사情史≫는 독자의 지혜를 키워 주고 사회의 부패를 비판하며 정감을 통한 교훈을 제시하려는 그의 저작 의도를 잘 보여주는 저작들이다. 이 가운데 ≪지낭≫은 위충현 일당에 의해 사회 전체의 부패와 부조리가 만연한 상황에서 역대 환관들의 병폐를 고발하는 수많은 이야기를 모아 편찬한 유서類書로서, 더욱 정치적인 의도를 내포하고 있다. 그뿐만 아니라 여기에는 역대의 정치적 사건과 훌륭한 관리들의 정치적 업적, 뛰어난 언변과 군사적 책략, 여성들의 기지와 각종 속임수 등등 갖가지 일상생활의 지혜들이 부류별로 나뉘어 수록되어 있다. 또한 각 이야기에 덧붙여진 풍몽룡 자신이 직접 쓴 평어評語들은 그의 정치관과 인생관, 애정관 등을 잘 보여준다. 이 책은 이후에도 내용이 보충되어 여러 차례 출간된 바 있다.

이 외에도 풍몽룡은 장편소설 ≪신열국지新列國志≫와 ≪신평요전新平妖傳≫을 증보 수정해서 간행했고, 민간 가요를 수집 정리해서 ≪산가山歌≫와 ≪괘지아掛枝兒≫를 편찬했으며, 희곡집으로 수십 편의 ≪묵감재정본전기墨憨齋定本傳奇≫를 창작하기도 했다. 또한 명나라와 청나라 때에는 그의 유명세를 이용해서 이름을 도용해 출판된 소설 및 희곡 작품이 적지 않으며, 그 자신이 직접 쓴 저작들도 시집을 비롯해서 학생들을 위한 참고서, 심지어 장난삼아 쓴 책인 ≪조마弔馬≫까지 대단히 풍성하다.

2) 강물에 버린 사랑

'백화'를 문학 언어로 사용한 이야기의 출현은 서사문학의 향유 계층을 고상한 식자층으로부터 일반 대중 즉, 시민 계층으로 확산시키고 기법을 반전시키는 효과를 유발했다. 특히 이런 이야기 문학들에는 상업성이 개입되어 있기 때문에, 기본적으로 기존에 문인들 사이에서 취미 삼아 지어지고 전파되던 서사적 문장들에 비해 향유 계층의 선호에 한결 민감할 수밖에 없었다. 그 결과 이야기 속의 대화는 점잔을 빼면서 우회적으로 비유하는 문언 투의 수사법에서 벗어나 도시 실생활 속의 비속어를 노출시키고, 그에 따라 시민들의 인생관과 정치관 등이 상당히 노골적으로 반영되게 되었다.

오늘날까지 널리 알려진 풍몽룡의 "삼언"과 능몽초의 "이박"은 이런 배경 위에서 나온 것이다. "삼언"은 ≪유세명언^{喩世明言}≫(≪고금소설^{古今小說}≫이라고도 함)과 ≪경세통언^{警世通言}≫, ≪성세항언^{醒世恒言}≫이라는 세 편의 백화 단편소설집을 아울러 칭하는 것이며, "이박"은 ≪초각박안경기^{初刻拍案驚奇}≫와 ≪이각박안경기^{二刻拍案驚奇}≫를 아우르는 명칭이다. 풍몽룡 자신의 설명에 따르면, "삼언"은 기본적으로 출판업자의 요청에 따라 편찬된 책인데, 다만 풍몽룡은 자신이 알고 있는 이야기들 가운데 "학업 수준이 낮은 일반 독자들에게 도움이 되는^[嘉惠里耳]" 이야기를 선별하여 적당하게 문장을 가다듬고, 자신의 판단에 필요하다고 느낀 이야기를 추가하여 만들었다고 한다.

"삼언" 가운데 하나인 ≪경세통언≫ 권32에는 <두십낭이 분노하여 보물 상자를 강에 던져 버리다^[杜十娘怒沉百寶箱]>라는 제목의 작품이 실려 있다. 이것은 원래 풍몽룡과 같은 시대를 살았던 문인 송무징^{宋懋澄 : 1565~1616}이 쓴 <사랑의 배신자^[負情儂傳]>를 개편해서 지은 것이다. 이 이야기는 한 여인의 비극적 사랑을 통해 명나라 사회의 어두운 면을 예리하게 풍자한다.

만력 20년¹⁵⁹², 명나라는 일본의 침략을 받은 조선의 요청에 따라 구원병을 파견한다. 그러나 왕실 재정이 부족한 상태였는지라, 이를 해결하기 위해 돈을 받고 국자감에 입학 자격을 주는 이른바 '납속제도^{納粟制度}'를 실시하게 된다. 돈을 받고 학위를 파는 제도는 이미 한나라 때부터 존재했지만, 명나라는 아예 금액 자체를 정해 놓고 전면적으로 실시하는 바람에 광범한 폐해를 야기하게 되었다. 즉 제도화된 납속제로 인해 재력과 권력을 갖춘 기득권층과 그렇지 못한 서민층 사이의 격차가 갈수록 심화되었던 것이다. 국자감의 학생 즉 '감생^{監生}'이 되면 성^省에서 실시하는 회시^{會試}와 경사에서 실시하는 전시^{殿試}에 응시할 자격을 갖게 되니, 납속제도는 험난한 과거시험의 단계를 무려 두 단계나 건너뛸 수 있는 더할 나위 없이 좋은 기회를 제공한다. 원래 '감생'은 향시^{鄕試}를 거쳐 회시에서 합격한 이들에게 주는 학위로서 흔히 거인^{擧人}이라고 불리는 신분에 해당하기 때문이다. 그러니 정상적인 실력이 없는, 혹은 하루라도 빨리 진사가 되어 지겨운 시험공부에서 벗어나고 싶어 하던 당시의 고관대작의 자제나 부유한 집안의 자식들로서는 빚을 내서라도 달려들 수밖에 없는 상황이었다. 더욱이 '감생'은 그 자체로도 하급이나마 지방관에 임명될 수 있는 자격이 되었다. 사정이 이렇다 보니, 돈을 내고 감생 학위를 산 사람들 가운데는 공부를 젖혀 놓고 허세만 부리는 이들이 적지 않았다. 이야기의 주인공 이갑^{李甲}도 그런 감생 가운데 한 사람이다.

예로부터 진사를 많이 배출하기로 전국에 명성이 자자한 절강성^{浙江省} 소흥현^{紹興縣}에서 포정사^{布政使}라는 막강한 지위를 가진 부친의 큰아들인 이갑은 '납속'의 기회를 이용해 국자감에 입학하게 되었다. 그러나 그가 예전에 여러 해 동안 과거를 준비했으나 급제하지 못하고 있었던 것도 다 까닭이 있었던지라, 아니다 다를까 그는 입학하자마자 고향 친구와 어울려 기생집을 전전하게 된다. 이곳에서 그는 당시 명성이 자자한 기생 두미^{杜媺}를 만난다. 항렬이 열 번째라 흔히 '두십낭^{杜十娘}'이라고 불리던 그녀는 열세 살에 기생이 되어 산전수전을 다 겪은, 천하절색에 재주도 좋은 열아홉 살의 여자였다. 미색에 홀린 이갑과 첩실이 될지언정 어엿한 사대부의 아내가 되고 싶은 열망을 숨긴 두십낭은 금방 찰떡궁합을 자랑하며 부부처럼 지낸다.

그러나 그런 생활이 1년을 넘길 무렵, 이갑은 마침내 빈털터리가 되고 만다. 그리고 그 즈음 아들이 기생에게 빠져 학업을 내팽개치고 있음을 알게 된 부친은 불같이 노하여 몇 번이나 편지를 보내 고향으로 돌아오라고 독촉한다. 게다가 이갑의 수중에 돈이 다 떨어진 것을 알게 된 기생어미도 날마다 두십낭에게 이갑과 관계를 끊으라고 다그친다. 하지만 이미 마음 깊이 이갑을 사랑하게 된 두십낭이 단념할 기미가 보이지 않자, 기생 어미는 사흘 후에 이갑이 은자 300냥을 구해 와서 두십낭을 사가든지 하지 않으면 강제로라도 내쫓겠다고 선언한다.

그러나 이미 친구들 사이에서조차 신망을 잃은 이갑은 기한이 거의 다 되도록 친구들에게서 고향 갈 노잣돈조차 변통하지 못한다. 다급해진 두십낭은 몰래 모아둔 돈이라며 150냥을 내놓고 어떻게든 나머지를 채워 보라고 달랜다. 그런 그녀의 진심을 이해한 이갑의 친구 유우춘柳遇春이 이리저리 변통하여 150냥을 만들어 준 덕분에 두십낭은 기생 신분에서 벗어날 수 있게 된다. 마침내 그동안 친하게 지내던 동료 기생들과 작별하고 이갑과 함께 행복한 미래를 꿈꾸며 길을 떠난다. 동료 기생들은 마침내 짝을 찾아 화류계를 떠나는 그녀를 축하하며 성의를 모아 패물함에 선물을 담아 전송한다. 그러나 환하게 웃으며 남쪽으로 향하는 배에 오른 그들에겐 또 다른 시련이 기다리고 있다. 이갑의 부친이 과연 두십낭을 며느리로 받아들여 줄 수 있겠느냐는 것이다.

사실 당나라 때에 본격적으로 과거제도가 시행될 무렵에도 죄인이나 백정, 기생 같은 '특수한 부류'의 인물들은 과거시험에 응시할 자격도 없었을 뿐만 아니라, 심지어 그들과 인연을 맺은 이들조차 시험과 이후의 벼슬길에서 큰 불이익을 받아야 했다. 이런 사정은 이민족 왕조인 원나라의 통치로 100년 이상 무너져 있던 한족의 유가윤리를 복원하고자 했던 명나라에서도 크게 다르지 않았다. 오히려 명나라 때의 여성, 특히 사대부 집안 여성의 권리는 이전 어느 시대보다 더 후퇴해 있었다. 공식적으로 여성은 가정에서도 사회에서도 독립적인 재산권을 행사할 수 없었고, 이것은 전반적인 여성 인권의 탄압으로 쉽게 이어졌다. 남성 중심의 봉건적 가부장제도 때문에 남편을 잃은 여성은 집안 남성들 사이에 벌어지는 추악한 재산 싸움의 소용돌이 속에서 자주 희생양이 되었다. 특히 자식조차 없는 과부는 재산을 노린 시댁 식구들의 강요에 의해 거의 맨몸으로 내쫓기다시피 개가해야 하기도 했던 것이다. 물론 당나라 때의 전기傳奇 가운데는 현숙한 기생과 그녀의 내조 덕분에 마음을 잡고 공부에 전념하여 과거에 급제한 선비의 일화를 다룬 <이왜전^{李娃傳}>과 같은 것도 있다. 그러나 실제 당시의 현실에서 이 이야기는 상상으로 구축된 '바람직한 소망'에 지나지 않는다.

배경 이야기는 이쯤에서 마무리하고 다시 이야기로 돌아가 보자.

상황이 이러하니 이갑과 두십낭의 고민도 정상적인 방법으로는 해결책이 보이지 않았다. 운하를 타고 뱃길로 남하하면서 그들은 내내 시름을 숨기고 있었으나, 마침내 배가 양주^{揚州} 근처에 도착하자 단둘이 조촐한 술자리를 마련한다. 그 술자리는 그동안 쌓인 시름도 풀 겸, 지상의 낙원이라는 소주와 항주가 가까워지면서 절로 솟구치는 흥을 돋기 위해 마련된 것이었다. 그리고 술이 얼큰해지자 이갑은 두십낭에게 노래를 청한다. 역시 취기가 동한 두십낭은 우여곡절 끝에 사랑을 이룬 두 남녀의 이야기를 담은 희곡 ≪배월정^{拜月亭}≫에 나오는 노래를 부른다.

그런데 마침 근처의 다른 배에 타고 있던 어느 선비가 그녀의 아름다운 노래를 듣게 된다. 그는 소금 거래로 막대한 재산을 모은 휘주^{徽州} 신안^{新安} 땅의 상인 집안의 후손인 손부^{孫富}라는 인물이다.

실제로 명나라 중엽부터 양주와 양회^{兩淮} 지역은 휘주 출신의 상인들이 중심이 되어 화려한 신흥도시로 부상했다. 청나라 때 이두^{李斗 : 1749~1817}가 편찬한 ≪양주화방록^{揚州畵舫錄}≫에는 청나라 초기까지 양주의 화려한 풍물이 자세히 묘사되어 있다. 황제의 순시를 계기로 상인들이 자금을 추렴해 온갖 정원〔^{園林}〕을 세우고 운하 주위의 풍경을 정비한 양주는 도시 전체가 섬세하게 다듬어진 조각품 같았다. 또한 양주의 상인들은 자신의 부를 과시하고 문화적 욕구를 충족하기 위해 갖가지 예술인들과 문인들을 후원하여 풍성한 성과를 거두기도 했다.

이미 명나라 중엽부터 중국의 신분 관념은 전통적인 '사민^{四民}'의 개념이 크게 흔들리고 그 대신 상인의 사회적 지위가 농민을 넘어서 선비의 위상에 가까워지고 있었다. 특히 부유한 상인들이 뇌물과 혼인 관계를 이용해서 교묘하게 기존의 사대부 관료 계층과 결탁하고, 그들 자신 및 후손들이 관료사회에 진출할 수 있도록 막대한 투자를 아끼지 않았다. 이런 경향은 '납속'과 같이 제도적으로도 조장되고 있었다. 심지어 이 이야기의 뒷부분에서도 언급되는 것처럼, 명나라 때에는 막대한 재물 앞에서 도덕적 허물 따위는 뒷전으로 밀릴 정도로 사대부들의 윤리관도 변하고 있었다. 이 결과 전통적인 사대부 계층에서도 벼슬길에 뜻을 잃고 경제적 압박에 시달리던 많은 이들이 주도적으로 상업 활동에 참여하는 일도 드물지 않게 일어나곤 했다. 사실 "삼언"을 편찬한 풍몽룡의 경우도 바로 이런 예에 해당한다.

그러나 사회 현실이 이와 같은 급격한 변화의 소용돌이 속에 있다 해도, 이미 사회 곳곳에 깊숙하게 뿌리를 내린 전통 관념이 그에 비례한 속도로 쉽게 사라지지는 않는 법이다. 게다가 상인이 이윤을 축적하는 것의 부당성에 대해서는 과거에 유가와 법가를 비롯한 여러 학파에서 숱하게 비판해 온 바이기도 하다. 이 때문에 명나라 때에 나온 장편소설 《금병매》에도 비열하고 이기적이고 탐욕스러우면서도 관료 계층과 야합해서 자신의 부를 지키고 키워나가는 전형적인 '소인배'로서 상인 형상으로 설정된 서문경^{西門慶}에 대한 비판과 풍자가 잔뜩 담겨 있다.[4] 그리고 두십낭 이야기에 등장하는 상인의 모습도 기본적으로 동일하다.

손부 역시 돈을 바치고 남경 국자감의 감생이 되었지만, 공부는 뒷전이고 기생집에 눌러앉아 있거나 여자 후리기에만 골몰하던 작자였다. 그런 그

---

4) 다른 관점에서는 '사대기서'의 다른 작품들에 비해 《금병매》가 이룩한 뛰어난 성취이자 특징으로서 선악을 나누는 기존의 가치관을 제거한 채 있을 수 있는 현실의 모습을 보여주기만 하는, '가치중립적인 세계'를 소설적으로 구현한 점이 강조되기도 한다.(서경호, 《중국소설사》, 서울대학교출판부, 2004, 409~417쪽 참조.)

였으니 두십낭의 꾀꼬리 같은 노래와 그녀가 세숫물을 버릴 때 우연히 본 아름다운 모습에 순식간에 넋이 나가 버린 것은 당연지사. 그는 재빨리 계책을 써서 이갑과 안면을 트고 술자리에 초대한다. 그리고 술기운을 이용해 두 남녀의 사정을 알게 된 그는 교묘한 말로 이갑을 설득한다. 그는 포정사씩이나 지내는 이갑의 부친이 그들 사이를 용납할 리 만무하다는 것을 지적하고, 여기저기 떠돌며 부친의 마음이 바뀔 때를 기다리는 것도 무망無望한 일이라는 점을 강조하면서 이갑에게 현실적인 대안을 제시한다. 즉 자신이 두십낭의 몸값으로 황금 천 냥을 줄 테니, 그걸 가지고 부친에게 가서 자신이 소문처럼 경사에서 기생에게 빠져 지낸 것이 아니라 어느 부잣집 가정교사로 일하면서 돈을 벌었다고 둘러대라는 것이다.

줏대 없는 이갑은 그의 제안에 솔깃해서 그녀에게 이 일에 대해 상의한다. 자초지종을 들은 두십낭은 선선히 그 제안을 수락하며, 신부처럼 곱게 다시 화장을 한다. 그리고 이튿날, 손부에게서 돈을 받아 금액을 확인한 후, 그녀는 모두가 보는 앞에서 자신이 화류계를 떠나올 때 동료들이 전해 준 패물함을 열어 보인다. 그 안에는 값을 헤아리기 어려울 정도로 값진 보물들이 차곡차곡 담겨 있다. 하지만 그녀는 사람들 앞에서 그 보물들을 하나하나 강물에 던져 버린다. 그리고 자신을 껴안고 통곡하며 후회하는 이갑을 밀쳐 버리고, 자신들의 사이를 이간질한 손부와 순정을 배반한 이갑에게 질책과 원망을 퍼부은 후, 패물함을 끌어안고 강물에 몸을 던진다. 분노한 구경꾼들에게 흠씬 매를 맞고 도망친 이갑은 정신병에 걸려 요절하고, 손부 역시 원한에 찬 두십낭의 환영에 시달리다가 곧 죽고 만다.

얼마 후, 국자감에서 공부를 마치고 고향으로 돌아가던 유우춘은 과주에서 아침 세수를 하다가 세숫대야를 물에 빠뜨린다. 어부가 뛰어들어 건지려 들어갔으나 세숫대야는 찾지 못하고, 낯선 패물함을 건져낸다. 유우춘이 그걸 열어 보니 엄청난 값어치의 보물들이 들어 있다. 그리고 그날 밤 그의 꿈에 두십낭이 나타나 지난날의 은혜에 대한 보답이라고 일러준다.

마지막의 보은 장면을 제외하면, 이 이야기는 순정을 배반당한 두십낭의 슬픔과 이기적이고 박정한 사내의 최후를 상당히 사실적으로 그려 냈다고 할 수 있다. 그런데 진지한 독자라면 이 제목 뒤에 숨겨진 또 하나의 주제를 읽을 수 있을 것이다. 그것은 바로 '강물에 던져질 수밖에 없는 소망'이다.

두십낭의 동료들이 건네 준 엄청난 값어치의 패물함, 즉 '보물 상자'가 상징하는 것처럼, 이 이야기는 현실적으로 불가능한 기녀의 신분 혁신을 이면의 주제로 삼고 있다. 천한 신분의 기녀에게 그 '보물 상자'는 값을 환산하기 어려울 정도로 고귀한 열망임과 동시에 현실 제도의 벽에 막혀 절망할 수밖에 없는 몽상을 상징한다. 그것은 눈물 젖은 웃음을 팔아 축적한 두십낭의 가련한 현실적 값어치이기도 하고, 자신의 몸이 그저 재물에 팔려 버리는 현실에 대한 반항이자 도도한 자존심이기도 하다. 또한 그것은 동료들의 동병상련이 집결된 염원의 결집체이자 이갑과 그녀 사이의 관계를 이어 주는 덧없고 슬픈 사슬이기도 하다. 전체 이야기 가운데 모두 네 차례 등장하는 그 보물 상자는 닫혔다 열렸다 하면서 이갑의 진심을 시험하기도 하고, "돈 보고 사귄 사이, 돈 떨어지면 끝장[以利相交者, 利盡而疏]"이라는 작품 속의 구절처럼 오로지 '이익'만을 추구하는 당시 사회의 비속한 기풍에 대한 풍자를 담아 내기도 하는 소품이다. 또한 그것은 재물로 사랑을 살 수밖에 없는 처지에 놓여 불안하게 망설이는 두십낭의 마음을 암시하기도 하고, 이야기의 묘미와 긴장감을 조절하는 양념이기도 하다. 두십낭의 자살로 끝나는 이 이야기의 결말은 앞서 살펴본, 당나라 때 장방蔣防이 지은 <곽소옥전>과 극적으로 대비된다.

한편, 중국 기생들의 이처럼 슬픈 사랑 이야기들은 조선의 유명한 기생 황진이黃眞伊의 호탕한 삶 속에 숨겨진 비애를 떠올리게 만든다. 또한 두십낭처럼 신분 변혁을 열망하는 조선 기생의 모습은 판소리 ≪춘향전春香傳≫에 몽환적夢幻的으로 형상화되어 있다. 사실 비판적인 관점에서 보면, ≪춘향전≫ 역시 앞서 언급한 <이왜전>과 마찬가지로 상상으로 구축된 '바람직한 소망'에 지나지 않고, 유가 예교의 억압을 타파하는 대신 그 속에 편입되는 행운을 누린 가상적 주인공에 대한 예찬에 지나지 않는다.5) 더욱이 이왜와 춘향은 지배계층의 윤리 관념에 부합하기 위해 온갖 고난을 무릅쓰고 '현숙한 내조'와 '절개'라는 덕목을 실천으로 옮겼다는 점에서 둘 다 수동적이라는 공통점이 있다. 그러나 춘향의 이야기는 표면적으로 춘향의 지고한 절개를 칭송하는 듯하지만, 실은 그 이면에는 두십낭의 이야기와 마찬가지로 억압적인 제도에 희생당하는 수많은 하층 여인들의 한과 지배계층의 위선에 대한 풍자가 강렬하게 담겨 있다는 점에서 〈이왜전〉과는 차별성을 내포하고 있다.

이처럼 백화 단편소설들은 이 시기의 평민들의 눈높이에서 사랑과 육체적 욕망, 사회 정의의 개념을 예시例示하고, 그 시대에 적합한 해결책 혹은 문제 자체를 나름대로 제시한다. 이런 이야기들은 결국 도식적인 예법禮法을 강요하는 것이 아니라 보통 사람들의 인정이 추구하는 바, 사회에 대해 느끼는 문제들을 면밀하게 꼬집어 드러내거나 풍자함으로써 '감정의 정화淨化, Catharsis'를 유도하는 긍정적인 의미에서 문학예술의 사명을 충실히 수행했다고 할 수 있다. 그런 의미에서 풍몽룡은 중국 최초의 문학의식을 가진 '작가'에 근접한 인물이었던 셈이다.

함께 참고할 만한 자료

관한경 외 저, 김우석·홍영림 역, 《원잡극선》, 을유문화사, 2015.
김영구 외 저, 《중국공연예술》, 방송대학교출판부, 2008.
박계화 외, 《명청대 출판문화》, 이담북스, 2009.
서경호, 《중국소설사》, 서울대학교출판부, 2004.

---

5) 이런 의미에서 미셸 제라파M. Zéraffa는 "소설의 역설은 모든 예술 작품의 역설과 같다. 예술 작품은 현실을 표출하되 현실로 환원될 수는 없는 것이다."라고 전제하면서 "소설적 인물의 특성은 한편으로는 사회에 의해 조건 지워지며 다른 한편으로는 사회의 희생물이 되는 것"이라고 하고, "소설은 인간의 숙명적 미완성을 표현하는 것"이라고 했다.(미셸 제라파, 이동열 역, 《소설과 사회》, 문학과지성사, 1986 6쇄, 23~27쪽 및 146쪽 참조.)

신용철, ≪공자의 천하, 중국을 뒤흔든 자유인 이탁오≫, 지식산업사, 2006.
오오키 야스시 저, 노경희 역, ≪명말 강남의 출판문화≫, 소명출판, 2007.
패트릭 하난 저, 김진곤 역, ≪중국백화소설≫, 차이나하우스, 2007.
티모시 브룩 저, 이정 외 역, ≪쾌락의 혼돈≫, 이산, 2005.
풍몽룡 저, 김진곤 역, ≪강물에 버린 사랑≫, 예문서원, 2003.
풍몽룡 저, 문이원 역, ≪지낭: 삶의 지혜란 무엇인가≫, 동아일보사, 2015.
홍상훈, ≪전통 시기 중국의 서사론≫, 소명출판, 2004.

제2장 민간문학의 대두와 아속^{雅俗}의 갈등

표의문자인 한자로 일상적인 입말^[口語]을 그대로 기록하는 일은 사실상 어려운 일이었다. 그러나 이미 한나라 때의 부^賦와 같은 글에서는 의성어^{擬聲語}로 대표되는 소리를 기록하려는 시도가 이루어지고 있었다. 그런데 '불립문자^{不立文字}'의 구두선^{口頭禪}을 추구하는 선종 불교가 유행하면서 문언에 대한 지식이 부족한 승려들 사이에서 선사^{禪師}의 강론과 언행을 기록하는 일이 중요한 의미를 가지게 되었다. '돈오^{頓悟}'의 깨달음은 사소한 말과 행동에서 불현듯이 갑작스럽게 찾아오는 것이기 때문에, 그 경지에 이르렀다고 여겨지는 고승^{高僧}의 모든 언행은 그를 따르고자 하는 모든 수행자들에게 있는 그대로 깨달음의 계기라는 의미를 가질 수 있었던 것이다. 바로 이런 배경으로 인해 입말을 문자로 기록하는 방법은 각종 선어록^{禪語錄}들에서부터 급속도로 발전하기 시작했다.

'강남'의 도시경제가 발전하여 '시민'들의 사회적 위상이 올라가기 시작한 송나라 무렵부터는 문자로 기록된 입말의 범위도 넓어지고, 기존의 고문^{古文}으로 대표되는 문언과는 다른 차원의 새로운 어휘들과 문자들이 새로 만들어지기 시작했다. 특히 민간의 공연예술에서 흔히 활용되던 이런 기록된 입말을 오늘날 연구자들은 문언문

文言文과 대비하여 '백화문白話文'이라고 부르고 있다. 무엇보다도 값싼 책을 대량으로 제작할 수 있게 해 주는 인쇄출판 기술이 발전함으로써 상층 문인들의 관점에서는 저속하고 무가치한 것으로 보이는 대중 공연물을 지면으로 옮겨 놓을 수 있게 해 주었다. 백화문의 발달은 단순히 무대에서 배우나 연창자演唱者가 보여주고 들려주던 이야기를 종이 위로 옮겨 놓는 데에서 그치지 않고, 문언문에 비해 일상 언어와 거리가 훨씬 가까워진 새로운 언어를 통해 사건을 더욱 생생하고 사실적으로 서술할 수 있게 해 줌으로써 서사문학의 발전에 획기적인 계기를 마련해 주었으며, 이로 인해 시문詩文 위주의 중국고전문학은 커다란 지각 변동을 경험하게 되었다.

1. 욕망의 긍정과 사대부 계층의 자기반성

1) 민간문학에 대한 옹호론

명나라 때에는 통치 질서가 안정된 데에 비해 상대적으로 백성들의 삶은 평안하지 않았다. 과중한 세금과 노역은 농촌에서 잦은 반란을 유발했고, 도시에서도 상황은 크게 다르지 않았다. 더욱이 도시 발전과 더불어 사회 전반적으로 실용성을 중시하는 경향이 강해지고 윤리강상이 어지러워지자, 명나라 중엽부터 양명학자들 가운데 급진적 사상을 가진 사람들이 나타나기 시작했다. 이런 지식인들은 대부분 관료사회의 진출이 좌절되어 일개 시민으로서 도시의 티끌에 청운의 꿈을 묻은 이른바 '시은市隱'들이었다. 입신양명에 대한 희망을 접은 채 학문 연구에 몰두하던 이들은 명나라 사회 전반의 부패와 타락이 심화되어 가던 중엽[1])에 이들은 적극적인 계몽사상의 전파자로 나서게 되었다. 이 가운데 대표적인 인물로는 누구보다도 이지李贄 : 1527~1602. 자는 굉보宏甫. 호는 탁오卓吾를 꼽을 수 있다.

해외무역으로 번성하던 항구도시인 천주泉州, 지금의 푸젠성〔福建省〕에 속함에서 상인의 아들로 태어난 이지는 양명학 좌파의 영향을 크게 받아 '동심설童心說'을 주장한 것으로 유명하며, 그밖에 세상의 이익을 따르는 인간 본연의 입고 먹는〔穿衣喫飯〕 욕망을 최우선이라고 내세움[2])으로써 성리학의 지배논리에 정면으로 도전한 혁신적 지식인, 또는 시대의 이단아로 평가되고 있다. 그는 성인과 일반인의 평등을 주장함으로써 공자의 권위를 부정했고,[3]) 아울러 유가 경전의

---

1) 謝肇淛1567~1624의 《五雜俎》에 따르면 당시에 閩中지금의 푸젠성 일대의 전답과 재산 가운데 9할이 이른바 '大姓'이라는 관료-지주계급에 속하는 가문들의 소유였기 때문에 "부자는 나날이 부유해지고 가난뱅이는 나날이 가난해지는〔富者日富. 貧者日貧〕" 현상이 벌어지고 있다고 했다.(敏澤, 《李贄》, 上海古籍出版社, 1984. 16쪽 참조.)
顧炎武, 《天下郡國利病書》 권16 <江南·四> : "농사는 이익이 배이지만 가장 힘드니 어리석고 겁 많은 백성이 종사하고, 수공업은 이익은 하나이지만 고생이 많아 장래성 없는 백성이 종사하며, 장사는 이익이 세 배이면서 힘은 별로 들지 않으니 심계 깊은 백성들이 종사하고, 소금 판매는 이익은 다섯 배이지만 힘은 전혀 들지 않으니 위세 높고 교활한 백성이 종사한다.〔農事之獲利倍而勞最. 愚懦之民爲之. 工之獲利一而勞多. 雕朽之民爲之. 商賈之獲利三而勞輕. 心計之民爲之. 販鹽之獲利五而無勞. 豪滑之民爲之.〕"

2) 李贄, 《焚書》 <答鄧石陽> : "옷 입고 밥 먹는 것이 바로 인간의 윤리요 사물의 이치이니, 이것을 제거하려 하면 윤리도 사물의 이치도 없는 것이다. 세상의 갖가지 존재는 모두 옷이나 밥과 같은 종류이니, 이 때문에 옷과 밥을 갖추면 세상의 갖가지 존재가 모두 그 안에 있게 된다. 하지만 옷과 밥 외에 이른바 백성과 완전히 단절된 다른 것이란 있을 수 없다.〔穿衣喫飯, 卽是人倫物理. 除却穿衣喫飯, 無倫物矣. 世間種種皆衣與飯類耳. 故擧衣與飯而世間種種自然在其中. 非衣飯之外更有所謂種種絶與百姓不相同者也.〕"

3) 李贄, 《焚書》 <答耿中丞> : "하늘이 한 사람을 태어나게 했을 때에는 자연히 그의 쓰임새가 있기 마련이니, 공자에게 맞출 수 있어야 만족스러워지는 것은 아니다. 반드시 공자에게 맞춰서 만족스러워야 한다면 아주 옛날 공자가 없

428

절대성에 대해서도 회의를 표명하면서4) 정통 사대부들이 신봉하던 성리학을 '위선적 도학〔假道學〕'이라고 비판했던 것이다.5)

그의 이런 파격적인 주장들은 왕간王艮 : 1483~1541, 자는 여지汝止, 호는 심재心齋에게서 비롯되어 나여방羅汝芳 : 1515~1588, 자는 유덕惟德, 호는 근계近溪, 하심은何心隱 : 1517~1579, 자는 주건柱乾, 호는 부산夫山 등으로 이어진 이른바 '태주학파泰州學派'의 논의를 한층 극단적으로 계승한 것이었다. 그들은 백성들의 일상생활을 중시하면서 심지어 성인 공자의 도라는 것도 거기에서 비롯된 것이며, 나아가 인간의 몸과 성인이 말한 도라는 것이 원래 하나임을 강조했다. 그러므로 그들은 몸을 편하게 하는 것이 바로 도가 자연스럽게 구현되고 천하가 태평하게 만드는 가장 중요한 길임을 강조하는 데로 나아가게 되었다.

었을 때에는 결국 사람 노릇도 할 수 없었다는 것인가?〔夫天生一人, 自有一人之用, 不得取給於孔子以後足也. 若必取足於孔子, 則千古以前無孔子, 終不得爲人乎.〕"

4) 李贄, ≪焚書≫ <童心說> : "육경과 ≪논어≫, ≪맹자≫는 사관이 지나치게 칭송한 글이 아니면 신하가 극도로 찬미한 말이다. 또 그게 아니면 사정을 잘 모르는 문도들이나 어리석은 제자들이 스승의 말을 기억해서 서두는 있지만 말미가 없고, 뒷부분만 남기고 앞부분은 내버린 채 자기가 본 것을 따라 책에 쓴 것이다. 그런데 후대의 학자들이 제대로 살피지 않고 그것들이 성인의 입에서 나온 것으로 여기고 지목하여 경전으로 삼기로 결정했다. 하지만 그 가운데 태반이 성인의 말씀이 아니라는 것을 누가 알랴?〔夫六經語孟, 非其史官過爲褒崇之詞, 則其臣子極爲贊美之語. 又不然, 則其迂闊門徒, 懵懂弟子, 記憶師說, 有頭無尾, 得後遺前, 隨其所見, 筆之於書. 後學不察, 便謂出自聖人之口也, 決定目之爲經矣, 孰知其大半非聖人之言乎.〕"

5) 李贄, ≪初潭集≫ <道學> : "세상에서 명예를 좋아하는 이는 반드시 도학을 공부하는데, 도학이 명예를 일으켜 세울 수 있기 때문이다. 출세의 수단이 없는 이는 반드시 도학을 공부하는데, 도학이 그 수단을 제공할 수 있기 때문이다. 하늘을 속이고 사람을 속이려는 자는 반드시 도학을 공부하는데, 도학으로 충분히 그런 계책을 팔 수 있기 때문이다. 아, 공자 또한 도학을 공부한 한 사람이었을 뿐이니, 그로 인한 폐단이 이 지경에 이를 줄 어찌 알았겠는가!〔世之好名者必講道學, 以道學之能起名也. 無用者必講道學, 以道學之足以濟用也. 欺天罔人者必講道學, 以道學之足以售其欺罔之謀也. 噫, 孔尼父亦一講道學之人耳, 豈知其流弊至此乎.〕"

이에 따라 그들은 몸을 편안히 하기 위해서는 당연히 자연스러운 인간의 욕망을 인정할 필요가 있다고 생각했다. 이와 같은 태주학파의 사상은 '강학講學'이라는 독특한 학문 연구 방식을 통해 전국적으로 퍼졌으며,6) 특히 상업에 대해 우호적인 관점을 견지한 덕분에 상인 계층이 밀집한 '강남' 지역에 큰 영향을 미쳤다. 여기에는 이들이 강남 사회의 경제적 근간이 되는 상업에 대해서 성리학자들과는 달리 긍정적인 태도를 취했다는 점도 중요한 요인으로 작용했다.

한편, 이런 생각을 바탕으로 이지는 위선적 도학에 물든 가짜 위인이나 가짜 군자들이 무시하고 있는 민간의 '자잘한 논의[邇言]' 속에 올바른 길이 들어 있다고 강조하면서 소설과 같은 민중이 좋아하는 문학의 중요성을 역설했다. 다시 말하자면 민간문학은 바로 시대에 대한 민중의 다양한 의견이나 느낌 즉, 여론을 반영하는 것이므로 통치자들은 마땅히 그 내용을 올바로 파악하여 민중의 뜻이자 하늘의 뜻에 따라야 한다는 것이다. 나아가 그는 시대의 변화에 따라 문학도 그 체제가 달라지는 것이 당연하다고까지 주장했다.

> 시가 왜 반드시 옛날의 선집을 표준으로 삼아야 하고, 문장이 왜 반드시 선진 시대의 것을 표준으로 삼아야 한단 말인가? 시대가 흐름에 따라 (그 시대의 표준 문체는) 육조의 문체인 변려문이 되었고, 그것이 변하여 근래의 문체인 고문으로 되었다가, 다시 변하여 명나라의 전기傳奇가 되었으며, 원본院本으로, 잡극으로, 《서상기西廂記》라는 희곡으로, 《수호전水滸傳》

---

6) '태주학파'의 성원은 대부분 사회 하층 출신이었다. 王艮은 그 부모와 자신이 소금을 만들어 생계를 꾸리는 '竈丁' 출신이었고, 그의 제자 韓貞은 도자기를 굽는 장인이었다. 그밖에 朱恕는 나무꾼 출신이고, 何廷美는 농부 출신이었다. 또 顔山農은 經書의 구두조차 끊어 읽지 못했고 남에게 쓴 편지도 문법에 맞지 않는 엉터리 구절이 많았다고 한다. 태주학파의 사상이 '강학'이라는 형식을 통해 연마되고 전파된 것도 이들 주요 사상가들의 출신과 관련이 있을 것으로 여겨진다.

이라는 소설로, 오늘날 과거시험의 팔고문으로 변했고, 고금의 지극히 뛰어난 글로 되었던 것이다. (그러므로 이들 문체의 선악을) 다만 시대 추세의 앞서고 뒤짐으로만 논할 수는 없는 일이다.

詩何必古選, 文何必先秦? 降而爲六朝, 變而爲近體, 又變而爲傳奇, 變而爲院本, 爲雜劇, 爲西廂曲, 爲水滸傳, 爲今之擧子業, 爲古今至文, 不可得而時勢先後論也. (李贄, ≪焚書≫ <童心說>)

이것은 결국 틀에 박힌 형식 속에서 군주의 공덕을 찬양하고 태평성대를 노래하거나, 그렇지 않으면 이른바 '옛사람들의 법도[古法]'에 매달린 채 점차 심화되는 사회적 혼란과 통치제도의 모순을 외면하고 있는 정통 문단의 정체 현상에 대한 비판이라고 할 수 있다. 그러므로 그는 비록 거짓으로 꾸며 낸 이야기이긴 하지만 그 시대가 처한 정황을 진실하고 훌륭하게 묘사해 내는 ≪서상기≫나 ≪수호전≫ 같은 민간문학이 오히려 가치 있는 문학이라고 주장했다. 이러한 이지의 논의는 소설과 희곡이 시대와 사회적 삶에 대한 적극적 작가의식을 반영하는 독자적이고 진보적 형태의 문학이라는 점을 강조했다는 데에 큰 의의가 있다고 하겠다.

비록 그 자신은 결국 이단으로 몰려 옥중에서 죽음을 맞이해야 했지만, 이지의 이러한 혁신적인 생각은 당시의 사회 환경에 대해 불만을 품고 있던 많은 이들에게 광범하게 영향을 끼쳤다. 앞서 살펴본 것처럼 정통 문단에서 '성령'을 중시한 공안파 문학이론을 개진한 원굉도袁宏道 등도 그를 중심으로 한 태주학파의 영향을 받았을 뿐만 아니라, 무엇보다도 서위徐渭 : 1521~1593와 탕현조湯顯祖 : 1550~1616, 풍몽룡, 김인서金人瑞 : 1608~1661 등의 민간문학 작가 및 평점가評點家들이 이런 주장에서 큰 힘을 얻었다.

2) 사대부 계층의 자기반성

(1) 시대와 제도의 문제점에 대한 인식

명나라 중엽 이래 도시의 발전이 가속화됨으로 중국 사회에는 시장주의, 혹은 이익 지상주의의 풍조가 전반적으로 만연하고 있었다. 국가경제에서 상업의 비중이 급속도로 커지고 있던 상황에서 사대부 계층 가운데서도 학술 연구와 문학적 재능의 연마, 인격의 수양이라는 본연의 임무보다 생업으로서 장사를 우선시하는 이들이 점차 많아졌다. 이 때문에 명나라 말엽의 고염무[顧炎武: 1613~1682]는 이러한 이익 지상주의가 결국 인성의 말살과 상잔의 비극을 초래할 것이라고 경고하기도 했다.

> 이익이 있는 곳에서는 피를 나눈 친척이 아니라 타인을 사랑하게 되니, 이에 따라 계교를 부려 속이는 술수의 변화가 나날이 심해지고 염치의 도리는 모두 없어지게 된다. 그럴 경우 짐승들을 이끌고 사람을 잡아먹고, 사람끼리 서로 잡아먹는 지경에 이르지 않는 경우가 드물어질 것이다.

> 利之所在, 則不愛其親而愛他人, 於是機詐之變日深, 而廉恥道盡. 其不至於率獸食人而人相食者幾希矣. (顧炎武, ≪亭林詩文集≫ <華陰王氏宗祀記>)

이런 현상은 필연적으로 이기적 개인주의 풍조를 확산시킬 수밖에 없었다. 특히 과거제도의 부패는 사대부 계층의 전반적인 타락을 부추겼다. 그 와중에 오로지 출세와 개인적 이권을 추구하는 이들은 오히려 그런 상황을 이용해 자신의 이익을 챙기려 했고, 이 때문에 이미 명나라 중엽부터 각계각층에서 그에 대한 비판이 제기되었다. 특히 부패한 과거제도로 인해 본의 아니게 낙백문사의 길을 걸어야 했던 민간문학의 작가들은 가장 적극적인 비판자로 나서서 자신들의 생각을 시민계층에 전파하여 공감하려고 노력했다. 예를 들어서 풍몽룡의 ≪성세항언≫에 수록된 <재산을 양보하여 높은 명성을 날린 세 효렴[三孝廉讓産立高名]>은 인맥과 권세에 의지해서 오로지 출세에만 전념하는 상층 사대부들의 행태를 노골적으로 비판했다. 또한 청나라를 대표하는 양대 장편소설 가운데 하나인 ≪유림외사儒林外史≫는 이러한 팔고문의 폐해 속에서 타락해가는 사대부 사회를 신랄하게 풍자하고 있다.

무엇보다도 팔고문을 위주로 한 과거시험은 사대부 계층의 폭넓은 사유와 적극적인 행동을 제한했다. 물론 당시의 통치자들도 팔고문의 이런 폐해를 인지하지 못한 것은 아니었으나, 황실의 입장에서는 진정한 인재보다는 기능을 갖춘 '노예[奴才]'만을 필요로 한다는 점에서 팔고문은 훌륭한 노예 선발의 수단이었기 때문에 그것을 포기하기가 쉽지 않았다. 그러므로 청나라 때에도 뜻있는 사대부들 가운데는 팔고문에 대해 비판하는 이들이 적지 않았다. 예를 들어 청나라 초기의 저명한 학자인 안원顔元 : 1635~1704은 이렇게 지적했다.

팔고문이 성행하면 천하에 학술이 없어지고, 학술이 없어지면 정치가 없어지고, 정치가 없어지면 치적이 없어지며, 치적이 없어지면 태평성대도 없어지게 된다. 그러므로 팔고문의 폐해는 분서갱유보다 심하다!

八股行而天下無學術, 無學術則無政事, 無政事則無治功, 無治功則無升平矣. 故八股之害, 甚于焚坑. (顔元, ≪習齋記餘≫권3 <寄桐鄕錢生曉城書>)

그러나 명나라 후기부터 시작된 이와 같은 사대부 계층의 자기반성은 대체적으로 일부 지각 있는 이들의 작은 목소리에 지나지 않았다. 이 무렵에 들어서 이미 그 규모가 기하급수적으로 늘어난 지식인 계층은 대부분 시장주의와 이기주의에 물든 시대에 적응하면서 타락한 과거제도와 가혹한 문자옥이 횡행하는 시대에 적응하여 일신의 안위를 꾀하려는 경향이 강했다. 2,000년 가까이 지속된 봉건적 관료제도의 관행은 황실 권력에 의존해 살 수밖에 없는 사대부 계층의 속성을 하나의 안정적인 전통으로 만들어 버렸기 때문이다. 이 때문에 왕조가 바뀌고 민족적 위기를 겪을 때마다 어김없이 현실의 부조리에 대한 비판이 제기되었지만, 아편전쟁이라는 충격적인 사건이 있기 전까지 사대부 계층의 기본적인 성향은 크게 바뀌지 않았던 것이다.

(2) 유학의 변천과 문학

유학이 봉건 왕조의 통치 이데올로기로 격상된 한나라 때부터 그것은 상층 귀족과 사대부 계층의 학술과 문학에서 항상 중심적인 위치에서 영향력을 발휘해 왔다. 또한 당나라 때의 한유나 송나라 때의 구양수와 왕안석, 정호^{程顥 : 1032~1085}, 주희^{朱熹 : 1130~1200}, 원나라 때의 허형^{許衡 : 1209~1281}과 유인^{劉因 : 1249~1293}, 명나라 때의 송렴^{宋濂 : 1310~1381}과 풍몽룡, 당순지^{唐順之}, 명말·청초의 고염무 등 '삼대가'를 비롯해서 후기의 완원^{阮元}과 증국번^{曾國藩}, 근대의 왕국유^{王國維 : 1877~1927} 등등 수많은 문학가들은 또한 뛰어난 학술적 업적을 남긴 거장들이었다. 이 때문에 사대부들의 문학작품뿐만 아니라 문학이론에는 종종 유가 경학의 개념과 어휘가 중심을 이루었다.

물론 사대부들의 문학관은 유가 경전을 중심으로 성인 공자의 사상을 징험하는 것에서 벗어나지 못했기 때문에 일종의 선험적인 한계를 지닐 수밖에 없었지만, 다른 한 편에서는 끊임없이 시대상황과 정치에 관심을 가지는 사대부 특유의 사명감으로 인해 문학의 형식주의를 견제하고 내실을 다지는 긍정적인 역할도 수행했다. 게다가 이들 가운데 상당수는 정치적·사회적으로 영향력이 큰 인물들이었기 때문에 당나라 때의 고문운동이나 송나라 때의 시문혁신운동, 명나라 때의 공안파 문학운동과 소설 및 희곡의 대두, 청나라 때의 송시운동, 나아가 근대의 시계혁명 및 소설계혁명에 이르기까지 문단의 흐름에 큰 영향을 주었다. 그러므로 중국문학사의 흐름을 이해하기 위해서는 유가 경학의 일반적인 변천에 대해서도 주의하지 않으면 안 된다.

현대 초기 중국의 학자 저우위통周予同 : 1898~1981은 청나라 말엽의 경학가 피시루이皮錫瑞 : 1850~1908의 저작 《경학역사經學歷史》에 대한 서문에서 유가 경학을 크게 세 가지로 나누어 개괄했다. 즉 공자를 정치가로 보고 '육경六經'을 정치에 관한 그의 설명이라고 여기는 금문경학과, 공자를 역사가로 보고 '육경'은 그가 정리한 고대 역사 자료라고 여기는 고문경학, 그리고 공자를 철학자로 보고 '육경'은 그의 사상[道]을 전달하는 도구라고 보는 송나라의 성리학이 그것이다. 이것은 2,000년 이상 이어져온 유학의 연구 영역이 텍스트의 '미언대의微言大義'에 대한 탐구와 훈고 및 고증, 그리고 우주론과 인성론人性論을 포괄하는 광범한 것이었음을 말해 준다.

그러나 1840년 아편전쟁이 일어나기 전까지 유학에서는 주로 고문경학과 송학宋學이 약간의 방법론과 주안점을 달리하면서 계속 주도적인 지위를 차지했다. 그 결과 사대부들의 학문과 사유는 공허한 관념론과 미시적인 고증에 치중되어서 창의성과 생동성이 결여될 수밖에 없었다. 이 때문에 앞서 살펴본 것처럼 문학에서도 창의성이 결여된 복고주의가 만연하고, 기껏해야 과거의 유산을 정리하여 체계화하는 데에 그치고 말았다. 그리고 상층 사대부 계층이 이처럼 정체되어 있는 틈새를 이용하여 소설과 희곡으로 대표되는 민간문학이 급격하게 성장했던 것이다.

2. 소설 희곡의 대두와 아속의 갈등

1) 소설 희곡의 대두와 인식의 변화

5·4 신문화운동 이전까지 중국에서 '허구적 이야기문학'은 '기록의 사실성'을 중시하는 유가적 문학관의 영향으로 발전에 큰 제약을 받아 왔다. 그러므로 당나라 이전까지만 하더라도 사대부 계층은 "공자는 '괴상하고 무력이 횡행하는 이야기, 질서를 어지럽히는 이야기, 혹은 귀신에 관한 이야기'는 말씀하시지 않았다.《論語》 <子路>: 子不語怪力亂神)"라는 교조적 원칙에 따라 소설적 이야기들을 의식적으로 기피했고, 설령 그런 이야기를 쓰더라도 남북조 시대의 '지괴'처럼 '사전史傳'의 형식을 빌려 씀으로써 '사실의 기록〔實錄〕'임을 가장해야 했다. 또한 일부 문언소설의 작가들은 아예 자신의 문장 재능을 드러내기 위한 소일거리나, 혹은 그것을 통해 독자들에게 담론의 소재나 웃음거리를 제공하기 위해서 그런 글을 지었다고 고백하기도 했다. 이런 상황은 명나라 중엽까지도 크게 변화가 없었다.

다만 송나라 말엽과 원나라 초기의 인물로 여겨지는 나엽羅燁이 편찬한 《취옹담록醉翁談錄》에는 그가 당시의 '설화' 예술 가운데 하나인 '소설'에 대해 상당히 자세한 지식과 우호적인 태도를 지니고 있었음을 보여주는 예가 뚜렷하게 나타나 있다. 《취옹담록》 <설경서인舌耕敍引>에는 <소설인자小說引子>와 <소설개벽小說開闢>이라는 주목할 만한 글이 실려 있는데, 여기서 그는 이른바 '소설가'들의 자질과 경력, '소설'의 분류에 관한 생각, 그리고 '소설'의 다양한 효용을 긍정적으로 논하고 있다. 그에 따르면 소설이란 비록 '말단의 학문[末學]'이지만 그것은 "평범하고 얕은 부류의 지식이 아니라, 사물을 두루 살펴 통달한 이치를 담은" 것이다. 이것은 '소설가'라는 인물들이 기본적으로 박학다식한 자질을 갖추었고, 또한 시나 산문 같은 정통 문학양식들도 두루 익혀 청중들에게 유창하게 들려주기 때문이라고 했다. 이를 통해서 그는 이야기꾼의 공연이 고금의 역사와 다양한 세태에 대한 깊은 통찰을 바탕으로 청중에게 감동을 통한 교육 효과를 나타낼 수 있다고 강조했다. 물론 그의 이런 논의들은 문자 언어를 통한 서사가 아닌 공연의 한 형태로서 '소설'을 대상으로 한 것이지만, 그가 제시한 관점들은 가장 본질적인 차원에서 후대의 서사문학 이론가들에게 거의 그대로 계승되었다.

명나라 중엽부터 '사대기서'를 비롯한 소설들이 본격적으로 유행하기 시작하자 거기에 관심을 가지고 우호적인 논의를 펼치는 사대부들이 속속 등장하기 시작했다. 주로 중하층의 사대부들에 의해 주도된 그런 논의들 가운데 대표적인 것은 소설이나 희곡이 '정식 역사에 대한 보충물[正史之補]'이나 유가의 가르침을 돕는 수단으로서 나름대로 의의가 있다고 옹호함으로써 문단에서 그것들의 지위를 높여 보려는 시도였다. 특히 명나라 때에는 남송의 선구자 홍매[洪邁 : 1123~1202]와 같이 허구적인 이야기들과 실제 역사 서술을 더 이상 혼동하지 않고 각기 나름의 의의를 강조하는 이들이 나타났다. 이들은 역사연의와 같은 소설들이 역사를 사실대로 기록한 것은 아니지만, 그 내용이 실제 역사와 지나치게 어긋나지 않다면 소설은 통속성이라는 자체의 장점을 이용해서 오히려 정식 역사서보다도 효율적이고 광범한 역사교육의 매체로 활용될 수 있을 것이라고 주장했다. 또한 일부 옹호론자들은 소설이 유가 경학에 해롭지 않을 뿐만 아니라 오히려 도움이 된다고 주장하기도 했다.

예를 들어서 풍몽룡의 가명이라고 여겨지는 가일거사^{可一居士}의 이름으로 된 ≪성세항언≫의 서문에서 "'육경'과 나라의 정식 역사 이외의 모든 저술은 다 소설"이라고 선언한 것이 그런 예에 해당한다. 이것은 일종의 고육책으로서, 독자적인 문학 양식으로서 소설의 지위를 스스로 포기함으로써 정통 문단의 다른 양식들처럼 '교화'라는 주된 목적을 위해 봉사하는 양식으로 정당화하려는 의도를 내포한 선언이라 하겠다.

이와 같은 맥락에서 일부 논자들은 똑같이 '교화'의 목적을 갖고 있더라도 소설은 비록 허구적이긴 하지만 통속적이라는 장점을 가지고 있고, 아울러 이야기 속에 담긴 정감의 논리를 통해 다른 양식의 글들보다 훨씬 효율적으로 감화시키는 장점이 있다고 강조하기도 했다. 그들은 이것을 '정교^{情教}'라고 불렀는데, 여기서 '정^情'이란 단순한 '감정'만을 가리키는 것이 아니라 '정리^{情理}' 즉 '삶의 필연적인 이치'라는 좀 더 포괄적인 의미를 담은 개념이었다. 이런 논리는 소설의 교화 원리를 강조함과 동시에 통속소설이 음란함을 조장한다고 비판하는 정통문인들의 지적에 대해 우회적으로 해명한 것이라고도 하겠다.

한편, 좀 더 급진적인 이들은 아예 소설이란 그저 '소일거리'라고 그 의의를 스스로 비하해 버림으로써 결국 경학과 같은 고상한 학문적 행위로부터 차별화를 시도하기도 했다. 이들의 주장은 당나라 때 한유가 언급한 바 있는 '글 장난^{以文爲戲}'의 개념을 좀 더 적극적으로 활용한 것이라고 할 수 있다. 청나라 때의 극작가이자 소설가인 이어^{李漁 : 1611~1680}는 이를 바탕으로 이른바 '오락물로서 소설'의 가치를 내세우기도 했다. 그가 1655년에 간행된 자신의 최초 소설집에 대해 ≪무성희^{無聲戲}≫라고 명명한 사실은 이러한 그의 문학관을 상징적으로 보여준다. 즉 그는 소설이란 '소리^{音樂}가 없는 희곡'이고, 세상에 어떤 큰 보탬도 되지 않지만 잠시의 즐거움을 줄 수 있는 '놀이^[戱]'이므로 굳이 오래도록 후세에 전해지기도 바라지 않는다고 단언함으로써 정통 사대부들의 이런 저런 평가 자체를 무시해 버렸다. 이런 맥락에서 그는 소설이란 진지한 진리가 아닌 미적 쾌락을 추구하는 '순전한 예술'에 속하는 것이라고 규정하고, 자신의 창작에서도 역시 현실적 실용성과 인생에 대해 제도적 학술이 강요하는 형식적 사색으로부터 철저하게 구별된 '무대 위의 작은 세계'를 추구했다.

2) 허구 서사론의 발전

20세기 초기까지 지속된 보편적인 신념에 따르면, 문학이 문학으로서 독립적으로 존재하고 또 그렇게 인정을 받으려면 무엇보다도 그것이 담고 있는 내용이 현실 혹은 역사와 혼동되어서는 안 된다. 예술로서 문학과 현실이 혼동되었을 때 문학은 그것의 진리 여부에 대한 물음들에 의해 구속당하게 되며, 이 물음에 대한 해답은 항상 '거짓' 즉 문학의 존재논리 자체의 붕괴를 의미하도록 예정되어 있기 때문이다. 그러나 문학이 현실과 확고한 거리를 인정하고 나아가 그것을 자기의 존재논리로 정당화했을 때 비로소 그것에 대한 학문 즉 문예학이 성립할 수 있는 자리가 마련될 수 있다. 허구로서 문학에 대한 어떤 '제도화'된 지식이 일반화됨으로써 독자들은 현실과 구별되는 미적 경험을 인식하게 되며, 나아가 그것을 감상함으로써 미적 쾌감을 느끼게 되기 때문이다. 그런데 이러한 문학의 자기 존재에 대한 정당화와 문예학의 성립은 동시에 진행되는 경우가 왕왕 있으며, 이것은 고대 중국문학사에서도 예외가 아니었다. 그러나 고대 중국에서는 글쓰기 문화의 특성상 이러한 과정은 분석적이고 정돈된 형태가 아니라 종종 소설 및 희곡 작품의 서문이나 평점^{評點} 등의 형식을 통해 산발적으로 제기되었다.

고대 중국에서 소설과 희곡의 의의에 대한 여러 논의들 가운데 가장 주목할 만한 것은 허구적 서사의 가치에 대한 이론이라고 할 수 있다. 왜냐하면 소설과 희곡이 대두하기 전까지 정통 사대부 계층의 관념에서 서사란 기본적으로 역사 서사를 의미했으며, 그 것은 당연히 '실록직서實錄直書'의 규범을 준수해야 하는 것이었기 때 문이다. 그런데 ≪삼국지연의≫와 같은 역사소설들은 실제 역사를 소재로 삼으면서도 그 안에 갖가지 허구적 이야기를 끼워 넣어 재 미를 장식하고, 나아가 그것을 통해 작자 자신의 역사의식 내지 문학의식을 구현하려 함으로써 서사에 대한 사대부들의 기성관념 을 뒤흔들기 시작했다.

1610년에 간행된 '용여당본容與堂本' ≪수호전≫의 앞머리에는 회 림懷林 : ?~?이 쓴 일종의 논평인 <수호전일백회문자우열水滸傳一百回文 字優劣>이 들어 있다. 여기에서 회림은 소설적 허구의 성립 과정에 대해 다음과 같이 설명한다.

> 세상에 먼저 ≪수호전≫이라는 한 권의 책이 존재하고 나서야 비로소 시 내암施耐庵이나 나관중羅貫中 같은 사람들이 글로 써 낼 수 있는 것이다. 주 인공들의 성이 뭐니 이름이 뭐니 하는 것은 상상적으로 지어내서 그 사건 을 실제화한 것일 따름이다. 예를 들면 세상에 우선 음란한 아낙네가 있 고 난 뒤에야 양웅楊雄의 아내나 무송武松의 형수 같은 소설 주인공을 통해 그것을 실제화하는 것이다. ……세상에 우선 이런 일이 없다면, 문인으로 하여금 9년 동안 면벽을 하여 피를 열 섬이나 토해 내도록 수련시킨다 한들 어떻게 이런 글을 써 낼 수 있겠는가? 이것이 바로 ≪수호전≫이 온 세상과 더불어 시작과 끝을 함께 할 수 있는 이유이다.

> 世上先有水滸傳一部, 然後施耐庵,[1] 羅貫中[2]借筆墨拈出. 若夫姓某名某, 不 過劈空捏造, 以實其事耳, 如世上先有淫婦人, 然後以楊雄之妻,[3] 武松之嫂[4] 實之……非世上先有是事, 卽令文人面壁九年, 吐血十石, 亦何能至此哉. 此 水滸傳之所以與天地相終始也.

440

1) 施耐庵(시내암, 1296~1371): 본명은 언단彦端 또는 조서肇瑞이고 자는 내암耐庵, 호는 자안子安이며 강소江蘇 흥화興化. 지금의 장쑤성 다평시[大豊市] 바이쥐진[白駒鎭] 사람이다. 일설에는 절강 전당錢塘. 지금의 저장성 항저우시에 속함 사람이라고도 한다. ≪수호전≫의 원작자로 알려진 그는 34살에 진사에 급제하여 전당에서 3년 동안 벼슬살이를 하기도 했으나, 부패한 관료제도에 회의를 품고 사직하고 고향으로 돌아갔다. 이후 장사성張士誠: 1321~1367의 기의에 참여하기도 했으나, 기의군이 명나라 군대에 패배한 후에는 각처를 떠돌다가 회안淮安에서 객사했다. ≪수호전≫은 그가 죽기 몇 년 전에 완성한 것으로 보이며, 그 외에도 제자 나관중과 더불어 ≪삼국지연의≫와 ≪삼수평요전三遂平妖傳≫ 등을 창작한 것으로 알려져 있다.

2) 羅貫中(나관중, 1330?~1400?): 원래 이름은 본本이고 자는 관중貫中, 호는 호해산인湖海散人이며, 관적은 산서山西 태원부太原府 기현祁縣이다. 그는 원나라 말엽과 명나라 초에 항주에서 극작가로 활동했으며 한때 장사성의 군대에 참여하기도 했다. 풍부한 민간문학작품을 남겼는데 희곡으로는 ≪조태조룡호풍운회趙太祖龍虎風雲會≫와 ≪충정효자련환간忠正孝子連環諫≫, ≪삼평장사곡비호자三平章死哭蜚虎子≫가 있고 소설로는 ≪삼국지연의≫ 외에도 ≪수당양조지전隋唐兩朝志傳≫과 ≪잔당오대사연의殘唐五代史演義≫, ≪삼수평요전≫, ≪분장루粉粧樓≫ 등을 지었고, 시내암이 지은 ≪수호전≫을 보완하여 ≪수호전전水滸全傳≫을 간행하기도 했다.

3) 楊雄之妻(양웅지처): ≪수호전≫에 등장하는 '병관색病關索' 양웅楊雄의 아내 반교운潘巧雲을 가리킨다. 작품에서 그녀는 승려와 사통하다가 양웅의 의형제 석수石秀에게 발각되어 나중에 양웅에게 살해당한다.

4) 武松之嫂(무송지수): ≪수호전≫에 등장하는 '행자行者' 무송의 형 무대랑武大郎의 아내 반금련潘金蓮을 가리킨다. 그녀는 부유한 상인 서문경西門慶과 사통하여 남편을 독살했는데, 훗날 무송에 의해 살해당한다. 한편 이 이야기는 ≪금병매≫의 소재로 변형되기도 했다.

이 설명에 따르면 모든 허구란 궁극적으로 과거의 역사나 현실의 경험을 바탕으로 재구성되는 것이며, 역사와 현실에서 유리되어 있는 작가의 공허한 관념적 상상만으로는 이룰 수 없는 것이다. 그러므로 사건의 줄거리에 대한 인위적이고 무리한 조작은 오히려 그 이야기의 실제성을 깎아 내릴 뿐이다. 심지어 ≪수호전≫ 제1

회의 '회말총평回末總評'에서는 작가가 구상하는 이야기가 역사에 없던 일이라 할지라도 실제 사건보다 더 실감 있게 묘사된다면 오히려 그것이야말로 문학의 오묘한 진수를 나타낸 것이라 주장하기도 했다.

대개 당시의 논자들은 허구 서사의 오묘한 예술적 경지를 '기이함(奇)'이라고 표현하곤 했는데, 그것은 귀신이나 영혼, 신선과 같은 고대의 공상적 세계뿐만 아니라 현실의 일상생활 속의 평범한 인물들의 삶에 얽힌 우여곡절이나 복잡한 애정관계와 같은 지극히 '인간적'인 소재까지 포함하는 개념이었다. "삼언"과 "양박"이 나와 유행한 명나라 말엽에 이르면 이런 논의가 본격적으로 진전되어서, 진정으로 기이한 것들은 귀로 듣고 눈으로 볼 수 있는 경험적 현실세계 속에 다 들어 있다는 주장이 제기되었다. 이어서 명말·청초에 소화주인笑花主人이라는 필명을 쓴 논자는 ≪금고기관今古奇觀≫의 서문에서 "소설이란 역사서가 포함하지 못하는 모든 것들을 다 표현할 수 있는 양식[小說者正史之餘也]"이라고 전제하고 나서, "세상의 참다운 기이함은 모두 평범한 것에서 나왔다.[夫天下之眞奇, 在未有不出於庸常者也]"라고 명쾌하게 단정했다.

이와 같은 논의를 토대로 허구적 서사문학의 옹호론자들은 '眞(또는 實) – 假(또는 幻) – 眞(또는 實)'이라는 독특한 소설 형식론의 뼈대를 완성했다. 즉 허구적 서사문학이란 현세적 삶의 실제[眞 또는 實]를 바탕으로 작가가 자신의 의도에 맞게 그것을 재구성하여 새로운 문학적 세계[假 또는 幻]를 창조하는 것인데, 이렇게 창조된 문학적 세계는 반드시 현세적 삶에 나타나는 인간의 정서와 생활의 이치에 어긋나지 않는 진리[眞 또는 實]를 구현해야 한다는 것이다. 특히 "삼언"과 "양박"의 비평가들은 소설이 만약 그 허구 속에 담긴 삶의 이치가 거짓되지만 않는다면 얼마든지 문학의 한 양식으로서 충분한 가치를 가질 수 있다고 규정함으로써 허구 서사라는 문학 양식의 존재 논리를 제시했다.

명나라 중엽부터 시작된 이런 논의는 청나라 초기에 들어서면 더욱 뚜렷하게 정리되기 시작한다. 청나라 초기에 활동했던 진사 출신의 정통 사대부인 황월^{黃越 : 1653~1729}은 소설과 희곡을 포함한 모든 종류의 허구적 이야기 문학을 아울러 '전기^{傳奇}'라고 칭하면서 (명나라와 청나라 때의 다른 논자들은 대체로 소설이나 희곡 등을 아울러 '설부^{說部}'라고 통칭하는 경우가 많았다), 그런 작품을 만드는 이들은 현실에 존재하는 모든 것을 변형시켜서 하나의 창조적 예술세계를 만들어 내고^{〈第九才子書 《平鬼傳》 序〉: 有者化之而使無}, 아울러 현실에는 존재하지 않는 것이라 해도 그것이 허구적 서사문학의 구성을 위해 필요하다면 언제라도 적절한 예술세계를 만들어 낼 수 있다^{〔無者造之而使有〕}고 했다.

명말·청초 소설론의 완성자라 할 수 있는 김인서^{金人瑞}는 이러한 허구화의 과정을 "문장의 창작을 통해서 하나의 사실을 만들어 내는 것^{〈讀第五才子書法〉: 因文生事}"이라고 표현했다. 즉 《사기》와 같은 역사서가 이미 있었던 일들에 대하여 논리적으로 기록하는 데서 그치는 것에 비해, 소설과 같은 이야기 문학은 훨씬 더 폭넓은 작가의 상상력과 창조의식을 통해 하나의 예술적 세계를 만들어 낸다는 것이다. 그런데 이렇게 창조된 허구 세계에서 일어나는 모든 사건은 반드시 현실적 삶의 이치에 들어맞아야만 비로소 의미를 가질 수 있다. 이 현실적 삶의 이치를 그는 불가의 용어를 빌려 '인연^{因緣}'이라고 불렀는데, 여기에는 허구 서사에 등장하는 주인공들이 실제 현실의 인간군상을 개성적이고 적확하게 반영하도록 창조되는 것이 중요하다는 전제가 깔려 있다. 이렇게 훌륭한 이야기 문학을 창조하기 위해서는 당연히 작가가 오랜 세월 동안 사물의 이치에 대해 깊이 탐구하여 얻은 통찰력을 바탕으로 창작에 임해야 한다. 특히 이런 작가의 자세를 설명하는 과정에서 그는 '격물치지^{格物致知}'라는 성리학의 학문 방법론을 작가가 문학적 허구를 창작하기 위해 세계를 관찰하는 자기수양의 방법론으로 변용함으로써 허구적인 이야기 문학이 진지한 학문이나 종교와 마찬가지로 삶의 진리를 탐구하는 유력한 수단임을 강조했다.

이처럼 청나라 초기에 이르면 일부 정통 사대부를 포함한 많은 이들이 허구적 서사문학의 가치와 정당한 문학으로서 가치를 인식하고 적극적으로 옹호하고 있었다. 나아가 이들은 허구적 서사문학의 창작 방법에 대해서도 상당히 심도 깊은 논의를 진행시켰는데, 대표적인 예로는 부친 모륜^{毛綸}과 함께 ≪삼국지연의≫를 개편하여 오늘날의 모습으로 만들어 놓은 모종강$^{毛宗崗 : 1632~1704?}$이 쓴 <독삼국지법^{讀三國志法}>을 들 수 있다. 여기서 모종강은 줄거리 전개의 다양한 기법들을 강조했다. 즉 줄거리의 시작과 끝이 잘 호응하면서도 중간에 적절한 변화가 있어야 하며, 그런 변화들은 다양한 복선^{伏線}을 잘 활용해야 한다는 등의 여러 가지 창작 기법들을 정리해 놓았던 것이다.

3) 정통문단의 반발

소설과 희곡은 민간문학 특유의 풍자와 해학 때문에 종종 정통 사대부 계층이나 황실로부터 경멸의 대상이 되거나 금지되곤 했다. 특히 한족 왕조가 재건된 명나라 초기에는 원나라 때에 비해 소설과 희곡에 대한 금령이 엄격했는데, 대개 '교화'를 해치는 음란한 내용이나 황실의 명성에 누를 끼치는 내용이 들어 있다는 이유 때문이었다. 가령 홍무^{洪武} 22년^{1389} 3월 25일에 조정에서 반포한 다음의 포고문은 비록 희곡 같은 공연예술에 초점이 맞춰져 있으나, 당시에는 아직 소설과 희곡을 엄격히 구분하지 않고 있던 상황이기 때문에 포고문의 내용 또한 소설과 무관하지 않다.

444

경사에 있는 군대의 관료 및 병사들은 (잡극이나 희극의) 노래를 배우기만 해도 혀를 자를 것이다. 배우들이 극을 공연할 때에도 신선이나 의로운 사내, 절개를 지키는 아낙, 효성스럽고 순종하는 자손, 남에게 선행을 권하는 내용 및 태평성대를 즐거워하는 내용 외에 만약 제왕이나 성현을 모독하는 내용이 있다면 법을 집행하는 관리가 끌고 가 추궁할 것이다.

在京軍官軍人, 但有學唱的, 割了舌頭. 倡優演劇, 除神仙義夫節婦孝子順孫, 勸人爲善及歡樂太平不禁外, 如有褻瀆帝王聖賢, 法司拿究.

실제로 정통正統 7년1442에 '황당하고 괴이한[荒誕怪異]' 소설의 유행을 금지시켰을 때에도 주요 대상은 구우瞿佑 : 1347~1433의 ≪전등신화剪燈新話≫와 같은 작품들이었으며, 명 왕조의 끝자락인 숭정崇禎 15년1642에 위기의식이 팽배해 있을 때에도 공식적인 금지령의 대상은 '도적질을 가르치는[誨盜]' ≪수호전≫에 한정되었을 뿐이었다. 물론 소설을 이용하여 정적政敵을 모함하는 등의 부정적인 사례가 없는 것은 아니다. 숭정 12년1639에 한림원 학사로 있던 정만鄭鄤 : 1594~1639이 자신의 정적이었던 온체인溫體仁 : 1573~1639의 사주를 받은 이들에 의해 날조된 소설에서 며느리 및 누이동생과 간음한 파렴치한으로 묘사되어 결국 격노한 황제의 지시로 옥에 갇혀 있다가 죽음을 당한 일도 있었다.

청나라 초기에는 황실에서 소설을 금지하기보다는 이용하려는 경향도 있었다. 특히 ≪삼국지연의≫는 황제의 뜻에 따라 만주어로 번역된 적이 있고, 심지어 청 황실은 이 작품의 주요 주인공 가운데 하나인 관우關羽를 공식적으로 '관성대제關聖大帝'에 봉하기도 했다.7) 그러나 후대로 갈수록 소설 및 희곡에 대한 금지령은 강화

7) 관우는 당나라 때에 武聖廟에서 姜子牙, 즉 姜太公에게 제사를 올릴 때 함께 제사를 받기 시작했다가 이후 200여 년 동안 점차 지위가 올라갔다. 그런데 송나라 太祖 建隆 1년960에 무성묘에서 퇴출되었다가 다시 徽宗 崇寧 5년1105에 '崇寧眞君'에 봉해지면서 도교의 신으로 숭배되었고, 명나라 洪武 1년1368에

되었고, 동치同治 : 1862~1874 연간에 이르면 금지의 정도가 극에 이르렀다. 이것은 소설 및 희곡에 대한 청나라의 억압이 한족 지식인 계층에 대한 광범한 통제의 일환으로 진행되었던 것과도 관련이 있을 것이다. 이러한 청나라 지배계층의 입장을 대변해 주고 있는 것으로 강여순强汝詢 : 1824~1894의 다음 글을 들 수 있다.

옛날에 문정공文正公 허형許衡 선생이 "활과 화살은 도적을 대비하기 위한 물건이지만, 도적이 그것을 가지게 되면 또한 그것으로 일반 사람을 대하게 된다."고 말씀하셨는데, 정말 옳은 말이다! 문자가 만들어지매 서적이 생겨나서, 성현의 교훈이 그것에 의지해서 없어지지 않았다. 그런데 세상을 미혹하고 백성을 속이는 책들도 이 때문에 전해질 수 있게 되었다. 어떤 책들은 매우 비루해서 재미는 무척 있으나 또한 세상에 해를 끼칠 수도 있는데, 소설 같은 것이 그렇다. 우초虞初의 책이나 ≪제해齊諧≫는 그 유래가 이미 오래되었고, 위魏·진晉에서 당나라에 이르는 동안 작가가 점차 많아졌으며, 송나라 이후로는 더욱 많아져서 그 거짓되고 천박하며 외설스러움도 나날이 심해졌다. 그것을 보는 사람이 시도 때도 잊고 일거리까지 잊으며 마음이 방탕하게 되는데, 하물며 그것을 지은 사람은 어떠하겠는가? 아래로 저잣거리의 소인들이 그것을 서로 흠모하고 흉내 내게 되는데, 더욱이 전기傳奇나 연의演義 같은 것들은 해로운 거짓말로 어리석고 몽매한 사람들을 미혹하고 풍속을 무너뜨리므로 독을 퍼뜨림이 더욱 심하다.

昔許文正公[1]言, 弓矢所以待盜也, 使盜得之, 亦將待人. 信哉斯言. 自文字作而簡策[2]興, 聖賢遺訓, 籍以不墮, 而惑世誣民之書, 亦因是得傳. 有爲書至陋, 若嬉戲不足道, 而亦能爲害者, 如小說是已. 虞初[3]齊諧,[4] 其來已久, 魏晉至唐, 作者浸廣. 宋以後尤多, 其詭誕鄙褻亦日益甚. 觀者猶且廢時失業, 放蕩心氣, 況于爲之者哉? 下至閭巷小人, 轉相幕效, 更爲傳奇演義之類, 蠱誣[5]愚蒙, 敗壞風俗, 流毒尤甚. (强汝詢, ≪求益齊文集≫)

<hr>

는 그 봉호가 폐지되고 민간에서 숭배하는 것도 금지했다. 그러나 청나라 乾隆 33년1768에 관우는 '忠義神武靈佑關聖大帝'에 봉해졌고, 光緒 5년1879에는 다시 '忠義神武靈佑仁勇威顯護國保民精誠綏靖立贊宣德關聖大帝'라는 더 높은 직위에 봉해졌다.

1) 許文正公(허문정공): 허형許衡: 1209~1281을 가리킨다. 허형은 자가 중평仲平이고 호는 노재魯齋이며, 시호가 문정文正이다. 그는 회주懷州 하내河內: 지금의 허난성 친양[沁陽] 사람으로, 원나라 때에 국자좨주國子祭酒, 중서좌승中書左丞, 집현대학사集賢大學士 등을 역임했고, 위국공魏國公에 봉해졌다. 저작으로 ≪허문정공유서許文正公遺書≫가 남아 있다.

2) 簡策(간책): 역사서 또는 서적.

3) 虞初(우초): B.C. 140?~ B.C. 87. 호가 황거사자黃車使者이며, 한나라 무제 때에 방사시랑方士侍郎을 지냈다. 그는 ≪주서周書≫의 내용을 토대로 통속적인 이야기책인 ≪주설周說≫(총 943편)을 저술했다고 하는데, 지금은 남아 있지 않다. 후세에 그는 최초의 소설가로 여겨지면서 그의 이름 자체가 소설이라는 의미로 쓰이기도 했다. 여기서는 소설류의 책을 가리킨다.

4) 齊諧(제해): 원래 이 말은 ≪장자≫ <소요유>의 "제해란 괴이한 것을 기록한 것이다.[齊諧者志怪者也]"라는 구절에 처음 등장하는데, 그것이 책 이름인지 사람 이름인지는 이설이 많다. 이후 남조 송나라 때 동양무의東陽無疑라는 필명을 쓴 이가 ≪제해기齊諧記≫라는 지괴志怪를 편찬했다고 하나 지금은 남아 있지 않고, 남조 양나라의 오균吳均: 469~520이 쓴 ≪속제해기續齊諧記≫의 일부만 남아 있다. 여기서는 '우초'와 마찬가지로 소설류의 책이라는 뜻으로 쓰였다.

5) 蠱誑(고광): 미혹하다. 속이다.

사실 소설과 같은 허구적 서사문학이 유가의 예법에 어긋나고 무지한 백성을 미혹하여 세상에 해를 끼친다는 이런 비판은 그런 문학 양식들이 등장할 때부터 보수적인 상층 사대부 계층에서 끊임없이 제기되었다. 이런 주장들은 복잡한 정치적 상황과 맞물려 청나라 후기로 갈수록 더욱 힘을 얻게 되었고, 결과적으로 소설 창작은 차츰 위축되는 경향이 나타났다. 이 때문에 심지어 조정의 탄압이 심한 ≪수호전≫ 같은 작품은 통치자들의 구미에 맞게 개조되기도 했다.

당연히 허구적 서사문학의 창작과 출판에 관여한 이들은 자신들의 작품이 유가의 윤리관이나 국가 시책에 전혀 해를 끼치지 않을 뿐만 아니라 오히려 도움이 된다는 점을 적극적으로 강조하며 편견을 지우려고 노력했다. 예를 들면 명나라 때의 풍몽룡은 허구적 서사문학에 대해 이렇게 옹호했다.

> (소설 속의) 사건이 실제라면 그 속에 담긴 이치는 거짓이 아니다. 그렇다면 사건이 거짓으로 꾸며 낸 것이라 해도 그 속에 담긴 이치가 올바르다면 교화에 해로움을 끼치지 않고, 성현의 가르침에도 어긋나지 않으며, ≪시경≫과 ≪서경≫, 그리고 정식 역사의 내용에도 위반되지 않을 수 있다. 이렇게 된다면, 그것을 어찌 폐지할 수 있겠는가?

> **事眞而理不贋,**[1] **卽事贋而理亦眞, 不害于風化,**[2] **不謬于聖賢, 不戾**[3]**于詩書經史. 若此者, 其何廢乎. (無礙居士,**[4] **<≪警世通言≫敍>)**

1) 贋(안): 거짓. 옳지 않다.
2) 風化(풍화): 교화. 풍교^{風敎}.
3) 戾(여): 어그러지다. 맞지 않다. 벗어나다.
4) 無礙居士(무애거사): 풍몽룡의 필명으로 여겨지고 있다.

그러나 이런 식의 옹호도 정통 사대부들에게는 그다지 설득력이 있었던 것으로는 보이지 않는다. 오히려 그것은 하층 사대부들이 허구 서사문학의 창작 및 독서를 스스로 합리화하거나 시민 독자들이 자신들이 읽은 작품들이 저열한 문학 양식이 아니라고 자위할 수 있는 근거로 작용했을 가능성이 크다. 또한 작가와 평점가들의 이런 시도는 애초에 시민들의 전유물이었던 허구적 서사문학에 기득권의 윤리의식을 덧씌움으로써 그것을 '아화^{雅化}'하는 결과를 낳았는데, 그 결과의 선악은 정도에 따라 다르게 평가할 수 있다. (이 점에 대해서는 다른 장에서 좀 더 자세히 서술할 것이다.)

이상의 설명을 요약하자면, 중국에서 허구적 서사문학에 대한 인식은 송나라 이전까지는 창작에서나 이론에서 모두 미숙한 단계에 머물러 있었다. 그리고 송나라 때부터는 점차 허구성을 내세운 작품들이 나오기 시작했으나, 그것에 대한 이론적 인식은 극소수의 예외를 제외하고는 대부분의 문인들에게 낯설었다. 그러다가 명나라 중엽부터 일부 진보적 문인들에 의해 적극적인 논의가 진행되어 허구의 개념과 허구적 서사문학의 가치에 대한 인식이 어느 정도 확산되었으나 논의를 전개한 이들의 관점은 여전히 유가의 문장관에서 크게 벗어나지 못했고, 이 새로운 문학 양식은 종종 완고한 보수주의자들에 의해 억압을 당했다. 적어도 상층 사대부 계층의 관념 속에서 이런 상황은 만청 시기에 이른바 '소설계혁명'이 일어나기 전까지 별다른 변화 없이 유지되었던 듯하다.

3. 민간문학 평점評點의 성립과 의의

넓은 의미에서 평점은 중국 문화 특유의 주석 및 비평 행위를 아우르는 개념이다. 이미 한나라의 유가 경학이 발전할 무렵부터 ≪시경≫과 ≪주역≫을 비롯한 유가 경전들에는 글자의 발음과 의미, 본문의 내용을 풀어 해설해 주는 다양한 주석들이 포함되기 시작했다. 그러다가 당나라 이후부터 과거제도가 본격적으로 시행되면서 답안을 채점하는 과정에서 권점圈點과 평어評語들이 이용되었고, 이후 그것은 개인들의 시나 산문에도 널리 채용되었다. 특히 시에서 평점은 성률聲律이나 대우對偶, 용전用典 등에 관해 그 기교와 효과를 분석하여 새로운 창작을 위한 길을 제시하는 역할을 했다. 명망 있는 독자뿐만 아니라 일반 독자들도 작품의 훌륭한 부분이나 잘못된 부분에 대해 텍스트에 권점을 찍거나 평어를 적으며 읽었고, 훗날 인쇄 문화가 발전한 뒤에는 작품을 출간할 때 권점과 평어를 함께 넣어 인쇄하기도 했다. 당연히 명망 높은 이의 권점과 평어가 포함된 시집이나 문집은 그 덕분에 인지도가 높아지는 효과를 기대할 수도 있었을 것이다. 또한 후대에는 다듬어진 평어만을 따로 모아 '독서찰기讀書札記'라는 형식으로 편찬되기도 했다. 특히 목판 인쇄가 본격화되면서 평점은 본문과 구별하기 위해서 글자 크기나 인쇄 위치 등을 달리하기도 했다.

그러나 송나라 때까지는 소설이나 희곡 같은 민간의 서사문학이 아직 발전하지 않은 상태였고, 무엇보다도 평점을 할 만한 역량을 갖춘 이들이 민간의 서사문학에 대해서는 관심을 가지지 않았기 때문에 평점 역시 정통 시나 산문 등 정통문학에만 적용되었다. 그러다가 남송 말엽에 유진옹劉辰翁 : 1231~1294이 남북조 시대의 일화 모음집인 ≪세설신어世說新語≫에 '미비眉批'를 쓰면서 소설과 같은 민간문학작품에 평점을 다는 기풍을 열어 놓았다. '미비'란 말 그대로 눈썹[眉]에 비평의 글을 적어 놓는다는 뜻인데, 이것은 목판인쇄로 찍힌 책의 본문 상단에 위치한 여백에다 비평을 적는 것을 가리킨다. 다만 유진옹의 ≪세설신어≫ 평점은 주로 인물 묘사와 줄거리 구조에 관한 단편적이고 초보적인 언급에 그치는 것이었다.

명나라 중엽 이후로 상업적인 민간문학의 출판이 본격화되면서 그에 대한 평점도 본격화되었다. 최초에는 이름을 밝히지 않고 필명만 내세운 이들의 서문이 작품 첫머리에 얹혀 있었으나 후대로 갈수록 저명인사의 이름을 내세워 평점을 첨가했고, 정교한 삽화를 덧붙이기도 했다. 예를 들어서 1522년에 간행된 ≪삼국지통속연의≫에는 "진 평양후 진수 사전晉平陽侯陳壽史傳, 후학 나본 관중 편차後學羅本貫中編次"라는 작가 표시와 함께 1494년에 용우자庸愚子라는 필명을 쓴 이의 서문이 들어 있다. 현대의 연구에 따르면 용우자는 장대기蔣大器 : 1455~1530라는 지방의 하급관리를 지낸 인물이라고 한다. 아마도 그보다 늦게 나왔을 것으로 추측되는 다른 판본에는 "경릉 종성 백경보 비평景陵鍾惺伯敬父批評, 장주 진인석 명경보 교열長洲陳仁錫明卿父校閱"이라고 적혀 있으니, 당시 정통 문단의 명사인 종성鍾惺 : 1574~1624의 명망을 이용하려는 의도가 뚜렷하다. 이 외에도 명나라 때에는 민간문학의 출간에 이지李贄 같은 인물의 이름이 자주 도용되었으니, 이것은 당시까지는 아직 저작권의 개념이 확립되지 않았기 때문이다. 그리고 ≪삼국지연의≫를 오늘날의 모습으로 완성한 모종강의 판본에는 "성탄외서聖嘆外書, 무원 모종강 서시씨 평茂苑毛宗崗序始氏評, 성산별집聲山別集, 오문 항영년 자능씨 정吳門杭永年資能氏定"이라고 되어 있으니, 여기에는 김인서金人瑞와 모종강, 모륜毛綸, 항영년杭永年의 이름이 등장한다. 이처럼 명사들의 이름을 내세움과 동시에 평점의 형식도 권점과 서발序跋, 미비뿐만 아니라 본문 중간에 평어를 삽입하는 '협비夾批', 장회소설의 첫머리 및 끝부분에 첨가하는 '회수총평回首總評' 및 '회말총평回末總評' 등으로 다양해진다.

그런데 원천적인 의미에서 상업적 문학 시장에서 평점과 같은 비평 행위란 결국 작가 혹은 출판업자들의 자기변호이자 작품의 상품성을 극대화하기 위한 전략의 일부이다. 특히 당시 민간문학 비평가들은 정통 사대부문학의 권위를 모방함으로써 궁극적으로 소설의 가치―문학적 측면과 상업적 측면을 모두 포괄하는―를 높일 필요가 있었다. 다행히 정통 사대부문학과 경전의 평점에 익숙해 있던 '고급 독자들'은 무난하게 그런 방식에 길들여지면서, 민간문학작품을 읽는 이들이 늘어나고 있었던 듯하다. 또한 시민 독자들 역시 명사의 이름을 내세운 평점에 따라 작품의 질을 판단하곤 했을 것이다. 결국 민간문학에 대한 평점은 명망 높은 문인의 이름과 문장력을 내세워 그 작품에 역사적 정통성과 사대부 계층의 문학의식에 부합된다고 강조함으로써 작품의 홍보 효과를 극대화하려는 기획의 소산이었던 셈이다.

사실 소설의 경우, 작품 중간 중간에 들어가는 평점의 문장들은 작품에 대한 이해를 돕는 면도 있겠지만, 실은 독자의 입장에서는 줄거리의 진행을 방해하는 걸림으로 간주될 가능성이 컸을 것이다. 그러나 중국의 소설 양식은 기본적으로 공연의 대본에서 출발했다는 점을 고려하면, 평점과 같이 제삼자가 줄거리 전개 중간에 개입하는 것이 의외로 자연스럽게 받아들여졌을 가능성이 크다. 실제 공연에서 이야기꾼은 공연 과정에서 대본에 없는 갖가지 재담과 보충설명을 곁들였을 것이기 때문이다. 그리고 고대 중국의 소설은 기본적으로 그런 공연장의 분위기를 종이 위에 옮겨 놓는다는 발상에서 출발했기 때문에, 평점과 같은 부수적인 장치들은 지나치지만 않는다면 오히려 독자가 무대 분위기를 떠올리는 데에 도움이 될 수도 있는 것이다.

그런 의미에서 오늘날 우리가 중국 고전 소설의 평점에서 발견할 수 있는 각종 문예 이론들은 처음부터 어떤 사명감에 따라 기획된 것이라기보다는 소설이 상품으로서 자기 정체성을 확보해 가는 과정에서 생긴 일종의 부산물이라고 할 수 있겠다. 현대의 문학 시장이 그렇듯이 출판업자 사이의 경쟁이 심화되고, 창작이나 평론을 전업으로 삼는 전문가 집단이 점차 늘어남에 따라, 상품의 차별화와 직업의 정당화를 위한 새로운 이론적 탐색이 진행되었던 것이다. 다만 김인서나 모종강처럼 상당수의 재능 있는 평점가들은 작품의 창작 및 개작 작업을 겸했기 때문에, 이들의 진보된 문학의식이 작품에도 적지 않게 반영되었으리라는 점은 부인할 수 없다. 정통 학문과 시, 산문, 역사에 대한 소양과 허구적 서사문학의 효율적인 창작 방법에 대한 고민을 바탕으로 한 이들의 창작 및 개작은 실제로 장편소설과 같은 민간문학작품에서 투박한 어조와 내용을 다듬어 세련된 독서물로 탈태환골하게 해 주었던 것이다. 바로 이런 이유에서 현대 학자들 가운데는 '사대기서'를 비롯한 뛰어난 장편소설들을 아울러 '문인소설Literati Novel8)'이라고 부르는 이들도 있다.

---

8) 이 호칭은 플락스Andrew H. Plaks가 ≪四大奇書The Four Masterworks of the Ming Novel– Ssu ta ch'i-shu≫(Princeton University Press, 1987)에서 제기한 이래 서구의 중국 고전소설 연구자들 사이에 널리 유행했다.

데이비드 롤스톤 저, 조관희 역, ≪중국고대소설과 소설평점≫, 소명출판, 2009.

루 샤오펑 저, 조미원 외 역, ≪역사에서 허구로: 중국의 서사학≫, 길, 2001.

루쉰 저, 조관희 역, ≪중국소설사≫, 소명출판, 2004.

방정요 저, 홍상훈 역, ≪중국소설비평사략≫, 을유문화사, 1994.

서경호, ≪중국소설사≫, 서울대학교출판부, 2005.

신주리, <16~17세기 강남의 주변부 문인 연구—진계유와 이어의 상업적 글쓰기를 중심으로>, 서울대학교 박사학위논문, 2012. 2.

앤드루 플락스 외 저, 김진곤 편역, ≪이야기, 소설, Novel≫, 예문서원, 2001.

조관희, ≪중국고대소설독법≫, 보고사, 2012.

탄판 저, 조관희 역, ≪중국고대소설평점간론≫, 학고방, 2014.

홍상훈, ≪전통시기 중국의 서사론≫, 소명출판, 2004.

제3장 ≪서유기西遊記≫와 신마神魔소설

1. ≪서유기≫의 성립 배경

  모험과 환상을 다룬 동양의 이야기 가운데 최고봉으로 꼽히는 ≪서유기≫는 일찍부터 많은 사람들의 사랑을 받아 왔다. 그런데 현대 중국에 들어서부터는 사회주의 문학관의 영향으로 한동안 관념적이고 비현실적인 환상을 다룬 이 작품의 가치가 소홀히 취급되거나 기껏 그 속에 내재된 반봉건적 성향을 찾아내 강조하는 데에만 급급했다. 1980년대 이후로는 이른바 '개혁개방'의 영향으로 ≪서유기≫를 비롯한 고전 작품들도 새롭게 조명되기 시작했고, 일반인들 사이에서는 이 이야기를 소재로 한 만화영화 등이 꾸준히 인기를 누리고 있다. 또한 우리나라에서도 요약본이나 만화와 같이 각색을 거친 이야기들을 통해 비교적 널리 소개되어 있어서, 손오공이나 삼장법사를 모르는 이들이 거의 없을 정도이다. 그러나 허영만의 만화 ≪날아라 슈퍼보드≫와 같이 변형된 작품들은 원작과 줄거리는 물론 중심 주제까지도 상당히 다를 뿐더러, 심지어 일본에서 수입된 ≪드래곤볼≫ 같은 만화는 극도로 변형된 손오공의 이미지까지 널리 퍼지게 했다.

  그러나 사실 조선 시대를 장식한 대표적인 걸작들 중에 김만중

金萬重 : 1637~1692의 ≪구운몽九雲夢≫이나 허균許筠 : 1569~1618의 ≪홍길동전洪吉童傳≫, 남영로南永魯 : 1810~1858의 ≪옥루몽玉樓夢≫, 그리고 작자 미상의 ≪전우치전田禹治傳≫ 등은 모두 ≪서유기≫로부터 많은 영향을 받아 이룩된 소설들이다. 이 작품들은 ≪서유기≫에 내재된 크고 작은 주제와 모티프들을 주체적이고 능동적으로 재창조함으로써 명실상부한 '조선의 문학'으로 승화시켜 놓았던 것이니, ≪서유기≫와 우리나라 독자들 사이에는 생각보다 오랜 인연이 있음을 알 수 있다.

　≪서유기≫의 근간이 되는 이야기는 기본적으로 당나라 초기의 고승 진현장陳玄奘 : 600~664이 인도에서 불경을 가져온 사건이다. 정관貞觀 3년629에 당시 26살의 진현장은 국가의 금지령을 어기고 국경을 벗어나 오늘날 실크로드라고 부르는 '하서회랑河西回廊'을 통해 서역과 인도로 이어지는 길을 따라 17년에 걸쳐 50개가 넘는 나라들을 여행하며 불교의 교리를 공부하고, 657부部의 경전을 구해 돌아왔다. 현장법사의 이 경이로운 여행은 ≪대자은삼장법사전大慈恩三藏法師傳≫과 각종 전기들, 그리고 진현장 자신이 쓴 ≪대당서역기大唐西域記≫에 서술되어 있다. 그러나 소설 ≪서유기≫는 진현장의 모험에 관한 각종 민간 전설에 기상천외한 상상력을 가미하여 변형한 것으로, 삼장법사가 인도에 가서 불경을 가져왔다는 기본적인 틀을 제외한 나머지 부분들은 거의 허구적 상상의 산물이라 할 수 있다.

　오늘날의 소설과 유사한 형태로 각색된 삼장법사의 이야기 가운데 지금까지 문헌으로 확인 가능한 최초의 것은 남송 때에 이루어진 ≪대당삼장취경시화大唐三藏取經詩話≫이다. '이야기꾼'의 대본과 직접 관련이 있을 것으로 여겨지는 이 책에는 훗날 손오공과 사오정이라는 등장인물의 모태가 되는 후행자猴行者와 심사신深沙神이 삼장법사를 따라다니며 모시는 배역으로 등장한다. 이밖에 금나라와 원나라 때에도 삼장법사의 '취경'을 소재로 한 여러 가지 희곡들이 상당히 성행했으며, 특히 원나라 때에는 이 이야기가 본격적으로 소설로서 틀을 갖추기 시작한 것으로 여겨지고 있다. 조선에서 중국어 교재로 편찬된 중국어 학습지인 《박통사언해^{朴通事諺解}》에 소개된 《서유기》 이야기의 일부는 이 무렵 중국에서 이미 현재와 같은 이야기 구조가 상당히 비슷하게 갖춰졌음을 보여주는 증거라고 할 수 있다.

　오늘날 우리가 보는 《서유기》는 대개 명나라 때의 오승은^{吳承恩 : 1500?~1582?}이 기존에 축적된 민간 설화와 이야기 조각들을 집대성하여 완성한 것으로 여겨지고 있으나 확실하지는 않다. 심지어 《서유증도서^{西遊證道書}》라는 제목으로 출간된 일부 판본에 작자로 기록된 원나라 때의 도사 장춘진인^{長春眞人} 즉, 구처기^{丘處機 : 1148~1227}를 원작자라고 주장하는 이들도 있다. 그 이유는 구처기가 칭기즈칸의 초빙을 받고 가면서 서역의 여러 오지를 여행한 사실이 있다는 것이다. 그러나 《서유기》는 다소 과장된 여행기 정도가 아니라 상당히 치밀하게 구상된 허구적 이야기이기 때문에 이런 주장은 설득력이 없다. 비록 작자의 이름은 정확히 알 수 없고 또 그것이 순수하게 한 개인에 의해 만들어졌는지도 확인할 수 없지만, 그것은 결국 역사 기록이 아니라 문학작품인 것이다.

　어쨌든 명나라 중엽에는 이른바 '이탁오비평본^{李卓吾批評本}' ─실제로 이 책의 비평과 개작에 관여한 인물은 이지의 제자로 알려진 섭주^{葉晝 : ?~?}인데─《서유기》 100회와 주정신^{朱鼎臣 : ?~?, 1666 전후 활동}이 편찬한 것으로 알려진 《당삼장서유석액전^{唐三藏西遊釋厄傳}》 10권이 간행되어 크게 유행했다. 특히 전자는 청나라 때에 간행된 다양한 축약본인 '간본^{簡本}'들의 토대가 됨으로써 명실공히 《서유기》의 대표 판본이 되었는데, 이것은 다른 의미에서 이 판본이 이제 민간 설화 특유의 조잡함 혹은 소박함을 많이 벗어 던지고 '문인화

^{文人化}했음을 말해 준다. 또한 작품 전체에서 기본적으로 삼장법사의 역할을 강조하고 있는 다른 판본에 비해 '이탁오비평본'은 상대적으로 자유분방함을 지향하고 신선 세계의 초월자들이나 삼장법사에 대해 반항하거나 조롱을 서슴지 않는 손오공의 존재를 부각시킨 점이 두드러진다. 이것은 전통적인 기득권 세력에 대한 민중의 반발 심리를 문학적으로 통쾌하게 형상화한 것이라고 할 수 있는데, 논자에 따라서는 바로 이런 점 때문에 오승은이 이 작품의 최종 작자가 될 수 없다고 주장하기도 한다. 오늘날까지 남아 있는 오승은의 시나 글들은 그가 상당히 완고한 유가 사대부임을 말해 주는데, 이것은 불교 및 도교사상과 밀접한 관련이 있는 ≪서유기≫의 내용과 잘 어울리지 않기 때문이다.

2. ≪서유기≫의 구조와 주제의 이중성

1) ≪서유기≫의 구조와 인물 설정

(1) ≪서유기≫의 이야기 구조

≪서유기≫의 기본 줄거리는 크게 세 부분으로 나뉜다. 첫 번째는 제1회부터 제7회까지로서, 여기서는 손오공의 출신과 성장, 하늘 궁전에서 소란을 피우다 석가여래에게 붙잡혀 오행산^{五行山}에 갇히기까지의 과정이 서술되어 있다. 두 번째는 제8회부터 제12회까지로서, 여기서는 관음보살이 손오공 등을 삼장법사의 제자로 안배하는 과정과 삼장법사의 출생과 성장, 당 태종이 저승에 갔다가 환생한 이야기 및 삼장법사가 불경을 가져오기 위한 승려로 선발

되는 과정이 서술되어 있다. 세 번째는 제13회부터 제100회까지로서, 이 작품의 중심적인 이야기에 해당한다. 여기서는 불교에 귀의한 손오공이 저팔계 등과 함께 삼장법사를 보조하여 81가지 고난을 이겨내고 서천으로 가서 불경을 얻어 장안으로 가져오고, 그 결과 그간의 잘못을 용서받고 마침내 '정과正果'를 이룬다는 것이다.

다만 이런 이야기들은 '장회章回'라는 중국 특유의 장편소설 형식으로 엮여 있다. '장회' 형식은 본래 이야기꾼의 공연 형식에서 비롯된 것으로서, 일정한 시간 안에 일정 분량의 이야기를 마무리하는 것을 원칙으로 한다. 공연에서는 시간과 장소의 제약 때문에 줄거리가 긴 작품일 경우는 특정한 일화를 한 번의 공연에 안배하여 마무리하고 그 뒤의 이야기는 다음 공연에서 계속하는 방법을 쓸 수밖에 없다. 그런데 중국 고전소설은 기본적으로 그런 공연 상황을 종이 위로 옮겨 놓는 데에서 출발했기 때문에 긴 줄거리의 분량을 나누는 방식이나 이야기 서술 과정에서 이야기꾼이 사용한 어투들이 상당 부분 그대로 차용되어 쓰였다.

이로 인해 ≪서유기≫도 대개 한 회에서 하나의 일화가 완결되고, 아울러 이어지는 일화는 앞에 서술된 일화와 내용적으로 연관되는 방식으로 엮여 있다. 이것은 동그랗게 잘 다듬어진 염주가 실에 꿰인 것과 같은 방식이라는 의미에서 '연주식連珠式' 구조라고도 불린다. 고대 중국의 장편소설 가운데는 이런 형식을 사용한 것이 대다수를 차지하는데, 대표적으로 '6대 기서奇書' 가운데 ≪삼국지연의≫나 ≪금병매≫, ≪홍루몽≫이 여기에 해당한다. 이에 비해 ≪수호전≫이나 ≪유림외사≫의 경우는 직선적으로 이어지는 줄거리 대신에 각 회의 일화들이 하나의 공통적인 주제를 향해 집중되는 '방사형放射型' 혹은 '수레바퀴 형'의 구조를 이루고 있다.

어쨌든 특별한 경우가 아니면 장회소설은 하나의 이야기가 한 회에서 마무리되는 경우가 많다. 게다가 장회소설은 대개 작품의 일부를 따로 떼어 놓아도 감상하기에 별 무리가 없는 이야기들을 하나의 제목 아래 모아 놓은 형태가 많다. 사실 ≪금병매≫와 같은 특수한 경우를 제외하면 ≪서유기≫를 비롯해서 ≪삼국지연의≫, ≪수호전≫ 등 유명한 장회소설들은 원래 그 전체 줄거리가 이야기꾼의 이야기나 연극 등의 형태를 통해 이미 글자를 모르는 대중들에게까지 널리 알려져 있었다. 이 때문에 독자들은 종종 하나의 작품을 처음부터 끝까지 통독하지 않고 중간에서 한두 회만 떼어서 감상하는 방식으로 작품을 음미할 수 있다. 이것은 시간의 제약을 받는 이야기꾼이나 극단의 공연에서 부득이하게 전체 줄거리 가운데 가장 흥미롭고 재미있는 부분만 떼어 올리는 경우가 흔했던 사실과도 유사한 측면이 있다. 이런 이유로 장편소설 독자가 장편의 작품 가운데 자신이 선호하는 부분만 수십 번씩 반복해 읽는 방식도 자연스러운 현상이었다고 할 수 있다.

(2) ≪서유기≫의 인물 설정

널리 알려진 것처럼 ≪서유기≫의 중심인물은 삼장법사와 그 제자들인 손오공, 저팔계, 사오정, 그리고 백마이다. 그런데 이 작품은 서역으로 불경을 가지러 가는 모험이라는 겉으로 드러낸 줄거리 이면에 도의 수행과 존재의 완성, 명나라 때의 중국 사회에 대한 풍자 등 다양한 의미를 함축시켜 놓았다. 이에 따라 작품의 등장인물들도 대단히 다양한 성격으로 이해될 수 있으며, 심지어 작품 전체의 주제를 어떻게 보느냐에 따라 각 이야기에 등장하는 요괴들의 성격도 다르게 해석될 수 있다. 이런 의미에서 ≪서유기≫는 훌륭한 고전의 전제조건 가운데 하나가 다양한 해석의 가능성이라는 점을 유감없이 보여주는 작품이라 할 수 있겠다.

≪서유기≫의 주인공들은 상상의 세계 속에서 구체적 형상을 가진 개별적 존재들이기도 하고, 동시에 한 사람의 마음에 내재된

다양한 성격을 상징적으로 나타낸 것들이기도 하다. 다시 말하자면 그들은 보통의 인간으로서는 감당하기 어려운 모험을 완수할 수 있는 특별한 능력을 가진 이승의 이상적인 집합체이기도 하고, 다른 한 편에서는 평정의 경지에 이르기까지 인간의 마음 안에서 갈등과 화해를 이어가는 온갖 욕망의 상징들이기도 하다.

또한 삼장법사를 포함한 주인공의 수가 다섯이라는 것은 우주의 다양한 속성을 다섯 가지로 집약시킨 고대 중국인들의 전통적인 사유 방식인 '오행五行'의 원리를 반영한 것이다. 다만 실제로 다섯 주인공과 오행의 각 요소가 명확하게 대응하지는 않는데, 예를 들어서 이야기의 표면적인 주인공인 삼장법사가 수덕水德과 토덕土德을 겸하고 있고, 이야기의 실질적인 주인공인 손오공이 금덕金德과 화덕火德을 겸하고 있으며, 사오정과 백마가 둘 다 수덕을 대표하는 것이 그런 예이다. 그나마 저팔계만이 유일하게 목덕木德을 대표하는 주인공으로 뚜렷하게 설정되어 있다.

인물 설정에 나타난 이와 같은 다양성과 불완전성은 《서유기》가 기본적으로 민간에서 유행하던 여러 종류의 이야기들을 모아 새로운 주제를 나타내는 흐름으로 새롭게 정리되는 과정에서 불가피하게 나타난 현상이라고 할 수 있다. 무엇보다도 이 이야기에 내포된 주제와 의미가 너무 다양하고, 저작권이 명확하게 정립되지 않은 상황에서 여러 출판업자들과 평점가들이 개입함으로써 이야기의 일관성이 정해지지 않은 것은 현대적인 관점에서 보면 일종의 결함으로 지적될 수도 있다. 그러나 관점을 달리해서 보면 인간의 심성心性이라는 것이 본래 오행의 어느 한 분야로 규정지을 수 없을 정도로 복잡한 것이기 때문에, 《서유기》 주인공들의 이러한 불완전성이야말로 인간의 심성이 지닌 실상을 가장 '객관적'으로 반영한 것이라고 생각할 수도 있다. 그렇기 때문에 예를 들어서 손오공과 저팔계의 관계도 상생상극을 오가는 복잡한 관계로 나타나서 때로는 '목생화木生火'와 같은 긍정적이고 생산적인 관계로, 때로는 '금극목金克木'과 같은 우열을 드러내는 갈등 관계로 나타나기도 하는 것이다.

가. 삼장법사

《서유기》 여행의 중심이 되는 삼장법사는 당나라 때에 실존했던 인물과는 전혀 다른 면모로 변신해 있다. 출신부터가 본래 부처의 제자인 금선존자金禪尊者의 화신으로서 열 세상[十世]을 돌며 수행한 공덕을 쌓은 인물인 그는 《구약성서》의 모세처럼 어려서 강물에 버림받는 고난을 겪고 성실히 불법에 정진함으로써, 보통 인간으로서는 감당하기 어려운 수많은 난관들을 헤치고 경전을 가져오는 임무를 수행할 만한 충분한 자격을 갖추도록 설정되어 있다. 또한 그는 단순한 불교의 수행자가 아니라 더 넓은 의미에서 '도'의 수행자를 대표하는 인물로서, 손오공을 비롯한 제자들 사이의 조화로운 관계와 상호작용을 통한 발전을 주관하는 '마음의 주인[心主]'이다.

그러나 실제 이야기에서 삼장법사는 중심점으로서 역할을 제대로 수행하지 못하는 경우가 많다. 그는 항상 고지식하게 원칙만을 고집하며 손오공을 질책하지만, 정작 그 자신은 죽음과 배고픔으로 상징되는 고난 앞에서 종종 변덕스럽고 비겁하게 행동하며, 어리석은 인간의 안목으로 손오공을 판단하거나 요괴에게도 쉽게 속아 넘어간다. 그렇기 때문에 그는 자신을 해치기 위해 불쌍한 모습으로 변장해서 접근하는 백골부인白骨夫人의 정체를 알아보지 못하고, 손오공을 시기하는 저팔계의 비방을 곧이곧대로 들어 손오공을 내치기까지 한다(제27회). 또 어떤 경우에 그는 시를 논한답시고 위선적인 허례虛禮와 허세虛勢를 부리는 문인들을 흉내 내기도 하고(제64회), 국왕에게 아부하는 속된 모습을 보이기도 한다(제94

회). 서역을 향한 모험대의 대표, 혹은 도를 수행하는 마음의 주체로서 삼장법사에게 나타나는 이와 같은 '자격 미달'의 모습은 이외에도 여러 군데에서 발견된다. 여행 도중에 산이나 강에 가로막힐 때마다 겁에 질려 안절부절 머뭇거리고, 요괴에게 붙잡힐 때마다 비굴하게 목숨에 연연하고, 사리에 대한 이성적 판단을 접어둔 채 무조건 '자비'와 '인의'를 내세움으로써 곤경을 자초한다. 물론 이처럼 결점들은 이야기가 진행되어 고난의 경험이 축적되면서 점차 감소하는 경향을 보이기는 하지만, 제99회의 마지막 고난을 겪을 때까지도 완전히 사라지지 않는다.

다만 이런 결점들은 그가 가진 최소한의 미덕에 의해 종종 희석되거나 정당화되는 경우가 많다. 무엇보다도 그는 경전을 얻지 못하면 결코 돌아가지 않겠다는 굳센 목적의식을 견지하고, 부귀공명과 색욕의 유혹에 굴복하지 않고 계율에 충실한 엄격한 승려의 모습을 끝까지 잃지 않는다. 즉 그는 결연한 신념과 도덕성이라는 최소한의 미덕을 확보함으로써 모험 또는 수행을 지속할 명분을 제공함과 동시에 제자들이 중도에 탈락하거나 수행의 완성을 추구하는 '마음'의 부조화를 방지하는 것이다.

문학적 관점에서 보면, 삼장법사의 이런 결점들은 명나라 때의 고지식한 (혹은 타락한) 승려들과 사회상을 풍자하기 위한 화자(=작자)의 안배이기도 하지만, 그보다는 주로 이야기 전개를 더욱 재미있고 현실감 있게 만들면서 손오공의 활약상을 돋보이게 만들기 위한 특별한 장치이기도 하다. 억울하게 내쫓긴 후에도 삼장법사의 안위를 걱정하며 서역행의 성공을 기원하는 손오공의 모습은 독자들로 하여금 손오공이 실제로 제멋대로 행동하기도 하고 때로는 지나치게 난폭하게 일을 처리하기도 하는 일 따위는 잊어버리고 그의 울분에 공감하며 동정하도록 자극함으로써, 이야기의 긴장과 흥미를 유지하는 데에 훌륭한 효과를 보여주기 때문이다. 그러므로 결점 많은 평범한 인간이되 존경할 수밖에 없는 미덕을 갖춘, 그렇기 때문에 얄미우면서도 동정할 수밖에 없는 존재로서 삼장법사는 역시 평범할 수밖에 없는 대중들에게 친근한 감동과 설득력을 줄 수 있도록 절묘하게 다듬어진 문학적 인물 형상인 것이다. 또한 각기 다른 개성과 능력을 지닌 세 제자와 백마는 신념은 있으되 그것을 실현할 물리적 힘이 부족한 삼장법사에게 추진력을 제공하고, 나약해지려는 그의 의지를 다잡아주는 조력자인 셈이다. 그리고 어떤 의미에서는 이처럼 나약하고 인간적이기 때문에 삼장법사의 시련과 승리는 그의 여정을 따라가는 독자 대중에게 더욱 설득력 있는 감동을 제공해 줄 수 있었을 것이다.

나. 손오공

손오공은 ≪서유기≫의 실질적인 주인공이라고 할 만큼 그 존재가 특별하면서 두드러진다. 전통적으로 중국의 학자들은 손오공이 원숭이의 모습을 닮은 회수淮水의 신 무지기巫枝祁 또는 無支祁의 모습과 ≪산해경山海經≫에서 하늘의 신[帝]과 신통력을 겨룬 인물로 언급된 형천刑天의 이야기 등을 조합하여 만들어 낸 자생적 인물 형상이라고 주장해 왔다. 하지만 1920년대부터 주로 중국 이외의 연구자들 사이에서는 인도의 옛 서사시 ≪라마야나Rāmāyana≫에 등장하는 원숭이 신 하누만Hanumān의 형상이 불교와 함께 중국에 전래되면서 중국화된 형태의 손오공을 만들었다는 새로운 설명이 더 인정받는 추세이다. 그렇다고 이른바 '자생설'이 완전히 사라진 것은 아니며, 특히 오랜 옛날부터 도교의 수련을 통해 정령이 된 원숭이의 이야기가 있었다는 사실 때문에 논란의 빌미는 여전히 남아 있다. 그러나 사실 ≪서유기≫의 문학적 이해라는 측면을 놓고 보면, 굳이 손오공 형상의 연원을 따지는 일은 그다지 필수불가결한 일이 아니다. 그 원류가 무엇이건 간에 이미 중국화된 손오공은 원래의 모습과는 거의 완전히 다른 모습으로 변해 있을 것이 분명하기 때문이다.

《서유기》에서 손오공은 오랫동안 하늘과 땅의 기운, 그리고 해와 달의 정화를 받아들여 신령하게 통하게 된 바위가 '마음[心]'을 갖게 됨으로써 생겨난 자생적이고 순수한 생명체라는 점이 강조되어 있다. 더욱이 외모가 원숭이를 닮았다는 점은 손오공의 자유롭고 장난기 많은, 그러나 완전히 인간으로 진화하지는 못한 원시적 본성을 암시한다. 그에 비해 나중에 그와 함께 서역으로 가는 삼장법사를 보호하게 된 저팔계와 사오정은 각기 하늘나라의 신으로서 천봉원수天蓬元帥와 권렴대장捲簾大將이라는 직위에 있었다는 점만 밝혀져 있을 뿐, 그 최초의 출생에 대한 자세한 설명이 없다.

이처럼 다듬어지지 않은 원시의 본능에 따라 삶을 즐기던 그는 왕성한 호기심을 뒷받침하는 용기를 갖고 있었기 때문에 무리의 왕이 될 수 있었다. 그러나 그는 원숭이 왕으로서 누리는 권력에 만족하지 않고 더 큰 능력과 불로장생의 열망을 품게 된다. 그리고 용감하게 미지의 바다 너머로 모험을 떠남으로써 전형적인 신화적 영웅의 길을 걷는다. 동·서양을 막론하고 고대의 인간들에게 바다는 대개 인간세상의 지리적 경계이자 죽음의 공포로 넘실거리는 곳으로 여겨졌으니, 그 모험의 무게는 자아의 존재에 대한 무엇과도 비교할 수 없이 큰 시험이라 하겠다. 또한 "지극한 선은 물과 같다.(《노자》 제8장 : 上善若水)"라는 유명한 구절을 생각하면 바다는 지극한 선과 지혜가 모이는 궁극의 장소이니, 바다로 향한 모험은 곧 지혜를 얻기 위한 지난한 고행을 암시하기도 한다.

그러므로 스승 수보리조사須菩提祖師와의 만남은 그의 이러한 용기와 포기를 모르는 강인한 정신으로 갖은 고난을 이겨 낸 모험에 대한 정당한 대가처럼 보인다. 흥미로운 것은 수보리조사와의 첫 만남에서 그가 얻은 것이 바로 '이름'이라는 사실이다. 이름이란 흔히 존재에 대한 인식의 통로라는 의미를 갖는 것이니, 이 사건을 통해 손오공은 본능적 존재에서 이성적 존재로 변신하게 되는 것이다. 이름을 갖게 됨으로써 즉, 세계와 나를 인식함으로써 자아는 비로소 존재의 의미를 획득하게 되고,[1] 나아가 세계 안에서 온전한 자신의 자리를 찾기 위해 노력하기 시작하는 것이다.

이러한 이름과 실존적 인식 사이의 관계는 ≪서유기≫ 제34회에서 통렬하게 풍자된다. 이 이야기에서 금각대왕金角大王과 은각대왕銀角大王은 손오공[孫行者]과 공오손[者行孫], 오공손[行者孫]을 전혀 다른 인물로 인식한다. 하지만 부르는 이름에 대답하는 모든 존재를 잡아 가두는 효능을 지닌 호로는 공오손이라는 가짜 이름에 대답하는 손오공도 빨아들여 버린다. 결국 이 재미있는 이야기는 인간의 주관적 인식과 객관적(혹은 기계적) 진실 사이의 차이를 교묘하게 풍자하고 있는 것이라 하겠다.

중국인들은 전통적으로 이름[名]과 인간의 생명[命]은 그 사이에 신비하고 주술적인 끈으로 묶여 있다고 생각했다. 그들에게 이름이란 그 사람의 존재를 확인하는 것일 뿐만 아니라 목숨 자체와 연관된 것이었다. 이에 따라 예로부터 전해지는 이야기 가운데에는 귀신이나 못된 요괴가 이름을 이용하여 사람을 해치는 사례가 적지 않다. 그러므로 다른 복잡한 이유도 있지만, 중국인들이 그처럼 복잡한 자호字號 즉 별명을 갖게 된 데에는 이 주술적인 끈의 보이지 않는 영향력이 적지 않게 작용했을 것이다.

어쨌거나 이 중대한 '이름 갖기'를 ≪서유기≫의 화자(=작자)는 다분히 해학적으로 묘사한다. 수보리조사는 손오공이 원숭이[猢猻]를 닮았다는 데에 착안하여, 그리고 그가 이제 '짐승[犭=犬]의 굴레를 벗고 사람으로 거듭나게 된다는 의미에서 그의 성을 '손孫'으로

---

1) 1952년에 발표된 시집 ≪꽃의 소묘≫에 수록된 작품 <꽃>에서 김춘수는 이렇게 썼다: "내가 그의 이름을 불러주기 전에는/ 그는 다만/ 하나의 몸짓에 지나지 않았다. // 내가 그의 이름을 불러주었을 때/ 그는 나에게로 와서/ 꽃이 되었다. (이하 생략)"

지어준다(제1회). 이렇게 '성姓'을 갖게 되었다는 것은 곧 그가 비로소 '성性' 즉, 수양을 통해 깨달아야 할 내면의 자질을 지닌 몸이 되었음을 암시한다. 그런데 이 장난스러운 성은 그 글자를 쪼개서 풀어보면 '아이[子]'와 '계系, xì —중국어로 읽으면 '세細, xì'와 발음이 통하는—로 이루어져 있으니, 곧 '작은[嬰細]' 어린애라는 뜻을 담고 있다. 또한 도가 수련법에서 '영아嬰兒'가 '내단內丹'을 상징한다는 점을 떠올리면, 이제 그는 본격적으로 초월자를 향한 자신의 길을 걸어가며 수련할 준비가 된 어린 존재임을 알 수 있다. 다만 손오공의 성인 '손'은 그와 발음이 유사하면서도 의미상 '모자람'을 가리키는 '손[遜]'과 통하기 때문에 손오공은 결국 72가지—8×9=72이니, 결국 9×9=81에서 한 단계가 모자란—의 변신술과 근두운을 타는 능력을 익힌 단계에서 수행이 중단되고 추방당한다. 물론 이런 종류의 추방은 대개 회귀가 약속되어 있거나, 본질적으로 같은 목표에 도달하기 위한 새로운 수행의 시작을 의미하기 마련이다.

'오공悟空'이라는 이름 역시 심오한 의미를 담고 있다. 글자 그대로 이 이름은 불교에서 세계의 모든 현상[色相]을 관통하는 본질적 속성인 '공空'을 깨닫는다는 것을 의미하는데, 교묘하게도 그 이름 앞에 얹힌 성이 '모자람'을 뜻하고 있다. 이를 바탕으로 화자(=작자)는 특히 손오공으로 하여금 세속적 의미의 권력이 허무함을 깨닫게 하기 위해, 그리고 이런 설교 투의 주제에 독자들이 식상하여 물리지 않게 해 주기 위해 한바탕 신나는 활극을 준비한다. 즉, 자신의 자유 의지를 통해 능력을 획득한 경험으로 인해 손오공이 기성 세계의 권위를 뒤흔드는 파격적인 생각을 해 내도록 유도한 것이다. 이리하여 손오공은 불경스럽게도 최고 지위의 초월자인 옥황상제에게, "황제는 돌아가며 하는 법, 내년엔 우리 집 차례[皇帝輪流做, 明年到我家]"라고 당돌한 도전장을 던진다(제7회). 물론 이것은 손오공에게 이름을 부여한 수보리조사가 비슷한 능력이 있음에도 옥황상제처럼 명망과 권위가 드러난 초월자가 아닌 은둔자라는 데에서부터 암시되었던 결과이다. 다시 말하자면 이 작품의 화자(작자)는 현실에서 제도적으로 공인되고 권력화된 지식은 참된 지식이 아니라는 점을 은밀한 방식으로 지적하고자 했던 것이다.

그러나 민주주의의 이념이 없었던 명나라의 시대적 환경에서 손오공의 반란은 사실상 처음부터 실패가 예견된 것이나 다름없었고, 제도적인 권력을 획득한 지식 역시 쉽게 깨뜨릴 수 있는 대상이 아니다. 더욱이 초월자 혹은 신들의 능력이 그가 쌓은 수행과 공덕의 양에 비례한다는 힘의 논리가 여전히 유효한 상황에서 사실상 '어린' 원숭이 왕의 도발은 처음부터 무모한 것이기도 했다. 그러나 그의 도발로 인해 하늘나라에서 안일하게 명예와 평안을 누리던 많은 신선 벼슬아치들의 능력 또한 한계가 있는 것임이 여실히 드러나게 되었으니, 이것은 분명 우유부단한 황제를 둘러싼 무능한 관료와 사대부들의 명분 놀음에 염증을 느끼고 있던 봉건 시대 백성들에게 통쾌한 대리만족을 제공해 주었을 것이다.

여기서 한 가지 주목해야 할 점은 이러한 손오공의 도발을 최종적으로 잠재운 존재가 옥황상제나 그의 궁궐에 있는 벼슬아치가 아니라 석가모니라는 사실이다. 당·송 이래 불교와 도교 사이의 세력 다툼이나 지배권력 대 민중의식의 갈등을 강조하려는 관점으로 보면 이것은 화자(=작자)가 귀족적이고 제도화된 도교보다는 민중적인 대승불교를 옹호하려는 의도를 내비친 것이라고도 할 수 있다. 아울러 이 장치는 화자(=작자)가 이야기의 뒷부분(제13~99회)에서 손오공을 서역으로 가는 삼장법사의 보호자 겸 안내자로 등장시키기 위한 안배이기도 하다.

사실 극락 또는 유토피아를 향해 모험을 떠나는 주인공의 안내자로 등장하는 동물의 형상은 동·서양의 많은 이야기들에서 흔히 발견되는 예라고 할 수 있다. 그러나 외형적으로 같은 동물의 형상일지라도 손오공은 대단히 특별한 존재인데, 그것은 비단 그가 도를 수행하여 여러 면에서 인간화한 존재이기 때문만은 아니다. 우선 그는 삼장법사의 제자가 되기 전에 이미 영생불사의 능력을 이룬 존재이며, 석가모니를 비롯한 최고 반열의 몇몇 초월자들에 게만 한 수 양보할 정도로 상당한 경지에 오른 존재이다. 또한 그 는 평범한 인간적 존재인 삼장법사를 서천의 석가모니에게로 데려 다 주는 안내자의 역할로만 그치는 것이 아니라, 그 자신도 더 높 은 초월자의 경지로 오르기 위해 수행하는 존재인 것이다.

다. 저팔계와 사오정

저팔계는 본래 하늘의 신선이었으나 술기운에 선녀 항아^{嫦娥}를 희롱한 죄로 벌을 받고 인간 세상으로 내쫓겼는데, 정신이 머물 태^胎를 찾다가 뜻밖에 길을 잘못 들어 돼지의 몰골로 태어나게 된 다(제8회). 해학적으로 설정된 이 이야기는 그의 이런 생김새에서 연상되는 여러 가지 속성 즉, 재물과 음식, 여자에 대한 욕심에서 자유롭지 못한 한계를 잘 보여준다. 삼장법사가 지어 준 '저팔계^{猪八戒}'라는 법명은 돼지의 속성과 승려가 지켜야 할 계율 사이의 끝 없는 모순을 함축하고 있다. 특히 '저^猪'라는 성은 발음상으로 '거스름'을 의미하는 '저^抵' 또는 '험난함'을 의미하는 '조^阻'와 통한다. 한 편 원나라 때까지 민간에 유행했던 잡극에서는 저팔계의 이름이 '주팔계^{朱八戒}' 또는 '주팔계^{朱八界}'로도 표기되었는데, 명나라 황실이 주^朱씨이기 때문에 점차 저팔계로 바뀌게 되었다는 증거도 있다. 문자옥의 흔적이라고도 할 수 있는 이런 변화는 '저^猪'와 '주^朱'가 모 두 중국어 발음에서 '주^[zhū]'로 발음되기 때문에 그나마 조금 자연 스럽게 이루어졌을 것이다.

≪서유기≫에서 저팔계는 다른 주인공들에 비해 음식과 여자의 유혹에 무척 약한 모습을 보여준다. 예를 들어서 삼장법사는 미녀

로 변한 세 보살들(제23회), 서량녀국^{西梁女國}의 여왕(제53회)과 비파동^{琵琶洞}의 전갈요괴(제54회), 형극령^{荊棘嶺}의 살구나무 요정(제64회), 그리고 천축국^{天竺國}의 공주로 변한 옥토끼 요괴(제93~95회) 등에게서 유혹을 받지만 모두 굳건히 이겨낸다. 하지만 삼장법사가 그런 유혹에 시달릴 때는 종종 함께하게 되는 저팔계는 대개 그런 유혹에 넘어가 수난을 당한다.

그러나 먹을 것을 밝히고, 게으르고, 멍청하며, 또 그에 어울리지 않게 허세를 부리면서 해학적인 대사 등등 저팔계의 성격적 특징들은 이야기 전체의 재미를 더하는 훌륭한 양념으로 작용한다. 특히 그가 넉살 좋게 내뱉어 대는 해학적인 대사들은 그의 어리석음이나 비겁함을 어느 정도 상쇄할 만큼 청자(혹은 독자)들에게 즐거움을 준다. 예를 들어서, 불교를 지키는 가람신이 시골 노인으로 변해 황풍 요괴^[黃風怪]가 일으키는 바람의 무서움을 이야기하면서 그것이 일반적인 봄바람 따위와 비교할 수 없다고 하자, 저팔계는 천연덕스럽게, "아마 갑뇌풍^{甲腦風, 정신병}이나 양이풍^{羊耳風, 뜬소문}, 대마풍^{大麻風, 문둥병}, 편정두풍^{偏正頭風, 편두통} 같은 게 아닐까요?" 하고 엉뚱한 말로 받아넘긴다(제21회).

게다가 엉뚱하고 우스운 그의 너스레에는 종종 풍자적인 의미가 담겨 있다. 특히 도교에서 가장 높이 받드는 세 명의 신 즉, 삼청^{三淸}의 신상을 뒷간―손오공의 표현대로 쓰자면 '오곡이 윤회하는 곳'―에 던지며 올리는 저팔계의 황당한 기도는 풍자와 해학의 압권을 보여준다.

三淸三淸	삼청님들, 삼청님들
我說你聽	내 말 좀 들어 보소.
遠方到此	먼 곳에서 예까지 오면서
慣滅妖精	줄곧 요괴를 물리쳤는데
欲享供養	제삿밥 좀 먹으려니

無處安寧	편한 자리가 없어
借你坐位	당신들 자리를 빌려
略略少停	잠시 쉴까 하오.
你等坐久	당신들은 오래 앉아 계셨으니
也且暫下毛坑	잠깐 뒷간이나 다녀오쇼.
你平日家受用無窮	당신들은 평소에 집에서 끊임없이 잡수시며
做个清淨道士	맑고 깨끗한 도사 노릇을 해 왔는데
今日裏不免享些穢物	오늘은 어쩔 수 없이 더러운 걸 잡숴야 할 것 같으니
也做个受臭氣的天尊	이제 냄새나는 천존 노릇도 해 보시구려!

(제44회)

　　어수룩하게 보이면서도 날카로운 이 말에서 그는 별로 하는 일 없이 사당에서 제삿밥만 받아먹는 신선들—사실은 그들로 대표되는 명나라 때의 무능하고 타락한 종교인들—을 비꼬고 있다. 이러한 풍자는 때로 직설적인 언어로 표현되기도 한다. 예를 들어서 주자국朱紫國에서는 왕비를 구해 주면 나라를 바쳐 보답하겠다며 손오공에게 무릎을 꿇고 사정하는 국왕에게 저팔계는, "황제께서 체통이 없으시군요! 어찌 마누라 하나 때문에 강산을 마다하고, 중에게 무릎을 꿇는단 말이오?"라고 쏘아붙였던 것이다(제69회).

　　그러나 무엇보다도 저팔계의 형상에는 겉으로 드러나는 많은 결점 속에 긍정적 측면들을 적절히 숨겨 놓았기 때문에 더욱 절묘한 예술적 성취를 보여준다. 그는 보통 때는 교활하면서도 때로는 솔직하고, 게으르면서도 때로는 부지런하고, 비겁하면서도 때로는 용감하고 의로운, 모순처럼 보이는 속성들을 보여준다. 실제로 그는 서열상 둘째 제자이면서도 무거운 봇짐을 도맡아 짊어지는 막내 역할을 묵묵히 수행하며, 삼장법사가 요괴에게 붙들려 갈 때면 곧잘 서역행을 포기하고 고로장의 평범한 농부로 돌아가자고 사오정을 부추기면서도, 때로는 손오공을 훈계할 정도의 의기를 보여주기도 한다. 그러므로 어떤 의미에서는 생김새나 능력, 성격 면에서

470

모두 특별한 세 제자들 가운데 가장 평범한 인간의 심성을 대변하는 존재가 바로 저팔계이기도 하다. 그리고 바로 이런 점으로 인해 그는 종종 독자들의 조롱거리가 되기도 하고, 그들이 가장 친근하게 여기는 캐릭터가 되기도 한다. 결국 현상의 본질을 꿰뚫어 보지 못하는 평범한 존재[肉眼凡胎]인 일반 독자들은 모순적이고 부조화로 얽힌 결함들을 상시적으로 안고 살 수밖에 없기 때문이다.

한편, 사오정 역시 하늘나라의 신선이었다가 실수를 저질러 벌을 받고 인간 세상으로 쫓겨난 존재이다. 그를 삼장법사의 제자로 안배한 관음보살은 유사하流沙河의 모래를 따라 그의 성을 사沙라 하고, 이름을 오정悟淨이라 지어 주었다. 여기서 '사하'는 고비사막을 가리키는데, 폭풍으로 휩쓸려 다니는 모래의 모습이 강물처럼 흐른다고 해서 '유사하'라고도 하고, 거기에 휩쓸리면 빠져나오기 어렵다는 의미에서 기러기 깃털도 빠져나올 수 없다는 '약수弱水'의 전설과 합쳐진다. 결국 사오정의 모델은 본래 험난한 사막의 사나운 약탈자였다가 어떤 이유로 개과천선하여 불제자가 된 인물이었을 가능성이 있다.

다만 실제 작품에서 사오정은 활동이 두드러지지 않는다. 명나라 이전의 여러 이야기와 연극에서는 종종 그가 삼장법사의 둘째 제자로 묘사되기도 했지만, ≪서유기≫에서는 그의 역할이 훨씬 축소되어 나타난다. 이 작품에서 사오정의 활약이 적극적으로 묘사된 것은 손오공이 삼장법사에게 내쫓겨 관음보살에게 하소연하러 갔을 때, 사오정이 수렴동을 찾아갔다가 가짜 손오공에게 낭패를 당하고 관음보살에게 가서 그 자리에 있던 손오공에 대드는 장면(제57회)이 거의 전부라고 할 수 있다. ≪서유기≫는 손오공의 활약을 중심으로 구성되면서 그와 여러 가지 면에서 대비가 뚜렷한 저팔계의 역할이 더불어 강조되었기 때문에, 삼장법사를 가까이 모시는 비서로서 사오정의 위상은 상대적으로 축소될 수밖에 없었던 것이다.

사오정의 이름에서도 '사沙'는 '생각하다'라는 뜻을 가진 '사思'와 발음이 통하고, '정淨'은 '극락정토極樂淨土'를 뜻하기도 하니, 결국 그는 항상 마음을 깨끗하게 청소하고 정리하여 불법(또는 도)의 경지를 깨닫기 위해 고심하는 주인공인 셈이다. 바로 이런 점 때문에 그는 삼장법사 일행 가운데 서천으로 가서 도를 구하겠다는 의지를 비교적 독실하게 지키는 존재로 묘사된다. 그는 말없이 삼장법사의 변덕을 보완해 주고, 이따금 비꼬며 쏘아붙이기도 하지만 어쨌든 저팔계의 투덜거림을 들어 주고, 손오공의 진심과 능력을 가장 잘 이해해 주고 믿어 주는 존재인 것이다. 이처럼 그는 드러나지 않는 가운데 내적인 조화를 도와주는 튼튼한 끈의 역할을 수행함으로써, 삼장법사와 각기 강한 개성으로 뭉친 사제들이 끝까지 분열되지 않도록 해 준다.

한편 ≪서유기≫에 나타난 저팔계와 사오정의 서열은 그 이전의 연극으로 공연되던 이야기와 다르게 조정되었음을 짐작할 수 있는 증거가 있다. 작품의 말미에서 여행의 성공적인 완수에 대한 보상으로 저팔계가 제단을 청소하는 정단사자淨壇使者에 임명된 데에 비해 사오정은 사실상 부처와 동격인 금신나한金身羅漢에 봉해진 것이 그것이다. 실제로 이야기의 전개 과정에서 저팔계는 손오공과 짝을 이루어 자주 등장하지만 사오정은 적극적인 활동 빈도가 낮은 편이어서 소설의 편찬자(들)가 의도적으로 그 서열을 조정했을 가능성도 있다. 다만 제100회의 마무리 장면이 그(들)도 미처 발견하지 못한 실수일 수도 있지만, 어쩌면 그것은 원초적인 욕심을 완전히 버리지 못한 저팔계에게 합당한 보상이라고 생각할 수도 있겠다.

2) ≪서유기≫의 주제

'다양성'을 함축한 고전으로서 ≪서유기≫는 작품의 주제 역시 관점에 따라서 여러 가지로 해석될 수 있다. 어떤 경우든 이 작품을 단순한 판타지 모험 소설로 간주하는 경우는 거의 없으며, 대개 장안에서 서천까지 여행의 의미나 주인공의 성격에 내포된 상징, 나아가 이 작품 전체가 어떤 오묘한 주제에 대한 비밀스러운 은유로 포장되어 있다는 설까지 다양한 설명들이 나와 있다. 여기서는 이 가운데 이 작품의 다른 판본들 즉 ≪서유석액전≫과 ≪서유증도서≫가 그 제목을 통해 강조하고 있는 두 가지 주제를 중심으로 살펴보도록 하겠다.

(1) 사회 풍자와 대중 구원

≪서유기≫가 부패한 당시 사회를 풍자하고 고통 받는 대중에 대한 구원의 메시지를 담고 있다는 생각은 삼장법사 일행이 서천의 석가여래에게 가서 가져오려는 불경이 다름 아닌 대승불교 경전이라는 점에 초점을 맞춘 해석이다. 작품의 제12회에서 관음보살이 당 태종과 삼장법사를 비롯한 많은 이들 앞에 현신하여 들려준 것처럼, 대승불교는 "죽은 자를 구제하여 승천시키고, 고통에 빠진 사람을 괴로움에서 벗어나게 하며, 무량한 수명을 누리는 몸을 만들도록 수양하여 영원히 존재하는 여래^{如來}가 되게 할 수 있는" 것이다. 그러므로 삼장법사가 이와 같은 대승불교의 불경을 얻으러 가는 여행은 대중과 서민을 구제하여 평안한 세계로 인도하기 위한 선구적 사명을 수행하는 것과 마찬가지이다.

사실 '중생의 구제'라는 대승불교의 주요 논지는 불교가 중국화되는 과정에서 유가의 '교화' 이념과 융합된 결과물이라고 할 수 있다. 그러므로 이 이야기에서 삼장법사는 개인주의적이고 귀족적인 불교를 개혁하여 대중적이고 서민적인 새로운 불교를 토착화하려는 시대적 사명을 띤 선구자일 뿐만 아니라, 더 넓은 의미에서 만민의 평안과 복지를 구현하기 위한 사명에 몸을 던진 인물로 파악될 수 있다. 그런 의미에서 '81난'으로 상징된 그의 고난은 이러한 개혁과 변화를 방해하려는 기득권 계층 및 그에 동조하는 세력들의 방해와 그에 맞선 힘겨운 투쟁의 역정을 의미한다. '서방의 부처'란 결국 그가 도달하고자 하는 대승의 세계 즉, 모든 민중이 구제받은 이상향의 다른 이름에 지나지 않는다.

이 작품이 유행한 16세기 무렵 중국은 문화와 경제가 모두 이전 시기에 비해 훨씬 풍요로웠지만 백성들에게는 고난의 시기였다. 특히 환관과 결탁한 간신들은 조정의 정치를 좌우하면서, 동창東廠과 금의위錦衣衛라는 특수 정보기관과 무력 단체를 이용하여 갖가지 탄압을 저질렀다. 이 때문에 백성들은 과도한 부세賦稅와 요역徭役에 시달리다 못해 산야를 떠돌거나 도적의 무리로 변해 갔고, 그러한 민심을 등에 업은 각종 민간 신앙들이 비밀리에 성행했다. 그리고 이러한 사회 갈등은 황실의 존립을 위태롭게 할 정도로 잦은 대규모의 농민 폭동을 유발했다. 명나라 황실의 새로운 세원稅源으로 급부상한 대도시의 신흥 시민들도 상공업을 억압하는 전통적 유가 관념과 과도한 세금 때문에 끊임없이 지배 세력들과 갈등을 일으켰다. 앞서 언급한 양명학 좌파의 급진적인 사상 역시 이런 시대 상황을 배경으로 형성된 것이었다.

《서유기》에 등장하는 옥황상제와 황제, 염라대왕 및 용왕을 비롯한 각종 신선들과 요괴는 각자의 영역에서 거의 절대적인 영향력을 발휘하는 존재들인데, 달리 말하자면 이들은 고대 중국 봉건 왕조의 통치 집단 및 그 하수인들을 상징하고 있다. 그런데 손오공의 반란에서 잘 드러나듯이 《서유기》에서는 그런 절대적 권위가 유명무실한 것으로 전락해 있다. 또한 손오공의 능력에 미치지 못하는 무능한 하늘나라 조정의 신선들과 장수들은 부패한 명나라 황실과 조정의 모습을 풍자하고 있다. 손오공이 옥황상제와 동등한 지위임을 인정하는 '제천대성齊天大聖'의 칭호를 공식적으로 인정받은 것은 그런 풍자의 절정이라고 할 수 있다. 이것은 역대로 허약한 중국 황실이 각 지방의 농민기의와 이민족의 침략에 대해 '초안招安'과 '화친和親'이라는 명분으로 얼버무려 무마하려 했던 역사적 현실을 소설적으로 반영한 것이다.

그러므로 ≪서유기≫에 담긴 기성의 권위에 대한 반항과 만연된 부조리에 대한 노골적인 냉소들은 사실상 이 작품이 유행한 명나라 때의 정치적 상황과 도시문화 및 시민의식을 잘 반영한 것이라 할 수 있다. 무엇보다도 이 무렵에 경제적으로 풍요로웠던 도시의 시민들은 '사-농-공-상'으로 구성된 '사민四民'의 신분 개념과 집단주의 같은 전통적인 가치관의 불합리성을 충분히 인식하고 있었다. 더 많은 이익을 선점하기 위한 경쟁이 우선시되고, 집단보다는 개인의 능력이 중시되기 마련인 도시의 삶에서는 필연적으로 개인주의적이면서도 냉정한 현실주의적인 사상이 중시하면서 선악과 같은 기존의 도덕 개념은 수정되거나 뒤집어질 수밖에 없기 때문이다. 태어날 때부터 정해진 신분적 위계질서에 대한 맹목적인 복종, 허울뿐인 명예를 위한 자학적인 희생 등은 이제 새로운 가치관 속에서는 패배주의적인 악덕으로 간주된다. 그렇기 때문에 손오공의 반란이나 불로장생과 지고한 권력을 추구하는 요괴들의 도발 등은 비록 결과적으로 좌절되기는 하지만, 변화를 갈망하는 시민을 중심으로 한 하층민의 욕망을 은밀히 충동질한다. 더욱이 한 번의 중대한 좌절을 겪은 후, 무려 500년 만에 부활하는 손오공의 위상은 청자(독자)들의 희망에 새로운 불씨를 당기기에 충분하다. 사마천 이후로 500년은 사회와 역사, 학술의 어떤 중대한 전환이 시작되는 주기로 인식되어 왔기 때문이다.

물론 표면적인 의미에서 요괴들은 대개 손오공과 대척점에 서 있다. 그들은 대개 기성의 제도와 권위를 이용하여 백성을 착취하는 기득권층의 아류이거나 하수인들이다. 예를 들어서 손오공에 의해 밝혀진 요괴의 정체는 원래 태상노군이 기르던 푸른 소(제50~52회)이거나 미륵불 앞에서 경쇠를 연주하던 누런 눈썹의 하인[黃眉童](제65~66회), 태을구고천존太乙救苦天尊이 기르던 머리가 9개 달린 사자(제88~89회), 탁탑천왕托塔天王의 수양딸(제81~83회)처럼 상당히 높은 힘을 가진 초월자들 밑에서 나름대로 특혜를 누리던 존재들이다. 그들은 대개 초월적 존재(→기득권자)들의 보물(→권력)을 훔쳐서 요술(→무력과 술수)을 부려 백성들을 기만하고 착취[食人]하며 호사를 누린다. 나찰녀의 경우는 화염산火焰山의 불을 끌 수 있는 파초선을 지니고 있으면서도 결코 그 불을 완전히 꺼 주지 않는다. 그녀는 매년 일정 시기에 농사를 지을 수 있을 만큼만 불기운을 약하게 해 주는 대신 막대한 뇌물을 요구하며, 그렇게 모은 재물을 바탕으로 신선 세계 같이 아름다운 곳에 거처를 지어 놓고 편안한 생활을 즐긴다. 어느 지역을 장악한 요괴는 심지어 그 지역의 토지신(중앙 정부가 파견한 관리)조차 어쩌지 못할 정도로 위세가 대단하다.

특히 삼장법사의 고기를 먹으면 불로장생할 수 있다는 생각으로 집요하게 달려들거나 삼장법사와 부부가 되려는 요괴들의 행위는 다른 각도에서 보면 기성 체제를 보호하기 위한 기득권자들의 안간힘을 의미한다. 부패한 관료와 포악한 지방 호족들을 응징하는 삼장법사 일행은 기득권자들의 입장에서 보면 자신들의 이익을 해치는 반역세력 내지 통치 질서의 정비를 위해 중앙에서 파견한 암행어사와 마찬가지이다. 그러므로 삼장법사를 잡아먹는 행위는 반역세력을 척결하거나 아니면 유혹하여 자기편으로 만들려는 행위를 암시한다고 할 수 있는 것이다.

476

다만 이렇게 부분적인 풍자와 반항의식이 자주 나타나긴 하지만, 이 작품 안에 드러난 이상향의 구체적인 모습은 그다지 혁신적이라고 하기 어렵다. 이러한 계몽과 투쟁을 통해 추구되는 이상사회의 정치구조는 여전히 중화中華 중심적이고 봉건적인 가치관 안에 머물러 있기 때문이다. ≪서유기≫의 화자(=작자)는 손오공으로 하여금 '황제를 만드는 보물〔立帝貨〕'(제37회)이나 눈이 어두워 사리를 올바로 판별하지 못하고 간신들의 손에 휘둘리는 국왕의 병을 치유하는 훌륭한 의사(제68~71회)의 역할을 수행하게 하는 것이 가장 이상적이라고 생각했던 듯하다. 당연히 이것은 16세기 중국의 대중문학 작가로서 오승은 혹은 그 이름으로 대표되는 일군의 작가들이 가질 수밖에 없는 어쩔 수 없는 사상적 한계이다. 최소한 그(혹은 그들)에게 이상적인 국가란 현명한 성군聖君에 의해 충성스럽고 청렴하며 재능 있는 인재가 발탁되어 어진 덕성으로 백성을 교화하면서 평화롭고 정의로운 분위기 속에서 풍요로운 삶을 공유하는 체제 이외의 그 무엇도 아니었기 때문이다. 이것은 바로 유교의 태평성대라는 이념에 불교와 도교의 도덕적 수양이 더해진 모습이었으며, 16세기 중국이라는 조건 속에서 그(혹은 그들)에게 허용된 최선의 상상이었다.

(2) 구도를 위한 수행

앞서 등장인물에 대한 설명에서도 잠깐 언급했듯이, ≪서유기≫의 인물 설정과 묘사는 대단히 교묘하고 복합적인 양식으로 설정되어 있다. 이 작품의 이런 인물 설정 기법은 제84회에서 화자(=작자)가 직접 제시한 '이성동거異姓同居'라는 한마디로 요약될 수 있다. 이 말은 성씨姓氏가 다른 여러 사람이 함께 산다는 것을 의미함과 동시에 여러 가지 성격〔性〕이 한 사람의 마음에 공존한다는 것을 의미하기도 하는 것이다. 특히 후자의 경우는 ≪서유기≫가 단순한 모험소설이나 풍자소설이 아니라 도의 완성을 향한 지난한 수행의 과정을 상징적으로 풀어 놓은 작품이라는 해석이 가능하게 해 준다. 실제로 이 작품에는 곳곳에 도가의 연단술煉丹術과 관련된 용어들이 자주 등장하며, 특히 중간중간에 삽입된 시들과 각 회의 제목들, 그리고 '81난'은 남송 때의 도교사상가 석태石泰: 1022~1158, 도호道號는 취현자翠玄子가 내단內丹 수련 비결을 담아 지은 81편의 오언절구인 ≪환원편還源篇≫과 관련이 깊다는 점에서 이 작품은 도교의 비서秘書로 간주되기도 한다. 그 외에도 이 작품의 곳곳에는 도교 전진파全眞派 도사인 마단양馬丹陽: 1123~1183의 ≪점오집漸悟集≫과 장백단張伯端: 983~1082의 ≪오진편悟眞篇≫ 등에서 그대로 인용하거나 한두 글자를 고쳐서 인용한 시들이 많이 들어 있다. 불교의 경우는 오히려 ≪반야심경般若心經≫을 제외한 경전의 내용은 거의 인용되지 않은 상태이며, 작품 말미에 부처와 보살들의 명호가 길게 나열하는 정도로 구색만 맞춘 듯한 인상이다. 물론 중간에 삽입된 시들 가운데 불교 용어들이 종종 사용되곤 하지만, 개중에 어떤 것들은 사실상 도교에서도 자주 사용하기 때문에 엄격히 구별하기도 어렵다.

그러나 굳이 특정한 종교와 관련짓지 않더라도 이 작품은 곳곳에 넓은 의미의 도를 수행하는 과정을 상징한다고 해석할 만한 증거들을 담고 있다. 우선 제2회에 등장하는 수보리조사의 설명에 따르면 '도문道門'의 문하에는 360가지의 방문傍門 즉 비정통적인 수행의 길이 있다고 했다. 예를 들면 '술문術門'은 신선을 청해 점을 쳐서 길한 일은 취하고 흉한 일은 피할 수 있는 법이고, 유문流門은 유가와 불가, 도가, 음양가, 묵가墨家, 의가醫家를 포함하는 것으로서 경서經書를 보거나 염불을 외면서 하늘에서 내려온 성인을 따르는 것들이다. 또한 '정문靜門'은 곡기穀氣를 끊고 깨끗하고 고요하게 자연 그대로 지내면서 가부좌를 틀어 참선하고 수행하는 것이고, '동

478

문動門'은 음을 취해 양을 보충[採陰補陽]하거나 비방을 써서 단약을 만들어 먹는 따위를 가리킨다. 그러나 수보리조사는 도가의 진정한 목표는 수행자가 자기 안에 늙지도 죽지도 않는 금단金丹을 키우는 것이므로 이런 비정통적인 방법으로는 그것을 이룰 수 없다고 강조하면서, 부처나 신선의 경지로 오르는 유일한 길은 바로 정精과 기氣와 신神을 굳게 간직하여 단련하는 것이라고 강조한다. 사실 ≪서유기≫에 나타난 '서천'은 바로 수보리조사가 얘기한 그 불사의 초월적 경지를 가리킨다고 할 수 있다.

이런 맥락에서 ≪서유기≫에서는 종종 하나의 단계에서 다음 단계로 넘어가는 수행의 과정을 은유나 상징의 수법으로 제시한다. 예를 들어서 손오공이 하늘나라에서 죄를 짓고 바위산에 갇혀 있다가 삼장법사의 제자가 되는 사건은 '양계산兩界山'이라는 무대 위에서 전개된다(제14회). 양계산이란 결국 두 개의 경계를 나누는 산이라는 뜻이니, 다른 의미에서 그것은 본능적 욕망을 달성하기 위해 물불을 가리지 않던 과거의 손오공과 참된 진리를 얻기 위해 절제하고 수양하는 이후의 손오공을 구분하는 경계점이 된다. 또한 이 과정에서 손오공이 '여섯 도적[六賊]'을 때려죽이는데, 이것은 그가 불교에서 말하는 이른바 '육근六根' 즉 모든 죄업의 근원이 되는 눈[眼], 귀[耳], 코[鼻], 혀[舌], 몸[身], 마음[意]의 욕망을 버림으로써 '육진六塵' 즉 온갖 번뇌의 뿌리인 색色, 소리[聲], 향기[香], 맛[味], 접촉[觸], 염려를 없앴다는 것을 상징한다. 다만 그런 정화가 한순간의 발원으로 이루어지는 것이 아니기 때문에 그에게는 머리 테[緊箍兒]라는 일종의 제동장치가 필요했다. 특히 '가짜 손오공'을 등장시킨 제56~58회는 이러한 상징을 좀 더 명확히 강조한 것이라 할 수 있다. 그리고 혹시 어렵다면 어렵다고도 할 수 있는 이런 상징 장치를 이해하지 못할지도 모르는 독자를 위해 화자(작자)는 친절하게 그 의미를 다음과 같은 시로 요약해 주기도 했다(제58회).

中道分離亂五行	도중에 헤어져 오행이 어지러워졌으나
降妖聚會合元明[1]	요괴를 항복시키고 다시 모여 깨달음의 몸[元明]으로 합쳤구나.
神歸心舍禪定	신이 마음의 집으로 되돌아오니 수행[禪]이 비로소 안정되고
六識[2]祛降[3]丹自成	육식이 제거되니 단의 수련이 저절로 이루어지는구나.

1) 元明(원명): ≪능엄경[楞嚴經]≫에서 나온 말로서 참된 깨달음 즉, 모든 중생이 본래부터 가지고 있는 청정하고 밝은 본성을 가리킨다.
2) 六識(육식): 불교 용어. 눈[眼], 귀[耳], 코[鼻], 혀[舌], 몸[身], 마음[意]에 의한 인식으로서 불교에서는 현상 세계[色]를 부질없는[호] 것으로 보기 때문에 이 여섯 가지 인식은 모두 허황된 미혹이라고 간주한다.
3) 祛降(거강): 떨어 없애다.

위 시에서 "신이 마음의 집으로 되돌아왔다"라고 했을 때, '신'은 수행을 추진해 나가기 위한 힘[신통력]을 지닌 손오공을 의미하고, 마음은 그 주인[心主]이 삼장법사이니 '마음의 집'은 바로 삼장법사의 염원과 신념이 담긴 공간일 터이다. 특히 삼장법사를 때려눕히고 수렴동으로 도망쳐 요괴들의 왕으로 군림하던 가짜 손오공은 바로 손오공 자신의 심리적 갈등을 형상화한 것이라고 할 수 있다. 이런 갈등은 일차적으로 요괴를 없애 버림으로써 세상을 깨끗이 청소하려는 그의 생각과 일체의 생명을 아끼는 삼장법사의 덕성[好生之德] 사이의 끊임없는 충돌에서 비롯된다. 그리고 그런 충돌은 곧 삼장법사에 대한 손오공의 불만을 증폭시킨다. 변덕스럽고 무능력한 데다 자기를 보호해 주는 손오공의 은혜를 망각하고 걸핏하면 '못된 원숭이 놈'이라고 멸시하며 내치는 삼장법사는 자존심 강한 손오공의 분노를 유발한다. 그러므로 삼장법사에게 여의봉을 휘두르고 봇짐을 빼앗아가 차라리 자신이 경전을 얻어서 중국에 전하여 명예를 이루겠다고 생각하는 가짜 손오공은, 사실 머리 테를 조이는 주문에 괴로워하며 자신의 과오를 회개하고 진실한 충성을 맹세하며 용서를 구하는 진짜 손오공의 마음 저편에 숨겨진 욕망과 충동이 형상화된 존재이다. 결국 이 이야기는 손오공이 자기 마음의 그늘 속에 자리 잡은 또 하나의 자기를 부정하고 털어 버리는 과정에 대한 상징인 셈이다. 그리고 더할 수 없이 자비로운 석가여래 앞에서 감히 그 가짜를 때려죽임으로써 그는 철저한 마음의 정화淨化를 결연히 이루어 낸다.

이런 의미에서 삼장법사 일행의 길을 막는 요괴들은 단순히 지리의 험난함을 상징하기 위한 장치에만 그치지 않는다. 삼장법사 일행의 서천을 향한 여행이 도의 깨달음을 위한 수행 과정이라면, 그 길을 막는 요괴들은 안팎에서 수행을 방해하는 심마心魔를 상징하기 때문이다. 특히 후자에 해당하는 요괴들 가운데 상당수는 관음보살이 의도적으로 안배해 놓은 경우가 많다. 심지어 관음보살은 9×9=81이라는 수를 채우기 위해, 팔대금강을 시켜서 경전을 얻어 돌아가는 삼장법사 일행에게 최후의 고난을 안배하라고 지시하기도 한다. 결국 이런 관점에서 보면 요괴들은 대부분 실패가 예정된 도발을 통해 삼장법사를 시험하거나 좀 더 성실한 정진을 독촉하는 조교들에 지나지 않는다. 삼장법사 일행은 요괴의 방해를 이겨 내는 과정에서 서로간의 잠재적 갈등을 표면화하고 다시 화해하는 과정을 되풀이하며, 그에 대한 보상으로 오행의 조화를 이룬 '단丹'을 완성해 가는 것이다. ≪서유기≫에 등장하는 수많은 전투 장면들이 대부분 사부詞賦의 형태로 유희적으로 처리되고, 요괴들 가운데 실제로 손오공 등에 의해 죽임을 당하는 경우가 매우 드물다는 사실 역시 이런 관점에서 이해할 수 있을 것이다.

그렇기 때문에 이 작품 안에서 삼장법사 일행의 여행은 종종 '삼삼행三三行'으로 표현된다. 작품 안에서 이 여행의 기간은 정관 13년639 9월 12일부터 정관 27년653까지의 14년 동안으로 설정되어 있으며, 물리적 거리로는 10만 8천리이다. 이런 숫자들 역시 어떤 상징을 담고 있다는 점은 쉽게 짐작할 수 있다. 우선 '삼삼'은 양의 수 가운데 가장 큰 수인 9를 나타내고, 그 기간 동안 삼장법사 일행은 다시 '9×9' 즉 81가지의 고난을 겪는다. 결국 '삼삼행'은 곧 초월을 향한 '헤아릴 수 없이 길고 힘겨운' 기간을 암시하는 것이다.

재미있는 것은 삼장법사 일행의 이 여행이 '서천'에 도달함으로써 완결되는 것이 아니라는 사실이다. 이것은 여행의 기간이 14년으로 설정된 데에서도 암시되어 있다. 왜냐하면 그것은 전통적으로 중국에서 하나의 시간적 주기를 나타낼 때 흔히 쓰는 12간지의 수보다 2만큼 더 긴 기간이기 때문이다. 그러므로 삼장법사 일행에게 그 기간은 하나의 지난한 수행의 기간을 거쳐서 다시 새로운 단계의 수행에 이제 막 두 걸음을 내딛은 상태에 이르는 기간을 의미한다. 고난을 끝낸 삼장법사 일행은 각기 공덕에 대한 보상을 받아 삼장법사와 손오공은 각각 전단공덕불施檀功德佛과 투전승불鬥戰勝佛이라는 부처가 되고, 아직 어리석은 마음과 색정色情을 씻지 못한 저팔계는 정단사자, 사오정은 금신나한, 백마는 팔부천룡八部天龍의 지위에 오르게 된다(제100회). 그러나 그들의 수행은 거기가 끝이 아니고 궁극적으로 석가여래나 옥황상제, 혹은 태상노군과 같은 경지로 올라가기 위한 또 하나의 여행에 막 두 걸음을 내디딘 것에 지나지 않는다.

3. 신마소설

'사대기서'가 나온 이래 고대 중국의 소설은 공전의 성황을 이루기 시작했다. 이 전성기의 시작은 우선 '사대기서'의 속작續作과 아류작^{亞流作}들이 봇물처럼 터져 나온 데에서 시작되었다. 그러나 사실 그 속작들 가운데 문학적으로 '사대기서'를 넘어서는 작품은 대단히 드물었고, 그보다는 ≪금병매≫의 속작들처럼 저열한 음란물이 수량적으로 큰 비중을 차지하고 있었다. 다만 ≪삼국지연의≫의 영향을 받은 일부 역사연의 소설들과 여성에 대한 묘사의 새로운 시각을 제시한 몇몇 '세정^{世情}소설2)'들, 그리고 루쉰^{魯迅}이 ≪서유기≫와 더불어 '신마소설'이라는 특별한 명칭으로 아우른 ≪봉신연의^{封神演義}≫와 ≪삼보태감서양기^{三寶太監西洋記}≫^(이하 ≪서양기≫로 약칭)는 현대문학의 판타지와 유사한 측면에서 장편소설의 새로운 방향을 모색하고 있었다.

이러한 모색 가운데 가장 주목할 만한 부분은 전문적인 장편소설 작가의 출현이라 하겠다. ≪서유기≫의 속작이라는 형식을 띠면서도 저자의 인생 경험을 토대로 진지한 철학을 담은 것으로 평가되는 ≪서유보^{西遊補}≫의 작자 동열^{董說 : 1620∼1686}과 명나라 초기의 항해가 정화^{鄭和 : 1371∼1433}의 여행에서 모티브를 취하고 ≪서유기≫와 ≪삼국지연의≫의 특장을 융합하여 해양모험소설이라는 새로운 분야를 개척한 나무등^{羅懋登 : 1596 전후}의 ≪서양기≫가 대표적인 예라고 할 수 있다. 그리고 이와 같은 전문적인 장편소설 작가의 출현으로 인해 장회소설은 명말·청초에 이르면 이른바 "시에서 시작해서 시로 끝나는^[詩起詩結]" 형식적 특성을 집대성하는 성과를 이루었다. 또한 이 덕분에 이후의 작가들은 기존의 틀에 박힌 형식을 다시 해체하여 공연문학과 더욱 차별화된, 순수하게 '읽고 감상하는' 문학작품으로서 소설의 특징을 강화하려고 시도함으로써 '아-속 융합'의 의미 있는 결실을 내놓을 수 있었다.

---

2) '世情소설'이라는 용어는 소설의 주제를 기준으로 설정되어 현대 중국의 연구자들 사이에 비교적 널리 쓰이는 것으로서, 현실의 삶에서 주로 남녀 간의 애정을 다루되 도식적인 大團圓의 구조를 가진 이른바 '才子佳人소설'과 구별되는 의의를 지닌 작품들을 가리키는 경우가 많다.

'신마소설'이라는 용어는 루쉰이 처음 사용한 것으로서 대개 신선과 요괴 등이 등장하여 술법을 겨루는 내용을 포함한 작품들을 아우르는 의미로 쓰였다. 다만 현대의 연구자들 사이에서는 이 용어의 개념 규정에 대해 적지 않은 논란이 있다. 이에 따라 한때 신괴神怪소설이나 마환魔幻소설 등의 새로운 명칭이 제기되기도 했지만 별다른 공감대를 형성하지 못했고, 오히려 최근에는 다시 신마소설이라는 명칭을 쓰는 이들이 늘어나는 추세이다. 어쨌든 이 용어가 소설의 주요 등장인물들이 지니는 성격과 그들이 발휘하는 능력을 잘 나타내고 있다는 장점이 있기 때문이다. 다만 신마소설에 등장하는 신선과 요괴, 마귀가 어감 그대로 선악의 진영을 대표하는 것은 아니다. 신선 가운데도 선악이 나뉘고, 요괴나 마귀일지라도 선한 캐릭터로 묘사된 경우가 있기 때문이다. 그리고 신마소설은 대부분 어떤 목적을 달성하기 위한 모험적 여행을 서술하기 때문에 현대문학의 판타지와 상당한 유사성을 보이기도 한다.

중요한 것은 어떤 경우든 간에 '신마소설'들은 작가가 자신의 가치관이 담긴 시선으로 관찰한, 그리고 그것을 통해 중요성을 인식한 어떤 사회 현상—역사를 포함한—을 문학적 방식으로 환기시키고 있다는 사실이다. 그런 의미에서 이 작품들은 소설이 "역사적·사회적 상황을 신화화神話化하거나 또는 반대로 신화의 탈을 벗기는 역할을 담당한다.3)"라는 현대 연구자의 설명에 적절하게 부합한다. ≪서유기≫에서 이미 살펴보았듯이 이런 작품들은 환상으로 덧씌운 오락성 속에 사회와 역사에 대한 진지한 성찰을 담고 있는 것이다.

---

3) 미셸 제라파, 이동열 역, ≪소설과 사회≫, 문학과지성사, 1986 6쇄, 209쪽.

1) ≪봉신연의^{封神演義}≫

≪봉신연의≫는 ≪봉신방^{封神榜}≫ 또는 ≪봉신전^{封神傳}≫으로 불리기도 하면서 명나라 중엽부터 청나라 말엽까지 다양한 형태로 여러 차례 간행되면서 많은 인기를 누렸다. 현대에 들어서는 작품의 내용 그대로 영화와 드라마로 제작되거나 다른 작품의 소재로 활용되기도 하고, 또 이 작품을 토대로 한 컴퓨터 게임까지 개발되어 중국에서 큰 인기를 누리고 있다. 다만 이 작품의 작자에 대해서는 확실히 알려진 바가 없어서 연구자들 사이에 논쟁이 있다. 역대로 이 작품의 작자는 명나라 중엽의 허중림^{許仲琳 : ?~?}이라는 설과 명나라 초기의 도사 육서성^{陸西星, 자는 장경長庚}이라는 설이 팽팽히 맞서고 있었는데, 최근에는 전자에 동의하는 이들이 약간 우세한 듯하다.

이 작품은 기본적으로 '주나라 무왕이 상나라 주왕을 정벌한^{〔武王伐紂〕}' 이야기 ― 중국인들이 오랫동안 '사실^{史實}'로 여겨 온 ― 를 토대로 신괴^{神怪}의 이야기를 덧씌워 각색한 것이다. 이야기가 시작되는 제1회에서는 수신^{受辛} 즉 상나라 주왕이 여와궁^{女媧宮}을 참배하면서 음란한 시로 신을 모독하는 바람에 신이 세 요물로 하여금 주왕을 유혹하여 나라를 망치게 하라고 명령한다. 이어서 제2회부터 제30회까지는 달기^{妲己}의 미혹에 빠진 주왕의 포학함과 강상^{姜尙}의 은거 및 출세, 서백^{西伯} 희창^{姬昌} ― 훗날 주나라 '문왕^{文王}'으로 추존됨 ― 의 재난과 탈출, 무왕의 기의^{起義} 과정 등을 서술했고, 그 뒤부터 제98회까지는 다양한 신선과 부처가 등장하여 각기 주나라와 상나라의 편을 들어 싸워서 결국 주왕이 죽고 무왕이 즉위하게 된다는 이야기이다. 여기서는 주나라를 돕는 천교^{闡教}와 불교, 상나라를 돕는 절교^{截教}의 싸움이 중심을 이룬다. 이어서 제99회와 제

100회에서는 강상이 원시천존의 분부에 따라 신들에게 벼슬을 봉하고, 무왕에게 간언하여 주나라의 제후들을 봉해 주는 등의 뒷이야기가 서술되어 있다.

관점에 따라서는 이 이야기에서 신괴의 상상이 주가 되고 무왕 등의 이야기는 작자의 상상을 펼치기 위한 단서에 지나지 않는다고 해석할 수도 있다. 다시 말해서 이 작품은 '신괴 이야기를 빌려 역사를 서술한' 작품일 수도 있고 거꾸로 '역사를 빌려 신괴의 환상을 서술한' 작품일 수도 있다는 것이다. 다만 어느 쪽이든 간에 이 작품이 보여주는 초현실적인 전투 장면들은 ≪서유기≫의 그것과도 다른 독특한 면이 있으며, 세부의 전투 장면은 오히려 이 작품이 ≪서유기≫보다 더 풍부한 상상력과 높은 긴장감을 구현하고 있다. 특히 제82회부터 제84회까지 서술된 싸움 즉 절교의 통천교주通天敎主가 펼친 '만선진萬仙陣'을 천교의 신선들이 협력하여 격파하는 내용은 거의 이 작품의 절정이라고 할 만하며, 거기에 동원된 각종 술법들은 오늘날까지 동아시아에서 큰 인기를 누리고 있는 '무협 판타지'의 원조가 될 만한 소재들을 제공하고 있다.

그러나 경험적 사실을 중시하는 중국의 전통적인 가치관으로 인해 이 작품 역시 다른 '신마소설'들과 마찬가지로 현대 초기까지도 그다지 높은 평가를 받지 못했다. 현대의 연구자들에게 많은 영향을 준 루쉰은 이렇게 썼다.

……작자의 의도는 사실史實의 부연에 있었던 듯하다. 그러나 신과 요괴에 대한 것이 많아 열에 아홉은 허구이며, 실제로는 상商과 주周의 싸움을 빌려 스스로 환상을 서술한 것에 지나지 않는다. ≪수호전≫에 비교하면 진실로 가공架空의 결점이 눈에 띄고, ≪서유기≫와 나란히 해 보면 그 웅혼함과 분방함이 부족하다. 그러므로 오늘에 이르기까지 아직까지도 이것을 이상의 두 책과 정립鼎立할 수 있는 것으로 간주하는 사람은 없다.[4]

---

4) 루쉰 저, 조관희 역주, ≪중국소설사≫, 소명출판, 2004, 433쪽.

그러나 사실 ≪봉신연의≫가 ≪수호전≫보다 더 허황된 허구[架空]라는 점이 과연 '결점'일 수 있는지, 그리고 실제로 ≪서유기≫보다 '그 웅혼함과 분방함이 부족'한 것인지는 관점에 따라 평가가 달라질 수밖에 없는 부분이다. 또한 이 평가에는 ≪봉신연의≫가 그 이전까지 중국의 민간에 널리 퍼져 있던 잡다한 신들의 계보를 나름의 방식에 따라 문학적으로 정리함으로써 이룩해 낸 성과가 고려되지 않았다. 그리고 무엇보다도 이런 평가는 이 작품의 표면적으로 드러난 줄거리 이면에 담긴 다양한 은유와 상징이 깊이 있게 검토되지 않은 채로 내려진 것이다.

무왕이 주왕을 정벌했다는 이야기는 원래 각자의 역사에 따라 확장 발전하고 있던 두 부족들 사이에 일어난 평등한 대결에 의한 결과였다. 물론 주나라가 흥성하기 이전에 강력한 세력을 지니고 있던 상나라가 주변의 부족국가들에게 상대적으로 우월한 지위를 갖고 영향력을 행사해 왔던 것은 사실이지만, 그들의 관계가 결코 봉건적인 군신주종君臣主從의 관계는 아니었다. 또한 유가의 충효 윤리도 춘추·전국 시대에 이르러서야 확립되었기 때문에 상나라와 주나라가 패권을 다투던 시점과는 상당한 거리가 있다. 그런데 훗날 이들의 관계가 군신관계로 규정되고, 무왕이 무도無道한 주왕을 정벌한 것이 바로 "천하라는 것은 한 사람의 것이 아니고 오직 왕도를 갖춘 이만이 다스릴 수 있는 것(≪六韜≫ 권2 : 天下者非一人之天下, 唯有道者處之)"이라는 백성(=하늘)의 뜻을 구현한 정당한 '역성혁명易姓革命'으로 윤색되어 아주 오랫동안 실제 사실史實인 것처럼 역사서에 기재되고 유가 사대부들의 논의에 인용되게 되었다.

≪봉신연의≫는 곳곳에서 주왕의 포학함과 어리석음을 보여주는 사례들—대부분 승리자인 주나라의 입장을 대변한, 그리고 후세의 위조 혐의에서 자유롭지 못한 ≪상서尙書≫에 기록된 '사실'들과 한漢나라 이후 유가 사대부의 관점이 반영되어 만들어진 많은 '일화

逸話'들—을 더욱 과장되게 서술하여 그가 군주의 자격이 없음을 강조한다. 달기의 계략과 유혹에 넘어가서 만들어 낸 '주지육림 酒池肉林'과 '포락형炮烙刑', 현명한 재상 비간比干의 배를 갈라 심장을 꺼낸 이야기 등은 그런 부정적인 서술의 대표적인 예들이다. 당연히 그에 대비되는 서백 희창이나 희발姬發—각각 훗날 주나라 '문왕文王'과 '무왕武王'이 됨—의 어진 덕과 충정, 예의바른 행실 등도 반복적으로 드러내 부각시킨다. 신괴의 환상적인 싸움들 사이사이를 촘촘하게 채우는 이와 같은 서술들은 '역성혁명'의 정당성에 대한 작자의 강한 신념을 증명하는 듯하다. 그렇기 때문에 이 작품은 민중들에게 친숙한 신괴의 이야기를 들려준다는 명목 하에 부패가 만연한 당시의 왕조 즉, 명나라의 필연적인 미래를 경고하는 대단히 정치적인 주제를 담은 것으로 풀이될 수도 있는 것이다.

≪봉신연의≫는 기본적으로 명나라 초기부터 정리되어 있던 신들의 계보를 계승하면서 문학적 상상을 통해 한 걸음 더 나아갔다. 즉 한나라 이전에 자생적으로 형성된 제계帝系와 한나라 이후 외래 문화의 자극을 통해 더욱 체계화된 도교, 불교, 민간신앙의 '4대 계보'를 작자 나름의 독특한 상상력 위에서 융합하여 거의 완전하게 새로운 계보로 정리해 냈다. 작자는 종래의 신화와 전설, 종교, 역사를 종합하면서 나아가 자신의 창작까지 덧붙였다. 그는 신선 세계와 인간 세계의 장벽이 없이 (조금 특별한 능력을 가지면) 자유롭게 왕래할 수 있는 무대를 상상하고, 그 위에 오욕칠정五慾七情과 같은 인성人性을 간직한 신적 존재와 선인仙人의 가르침이나 도움을 통해 기이한 술법이나 변신술과 같은 다양한 신통력을 지니게 된 인간들을 보통의 인간들과 함께 등장시켜서 현실과 환상이 뒤섞인 기묘한 이야기를 만들어 냈다.

경이롭고 신기한 신괴들의 싸움은 '봉신'이라는 상징적인 결말로 귀결되도록 교묘하게 안배되어 있다. 특히 지고한 신들의 합의로 만들어진 '봉신방封神榜'에 이름이 오른 이들이 대부분 인간과 신괴가 뒤얽힌 전장에서 전사하는 방식을 통해 평범한 인간 세계에서 벗어나 신의 직책에 임명된다는 설정 또한 특이하기 그지없다. 물론 당나라 이래로 역대 왕조에서 여러 가지 이유로 신에게 벼슬을 봉하는 일이 이어져오기는 했으나, 그것은 대개 개별적인 몇몇 신들에게 이따금씩 행해진 특별한 행사 이상의 의미가 없었다. 어쨌든 이 작품에서는 이런 과정을 통해 하늘의 지고한 신들에 의해 공인되어 반신반인牛神牛人에 가까운 뛰어난 능력자인 강상을 통해 여러 분야의 신들을 공인된 직위에 임명함으로써 이른바 '삼계팔부三界八部'의 '정신正神' 365명이 정해졌다고 서술하고, 이렇게 함으로써 그 '정신'들의 유래와 계보를 좀 더 체계적이고 종합적으로 정리하여 제시했다. 또한 이와 같은 서술을 통해 작자는 이전 시기에 여러 경로로 복잡하게 난립했던 신들의 유래와 경력을 한층 말끔하게 정리하는 성과를 이루기도 했다. 탁탑천왕托塔天王 이정李靖과 그의 아들 나타哪吒의 이야기는 이런 성과를 보여주는 전형적인 예라고 할 수 있다.

당唐나라 초기의 명장名將이었던 이정과 불교 설화에서 '비사문천왕毗沙門天王, Vaiśravaṇa' 즉 '다문천왕多聞天王'의 아들인 나타는 본래 아무 관계도 없는 별개의 존재들이었다. 이 가운데 이정은 이미 당나라 때부터 소설 등에서 신격화되어 있었고, 오대五代 시기에는 '영현왕靈顯王'에 봉해져서 계속 숭배를 받았지만, 그가 언제부터 어떻게 탁탑천왕의 모습으로 묘사되게 되었는지는 정확히 알 길이 없다. 하지만 ≪서유기≫가 완성된 명나라 중엽 무렵에는 '비사문하이천왕毗沙門下李天王'이라는 표현이 생겨날 정도로 양자가 결합되면서 이정과 나타의 관계에 대한 이야기가 만들어지기 시작한 것으로 보인다.

≪서유기≫(제83회)에 따르면 나타는 군타君吒와 목차木叉에 이어

서 탁탑천왕 이정의 셋째아들로서, 태어날 때 왼손 손바닥에 '나哪', 오른손 손바닥에 '타吒'라는 글자가 적혀 있어서 그대로 이름이 되었다. 또 그 아래로 정영貞英이라는 여동생—사실은 이정의 친 혈육이 아니라 본인 스스로 딸로 자처한 것이지만—이 있다고 했다. 그는 태어난 후 사흘째 되던 날 바다에서 목욕을 하다가 용궁에 들어가 교룡蛟龍을 잡아 힘줄을 뽑아 허리띠를 만들었다. 그 사실을 알게 된 탁탑천왕이 후환을 두려워하여 죽이려 하자, 화가 난 나타는 칼로 자신의 살을 저며 어머니에게 돌려주고 뼈를 발라 아버지에게 돌려주었다. 이렇게 부모에게 정혈精血을 돌려준 그가 서방 극락세계로 가서 부처님에게 하소연하니, 부처님이 푸른 연뿌리로 뼈를 삼고 연잎으로 옷을 만들어 기사회생起死回生의 주문으로 살려냈다. 그리고 나타의 보복을 두려워하는 탁탑천왕에게 '영롱척투사리자여의황금보탑玲瓏剔透舍利子如意黃金寶塔'을 주고, 나타에게 부처님을 아버지로 모시게 하여 원한을 풀어 주었다. 또 같은 소설의 제4회에 따르면 그는 머리 셋에 팔이 여섯 달린 모습으로 변신하여 참요검斬妖劍과 감요도砍妖刀, 박요삭縛妖索, 항요저降妖杵, 수구아繡毬兒, 화륜아火輪兒라는 여섯 가지 무기를 쓰는 것으로 묘사되어 있다.

이에 비해 ≪봉신연의≫(제12~14회)에 서술된 내용은 약간 차이가 있다. 우선 그의 아버지 이정은 어려서부터 서곤륜西崑崙의 도액진인度厄眞人의 제자로 도를 닦아 오행둔술五行遁術을 배웠지만, 신선의 도를 깨우치기가 너무 어려워서 결국 속세로 내려가 주왕을 보좌하면서 진당관陳塘關의 사령관으로서 인간 세상의 부귀영화를 누리고 있었다. 그의 정실부인 은씨殷氏는 아들 둘을 낳았는데, 큰아들은 이름이 금타金吒, 둘째는 목타木吒였다. 그리고 셋째로 태어난 나타는 3년 6개월이 넘도록 어머니의 뱃속에 있다가 고깃덩어리에 둘러싸인 채 태어난다. 본래 천교에 속한 선인仙人인 건원산乾元山 금광동金光洞의 태을진인太乙眞人의 제자 영주자靈珠子였던 그는 강상의 선봉장이 되기 위해 속세로 보내지는데, 태어날 때부터 분을 바른 듯이 새하얀 얼굴에, 오른손에 '건곤권^{乾坤圈}'이라는 금팔찌를 차고, 배에는 '혼천릉^{混天綾}'이라는 붉은 비단을 두르고 있었다.

7살 때에 키가 6자^[尺]나 되는 거한으로 자란 그는 어느 여름에 '구만하^{九灣河}'에서 물놀이를 하다가 실수와 오해가 겹쳐지는 바람에 용궁의 야차^{夜叉} 이간^{李艮}과 용왕의 셋째 왕자 오병^{敖丙}을 죽이고, 오병의 힘줄을 뽑아 버린다. 이후 분노한 용왕 오광^{敖光}이 하늘나라에 고소하려는 것을 스승인 태을진인의 도움으로 간신히 무마하고 나서 그는 또 이정의 보물인 '건곤궁^{乾坤弓}'과 '진천전^{震天箭}'을 가지고 활쏘기 연습을 하다가 실수로 절교에 속한 선인인 고루산^{骷髏山} 백골동^{白骨洞} 석기낭낭^{石磯娘娘}의 제자 벽운동자^{碧雲童子}를 맞춰 죽이게 된다. 이 사건은 태을진인과 석기낭낭 사이의 싸움으로 번졌고, 결국 석기낭낭은 태을진인의 보물인 '구룡신화조^{九龍神火罩}'에 갇혀 삼매신화^{三昧神火}에 불타는 바람에 본래 모습인 바윗덩어리로 돌아가 죽고 만다.

그러나 다시 사해의 용왕들이 모두 진당관으로 몰려와 항의하자 나타는 부모에게 죄가 미치지 않도록 하기 위해 배를 가르고 창자를 자르고, 뼈와 살을 발라 부모에게 돌려주고 칠백삼혼^{七魄三魂}이 저승으로 떠난다. 그리고 스승의 분부에 따라 어머니에게 부탁해서 진당관에서 40리 떨어진 취병산^{翠屛山}에 사당을 지어 달라고 하고 그곳에서 제사를 받으며 3년 후에 다시 사람의 몸으로 태어나기를 기다린다. 하지만 반년 남짓 지난 후 그 사실을 알게 된 이정이 '나타행궁^{哪吒行宮}'에 찾아가 나타의 신상을 부수고 사당에 불을 질러 버린다. 마침 외출 중이어서 화를 피한 나타는 다시 태을진인의 도움으로 신장이 한 길 여섯 자인 몸을 갖게 되는데, 그 몸은 두 송이 연꽃과 세 장의 연잎으로 만든 것이었다.

그리고 스승에게서 화첨창^{火尖槍}을 전수받고 풍화륜^{風火輪}이라는 탈

것과 혼천릉, 건곤권, 그리고 황금벽돌 등의 보물을 받는다. 이렇게 준비를 마친 그는 이정을 찾아가 복수를 하려고 하는데, 결국 문수광법천존文殊廣法天尊과 연등도인燃燈道人의 개입으로 인해 무마가 된다. 이후 이정은 벼슬을 버리고 은거하여 수련하면서 강상이 무왕의 대장군으로서 주왕을 정벌할 때를 기다리게 되고, 훗날 탁탑천왕에 봉해진다. 한편 스승 밑에서 수련을 계속하던 나타는 상나라의 장수 황비호黃飛虎를 위기에서 구해 주고(제34회), 강상을 도와 전공을 세운다(제36∼37회). 이어서 제76회에서는 태을진인이 술안주로 하사한 세 알의 대추를 먹고 나서 세 개의 머리와 여덟 개의 팔이 달린 모습으로 변신할 수 있는 능력을 갖추게 되고, 또 구룡신화조 및 한 쌍의 음양검陰陽劍을 받아 여덟 가지 무기를 쓸 수 있게 된다.

이상과 같이 ≪봉신연의≫에 정리된 나타의 이야기는 형제의 이름에 일관성을 갖도록 만든 것은 물론이고 이미 알려진 일화를 더욱 조리 있게 가공했다.5) 또한 그 일화를 무왕이 주왕을 정벌한 이야기에 덧붙인 '천교·불교↔절교'의 대립관계라는, 작자 자신이 만들어 낸 이야기의 틀 속에 적절하게 안배했다. 또한 이 과정에서 등장하는 문수광법천존과 연등도인은 서방에서 비롯되었지만 중국화된 불교의 모습을 또렷하게 보여준다. ≪봉신연의≫에 등장하는 모든 신괴들은 바로 이와 같은 방식으로 각기 합리적이고 체계적인 세상의 경력을 갖추게 되고, 또 정해진 운명에 따라 인간 세상을 떠나서도 그 경력과 어울리는 직위에 봉해진 신이 될 수 있었던 것이다.

---

5) 물론 그렇다고 해서 ≪봉신연의≫가 ≪서유기≫보다 늦게 책으로 완성되었다는 뜻은 아니다. 몇 가지 일화를 놓고 보면 오히려 ≪봉신연의≫가 더 오래된 작품이라고 여길 만한 증거라고 생각할 수도 있기 때문이다. 또한 전문 연구자들 사이에서도 두 작품의 선후 관계에 대해서는 여전히 반대되는 이론이 팽팽히 대치하고 있는 상황이다.

≪봉신연의≫에서 신괴의 싸움은 주로 천교와 절교의 대립으로 귀결된다. 물론 작품 가운데 서방종교 즉 불교의 신인神人들도 등장하여 천교를 돕지만, 이들은 대부분 보조적 역할 내지 소극적인 중재 역할만 수행할 뿐이다. 작자가 설정한 독특한 형태의 중국 도교는 홍균도인鴻鈞道人이라는 태초의 지고한 존재로부터 출발한다. 그의 문하에는 원시천존元始天尊과 노자老子, 통천교주라는 세 제자가 있는데 그 가운데 앞의 두 명은 천교를 이끌고 통천교주는 절교를 이끌고 있다. 천교 문하에는 다시 '곤륜 12선崑崙十二仙'과 특별한 직책이 없는 4명의 산선散仙이 있다.6) 이에 비해 절교의 통천교주는 오운선烏雲仙, 규수선虬首仙, 금광선金光仙, 비로선毗盧仙, 귀령성모龜靈聖母, 영아선靈牙仙, 금령성모金靈聖母, 무당성모無當聖母, 장이정광선長耳定光仙까지 9명의 제자를 두고 있다. 이들은 대부분 봉신방에 이름이 올라서 훗날 신의 직위에 봉해진다.

한 가지 주목할 만한 점은 통천교주의 제자들을 비롯한 절교의 선인仙人들은 대부분 인간이 아닌 존재가 오랜 세월 동안 수행하여 영성靈性을 갖추고 인간 또는 그와 비슷한 형상을 지니게 된 존재들이라는 것이다. 앞서 언급된 석기낭낭의 정체가 바윗덩어리였듯이 귀령성모는 거북이, 금광선은 금빛 털의 산개[豻], 영아선은 하얀 코끼리, 규수선은 푸른 털의 사자가 그 진실한 정체였다.7) 이처럼 터럭[毛]과 깃털[羽], 비늘[鱗]이 달린 짐승부터 나무와 바위의 정령까지 잡다하게 포함된 절교의 선인들은 그들 안에 담긴 야만성을

---

6) '곤륜 12선'은 각기 廣成子와 赤精子, 黃龍眞人, 懼留孫, 태을진인, 靈寶大法師, 문수광법천존, 普賢眞人, 慈航道人, 玉鼎眞人, 道行天尊, 淸虛道德眞君이고 4명의 '산선'은 雲中子와 度厄眞人, 南極仙翁, 燃燈道人이다. 명칭만 보더라도 이들 가운데 상당수는 훗날 중국의 불교에서 부처나 보살로 추존되는 존재들임을 알 수 있다.

7) 이 가운데 산개와 코끼리, 사자는 각기 자항도인, 보현진인, 문수광법천존에게 거둬들여져서 탈것으로 봉사하게 된다.

완전히 떨쳐내지 못하고 자신의 능력을 자랑하며 승부에 집착하거나 포학하고 잔인한 심성을 드러낸다. 그러나 그런 이들은 모두 정해진 운명에 따라 전투에서 희생되고 결국 인간 세상을 떠나 신의 직위에 봉해진다.

이런 측면에서 보면 천교와 절교의 싸움은 인간 대 비인간, 문명 대 야만의 싸움을 상징한다고 할 수 있다. 즉 태초로부터 천지가 형성되고 사물과 생명이 나타난 이래 자연적인 변천과 진화를 거치며 한데 뒤섞여 지내던 존재들이 이제 인류의 정신과 문명이 발전함에 따라 구별과 배제가 필요한 상황에 이르렀고, 결국 그것을 위한 치열한 싸움이 일어날 수밖에 없었던 것이다. 어진 주나라와 그들을 도운 천교 및 불교가 포학하고 잔인한 야만성을 지닌 상나라와 그를 돕는 절교에 승리한 것은 바꿔 말하자면 자연계 안의 비인간적인 존재들에 대한 인류 문명의 승리를 의미하는 것이다. 나아가 그 승리는 '삼계팔부'로 암시된 우주의 360도 전^全 방위를 포괄하는 안정적인 질서와 그것을 유지하는 체계의 완성으로 귀결되었으니, 그것이 바로 강상이 대리인으로 나서서 수행한 '신의 직위 임명^[封神]'이라는 상징적인 행위였던 것이다.

거의 모든 고전 명작들이 그러하듯이 《봉신연의》 또한 관점에 따라 다양한 측면에서 뛰어난 성취와 의미 있는 가치들을 발견할 수 있는 작품이다. 특히 수행을 통해 도력^{道力}을 쌓은 선인들이 초인적인 능력을 발휘하여 하늘을 날고, 호풍환우^{呼風喚雨}의 기이한 술법을 부리고, 기발한 생김새와 효능을 가진 다양한 무기들을 날리고, 신비한 물질과 기운의 원리를 이용한 진식^{陣式}을 설치하여 현란한 변화를 주재하는 등등 이 작품이 보여주는 경이로운 상상력과 신기한 싸움의 방식은 훗날 중국의 무협소설에 큰 영향을 주었고, 현대의 판타지 소설과 영화에도 널리 응용되고 있는 초현실적 상상의 단서를 제공해 주었다. 물론 수련을 통해 육신을 지닌 채 불로장생하며 보통 인간의 능력을 극적으로 뛰어넘는다는 발상의 출발은 멀리 육조 시대의 신선술^{神仙術}까지 거슬러 올라가지만, 그들의 그런 능력을 이와 같은 싸움에 성공적으로 적용시킨 발상의 전환은 어쩌면 소설이라는 문학 양식이 있었기에 가능했을 수도 있겠다.

2) ≪삼보태감서양기^{三寶太監西洋記}≫

≪서양기≫는 정화의 여행에 동참했던 마환^{馬歡 : ?~?}의 여행기인 ≪영애승람^{瀛涯勝覽}≫과 비신^{費信 : 1388~?}의 ≪성사승람^{星槎勝覽}≫, 그리고 공진^{鞏珍 : ?~?}의 ≪서양번국지^{西洋蕃國志}≫ 등의 전적을 참고하여 해외의 지리와 풍속을 자세히 서술하면서, 이전의 다양한 문학 유산을 널리 채집하여 흥미진진한 술법을 동원한 싸움 장면들을 판타지로 엮은 것이다. 이 작품은 창작 시기의 선후에 대해 논란이 많은 ≪서유기≫와 ≪봉신연의≫에 비해 확실히 더 늦은 시기에 창작된 것이 분명해 보이며, 가장 오래된 남경^{南京} 부춘당^{富春堂} 판본의 간행 연대는 만력^{萬曆} 25년¹⁵⁹⁷이다. 물론 이 판본에 들어 있는 나무등의 서문이 1589년에 쓴 것이라는 점을 감안하면 창작 시기 자체는 조금 앞당겨질 수 있겠지만, ≪서양기≫가 다른 두 작품을 차용한 뚜렷한 예가 아주 많기 때문에 세 작품 가운데 가장 늦게 완성되었다는 사실에는 변함이 없다. 어쨌든 이 작품은 명나라 후기 사회와 문학에서 바다의 이미지와 관련된 다양한 의미들과, 좀 더 현실적으로 정화의 항해를 정점으로 사실상 쇠퇴해 버린 중국인들의 해외에 대한 실체적인 지식과 유가 전통이 만들어 낸 이상적인 '사해일가^{四海一家}'의 관념 안에 갇힌 화이관^{華夷觀}의 틀에서 바라보는 '서양 오랑캐'의 모습, 그리고 부패한 현실에 대한 통속적이고 해학적인 풍자와 조롱 등등 다양한 의미를 담고 있다.

그런데 사실 ≪서양기≫는 이전 소설의 여러 일화들을 다양한 방식으로 변용變容하여 새로운 이야기로 만들어 낸 작품이다. 특히 이 작품은 ≪서유기≫의 영향을 많이 받았는데, 이 점은 ≪서양기≫ 제1회에서부터 우주의 생성과 인간의 탄생에 관해 설명하는 부분은 ≪서유기≫의 개념을 빌려 온 것이며, 역시 제1회에 언급된 관음보살과 그의 제자인 혜안惠岸과 선재동자善才童子의 이야기 역시 ≪서유기≫에서 비롯된 것이다. 또한 제21회에서는 아예 위징魏徵이 용왕8)의 목을 벤 이야기와 당 태종이 죽었다가 사흘 만에 소생한 이야기, 삼장법사의 출신 이야기가 담긴 ≪서유기≫ 제9회와 <부록>의 내용을 개략적으로 정리하여 끼워 넣기도 했다. 다만 ≪서유기≫에서 삼장법사의 생부生父의 이름이라고 한 진광예陳光蕊를 ≪서양기≫에서는 삼장법사의 본래 이름으로 쓰고 있다. 또한 ≪서양기≫에서는 당나라 태종이 하사한 법명과 세 제자의 이름도 ≪서유기≫와 다르게 되어 있다. 이 외에도 ≪서유기≫에 등장하는 흡혼병吸魂瓶이 ≪서양기≫ 제28회에서 똑같은 이름으로 등장하고, 여인국과 강물을 마시면 임신하게 되는 자모하子母河 이야기도 제46회에 거의 같은 내용으로 등장하며, 금각대왕金角大王과 은각대왕銀角大王은 제67~71회에서 금각대선金角大仙과 은각대선銀角大仙으로 바뀌어 등장한다.

또한 ≪서양기≫ 제19회에서 만두로 사람 머리를 대신하여 제사를 지내는 이야기나 제31회에 묘사된 칠종칠금七縱七擒의 이야기, 제64회 및 66회에 묘사된 함대의 전투에서 화공火攻을 이용한 이야기처럼 ≪삼국연의≫의 이야기를 빌린 곳도 적지 않고, 등장인물에 대한 묘사는 ≪수호전≫의 영웅들에 대한 묘사를 빌린 부분도 있다. 또한 ≪서양기≫ 제20회에서 이해李海가 큰 구렁이를 죽이고

---

8) ≪서유기≫의 涇河 용왕이 ≪서양기≫에서는 金河 용왕으로 바뀌었고, 등장하는 점쟁이의 이름도 袁守成 대신 袁天罡으로 바뀌었다.

야명주를 얻은 이야기는 육채^{陸采 : 1495?~1540, 자는 자원子元, 호는 천지天池}의 ≪야성객론^{冶城客論}≫ <사주^{蛇珠}>에 들어 있는 이야기를 바탕으로 몇 가지를 덧붙여서 만든 것이다. 그리고 제68회에서 금각대선이 자신의 머리를 잘라 공중에 날아다니다가 다시 몸뚱이에 와서 붙게 하는 술법을 쓰는데, 이것은 ≪봉신연의≫ 제37회에서 신공표^{申公豹}가 썼던 술법과 같은 것이다. 또한 제91회에 들어 있는 전수^{田洙}와 설도^{薛濤}의 이야기는 명나라 때 이창기^{李昌祺 : 1376~1451, 본명은 이정李禎, 자는 창기, 별호는 교암僑庵 또는 운벽거사運甓居士}의 ≪전등여화^{剪燈餘話}≫ 권2 <전수가 설도를 만나 연구를 짓다^[田洙遇薛濤聯句記]>의 내용을 거의 그대로 옮겨 놓은 것이며, 제92회에 서술된 옥통화상^{玉通和尚}의 이야기는 풍몽룡의 ≪유세명언^{喩世明言}≫ 권29 <월명화상이 유취를 제도하다^[月明和尚度柳翠]>를 거의 그대로 옮겨 놓은 것이다. 또한 제90회에 서술된 다섯 귀신이 저승 판관의 재판 결과에 불복해서 다투는 이야기^[五鬼鬧判]는 이미 오래 전부터 민간에 널리 퍼져 있어서 ≪수호전≫에서도 언급된 내용을 각색한 것이며, 제95회에 서술된 다섯 마리 쥐가 동경^{東京}, 낙양^{洛陽}에서 소란을 피운 이야기 역시 민간에 널리 유행하고 있던 것이었다.

한편 ≪서양기≫에서는 중화^{中華}와 오랑캐^[蠻夷]를 문명과 야만의 대립으로 도식화하는데, 그것을 나누는 기준은 압도적인 무력을 내세운 중국식의 독선적인 도덕 개념이다. 그러나 그 무력과 도덕 개념은 '천자의 나라'로서 전성기를 누리고 나서 쇠퇴하고 있던 시기의 문화적 심리를 반영한다. 작품 곳곳에서 "중국이 있어야 오랑캐가 있으니, 중국은 군부^{君父}요 오랑캐는 신자^{臣子〔有中國才有夷狄, 中國爲君爲父, 夷狄爲臣爲子〕}"라고 강조하면서, 정화 일행이 도착한 나라마다 이른바 중국적인 양식으로 정해진 '항서^{降書}'와 '항표^{降表}'를 한문^{漢文}으로 써서 바치게 하고, 여건이 허락하면 정기적인 조공^{朝貢}을 바치게 하는 행위들은 그야말로 교화를 빙자한 정벌 이상의 무엇이 아니다. 하지만 이것은 결국 "세계에 대한 지식을 얻을 조건이 전혀 마련되지 않았고, 세계에 대한 지식을 받아들일 마음의 준비도 되어 있지 않은" 채 "오직 산과 바다를 어지럽히고 도무지 짐작할 수 없는 속임수를 쓰며, 살인과 약탈을 일삼고, 어린아이를 삶아 먹는 외국 귀신[番鬼]과 빨간 오랑캐[紅夷]라는 형상만" 자신들의 기억과 상상 속에 단단히 고정시킨 명·청 교체기 중국의 초라하고 폐쇄적인 자아 인식과 세계관을 반영한 것에 지나지 않았다.9) 중국의 실제 현실과 괴리가 큰 이러한 상상에서 작자는 외국 주민들의 피부색과 복장 등을 괴이하게 묘사하거나 심지어 차별적인 언어로 경시하기도 하며(제8회, 제72회), 외국은 대부분 중국보다 경제적으로 낙후되었고 문화도 야만적이라고 여긴다. 게다가 중국에 우호적이지 않은 나라들은 군대와 무력의 힘으로 굴복시키는데, 이것은 그야말로 '사회의 집단적인 상상'에 지나지 않았던 것이다.10)

≪서양기≫의 정벌은 바로 이러한 착각을 바탕으로 한 상상 속에서 진행된 정벌이었기 때문에 정화 일행은 이민족에 대해서 선구적이고 우월적인 문명의 지위를 자랑하며 독선적인 '교화[敎化]'를 당당하게 진행할 수 있었다. 여기에서 이국의 풍물과 정서는 그저 호기심을 충족하는 보조 재료에 지나지 않았으며, '천자의 나라'가 제시한 바람직한 질서에 따라 다시 정렬되어야 하는 저급하고 야만적인 것들에 지나지 않았다. 이런 의미에서 해외의 오랑캐에 대

---

9) "明淸之際, 中國幷不是沒有獲得世界知識的條件, 而是沒有接受世界知識的心態. ……只有那些迷山蹈海、詭詐莫測、殺人掠物、烹食小兒的番鬼紅夷的形象, 定格在中國人的記憶與想象中."(周寧, <海客談壕洲: 帝制時代中國的西方形象>, ≪書屋≫ 제4기, 長沙: 中南出版傳媒集團股份有限公司, 2004, 21쪽.)

10) 이에 대해서는 廖凱軍, <≪三寶太監西洋記≫中的異域形象>, ≪安徽文學≫ 제12기, 合肥: 安徽省文聯, 2008, 219~220쪽을 참조할 것. 중국인의 이런 편견들은 마테오 리치도 이미 인식하고 있었으니, 이것은 利瑪竇[Matteo Ricci, 1552~1610]·金尼閣[Nicolas Trigault, 1577~1629] 著, 何高濟 等 譯, ≪利瑪竇中國札記≫ (中華書局, 1983)에도 잘 나타나 있다.

한 실질적인 정벌이 끝나고 귀환하는 여정의 말미에서 벌어진 일련의 사건들은 상당히 흥미로운 풍자를 담고 있다. 우선 제97회에서는 봉이산封姨山 원숭이를 산신으로 봉해 준 데에서 시작하여 백선왕白鱔王을 봉해 준다는 칙서를 약속하고 나자, 제98회에서 물속의 각종 '신성神聖'들이 '성지聖旨'를 알현하러 찾아오고 또 닻줄의 정령인 종씨宗氏 삼형제가 황제로부터 신으로서 인정을 받게 해 달라고 찾아온 일들이 상당히 장황하게 서술되어 있다.

그런데 종씨 삼형제가 이런 요구를 하게 된 것이 각자 패악을 부리는 금산사金山寺의 자라를 내쫓고, 하신하下新河 초혜협草鞋夾의 짚신 정령을 처단하고, 남경南京 근처 효기산蟂磯山에서 영원蠑螈을 가두는 등의 공을 세웠기 때문이라고 했다. 달리 말하자면 이들은 황제가 통치하는 중원 구석구석에서 패악을 부리는 토호들을 제거하고 새롭게 부상한 세력가들인 셈인데, 그들 이전의 세력가들이 그랬듯이 적당한 명분으로 조정의 인가를 받음으로써 자신들의 지위를 정당화하려고 했던 것이다. 물론 통치자의 입장에서는 이들을 인정함으로써 자신의 권위를 확인하고, 야만적 무질서를 '교화'하여 문명적 질서 안으로 끌어들였다고 자찬할 준비가 되어 있을 것이다. 그러므로 이런 식의 '봉신封神' 행위는 《봉신연의》의 그것과는 의미가 다를 수밖에 없다. 즉 《봉신연의》의 '봉신'이 문명과 야만의 적절한 분리와 배제를 통해서 '천도天道' 즉 우주의 합리적 원칙 아래 상호 공존하는 질서를 정돈하기 위한 행위였다면, 《서양기》의 그것은 일체의 야만적 무력을 지고한 황제의 권위에 복속시킨다는 명분 아래 각자의 이권을 확보하는 행위라고 할 수 있는 것이다.

다만 그들이 직접적으로 황제가 '성지'를 앞세운 대리인인 환관 정화에게 처분을 호소한 것은 상당히 풍자적인 의미가 있다. 그 외에도 제15회에서 황제가 서양으로 파견할 관리를 선발하려 할 때에 조정의 녹을 받아 부귀를 누리면서도 누구 하나 선뜻 나서려 하지 않는 관리들에 대해 불만을 토로하는 장면이나, 제51회에서 남경의 산을 차지한 호랑이와 저잣거리의 호랑이가 벌이는 "사람을 잡아먹고도 핏자국을 보이지 않는[喫人不見血]" 잔혹한 행태를 통해 남경의 권문세족들이 자행하는 백성들에 대한 착취를 풍자한 것, 제70회의 <병구부病狗賦>, 그리고 작품 곳곳에서 언급된 환관들의 무능하고 탐욕적이면서 여색을 밝히는 모습 등은 이 작품의 '숨겨진' 정치적 주제를 짐작할 만한 대목이기도 하다.

다시 말해서, 표면적으로 작자는 해외의 오랑캐에 대해 우월성을 과시하는 중화를 칭송하고 있는 듯하지만, 그 중화의 숨겨진 실상은 결코 명실상부하지 않다는 사실을 풍자하고 있는 것이다. 이런 점은 중화 중심주의의 논리적 근거를 제시한 유가에 대한 해학적인 풍자에서도 우회적으로 드러난다. 제61회에서 "재물 앞에서는 구차하게 얻으려 하지 말고, 어려움에 처하더라도 구차하게 벗어나려 하지 말라[臨財母苟得, 臨難母苟免]"라는 ≪예기禮記≫ <곡례상曲禮上>의 구절을 엉터리로 바꿔서 "재산이라면 어미 개가 어떻게든 구해 준다[臨財母狗得]"라는 말을 만들어 내는 등의 방식으로 지고한 유가 경전의 권위를 조롱한 것이 그런 예 가운데 하나이다.

이런 까닭에 루쉰은 이 작품에 대해 문장이 정교하지 못하다고 비판했으나, 이후의 연구자들은 "확실히 ≪봉신연의≫나 ≪서유기≫보다 더욱 황당무계하지만 자유분방한 문체는 그보다 더 뛰어난"(俞樾, ≪春在堂隨筆≫), 심지어 "≪오디세이≫보다 더욱 황당[怪誕]하고 ≪라마야나≫와도 우열을 가리기 어려운"(鄭振鐸, ≪揷圖本中國文學史≫) 걸작이라고 새롭게 평가하고 있다. 특히 이 작품은 소설과 희곡, 역사, 필기筆記, 지괴, 전기傳奇, 시사詩詞를 포괄하는 다양한 장르의 텍스트들에서 재료를 취해 교묘하게 짜깁기함으로써 재미있는 한 편의 장편소설로 재탄생시켰다는 점에 주목할 필요가 있다. 이것은 사실 다른 예술 작품으로부터 내용이나 표현 양식을 빌려서 복제하거나 수정하여 작품을 만드는 현대 포스트모더니즘의 기법인 '혼성 모방pastiche'이라고 해도 큰 무리가 없을 만큼 선구적인 의미를 지니는 것이기 때문이다. 다만 이 작품이 ≪서유기≫와 ≪봉신연의≫에 비해 사유의 깊이나 대립의 해소 방식이라는 측면에서도 모두 퇴보의 양상을 보인다는 점은 부정하기 어려운 결함으로 지적될 수 있을 듯하다.

함께 참고할 만한 자료

나카노 미요코 저, 김성태 역, ≪서유기의 비밀: 도와 연단술의 심벌리즘≫, 문예 모노그래프, 2014.

오승은 저, 서울대학교 서유기번역연구회 역, ≪서유기≫, 솔출판사, 2004.

유용강 저, 나선희 역, ≪서유기: 즐거운 여행≫, 차이나 하우스, 2008.

최형섭, ≪개인의식의 성장과 중국소설≫, 서울대학교출판문화원, 2014.

현장 저, 권덕녀 역, ≪대당서역기—진리를 구함에 경계가 없다≫, 서해문집, 2006.

허중림 저, 홍상훈 역, ≪봉신연의≫, 솔출판사, 2017.

홍상훈, ≪그래서 그들은 서천으로 갔다(≪서유기≫ 다시 읽기)≫, 솔출판사, 2004.

제4장   ≪유림외사儒林外史≫ : 봉건사회의 잉여인간들

1. ≪유림외사≫의 작자와 창작 배경

1) ≪유림외사≫의 작자와 판본

≪유림외사≫는 작가의 신분이 가장 확실하고, 이야기의 배경도 사대부 – 문인 사회라는 점에서 다른 작품들과는 다른 특징이 있다. 무엇보다도 이 작품은 현대 중국의 대표적인 작가이자 소설사 연구자인 루쉰魯迅에 의해 중국 고전소설 가운데 가장 뛰어난 풍자소설로 평가되면서 많은 사람들의 주목을 받게 되었다.

≪유림외사≫는 청 왕조의 실질적인 전성기라고 할 수 있는 강희제康熙帝 : 1661~1722 재위와 옹정제雍正帝 : 1723~1735 재위, 건륭제乾隆帝 : 1736~1795 재위의 재위 기간에 걸쳐 살았던 오경재吳敬梓 : 1702~1754에 의해 창작된 작품이다. 도시경제와 시장경제의 발전 속에서 표면적으로 영화롭기 그지없었던 이 시기에는 정치적으로 유례없이 강력한 전제 군주의 통치 아래 민족 간의 갈등과 붕당朋黨 간의 갈등, 관료 집단의 부패가 좀도둑처럼 횡행하고 있었다. 또한 황실 주도

하에 대규모 도서 편찬사업이 진행되면서 어용적이고 위선적인 성리학이 관학官學으로서 지위를 더욱 굳히고, 명나라 중엽부터 전래된 자연과학 분야의 성과가 상층 사대부 집단의 외면 속에서도 현저한 성과를 거두고 있었다. 그러나 무엇보다도 이 시기는 청나라 황실이 과거제도와 박학홍사과博學鴻詞科를 통해 지식인을 제도 속으로 끌어들이면서도 대대적인 문자옥과 과거시험장의 부패 척결을 내세운 과장안科場案 등을 통해 지식인 집단에 대한 회유와 억압이 가장 교묘하게 진행된 기간이기도 했다. 특히 이 시기가 되면 명나라의 멸망이라는 치명적인 상처를 안고 살았던 '유로遺老'들이 대부분 세상을 떠나고, 그 뒤를 이은 사대부 문인들은 대부분 표면적인 성세盛世에 현혹된 채 청 왕조라는 새로운 봉건 통치 집단의 체제 속에 적응하여 안주하려는 경향을 보이고 있었다.

알려진 바에 따르면 오경재는 23살 무렵까지 비교적 유복한 집안에서 정통적인 유가 교육을 받으며 과거시험을 준비하던 평범한 문인이었다. 그러나 친아버지와 사부嗣父의 사망, 뒤이어 유산 분배 문제를 놓고 벌어진 친척 간의 다툼, 아내의 병사病死, 잇단 과거 실패로 인한 좌절과 방황 등을 겪은 후 그는 33살 되던 해에 고향인 안휘성安徽省 전초현全椒縣을 떠나 남경으로 이주했다. 이후 36살 되던 해에 박학홍사과에 천거되었으나 병으로 인해 (혹은 병을 핑계로) 조정에서 치러지는 시험廷試에 참가하지 못하고, 41살 때까지 남경에 머물면서 명사들과 교유했다. 특히 이 시기에 그는 남경의 선현사先賢祠를 수리하는 데에 참여하면서 그나마 얼마 남지 않은 재산을 모두 잃고, 이후 죽을 때까지 가난에 시달리며 남경과 양주揚州, 고향 등지를 떠돌다가 양주에서 객사했다. ≪유림외사≫는 바로 그가 남경으로 이주한 이후 불행과 고통 속에서 체험을 통해 비판적으로 통찰한 사회 현실, 특히 타락한 지식인 사회의 본질을 파헤쳐 문학적으로 형상화한 소설이다. 이 작품은 무려

10년에 걸친 각고의 노력 끝에 나온 자전적^{自傳的} 걸작이다.

이 작품은 오경재가 죽은 후에 그의 외종질이자 양주부학^{揚州府學} 교수^{教授}를 지낸 김조연^{金兆燕 : 1718~1789}에 의해 양주에서 처음으로 간행되었는데, 그 시기는 대략 1772년에서 1779년 사이로 보인다. 이후로 이 작품은 기본적으로 50회, 55회, 56회, 60회의 네 가지 판본으로 간행되었는데, 이 가운데 많은 이들이 원작의 면모에 가장 가까운 것은 55회 판본이라고 여겨지지만 지금은 남아 있지 않다. 현재 남아 있는 옛 판본은 56회본과 60회본이다. 56회본은 기본적으로 55회본에 누군가가 1회를 덧붙여 만든 것으로 여겨지고 있는데, 오늘날 남아 있는 것 가운데 가장 오래된 것으로는 1803년에 와한초당^{臥閑草堂}에서 간행된 판본이 꼽힌다. 이 판본은 1869년에 소주^{蘇州}의 군옥재^{群玉齋}에서 간행된 활자본으로 이어지면서 가장 널리 유행했다. 60회본은 1888년에 간행된 동무^{東武} 사람 석홍생^{惜紅生}이라는 별호를 쓴 거세신^{居世紳 : ?~?}이 제43회부터 제47회까지의 내용을 별도로 첨가하여 간행한 것이다. 이 판본 역시 1906년 상해의 해좌서국^{海左書局}의 석인본^{石印本}을 비롯한 많은 출판사의 판본이 있다. 그러나 ≪유림외사≫는 고대 중국의 다른 장편소설들과는 달리 작자가 뚜렷하기 때문에, 60회본의 문학적 가치는 상대적으로 떨어진다고 하겠다.

2) ≪유림외사≫의 주제와 창작 배경

명나라 때의 대표적인 장편소설 '사대기서'는 작품에 대한 배타적 권리를 확보한 '작가'의 존재가 불확실한 상황에서 집단의 노력이 축적되는 과정을 통해 정리되어 다듬어지고 전파되었으며, 거기에는 공통적으로 명나라 때부터 새롭게 부상한 지식인 계층의 이상과 자아 성찰을 담은 '집체적' 성격이 담겨 있다고 할 수 있다.

다시 말해서 '사대기서'는 본질적으로 신흥 지식인들의 지적 유희와 도전을 위해 집단적인 노력에 의해 개발된 새로운 글쓰기 마당이었으며, 이 과정에서 ≪금병매≫를 제외한 나머지 작품들에 내재된 '민중성'은 신흥 지식인들의 요구에 맞게 어느 정도 희석되거나 변질되었다. 앞서 살펴본 ≪서유기≫만 하더라도 민중문학 특유의 오락성과는 다른 관념적이고 심오한 철학적 사유의 흔적이 곳곳에 가미되어 있으니, 이 역시 지식인 계층의 흔적인 것이다. 다만 사유의 층위는 대체로 ≪삼국지연의≫ → ≪서유기≫ → ≪수호전≫ → ≪금병매≫의 순서에 따라 보편에서 구체로, 신흥 지식인 계층의 외부에서 내부로 이동하고 있다. 그리고 청나라 때에 이르러 독립적인 '작가'가 출현하고, 좀 더 '문인적'인 사고 안에서 서사가 진행되면서 이런 방향성은 더욱 강화된다.

청나라 때에 들어서 '작가 - 작품 - 독자'라는 문학 체제가 점점 확립되고 있었던 것은 분명하지만, 정작 ≪유림외사≫와 ≪홍루몽≫ 같은 불후의 저작을 남긴 작자들은 아직 상업적 기제와는 상당한 거리가 있는 상태에서 작품을 창작했다. 적어도 청나라 말엽에 대대적으로 진행된 '소설계혁명'이 힘을 얻기 전까지 중국에서는 소설과 희곡 같은 서사문학이 '대아지당大雅之堂'을 선점한 정통 시문詩文보다는 열등한 지위에서 대치하고 있었다. 비록 지속적으로 그 영향력이 확대되고 있었다고는 해도 여전히 문학적 정의와 상업적 이권 사이의 관계를 배타적으로 규정하는 유가 사대부들의 관념을 극복하지는 못했기 때문이다. 그 결과 청나라 때에 들어서 소설이 본격적으로 문인화되고 예술적 수준이 올라가긴 했지만, 정작 오경재와 조설근曹雪芹 : 1713~1763은 상업적 이권에 대해서는 거의 생각조차 하지 못한 상태였다. 다만 120회본 ≪홍루몽≫의 81회 이후를 쓴 작가로 알려진 (이것이 사실인지 여부는 일단 논외로 치고) 고악高鶚 : 1738?~1815?의 경우는 사정이 상당히 다르다.

≪유림외사≫는 명나라를 배경으로 하고 있지만 실제로는 청나라의 지식인 사회에 대해 문학적으로 해부하고 풍자하고 있다. 오경재는 필연적인 타락과 괴멸을 눈앞에 둔 고대 중국의 지식인 사회 자체에 메스를 들이대고, 비극적 역사가 낳은 온갖 '병의 뿌리〔病根〕'들을 도려내서 문학적으로 '방부처리'한 후, 55회에 이르는 대규모 '자연사박물관'에 전시한다.1) ≪유림외사≫에 진열된 지식인의 유형은 크게 과거 급제의 수단인 팔고문을 신봉하는 이들〔八股士〕과 가짜 명사〔假名士〕, 현인賢人, 기인奇人의 네 가지로 귀납된다. 다만 이들 집단 사이의 경계가 뚜렷한 것은 아니라서 일부 등장인물의 경우는 적어도 두 가지 유형이 겹쳐진 형태로 묘사되기도 한다.

먼저 팔고사는 다시 두 가지 유형으로 구분된다. 주진周進, 범진范進, 왕혜王惠처럼 과거에 급제한 이들과 과거에 급제하지는 못한 채 이른바 '시문선집時文選集'을 통해 팔고문을 찬양하고 전파하는 마정馬靜, 소정蕭鼎, 계염일季恬逸 등이다. 이들은 모두 맹목적으로 팔고문을 만능으로 신봉하지만, 그들의 주장은 결국 과거에 급제하여 부귀공명을 이루는 것만이 지식인에게 유일하고 최선의 길임을 강변하는 데에 지나지 않는다. 팔고문에 영혼과 지성을 소진당한 이들은 주진이나 범진처럼 설령 과거에 급제했다 할지라도 무능하지만 황제에게 충실하게 복속된 '종〔奴才〕'이 될 수밖에 없었고, 심지어 출세욕에 도덕적 양심마저 팔아 버린 왕혜는 지식인으로서의 사명 의식을 내던져 버린다. 그러나 탐욕과 타락으로 재충전된 왕혜는 오히려 황실과 조정의 상관들로부터 '강서 제일의 유능한 관리〔江西

---

1) "그러므로 소설의 문제는 소설가의 의식 속에 있는 추상적이고 윤리적인 것을 작품의 보편적인 것으로 만드는 것이다. 이런 작품에서는 非主題化된 (지라르는 매개화된 이라고 말하겠지만) 일종의 부재 양태, ―혹은 같은 의미로― 타락한 모습의 양태로만 존재할 것이다. 루카치가 말했듯이 소설은 작가의 윤리가 작품의 미학적 문제가 되는 유일한 문학 장르이다."(L. 골드만, 조경숙 역, ≪소설사회학을 위하여≫, 청하, 1984, 19쪽.)

第一能員]'라는 칭송을 듣게 된다(제8회). "위에서 정책을 세우면 아래에선 대책을 세운다.[上有政策下有對策]"라는 유명한 속담처럼, 이들은 교묘하게 서로 이권에 영합하며 관료사회의 부패를 고질화시키는 주역이 되는 것이다. 그러므로 이들은 애초에 팔고문을 내세운 과거제도가 "양성하는 것은 쓸데없는 인물들이요, 정작 쓰는 것은 그 것을 통해 양성한 인물들이 아닌(≪史記≫ <老子韓非列傳> : 所養非所用, 所用非所養)", 그 자체로 모순된 제도일 뿐이라는 것을 입증하는 증인들인 셈이다. 그에 비해 과거에 급제하지 못한 마정 등은 그나마 왕혜 등에 비해 상대적으로 도덕과 양심을 조금이라도 더 간직한 편이다. 그들은 팔고문 만능이라는 틀에 갇혀 있지만 효성스럽고 영특한 후진을 위해 사적인 후원을 하기도 하기 때문이다. 물론 그들의 호의 덕에 과거에 급제한 이들이 은혜를 원수로 갚는 필연적인 타락자가 되는 것은 예상하지 못한다.

다음으로 가짜 명사는 경본혜景本蕙나 조결趙潔, 두천杜倩, 그리고 누봉婁琫과 누찬婁瓚 형제처럼 시가 창작이나 유희를 통해 명성을 추구하면서 타락한 사회에 기생하는 존재들이다. 별다른 재능도 갖지 못한 채 그저 임기응변으로 먹고살기에 급급한 '시골의 위선적 명사[鄕愿]'에 지나지 않는 계추季葦나 오로지 자기 이익만을 위하면서 거드름을 피우는 두천, 광형匡迥 같은 문외한도 하룻밤이면 따라 배울 수 있는 보잘것없는 재주를 내세워 살롱 문인들 사이에서 거드름을 피우는 '두방명사斗方名士'인 경본혜, 그리고 어설픈 식견으로 무분별하게 '명사'를 찾아 '삼고초려三顧草廬'를 흉내 내면서 물려받은 재산이나 축내는 누씨 형제는 엄격하게 말하자면 모두가 사회를 위해 아무 기여도 하지 못하는 한량들에 지나지 않는다. 그들이 사회에서 누리는 명성이라는 것도 결국 그들끼리 과장하고 칭송하여 소문을 퍼뜨린 허울에 지나지 않는다. 결국 이들은 생산성 없는 한담으로 세월을 허송하면서 사회에 기생하면서 이루지 못한 현실의 '부귀공명'을 자기 합리화된 방식으로 추구하면서 '탈속^{脫俗}'을 위장할 뿐이다.

그런데 팔고사와 가짜 명사는 구체적인 길은 달라도 추구하는 목표가 현실적인 권세와 이익이라는 점에서는 동질성을 드러낸다. 더욱이 그들은 진정한 지식인의 문화 전통을 왜곡하고 위선적인 정당성을 추구하면서 그것을 신념으로 삼는 도착적이고 자가당착적인 세계관에 빠져 있는 존재들이다. 그러므로 이들은 모두 불합리한 제도와 시대에 따라 변질된 전통이 만들어 낸 부정적 의미의 '잉여인간'들에 지나지 않는다.

이들에 비해 우육덕^{虞育德}이나 장상지^{莊尙志}, 지균^{遲均}, 우량^{虞梁}, 왕온^{王蘊}처럼 진정으로 원시유가^{原始儒家}의 가르침을 견지한 현인들 및 강인한 개성과 자존적^{自尊的} 태도로 원시유가의 정신을 견지하는 두의^{杜儀}와 같은 기인들은 가치관이 비틀려 버린 당시의 지식인 사회에서 어리석거나 미친^[狂] 존재로 낙인이 찍힐 수밖에 없었고, 그래서 그들은 절망 속에서 항쟁하다가 결국 뿔뿔이 흩어질 수밖에 없었다. 이른바 '고상한 학문을 익히고 실천하면서 시세^{時勢}를 살펴 벼슬길에 나아갈 때와 물러날 때를 판단하고^[文行出處]' 예악의 진흥과 '병농일치^{兵農一致}'의 백성을 다스리는 방책을 신봉하고 실천하는 현인과 기인들은 자신들의 시대에 만연한 과거 급제를 통한 출세지상주의의 학풍을 비판하고 가짜 명사들의 위선을 비판한다. 그들은 진정한 지식인들의 목표인 '도'를 추구하면서 권세와 이익에 편향된 시세에 대항한다.

우량은 즉시 하인에게 커다란 은원보^{銀元寶} 30개를 가져오게 해서 탁자 위에 주르르 쏟았다. 은원보가 탁자 위에서 데굴데굴 구르자 성 노인의 눈동자도 돈을 따라 데굴데굴 굴렀다.

우량은 하인에게 은자를 챙겨 갖다 두게 하고, 성 노인에게 물었다.

"보셨지요? 돈은 있으니까, 당장 가서 얘기하시구려. 얘기를 끝내고 오시면, 내가 그 땅을 사겠소."

"전 여기 며칠 더 있다가 가야 합니다."

"무슨 공무라도 있으시오?"

"내일은 왕王 현령께 가서 돌아가신 제 숙모님의 절개와 효성을 칭송하는 패방을 세울 돈도 수령하고, 그 김에 지세地稅도 내야 합니다. 모레는 팽씨 댁 둘째 나리의 따님이 열 살 되는 생일이라 축하 인사도 가야 하지요. 그리고 그 다음날은 방씨 댁 여섯째 나리께서 점심에 초대하셨으니, 그분 대접을 받지 않고 어딜 가겠습니까?"

우량은 "흥!" 하고 콧방귀를 뀌었다.

"그러시구려."

그리고 우량은 성 노인에게 점심을 대접했고, 성 노인은 패방 세울 돈을 받고 지세를 내러 갔다.

우량은 하인을 시켜 당삼담을 불러오게 했다. (…중략…)

"수고스럽지만 한 가지 알아봐 주시게. 인창전의 방씨 댁 여섯째 나리가 이틀 후에 성 노인을 초청했는지 말일세. 정확히 알아봐 주면 이틀 후 자네에게 식사를 한 끼 대접함세."

당삼담은 그러겠노라 하더니, 한참 동안 탐문해 보고 돌아와 이렇게 말했다.

"그런 얘긴 없답니다. 모레는 여섯째 나리 집에서 아무도 초대하지 않았다더군요."

"대단하군! 대단해! 모레 아침에 우리 집에 와서 하루 종일 먹고 가시게."

그는 당삼담을 보내고 나서 하인을 불러 향과 촛불을 파는 가게[香蠟店]의 점원에게 은밀히 부탁해서 붉은 초청장을 하나 써 오게 했다. 윗면에는 '18일 낮에 저희 집에 오셔서 점심이나 함께 해 주십시오.'라고 적고, 아래쪽에는 '방표方杓 올림.'이라고 쓴 다음 봉투에 담아 밀봉하고 서명하여 성 노인이 자는 방의 책상 위에 놓아두게 했다.

성 노인은 지세를 내고 저녁에 돌아와 초청장을 보고 내심 기뻐 어쩔 줄 몰랐다.

'늘그막에 운이 트이는군! 우연히 한 거짓말이 진짜가 되다니. 게다가 날짜까지 똑같잖아!'

그는 기분 좋게 잠자리에 들었다.

18일이 되자 아침 일찍 당삼담이 찾아왔다. 우량은 성 노인을 대청으로 청했다. 잠시 후 하인들이 대문 밖에서 줄줄이 들어왔다. 술을 짊어진 이부터 닭과 오리를 들고 오는 이, 자라와 돼지족발을 들고 오는 이, 과일 네 꾸러미를 들고 오는 이, 커다란 접시에 돼지고기 소를 넣은 만두를 담아 오는 이도 있는데, 이들 모두 주방으로 들어갔다. 이 모습을 본 성 노인은 오늘 술자리가 있는 줄 알았지만 물어보지 않았다. (…중략…)

그때 우씨 집안의 하인이 살그머니 뒷문으로 나가 땔감장수를 불러 동전 네 닢을 주면서, 대문에 가서 이렇게 말을 전하게 했다.

"성 나리, 저는 방씨 댁 여섯째 나리 댁에서 왔는데, 나리께서 어서 와 주십사 하십니다. 기다리고 계신답니다."

"너희 나리께 감사하다고 전하고, 금방 간다고 말씀 드려라."

땔감장수가 돌아가자, 성 노인은 우량에게 작별인사를 하고 곧장 인창전으로 가서 문지기더러 안에다 말을 전하게 했다. 잠시 후 주인 방표가 나와 인사를 나누고 자리에 앉았다. 방표가 물었다.

"언제 오셨습니까?"

성 노인은 속으로 깜짝 놀라며 대답했다.

"그제 왔습니다."

"어디 묵고 계신가요?"

"우화헌의 집에 있습니다."

하인이 차를 내와서 마신 다음, 성 노인이 말했다.

"오늘 날씨가 참 좋군요."

"정말 그렇군요."

"요즘 왕 현령은 자주 뵙습니까?"

"그제 뵈었습니다."

그들은 또 그렇게 말없이 한동안 앉아 있다가, 다시 한 차례 차를 마시고 나서 성 노인이 말했다.

"지부께선 요즘 통 우리 고을에 안 오시는 모양입니다. 여기 오신다면 제일 먼저 이 댁을 찾으실 텐데요. 지부 나리께선 그 누구보다 나리와 가깝게 지내시니 말입니다. 사실 우리 고을을 통틀어 그분이 가장 존경하는 분이 바로 방 나리가 아니겠습니까? 향신들 가운데 그 누구도 따라올 수 없지요!"

"안찰사께서 새로 부임하셨으니, 지부께서도 조만간 이곳을 방문하실 겁니다."

"옳으신 말씀입니다."

그리고 잠시 더 앉아 차를 한 번 더 마셨으나, 찾아오는 손님도 없고 술상도 차리는 기미가 없자, 성 노인은 의아한 생각이 들었다. 배도 고프고 해서 그는 방표가 뭐라고 하나 보려고 일어서며 작별인사를 했다.

"이만 가야 할 것 같습니다."

그러자 방표도 일어서며 말했다.

"좀 더 계시다 가시지요."

"아닙니다."

그리고 바로 작별하니, 방표가 나와 전송해 주었다.

성 노인은 대문을 나와서도 무슨 일인지 어리둥절한 채 속으로 생각했다.

'내가 너무 일찍 왔나?'

그리고 다시 생각했다.

'그 양반이 무슨 일로 나한테 화가 났나?'

'아니면 내가 초청장을 잘못 봤나?'

그는 아무리 생각해 봐도 영문을 알 수 없었다. 그는 다시 이렇게 생각했다.

'우화헌의 집에 술상이 차려져 있으니 일단 거기 가서 좀 먹고 다시 생각해 봐야겠군.'

그는 곧장 우량의 집으로 돌아갔다.

우량은 서재에 상을 차려 놓고 당삼담과 요씨 집 다섯째, 그리고 자기 친척 두 명과 함께 따끈따끈한 고기요리를 대여섯 접시 늘어놓고 한창 즐겁게 먹고 있었다. 그러다가 성 노인이 들어오자 모두 자리에서 일어났다. 우량이 말했다.

"영감님, 우릴 저버리고 방씨 집안의 좋은 음식을 잡숫고 오셨으니, 좋으시겠구려!"

그리고는 하인을 불렀다.

"어서 영감님께 의자를 가져다 저쪽에 앉게 해 드려라. 그리고 소화가 잘 되게 차를 진하게 끓여 내 오너라!"

하인이 식탁에서 멀리 떨어진 곳에 의자를 하나 갖다놓고 성 노인에게 자리를 권했다. 그리고 덮개 있는 찻잔에 진한 차를 담아 한 잔 한 잔 계속 가져다주었다. 성 노인은 차를 마실수록 허기가 심해져서 말할 수 없이 속이 쓰렸다. 사람들이 큼직하고 살이 포동포동 돼지고기며, 오리고기, 자라고기를 젓가락으로 집어 입 안에 넣는 모습을 보고 있자니, 머리 꼭대기에서 연기가 치솟을 만큼 화가 났다. 그들은 날이 저물 때까지 먹었고, 성 노인은 그때까지 배를 곯아야 했다.

우량이 손님들을 전송해서 자리가 다 파하고 나자, 성 노인은 살그머니 집사 방으로 가서 누룽지를 한 그릇 달라고 해서 뜨거운 물에 말아 먹었다. 그리고 방에 들어가 누웠지만 화가 나서 밤새 잠을 이루지 못했다. 이튿날 그는 고향으로 돌아가야겠다며 우량에게 작별인사를 했다. (≪유림외사≫ 제47회 부분)

그러나 태백사泰伯祠의 제사로 상징되는 현인과 기인들의 외로운 싸움은 쇠멸해 가는 예악을 위한 마지막 진혼곡일 뿐이다. 변경에서 성을 쌓고 '병농일치'의 백성을 양성하기 위해 전력을 기울이지만 결국 조정의 버림을 받는 소채蕭采는 "거짓이 진실이 될 때에는 진실 역시 거짓이 되고, 없음이 있음이 되는 곳에서는 있음이 오히려 없음이 되는(≪홍루몽≫ 제1회 : 假作眞時眞亦假, 無爲有處有還無)" 비틀린 현실의 비극적 희생양이다. 합리적 이성과 무욕의 선의善意, 고아한 행동거지로 일상의 자잘한 삶까지도 항상 '진실'했던 우육덕은 먼지에 쌓여 무너져가는 태백사를 뒤로 하고 쓸쓸히 절강 땅으로 떠나야 한다. 자신의 딸에게 죽음으로 수절할 것을 강요했던 원칙주의자 왕온은 무너진 태백사 앞에서 처연하게 눈물을 흘린다. 이들의 처량한 퇴장은 예악에 입각한 지식인 문화의 전통이 다시는 소생할 수 없는 시대적 운명을 상징한다.

　　이렇게 보면 ≪유림외사≫의 주제는 지식인이 본연의 지향과 사회적 기능성을 상실하고 '잉여인간'이 될 수밖에 없는 사회제도에 대한 비판이자, 나아가 그 소외감조차 느끼지 못하거나 분노하면서도 치유책을 찾지 못해 비극적 삶을 살다 힘없이 스러져 가는 개별 지식인들의 실상에 대한 폭로라고 할 수 있다. 그렇기 때문에 이 작품에 평점을 쓴 한재노인閑齋老人은 "≪유림외사≫를 읽지 말라. 읽고 나면 결국 평소 살아가며 겪는 일들이 이 책에 묘사된 것과 조금도 다를 바 없음을 깨닫게 된다."(제3회 평어)라고 쓸쓸히 충고했다.

2. 필기^{筆記} 전통과 춘추필법

≪유림외사≫는 작품의 구상에서부터 줄거리 구성까지 모두 중국 지식인 계층의 영원한 숙명, 자기모순으로 인한 파멸로 끝날 수밖에 없는 비극적 운명을 폭로하기 위해 마련된, 지식인을 위한 소설이다. 이 작품의 서술 문체는 기본적으로 백화를 사용하고 있지만, 등장인물의 대화나 생각 등은 대부분 지식인 사회에서 통용되는 문언과 유가 경전의 언어들로 표현되어 있다. 피상적으로 보기에 이 작품의 대체적인 줄거리는 먼저 팔고문을 신앙처럼 숭배하는 이들의 희로애락에서 시작해서 가짜 명사들의 지향과 행태, 현인들의 등장과 쓸쓸한 퇴장, 기인들의 비극적 결말의 순서로 서술되어 있다. 이것은 분명 청대 지식인 집단이 왜곡된 '중심'에서 '주변'으로 나아갈 수밖에 없는 필연적 추세를 보여주는 것이기도 하지만, 더 넓은 의미에서는 선진^{先秦} 시기부터 시작되어 2,000여 년 동안 끊임없이 자기모순의 갈등을 무마해 오다가 드디어 한계에 부딪힌 허약한 지식인 사회의 현주소에 대한 냉정한 '해부'이기도 하다. 그런 의미에서 이 작품의 서론 즉, <설자^{楔子}>에 해당하는 제1회와 마무리 즉, <산장^{散場}>에 해당하는 제56회—이것을 오경재 본인이 썼건 그렇지 않건 간에—를 제외한 54회의 일화들은 외과의사의 냉정한 시선과 예리한 메스로 잘라 진열해 놓은 온갖 병의 뿌리들과 무너져 가는 신체조직에 다름 아니다.

바로 이런 점 때문에 ≪유림외사≫에는 줄거리의 선형적^{線形的} 연속성이 그다지 뚜렷하지 않다. '자연사박물관'의 방부 처리되어 진열된 샘플들처럼, 오경재는 지식인 사회라는 유기체 각 부분의 기관과 그것을 괴멸시키는 병의 뿌리들을 '문학적 형상화'라는 수법을 이용하여 관람하기 좋은 형태로 처리하여 늘어놓는다. 기존의 '색은파索隱派' 학자들이 연구한 바에 따르면, 이 작품의 등장인물들은 대부분 작자 자신이 주변에서 익히 보고 듣고 교유했던 실존인물들을 모델로 한 것이다. 예를 들면 순매苟玫는 양회염운사兩淮鹽運使를 지낸 노견증盧見曾 : 1690~1768을, 마정馬靜은 건륭 연간의 거인擧人 출신이자 유명한 팔고문 선집자인 풍조태馮祚泰 : ?~?를, 계추季萑는 이면李葂 : 1691~1755을, 그리고 장상지는 정정조程廷祚 : 1619~1767를 모델로 했다는 것 등등이다. 그러나 당연히 오경재는 이들의 인물됨과 행실을 있는 그대로가 아니라 필요한 만큼 가공해서, 심지어 몇몇 실존 인물들의 성격을 결합한 하나의 인물을 창조하여 이야기 속에 등장시키고 있다. 또한 각 회에 묘사된 온갖 인물 군상과 그들이 엮어 내는 일화들은 개별 샘플에 대한 관람을 통해 일련의 흐름을 느낄 수 있도록 안배되어 있다.

줄거리 구조의 측면에서 보면 ≪유림외사≫는 108명의 영웅들에 얽힌 개별 일화들이 마치 수레의 바퀴살들처럼 '양산박梁山泊'으로 상징되는 하나의 주제를 향해 집중되는 70회본 ≪수호전≫의 구조와 염주 알처럼 독립된 '81난'의 일화들이 '서천'으로 상징된 내재적 목표를 향해 구불구불 곡선형의 흐름을 보여주는 ≪서유기≫의 구조를 융합해 놓은 것 같다고도 할 수 있다. 다시 말해서 ≪유림외사≫의 이야기 구조는 독립성과 '방사형放射型'에 가까운 집중성, 그리고 선형적 흐름을 모두 갖추고 있다.

이런 이야기 구조는 오경재가 서술하고자 하는 청나라 지식인 사회의 본질적 특성에서 비롯된 것이라고 할 수 있다. 즉 현실에서 팔고문을 신봉하는 무리 및 가짜 명사들로 대표되는 부정적 존재들과 현인과 기인으로 대표되는 긍정적 인물들 사이의 경계선이 뚜렷하지 않다는 것이다. 이들 사이의 차이는 마치 조악한 모조품과 훌륭하긴 하지만 아무도 찾지 않는 정품 사이의 관계와 비슷하다. 그렇기 때문에 가령 양집중楊執中 같은 인물은 사회와 인류를 위한 대범하고 고상한 사유를 하진 못했지만, 천박한 안목을 가진 가짜 명사인 누씨 형제들에게는 '삼고초려'할 훌륭한 선비로 대접받는다. 물론 그들은 본질적인 세계관과 도덕성의 차이로 인해 서로 갈등하기도 하고, 심지어 동류 집단 내에서도 격한 대립관계가 존재한다. 그러나 중요한 것은 그들이 어쨌거나 지식인 집단의 일원이라는 의미에서 선험적인 동질성을 공유했다는 사실이다. 그렇기 때문에 그들 사이의 외적 갈등은 선험적으로 극단적인 파국으로 치닫기 어려운 한계를 지니고 있었으며, 오히려 중국 고대 지식인의 본질적 속성으로 인해 지식인 사회의 파국은 대단히 개별적이고 내적인 '반성'의 차원에서 진행되었다. 선험적으로 '내화內化'를 지향하는 이런 갈등은 결국 마음속의 불만은 키우되 물리적 충돌은 부정하는 자기모순에 빠질 수밖에 없었다.

이처럼 존재하기는 하되 예의라는 명분으로 포장되고 은폐된 교묘한 외적 갈등과 그 와중에서 지식인 개개인의 정신세계 속에서 지속적으로 진행되는 붕괴의 과정을 보여주기 위해, ≪유림외사≫는 등장인물의 '모여서 이야기하기聚談'라는 독특한 서사 방식을 취해야 했다.2) 나아가 그런 서사 방식 자체가 공허한 담론만 소비할 뿐 사회를 변화시킬 만한 실질적 생산역량은 결여된 고대 지식인 사회의 속성을 겨냥한 또 하나의 풍자이기도 했다.

물론 오경재는 역사서의 전기와 '유서類書' '필기筆記' '설화說話' 등의 고대 중국의 전통적 서사 양식들을 충분히 숙지하고, 나아가 그 장점을 '문인'의 관점에서 뽑아 새로운 서사 양식으로 승화시켰다.

---

2) 이에 관해서는 바흐찐의 다음 설명을 참조할 만하다. "소설 장르의 근본적이고 특수한 대상으로, 소설의 문체적 독창성을 형성하는 것은 말하는 인간과 그의 담론이다. 소설 장르의 특징이 되는 것은 인간 자신의 모습이 아니라 바로 언어의 영상이다."(츠베탕 토도로프, 최현무 역, ≪바흐찐: 문학사회학과 대화이론≫, 까치, 1987, 99쪽 재인용.)

그렇기 때문에 ≪유림외사≫는 '그러니까[話說]'로 시작해서 '다음 회를 들어보시라.[且聽下回分解]'로 끝나는 장회소설의 형식을 빌려 백화로 이야기를 엮어 나간다. 그러나 오경재 자신이 시 창작에도 상당한 재능이 있었음에도 이 작품에는 각 회의 말미에 시와 사[詞]를 혼합한 네 구절의 짧은 운문이 달려 있는 것을 제외하면, 기존의 장회소설 안에 관습적으로 삽입되던 운문들을 거의 모두 없애 버렸다. 또한 이야기의 진행이 대개 등장인물들 간의 대화─등장인물이 대부분 지식인들인 만큼 대화에 사용된 어휘는 대부분 '전고[典故]'와 같은 문언적 특징을 강하게 드러내는데─를 위주로 진행되며, '활극'을 서술한 부분은 거의 없다. 물론 제12회에 보이는 장철비[張鐵臂]의 사기극이랄지 제52회에 서술된 '해결사' 봉명기[鳳鳴岐]의 활약 장면에 약간의 활극적 요소가 있으나, 실제 서술은 대단히 간략하게 처리되어 있다.

이런 '정적[靜的]' 특징들은 결국 오경재가 설정한 독자층이 '단순히 재미를 위해 듣는' 이들이 아니라 '최소한의 교양을 바탕으로 읽으며 생각하는' 이들이라는 것을 말해 준다. 그런데 현실적으로 이런 독자들은 이야기 문학 즉, '설부[說部]'의 전통보다 문언적 산문에 익숙한 이들일 수밖에 없다. 이를 위해 오경재는 자신의 이야기가 다루고 있는 지식인 사회를 바로 그 지식인들에게 더욱 효과적으로 전달하기 위해, 좀 더 고상한 차원의 '재미'와 '의미'를 함께 담을 수 있는 새로운 서사 양식을 개발해 낼 필요가 있었다. 이것은 무엇보다도 당시 자기 주변의 이른바 '지식인'들이 대부분 팔고문의 폐해로 인한 지적 천박성에 매몰되어 있었기 때문이다.

그러므로 ≪유림외사≫는 본질적으로 재미보다는 효율적 계몽 혹은 문제적 현실 자체에 대한 환기에 치중한 저작이다. 이에 따라 기존의 '사대기서'와는 달리 이 작품은 줄거리의 구성 방식과 사용된 어휘, 주제의 전달 방식에서 상당히 노골적으로 문인적 취향에 편향되어 있다. 그 결과 이 작품은 '설부'의 형식과 유사하되 '설부'가 아니고, 열전列傳이 지향하는 바와 같이 개별 인물의 일화들 속에 작자 자신의 세계관을 묻어 두는 것을 목표로 하되 '사전史傳' 자체가 아닌, 제목이 가리키는 의미 그대로의 '외사外史'가 되었던 것이다. 오경재의 이런 의도는 당시의 독자들에게도 제대로 전달되었던 듯하니, 제2회에 대한 한재노인閑齋老人의 총평總評에서 "《사기》의 필법에 대해 잘 알지 않으면 이렇게 쓰기 힘들다.[非深於史記筆法者未易辨此]"라고 한 것이 그 증거이다. 결국 이런 관점에서 보면 《유림외사》는 적어도 '당시'의 관점에서는 소설이 아니었다고 할 수 있다.

현대적 의미에서 문학이란 '작가 - 작품 - 독자'로 규정되는 하나의 제도라면, 그리고 대개 그 안에서 문학작품들이 일종의 '상품'으로 생산되는 것이라면, 《유림외사》의 '당시' 상황은 약간 다르다. 앞서 살펴본 것처럼 이 작품의 최초 판본이 간행된 것은 오경재가 죽은 후의 일이기 때문이다. 이것은 결국 오경재가 처음부터 현대적 의미의 '풍자소설'을 목표로 글을 쓰지 않았다는 것을 말해 준다. 바로 이 점을 명확히 이해할 때, 우리는 왜 중국인들이 산문적 전통의 결정체로서 《유림외사》와 시적 전통의 결정체로서 《홍루몽》을 구분했는지를 이해할 수 있다.

3. 봉건사회의 잉여인간

1) 중국 지식인 계층의 양면성

공자에게서 시작되어 대대로 유가 철학자들에 의해 정립된 '지식인[士]'에 대한 정의는 크게 세 가지 측면에서 규정되어 왔다. 첫째,

도덕적 측면에서 양심과 행위의 사회적 기준이 되기 위한 마음의
준비로 항상 '도'에 뜻을 두어야 한다는 것이다. 특히 주희는 '도'를
"인륜지간과 일상생활에서 마땅히 행해야 하는 것^{(朱熹, 《論語集注》}
<述而> : 人倫日用之間所當行者)"이라고 규정함으로써 도가의 추상적 진리
개념과는 다른 구체적 윤리규범으로 규정했다. 둘째, 지적 측면에
서 객관적이고 합리적인 이성을 토대로 옳고 그름을 올바로 판단
하고 역사의 추세를 정확히 이해해야 한다는 것이다. 바로 이런
이유 때문에, 그리고 현실적으로 한나라 중엽 이후 황제 권력의
약화와 환관의 전횡으로 인한 문인 집단의 위기로 인해, 자신의
소신에 따라 자유로이 제후국들을 오가며 유세하는 전국 시대 '사
대부 집단[士林]'의 이상적인 행동양식이 지식인을 규정하는 세 번째
핵심 요소가 되었다. 물론 통일 왕조가 들어서면서 세 번째 요건
은 시대에 따라 그 의미는 약간 달라지긴 했지만, 명말·청초의
고염무가 "지식인에겐 일정한 주인이 없다.^{(顧炎武, 《日知錄》 권13 : 士無}
定主)"라고 선언했을 때에도 지식인은 정치권력으로부터 자유로워지
기를 바라는 측면에서는 본질적인 동질성을 유지하고 있었다.

그러나 '사회적 존재'로서 인간의 삶이란 결국 외부 세계의 '이권'
과 결합될 수밖에 없는 것임을 부정하고 이상적 자유 속을 소요하
는 사대부들의 비현실적 자화상은 논리적으로 자체의 모순을 가진
것이었다. 왜냐하면 '세상을 경영하고 백성을 구제[經世濟民]'하기 위
한 "임무는 막중하고 갈 길은 먼^(《論語》 <泰伯上> : 任重而道遠)" 존재로
서 그들의 '도'는 현실 정치에 직접 참여[有爲]하지 않으면 실현될
수 없는 것이기 때문이다. 또한 '도'를 내세우며 '하늘의 명[天命]'을
따르려는 그들의 존재는 황제의 입장에서 보면 언제든지 '분서갱유'
의 철퇴를 내려도 아깝지 않은 '잉여의 백성'들에 지나지 않았다.
그러므로 군주와 나라의 기풍이 '도'에 들어맞는지 여부를 판단하
고 선택할 기회마저 사라진 상황에서 지식인들은 불가피한 선택을

할 수밖에 없었다. 즉 그들은 전국 시대 '사림'에게서 이미 그 흔적이 희미해진 '무武'를 완전히 벗어 던지고 '덕德'을 키워 권력에 의지함으로써 결과적으로 군주의 희로애락에 따라 자신의 처지가 달라질 수밖에 없는, 명실상부하게 '초라한 행색을 한 상가의 개 (≪孔子家語≫ : 形狀末也, 如喪家之狗)'가 되었던 것이다.

사실 고대 중국의 유가 지식인들이 이상향처럼 생각하는, '인재 양성[養士]'의 기풍이 성행하던 전국 시대에서조차 그들은 '길러질[養]' 수밖에 없는 운명이었다. 다만 불행한 것은 그들이 불가피하게 황제 정권의 시녀가 되었을 때에도 자신들의 운명에 대해 본질적으로 회의하지 못했고, 더욱이 그것을 극복할 방안은 꿈조차 꾸지 못했다는 것이다. 그 대신 그들은 아큐阿Q 식의 '정신 승리법'을 택했다. 즉 그들은 황제가 주는 밥으로 육체를 먹여 살리면서도 '제왕의 스승[王師]'이 될 수 있다는 희망찬 '호연지기浩然之氣'로 정신을 기르며 불가피한 변화에 '적응'했던 것이다. 그러나 결과적으로 그런 훌륭한 '적응'이 절대 다수 지식인들의 뇌리 속에 각인된 '도'의 성격을 점차 세속화시키고 있었다.

군주의 전제권력 아래 묶인 통일국가는 권세와 이익을 위해 명목적인 '도의'를 선전하고, 그를 위해 전체 지식인 사회에 '경전'과 그보다 더 완고한 과거제도의 족쇄를 채웠다. 당나라 때의 석학 한유조차 최종 급제하기까지 10년 가까이 심혈을 쏟아야 했던 이 '취사取士' 제도는 팔고문의 시대에 이르면 그 폐해가 더욱 심해졌다. 그런데 이런 억압에 다시 '적응'하면서 절대 다수 지식인들이 신봉하는 '도'는 완고한 성리학의 테두리 안으로 제한되기 시작했고, 심지어 지나치게 잘 적응한 이들에게는 팔고문 자체가 '도'의 권위를 대체하기에 이르렀다. 더구나 도시경제와 상업이 발달하면서 '도에 뜻을 두는[志於道]' 지식인의 본령을 실질적으로 '권세와 이익에 뜻을 두는[志於利]' 것으로 변질시켜 버린 이들까지 대거 등장하게 된다. 이와 더불어 이른바 스스로 '불우不遇'하다고 느끼는 지식인에게도 만나지 못한 것은 '도' 자체가 아니라 사실은 '자신을 알아주는 군주와 때'라는 피해의식이 은연중에 뿌리 내리게 되었다.

그런데 흥미롭게도 전제 군주의 입장에서 가장 효율적인 통제의 수단이었던 이 족쇄가 오히려 지식인 사회 심층에서 전통문화의 정통적인 전승을 가능하게 해 준 강력한 보호막이 되기도 했다. 물론 제자백가를 모두 시험하여 관료를 선발했던 당나라 때와는 달리, 이후로는 주로 유가의 경전, 그것도 '사서삼경四書三經'이 수험서로 굳어지게 되면서 지식인들에게 허용된 사고의 폭은 크게 제약을 받았다. 이런 제약은 남송 이후 유학이 관념적 '심학'으로 침잠되게 되는 역사적 사실과도 관련이 있을 것이다. 그러나 어용적 해석에 앞서 텍스트 자체가 존재한다는 사실로 말미암아 원시유가의 기본 정신은 여전히 사서삼경의 '행간行間'에 살아 있었고, 이 때문에 위선적으로 변질된 '도'의 이면에 숨겨진 '이권'과 '욕망'을 파헤친 한나라 말엽 '청의淸議'나 명나라 중엽의 양명학 좌파와 같은 건강한 정신을 계승한 명나라 말엽의 동림당東林黨, 명말·청초의 '삼대가,' 나아가 2,000년 지식인 사회의 비극적 본질을 통찰한 오경재 같은 자유로운 비판 정신이 일어날 수 있는 여지가 희미하게나마 남아 있었다.

2) 부조리의 폭로와 미흡한 대안

청나라 때에 이르면 이미 시대의 변화에 따른 전통의 변질로 인해 일부 극소수의 '깨어 있는 지성'을 제외한 절대 대다수의 지식인 집단은 이미 남북조 시대의 그것과도 근본적으로 성격이 달라져 있었다. 단순하게 비교하자면 남북조 시대의 지식인들은 대부분 깊고 넓은 학문적·인격적 수양을 바탕으로 '난세亂世'에 대처할 방안을 고심했지만, 청나라 중엽의 지식인들은 팔고문으로 정신이 피폐해진 채 나른하게 '성세盛世'를 즐겼다. 무엇보다도 남북조 시대의 지식인들은 대부분 문벌귀족 출신들로서 대부분 최소한의 경제적 여유가 있었던 반면, 과거제도 하의 지식인들 특히 명나라 황제들의 학대에 시달리던 사대부–관료들은 목에 풀칠하기에도 힘겨운 '벼슬아치'의 삶을 충분히 겪은 바 있다. 그리고 청나라 중엽에 이르면 사대부 가운데 대다수가 이미 상당 정도 '평민화'되어 있었기 때문에 당장의 먹고사는 문제에 시달려야 했다. 그런데 청나라의 지식인들은 이와 같은 기본적 조건의 변화에 관습적으로 무관심한 태도를 견지함으로써 또 다른 위선을 야기했다. 그들은 '공방형孔方兄3)' 즉 돈의 외면 속에서도 여전히 '시회詩會'의 전통을 유지하려 함으로써 명분과 실질이 괴리된 채 허위적인 '복고復古'의식으로 자신의 진면목을 숨긴 '가짜 명사'를 양산하는 결과를 초래했다.

이 모든 역사적 병폐는 결국 오경재의 시대에 이르러 지식인 집단의 성격을 명목상 유가이면서도 실질적으로는 유가가 아니고, 명목상 '문인'이되 실제적인 저술과 창작의 능력은 결여되었으며, 사회의 변화와 발전을 추동할 능력조차 상실한 존재들로 얼버무려진 기형적인 것으로 만들어 놓았다.

거내순이 말했다.
"저희 누婁씨 댁 숙부님들의 호탕함은 요즘 사람들에게선 찾아 볼 수 없는 것이지요."
그러자 계위소가 말했다.
"거蘧형, 그게 무슨 말씀이오? 우리 천장현의 두杜씨 형제들이 모르긴 몰

---

3) 이것은 黃庭堅이 1087년, 43세에 지은 <장난삼아 공의보에게[戱呈孔毅父]>라는 시에 들어 있는 표현이다.

라도 거형의 숙부들보다 더 호탕하실 거요."

"두 분 중에서도 두의杜儀가 더 훌륭하지요."

지균이 말하자 고 시독이 말했다.

"여러분들이 말씀하시는 게 공주태수贛州太守의 자제분 이야기입니까?"

"그렇습니다. 선생님께서도 아십니까?"

지균이 묻자 고 시독이 대답했다.

"천장현은 우리 육합현과 바로 이웃한 곳이니 내가 왜 모르겠소? 허물치 않으신다면 제가 한마디 하겠소만, 이 두의란 자는 두씨 집안에서도 가장 한심한 자요! 그 집안은 조상 수십 대 동안 의술로 음덕을 널리 쌓았고, 전답도 엄청나게 모았지요. 그리고 조부인 전원공殿元公 대에 와서 벼슬길에 올라 집안이 흥성하게 되었습니다만, 그분은 수십 년 동안 관직에 있으면서도 돈 한 푼 못 벌었다지 뭡니까!

두의의 부친은 그래도 재주가 있어 진사에 급제해 태수를 한 번 지냈지요. 그런데 이 부친 때부터 벌써 멍청한 짓을 하기 시작해서, 관리 노릇을 할 때 상사는 전혀 모실 줄 모르고, 그저 백성들 환심만 사려고 했지요. 또 날마다 '효자를 우대하고, 농사를 장려한다[敦孝子, 勸農桑]'라는 답답한 소리만 해댔지요. 그런 말이야 팔고문 시험문제에나 나오는 미사여구일 뿐인데 그 사람은 그걸 진짜로 믿었으니, 결국 상사에게 밉보여서 관직을 잃고 말았지요.

이 아들놈은 더욱 가관이어서 무위도식이나 하면서 중이며 도사, 장인, 거지들은 전부 불러다 어울리고, 제대로 된 사람하고는 상대하려 하지 않는다니까요! 결국 10년도 안 되어 6, 70만 냥이나 되는 은자를 몽땅 써버렸지요. 그러다 천장현에서 버틸 수 없으니까 남경으로 옮겨 와서는 날마다 마누라 손을 잡고 술집에 가서 술을 마시는데, 손에 구리잔을 들고 다니는 꼴이 영락없이 구걸하는 거지 행색이지요. 그 집안에서 이런 자손이 나올 줄 누가 알았겠습니까! 저는 집에서 자식과 조카들을 가르칠 때, 이 사람 이야기를 하며 경계로 삼도록 한답니다. 모든 책상마다 '천장현의 두의를 본받지 말라!'고 써서 붙여 놓았지요."

지균은 이런 말을 듣고 얼굴이 벌게져서 말했다.

"그분은 얼마 전 조정에서 훌륭한 인재로 천거되어 조정에서 불렀는데도 마다하고 가지 않았습니다."

고 시독이 냉소를 띠며 말했다.

"선생, 그것도 틀린 말씀이오. 만약 그가 정말 그렇게 대단한 사람이라면, 과거에 급제해 벼슬길에 나가야지요."

그리고 껄껄 웃으며 이렇게 덧붙였다.

"그리고 천거를 받아 벼슬하는 게 어디 과거에 급제해 정도正途로 등용되는 것과 같을 수 있나!"

소수자가 맞장구를 치며 이렇게 말했다.

"지당하신 말씀이십니다. 여러분, 우리 후배들은 고 선생님의 말씀을 법으로 삼아야 할 것입니다."

그리고 또 술이 한 순배 돌아가고 잡담을 나누었다. 자리가 파하자 고 시독은 가마를 타고 먼저 돌아갔고, 여러 손님들은 같이 걸어갔다. 지균이 말했다.

"방금 고 선생님의 말씀은 분명 두의를 욕한 것이지만, 도리어 그 사람을 더욱 높여 준 셈이 됐습니다. 여러분들, 두의는 고금을 통틀어 보기 힘든 기인입니다!"

마정이 말을 받았다.

"방금 고 선생님이 한 말 중에 일리 있는 것도 몇 마디 있었습니다."

그러자 계추가 이렇게 말했다.

"그런 얘긴 더 할 것 없습니다. 어쨌거나 그 하방은 재미있는 곳이니, 내일 함께 거기에 가서 술이나 한 잔 사 달라고 합시다."

"저희 두 사람도 가서 인사를 드리겠습니다." (≪유림외사≫ 제34회 부분)

위 인용문은 전형적인 팔고사인 고 시독과 마정, 현인 지균, 가짜 명사 계추의 언행과 사고방식을 적나라하게 보여준다. 오로지 팔고문과 그것을 통해 얻을 수 있는 권세와 이익만을 추종하는 고 시독과 마정에게 기인 두의는 '한심한' 인물일 뿐이다. 상사에게 아부하지 않고 백성을 위하면서 효자를 우대하고 농사를 장려하는 행위가 그저 '팔고문 시험문제에나 나오는 미사여구'일 뿐이라는 그들의 생각은 대놓고 지행知行 불일치를 강조하는 위선이다. 그 와중에 쓸데없는 말놀이에 끼어 술이나 얻어먹으려는 계추는 이익을 위해 멀쩡한 부인을 두고 새장가를 들면서 '풍류'를 내세우는 뻔뻔한 인물답게 진지한 인생관 따위에는 관심이 없다. 이런 이들 사이에서 진정한 현인 지균이 답답하게 막힌 '소통'의 벽을 절감했을 것임은 자명하다.

그런데 정작 비극적인 것은 ≪유림외사≫에 묘사된 현인과 기인의 비극적 퇴장을 결코 비장한 아름다움이나 숭고한 아름다움 따위의 의례적 칭송으로 치장할 수만은 없다는 사실이다. 왜냐하면 이들의 싸움은 항상 개인적이고 내적인 차원에서만 이루어졌고, 사회의 흐름을 바꿔 놓을 만한 어떤 실질적인 힘으로도 승화되지 못했기 때문이다. 현인으로 분류할 만한 인물들 가운데 그나마 가장 평탄한 삶을 살았던 장상지의 경우도 현실과는 상관없이 황제의 은혜에 감사하며 "글자마다 내력이 있는^[字字有來歷]" 저술에 전념할 뿐이다. 물론 태백사 제사를 가장 먼저 제안하고도 대표의 자리를 우육덕에게 양보하고 그 자신은 실무에 헌신했던 지균처럼 스스로 '수신제가치국평천하^{修身齊家治國平天下}'를 실천하면서 '정교^{政教}'에 이바지하고자 했던 이들도 있다.

그러나 그런 그에게 관직을 내리기를 거부하는 (혹은 거부당하는) 제도 때문에 그는 평생을 지식인 사회의 주변에서 '떠돌아야^[漂泊]' 했다. 결과적으로 다른 관점에서 냉정하게 말하자면, 그들 역시 추구하는 가치만 달랐을 뿐, '편안한 소요'를 추구하는 현실 속의 행동 방식은 가짜 명사들의 그것과 외적으로는 일치했던 것이다. 물론 팔고사나 가짜 명사의 경우보다 부정성의 정도는 덜할지라도, 그들 역시 사회적 관점에서 보면 실질적인 그 무엇을 전혀 생산해내지 못하는 '잉여인간'과 다를 바 없다고 할 수 있다. 다만 이들을 구별 짓는 것은 개인적으로 깨끗한 '도덕성'의 정도일 뿐이다.

어쨌든 청나라 지식인 집단 가운데 그나마 긍정적인 의미를 가진 현인과 기인들의 쓸쓸한 퇴장은 그대로 기존 지식인 사회의 건전성이 완전히 소실되었음을 상징하는 일이라고 할 수 있다. 이에 대해 오경재는 이렇게 썼다.

만력 23년(1595), 저 남경의 명사들은 이미 하나하나 사라져 버리고 말았다. 이즈음 우육덕의 동년배 가운데는 너무 늙었거나 죽은 사람들도 있고, 남경을 떠났거나 두문불출하며 세상과 담을 쌓고 사는 이들도 있었다. 꽃구경하기 좋은 명승지나 술 마시는 연회 자리에도 예전처럼 재기 넘치는 이들은 보이지 않았고, 현명한 유생들이 예악과 문장을 논하는 일에 정성을 기울이는 모습도 이제는 찾아볼 수 없었다. 벼슬길에 나아가고 물러남을 논할 때면 과거시험에 합격만 하면 재능이 있는 자요, 낙방하면 어리석고 못난 자로 치부되었다. 호탕한 기개를 논할 때면 돈이 넉넉한 이에게는 사람들이 흥청망청 모여 들끓어도, 돈 없는 이들은 쓸쓸하기 이를 데 없었다. 이백李白, 두보杜甫의 문장에다 안연顔淵, 증삼曾參의 덕행을 갖춘 인물이 있더라도 찾아가는 사람은 하나도 없었다. 그러니 한다하는 대갓집의 관혼상제나 향신들의 집에 몇 사람이 모여 술자리를 열었다 하면 나오는 얘기란 승진이니, 좌천이니, 전근이니, 강등이니 하는 온통 관계官界의 소문들뿐이었다. 가난한 유생들은 또 그저 시험관에게 잘 보이기 위해 온갖 아부와 아첨을 떨 뿐이었다. (≪유림외사≫ 제55회 부분)

이런 상황에서 오경재는 새롭게 눈에 띄는 이른바 '시정기인市井奇人'에 대해 주목한다. ≪유림외사≫ 제55회에 제시된 이들 네 명의 '시정기인'은 집도 절도 없이 떠돌며 절에서 밥을 얻어먹지만 뛰어난 붓글씨로 사대부 문인들을 압도하는 계하년季遐年과, 불쏘시개를 파는 하찮은 상인이지만 바둑의 고수인 왕태王太, 부유한 집안 출신이지만 주변 사람들을 도와주느라 빈털터리가 되어 늙은 몸으로 쓸쓸히 찻집을 하는 개관蓋寬, 그리고 재봉사이면서 거문고를 타고 서예와 시 창작을 즐기는 형원荊元이다.

어느 날, 오룡담烏龍潭 근처의 묘의암妙意庵에서 불사佛事가 열렸다. 때는 마침 초여름이라 연못 가득 새로 돋은 연잎이 뻗어 올라 물 위에 떠 있었다. 묘의암 안에는 구불구불 오솔길을 따라 수많은 정자와 누대가 들어서 있어서, 행락객들이 늘 들어와 즐기고 가곤 했다. 왕태도 안으로 들어가 이곳저곳을 한 바퀴 둘러보다가 버드나무 그늘 아래에 이르렀다. 그곳엔 석대石臺 하나와 그 양쪽으로 길쭉한 돌로 만든 등받이 없는 의자가 네 개 놓여 있었다. 그리고 서너 명의 돈 꽤나 있는 이들이 거기서 바둑을 두고 있는 두 사람을 에워싸고 한창 구경 중이었다. 그 가운데 쪽빛 옷을 입은 이가 말했다.

"우리 마^馬 선생은 저번에 양주 염원^{鹽院} 나리 집에서 한 판에 은자 110냥이 걸린 내기 바둑을 둬서 도합 2,000냥이 넘게 땄다네."

그러자 옥색 옷을 입은 젊은이도 맞장구를 쳤다.

"마 선생이야 천하에서 으뜸가는 국수이시지요! 여기 변^卞 선생이나 되니까 두 점을 접고라도 대적할 수 있지요. 우리야 변 선생 수준에 이르는 것만 해도 여간해서는 힘들 겁니다!"

왕태는 사람들 틈을 비집고 들어가 슬쩍 구경을 했다. 부자들을 따라 온 하인들은 그의 행색이 초라한 것을 보고 연신 밀어젖히며 앞으로 나오지 못하게 했다. 그러자 말석에 앉아 있던 주인이 말했다.

"너 같은 놈도 바둑을 볼 줄 아느냐?"

"나도 조금은 알지요."

이렇게 대답하고는 버티고 서서 잠시 지켜보더니, 큭큭 하고 웃음을 터뜨렸다. 그러자 마씨가 말했다.

"이놈 봐라, 웃고 있네! 네가 우리를 이길 수 있다는 게냐?"

"그럭저럭 해 볼 만할 것 같습니다."

그러자 주인이 말했다.

"네까짓 놈이 감히 마 선생과 겨룰 만하겠다고?"

이번엔 변씨가 끼어들었다.

"겁도 없이 대들었으니, 험한 꼴을 한 번 보여줍시다! 그래야 우리 나리님들이 두는 자리가 저놈 따위가 끼어들 곳이 아님을 깨달을 테니까요!"

왕태도 사양하지 않고 바둑돌을 쥐고서 마씨에게 먼저 두라고 했다. 그러자 옆에서 구경하는 사람들 모두가 가소롭게 여겼다. 마씨는 그와 몇 수를 둬 보더니 그의 솜씨가 예사롭지 않다는 걸 알았다. 절반쯤 두고 나서 그는 돌을 던지고 일어났다.

"이번 판은 내가 반 집 졌소이다!"

사람들이 모두 어리둥절해 있는데, 변씨가 말했다.

"판세를 보아하니 마 선생이 좀 밀리는군요!"

사람들은 깜짝 놀라 얼른 왕태를 붙들며 술을 권하려 했다. 그러자 왕태가 껄껄 웃으며 말했다.

"천하에 못난 하수를 혼내 주는 것보다 통쾌한 일이 어디 있겠소! 하수를 혼내 주어서 통쾌하기 이를 데 없는데, 술은 먹어서 뭐 하겠소!"

말을 마치자 그는 하하하 큰 소리로 웃으며 뒤도 돌아보지 않고 가 버렸다. (≪유림외사≫ 제55회 부분)

오경재는 양심적이고 명실상부한 지식인이 사라져 버린 상황에 대해 신랄하게 비판하고 냉정하게 폭로했다. 그러나 그가 처한 시대적 한계로 인해 그런 비판과 폭로는 대안 없는 무력함을 포장한 냉소적 풍자이거나 방관자적 고발에 그치고 만다.

물론 모든 작품에 뚜렷하고 건강한 지향과 결론, 심지어 합리적인 어떤 대안이 있어야 한다는 것은 완고한 사회주의 리얼리즘이 강요하는 또 다른 이상일 뿐이다. 그러나 적어도 그런 관점에서 보면, 여러 모로 작자 자신을 투영한 인물로 설명되고 있는 두의가 앞서 설명한 지식인의 분류 가운데 기인에 속한다는 사실은 아쉬움을 자아낼 만하다. 기인이란 '심학'에 정신적 지주를 둔 채 혈기에 차서 "아니다!"라고 외칠 수 있는 존재이긴 해도, 근본적으로 그 이상의 무엇을 해 낼 수 없는 고독한 중간자적 존재에 지나지 않기 때문이다.

그러나 오경재 자신의 삶도 그렇거니와 ≪유림외사≫의 가장 중요한 의의는 지식인 사회에 만연된 깊은 '병의 뿌리'를 이성적 논리가 아니라 형상적으로 '제시'해 주는 데에 있다. 적어도 문학 자체의 관점에서는 오히려 이런 인물 설정이 가장 절묘하고 객관적이라고도 할 수 있는 것이다. 작가에게 현실은 어떤 철학적 혹은 이데올로기적인 '의미'를 포함하고 있는지 여부에 상관없이 그 자체가 '의미를 나타내는 전체'로서 제시될 수 있는 것이기 때문이다. 역사의 잘잘못을 분석하고 올바른 길을 제시하는 성현의 '춘추필법春秋筆法'을 흠모하면서도 스스로 모자란 자신을 인정하고 '외사'의 방식을 택할 수밖에 없었던 오경재의 참모습 역시 시대의 부조리를 인식할 수는 있으되 자신을 휩쓸어 흐르는 현실의 흐름을 바꿀 실질적 힘은 없는 객관적 관찰자일 뿐이기 때문에, 작가로서 그가 택할 수 있는 최선의 길은 ≪유림외사≫라는 자연사박물관을 건립하여 진열하는 일일 수밖에 없었다. 무엇보다도 인생에 대한 가장 적절한 풍자는 인생 그 자체를 보여주는 것이다.[4] 그러므로 ≪유

림외사≫의 실질적인 주제는 부패하고 타락한 현실에 대한 고발이
아니라, 그런 현실 속에서 저항하면서도 '정답'에 해당하는 출로를
찾지 못하고 괴로워하는 깨어 있는 지성의 절실한 몸부림 자체이
다. 그리고 바로 이런 의미에서 이 작품은 부패한 사회의 실상을
냉소적으로 폭로하는 데에 그친 ≪요재지이聊齋志異≫보다 한 차원
높은 곳에서 독자와 '내적 대화5)'를 시도하는 빼어난 문학성을 획
득했다고 할 수 있다.

---

4) "작가는 근본적으로 어떤 새로운 이념을 창조해 내고 그것을 자신의 몫으로는
   실현하려 하지를 않는다는 점, 그의 질서로써 현실적으로 세계를 지배하려 하
   지 않는다는 점, 그가 창조해 낸 세계 안에서는 언제나 자신의 자리를 마련할
   수가 없으며, 다만 그러한 세계의 가치를 승인받기를 기대할 수 있을 뿐, 그는
   언제나 그가 도달한 세계에서 또 다음번 이념의 문을 향해 끝없이 고된 진실
   에의 순례를 떠나야 하는 숙명적인 이상주의자일 수밖에 없다는 점에서, 작가
   는 혁명가와 다르고, 사회개혁 운동가와도 다르고, 목사와도 다르고, 정가의
   야당 당수와도 다를 것입니다. 그리고 그 작가가 그의 새로운 가치 질서에 대
   한 일반의 승인을 얻음으로써 그의 지배를 끝내며, 마침내 그가 그의 질서로써
   현실의 세계를 지배하려 하지는 않는다는 점에서 우리는 그의 지배 욕망을 겁
   내거나 배척할 필요가 없는 것입니다."(이청준, <지배와 해방>, ≪'77 이상
   문학상 수상 작품집≫, 문학사상사, 1979, 273쪽.)
5) "……내적 대화성이 본질적이고 형식구성적인 힘이 될 수 있는 것은, 사회적인
   담화의 다양성을 통해 개인적인 부조화와 모순들이 일어나고, 대화적인 반향들
   이 말의 최고 의미가 나타날 때 (수사적인 장르에서) 울리는 것이 아니라 말
   의 깊은 층 속으로 들어가 언어 자체, 언어적 세계관(말의 내적 형식)을 대화
   화하며, 목소리들의 대화가 직접적으로 <언어들>의 사회적 대화에서 발생하
   고, 낯선 발화와 사회적으로 낯선 언어가 울리기 시작하며, 단일한 민족 언어
   의 틀 속에서 말의 낯선 언명들로의 지향이 사회적으로 낯선 언어들로의 지향
   으로 이행할 때이다."(미하일 바흐찐, 이득재 역, ≪바흐찐의 소설미학≫, 열린
   책들, 1988, 125쪽.)

나카스나 아키노리 저, 강길중 외 역, ≪우아함의 탄생≫, 민음사, 2009.

미야자키 이치사다 저, 박근칠 외 역, ≪중국의 시험지옥 – 과거≫, 청년사, 1996(개정판).

박홍순, ≪히스토리아 대논쟁 도덕&지식인≫, 서해문집, 2008.

양녠췬 저, 명청문화연구회 역, ≪강남은 어디인가≫, 글항아리, 2015.

오경재 저, 홍상훈 외 역, ≪유림외사≫(상·하), 을유문화사, 2010.

자오위앤 저, 홍상훈 역 ≪증오의 시대≫, 글항아리, 2017.

자오위앤 저, 홍상훈 역 ≪생존의 시대≫, 글항아리, 2017.

진정 저, 김효민 역, ≪중국 과거문화사≫, 동아시아, 2003.

제5장 민간문학의 아화^{雅化}와 문학의식의 쇠퇴

1. 민간문학의 아화 전통

1) 사대부문학의 근원으로서 민간문학

고대 중국에서 운문 양식의 기원이라고 할 수 있는 ≪시경≫이 북방의 민간가요에서 비롯되었다는 것은 익히 살펴본 바이다. 또한 한나라 때의 '부^賦'도 남방 초^楚 지방의 민간가요에 형식적 기원을 두고 있으며, 오언시 역시 한나라 때의 악부민가를 바탕으로 발전된 형식이었다. 이처럼 중국문학의 역사에서 민간문학은 그 자체를 기록할 언어가 없이 구연의 형식으로 전승되었지만 나중에 상류문화에 채용됨으로써 자신의 흔적을 남겼고, 아울러 형식적이고 무료하게 변해 가는 상류문화에 활력을 불어넣어 주었다. 당나라 때에도 이백과 같은 대시인들은 악부시 형식을 훌륭하게 활용했고, 또한 당나라 중엽에 이르러 시문학이 생기를 잃어 갈 때 민간문학은 '신악부운동'과 같은 새로운 흐름에 중요한 자양분이 되어 주었다.

민간문학에서 기원한 양식 가운데 상류 문단에 가장 광범하게 영향을 미치며 성공적으로 정착한 예는 아마 송나라 때의 사^詞일

것이다. 당나라 때부터 기루妓樓를 중심으로 민간에서 널리 유행하던 노래 형식은 이미 당나라 중엽부터 사대부 문인들의 관심을 끌었다. 그 노래들은 실질적으로 한나라 이래의 악부민가를 계승한 것이었기 때문에, 이하李賀와 같은 시인들의 악부고시는 종종 기녀들의 노래로 불리곤 했다. 그러나 그것이 본격적으로 상류 사대부들 사이에서 문학으로 지위를 확보한 것은 당나라 말엽과 오대시기로 여겨진다. 그리고 송나라 때에 이르면 그것은 정통 문단에서도 새로운 운문 문학으로 발전하여 제왕으로부터 사대부 문인, 승려, 기녀들에 이르기까지 다양한 계층에서 지어지고 노래로 불렸다. 이러한 사의 흥성은 송나라 때에 상공업의 발전으로 도시가 번성하고, 그곳에 만연된 사치와 오락 풍조 속에서 강창과 같은 공연문화가 성행했던 것과도 관련이 있을 것이다.

그런데 이처럼 민간에서 기원한 문학 양식들이 상류문화에 채용되면 대개 부나 오언시가 그랬듯이 내용과 형식면에서 모두 세련되게 다듬어지게 된다. 이미 살펴본 것처럼 사의 경우에도 편폭이 긴 만사慢詞가 등장하고, 내용적으로 사대부 특유의 호방한 내용이 담김으로써 그것이 포괄하는 범위가 확대되고 격조가 높아졌다. 특히 주방언周邦彦 : 1056~1121과 같은 이들은 음률과 자구字句를 다듬어 집대성함으로써, 사 양식을 노래와는 일정한 거리를 둔 채 읊조리고 낭송하는 사대부들의 운문 문학으로 변화시키기도 했다.

2) 민간 서사문학의 아화

민간문학이 사대부 계층에 수용되거나, 혹은 적어도 민간문학에 관심을 가진 사대부들이 그런 형식의 문학 창작에 관여하면서 원래의 양식이 세련되게 변화하는 경향은 민간의 서사문학에서도 예외가 아니다. 예를 들어서 원나라 때의 잡극은 본래 소박하고 구어나 방언이 섞인 언어를 사용하여 공연을 염두에 두고 창작되었지만, 왕실보^{王實甫: 1234 전후}의 ≪서상기^{西廂記}≫가 나오면서부터 문인적 특성이 강해지기 시작했고, 원나라가 중원을 통일한 1279년 이후에 정광조^{鄭光祖: 1294 전후} 등에 의해 지어진 작품들은 지나치게 '곡률^{曲律}'에 얽매어서 아름답긴 하지만 부자연스럽고 형식적으로 변했다는 평가를 받고 있다. 이런 문인들의 작품은 공연보다는 대본 자체의 독서를 위해 창작되는 경향이 강했기 때문에, 내용 또한 대중과 밀접한 관련이 있는 현실 속의 사건보다는 재자가인^{才子佳人}의 사랑이나 궁중의 염문, 옛날 귀족의 낭만적이고 초현실적인 경험담 등으로 변질되었다. 명나라 때에 그 뒤를 이은 주유돈^{朱有燉: 1379~1439}과 주권^{朱權: 1378~1448} 역시 귀족적이고 형식화된 작품을 지었으며, 명나라 후기에 유행한 단극^{短劇} 역시 공연 위주에서 점차 독서용 대본으로 변해 갔다.

명나라 때의 전기^{傳奇} 역시 이런 흐름에서 벗어나지 못했다. 원나라 말엽에 강남 지역의 희곡작가 고명^{高明: 1306?~1359}에 의해 강남 지역 고유의 연극 양식과 잡극의 특성을 결합한 걸작 ≪비파기^{琵琶記}≫와 그 뒤를 이은 주권의 ≪형차기^{荊釵記}≫, 작자 미상의 ≪백토기^{白兎記}≫, ≪배월정^{拜月亭}≫, ≪살구기^{殺狗記}≫라는 걸작들이 연이어 나왔다. 그러나 사대부 문인의 손을 거친 이런 작품들은 내용과 형식에서 모두 섬세한 손질이 가해져서 민간문학 특유의 투박함과는 거리가 멀어져 있었다.

예를 들어서 동한 때 채옹^{蔡邕: 132~192}과 그의 아내 조오낭^{趙五娘}이 헤어졌다가 우여곡절 끝에 다시 만나는 이야기를 그린 ≪비파기≫는 그 이전부터 이미 민간에서 유행하고 있던 희문^{戲文}인 ≪조정녀채이랑^{趙貞女蔡二郞}≫을 각색한 것이다. 그런데 채옹이 아내와 부모를 버린 비정한 인간으로 그려진 ≪조정녀채이랑≫과는 달리 ≪비파기≫는 채옹을 다정하고 충효의 마음을 가진 인물로 바꿔 놓고,

모진 고통을 참아 내며 자신을 희생하는 조오낭을 통해 봉건 시대의 전형적인 부덕婦德을 갖춘 여인상을 제시하고 있다. 이 극본의 첫머리에 놓인 개장開場에서 작가 고명은 자신의 창작 의도를 이렇게 밝혔다.

가을 등불 푸른 장막 안에 밝혀 놓고 밤중에 책상에 앉아 책을 읽나니, 예로부터 지금까지 그간의 이야기들 얼마나 많은가? 재자가인의 이야기도 빠지지 않고 신선이나 저승의 괴물 얘기도 있지만 하찮은 것들이라 볼 만한 게 없구나. 그야말로 교화와 관계없는 것들이라면 좋다 한들 부질없다네. 전기傳奇로 말하자면 사람을 즐겁게 하기는 쉬워도 감동시키기는 어렵다네. 아는 사람이라면 이런 것을 주의해 본다네. 연기 동작이며 우스갯소리 같은 건 얘기하지 말고 음률도 따지지 말며, 오로지 자식의 효성스러움과 아내의 현숙함만 보아야지. 정말이지 준마가 바야흐로 홀로 내달리면 뭇 말들이 감히 선두를 다툴 수 있겠는가?

秋燈明翠幕, 夜案覽芸編,[1] 今來古往, 其間故事幾多般.[2] 少甚[3]佳人才子, 也有神仙幽怪, 瑣碎[4]不堪[5]觀. 正是不關風化[6]體, 縱[7]好也徒然. 論傳奇, 樂人易, 動人難. 知音君子, 這般[8]另作眼兒看. 休論揷科打諢,[9] 也不尋宮數調,[10] 只看子孝共妻賢. 正是驊騮[11]方獨步, 萬馬敢爭先. (副末開場, <水調歌頭>)

1) 芸編(운편): 책. 서적. '芸'은 본래 향초香草로서 책갈피 사이에 끼워 두면 벌레가 갉아 먹는 것을 방지할 수 있다.
2) 幾多般(기다반): 얼마나 많은가? '幾'는 의문사로서 '몇' 또는 '얼마나'라는 뜻이다. '多般'은 '갖가지' '여러 가지' 혹은 '많다'라는 뜻이다.
3) 少甚(소심): 무엇이 부족한가? 무엇이 빠져 있는가? '甚'은 의문사로서 '무엇'이라는 뜻이다.
4) 瑣碎(쇄쇄): 자질구레하다. 하찮다.
5) 不堪(불감): ~할 만하지 않다. ~하기에 맞지 않다.
6) 風化(풍화): 교화.
7) 縱(종): 설령 ~일지라도.
8) 這般(저반): 이와 같은. 이러한. 현대 중국어의 '這樣'과 같다. 여기서는 '이런 것들'이라는 뜻이다.
9) 揷科打諢(삽과타원): '揷科'는 배우들의 연기 동작을 집어넣는 것이

고, '打諢'은 우스갯소리를 하는 것이다.

10) 尋宮數調(심궁수조): 궁조宮調 즉 음률을 자세히 따져 추구하다.

11) 驊騮(화류): 원래 주周나라 목왕穆王이 갖고 있던 8마리 준마 가운데 하나의 이름이지만, 여기서는 일반적인 의미의 준마를 가리킨다.

이처럼 사대부 문인에 의해 다듬어진 민간문학은 재미 자체보다 유가 윤리를 널리 전파하고 민중을 교화하는 것과 같은 목적의식을 가짐으로써 정통 시문과 같은 역할을 추구하게 된다. 양진어梁辰魚 : 1520~1580의 《완사기浣紗記》가 나온 뒤부터 널리 성행하기 시작한 '곤곡崑曲' 역시 곡사曲詞를 중시하는 탕현조湯顯祖 일파와 곡률曲律을 중시한 심경沈璟 : 1555?~1615? 일파의 차이는 있을지라도 모두 사대부 문인의 취향에 어울리게 세련된 작품을 추구했다는 점은 공통적이며, 이옥李玉 : 1591?~1671?과 같이 무대 연출을 염두에 둔 통속적인 작품을 창작해 낸 이는 매우 드물었다.

<遠地遊>	<맴돌며 노닐다>
[旦] 夢回鶯囀1)	[단] 꿈 깨어나니 꾀꼬리 지저귀고
亂煞年光2)遍	어지럽기 그지없이 봄빛 가득하네.
人立小亭深院	깊은 뜰 작은 정자에 서 있는 한 사람.
[貼3)] 炷4)盡沈煙	[첩] 심지는 다 타고 향 연기 가라앉아
抛殘繡線	수놓다 남은 실 내던지니
恁5)今春關情6)似去年	금년 봄의 마음은 어찌 작년과 같은지?

1) 囀(전): 지저귀다. 울어대다.

2) 年光(연광): 여기서는 '春光(춘광)' 즉 '봄빛'이라는 뜻이다.

3) 貼(첩): 희곡의 배역[脚色] 이름으로서 '貼旦'을 가리킨다. 이것은 여주인공 다음으로 중요한 여자 배역이며, '風月旦(풍월단)' 또는 '作旦(작단)'이라고도 부른다.

4) 炷(주): 등잔의 심지.

5) 恁(임): 여기서는 '어찌'라는 의문사로 쓰였다.

6) 關情(관정): 사람이나 사물에 대해 관심을 갖고 중시하는 마음.

위 노래는 탕현조의 대표작 '옥명당사몽^{玉茗堂四夢}' 가운데 하나인 ≪환혼기^{還魂記}≫(≪모란정^{牡丹亭}≫이라고도 함)의 일부로서, 전체 55착^{齣} 중의 제10착 <경몽^{驚夢}>에 나오는 노래이다. 이 작품의 여주인공인 두여낭^{杜麗娘}은 봄날 정원을 거닐다가 피곤하여 모란정에서 낮잠을 자다가 꿈속에서 어느 청년과 만나 사랑을 나눈다. 꿈에서 깬 그녀는 그 사랑 때문에 상사병에 걸려 죽어서 매화나무 아래에 묻힌다. 한편 남주인공 유몽매^{柳夢梅}는 과거시험을 보러 가다가 두여낭의 집에 묵게 되어서 그녀의 자화상을 얻고, 그의 꿈속을 찾아온 두여낭의 혼백이 지난 사랑을 되살려 놓는다. 이 뜨거운 사랑 때문에 결국 그녀는 죽음마저 이겨내고 환생하게 되고, 우여곡절 끝에 그녀는 장원으로 급제한 유몽매와 부부가 된다. 남녀의 낭만적이고 초현실적인 사랑 속에 상류사회의 도덕적 가식과 봉건예교의 폐단, 관료들의 부패와 과거제도의 문제점 등에 대한 풍자를 담은 이 작품은 이처럼 함축적이고 아름다운 노래로 엮여 있다. 그러나 몇몇 단어를 제외한 노래 가사는 대부분 문언으로 되어 있기 때문에 실제 공연보다는 대본을 읽고 감상하기에 더 적합하다고 할 수 있다.

2. 고전소설과 아속^{雅俗}의 융합

1) 소설 속의 아속 융합 양상

비록 '설화'와 같은 공연 양식에 기원을 두고 있지만 중국의 소설이 명나라 때부터 본격적으로 책의 형태로 생산되면서 문인들의 참여가 확대되었다는 사실은 앞서 설명한 바 있다. 또한 풍몽룡의 경우와 평점가들의 활동에서 설명했듯이, 문인들이 소설의 창작과 출판에 관여하면서 작품이 전체적으로 세련되게 변했고, 그와 더불어 문인화가 동시에 진행되었다. 앞서 살펴본 ≪서유기≫에서 석태^{石泰}의 난해한 시 ≪환원편≫을 융합한 것도 그런 예라고 할 수 있다. 특히 장편소설과 희곡의 창작에서 작품 전체의 줄거리를 구성하는 기교가 급속도로 발전한 것은 글의 시작^[破題]부터 끝^[束語結句]까지 치밀한 구성을 이뤄야 하는 팔고문의 훈련으로부터 적지 않은 영향을 받았다고 할 수 있다. 책으로 출판된 소설들은 종종 그 작품의 창작(또는 개작)에 나름대로 명망이 있는 사대부 문인의 손길이 닿았음을 내세우기 위해 문장을 더 다듬고, 그 안에 교묘한 풍자를 덧씌우거나 문인들의 취향에 맞는 다양한 요소들을 첨가함으로써 예술적 측면과 사상적 측면에서 모두 고상하게 윤색한 흔적이 점점 뚜렷해진다.

≪삼국지연의≫의 경우 이른바 '이탁오선생비평^{李卓吾先生批評}'이라는 수식어를 붙인 판본에 상당한 문학적 소양을 갖춘 명나라 때의 문인 주례^{周禮 : 1457?~1525?, 호는 정헌靜軒}가 쓴 시가 삽입된 것 역시 그런 윤색 과정에서 일어난 일이다. 나아가 청나라 초기의 모종강은 이 판본을 토대로 대대적인 수정을 가하여 오늘날까지 널리 유행하는 100회본 ≪삼국지연의≫로 집대성했다. 건륭 34년⁽¹⁷⁶⁹⁾에 세덕당^{世德堂}에서 간행된 ≪삼국지연의≫의 권수^{卷首}에 실린 <범례^{凡例}>에 제시된 모종강의 개작 내용은 다음과 같은 열 가지로 요약된다.

① '지호자야^{之乎者也}'와 같이 난삽한 문언을 읽기 쉽게 고침
② 이야기의 내용 가운데 실제 역사의 내용을 잘못 쓴 것을 바로잡음
③ 등장인물과 관련된 주요 역사적 사건을 보충
④ <출사표^{出師表}>와 같은 주요 인물들의 문장을 보충

⑤ 이전 판본의 회 제목을 120회로 정리하고, 2구절의 대구^{對句}로 제목을 붙임

⑥ 이전 판본에 수록되었던 정체불명의 '이탁오 평점'을 삭제하고 새롭게 평점을 붙임

⑦ 이야기의 성격에 따른 권점^{圈點}을 바로잡음

⑧ 옛 판본에 삽입된 주례^{周禮}의 시를 삭제하고 당·송 명사의 작품으로 대체

⑨ 종요^{鍾繇}, 왕랑^{王郎} 등의 작품으로 날조해 넣은 칠언율시를 삭제

⑩ 관우^{關羽}가 초선^{貂蟬}을 벤 일과 같이 후세 사람들이 날조한 이야기를 삭제

이 수정에서 역사적 사건과 문장을 보충하거나 바로잡고 시를 당·송 문사의 작품으로 대체하는 등의 수정은 거의 전적으로 사대부 문인 독자를 위한 배려라고 할 수 있다. 일반 시민 독자의 경우는 이야기의 줄거리와 재미 자체에 더 관심이 있지 사건의 정확성이랄지 장식적으로 들어간 시 같은 데에는 관심이 없을 것이기 때문이다. 한편, <범례>에는 언급되어 있지 않지만, 모종강의 개작에서는 유비^{劉備}를 옹호하고 조조^{曹操}를 폄하한다는 기존 판본들의 공통적인 주제를 촉한정통^{蜀漢正統}의 역사적 관점을 토대로 전개하고 있는 것도 중요한 차이점이다.

'사대기서' 가운데 특히 ≪금병매≫는 문인의 개입에 의해 예술성이 증대됨으로써 가장 현대적인 의미의 소설에 접근한 작품으로 평가되고 있다. 이 작품은 대단히 현실적인 도시민의 삶을 그리면서 아울러 파격적인 외설적 묘사가 표면적인 특징으로 드러나 있다. 그러나 유가 윤리의 제약에 대해 거의 전^全 방위적으로 저항하는 이 작품에는 대단히 심각한 지식인의 사유가 내포되어 있기 때문에, 현대의 연구자들은 종종 이 작품에서 겉으로 드러난 외설적 문장을 넘어서는 심오한 주제에 대해 논의하곤 한다. 즉 이 작품이 단순히 노골적인 성애^{性愛} 묘사로 천박한 인기를 모으려는 외설서가 아니라 불교의 인과응보 사상을 다룬 작품이라든가, 선악의

가치관에 얽매이지 않고 시대 현실을 있는 그대로 폭로하는 자연주의적인 작품, 심지어 도교의 연단술에 대해 은유적으로 서술한 작품이라는 식의 다양한 해석이 이루어지고 있는 것이다. 이런 다양한 해석들은 공통적으로 이 작품에 어떤 일관된 작가의식이 깃들어 있음을 강조하고 있다. 또한 세밀하고 특이한 것에 관심이 많았던 남종화풍南宗畵風과 소품문小品文의 영향은 장면의 세부묘사에 사대부 문인의 취향을 첨가했다. 훗날의 《홍루몽》에서와 마찬가지로 이 작품에 자주 나타나는 정원과 규방의 풍경에 대한 섬세한 묘사는 그런 영향의 결과라고 할 수 있겠다.

특히 치밀하고 일관되게 구성된 이 작품의 내면적 구조는 가장 속된 이야기 소재를 심오하고 형이상학적인 주제를 담은 매체로 변환시키는 문인의 세련된 기술을 잘 보여주는 예라고 할 수 있다. 100회로 이루어진 이 작품은 기본적으로 한 회에 두 가지 또는 서너 가지의 이야기로 구성되어 있다. 그리고 한 회에 담긴 각각의 이야기들은 대비를 통해 다른 이야기를 부각시키는 효과를 염두에 두고 안배되어 있는 듯한 경향이 강하다. 또한 작품 전체는 10회를 하나의 단위로 나뉘어 있으며, 이 10회는 각각 공통의 주제를 중심으로 연결되면서도 점진적으로 중요한 사건이 고조되거나 반전되는 순서로 나열되어 있다. 이런 고조나 반전은 주로 일곱 번째 회에서 많이 나타나며, 각 단위의 아홉 번째 회에서는 종종 이야기의 절정이 나타난다. 이런 절정은 요동치는 파도처럼 10회를 단위로 나타나면서 전체적으로 균형 잡힌 구조를 보여준다.

이처럼 문인 작자의 개입으로 인해 통속적인 소설은 작품의 주제와 구조, 문장 등의 여러 방면에서 예술성이 높아지게 된다. 아울러 작품 전체를 관통하는 작가의식이 점점 강화되면서 한층 세련된 문학 양식으로 발전할 수 있는 기반을 제공한다. 그러나 중국 전통사회의 구조적인 정체로 인해 이런 기반은 활력 있는 제도로서 소설문학을 확립시키지 못했다. 다만 청나라 때에 들어서

538

≪요재지이≫와 같은 풍자소설이나 ≪유림외사≫와 ≪홍루몽≫ 같은 빼어난 작품이 출현하게 된 것은 이와 같은 아속 융합으로 인한 수확이라고 할 수 있다.

2) 시로 쓴 소설 ≪홍루몽紅樓夢≫

사대부 문인 취향으로 세련되게 아화한 소설 작품으로 대표적인 것은 무엇보다도 ≪홍루몽≫을 꼽을 수 있다. 오늘날까지 중국인에게 가장 인기 있는 고전소설로 꼽히는 이 작품은 그 작품만을 대상으로 '홍학紅學'이라는 전문 분과가 만들어져서 세계적으로 많은 학자들이 참여하여 열띤 논쟁을 벌일 정도로 관심이 높다.

기존의 설명에 따르면, ≪홍루몽≫은 원작자로 알려진 조설근曹雪芹 : 1719?~1763이 살아 있을 때부터 필사본의 형태로 유행했으며, 그 당시는 제목도 ≪석두기石頭記≫였고 작품 분량도 80회였다고 알려져 있다. 그러다가 1791년에 활자본으로 출간된 작품은 정위원程偉元 : 1742?~1818?과 고악高顎 : 1740?~1815?이 뒷부분 40회를 덧붙여서 120회가 되었으며, 이후 이 작품은 주로 120회로 널리 유통되었다. 원작자로 알려진 조설근은 강희제 때에 권세 높았던 관리 조인曹寅 : 1658~1712의 손자로서 유년 시절에 부유한 삶을 경험했으나 조부가 죽은 후 집안이 몰락하면서 험난한 인생을 살아야 했는데, 이런 자신의 경험과 집안의 몰락을 근거로 창작해 낸 것이 바로 ≪홍루몽≫이라는 것이다. 그러나 이 작품의 최종 완성자의 신분 및 그와 연관된 작품의 주제에 대해서는 관점에 따라 여러 가지 이설이 있다. 특히 최근 들어서는 이미 정위원과 고악이 이 작품을 간행하기 전에 120회 분량의 작품이 있었다는 증거가 발견되었으며, 이에 따라 최종 완성자가 누구인지는 확실히 알 수 없다는 견해가 더 설득력 있게 여겨지고 있다.

외형적으로 나타난 ≪홍루몽≫의 구조는 삼중적이다. 첫째는 이야기의 시작과 끝을 연결하는 배경으로서 신통력을 가진 돌과 신선들에 얽힌 사연이다. 즉 신통력을 가진 돌이 득도한 승려와 도사의 도움으로 인간세계의 파란만장한 삶과 정해情海를 경험하고 다시 돌로 되돌아간다는 전형적인 '몽유夢遊' 형식의 패턴이다. 두 번째는 그 돌이 사람의 모습으로 태어난 집안을 중심으로 펼쳐지는 인간세계의 드라마로서, 이 작품의 실질적인 중심이 되는 이야기라고 할 수 있다. 그 돌은 권세 높은 가賈씨 집안의 도련님으로 태어나 가보옥賈寶玉=假寶玉=石頭이라는 이름을 갖게 되고, 이어서 설보차薛寶釵, 임대옥林黛玉을 비롯한 '금릉의 열두 미녀〔金陵十二釵〕'와 애증으로 뒤얽힌 갖가지 사건에 휘말렸다가 결국 승려가 되어 출가한다. 세 번째는 왕비를 배출한 집안으로서 막강한 권세를 가진 가씨 집안과 그 주변의 다양한 인물들을 통해 가씨 집안에 내재된 부조리와 필연적인 몰락의 과정에 대한 서술이다.

그런데 서로 긴밀하게 얽힌 이 세 가지 층위의 구조 가운데 어느 것을 중시하느냐에 따라 이 작품의 주제도 다양하게 해석된다. 즉 이 작품은 한바탕 환상에 지나지 않는 속세의 삶이란 부질없는 것이므로 희로애락 같은 감정에 휩쓸리지 말아야 한다는 불교적 주제를 담은 상징적 내용이라고 해석될 수도 있고, 그 자체로 봉건 왕조를 상징하는 거대한 가문의 몰락을 통해 역사적 교훈을 주는 내용이라고도 해석할 수 있으며, 또한 한 집안을 둘러싼 복잡한 인간관계의 내면을 파헤치면서 진정한 사랑은 무엇인가를 제시하는 드라마라고도 해석될 수 있는 것이다.

무엇보다도 이 작품은 작자(들)의 철저한 계획을 바탕으로 설계된 것이기 때문에 독자에게 고도의 사유를 요구하는, 극도로 문인화된 작품이라는 점이 특징적이다. 이 작품의 작자(들)는 겉으로 드러난 한 집안의 이야기가 아니라 그 이면에 내재한 진실인 삶의 궁극적 모습을 보여주고자 했다. 또한 그런 이야기의 전개 과정에서 각기 뚜렷한 개성을 갖춘 수백 명의 인물들이 복잡하게 뒤얽혀 등장하면서, 그들의 내밀한 심리를 치밀하고 심층적으로 묘사하고 있기 때문에 '사대기서'와 같은 이전의 작품들에 비해 이 작품을 올바로 감상하기 위해서는 독자들의 '읽는 기술'과 철학적 사유가 훨씬 많이 요구된다. 독자와 작품 사이의 이러한 긴장이야말로 진정으로 의식 있는 개인적 독서를 위한 문학작품의 탄생을 추진하는 힘이다.

그런데 청나라 때까지의 문학 환경에서 독자들의 '읽는 기술'은 기본적으로 시적 사유의 연장선에서 이루어질 수밖에 없었다. 《홍루몽》이 나오기 전까지 서사문학은 아직 잘 짜인 몇 가지 사건을 제시하는 수준 이상으로 발전하지 못했는데, 그것은 기본적으로 당시까지는 아직 서사문학의 주요한 향유계층이 문학적 훈련을 충분히 받지 못한 시민 대중이었기 때문이다. 그러나 《유림외사》와 《홍루몽》이 유행한 청나라 중엽에는 상당수의 사대부 문인들이 서사문학에 관심을 갖게 됨으로써 작품의 예술성이 높아지고, 이에 따라 서사 문학작품에도 사대부 문인들의 문학적 소양이 반영되게 되었다. 다만 그들 역시 전통적인 시와 산문에 익숙했기 때문에 줄거리의 치밀한 구조나 반전 등이 구체적으로 제시된 작품보다는 '언어 바깥' 즉 행간의 의미가 풍부한 서사를 더 수준 높은 것으로 간주하는 경향이 있었던 듯하다.

《홍루몽》은 이야기의 배경도 귀족 집안일뿐만 아니라 주요 등장인물들의 대화 역시 사대부 문인의 문화를 반영하여 점잖고 고상한 어휘를 많이 사용했다. 이들의 대화에는 시 구절이나 경전 및 역사서의 내용들이 직접적으로 인용되기도 하고, 심지어 백화를 사용한 서술문에서도 사이사이에 시적인 묘사를 연상케 하는 문장들이 많이 들어 있다. 다음 예문을 살펴보자.

가보옥은 눈을 감자마자 몽롱하고 황홀한 잠에 빠져들었다. 꿈속에서는 마치 진씨(진가경[秦可卿]을 가리킴)가 앞장서서 느긋하고 거침없이 걸어가고 있는 듯했는데, 가보옥은 그녀를 따라 어느 곳에 이르렀다. 그곳은 붉은 난간에 옥같이 하얀 돌로 지어진 건물들과 맑은 계곡물이 흐르는 푸른 숲이 있었으며, 정말이지 인적이 닿지 않고 먼지조차 날아들지 않는 곳이었다. 가보옥은 꿈속에서 기뻐하며 생각했다.

'여긴 정말 멋진 곳이군! 여기서 일생을 살아야지. 집을 떠나야 한다 해도 좋아. 날마다 부모님과 사부님께 꾸중이나 듣는 것보다 훨씬 낫지 뭐야!'

이렇게 황당한 생각에 빠져 있을 때, 갑자기 산 뒤편에서 누군가의 노랫소리가 들려왔다.

春夢隨雲散　　봄날의 꿈은 구름 따라 흩어지고
飛花逐水流　　흩날린 꽃잎은 물길 좇아 흘러가네.
寄言衆兒女　　물어 보자, 여러 소년 소녀들아
何必覓閑愁　　왜 굳이 시름을 찾아다니는지?

가보옥이 듣기에 그것은 여자의 목소리였다. 노래가 채 끝나기도 전에 저쪽에서 미녀 하나가 걸어 나왔는데, 날렵하고 아름다운 걸음걸이가 분명 속세의 사람과는 달랐다. 이걸 증명하는 부賦가 있다. (…중략…)

가보옥은 이 여인이 선녀인 것을 알고 무척 기뻐하며 황급히 다가가서 절하고 웃으며 말했다.

"선녀 누나, 어디서 오셨는지 모르지만 지금 어디 가시는 중인가요? 저도 여기가 어디인지 모르겠으니 좀 데려가 주실래요?"

"저는 이한천離恨天 관수해灌愁海에 살아요. 방춘산放春山 견향동遣香洞1)의 태허환경太虛幻境에 사는 경환선고警幻仙姑가 바로 저랍니다. 저는 인간세상의 사랑과 속세의 남녀들이 품고 있는 사랑의 원한과 어리석은 열정을 관장하고 있어요. 근래에 전생의 업業으로 애증에 얽힌 이들이 이곳에서 벗어나지 못하는지라, 찾아와서 기회를 살펴보고 그리움을 나눠 줄 참이지요. 오늘 갑자기 당신을 만난 것도 우연이 아니랍니다.

제 거처는 여기서 그다지 멀지 않아요. 별건 없고, 제가 직접 딴 신선계의 차 한 잔과 직접 빚은 술 한 동이, 그리고 평소에 천마무天魔舞2)를 연습시켜 놓은 아가씨들이 몇 명 있지요. 그리고 ≪홍루몽≫이라는 신선의 노래 12가락을 새로 지었는데, 저를 따라 한 번 가 보실래요?"

가보옥은 그 말을 듣자, 진씨가 어디에 있는지조차 잊어버린 채 경환선고를 따라갔다. 어느 곳에 이르자 가로로 걸쳐진 돌비석이 하나 나타났는데, 그 위에는 커다란 글씨로 '태허환경'이라고 새겨져 있었고, 양옆에는 다음과 같은 대련이 있었다.

假作眞時眞亦假　　거짓이 진실이 될 때는 진실 또한 거짓이 되고
無爲有處有還無　　없음이 있음으로 변하는 곳에서는 있음이 오히려
　　　　　　　　　없음이 된다네.

패방牌坊을 돌아 지나자 궁궐의 대문 하나가 나타났는데, 위에는 '죄의 바다와 애정의 하늘'이란 뜻을 나타내는 '얼해정천孽海情天'이라는 글자가 가로로 커다랗게 적혀 있었다. 그리고 다음과 같은 대련이 한 폭 걸려 있었다.

地厚天高　　　　　땅은 두텁고 하늘은 높은데
堪嘆古今情不盡　　안타깝구나, 고금의 애정은 한이 없네.
癡男怨女　　　　　어리석은 사랑에 빠진 청춘남녀여
可憐風月債難酬　　불쌍하게도 사랑의 빚은 갚기 어렵구나.

가보옥은 그것을 보고 속으로 생각했다.
'아하! 그런 뜻이었구나. 그런데 '고금의 애정'이니 '사랑의 빚'이란 건 뭐지? 어쨌든 지금부터 조금씩 알게 되겠지.'
단지 이런 생각을 한번 해 봤을 뿐인데, 뜻밖에도 이 때문에 사악한 마귀를 마음속 깊이 불러들이는 결과를 낳고 말았다. 그런 줄도 모르고 그는 선녀를 따라 둘째 문을 들어서 양쪽으로 죽 늘어선 궁전들 앞에 이르렀다. 그 궁전들에는 모두 현판과 대련이 걸려 있었지만, 짧은 시간에 그 많은 것들을 다 볼 수는 없었다. 하지만 몇 군데 적힌 것들은 대충 '치정사癡情司', '결원사結怨司', '조제사朝啼司', '모곡사暮哭司', '춘감사春感司', '추비사秋悲司' 등이었다.
그걸 보고 그가 선녀에게 말했다.
"번거로우시겠지만, 저 건물들을 하나씩 구경하고 싶은데, 안내를 좀 해 주실 수 있겠습니까?"
"이 부서들에는 모두 온 세상 여자들의 과거와 미래를 적은 장부가 보관되어 있지요. 하지만 당신은 속세에 사는 몸이니 그런 걸 미리 알면 곤란해요."

가보옥이 그 말을 듣고 어디 수긍하려 했겠는가? 그가 다시 여러 차례 간곡히 부탁하자 결국 경환선고도 손을 들고 말았다.

"좋아요. 그럼 이 건물의 내부만 살짝 구경시켜 드리지요."

가보옥은 너무 기뻐서 어쩔 줄 몰라 하며 고개를 들어 그 건물의 현판을 쳐다보았다. 거기에는 '야박한 운명을 관리하는 관청'이란 뜻의 '박명사薄命司'라고 있었고, 문 양쪽에는 다음과 같은 대련이 걸려 있었다.

| 春恨秋悲皆自惹 | 봄날의 한도 가을날의 슬픔도 모두 스스로 불러일으킨 것 |
| 花容月貌爲誰妍 | 꽃 같은 얼굴과 달 같은 자태는 누구를 위한 아름다움인가? |

가보옥은 금방 그 뜻을 이해하고 감탄해 마지않았다. 문 안으로 들어서자 10여 개의 큰 궤짝이 보였는데, 그것들은 모두 종이로 봉해져 있었다. 그리고 그 종이 위에는 각 지역의 지명이 적혀 있었다. 그는 오로지 자기 고향의 지명이 적힌 것을 고르느라 다른 지역의 것들은 무심히 보아 넘겼다. 그때 저쪽 궤짝에 붙인 종이 위에 커다란 글씨로 '금릉십이차정책金陵十二釵正冊'이라고 적혀 있는 것이 보였다. 가보옥이 물었다.

"왜 이런 제목이 붙은 건가요?"

"그건 바로 당신 고향에서 가장 뛰어난 열두 명의 여자에 관한 기록이기 때문에, '정책'이라고 한 것이지요."

"사람들이 항상 금릉이 아주 큰 곳이라고 하던데, 거기에 어떻게 여자가 열두 명밖에 없단 말인가요? 우리 집만 하더라도 위아래로 수백 명의 여자애들이 있는데요."

"호호, 물론 당신 고향에 여자가 많긴 하지만, 그 가운데 중요한 인물만 뽑아 기록한 것이지요. 그 아래쪽에 있는 두 개의 궤짝은 그 다음으로 중요한 여자들이지요. 그밖의 평범한 무리들은 책에다 기록할 만한 가치도 없어요."

가보옥이 다시 두 궤짝을 내려다보니, 거기에는 각각 '금릉십이차부책金陵十二釵副冊', '금릉십이차우부책金陵十二釵又副冊'이라고 적혀 있었다. 가보옥은 우선 손에 닿는 대로 '우부책'이 담긴 궤짝을 열고 한 권을 집어 들어 펼쳐보았다. 그 첫 페이지에는 그림이 한 폭 그려져 있었는데, 인물화도 산수화도 아니고 단지 종이 가득 먹물이 먹구름처럼 흐린 안개처럼 번져 있을 따름이었다. 그 뒷면에는 다음과 같은 몇 줄의 글이 적혀 있었다.

霽月難逢	맑은 하늘의 달은 보기 어렵고
彩雲易散	오색구름은 쉽사리 흩어지네.
心比天高	마음은 하늘보다 높지만
身爲下賤	몸은 비천한 신세라네.
風流靈巧招人怨	사랑스럽고 뛰어난 풍류는 남의 시샘만 초래할 뿐.
壽夭多因誹謗生	오래 살고 요절함은 대개 비방 때문에 생기는 것.
多情公子空牽念	정 많은 도련님은 공연히 근심만 하네.[3]

다시 뒷장을 보니 갓 피어난 한 다발 꽃과 해진 돗자리 하나가 그려져 있었다. 그리고 그 뒤에는 다시 다음과 같은 노래가 적혀 있었다.

枉自溫柔和順	부질없이 온화하고 유순하기만 하니
空云似桂如蘭	헛되이 계수나무나 난초 같다고 칭찬하네.
堪羨優伶有福	어릿광대더러 복도 많다고 부러워하지만
誰知公子無緣	뉘라서 알랴, 도련님과는 인연이 없는 것을![4]

가보옥은 그게 무슨 뜻인지 알 수 없었다. 그래서 그는 이 책을 던져 버리고, '부책'이 들어 있는 궤짝을 열고 한 권을 꺼내서 펼쳐 보았다. 이 책의 첫 페이지에는 한 그루 계수나무 아래 연못이 하나 있는데, 그 안은 물이 말라서 연꽃이 시들어 뿌리까지 썩어 버린 모습이 그려져 있었다. 그 뒤쪽에는 이런 글이 적혀 있었다.

根幷荷花一莖香	뿌리와 연꽃은 한 줄기를 이루어 향기 피우지만
平生遭際實堪傷	평생의 처지는 실로 애절한 슬픔뿐이로다.
自從兩地生孤木	두 땅에서 외로운 나무가 자라난 뒤에
致使香魂返故鄕	향기로운 영혼은 고향으로 돌아가게 될지니![5]

가보옥은 여전히 무슨 소리인지 알 수 없었다. 그래서 다시 그 책을 내던지고, 이번엔 '정책'을 집어 들고 살펴보았다. 그 첫 페이지에는 두 그루 말라 죽은 나무가 그려져 있었는데, 그 위에는 옥으로 만든 허리띠가 하

나 걸려 있었다. 그리고 땅바닥에는 눈이 쌓여 있었는데, 눈 속에는 금비녀가 하나 떨어져 있었다. 다시 그 뒤에는 다음과 같은 네 구절의 노래가 적혀 있었다.

可嘆停機德　한탄스럽구나, 베틀을 멈춘 덕성이여!
堪憐詠絮才　가련하구나, 버들 솜 읊는 재주여!
玉帶林中掛　옥 허리띠는 숲속에 걸려 있고
金簪雪裏埋　금비녀는 눈 속에 묻혀 있네.[6]

가보옥은 여전히 그 뜻을 알 수 없었다. (≪홍루몽≫ 제5회 부분)

1) 본문의 '견향동遣香洞'을 '선향동選香洞'으로 쓴 판본도 있다.
2) 천마무天魔舞는 본래 당나라 때 궁정에서 쓰던 일종의 무악舞樂이다. 원나라 순제順帝 때인 지정至正 14년[1354]에 제정한 '천마무'는 16명의 궁녀가 보살의 모습으로 분장한 채 다양한 악기의 반주에 맞춰 춤추는 것이었다.
3) '맑은 하늘의 달[霽月]'은 '청晴'자를 뜻하고 '오색구름[彩雲]'은 '문雯'자를 암시하니, 이것은 가보옥의 하녀인 청문晴雯의 운명을 암시한 노래이다. 그녀는 성품이 거리낌 없고 직설적이어서 주위 사람들의 미움을 받았으며, 결국 습인襲人의 악의에 찬 밀고를 받은 왕 부인이 그녀와 가보옥 사이의 관계를 의심하여 억울하게 내쫓아 버린다. 또한 '쉽사리 흩어진다'라는 구절에서 암시된 것처럼 그녀는 앓고 있던 병이 악화되어 요절하게 된다. '정 많은 도련님' 가보옥은 그녀가 죽어서 부용꽃이 되었다는 말을 듣고 제문을 지어 영혼을 위로한다.
4) 그림 속의 돗자리[席]와 습襲은 중국어 발음이 모두 xí이다. 따라서 이 노래는 가보옥의 시녀인 습인의 운명을 암시한 것이다. 광대[優伶]는 나중에 그녀의 남편이 되는 배우 장옥함蔣玉菡을, 그리고 마지막 구절의 '도련님'은 가보옥을 가리킨다. 지연재脂硯齋의 평점評點에 따르면, 이 노래의 후반부 두 구절은 습인이 장옥함과 결혼하기 전에 가보옥과 잠자리를 같이하게 된다는 것을 암시한다고 했다.
5) 그림 속의 계수나무는 설반薛蟠의 본처인 하금계夏金桂를, 연꽃은 진비甄費=眞廢. 자는 土隱의 외동딸인 영련英蓮=應憐을 가리킨다. '두 땅의 외로운 나무'는 두 개의 '토土'와 하나의 '목木'으로 이루어진 글자, 즉 '계桂'를 암시한다. 영련은 나중에 유괴되어 여주인공 설보차薛寶釵의 오빠인 설반의 첩으로 팔리면서 이름이 향릉香菱으로 바뀌는데, 하금

계에게 모진 학대를 당하다가 죽는다.

6) 이것은 두 여주인공인 설보차와 임대옥의 운명을 암시한다. '베틀을 멈춘 덕성'은 남편에게 내조를 잘하는 훌륭한 아내의 덕성을 가리키며, 여기서는 설보차를 찬양한 것이다. '버들 솜 읊는 재주'는 임대옥의 뛰어난 시재詩才를 빗댄 것이다. 이밖에도 '눈[雪]'(설薛과 발음이 같음)과 '비녀[簪]'(차釵와 뜻이 같음)는 설보차를, '숲[林]'과 '옥玉'은 임대옥을 암시한다.

이처럼 ≪홍루몽≫에 담긴 시와 노래[詞]들은 해당 문맥의 흐름에서 세련된 양념으로 활용될 뿐만 아니라 작품 전체의 줄거리를 암시하는 복선伏線의 역할도 함께 수행하고 있다. 이것은 이 작품을 제대로 이해하기 위해서는 시적인 감수성과 상상력을 함께 동원해야 하면서 '해음諧音'과 같이 시에서 자주 사용하는 수사법을 능숙히 활용하여 읽어 나가야 한다는 것을 의미한다. 그러므로 ≪홍루몽≫은 고대 중국의 전통적인 문학 환경 속에서 가장 이상적인 아속의 융합을 실현한 걸작이라고 할 수 있다.

3) 문학적 전통의 집대성

≪홍루몽≫은 전통시기 중국에서 축적된 사회와 문화 전반에 걸친 사유와 문학적 역량을 집대성하여 새로운 경지로 끌어올린 걸작으로 널리 평가를 받고 있다. 특히 문학적 측면에서 이 작품은 백화소설의 형성 단계부터 비약적인 발전을 이루기 시작한 중국적 서사 전통의 총화總和로서 이른바 '시적 서사'라고 불리는 획기적인 성과를 성공적으로 이루어 냈다. 그러므로 당연히 이 작품에는 이전까지의 중국문학 전 방위를 포괄하는 걸작들에서 사용되었던 다양한 모티브와 표현 기법, 서사 기법들이 다양한 측면에서, 그리고 무엇보다도 창의적인 방식으로 활용되고 있다. 이 때문에 ≪홍루몽≫과 전통문학 사이의 전승관계를 얘기할 때에는 논자의 관점에

따라 수많은 주장들이 제기될 수 있었고, 사실상 그런 주장들 가운데 어떤 것도 완전히 견강부회牽强附會라고 비판할 수 없는 상황이다.

지금까지 학자들의 논의에서 외적인 형식상 장회소설인 이 작품의 창작 모티브는 의외로 이 작품이 탄생한 청나라 중엽 이전까지 중국의 시가문학에서 비롯되었다는 주장이 많다. 이것은 이미 1784년에 간행된 ≪홍루몽≫ 갑진본甲辰本의 서문을 쓴 몽각주인夢覺主人이 작품 제목의 출처에 대해 "홍루의 많은 여자들은 백거이白居易의 시에서 증명된다.〔紅樓富女, 詩證香山〕"라고 언급한 이래 많은 이들이 백거이의 ≪진중음秦中吟≫ <의혼議婚>에 들어 있는 "화려한 누각 부유한 집안의 딸, 금실 수놓은 비단옷 입었구나.〔紅樓富家女, 金縷繡羅襦〕"라는 구절을 제목의 유래로 여겨 왔던 관행을 따른 것이다. 게다가 백거이의 시 <입비立碑>와 <청석靑石>에서 각기 글이 새겨진 오래된 비석을 언급하고 돌을 대신해서 얘기한다는 내용이 들어 있는 점도 이런 추측을 뒷받침한다고 여겨졌다. 무엇보다도 '다양한 문체를 두루 갖춘〔文備衆體〕' 것을 특징으로 하는 이 작품에 직접 인용되거나 변용變容된 당·송 시대 시인의 작품들이 대단히 많다는 점도 이런 식의 발상을 부추기는 원인 가운데 하나일 것이다. 이에 따라 최근에는 이 제목의 출처를 백거이보다는 이상은李商隱의 시에서 찾는 것이 더 타당하다는 주장이 제기되기도 했고, 그보다 더 넓게 당시唐詩의 전반적인 의상意象을 통해 제목의 유래를 설명하기도 한다. 또한 작품의 내용과 표현 수법을 근거로 두보의 시와 관련지어 설명하기도 하고, 이 작품이 '차감借鑒'하고 있는 당·송 시대 시가 전반에 주목하기도 한다.

이와는 별도로 ≪홍루몽≫의 작품 전반을 관통하는 '꿈'과 덧없는 인생을 비유하는 '남가일몽南柯一夢'이라는 오래된 이야기 형식 사이의 관계를 설명하기도 하고, 전생前生의 경력을 돌에 기록한다는 이야기의 출발점으로 멀리 당나라 때 원교^{袁郊}의 《감택요^{甘澤謠}》에 수록된 <원관^{圓觀}>의 이야기와 《홍루몽》 앞쪽 80회의 작자로 알려진 조설근의 조부인 조인^{曹寅}의 시 <무협석가^{巫峽石歌}>가 작품을 구상하는 데에 결정적인 계발을 주었다고 주장하는 이도 있다. 심지어 《홍루몽》이 묘사하는 가보옥과 임대옥의 반항정신이 멀리 위·진 시대의 '반예법^{反禮法}' 정신과 상통하는 면이 있음을 지적하는 논자도 있다. 이처럼 고대의 시가와 초보적인 이야기 문학 외에 잡극 《서상기》—특히 왕실보의 《서상기》에 대해 김성탄^{金聖嘆}이 비평을 달아 개편한 《김비서상^{金批西廂}》—의 곡문^{曲文}과 《홍루몽》의 관계에 주목한 논자도 있다.

이런 주장들은 그 자체로 나름의 흥미로운 견해를 갖고 있으며, 특히 《홍루몽》의 시적인 묘사를 깊이 있게 이해하는 데에 적지 않은 도움을 주는 것도 사실이다. 그러나 무엇보다도 120회의 장편소설인 《홍루몽》의 성립과 관련해서는 직접적으로 명·청 장회소설의 전통을 빼 놓고 얘기할 수 없다. 현재까지의 연구에서 이 작품의 창작에 영향을 준 명·청 장회소설들은 크게 세 가지 유형으로 귀납된다. 즉 첫째, 흥성에서 쇠락으로 이어지는 가정의 역사를 배경으로 남녀 간의 애증과 사회·정치적인 비판과 풍자를 묘사한 작품들로서, 여기에는 《금병매》와 그 영향으로 나온 다양한 세정소설과 재자가인소설들이 포함된다. 둘째, '돌'의 전세역정^{轉世歷程}을 전체적인 이야기의 틀로 삼아 소설을 만든 작품들로서, 《홍루몽》과 더불어 이른바 '삼석기^{三石記}'로 불리기도 하는 《수호전》과 《서유기》가 여기에 해당한다. 셋째, 작품의 주제로서 불교의 '색공^{色空}'이라는 인생관을 내세운 작품들로서, 내용상 각자의 독특한 면을 가진 《서유보》와 《수당연의^{隋唐演義}》가 여기에 해당한다.

그런데 전통 시기 중국 서사문학의 최고 걸작으로서 《홍루몽》

의 탄생과 관련된 '전승傳承'의 흔적은 논자의 관점에 따라서는 심지어 이 작품이 나오기 이전의 거의 모든 문학작품으로까지 확장될 수도 있는 것이 사실이다. 그러므로 이 작품과 이전의 문학들 사이의 '전승' 내지 '집대성', '승화昇華'의 관계는 어느 단일한 한두 작품에 치우치기보다는 고대 중국의 문학과 철학, 역사 전반을 아우르는 총체적인 관점에서 이루어져야 할 것이다. 나아가 이런 고찰은 작품의 구조와 묘사, 인물 설정 등등과 관련된 부분적이고 기술적인 측면보다는 일종의 '발명'에 가까운 이 작품의 뛰어난 성취를 가능하게 한 심층적인 원인에 대한 탐구가 되어야 한다. 모든 발명은 이전까지 축적된 지적知的 성과를 바탕으로 이루어지지만, 그것이 '발명'인 이유는 이전의 성과와는 본질적으로 현격한 차이를 가지기 때문이다. 바꾸어 말하자면 ≪홍루몽≫은 '다양한 문체를 두루 갖춘' 것을 주요 특징으로 하되 단순한 모방적 계승보다는 창의적인 발명의 성과를 보여주는 작품이기 때문에, 진정으로 탐구해야 할 것은 그 뛰어난 발명을 추진한 동력이 무엇인가 하는 문제라는 것이다.

3. 문학의식의 쇠퇴

   소설과 희곡 등 대표적인 민간문학 양식을 통해 진행된 아속의 융합은 이 양식들의 예술적 세련도 높여 주기도 했지만 그에 못지않은 부작용을 낳기도 했다. 무엇보다도 중국 봉건사회의 상층을 지배한 강력한 유가사상의 영향으로 인해 상품화된 글쓰기에 대한 관습적 제약이 가해졌고, 게다가 사대부 문인들이 민간문학의 창작과 개작에 관여함으로써 민중의식이 담긴 이들 작품들에 봉건 윤리가 덧씌워지는 일도 종종 일어났다. 이 때문에 청나라 중엽 이후로는 사실상 ≪유림외사≫와 ≪홍루몽≫을 넘어설 만한 걸작들이 나오지 못했다. 그 대신 학술을 중시하는 보수적 풍토가 성행한 상류사회에서는 이여진^{李汝珍 : 1763?~1830?}의 ≪경화연^{鏡花緣}≫과 같이 작자의 학식과 글재주를 과시하는 이른바 '재학^{才學}소설'이 성행했고, 민간에서는 대중들의 말초적 욕망을 자극하는 졸렬한 속작^{續作}들이 소설 시장을 휩쓸었다. 특히 19세기 이후 청 왕조의 부패와 퇴폐적인 시대상황을 반영하듯, 기생과 유흥가를 전문적으로 다룬 ≪품화보감^{品花寶鑒}≫과 같은 외설적인 '화류^{花流}소설'들은 거의 청나라 후기 소설 시장의 주류를 이루고 있었다고 할 수 있다.

또한 소극적이긴 하지만 시대적 위기의식을 반영한 작품으로 협의공안소설^{俠義公案小說}이 유행한 점도 주목할 만하다. 청나라 후기에 문강^{文康 : ?~1865?}의 ≪아녀영웅전^{兒女英雄傳}≫이나 석옥곤^{石玉崑 : 1821~1850}의 ≪삼협오의^{三俠五義}≫, 그리고 유월^{兪樾 : 1821~1906}의 ≪칠협오의^{七俠五義}≫ 같은 소설들은 미래를 전망하기 어려운 혼란과 위기의식 속에서 초인적 능력과 정의감으로 무장한 영웅을 주인공으로 내세워 간명하게 문제를 해결한다. 예를 들어서 ≪삼협오의≫와 ≪칠협오의≫는 북송의 유명한 판관 포증^{包拯}과 그를 돕는 의협^{義俠}들을 내세우고 무협과 추리의 방법을 동원하여 부패한 관료들과 반역 세력을 소탕하는 통쾌한 활극을 그려낸다. 그러나 이런 소설들은 통속적인 독자들에게 익숙한 일상 질서와 기존의 유가적 세계관으로 유지되는 동화적^{童話的} 평화와 안정감으로 포장된 낙관주의를 던져 줌으로써 당시 사회에 만연된 현실 도피심리를 부추겼다는 혐의에서 자유롭지 못하다.

민간문학의 이러한 쇠퇴는 정통 사대부문학의 퇴조라는 시대상황 위에 진행되었기 때문에 사실상 문단 전체의 침체를 의미했다. 청나라 초기부터 줄곧 보수적이고 복고적인 경향을 유지하던 정통 사대부문학은 창의적 힘을 발휘하지 못하고 점점 과거의 유산에 안주하려 하며 침체의 일로를 걸었다. 시와 산문에서 모두 종당宗唐과 종송宗宋을 오가며 과거의 틀에만 매달렸던 청나라의 사대부 문인들은 정통문학의 거의 모든 양식들을 '집대성'하는 데에 노력을 기울였지만, 그것을 넘어서는 새로운 경지로는 나아갈 엄두를 내지 못했다. 이것은 '한학漢學'에서 비롯된 복고적인 분위기 탓도 있겠지만, 근본적으로 그들이 완고한 유가 문학관을 고수하면서 소설과 희곡 같은 새로운 문학 양식에 대해 폐쇄적인 태도로 배제했던 것과도 무관하지 않을 것이다.

그러다가 19세기 중반 아편전쟁 패배의 충격과 혼란을 극복하고 새로운 질서를 창출하고자 했던 태평천국太平天國이 진압됨으로써 봉건체제와 정통 문학은 일종의 회광반조回光反照와 같은 마지막 기력을 일으켰다. 태평천국 진압의 공신이었던 쩡궈판曾國藩 : 1811~1872과 리훙장李鴻章 : 1823~1901을 비롯한 군벌들의 비호 아래 중국 봉건 전통의 수호라는 보수 논리를 앞세운 이른바 양무파洋務派들의 '중체서용론中體西用論'이 대두하고, 이를 배경으로 동성파 고문이 잠깐이나마 다시 부흥했던 것이다. 그러나 시대착오적인 보수 계층의 이런 오류는 19세기 말엽 청일전쟁의 패배와 의화단義和團 기의 등으로 인해 그 허구성과 한계가 드러남으로써 결국 타파의 대상으로 낙인찍히게 된다.

함께 참고할 만한 자료

고민희 외, ≪붉은 누각의 꿈: 홍루몽 바로보기≫, 나남, 2009.
김성찬, ≪태평천국사의 신연구≫, 인제대학교출판부, 2009.
김순희, ≪강남 지역의 공연 문화의 꽃 곤곡≫, 이담북스, 2009.
김영구 등, ≪중국공연예술≫, KNOU Press, 2009.
데이비드 롤스톤 저, 조관희 역, ≪중국 고대소설과 소설평점: 행간 읽기와 쓰기≫, 소명출판, 2009.

문강 저, 김명신 역, ≪아녀영웅전 천 줄 읽기≫, 지만지, 2014.

안우시 저, 고숙희 편역, ≪백가공안≫, 지만지, 2009.

오수경 외, ≪중국 고전극 읽기의 즐거움≫, 민속원, 2006.

이여진 저, 문현선 역, ≪경화연≫, 문학과지성사, 2011.

조설근 저, 홍상훈 역, ≪홍루몽≫, 솔출판사, 2012.

최형섭, ≪개인의식의 성장과 중국소설: 사대기서부터 홍루몽까지≫, 서
   울대학교출판문화원, 2014.

홍타오 저, 홍상훈 역, ≪홍루몽과 해석 방법론≫, 솔출판사, 2012.
   (네이버 지식백과)

에필로그 – 아편전쟁과 근대의식의 태동

        아편전쟁의 패배는 해묵은 중화주의의 토대를 뒤흔들어서, '천하의 중심'이었던 중국은 종이호랑이 신세가 되어 새로운 과학기술로 무장한 열강의 침탈에 시달려야 했다. 위기의식을 느낀 만주족 황실과 한족 사대부 계층은 기득권 유지를 전제로 한 보수적인 개혁을 모색했으니, 그 밑바탕에는 공양학公羊學의 부흥으로 대표되는 새로운 금문경학 운동이 있었다. 이 운동의 급진적 계승자들은 양무洋務운동과 무술변법戊戌變法 등의 정치적 변혁을 시도하면서 그 일환으로 문학의 변혁을 주도했다. 과거 사대부 문인 문학의 핵심적 양식이었던 고전시는 내용과 표현 양식을 개선하여 변화된 시대 상황을 반영할 수 있게 만들고자 했으며, 산문에서는 신문과 잡지라는 새로운 매체를 활용하여 대중을 계몽하기 위한 새로운 문체를 개발하고자 했다. 또한 과거에 사대부 문인들이 천시했던 소설의 통속적 효능을 적극적으로 채용하여 가장 효율적이고 유용한 대중 계몽의 수단으로 활용하고자 했다.

    이러한 '운동'들은 근대적인 매체와 교육의 확산, 해외 유학생의 증가와 같은 20세기의 새로운 시대상황 속에서 애국적 열정을 토대로 한 대중 계몽이 지식인들의 새로운 사명으로 대두하도록 분위기를 이끌었다. 물론 대중의 인식과 지지가 결여된 상태에서 그들의 '운동'은 대부분 극소수 '선각자'들의 성급한 시행착오로 끝날 수밖에 없었다. 무엇보다도 그들은 문학을 사회 계몽의 수단으로만 인식함으로써 전통 사대부들의 '공용론功用論'을 거의 그대로 답습했을 뿐, 예술의 한 분야로서 문학의 진정한 의미와 가치를 깊이 탐구하여 밝혀내려는 시도는 거의 하지 않았다. 이러한 그들의 인식적 한계로 인한 초라한 결과물이 바로 이른바 '견책譴責소설'이었다. 그러나 그런 상황에서도 가장 통속적인 문학들은 '선각자'들의 관심 밖에서 새로운 시대에 적응하기 위한 다양한 시도들을 계속하고 있었으니, 뒤에서 좀 더 자세히 언급하게 될 이른바 '원앙호접파鴛鴦胡蝶派' 소설과 같은 것들이 대표적인 예이다. 이런 의미에서 문학의 전반적인 쇠퇴로 낙인 찍힌 청나라 말엽은 어쩌면 가장 중국적인 신문학이 출현할 수 있는 자체의 토대를 마련하는 조용한 준비의 기간이었다고도 할 수 있다.

1. 중화주의의 붕괴와 금문경학今文經學의 대두

앞서 경학의 흐름에서도 살펴본 바와 같이 청나라 때의 사대부 계층은 복고적이고 자민족 중심적인 분위기에 매몰되어서 유럽과 일본, 미국 등지의 흐름에 무관심하거나 무지했고, 이것은 결국 청 왕조 국력의 쇠약으로 이어졌다. 19세기 중엽 아편전쟁의 충격적인 패전은 부패한 황실과 수구적인 사대부 계층의 무능력이 만천하에 드러난 사건이었다. 이로 인해 기존의 사상과 학문의 한계를 자각한 일부 사대부들 사이에서 논의되던 금문경학이 새롭게 대두하기 시작했다.

청나라 사대부들 가운데 금문경학에 대해 최초로 관심을 가진 이들은 가경^{嘉慶}: 1796~1820, 도광^{道光}: 1821~1850 연간에 활동한 이른 바 '상주학파^{常州學派}'의 장존여^{莊存與}: 1719~1788와 유봉록^{劉逢祿}: 1776~1829, 송상봉^{宋翔鳳}: 1779~1860 등이었다. 이들은 경전의 훈고적 해석에 치중한 고증학이 현실 정치에 무관심한 점을 비판하며, 경전의 해석을 역사와 현실 정치와 연관시키는 금문경학의 관점에 주목했다. 유가 경전 가운데 특히 ≪춘추공양전≫의 해석을 중심으로 했기 때문에 '공양학파'라고도 불리는 이들의 학문은 공자진^{龔自珍}: 1792~1841과 위원^{魏源}: 1794~1857으로 이어지며 훗날 계몽사상이 태동할 수 있는 기반을 마련해 주었다. 이 가운데 공자진은 ≪춘추공양전≫의 해석에서 발생한 '삼세^{三世}'의 개념을 변용하여 '치세^{治世} – 쇠세^{衰世} – 난세^{亂世}'로 이어지는 새로운 '삼세'의 이론을 제기하면서 변혁이야말로 역사의 필연성임을 강조했다.

그러나 청나라 지식인 사회의 전체 판도에서 금문경학이 차지하는 비중은 여전히 미미했다. 그런 그들의 생각이 본격적으로 전 사회적인 관심을 받게 된 것은 1898년 무술변법을 주도한 유신파^{維新派} 인사들의 대두에서 시작되었다. 캉유웨이^{康有爲}: 1858~1927와 량치차오^{梁啓超}: 1873~1929 등 유신파의 개혁사상은 기본적으로 이들 선구적인 금문경학가들의 논의를 계승하면서 거기에 서구의 정치학 및 사회학의 이론을 가미한 것이었다. 특히 캉유웨이는 ≪공자개제고^{孔子改制考}≫와 ≪춘추동씨학^{春秋董氏學}≫, ≪논어주^{論語注}≫ 등의 저작에서 전통적인 '공양삼세설^{公羊三世說}'과 ≪예기≫ <예운^{禮運}>에 들어 있는 '소강^{小康}' 및 '대동^{大同}'의 개념, 그리고 서양 근대의 진화론 등을 융합하여 '난세 – 승평세^{升平世} – 태평세^{太平世}'로 이어지는 인류 역사의 변천 궤적을 설정하고, 그에 따라 정치제도가 각기 군주제에서 입헌군주제, 민주공화제로 바뀌어 문명이 차츰 발전하다가 마침내 '태평대동^{太平大同}'이라는 이상적 세계가 도래한다는 희망적 역사발전론을 제기했다.

쑨원孫文 : 1866~1925과 같은 '혁명파' 지식들에 비해 그 한계가 뚜렷하긴 하지만, 당시 '변법유신파' 지식인들이 꿈꾸던 이상적 미래의 모습은 계급과 인종을 초월한 평등과 복지로 충만한 세계였다. 물론 '변법유신파'로 아울러지는 지식인들의 생각이 하나의 동일한 이상으로 나타나는 것은 아니었지만, 캉유웨이가 ≪대동서大同書≫에서 밝힌 '태평세'의 모습은 많은 부분에서 그의 다른 동지들과 공통점을 지니고 있다고 하겠다. 다음은 ≪대동서≫에 들어 있는 '인류진화표'의 일부 내용을 요약한 것이다.

난 세	승 평 세	태 평 세
다양한 계급이 존재	계급의 수가 줄어듦	계급이 없이 평등함
황제와 군주가 존재	황제나 군주가 없고 명분상의 황제만 존재하며, 민주적인 통령이 다스림	황제나 군주, 통령도 없이 국민이 선출한 의원이 행정을 담당. 임무 후 다시 평민으로 돌아감
세습적 귀족이 정치를 담당하며 특권을 누림	귀족도 없고 명분상의 세습 작위를 가진 이들만 존재. 벼슬살이가 끝나면 평민이 됨	귀천의 구별 없이 모두가 평등. 선거에 의해 행정 담당자를 선출. 임기 후 다시 평민이 됨
남성 위주의 일부다처	남성 위주의 일부일처	남녀평등. 애정에 의해 일정 기간 계약결혼. 부부라는 호칭이 사라짐
황인종, 백인종, 흑인종의 지혜에 큰 차이가 있음. 인종 사이의 결혼 불가	흑인종의 수가 줄어들거나 황인종으로 변하여 오로지 황인종과 백인종만 존재하되, 양자 사이에는 약간의 지혜 차이가 있음. 인종 사이의 결혼 가능	모든 인종이 하나가 되고, 지혜의 차이나 결혼의 제약이 없음

이처럼 당시로서는 지나치게 급진적이고 또 이상주의에 치우친 이들의 정치운동은 곧 보수파의 반대에 부딪쳐 좌절되고 말았다. 그러나 이들의 계몽사상은 정치와 사상, 문화 전반에 걸쳐 커다란 영향을 주었다.

또한 이 과정에서 옌푸嚴復 : 1853~1921를 비롯한 번역가들이 서양의 근대사상을 적극적으로 소개하여 계몽사상의 심화와 전파에 적지 않은 공헌을 했다. 옌푸는 헉슬리T. H. Huxley : 1825~1895의 ≪자연에서의 인간의 위치≫(1863)를 발췌한 ≪진화와 윤리≫를 비롯해서 애덤 스미스Adam Smith : ?~1790의 ≪국부론≫(1776), 몽테스키외B. B. Montesquieu : 1689~1755의 ≪법의 정신≫(1748) 등을 번역 소개함으로써 예교주의에 매달리는 전통적인 봉건사상을 뒤엎을 합리적인 철학사상을 중국에 도입하는 데에 기여했다. 한편 그 자신은 외국어에 문외한이었지만 외국어를 아는 이들의 구술을 토대로 유려한 고문체로 뒤마Alexandre Dumas : 1824~1895의 ≪춘희≫를 비롯해서 셰익스피어와 디킨즈C. J. H. Dickens : 1812~1870, 위고Victor-Marie Hugo : 1802~1885, 발자크Honoré de Balzac : 1799~1850, 톨스토이A. K. Tolstoy : 1883~1945, 입센H. Ibsen : 1828~1906 등 서양 저명 작가들의 작품을 160종 가까이 소개한 린수林紓 : 1852~1924 역시 새로운 문학의식의 태동에 크게 기여했다.

2. 사대부문학의 혁신운동

1) 고전시의 혁신

19세기의 총체적 위기 상황에서 문학적 차원의 근본적이고 철저한 변화에 대한 모색의 필요성을 처음으로 제기한 인물은 공자진이었다. 뛰어난 금문경학가이기도 했던 그는 신랄한 풍자로 사회의 어두운 부조리를 폭로하고 위선적인 사대부 계층의 의식과 중국 사회의 풍토를 비판했다. 유명한 ≪기해잡시己亥雜詩≫는 1839년에 그가 벼슬을 버리고 남쪽 고향으로 갔다가 다시 가족을 데리러 북경으로 오는 과정에 쓴 총 315편의 연작시로서, 이 안에는 그의 생애와 저술, 교유관계뿐만 아니라 위기에 처한 국가와 민족에 대한 관심과 격정이 격정어린 상징과 비유의 수법으로 묘사되어 있다.

> ≪己亥雜詩≫ 第221首　≪기해잡시≫ 제221수
> 浩蕩[1] 離愁[2] 白日斜　이별의 시름 한없는데 해는 기울고
> 吟鞭[3] 東指即天涯[4]　채찍 들어 동쪽 가리키니 곧 하늘 끝일세.
> 落紅[5] 不是無情物　떨어지는 꽃잎은 무정한 것이 아니라서
> 化作春泥更護花　봄날 진흙 되어 다시 꽃을 보호하리니!

1) 浩蕩(호탕): 한없이 넓은 모양.
2) 離愁(이수): 이별의 시름. 20년이 넘게 살아온 제2의 고향인 북경을 떠나는 시인의 마음을 나타낸다.
3) 吟鞭(음편): 원래 시인詩人의 말채찍이라는 뜻인데, 대개 길을 가며 시를 읊조리는 시인을 가리키는 의미로 쓰인다.
4) 天涯(천애): 하늘 끝. 북경으로부터 멀리 떨어져 있는 자신의 고향 항

주^{杭州}를 가리킨다.

  5) 落紅(낙홍): 떨어지는 꽃 또는 꽃잎. '落花(낙화)'와 같음.

    벼슬을 사직하고 고향으로 떠나는 시인의 시름은 단지 20년 동안 정든 '제2의 고향' 북경을 떠나는 개인적 시름에 국한되는 것이 아니라, 위기에 처한 나라와 백성에 대한 걱정을 아우른다. 공자진이 북경을 떠난 시기는 바로 아편전쟁이 일어나기 1년 전으로서 조정의 부패가 극에 이른 때였기 때문이다. 그러므로 제2구에서 고향을 '하늘 끝^[天涯]'이라고 묘사한 것은 단지 항주와 북경 사이의 거리가 멀다는 것만을 의미하지는 않는다. 그것은 이제 자신이 다시 북경으로 와서 벼슬살이를 할 생각이 없음을 암시하는 것이다. 제3구의 '떨어지는 꽃잎^[落紅]'은 벼슬길에서 떠나는 시인 자신을, 제4구의 '꽃^[花]'은 미래에 새롭게 부흥할 나라와 백성을 비유하는 말이다. 즉 자신은 비록 벼슬을 사직하고 고향으로 돌아가지만 떨어져 흙에 묻혀서도 새봄의 꽃을 위한 거름이 되어 주는 꽃잎처럼 자신도 미래의 나라와 백성을 위한 거름이 되겠다는 각오를 담고 있는 것이다.

    비록 전통적인 시 형식의 틀에서 벗어나지는 못했지만 공자진은 국가와 사회의 위기를 해결하기 위해 노력해야 하는 올바른 양심과 사명감을 부단히 강조했다. 이런 그의 선구적인 노력은 19세기 말엽 이른바 변법유신운동의 흐름 속에서 '시계혁명^{詩界革命}'을 추진한 황쭌센^{黃遵憲 : 1848~1905}과 캉유웨이, 탄쓰퉁^{譚嗣同 : 1865~1898}, 량치차오 등에 의해 계승되었다. 이 가운데 창작의 측면에서 가장 큰 역할을 한 인물은 일본과 유럽 등지에서 오랫동안 외교관 생활을 했던 황쭌센이었다. 그는 "입에서 나오는 대로 쓴다.^[我手寫我口]"라는 기치를 내걸고 기존의 정통 시 창작에서 금기시되었던 속어와 신조어를 대폭적으로 도입했다. 당연히 그런 새로운 언어에 수반된 새로운 사상 및 그가 경험한 외국의 문물과 제도 또한 고전시의

560

형식 안에서 표현되었다. 아울러 그는 민간의 형식을 과감히 활용한 장편시로써 당시의 민감한 사건들을 사실적으로 기록하기도 했다. 그러나 비록 복잡한 격률을 단순화하고 새로운 언어와 주제를 채용하기는 했지만, 그의 시 역시 기본적으로 정통적인 고전시의 양식을 유지하고자 했기 때문에 일정한 한계를 가질 수밖에 없었다.

2) 산문 혁신운동

정통 문단에서 동성파 산문은 공자진과 위원 등 선구적인 문제의식을 가진 이들에 의해 계속 비판을 받아 왔지만, 19세기 내내 큰 변화 없이 유지되었던 중국사회의 지배구조와 맞물려 그 위세가 위축되지 않았다. 그러다가 1898년에 무술변법이 일어난 이후로는 상황이 달라졌다. 특히 량치차오는 그동안 정통문단에서 위세를 떨치던 동성파 고문에 대한 비판의식을 실천으로 옮기면서 중국 산문의 새로운 흐름을 선도했다. 무술변법이 실패한 후 그는 일본으로 망명해 문화 활동을 통한 계몽으로 방향을 돌리면서 ≪시무보^{時務報}≫(1896)와 ≪청의보^{淸議報}≫(1898), ≪신민총보^{新民叢報}≫(1902) 등의 잡지를 연이어 창간하여 동성파 고문을 비판하며 문체개혁을 주장했다. 아울러 그는 새로운 어휘와 상대적으로 읽기 쉬우면서도 논쟁적인 성격이 강한 내용을 담은 새로운 문체를 개발해 냈다. 그 자신은 이것을 동성파의 낡은 고문에 대비하여 '신문체^{新文體}'라고 불렀는데, 그의 문체가 지식인들 사이에 큰 호응을 얻은 시기가 바로 ≪신민총보≫를 창간한 시기와 맞물렸기 때문에 세간에서는 흔히 그것을 '신민체^{新民體}'라고 불렀다.

량치차오의 문체개혁운동은 사실상 변법유신파가 추진했던 사회개혁운동의 일환이자 가장 중심적인 역할을 수행했다. 당시 중국의 지배집단은 외부적으로는 산업혁명 이후 강력한 군사력과 과학기술로 무장한 서구 열강의 침탈을 막아 내야 했고, 내부적으로는 급격하게 동요하고 있던 전통적인 신분구조의 기본적인 틀을 유지하면서 중국의 경제적 자립과 정치적 자존을 유지해야 할 과제를 안고 있었다. 이런 상황에서 관건은 서구의 발전된 과학문명과 사회과학이론을 어떤 식으로 수용하고, 그에 따라 중국사회의 권력구조를 어떻게 개편해야 할 것인가라는 문제에 대한 가장 적절한 답을 찾는 것이었다. 그러나 외적으로 서구문명의 수용 방식에 대해서, 그리고 내적으로 민족 및 계급 갈등을 해소할 새로운 지배구조의 창출은 각 집단의 이해타산과 뒤얽혀 쉽게 해결책을 찾기 어려운 것이었다.

이런 상황에서 량치차오는 전통적인 지방 호족들과 새롭게 부상한 자산계급이 권력을 분점하면서 한족과 만주족의 갈등을 봉합할 수 있는 대안으로서 입헌군주제를 주장했으며, 무술변법은 과격한 방법으로 그것을 실행하려고 하다가 실패한 운동이었다. 아울러 그의 신문체는 그런 자신의 주장을 널리 선전하여 국민들의 지지를 호소하기 위해 고안된 일종의 저널리즘의 성격을 띤 문체였다. 실제로 그것은 자신이 창간한 신문과 잡지를 통해 활발하게 활용되었다. 이 때문에 그는 고문과 경학에 조예가 깊지 않은 독자일지라도 당시 국내외 정세와 그에 대한 자신의 판단을 이해하고 널리 알려서 광범한 논의를 이끌어 낼 수 있는 내용을 담을 수 있는 문체를 개발할 필요가 있었던 것이다. 그 결과 그는 어느 정도의 문언일치를 이룬 문체를 개발할 수는 있었으나, 그것은 그래도 어느 정도 교육—특히 자산계급의 사상적 취향과 부합하는 신교육—을 받은 젊은 지식인들을 겨냥한 문체였기 때문에 여전히 고문의 기본적인 틀을 유지하고 있었다. 그러므로 1910년대 후반부터 신문학운동이 일어나자 그의 신문체는 언문일치의 이상에 더욱 근접한 백화산문에 자리를 내줄 수밖에 없었다.

요컨대 법이란 세상의 공적인 그릇이요, 변화[變]란 세상의 공적인 이치이다. 대지가 이미 통하게 되면 온 나라가 흥성하여 나날이 발전하니, 큰 추세가 다그치는지라 막을 수 없다. 스스로 원하여도 변화하고, 변화를 거부해도 변화한다. 그런데 스스로 원하여 변화한다면 변화의 주도권이 자신에게 있어서 나라와 종족, 가르침을 보존할 수 있다. 그러나 변화를 거부하다가 억지로 변화하게 되면 변화의 주도권이 남에게 넘어가게 되어, 남에게 속박당하고 부림당하게 된다. 아아, 그렇게 된다면 그것은 내가 차마 말할 수 없는 참담한 상황이 될 것이다!

要而論之, 法者天下之公器也, 變者天下之公理也. 大地旣通, 萬國蒸蒸,[1] 日趨於上,[2] 大勢相迫, 非可閼制.[3] 變亦變, 不變亦變.[4] 變而變者, 變之權[5]操諸已,[6] 可以保國, 可以保種, 可以保敎, 不變而變者, 變之權讓諸人,[7] 束縛之, 馳驟[8]之, 嗚呼, 則非吾之所敢言矣. (梁啓超, ≪變法通義≫ <論不變法之害> 節文)

1) 蒸蒸(증증): 흥성하는 모양.
2) 日趨於上(일추어상): 나날이 위를 향해 치달리다 즉, 나날이 발전하다.
3) 閼制(알제): 막아 제지하다. '遏制(알제)'와 같음.
4) 變亦變(변역변), 不變亦變(불변역변): 변하고자 해도 변하고 변하려 하지 않아도 변화한다. 즉 자신의 의사와 상관없이 시대의 추세에 따라 변화를 맞을 수밖에 없다는 뜻이다.
5) 權(권): 권리. 주도권.
6) 操諸已(조저기): 자기에 의해 조정되다.
7) 讓諸人(양저인): 남에게 양도되다. 남에게 넘어가다.
8) 馳驟(치취): 여기서는 '내몰아 부리다(=驅使)'라는 뜻이다.

3. 계몽주의와 견책譴責소설

1) 신문 잡지의 등장과 문단의 변화

중국의 근대의식은 기본적으로 국가와 민족의 위기에 대한 뼈저린 체험과 자각에서 비롯되지만, 그런 근대의식을 전파하고 심화하는 데에는 무엇보다도 교육과 매체의 공헌이 컸다. 일찍이 공자진은 "한 시대가 잘 다스려질 수 있는지 여부는 그 시대의 학문에 달려 있다.(《乙丙之際著議》 第六 <治學> : 一代之治, 卽一代之學)"라고 하여 '경세치용'의 학문과 교육을 강조한 바 있으며, 양무운동 시기의 리훙장과 위안스카이袁世凱 : 1859~1916, 변법유신파의 량치차오, 캉유웨이, 옌푸 등도 모두 교육이야말로 중국사회의 개혁에 관건이 되는 항목이라고 생각했다. 특히 량치차오는 "오늘날 우리의 자강을 얘기하자면 국민의 지혜를 일깨우는 것이 가장 중요<學校總論> : 言自强于今日, 以開民智爲第一義)"하다고 하면서 과거제도의 폐지와 근대적인 학교의 설립을 주장했다.

이런 흐름 속에서 19세기 말엽부터 20세기 초기의 중국에서는 정부가 주도하는 각종 신식 학교들이 세워져 언어와 군사, 과학기술 등을 가르쳤고 해외유학생들을 적극적으로 파견하게 되었다. 또한 교육을 국가 발전의 관건으로 여기는 생각은 전국의 지식인들뿐만 아니라 상인계층에까지 널리 퍼져서 대도시를 중심으로 다양한 형태의 공립 및 사립학교들이 세워지기 시작했다. 이후 국가적 위기가 심화되면서 심지어 1900년에는 8국 연합군이 북경을 침탈하는 사건까지 일어나게 되자, 1901년에 중국 정부는 장즈통

張之洞：1837~1909과 류쿤이劉坤一：1830~1902 등의 건의를 받아들여 교육제도의 전면적인 개혁을 바탕으로 한 새로운 정책을 추진했다. 아울러 이렇게 개혁된 교육제도를 통해 유신파와 같은 개혁론자들의 사상과 다양한 서구의 학문 및 문학이 청년층에 널리 전파되었다.

한편, 변법유신파가 대두한 이래 개혁론자들의 주장은 신문과 잡지라는 새로운 매체를 통해 널리 확산되게 되었다. 이런 신문과 잡지들은 외국의 '조계租界'가 밀집하여 청 정부의 통제로부터 비교적 자유로운 상하이를 중심으로 활발히 간행되었으며, 개혁론자들은 이를 통해 자신들의 저작 및 외국 서적을 번역해서 소개하며 대중 계몽을 함께 진행했다. 이들의 노력 덕분에 상하이는 명실공히 근대 중국의 인쇄 출판과 학술, 사상을 주도하는 중심으로 자리를 다질 수 있었다.

신식 교육의 확산과 언론매체의 등장은 사회적 논의방식과 여론의 조성, 문학 창작의 방식 등에 광범한 영향을 미쳤다. 시대와 사회의 중요한 현안들은 신문과 잡지의 지면을 통해 적극적으로 논의되었고, 문학 창작도 지면이 한정된 연속간행물이라는 특성에 적응하여 연재소설과 같은 새로운 창작 양식이 등장했다. 연재소설은 매번 발간되는 잡지에서 한정된 지면을 통해 발표되기 때문에 작품 전체에 대한 구상이 미리 정해지거나 신속하게 변경될 수 있어야 한다. 또한 여론 매체의 특성상 작가와 독자 사이의 대화가 이어지는 작품의 내용에도 영향을 줄 수 있다. 이런 현상은 전통적인 소설 창작의 방식과는 확연히 다른 작품 창작 형태를 만들어 냈다. 아울러 원고료의 개념이 정착되면서 저작권에 대한 인식도 점차 강화되기 시작했기 때문에 전업 작가와 상품으로서 문학작품, 수요자로서 독자라는 문학 제도의 요건들도 외형을 갖춰 나가게 된다.

특히 청나라 말엽 계몽의 분위기가 팽배한 상황에서 소설이 대두한 점은 대단히 특이한 현상이라고 할 수 있다. 당시 계몽적인 지식인들은 통속적이고 대중의 호응이 좋은 소설을 정치적으로 활용할 수 있다는 것을 발견하고 이를 적극적으로 활용하고자 했다. 1897년에 옌푸 등은 ≪국문보^{國聞報}≫에 <본사에서 설부를 함께 간행하게 된 연유^[本館附印說部緣起]>라는 글을 발표하고, 뒤이어 1898년에는 량치차오가 ≪청의보≫ 제1책에 <정치소설을 번역하여 간행하면서^[譯印政治小說序]>를 발표했다. 량치차오는 또 1902년에 나온 ≪신소설≫ 창간호에 <소설과 대중 통치 사이의 관계를 논함^[論小說 與群治之關係]>이라는 글을 발표했다. 이처럼 대중적으로 인지도 높은 논자들이 적극적으로 소설을 옹호한 결과 1902년부터 1917년 사이에 중국 내외에서 중국인들에 의해 간행된, '소설'이라는 이름이 붙은 잡지는 모두 29종에 이르렀다. 아울러 이렇게 마련된 물적 기반 위에서 변법유신파의 영향으로 소설 창작의 중요성을 인식한 많은 개혁적 지식인들이 소설 창작에 동참하게 됨으로써 1900년대 전반기에는 유례없이 많은 소설 작품들이 탄생할 수 있었다. 1902년과 1903년 사이에만 량치차오의 ≪신중국미래기^{新中國未來記}≫를 비롯하여, 리보위앤^{李伯元 : 1867~1906, 필명은 바오쟈[寶嘉]}의 ≪관장현형기^{官場現形記}≫와 ≪활지옥^{活地獄}≫, 우워야오^{吳沃堯 : 1867~1910, 자는 졘런[趼人]}의 ≪통사^{痛史}≫, 장자오통^{張肇桐 : ?~?}의 ≪자유결혼^{自由結婚}≫, 쑨위성^{孫玉聲 : 1864~1940}의 ≪상해번화몽^{上海繁華夢}≫ 등 10편 가까운 창작 소설들과 15종에 이르는 번역소설들이 발표되었다.

당시의 지식인들에게 소설이란 본질적으로 역사와 같지만 특별한 매력이 있는 것이었다. 예를 들어서 '비에스^[別士]'라는 필명으로 쓴 글에서 샤쩡여우^{夏曾佑 : 1863~1924}는 이렇게 썼다.

역사도 소설과 본체는 같다. 그런데 그것이 소설처럼 사랑스럽지 않은 까닭은 실제로 있었던 일은 항상 평범하고 담담하지만 허구적으로 지어 낸 이야기는 언제나 풍성한 매력이 있기 때문이다.

史亦與小說同體, 所以覺其不若小說可愛者, 因實有之事常平淡, 誑設之事常穠艷. (夏曾佑, ≪小說原理≫)

그들에게 소설이란 시대에 대한 근심과 세상에 대한 분노를 대신 담을 수 있는 유력한 글쓰기 형식이었으며, 이상의 미학과 정감의 미학을 종합한 최고의 글쓰기로 여겨졌다. 특히 '소설계혁명'을 주도했던 량치차오는 유명한 <소설과 대중 통치 사이의 관계를 논함>에서 소설을 이상파理想派 소설과 사실파寫實派 소설로 나누면서, "소설이란 항상 사람을 다른 경계에 노닐도록 이끌어 일상적으로 접촉하고 받아들이는 공기를 바꿔 주는 것[小說者, 常導人游于他境界, 而變換其常觸常受之空氣者也]"이라고 했다. 이러한 논의들은 그들의 소설 창작이 이른바 '다른 경계' 즉, '대동大同' 혹은 유토피아[烏托邦]로 표현되는 세계를 제시하는 수단이었음을 말해 준다. 그렇기 때문에 그들은 소설이 대중을 계도하고 이상적인 정치질서로 유지되는 미래상을 제시하는 유용한 수단으로 활용될 수 있다고 생각했다.

이처럼 예술의 순수성보다는 사회적 효용이라는 목적의식에 더 치중한 이들의 생각은 기본적으로 글쓰기란 반드시 국가와 사회의 이념 즉 '도'를 구현하기 위한 수단이라는 전통적인 사대부 문인들의 문장관을 계승한 것이었다. 다만 시대 환경의 변화에 따라 전통적인 시나 산문으로는 사회의 지도계층으로서 지식인들의 위상을 유지할 수 없다고 판단했기 때문에 일종의 자극제로서 소설이라는 좀 더 통속적인 글쓰기 양식을 채용한 것이었을 뿐이었다. 우워야오의 ≪신석두기新石頭記≫나 량치차오의 ≪신중국미래기≫처럼, 당시의 계몽적 지식인들에게 공상 과학적 요소를 담은 소설이나 일본에서 영향을 받은 여타의 정치소설을 창작하는 것은 모두

가 선구적 지식인으로서 수행해야 할 근엄한 소명이자 근대 변혁을 위한 대단히 중요한 기획 가운데 하나였다. 그렇기 때문에 소설의 효용에 대한 그들의 파격적인 옹호가 외적으로는 소설의 사회적 지위를 '최상승最上乘'의 경지까지 끌어올리는 효과를 낳았지만, 문학예술로서 허구서사의 방법을 발전시키는 데에는 근본적인 한계를 지닐 수밖에 없었다.

2) 견책소설의 성격

전통적인 문장관과 저널리즘의 독특한 결합에 의해 만들어진 기형적인 소설 우월론이 낳은 가장 두드러진 현상으로는 소설 창작에서 이른바 '견책소설'이 유행한 것을 꼽을 수 있다. 루쉰에 의해 명명된 '견책소설'이라는 개념은 소설이라는 형식을 이용해 의화단 사건이나 반화공금약反華工禁約운동, 입헌운동, 민족혁명, 부녀해방, 반反 미신운동, 관료사회의 부패와 같은 '지금-여기'의 사실을 폭로하고 그에 따른 울분과 격정적인 비판을 담은 작품들을 아우르는 말로 해석되곤 한다. 그렇기 때문에 그것은 애초에 광범한 계층의 독자를 염두에 두고 창작된 것이 아니라 대개 시대를 바라보는 관점이 자신과 유사한 일부 동류의 지식인들을 대상으로 일종의 담론을 제기하는 작품들이라고 할 수 있다. 당연히 이런 작품을 쓰는 작자들은 전통적으로 저급하게 취급되어 온 민간문학의 하나로서 소설을 창작했던 사람들과는 신분적으로도 차별화된 이들이었다. 그들은 소설을 단순한 문화 상품으로서 시장에 내놓는 것이 아니라 그것을 매개로 시대를 선도하며 여론을 만들고자 했던, 그 스스로 우매한 대중을 일깨우고 이끌려는 우월한 상층의 지식인이라는 자부심으로 가득 찬 이들이었다.

이런 이유로 인해 견책소설은 고도로 농축된 예술성을 통해 인간과 사회의 내면을 파헤치는 《홍루몽》이나, 역시 같은 방식으로 냉정한 풍자를 제시하는 《유림외사》와 같은 서사문학의 원래 흐름에서 벗어나 사회의 외적 상황에 대해 직설적으로 서술하고 자기의 주관적인 주장을 노출하는 데에 치중했다. 달리 말하자면 그것은 상상적 허구서사의 가치를 꾸준히 탐색해 온 민간문학으로서 소설의 역할을 거꾸로 되돌려서 있는 그대로의 사실을 서술하는 전통적인 역사서사의 범주 안으로 회귀시키는 반 시대적인 역류를 꾀한 사대부 문인들의 마지막 몸부림이었다고도 할 수 있다.

1903년에 상하이에서 간행된 잡지 <수상繡像소설>에 처음 연재되었다가 다시 1904년 <천진일일신문天津日日新聞>에 연재되었던 류어劉鶚 : 1857~1909의 《라오찬 여행기〔老殘遊記〕》는 당시에도 호평을 받았을 뿐만 아니라 견책소설들 가운데서도 작품의 주제와 구성방식, 세부처리 등에서도 상당히 뛰어난 문학적 성취를 이룬 것으로 평가되는 작품이다. 오늘날 일반적으로 단행본으로 간행된 작품은 총 20회로 된 원작과 훗날 류어의 아들 류다징劉大經이 발견했다는 원고를 정리한 6회 분량의 제2집이 합쳐진 형태이다. 이 작품은 제목 그대로 '라오찬〔老殘〕'이라는 주인공이 중국 각지를 여행하며 보고 느낀 바를 적은 기행문 또는 견문록見聞錄의 형태를 띠고 있는데, 열강의 침탈로 위기에 처한 중국 사회를 재건하기 위한 방책을 모색하는 것을 핵심적인 내용으로 하고 있다. 다만 그 안에는 정치적으로 보수적인 유신파로서 서태후西太后의 보수파와 쑨원의 혁명파, 량치차오의 혁신파에도 모두 반대했던 저자의 독특한 계몽적 사상이 곳곳에 녹아 있다.

어느 해, 라오찬이라는 길손이 있었다. 그는 갓 서른 살이 넘었으며 본래 강남 사람이었다. 그는 공부깨나 했으면서도 과거시험에는 급제하지 못해 벼슬길에 나아가지 못했다. 훈장 노릇을 하려 해도 초빙해 주는 이가 없었고, 장사라도 하려 했으나 나이가 많아서 그나마 어려웠다. 그런 절체

절명의 순간에 다행히 그는 어느 기인에게 신선의 기술을 전수받았다는 도사에게서 온갖 병을 고치는 비방을 배웠고, 이후로 그도 여기저기 떠돌면서 남의 병을 고치는 일로 겨우 입에 풀칠을 할 수 있었다.

그렇게 20년 가까이 떠돌다가 어느 해에는 한때 중국에서 가장 부유했다는 산동 지방의 어느 마을에 그의 발길이 이르렀다. 그곳에서 그는 황뤠이허[黃瑞和]라는 부자의 고질병을 치료해 주었다. 황씨는 온몸이 썩어가는 괴상한 병에 걸려 해마다 여름이면 온몸에 구멍이 생기고, 추분이 지나면 차도를 보이곤 하는 일을 되풀이하고 있었다. 그의 병을 치료해 준 대가로 극진한 대접을 받고 있던 라오찬은 어느 날 원장보[文章伯]와 더훼이성[德慧生]이라는 두 친구와 함께 봉래각蓬萊閣으로 경치 구경을 하러 갔다. 얼마 후에 그들 셋은 마침내 봉래산에 도착하여, 봉래각 아래에 방 두 칸을 빌려 짐을 풀고 바다의 정취와 환상의 신기루 같은 경치를 구경했다.

다음날 일행은 바다의 해돋이를 구경하기 위해 옷을 껴입고 망원경과 담요 등을 챙겨서 봉래각으로 올라가 창가의 탁자에 자리를 정하고 앉아 동쪽을 바라보았다. 하얀 물결이 산처럼 일렁이는 드넓은 바다에는 장산도長山島에서 대죽도大竹島, 대흑도大黑島까지 여러 섬들이 떠 있었고, 창밖에서는 누각을 뒤흔들 듯한 바람이 몰아치고 있었다. 하지만 하늘은 북쪽에서 몰려온 구름과 원래 동쪽에 있던 구름이 자리싸움을 하듯 버티고 있어서 해돋이를 보기는 어려울 듯했다. 더훼이성이 말했다.

"라오찬, 꼴을 보니 오늘 해돋이는 보기 어려울 것 같네."

"하늘의 바람과 바다만 보아도 감동적이니, 해돋이를 못 봐도 나온 보람이 있네."

그때 망원경을 응시하고 있던 원장보가 말했다.

"저것 좀 보시게. 동쪽에 검은 것이 파도를 따라 떠올랐다 가라앉았다 하는데, 틀림없이 배가 지나는 모양일세."

모두들 망원경을 들고 보니 정말 수평선에 아주 작고 검은 줄 같은 것이 보였다. 그러다 문득 동북쪽 장산도 쪽을 바라보니 돛단배 하나가 큰 파도에 휘말려 위태롭게 이쪽 뭍을 향해 다가오고 있었다. 자세히 보니 그것은 길이가 24길[丈] 남짓 되는 큰 배였는데, 선장은 브리지 위에 올라가 앉아 있고, 그 아래에는 네 사람이 조타를 관장하고 있었다. 앞뒤로 세워진 6개의 돛대에는 6폭의 낡은 돛이 걸려 있었다. 또 새로 세워진 두 개의 돛대에는 각기 새 돛과 아주 새것도 아니고 낡지도 않은 돛이 걸려 있었다. 배에는 많은 화물이 실린 듯 선체가 상당히 물에 잠겨 있었다. 창문도 햇빛 가리개도 바람막이도 없는 갑판에는 헤아릴 수 없이 많은 남녀 승객들이 몰아치는 북풍 속에서 젖은 옷을 입은 채 추위와 굶주림, 두려움에 떨고 있었다.

8개의 돛대 아래에는 각기 두 명씩 돛의 줄을 맡은 이들이 있었고, 뱃머리와 갑판에는 선원 차림을 한 사람들이 많이 있었다. 배는 크기가 크긴 했지만 파손된 곳이 많아서 동쪽은 세 길이 넘게 부서져 파도가 들락거리고 있었고, 역시 동쪽인 그곳의 바로 옆에도 한 길이 넘게 부서진 곳이 있어서 점점 물에 잠기고 있었다. 그런데도 돛을 맡은 8명은 각기 자기 돛에만 신경을 쓰고 있어서 마치 8척의 배를 각자 몰고 있는 듯한 모습이었다. 갑판의 승객들 사이를 쑤시고 다니는 선원들은 승객들의 식량을 뒤지거나 옷을 빼앗아 입고 있었다. 원장보가 그걸 보고 분통을 터뜨렸다.

"저런 죽일 놈들! 배가 침몰하려 하는데 수리하여 침몰을 막거나 뭍에 댈 생각은 하지 않고 승객들만 유린하고 다니다니!"

더훼이성이 말을 받았다.

"그래도 7리 정도만 더 오면 뭍에 닿을 테니, 그때 우리가 가서 선원들에게 충고를 좀 해 주세."

그때 갑자기 배 위에서 뱃사람들이 승객 몇 명을 죽여 바다에 던져 버리고는 뱃머리를 동쪽으로 돌렸다. 원장보가 당장 달려가서 승객들을 구하자고 하자 라오찬이 말했다.

"내가 보기엔 선원들에게만 잘못이 있는 것 같지는 않네. 우선 저들은 태평양을 건너올 때 너무 평안히 와서 방심하고 있었고, 그저 옛날 방식대로 하늘의 해나 달, 별만 보고 하다가 갑자기 날이 흐리니까 동서남북을 구별하지 못하게 된 것 같네. 그러니 지금은 일단 가벼운 배로 쫓아가서 저들에게 나침반을 건네주고, 풍랑을 이기는 항해법을 가르쳐 주는 게 최선일 것 같네."

셋은 곧 가장 정확한 나침반과 육분의^{六分儀}, 그리고 항해에 필요한 몇 가지 계기들을 챙겨 부두로 달려가 날랜 어선을 골라 타고 바다로 나아갔다. 그런데 그들이 큰 배 가까이 다가갔을 때, 선원은 아닌 듯한 누군가 갑판에서 연설하는 소리가 들렸다.

"여러분 모두 뱃삯을 내고 탔고, 이 배는 여러분 조상이 물려준 회사의 재산이오. 그런데 지금 몇 명밖에 안 되는 선원들이 무참히 부숴 놓아서 우리 모두의 목숨이 위태로운데, 다들 그렇게 죽음을 기다리고만 있을 참이오? 당장 돈을 모아 우리에게 주시오. 그러면 우리가 몇 사람이 피를 흘려서라도 여러분께 만세의 평안과 자유롭게 생업을 할 수 있는 환경을 쟁취해 주겠소!"

그러자 승객들이 환호하며 박수를 쳤다. 하지만 그 말을 들은 라오찬은 두 친구에게 이렇게 속삭였다.

"저 사람은 일을 제대로 할 사람이 아닌 것 같군. 유식하고 개화된 척 몇 마디 말로 사기나 치는 사람 같아."

두 친구도 그 말에 동의하고, 잠시 멀찍이서 뒤따르며 배 안의 동정을 살펴보기로 했다.

갑판에서 연설을 했던 이는 사람들이 모아준 돈을 받자마자 재빨리 멀찌감치 떨어진 곳으로 물러서서 선원들을 해치워 버리라고 승객들을 선동했다. 멋모르는 청년 몇 명이 그 말에 따라 조타수와 선장에게 욕을 하며 달려들었으나 금방 선원들에게 죽임을 당하거나 바다로 내던져졌다. 연설했던 이가 다시 선동하려 하자, 승객 가운데 한 노인이 나서서 말했다.

"여러분, 고정하시오! 이러다간 승부가 나기도 전에 배가 뒤집혀 버립니다!"

더훼이성이 말했다.

"역시 저 영웅인 체 하는 놈은 혼자 돈만 챙기고 남에게는 피를 흘리라고 하는 놈이었군!"

셋은 곧 배를 몰아 큰 배 가까이 대고, 갑판 위로 뛰어 올라 브리지 아래에 이르러 선장에게 정중히 인사하고 가져온 물건들을 내놓았다. 조타수들이 반가워하며 그 물건들의 용도며 사용법을 묻고 있을 때, 하급 선원 가운데 하나가 갑자기 고함을 질렀다.

"선장, 절대 그 자들에게 속지 마시오! 외국의 나침반을 가져온 걸 보니 그자들은 분명 양코배기들이 보낸 매국노 스파이들이오. 당장 저놈들을 잡아 죽여야 하오!"

그러자 배 안의 모든 이들이 술렁거리기 시작했다. 아까 연설을 했던 자도 목소리를 높였다.

"매국노들! 배를 팔아먹을 속셈이구나! 어서 저놈들을 죽여 버려!"

상황이 이렇게 되자 선장과 조타수는 어쩔 수 없이 세 사람을 돌려보냈다. 세 사람이 작은 어선으로 내려오자 갑판의 선원들과 승객들은 일제히 욕을 퍼부으며 부서진 나무판자 따위를 집어 던졌다. 그 바람에 작은 어선은 순식간에 산산조각이 나서 바다 속으로 가라앉았다. (≪라오찬 여행기≫ 제1회 <풍랑에 휩쓸리는 큰 배> 일부 요약)

이 이야기의 주인공 라오찬은 본명이 톄잉[鐵英]이고 호가 부찬[補殘]이라고 했으니, 호의 뜻대로 보자면 그는 손상된 것[殘]을 보수해

주는[補] 사람이다. 그러므로 전통 학문을 바탕으로 이룩된 뛰어난 기술—신선의 의술—을 배운 그는 황하를 의인화한 인물인 황뤠이허의 병을 고쳐 준다. 해마다 여름이면 온몸에 구멍이 나는 황씨의 병은 여름마다 수해에 시달리는 황하의 모습인 것이다. 실제로 작자 류어는 1889년에 산동순무^{山東巡撫} 장야오^{張曜 : 1832~1891}의 초청으로 3년 동안 황하의 치수에 참여하여 큰 공을 세운 바 있다.

해돋이를 구경하러 갔다가 본 북쪽의 구름과 동쪽의 구름은 각기 중국에 어둠을 드리우는 러시아와 일본의 대치를 상징한다. 또한 성난 파도에 표류하는 큰 배는 열강의 침탈이라는 시대의 위기 속에서 몸부림치는 중국을 비유하고 있다. 큰 배의 길이 24길은 당시 중국의 행정구역 숫자이고, 4명의 조타수는 조정의 정치를 좌우하던 4명의 군기대신^{軍機大臣}, 8개의 돛은 각 행성^{行省}의 총독^{總督}들이다. 동쪽으로 부서진 부분은 홍콩과 마카오, 상하이처럼 열강에 의해 점령당하거나 빼앗기다시피 조계로 내어준 지역을 비유한다. 갑판 위의 승객들은 당연히 당시의 중국 국민들이며, 그들을 선동하여 돈을 갈취하는 것으로 묘사된 이들은 류어의 관점에서 보기에 사이비 영웅들인 혁명당원들이다. 그러나 뛰어난 글 솜씨[文章伯]와 덕성[德慧生]의 도움을 받아 나침반과 육분의로 대표되는 합리적인 과학기술로 위기에 처한 조국을 구하려던 라오찬은 오히려 매국노로 낙인 찍혀 수난을 당한다.

사실 이 작품에서 라오찬 일행이 해돋이를 구경하고 표류하는 배를 구하려다 오히려 자신들이 물에 빠진 이야기는 라오찬이 꾼 한바탕 백일몽에 지나지 않는 것으로 묘사되어 있다. 그러나 작품의 첫머리에 실린 이 이야기는 부패한 관료들과 몽매한 국민들로 인해 가장 이성적인 위기의 해결책이 받아들여지지 않고 오히려 매국노로 매도당하는 현실을 상징하고 있다. 그러므로 이어지는 이야기에서 라오찬은 풍경 구경을 핑계로 여행을 떠나게 되고, 그 과정에서 중국 사회 곳곳에 깊숙이 뿌리 내린 갖가지 병폐들을 진단하고 치료하게 되는 것이다. 그런 병폐들은 다름 아니라 민간에 깊숙이 퍼져 있는 각종 미신들과 관료들의 횡포이다.

특이한 점은 류어가 국가적인 혼란과 위기를 더 가중시키는 탐관오리가 아니라 오히려 청렴함을 내세워 백성들을 가혹하게 대한 관리들을 비판하고 있다는 것이다. 작품 전반부에서 혹독한 형벌로 무고한 이들을 포함한 수많은 백성을 처형한 것으로 묘사된 조주지부曹州知府 위셴[玉賢]은 실제로 산동순무를 지내면서 1899년 의화단 사건 때에 수많은 기독교인을 학살한 위셴毓賢 : ?~1901을 모델로 한 것이라고 한다. 후반부에서 등장하는 깡비[剛弼]는 살인사건의 해결을 위해 파견되었다가 자신의 근거 없는 추론만 믿고 혹독한 고문으로 엉뚱한 이들에게 죄를 뒤집어씌우는데, 그 역시 만주귀족으로서 군기대신을 지낸 실제 인물인 깡이剛毅 : 1837~1900를 모델로 했을 가능성이 많다고 한다. 이런 등장인물들을 통해 류어는 출세욕과 아집, 무능함을 청렴함으로 포장한 채 거침없이 백성을 학대하는 관리들이 오히려 탐관오리들보다 더 심한 병폐라고 지적하고 있다.

그러나 이 작품에 나타난 류어의 사상이 실제로 당시 중국의 위기 상황에 대한 폭로와 비판을 넘어서 적합한 해결책을 제시해 준다고 보기는 어렵다. 특히 이 작품 곳곳에 나타난 류어의 사상은 종교로 변형된 태주학파泰州學派의 미신적 예언에 상당히 경도된 듯한 경향을 보여주기도 한다. 이 때문에 이 작품에 나타난 성리학에 대한 비판은 인간의 본성을 중시하되 운명론에 기울어 있고, 의화단 사건이나 혁명당에 대한 서술들은 객관적 합리성과 역사에 대한 깊이 있는 통찰이 결여되어 있다. ≪라오찬 여행기≫에서 나타난 이와 유사한 한계는 리보위앤의 ≪관장현형기≫와 우워야오의 ≪20년 동안 목격한 괴이한 현상[二十年目睹之怪現狀]≫, 쩡푸曾樸 :

574

1872~1935의 ≪얼해화孽海花≫와 같은 대표적인 견책소설들에서도 예외 없이 발견된다. 그나마 이들 작품들 가운데 ≪라오찬 여행기≫는 직접적인 논술보다는 상징과 비유의 수법을 많이 활용하고 있기 때문에 예술성의 측면에서 다른 작품들보다 뛰어나다고 평가되고 있다.

물론 관점에 따라서는 비록 미완성이기는 하지만 쩡푸의 ≪얼해화≫의 작품성을 더 높이 평가할 수도 있다. 이 소설은 원래 1903년에 진톈허金天翮 : 1874~1947가 일본에서 중국 유학생들이 창간한 잡지 <강소江蘇>에 제2회까지를 발표하고, 이후 쩡푸와 함께 총 60회 분량으로 구상했다. 이후 쩡푸가 실질적으로 집필한 이 소설은 1905년에 제10회까지 출간된 이후 계속적으로 출간되어 제35회까지 출간되었다. 작품의 배경이 되는 시대 사건으로 보면 이것은 청일전쟁 이후 무술변법 전까지에 해당한다. 광서光緒 31년1905에 잡지에 게재된 광고에 따르면 이 소설은 싸이진화〔賽金花〕라는 유명한 기생을 주인공으로 삼아 그녀와 주변 사람들의 교류를 서술하면서, 이를 통해 현대 중국의 30년에 걸친 역사를 구학舊學 시대와 중일전쟁 시대, 정변政變 시대로 나누어 당시의 역사적 격변과 그에 수반된 각종 사상과 학술, 문화의 변화를 설명한 것이라고 했다. 이 때문에 루쉰도 ≪중국소설사략≫에서 이 작품에 대해 "구조가 치밀하고 훌륭하며 문장이 대단히 화려하다.〔結構工巧, 文彩斐然〕"라고 극찬한 바 있다.

4. 신문학의 전조

중국의 근대는 국가와 민족의 존재 근거가 뒤흔들리는 위기의 시대이자 전통의 가치가 전도됨으로써 사람의 중심을 잃어버린 상실의 시대였지만, 그 속에서도 자존과 발전을 위한 생성의 가능성을 열어 나가려는 모색이 끊임없이 이어지고 있었다. 비록 서구화와 그를 위한 국민성의 계몽이 시대의 대세처럼 표면을 휩쓸고 있었지만, 그 내부에서는 주체적인 미래의 생성을 위한 다양한 사유들이 부단히 제기되어 긴장 속의 길항을 통해 합리적 해답을 추구하고 있었다.

문학에서도 이런 현상은 예외가 아니었다. 노도와 같이 밀려드는 서구문학과 서구적 가치관의 영향 속에서 중국인들은 그것을 하나의 자극으로 받아들이고 적극적인 자기 변혁을 모색했다. 문학의 힘을 이용하여 제국주의 열강이 각축하는 세계사의 밀림 속에서 중국의 생존을 위한 공리적인 문학을 추구한 량치차오나 중국적 전통과 서구적 특성을 결합하여 삶의 본질과 인간의 존재 의미에 대한 형이상학적 사유를 통해 중국적 정신을 확립하고자 했던 왕궈웨이王國維 : 1877~1927 등은 모두 문학의 사명과 독립, 실천적 효용 등에 대해 심층적인 질문을 던지고 나름대로 의견을 제시했다. 바로 이와 같은 내적 모색이 있었기 때문에 훗날 후스胡適 : 1891~1962나 천두슈陳獨秀 : 1879~1942 같은 논자들이 외래 사상을 바탕으로 논쟁을 제기했을 때에도 어느 정도 균형 잡힌 논의와 수용이 가능했던 것이다.

그러나 냉정하게 말하자면, 적어도 5·4 신문학운동이 일어나기 전까지 중국의 상층 지식인들은 이론적 논의에만 매몰되어 있었기 때문에, 실제 문학작품의 창작은 ≪홍루몽≫ 이후 거의 한 세기에 가깝게 공백 상태로 남겨져 있었다. 청나라 말엽에 짧은 기간 동안 반짝 빛을 발했던 견책소설은 예술성보다는 사상과 이론에 치중한 작가들이 낳은 기형아에 지나지 않았다. 그나마 신해혁명辛亥革命의 결과가 단순히 만주족 왕조를 타파했다는 것 이상의 무엇을 기대하기 어렵다는 것이 판명됨에 따라 계몽적 작가들의 견책소설에 대한 열정도 식어 버렸다.

이런 상황에서 민간에서는 이른바 '원앙호접파鴛鴦蝴蝶派' 소설들이 등장하기도 했다. 원앙호접파 소설이라는 명칭을 처음으로 문학사에서 정식으로 사용한 이는 루쉰인데, 그것은 신해혁명 직후 10여 년 동안 상하이에서 간행된 <토요일禮拜六>과 같은 잡지를 통해 발표되었던 남녀의 애정을 소재로 한 흥미 위주의 통속소설들에 대해 폄하하는 의미에서 붙여진 것이다. 이런 부류의 소설들은 또 '구파소설'이라고도 부르는데 이것은 그 작품들의 주제와 형식이 대체로 전통적인 재자가인 소설을 그대로 답습하고 있기도 하고, 작품의 문체에 문언이나 변려문을 유행처럼 사용하는 복고적 경향이 있었기 때문이기도 하다.

내용적 측면에서는 상당히 광범한 개념인 원앙호접파 소설에는 남녀 간의 애정뿐만 아니라 무협 소재를 활용한 정탐偵探소설과 사회의 어두운 면을 폭로하는 흑막소설도 포함되어 있다. 그러나 대체로 이들 정탐소설에서 서술한 복잡한 사건들은 초인적 능력을 가진 상상적 주인공에 의해 허망하게 해결되어 버리고, 흑막소설은 사회의 부조리를 폭로한다는 명분 아래 개인적 감정을 담은 비방을 늘어놓는 경우가 많았다. 다만 이런 부정적인 측면들을 단순히 원칙론적인 관점에서 비판적으로만 해석하는 것은 온당하지 않다. 왜냐하면 원앙호접파 소설의 이런 면모들은 결국 중국의 소설문학이 시장을 바탕으로 한 '작가-작품-독자'의 체제를 본격적으로 형성하기 시작하는 초기 단계에서 나타날 수 있는 자연스러운 현상 가운데 하나라고 할 수 있기 때문이다.

무엇보다도 형식적인 측면에서 원앙호접파 소설들이 전통적인 장회체 형식뿐만 아니라 중국과 서구의 형식을 혼합한 소설, 서양의 단편소설 형식을 모방한 소설, 일기체 형식 등을 다양하게 활용했다는 점은 상당히 주목할 만하다. 이것은 당시에 번역을 통해 상당히 널리 소개된 서구문학의 영향을 창작 분야에서 수용하거나 실험하려 한 증거라고 볼 수 있기 때문이다. 그 결과 적어도 이런 작품들은 형식적인 측면에서나마 독자들이 새로운 형식에 적응할 수 있도록 훈련시켜 주는 역할을 수행했다고 할 수 있는 것이다. 당시의 통속소설 작가들은 번역을 통해 소개된 서양문학의 다양한 특징들을 각자의 방식으로 활용하려고 시도했으며, 그 과정에서 서사의 시점視點의 다양화랄지 서사 시간의 도치倒置 및 착종錯綜, 심리묘사의 강화와 같은 새로운 기법들을 시험했다.

그런 모색의 결과 일종의 '전환기적' 특징을 보여주는 대표적인 작품인 한방칭韓邦慶: 1856~1894의 ≪해상화열전海上花列傳≫이 나오기도 했다. 원래 이 작품은 1892년 2월에 간행된 중국 최초의 소설 전문 잡지 <해상기서海上奇書>에 30회까지 연재되었다가 1894년 봄에 64회 분량의 석인본石印本으로 간행되었고, 다시 1903년에 ≪해상백화취락연의海上百花趣樂演義≫라는 제목으로 정식 출판되었다. 이후로도 이 작품은 1922년에 64회본 ≪해상화열전≫(上海淸華書局, 6冊)으로 출간되기까지 10여 년 동안 두세 차례 제목을 달리하여 출간되었으니, 일반인들에게는 낯선 언어로 되어 있음에도 상당한 인기를 누렸음을 짐작할 수 있다.

몇몇 주인공의 이름과 건물 이름 등에서 청나라 최고의 애정소설 ≪홍루몽≫의 성과를 다른 측면에서 창의적으로 계승한 흔적이 뚜렷한 이 작품은 장회소설의 전통에서 한 걸음 더 나아가 이야기의 무대와 사건의 서술 방식, 그리고 기존의 대단원^{大團圓} 줄거리에 익숙한 독자들에게는 미완^{未完}으로 보일 수도 있는 독특한 결말의 처리 방식 등에서 상당히 '근대적'이라고 할 만한 어떤 새로운 경지를 개척한 것으로 평가된다. 이 작품은 사건의 서술에서는 통속백화^{通俗白話}를 사용하지만 인물 간의 대화에서는 소주^{蘇州} 지방의 방언 즉 '소백^{蘇白}'을 운용하여 '아속공존^{雅俗共存}'의 문체를 구현했다.

또한 이 작품은 장회소설의 형식을 계승하기는 하되 각 회의 제목을 통해 해당 회의 이야기 내용을 개괄하는 기능은 약화되어 있고, 상투적인 개장시^{開場詩}와 수장시^{收場詩}, 그리고 본문 안에 삽입된 시사^{詩詞}가 없을 뿐만 아니라 사건의 서술 과정에서 습관적으로 개입하곤 하는 이야기꾼^[說話人]의 존재도 최소화했다. 또한 이 소설의 배경이 19세기 말엽 중국이 상공업과 근대화의 상징이라고 할 수 있는 상하이 조계지^{租界地}인 점과, 전통적인 순환의 시간관념을 벗어나 직선적인 시간 위에서 기루^{妓樓}의 기녀와 표객^{嫖客}, 그리고 그곳에서 상업에 종사하는 이들이 복잡하게 뒤얽힌 흥미로운 사건이 서술되고 있다는 점도 기존의 소설들과는 다른 것이었다.

기존의 애정소설들이 이른바 '재자가인^{才子佳人}'이라고 불리는 상류층의 선남선녀를 주인공으로 삼아 '전기적^{傳奇的}'인 이야기를 서술했던 데에 비해 이 작품은 상대적으로 평범한, 심지어 사회의 최하층이라고 할 만한 기녀들이 전통과 근대의 생활방식과 가치관이 교차하는 시공간을 살아가는 일상사를 차분하게 서술한 것부터 차별화되어 있다. 무엇보다도 이 작품은 중국 전통소설의 일반적 특징이라고 할 수 있는 '대단원'의 결말에서 벗어나 사건의 전개가 돌발적으로 끝나 버리는 독특한 방식을 취하고 있으며, 서사의 전개도 시간보다는 공간을 중시하여 과거나 이후의 일화가 중간 중간에 끼어드는 방식을 취했다. 1981년에 장아이링^{張愛玲 : 1920~1995}이 이 작품의 표준어 번역본인 《해상화^{海上花}》^(臺灣, 皇冠出版社, 60회)

를 출판하여 대중에게 널리 알리고, 2005년에 홍콩 중문대학^{中文大學}의 콩훼이이^{孔慧怡}가 영역본 ≪The Sing-song Girls of Shanghai≫ _(Columbia University Press)를 출판한 것도 이 작품의 이런 특별한 점 때문이라고 할 수 있을 것이다.

이상에서 간략히 살펴보았듯이, 청나라 말엽의 짧지 않은 시기 동안 이른바 진지하고 예술성 높은 소설 작품의 부재를 단순한 문학사적 공백으로만 취급할 수는 없다. 오히려 그 시기는 가장 중국적인 신문학이 출현할 수 있는 자체의 토대를 마련하는 조용한 준비의 기간이었다고도 할 수 있다. 실제로 1918년에 본격적인 신문학의 개화를 알리는 루쉰의 <광인일기^{狂人日記}>가 나왔을 때 전국적인 반향을 불러일으킬 수 있었던 데에도 이러한 토대의 역할이 적지 않았을 것이다. 더욱이 <광인일기>는 서구적 형식에 중국적 정서를 성공적으로 융합함으로써 지극히 '중국적'인 신문학의 모델을 제시했다.[1] 그것은 정치와 정감 사이에 예술성이라는 매개를 끼워 넣음으로써 글쓰기의 공용성^{功用性}이라는 전통적인 가치관과 미적 이상을 훌륭하게 결합시킨 작품이었던 것이다.

---

[1] 루쉰은 유명한 <가져오기주의^[拿來主義]>(≪魯迅全集≫ 권6 ≪且介亭文集≫에 수록됨)에서 문학적 전통을 '큰 저택^[宅子]'에 비유하고, 외국의 것을 가져와서 주체적인 관점에서 '놓아두거나^[存放]' '괴멸하는^[毀滅]' 것을 결정함으로써 저택뿐만 아니라 주인까지 모두 새롭게 되어야 한다고 주장했다. 또한 그런 주체적 관점의 선별은 침착하고 용맹하며 변별력 있고 이기적이지 않은 태도에서만 가능하다고 덧붙였다. 한편 김용옥은 라오서^{老舍}의 소설 ≪루어투어시앙쯔^[駱駝祥子]≫의 번역(최영애 역, 통나무, 1989)에 대해 <푸는 글>에서 이렇게 썼다. "하여튼 루쉰의 현대소설이 지니는 의의는 결코 '서구의 충격'이라는 개화의 관점에서만은 설명될 수 없는 것임이 분명해졌을 것이다. 외부로부터의 '충격'이라는 것은 반드시 내부에 그 충격적 요소가 잠재해 있을 때만 그것이 충격으로 받아들여지는 것이다. 루쉰의 소설은 이런 의미에서 소설이라는 문학 장르의 이해에 있어서의 철저한 전통적 연속성과, 그리고 톱클래스 지성인으로서의 가치판단과 창작의 시각에 있어서의 전통과의 철저한 불연속성의 양면을 대변한다."(168쪽.)

580

강진아, ≪문명제국에서 국민국가로— 중국≫, 창작과비평사, 2009.

김영옥, ≪해상화열전연구≫, 부산대학교 박사학위논문, 2012. 2.

류어 저, 김시준 역, ≪라오찬 여행기≫, 연암서가, 2009.

민정기 외, ≪중국 근대의 풍경—화보와 사진으로 읽는 중국 근대의 기
원≫, 그린비, 2008.

베르너 파울슈티히 저, 황대현 역, ≪근대 초기 매체의 역사: 매체로 본
지배와 반란의 사회문화사≫, 지식의 풍경, 2007.

벤저민 슈워츠 저, 최효선 역, ≪부와 권력을 찾아서≫, 한길사, 2006.

서강, ≪중화유신의 빛, 양계초≫, 이끌리오, 2008.

이보경, ≪문과 노벨의 결혼: 근대 중국의 소설 이론 재편≫, 문학과지
성사, 2002.

이종민, ≪근대 중국의 문학적 사유≫, 소명출판, 2006.

쩡푸 저, 위행복 편역, ≪얼해화≫, 지만지, 2009.

중국고전문학사 강해

초판 인쇄 ― 2018년 10월 25일
초판 발행 ― 2018년 10월 30일

저 자 ― 홍 상 훈
발행인 ― 金 東 求
발행처 ― 명 문 당(창립 1923년 10월 1일)
　　　　서울시 종로구 윤보선길 61(안국동)
　　　　우체국 010579-01-000682
　　　　전 화 (02) 733-3039, 734-4798
　　　　FAX　(02) 734-9209
　　　　Homepage / www.myungmundang.net
　　　　E-mail / mmdbook1@hanmail.net
　　　　등록 1977. 11. 19. 제1-148호

■